KB157631

0원으로 사는 삶:

나의 작은 혁명 이야기

0원으로 사는 삶:

나의 작은 혁명 이야기

초판 1쇄 2022년 10월 28일
초판 6쇄 2024년 10월 17일

지은이 박정미

출판책임 박성규
편집주간 선우미정
기획이사 이지윤
편집진행 김혜민
편집 이동하·이수연
표지그림 곽명주
디자인 하민우
마케팅 전병우
경영지원 김은주·나수정
제작관리 구법모
물류관리 엄철용

펴낸이 이정원
펴낸곳 도서출판 들녘
등록일자 1987년 12월 12일
등록번호 10-156
주소 경기도 파주시 회동길 198
전화 031-955-7374 (대표)
031-955-7381 (편집)
팩스 031-955-7393
이메일 dulnyouk@dulnyouk.co.kr

ISBN 979-11-5925-911-1 (03810)

값은 뒤표지에 있습니다. 파본은 구입하신 곳에서 바꿔드립니다.

나의 작은 혁명 이야기

0원으로 사는 삶

박정미 지음

들녘

목차

이야기를 시작하며: 세계의 확장 · 8

빈집살이

먹고살기

가슴이 원하는 일

돈이 사라진 세계

I 시스템에서 자연으로 

1 사람은 무엇으로 사는가? · 18

돈이 없으면 삶도 없는가

먹을 것과 지낼 곳이 필요해

돈 없이 먹고 자고|하루의 시작과 끝|중요한 것|충분하다

사랑받고 싶어서

이동수단:선행이라는 나비를 타고

0원살이를 선포하다

0원살이 프로젝트 규칙

2 무엇이 더 이상한 세상인가 · 47

팅커들의 숲

이곳에서는 나 혼자만 불편했다

세상 가장 아름답고 조화로운 집

팅커스 버블의 원칙

'없음'과 '부족함'

필요한 것과 원하는 것의 차이

경고! 오지 마십시오.

소지품 검사

의심해야할 것: 먹거리

농업|축산업|어업|가공식품과 패스트푸드

크리스의 철학

인간의 존재 양식|소비로 소모하는 인생|사랑이 뭘까

3 런던에서 쓰레기로 생존하기 · 109

급진적 주거 네트워크

경솔한 자찬|보트 피플|월세 보트살이

스쿼팅: 버려진 집 빌려 살기

무소비 커플의 데이트|제이-메이 아지트|노숙자 말고 스쿼터

스킵 다이빙: 돈 없이 주린 배를 채우는 방법

쓸모 있는 쓰레기통에 풍덩!|사람들의 시선|버려진 음식을 구조하는 스킵 다이버|먹고도 굶어 죽는다

다시 태어나는 자전거: 버려진 자전거 재조립하기

프리건: 자유로운 무소비주의자

정통 프리건|낭비 제로, 제이-메이 아지트|불매 투쟁|믿음과 용기

4 자연으로 · 171

시끄러운 것은 마음: 7일간의 도전

단식 No Food|캠핑 No Shelter|노잼 No Fun|자연의 최면|블루벨 계곡에서|빛으로 가득 차올라

퍼머컬처: 자연을 닮은 집, 자연을 닮은 삶
자연을 섬기는 삶|자연을 닮게 하라|관찰하라|다양성:자연이 일하는 방식|연결|야생은 야생으로 내버려두라

생태건축, 흙집
자연 재료|심미감:흙의 모양과 쓸모|내 손으로 만드는 집

자연에서 생존과 사랑을 구하다

II 자연에서 우주로, 웰컴 홈

1 집으로 · 206

영국을 떠나다: 독일, 폴란드
새로운 '집'을 찾아|집에 온 걸 환영해요|베를린 고! 히치하이킹|믿기로 한 마음, 히치하이키즘|흐르는 여정

벌거벗은 자연인의 숲: 리투아니아
웰컴 홈, 시스터|레인보우 개더링|레인보우 지침 하나: 촬영 금지|레인보우 지침 둘: 화학 제품 사용 금지|레인보우 지침 셋:내 똥은 내가 가리자|레인보우 지침 넷: 그것이 바로 당신의 일|레인보우 타임, 시간과 기다림이 존재하지 않는 곳|알몸과 성|살아있는 진동, 레인보우의 음악|불필요한 인사치레가 필요 없는 곳|연결의 주문

지혜로운 사람과의 대화: 슬로바키아
나의 세계|넵튠과의 대화, 해방|흐름에 맡기고

2 저절로 일어나는 일 · 282

히피들의 움직이는 성에 올라타: 헝가리
레인보우 패밀리|히-피: 언제가 될지 아무도 몰라|땅 위의 천국

합법체류자: 세르비아로 가자
경찰서 소동|합법 체류 축하 의식|시리아 난민 가족|저항과 순응|걱정하지 않는 사람들|물 마시는 로지

정화 과정
천상의 계곡|안녕, 우리들의 움직이는 성이여|묵언 인터뷰|치유 의식

생존과 사랑을 초월한 세계

3 우주는 모든 것을 준비해 놓았다 · 372

흐름을 믿는 연습: 세르비아

피난민이 아닌 자만 보호받는다|분리된 세상, 평화의 열쇠를 찾아서|경계 없는 세상

고생과 기적은 함께 온다: 마케도니아

아무것도 하지 않는 하루: 그리스

비건 공동체 프리 앤 리얼|완전 채식

곰돌이 푸의 일상

무전살이 1주년, 그 이후

재탄생 기념일|귀향 여정

마치며: 내가 사는 세계 · 415

무소비 여정은 계속된다

무소비주의자|우리는 모두 하나로 연결되어 있다|'신'의 증거 자연, '신'의 도구 마음

모든 위기는 연결되어 있다

전염병|전쟁|식량 위기|에너지 위기|최악의 위기는 최고의 기회

소비를 멈추자

자급자족 생계

깨어남

책을 만들며 도움 받은 것들 · 449

다큐멘터리: 채식, 음식산업, 기후위기 관련

책

이 외에 영감을 준 영화와 책

무전여행에 유용한 사이트 및 단체

주 · 453

이야기를 시작하며: 세계의 확장

빈집살이

이 글을 쓰는 동안, 나는 세 채의 시골집을 손수 고쳐 살았다. 첫 번째 집은 한반도의 엄지발가락 즈음에 있는 누추한 빈집이었다. 두 번째 것은 아빠의 고향 땅에 있는 작은 농막이었고, 세 번째 집은 지리산 자락 외딴 숲속에 있는 오두막이다. 지난 6년간 나의 산책 코스는 바다에서 논두렁으로 그리고 산으로 바뀌었지만 내가 사는 방식은 크게 변하지 않았다. 고정된 돈벌이를 하지 않고, 최소한의 소비만 하며 산다. 하고 싶지 않은 일은 하지 않고, 하고 싶은 일만 한다.

두 번째 집이었던 아빠의 고향 땅 농막에서는 6개월을 살았다. 큰일을 보려면 야전삽을 들고 뒷산으로 가야 했던 그야말로 아무것도 없는 농지였다. 나는 그곳에 폐목재를 활용해 생태 화장실을 만들고,

온실과 창고, 가구를 만들었다. 처음엔 부모님도 그냥 돈 주고 사지 네까짓 게 뭘 만들겠냐며 탐탁지 않아 했다. 그러나 뚝딱뚝딱 만들어 내는 것들을 보고는 나를 보는 눈빛이 달라졌다. 부모님은 급기야 이것 만들어달라 저것 만들어달라며 딸에게 막노동을 시켰다.

아빠의 농막에서 막일꾼으로 일하며 당당히 밥을 얻어먹던 6개월을 제외하고는 혼자서 잘 곳과 먹을 것을 마련하며 살았다. 맨 처음 빈집을 구할 땐 무작정 섬으로 내려갔다. 마을 이장님들을 찾아다니며 "집세를 내지 않고 살 수 있는 빈집 있나요?"라고 물었다. 결국 오랫동안 비어 있던 누추한 옛집을 발견했고 그곳에서 4년을 살았다.

집은 공동체 의식이 유난히 강한 작은 농촌 마을 한가운데 있었다. 이웃 아저씨들의 보호를 받으며, 뒷집 할머니와 음식을 주고받으며, 북놀이 전수관 선생님들과 가족처럼 지내며 나름대로 정겹게 살았다. 그러다 3년째 접어들자 이만 마을을 벗어나고 싶어졌다. 나는 생각보다 '공동체형' 인간이 아니었다. '은둔자형'이었다. 나는 빨가벗고 돌아다녀도 될 만큼 아무도 없는 산속에 숨어 살고 싶었다. 그 바람은 마침내 현실이 되었다.

2021년 봄부터 나는 지리산 자락 '숲속 오두막'에 살고 있다. 내가 시끄럽게 장구를 쳐대지 않는 한 이 숲속에 누군가가 살고 있다는 것을 아무도 눈치채지 못할 것이다. 이 집은 내가 애써서 찾거나 구한 것이 아니다. 그야말로 우연히, 그리고 기적처럼 내게 짠 하고 나타났다. 게다가 이 집엔 내가 그토록 소망하던 구들이 있었다. 하늘이 내게 보낸 선물이라고 할 수밖에.

누추한 빈집에서도 숲속 오두막에서도 나는 집세를 내지 않았다.

대신 양쪽 집 모두 발 뻗고 첫잠을 자는 데까지 3개월 남짓 시간이 걸렸다. 엄청난 쓰레기를 치우고, 무너진 벽과 마루를 고치고, 창호지를 새로 바르고, 욕실 타일을 깔고, 전선을 정리하고, 선반과 가구를 만드느라 말이다. 벽지와 합판을 제거하니 감추어져 있던 서까래와 흙벽이 멋스럽게 드러났다. 마스크를 쓰고 일하는데도 콧구멍이 새까매지는 걸 볼 때마다, 매해 겨울마다 산에서 장작을 짊어지고 내려와야 하는 수고를 겪을 때마다, 집은 공짜로 얻어지는 게 아님을 절실히 깨닫는다. 나는 여전히 '남은 살지 못하는 집'을 돌보며 살지만, 집세와 난방비를 내지 않고 사는 삶이 즐겁기만 하다.

우리 집에 놀러 오는 손님들은 하나같이 숲속에 혼자 살면 무섭지 않냐고 묻는다. 그때마다 나는 "이상하게 하나도 무섭지 않아요"라고 대답한다. 이런 내가 신기하다. 귀신이 나타날까 잠을 설치고, 밤길에 나쁜 일을 당할까 두려워하고, 야산에서 야생동물을 마주칠까 불안에 떨곤 했다. 거실에 룸메이트가 있는데도 방에 불을 켜놓아야만 잠들던 내가 이렇게 숲속에서 홀로 밤을 보내고 있다니.

먹고살기

나는 동물을 먹지 않는다. 유제품도 먹지 않는다. 바다 생명체도 먹지 않는다. 도정된 곡류와 설탕, 가공되었거나 화학 첨가물이 들어간 식품도 거의 먹지 않는다. 이런 식단을 누군가는 '자연식물식'이라고 부른다. 자연식물식은 지구, 동물, 건강을 지키는 가장 윤리적인 식이

법이다. 나 같은 요리 게으름뱅이가 가장 간편한 방법으로 식사를 준비하게 해주고, 나 같은 가난뱅이가 큰 소비를 하지 않고도 먹거리 자급자족을 실현할 수 있게 해준다. 자연식물식을 하려면 마당이 있는 집에 살거나 농촌에 살아야 한다. 작은 텃밭, 관대한 이웃, 뒷산의 야생이 언제나 먹거리를 내어줄 테니까.

지인들은 또 내게 정말 고기를 먹고 싶지 않냐고, 그토록 좋아하던 술, 담배, 라면을 도대체 어떻게 끊은 거냐고 묻는다. 이런 질문을 받을 때 "이렇게 하면 여러분도 고기를 끊을 수 있습니다!"라면서 나만의 비법을 공개할 수 있다면 참 멋질 것 같다. 하지만 애석하게도 나에겐 딱히 드러낼 비법이 없다. 이것들을 끊기 위해 엄청난 결심을 한 적이 없기 때문이다. 다만 언제부턴가 그런 것들이 하나도 먹고 싶지 않아졌을 뿐이다.

집세는 내지 않더라도 전기를 쓰는 한 전기세를 내야 한다. 채소는 자급자족하지만 두유와 사과, 견과류는 자체적인 수급이 어렵다. 오토바이에 넣어줄 밥에 멍멍이들의 밥도 마련해야 한다. 이것들은 여전히 포기하기 힘든 나만의 *소박한 럭셔리*이자 돈을 주고 사는 것들이다. 그래서 나는 아주 가끔 돈벌이에 나선다. 이웃의 대파 심는 일을 돕거나 지역 아이들에게 영어를 가르쳤다. 혹은 어깨너머 배운 북과 장구로 작은 공연에 출연하거나 문화해설을 맡았다. 때로 빵집에서 건강빵을 팔기도 했고, 아는 분의 카페 일을 돕기도 했다. 수입이 고정적이지 않다고 부모님은 늘 걱정하지만 나는 불편하지 않다. 내게 필요한 만큼의 돈을 벌게 해줄 일거리는 늘 때맞춰 나를 찾아와 준다.

그러면 또 사람들은 내게 묻는다. 미래가 불안하지 않냐며, 큰 병이라도 들면 어떻게 할 거냐고 말이다. 그러면 나는 철딱서니 없는 표정을 지으며 "저에겐 오늘만 있어요"라고 답한다. 열심히 미래를 준비하던 과거의 나를 떠올리면서. 과거의 내가 지금의 나를 본다면 '이번 생은 개망'했다며 대성통곡을 하겠지?

집 고치기, 가구 만들기, 텃밭 가꾸기, 장작 패기, 멍멍이들 산책 시키기, 장구 치기, 바다 수영, 옷 수선하기, 책 읽기, 영화 보기, 눈 감고 가만히 앉아 있기, 요가, 가끔 돈 벌러 가기…. 모든 일이 즐겁고 소중하다. 어느 하나 더 중요하고 덜 중요한 것이 없다. 이러한 일상에서 가슴이 조금 더 두근거리는 일도 있게 마련이다. 이 글을 쓰는 지금, 이 순간이 내겐 바로 그런 일이다.

가슴이 원하는 일

세상에 꼭 전하고 싶은 이야기가 생겼다. 그 이야기를 글로든 영상으로든 사람들에게 전달하는 것이 이번 생에 내가 해야 할 소명이라 믿는다. 가슴이 원하는 일 혹은 존재의 목적, 무엇이라 이름 붙이든 이 일은 내가 온 마음을 다해서 하고 싶은 것이자 나를 생동감 넘치게 한다. 나는 매일 아침 이 이야기를 글로 옮기면서 하루를 시작한다. 글을 쓰기 전엔 항상 짧은 명상과 감사 기도를 드린다. 이 이야기에 나의 모든 진정성과 순수한 목적이 발현되기를 빌고, 이토록 사랑하는 일에 나의 모든 시간과 에너지를 온전히 사용할 수 있게 해주심을 감사한다. 잘 곳이 주어지고, 먹거리가 주어지고, 내게 필요한 모든 것이 주어진 덕에 나는 아무런 걱정 없이 '가슴이 원하는 일'만 하며 살아갈 수 있다. 축복이다.

나를 아는 사람들이 던지는 마지막 질문은 이것이다. "당신은 진정으로 원하는 삶을 어떻게 찾았나요?"

'어떤 것이 내가 진정 원하는 삶인가?' 이는 아마도 모든 인간에게 가장 중요한 질문일 것이다. 나 역시 평생 이 질문의 답을 찾아다녔다. 내가 기억할 수 없는 멀고 먼 과거에도 나는 아마 같은 질문을 했을 것이고, 수만 번의 생애를 거치다 지금에서야 그 답을 찾게 된 것일지도 모른다. 그러니, 딱 어느 하나의 계기로 나의 삶이 두려움에서 축복으로 바뀌었다고는 볼 수 없다. 모든 일은 연결되어 있기 때문이다. 하지만 내가 기억할 수 있는 선에서, 내 삶에, 나의 세계에 아주 극적이고 강력한 변화를 가져다준 사건은 분명히 있었다. 2014년 10월부터 2016년 10월까지 약 2년간 진행한 '0원살이 프로젝트'다.

1년을 목표로 계획했던 프로젝트는 2년 남짓 계속되었고, 영국에서 시작한 여정은 인도에서 마무리되었다. 아니, 그 여정은 아직 끝나지 않았다. 이제는 '프로젝트'라는 거창한 이름 대신 '삶'이 나의 여정을 이끌고 있다.

돈이 사라진 세계

앞서 말했듯 지금 나는 돈을 사용한다. '돈을 사용하지 않는다'라는 프로젝트의 금기는 사라진 지 오래다. 돈에 대한 거부감도, 엄격한 규칙도 없다. 있으면 있는 대로 없으면 없는 대로 살아간다. 이제 내 삶의 가능성은 돈의 유무와 상관없이 무한으로 흐른다.

'0원살이' 여정이 내게 가져다준 것은 돈으로부터의 자유만이 아니다. 사실 여정의 어느 순간부터 내 관심사에서 '돈'이라는 화두 자체가 사라져버렸다. '돈을 사용하지 않음'은 어느새 익숙한 일상이 되었고, 마음을 쏟을 더 중요한 가치들이 보이기 시작했다. '0원살이' 여정은 내 삶을 물질보다 더 깊고 높은 차원으로 이끌었고, 그 속에서 나는 참으로 커다란 변화를 겪었다.

여정 초기에는 '(돈 없이)어디서 자고, 무엇을 먹고, 어떻게 이동할까' 하는 걱정이 전부였다. 생존 자체를 위한 여정이 주된 관심사였다. 그러다가 언제인가부터 '어디서 자든, 무엇을 먹든, 어떻게 이동하든' 개의치 않은 채 오직 존재론적 질문의 답을 찾아 세계를 누비는 나를 발견했다. 거리에서 밤을 새워도 좋고, 며칠을 굶어도 좋고, 몇 달 동안 걸어도 좋았다. 진리에 다가갈 수만 있다면….

돈이 없다고 해서 세상이 끝나는 게 아니었다. 오히려 '돈이 없음'은 나를 *진짜 세계*로 향하게 하는 날개가 되어주었다. 모순과 착취를 기반으로 한 시스템의 세계. 이 세계에서 벗어나 자립을 위한 대안적 삶을 경험하면서 나는 생존의 불안에서 벗어났다. 자연이라는 생명의 세계와 연결되면서 내면의 외로움을 치유했고, 나의 세계는 시스템에서 자연으로, 자연에서 우주로 확대되었다. 그리고 마침내 삶의 목적과 궁극의 평화에 이르는 *길*을 만났다.

이 모든 기적은 나의 삶에서 '돈'을 지워버린 이후부터 시작되었다. *0원살이*의 기적이다. 나는 0원살이 여정에서 나의 세계가 어떤 식으로 확장되었는지, 그 확장이 어떤 계기와 만남으로 일어났으며 내가 그 안에서 어떤 변화를 겪게 되었는지를 이 책에 담았다. 여기에는 '기적 같은 진리'와 '불편한 진실'이 함께한다. 나는 여러분이 기적과 불편함 모두를 있는 그대로 마주해주었으면 좋겠다. 불편한 세계에 먼저 눈을 뜬 뒤에야 우리는 비로소 참된 세계, 기적의 진리 속으로 나아갈 수 있기 때문이다.

여정에서 만난 수많은 인연, 그들은 내게 '불편한 세계'를 보여주었고 동시에 '기적의 세계'도 보여주었다. 덕분에 나는 이제 '불편한 세계'에 남아 있을 필요가 없어졌다. 여러분 역시 여러분만의 *참 세계*를 맞이하길 바란다. 이 이야기가 여러분의 가슴에 조금이라도 울림을 주어 여러분만의 *진화*를 경험하게 되기를, 나아가 무한한 가능성과 무조건적 사랑의 세계로 여러분의 삶이 확장되기를 소망한다.

진심을 다해 적은 이 글이 지구의 푸름과 존재의 평화에 조금이나마 희망이 되길 바라며, 한반도 구석 누추한 옛집에서 지극한 사랑을 드린다.

박정미

I 시스템에서 자연으로

1
사람은 무엇으로 사는가?

돈이 없으면 삶도 없는가

"소비를 거부함으로써 자본주의를 전복시키기 위함인가요?" "기후 변화의 심각성을 알리고자 하는 환경보호 운동의 일환인가요?" "금욕과 절제를 통해 자기 수행을 하려는 건가요?"

그냥 돈 없이 살겠다는데 왜 저런 어렵고 심각한 말을 하는 거지? 돈을 쓰지 않는 것과 환경보호가 도대체 무슨 상관이람? 사람들은 내게 거창한 이유를 듣고 싶어 했다. 말로만 들어도 정의로움이 넘쳐나고 세상의 변화를 일으킬 열정이 느껴지는 그런 포부를 말해주고 싶었지만, 이때는 돈이 얼마나 많은 사회 문제들과 연결되어 있는지 알지 못했다. 단순히 돈을 사용하지 않음이 (의도치 않게) 얼마나 많은 정의로운 일을 하게 되는지 이 또한 알지 못했다. 사람들은 그렇게 나를 각자의 관심사에서 영웅으로 만들고 싶어 했다. 그러나 이 프로젝트의 동기는 지극히 사적이고 단순했다. 돈을 사용하지 않고 살아보려던 이유는 그저 사용할 돈이 없었기 때문이었다.

'이 돈으로 얼마나 더 버틸 수 있지?'

침대에 누워 통장잔고를 확인하는 것이 매일 아침 일어나 제일 먼저 하는 일이었다. 돈이 전혀 없지는 않았다. 300만 원 정도가 남아 있었으니.

2013년 10월, 워킹홀리데이로 런던에 왔고, 그해 12월에 기적처럼 직장을 구했다. 하지만 나의 직장생활은 매일 지옥 같은 나날이었다. 직속상관은 하지 못하는 일이 없었다. 그는 무소불위의 권력을 내세우며 회사 분위기를 장악했다. 직원들은 그녀의 편 가르기와 괴롭힘, 따돌림이 두려워 찍소리도 내지 못했다. 게다가 업무는 왜 이리도 과도한지. 직장에서는 직원들에게 밤샘 야근을 조장했다.

이런 회사 생활은 한국에서만으로도 충분했다. 한국과는 다른 새로운 삶의 방식을 경험하겠다며 찾아온 영국인데, 이곳에서까지 일과 회사에만 매몰되어 살아야 하나? 아무런 의미가 없다는 생각이 들었다. '생계'라는 직원들의 절박함과 영국 체류권을 인질로 삼는 상사의 갑질도 더는 참기 힘들었다.

결국 나의 반항심은 폭발했다. 상사에게 나의 목소리를 분명하게 냈고, 회사가 원하는 '복종'에 순종하지 않았다. 당시 수습사원이었던 내게는 큰 결심이었다. 직장의 대장은 내게 한국에서보다 더 열심히, 더 치열하게, 죽기 살기로 해야 생존할 수 있다며 경고했다. 상사의 괴롭힘은 더 심해졌다. 회사에서 숨을 쉬기가 어려웠다. 나는 아침마다 땅이 꺼질 듯 큰 한숨을 쉬며 하루를 시작했다.

차라리 상사들과 크게 한 판 맞짱이라도 뜨고 때려치우면 속이라도 시원할 텐데. 하지만 영어도 완벽하지 않은 내 처지에 이만큼의 수입이 보장된 새 직장을 구하기란 불가능에 가까웠다. 최저임금을 받는 식당 일자리를 구하는 것도 방법이었다. 하지만 한 달 방값을 내려면 적어도 3개의 파트타임 일자리를 온종일 뛰어야 하는 것이 런던의 잔인한 현실이었다. 한 동료는 평일 주말 할 것 없이 파트타임 일을 4개나 했다. 어쩌다 한 번 쉬는 날이면 종일 녹초가 된 몸을 달래며 하루를 보낼 수밖에 없었다. 그야말로 먹고 자려 부서져라 일만 하는 삶을 살고 싶진 않았다.

그냥 한국으로 돌아가버릴까? 런던에서 번듯한 직장을 구했다며 자랑스러워하던 엄마 얼굴이 떠올랐다. 머리가 지끈거렸다. '아, 차라리 누가 나 대신 결정 좀 해줬으면 좋겠다', 혼잣말을 중얼거렸다.

마음의 말은 씨가 되었다. 얼마 지나지 않아 해고를 통보받았다. 해고를 통보받던 날, 대장과의 면담 자리에서 나는 그만 왈칵 눈물을 쏟아내버렸다. 이들의 갑질 횡포에 굴하지 않고 일개미들을 대표해 투사가 되고 싶었던 마음은 초라한 눈물로 흘러내렸다.

2014년의 추운 봄, 런던. 회사에서 쫓겨난 것이 마치 세상에서 내쳐진 것만 같았다. 나는 제 기능을 하지 못해 교체된 부품 한 조각에 불과한 걸까. 이대로 폐기되어도 누구 하나 눈치채지 못할 것이다. 그러나 우울함을 베개 삼아 그저 죽은 듯 누워 있기에 런던의 물가는 살인적이다. 폐인의 삶조차 사치랄까. 당장 내야 할 방값이 150만 원에 가까웠다. 당장 가지고 있는 300만 원으로는 2개월도 버티기 어려웠다.

'이 돈이 다 떨어지면, 내 삶도 끝이다', 침대에 누워 우울함이라는 사치를 부리던 어느 날이었다. 그날도 나는 침대에서 긴 한숨을 쉬며 하루를 시작했다. 하얀 천장에 깊은 숨소리를 그려보았다. 긴 들숨과 긴 날숨의 반복. 문득, 이 숨의 물결이 마치 흘러가는 *시간*처럼 보였다. 나는 그저 숨만 쉬고 있는데, 시간은 이렇게 계속 흘러가는구나. 시간이 흘러가는 만큼, 그마저 남은 내 돈도 흘러가네. 생각이 생각에 꼬리를 물고 이어지던 순간. 번득, 오싹한 질문 하나가 심장에 덜컥 걸렸다.

'뭐야, 숨이 돈이야?'

오싹함이 분노로 바뀌었다. 그냥 이렇게 다른 것 바라지 않고 숨만 쉬면서 살겠다는데 돈이 없으면 그것마저 안 되는 거야? 내 삶이, 인생이, 시간이, 나의 존재가 오직 돈을 벌기 위해 쓰이는 것이 당연한 거야? 아니, 그렇지 않다. 내 인생은 돈이 없다고 해서 끝나지 않는다. 나는 오직 돈을 벌기 위해서 사는 것이 아니다. 살아 있는 그 자체로도 살아야 하는 이유가 있을 것이다. 돈이 없어도 살아갈 방법이 있지 않을까? 돈을 벌지 않고 살기 위해서는 어떻게 해야 하는 걸까?

그리고 이내 곧 아주 단순하면서도 분명한 답이 떠올랐다.

'돈을 쓰지 않으면 되잖아!'

그렇게 시작됐다. 돈을 사용하지 않고 살기.

잠잘 곳, 먹을 것, 교통수단, 쇼핑과 여가를 포함한 기타 부가적인 부분.

내가 무엇에 돈을 쓰며 살고 있는지부터 생각해보니, 크게 네 가지로 모을 수 있었다. 그리고 이것들이 생존에 꼭 필요한 것인지 생각해보았다.

잠잘 곳.

지성을 갖춘 인간으로 진화하는 동안 야생성과 털옷을 잃어비리고 연약한 동물로 퇴보한 나에게 은신처는 꼭 필요하다.

먹을 것.

나는 이슬만 먹고 사는 요정도 아니고 우주의 에너지만 먹고 산다고 하는 도인도 아니니 '먹이'도 반드시 필요하다.

교통수단.

생존을 위한 필수품은 아니다. 그러나 다양한 삶을 만나고 경험하려면 여기저기 다니는 것도 중요하니 교통수단도 필요하다.

기타 부가적인 부분들이라고 해야 할까? 의·식·주 중에 '의'가 이곳에 들어가겠다. 옷장을 열어보았다. 이미 나는 평생을 입어도 다 입지 못하고 죽을 만큼 많은 옷을 쟁여두었다. 입지 않는 옷도 수두룩하다. 이 이상의 의복 소비는 필요 없을 듯하다. 교양을 위한 문화 소비와 사교를 위한 모임 또한 절박한 생존 앞에서는 쓸데없는 허세다. 고민의 여지가 없다.

분명해졌다. 생존을 위해 필요한 것은 단 세 가지. 잠잘 곳, 먹을 것, 교통수단이었다. 교통수단은 생존 '필수품'은 아니지만 '필요품'으로 분류했기에 편의상 이렇게 묶어 부르겠다. 안도감을 느끼면서도 허무함이 밀려왔다. 결국 '먹고 살자고 하는 짓'에는 이 세 가지만 필요하다. 그런데 나는 왜 이토록 허덕이며 살아온 것일까? 나는 정말 '생존을 위한 혈투'를 했던 게 맞을까?

지금까지 나는 이 세 가지를 '돈'을 사용해 해결해왔다. 방세를 내고, 먹을 것을 사 먹고, 교통 티켓을 사고. 아무런 의심 없이 소비했다. 이제 나는 기본으로 돌아간다. 생존을 위한 최초의 할 일로 돌아가 '소비'를 하지 않기로 했다.

(돈을 사용하지 않고) 어디서 잘 수 있을까?
(돈을 사용하지 않고) 무엇을 먹을 수 있을까?
(돈을 사용하지 않고) 어떻게 갈 수 있을까?

'소비'로 '생존을 위해 필요한 세 가지'를 해결하지 않는 방법은 무엇일까? '돈'을 거치지 않으려면 어떻게 해야 할까? [필요한 것-돈-충족]이라는 고리에서 '돈'을 없애고 [필요한 것-충족]의 직접적 해결로 살아가는 방법은 무엇일까?

먼저 잠잘 곳을 해결해야 했다. 방값은 소득의 절반을 차지하는 가장 큰 소비다. 방값을 내지 않으려면 일단 잔인할 정도로 방값이 비싼 이 도시, 런던을 떠나야 한다. 그러면 나는 이제부터 집 없이 떠돌아다니는 '생계형 떠돌이'의 삶을 살아야 한다. 나는 어디로 가야 할까? 나를 먹여주고 재워줄 곳이 있을까?

길은 예상치 못한 곳에서 그리고 생각보다 쉽게 찾아왔다. 나의 결심을 들은 해맑은 채식주의자 친구가 말했다.

"오! 소박한 근본으로 향하려는구나! 그러면 우핑을 해봐!"

먹을 것과 지낼 곳이 필요해

돈 없이 먹고 자고

우핑이 뭐지?

WWOOF

World Wide Opportunities on Organic Farms

우프는 자원봉사자와 유기농 농장을 연결하는 상호 교환의 네트워크다. 자원봉사자에게는 무료 숙식과 친환경 농사법, 현지 문화 등을 배울 기회를 제공하고, 호스트에게는 일손을 제공함과 동시에 전 세계 여행자와 문화를 교류할 수 있도록 함으로써 지속 가능한 친환경 지구 공동체를 구축한다.[1]

뭐라 뭐라 설명을 읽었지만 '무료 숙식 제공'만 보였다. 우핑인지

뤈지를 하면 '돈 없이 먹고 자고'가 해결된다니! 노예생활도 아니고 공정한 교환을 한다니 본격적으로 프로젝트를 시작하기에 앞서 우핑을 경험해보면 좋을 것 같았다.

농장의 호스트를 찾아보니 웨일스에 있는 '올드 채플 팜'이라는 농장이 눈에 들어왔다. '인간의 기본 생존 기술인 먹거리 생산과 은신처 짓기의 자급자족을 지향하고, 고대의 예술과 기술들을 이어가는 곳'이라는 소개가 적혀 있었다.

먹을 것과 잘 곳을 직접 만든다. 생존을 위해 해결하려던 세 가지 과제 중 두 가지나 직접 해결하며 산다는 말이었다. 자급자족할 방법을 배울 절호의 기회다! 바로 기차표를 예약하고 짐을 꾸렸다.

헝클어진 머리, 구멍 난 티셔츠, 때가 잔뜩 낀 손톱, 뜯어진 샌들과 흙투성이 발가락. 그를 보자마자 본능적으로 흠칫했다. 호스트 프란의 첫인상은 거칠었다. 대체 뭐 하는 사람이지? 여기서 지내도 정말 괜찮을까? 걱정이 되었지만 일단 씩씩하게 인사했다. 다른 우퍼들도 있으니 그나마 안심이었다.

나의 룸메이트는 영국인 우퍼 한 명이었다. 그와 나는 낡은 헛간에 있는 2층 다락방으로 숙소를 배정받았다. 어디서고 쥐가 튀어나올 것 같았다. 퀴퀴한 먼지가 잔뜩 쌓인 이곳에서 삐거덕거리는 침대에 쾨쾨하고 눅눅한 이불을 보자니 현기증이 났다. 짐도 내려놓지 못하고 앉을 곳을 찾아 안절부절못했다. 함께 온 영국인 우퍼는 배낭을 대충 던져 놓고는 세상 가장 안락한 다락방을 얻은 것처럼 편안한 표정으로 침대 속에 파고들어 누웠다. 신발도 벗지 않은 채로.

어느덧 저녁 시간을 알리는 종이 울렸다. 호스트 프란과 케빈, 그의 아들 멀린. 다양한 국적의 우퍼 일곱 명이 식당에 모였다. 야생 꽃과 은촛대로 장식된 식탁에는 풍성한 먹거리와 수제 와인이 차려져 있었다. 여정의 수고로움과 첫 만남의 긴장이 눈 녹듯 사라졌다. 꽃향기 그윽한 와인에 얼얼해져 침대로 돌아왔다. 회색 먼지의 퀴퀴함이 더는 느껴지지 않았다.

매일 아침 8시면 호스트 프란이 그날 해야 할 일을 나누어주었다. 긴장되는 시간이었다. 그 감정 아래에는 언어적 어려움이 있었다. 농장 일에 필요한 말은 기본적인 회화와는 달랐다. 채소 이름이며 도구, 작업 용어도 낯선데, 프란이 구사하는 '고급' 영국 영어는 정말 알아듣기 어려웠다. 나는 오감과 본능, 직감에 상상력까지 동원해 어렴풋이 상황을 짐작했다. 여기서 중요한 것은 마치 나도 오늘 하게 될 일이 너무도 신나 설렌다는 듯 고개를 끄덕이며 미소짓는 것이었다. 내 멋쩍은 웃음과 'yes'의 의미는 몰랐겠지만, 그 덕에 나는 '긍정적인 미소천사'로 자리매김해 우퍼들과 마음 깊이 통하는 절친한 사이가 될 수 있었다.

하루의 시작과 끝

나는 텃밭과 양 22마리를 돌보며 하루를 시작했다. 프란은 우퍼들에게 서로 다른 텃밭을 할당했다. 모두가 다양한 종류의 채소를 직접 길러보고 자신의 텃밭을 애정과 책임감으로 돌보도록 하기 위해서였다. 그리고 모두는 동물들의 엄마가 되기도 했다. 나는 양 22마리의 엄마였고, 누군가는 닭, 오리, 비둘기의 엄마가 되었다. 한 우퍼는 하루 3번 소젖을 짜고, 또 다른 우퍼는 고대 인류와 함께했다던 '무플런'이라는 야생 양에게 먹이를 가져다주는 임무를 맡았다.

내가 매일 돌봐야 하는 생명이 있다는 것. 처음 느끼는 막중한 책임감이었다. 나는 식물을 심어 기르거나 동물을 키워본 적이 없었다. 자연스레 동식물에 특별한 애정을 느끼거나 교감을 해본 경험도 없었다. 무언가를 돌보는 일은 마냥 귀찮은 것이었다. 이곳에서도 마찬가지로 텃밭을 가꾸고 양을 돌보는 것이 썩 내키지 않았다. 물을 주고, 모종을 심고, 잡초를 뽑고, 양을 세고. 이 반복적인 일들은 단조로운데다가 움직임도 적고 조용히 혼자 하는 일이다. 너무나 따분해 온몸이 메마르는 것 같은 고통이 느껴질 정도였다. 오후에는 매번 다양한 일을 했다. 주로 땀을 흘리는 고된 일이었다. 내게는 이 역동적이고 다른 우퍼들과 함께하는 일이 더 흥미로웠다.

좋든 싫든 해야 하는 일이었기에 텃밭을 잘 돌보려 했다. 하지만 내게 채소란 누군가의 손을 거쳐 조리된 '음식'일 뿐이었다. 흙더미 위 초록색 풀은 '음식'이 아니었다. 뭐가 잡초고 뭐가 당근 싹인지 알 턱이 있나. 무지한 우퍼 탓에 죄 없는 아가 채소들이 참 많이도 희생됐다. 그렇게 프란 몰래 수많은 채소가 뽑혔다 다시 심겼다. '정 먹을 게 없으면 사다 먹겠지 뭐…' 하며 안이하게 넘겼다. 며칠 후, 나의 안이함이 얼마나 어리석었는지 깨닫게 되었다.

올드 채플 팜에서는 우퍼들이 돌아가며 저녁 식사를 준비한다. 고립된 시골 농장에서 지내는 우퍼들에게는 세계 각국의 요리를 맛볼 기회다. 스페인, 프랑스, 독일, 영국의 음식들을 맛보며 마냥 행복했다. 내 차례는 언젠가 오겠지. 그저 '언젠가'일 것으로 믿고 싶었다. 그러다 그날이 오고야 말았다.

뭘 만들면 좋을까? 버섯전골 칼국수와 감자전을 선택했다. 적당히 썰어 넣고 끓이고 지지면 되겠지. 인터넷에서 요리법을 찾아 이틀이나 공부했다. '해볼 만하겠다' 싶었다. 필요한 재료들을 적어 프란에게 주었다. 그러자 그녀는 겸연쩍어하며 재료 대부분이 농장에 없다고 했다. 그러면 나가서 사 오면 되지 않냐는 나의 대수롭지 않은 말에 프란은 어린아이에게 말하듯 농장의 원칙을 설명했다.

자급자족

머리가 멍해졌다. 모든 먹거리를 농장 내에서 얻어진 것들로만 충당한다니. 친환경적으로 몇 가지 채소를 재배해서 먹는 곳 정도로만 생각했다. 게다가 계절별로 먹지 못하는 채소가 있다니, 겪어보지 못한 일이다. 내가 살던 세상에서는 대형마트에 가면 언제든 먹고 싶은 것을 사 먹을 수 있었다. 올드 채플 팜에서는 농장에서 얻어지는 것 외에 꼭 필요한 기름, 조미료, 밀가루 등을 구매하기 위해 한 달에 한 번씩만 밖에 나가 장을 본단다.

프란은 오직 자신의 노동으로 제 먹거리를 마련했다. 대지가 때맞춰 내어주는 것에 만족하며 산다. 지루하게만 여겼던 텃밭 돌보기가 이곳 사람들에게는 생존 그 자체였다. 그동안 밭일을 소홀히 여긴 자신이 참으로 부끄러웠다.

몹쓸 손맛으로 만든 야심 찬 칼국수가 결국 어떻게 되었는지 궁금해하는 사람이 있을지도 모르겠다. 프란은 나의 개념 없는 요구에 최대의 배려를 보여주었다. 한 달에 한 번 장을 본다는 원칙도 어기고 장을 봐주었다. 웨일스 시골 어디에서 마른 멸치를 구하겠는가. 육수용 멸치를 구할 수 없었던 프란은 대신 기름에 절인 통조림 멸치를 사 왔다. 텃밭에 없는 채소와 버섯, 참기름도 함께였다. 프란의 배려에 맛있는 음식으로 보답하고 싶었다. 전날부터 면 반죽을 정성껏 만들어 숙성시켜 놓고, 통조림 멸치를 사골 끓이듯 고아내 육수도 만들었다.

요리 당일, 면을 만드려 몇 시간 동안 반죽을 패대기치다 그만 패닉에 빠졌다. 시간은 흘러가고, 주방은 초토화되었다. 기다리다 도저히 안 되겠는지 사람들이 달라붙어 우왕좌왕 면을 뽑고 전을 부쳤다. 정신줄을 놓아버린 메인 셰프를 대신해 우퍼들이 함께 요리를 해냈다.

맹물에 퉁퉁 불은 밀가루죽과 딱딱한 감자 누룽지. 나는 고개를, 친구들은 수저를 들지 못했다. 사랑하는 올드 채플 팜 식구들에게 요리 대신 충격을 먹이다니. 프란은 한식을 제대로 맛보겠다며 소주잔과 젓가락, 쌀로 담근 술도 가져왔는데 말이다. 사람들의 젓가락질은 갈 곳을 잃고 술만 계속 마셔댔다. 규칙을 어기고 예정에 없던 큰 소비를 하면서까지 나를 응원해준 프란에게 미안했다. 그 귀한 재료를 개죽에 낭비해버렸는데 그녀는 나를 조금도 비난하지 않았다. 오히려 어디서도 맛보지 못한 '도전적이고 실험적인' 음식이었다며 칭찬까지 해줬다. 그날 우리는 음식 대신 술로 배를 채우며 기분 좋게 놀았다. 그리고 그날 이후로 다시는 내 요리 차례가 오지 않았다.

중요한 것

프란은 소똥, 지푸라기, 삽, 장화, 손수레를 챙겼다. 집 지으러 간다더니 텃밭 일 하러 가나? 짐을 랜드로버에 싣고 출발했다. 15분 정도 달렸을까, 민둥민둥한 언덕에 둘러싸인 아늑한 잔디 초원에 도착했다. 더벅머리를 한 초가 움막집 하나가 덩그러니 놓여 있었다. 나뭇가지를 바구니 짜듯 엮어 만든 3평 남짓의 원형 공간이었다. 마치 어두컴컴한 토굴 같았다.

우리가 할 일은 흙 반죽을 만들어 움막집의 흙벽을 만드는 것이다. 움막집에서 50m 남짓 떨어진 구석에서 파낸 흙으로 집을 짓고, 나중에는 구덩이를 물로 채워 연못으로 만들 예정이란다. 흙 반죽은 어떤 재료로 만드는 걸까? 지푸라기, 물, 그리고…. 소똥이었다. 오늘 아침 코를 부여잡고 퍼다 나른 소똥!

"똥… 이요?"

놀란 우퍼들과는 달리 프란은 침착하게 말했다. 흙벽은 반죽이 마르면서 갈라짐과 이탈이 일어나는데, 소똥과 지푸라기를 함께 넣어 반죽하면 흙의 결집력이 강화되어서 갈라짐도 덜하고 튼튼한 흙벽을 만들 수 있다는 것이다.

아무리 그래도 그렇지. 포대 자루에서 갓 부어낸 소똥은 냄새는 물론 보는 것조차 힘들었다. 흙 반죽이 찰지게 잘 만들어졌는지 확인하려면 손으로 만져가며 그 점도를 느껴봐야만 한다. 나는 장갑을 끼고 눈 딱 감고 숨 참고 다른 재료들과 열심히 섞었다. 그러자 똥의 흔적이 사라지고 윤기 나는 흙 반죽이 만들어졌다. 어느새 나는 장갑을 벗어 던지고서 맨손으로 소똥을 주물럭거리고 맨발로 뭉개고 있었다.

완성된 흙 반죽을 손수레에 담아 움막집으로 가져갔다. 한 명은 안쪽에서, 한 명은 바깥에서 같은 뼈대를 사이에 두고 동시에 흙 반죽을 꾹꾹 눌러 붙였다. 그렇게 온종일 흙을 주무르고 벽에 치댔다. 어느새 한쪽 벽이 만들어졌고, 전체 벽의 1/4도 다 채우지 못했지만 나름 황토 불가마 같은 아늑함이 느껴졌다.

여전히 거칠고 투박한 집을 보고 있자니 갑자기 웃음이 났다. 이 더벅머리 집을 보고 실망한 헛웃음이라기보다는 신이 난 웃음이었다. 집을 짓는 일은 고도의 기술과 지식을 가진 건축가만이 할 수 있는 분야라고 생각했다. 그런데 이토록 단순하고 쉬운 집 짓기라니! 새로운 희망이 솟아났다.

건축가 자격증도, 위험한 장비도, 고가의 자재도 없이 그저 거칠어질 준비가 된 두 손만 있으면 된다. 여기에다가 단순한 일에 질리지 않을 꾸준함과 자연에서 빌릴 수 있는 자재면 충분하다. 조금 더 욕심을 부리자면, 함께 웃으며 일할 동료들. 그리고 이들과 함께 부를 노래가 있다면 재료는 이미 넘친다. 가슴이 두근거렸다. 자연의 색을 담은 투박한 집, 언젠가 뿌리내리고 싶은 터를 찾으면 꼭 이런 집을 지어야지, 하고 다짐했다.

프란은 석기시대 마을을 만들고 있었다. 수렵채집 사회에서 농경사회로 넘어가며 인류가 유목 생활을 멈추고 마을을 형성하던 것과 같은 모습의 동네를 말이다. 이곳은 박물관이나 민속촌 같은 장소가 아니다. 사람이 직접 살면서 신석기 시대처럼 생활하고 선조들의 지혜를 배울 수 있는 삶의 터전인 셈이다.

당시 나는 이 프로젝트의 의미를 이해하지 못했다. 공감하기란 더더욱 어려웠다. 미개한 원시인들의 삶에서 대체 뭘 배운다는 거지? 의심의 눈초리로 바라보는 내게 프란은 답했다.

"지·혜·로·운 선조들의 삶에서 배울 거리는 수도 없이 많지요."

프란은 원시시대의 삶을 동경했다. 문명과 기술의 도움 없이 두 손만으로 모든 것을 해결하던 시대. 자연이 주는 자원만을 활용해 살아가는 지혜를 그 과거에서 배워야 한다고 말했다. 현대 인류는 과학기술과 경제성장에만 너무 크게 의존한 나머지 자연과 자신의 참된 존재와의 연결을 잃어버렸다. 그리고 불안과 외로움 속에 살아가게 되었다. 우리에게 필요한 모든 것은 과학기술이 아닌 자연이 제공한다. 우리의 선조들은 이 단순한 진리를 알고 있었다. 인류가 삶의 진정한 풍요를 이루기 위해선 과거 그 시작의 시기로 돌아가 보는 것이 매우 중요하다. 우리 인간이 이 땅의 모양을 가꾸기 시작한 그 시점. 그 시간 속에 우리가 앞으로 어떻게 살아가야 하는지에 대한 답이 담겨 있다는 것이다.

프란의 설명에도 그녀의 *퇴보적*인 생각이 도무지 이해가 가지 않았다. 나는 프란에게 시대를 거슬러 살고 싶은 거냐고 물었다. 그러자 프란은 진심 어린 얼굴로 말했다.

"거꾸로 돌릴 수만 있다면 그러고 싶어요."

나는 이 이상 질문도 반론도 하지 못하고 대화를 마쳤다. 혼란스러웠다. 과학기술의 발전으로 우리는 삶의 편리함을 얻은 게 아닌가…? 앞으로도 발전은 계속될 것이고, 그것은 우리 인류의 무한한 진보를 의미하는 건데. 대체 우리가 뭘 잃어버렸다는 거지? 자연? 기술을 개발하다 보면 어느 정도의 자연 파괴는 어쩔 수 없는 것 아닌가? 자연 역시 언젠가는 과학기술로 다 회복할 수 있지 않을까? 자연보다 지금 당장 해결해야 할 '더 중요한 것'들이 눈앞에 산더미이다. 그것들을 이루려면 계속 개발하고 성장해야 하는데. 프란은 왜 나아가길 거부하고 되돌아가려는 것일까?

충분하다

주말을 이용해 가까운 시내에 다녀왔다. 근처 지역 중에서 가장 번화한 중심가라기에 재미난 볼거리가 있을까 했다. 하지만 조그마한 가게 몇 개가 모여 있는 아주 작고 따분한 거리였다.

시내 구경이 어땠는지 묻는 프란에게 나는 실망스러운 얼굴로 답했다.

"시내가 너-무 작아서 볼 것도 살 것도 즐길 것도 없었어요!"

그녀는 잠시 미소를 지은 후 말했다.

"당신에겐 너-무 작군요. 우리에겐 아-주 충분한데 말이죠."

프란은 이 한마디를 남기고 소젖을 짜러 떠났다. 나는 그녀의 뒷모습을 바라보며 한참을 서 있었다. *충분하다*는 말이 계속 맴돌았다.

충분하다는 것이 뭘까. 프란에게는 작은 중심가도, 손잡이가 깨진 찻잔도, 제철에만 먹을 수 있는 채소도, 일주일에 한 번 하는 목욕도, 구멍 난 티셔츠도, 삐그덕거리는 의자도, 주변에 가게 하나 없는 시골살이도… 모든 것이 충분하다. 충분하다는 것이 그 어떤 결핍 없이 만족 속에 있는 상태를 의미한다면, 이것이야말로 진정한 풍요로움일지도 모른다. 프란은 내게 보여주고 있었다. 풍요는 내가 무엇을 가지고 있는지가 아니라, 나의 마음이 무엇으로 채워져 있는가에 달려 있다는 것을 말이다. 나의 마음엔 무엇이 들어 있는가? 만족인가, 욕망인가? 나는 풍요로운가, 가난한가?

사랑받고 싶어서

매일 일을 마치고 나면 프란은 늘 고맙다고 말했다. 단지 잡초를 뽑거나, 가만히 서서 채소에 물을 주거나, 양 22마리 숫자를 세거나, 흙을 퍼 나르는 일과 같이 특별한 능력 없이도 누구나 할 수 있는 단순한 일이었다. 그런데도 프란은 항상 고마워했다. 그리고 먹을 것을 주고 잠잘 곳도 내어주었다. 어느 날, 이 고맙다는 말과 내가 이렇게 생존을 이어갈 수 있다는 것이 실로 감격스러워 몰래 눈물을 쏟아냈다.

전에 있던 웨일스 언덕 너머의 세상에서는 몇 년의 경력과 학위증과 자격증을 가지고 야근에 휴일 근무에 헌신을 다했다. 그래도 내게 고맙다고 말하는 사람은 없었다. 생존을 보장해주기는커녕 생계를 인질로 삼아 착취하고 짓밟았다. 심지어 자신들의 이해관계와 맞지 않으면 내쳐버리는 잔인한 일과 잔혹한 사람들로 가득했다. 그곳에서 내 쓸모는 참으로 하찮았다. 나는 인간적 온기란 없이 '사용'되었다.

도시에서 멀끔하게 입고 돈벌이할 때 내 마음은 어땠는가? 이 시골 농장에서 나는 소중한 존재가 된다. 단순한 육체노동과 특별할 것 없

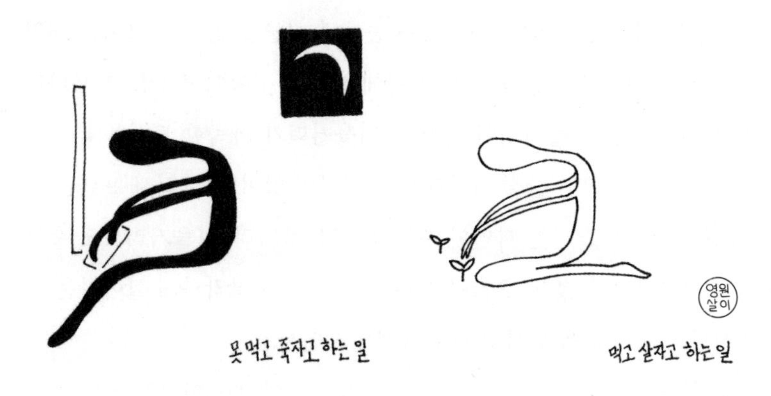

는 쓸모에 감사하다니. 그 따뜻한 말 한마디는 내 안에 있던 어린아이를 울려버리고 말았다. 마치, 내가 세상에 꼭 필요한 존재라며 다독여주는 것만 같았다.

지금 이곳에서 나는 몸을 써가며 끼니를 해결한다. 손톱에는 때가 잔뜩 낀 채로 단순하게 움직일 뿐인데 매일 기쁨이 넘친다. 돈을 받지 못해도 억울하지 않고, 종일 움직여도 지치지 않는다. 배움과 사랑이 가득한 곳에 와 있다는 사실에 마냥 감사할 뿐이다.

그런데 문득 이런 생각이 들었다. 이런 생활을 평생 지속하는 게 가능한 일일까? 생존을 해결한다고는 해도 평생 시골 농장에서 산다면 삶이 시시해지지는 않을까?

생각이 생각에 꼬리를 물고, 깊은 생각에 빠져 있을 때였다. 때마침 오늘의 마지막 소젖을 짜러 외양간으로 가고 있는 프란을 보았다. 나는 그녀에게 달려가 이곳에서의 삶이 정말 만족스러운지 물었다.

아주 어릴 때부터 자급자족 농장을 꿈꿔온 프란은 평생을 바라던 삶의 방식을 일구었다. 사랑하는 동물과 식물을 돌보며 그녀는 매일을 만족하며 살고 있다. 나는 프란에게 시골 생활이 조금도 지루하지 않은지 물었다. 놀거리며 볼거리, 먹을거리가 가득한 도시를 놔두고 시골에 살면 그런 즐길 거리가 없지 않냐며 말이다. 그러자 프란은 고개를 저었다. 그녀는 자연이 주는 놀거리, 볼거리, 먹을거리로도 충분히 즐겁다고 답했다. 오히려 좁은 빌딩에 갇혀 삭막하게 살아가는 도시인의 삶이 더욱 외롭고 지루해 보인다면서.

말문이 막혔다. 문득, 세상과 동떨어져 그야말로 아무것도 없는 이곳에서 한 번도 외로움이나 지루함을 느껴본 적이 없었다는 사실을 알아챘다. 도시에서 나는 늘 지치고 외로웠다. 지금까지 나는 무언가에 씐 듯 도시를 찬양했던 것이 아닐까? 도시에는 내가 원하는 모든 것이 있다고 믿으며, 환상에 눈이 먼 채 살아왔는지도 모르겠다. 하지만 아직 확신은 없다. 내가 정말 원하는 게 무엇일까? 어디서 어떻게 사는 게 내가 바라는 삶일까? 침묵이 이어졌다.

"인간의 가장 큰 욕망이 뭐라고 생각해요? 행복을 조건 짓는 가장 강력한 욕구 말이에요."

갑자기 던진 나의 질문에 프란은 조금도 놀란 기색이 없었다. 마치 그 질문을 기다렸다는 듯 너무도 쉽고 간단하게 말했다.

"사랑받는 것"(To be loved)

프란의 대답은 내 가슴 아주 깊은 곳에 커다란 파장을 일으켰다. 모든 것이 사랑받고자 하는 몸부림이었다. 공부를 잘하려는 것도, 열심히 일하는 것도, 도시를 갈망하는 것도, 유행을 따르는 것도, 돈을 가지려는 것도, 성공하려는 것도 말이다. 진정으로 내가 원했던 것이 아니었다.

지난 몇 개월간 나를 휩쓸었던 감정들이 이해되었다. 나를 절망에 빠지게 했던 것은 생존의 불안함이 아니라 버려졌다는, 즉 사랑받지 못했다는 데에서 온 외로움이었던 것이 아닐까? 나는 늘 인정받고 싶고, 유능한 사람으로 보이고 싶었다. 그런 내가 쓸모 없는 존재가 되어 직장으로부터 '버려졌을' 때, 사랑받지 못했다는 외로움이 나를 무너뜨린 것은 아닐까? 그 누구를 위해서도 아닌 정말 나를 위해, 내가 좋아서 했던 일이 있었던가. 어린 시절부터 지금까지 나를 슬프게 하고 기쁘게 했던 모든 일들이 이 *사랑받고 싶은 욕구*에서 비롯되었던 것임을 확신할 수 있었다. 다만 아직 분명치 않은 것이 있다.

'그렇다면 난 어떻게 해야 하는 것일까?'

아직은 그 답을 알 수가 없다. 하지만 분명한 것은 도시도, 돈도, 직업도, 무엇을 입었는지도 내가 사랑받기 위해 갖춰야 할 조건은 아니라는 사실이다. 이곳에서 머무는 3주 동안 내 마음엔 사랑이 가득 차 있었다. 진정 내가 쓸모 있고 소중한 존재라는 확신이 함께했다. 대체 어디서 오는 사랑이었을까? 무엇이 나를 사랑받고 있다고 여기게 만든 것일까? 앞으로 내가 해야 할 일은 이 답을 찾아가는 것일지 모른다.

이동 수단: 선행이라는 나비를 타고

올드 채플 팜을 떠나 4개월간 세 군데의 농장을 더 방문했다. 우프 같은 노동력 교환 커뮤니티를 이용한다면 앞으로 먹고사는 일을 걱정하지 않아도 될 것이다. 문제는 교통비였다. 우핑 농장에 가려면 교통비를 충당해야 한다. 영국은 물가가 비싸기로 유명하다. 그중에서도 집값과 교통비는 특히 어마어마하다. 기차비만 십만 원이 넘는 수준이니, 이대로 가다가는 곧 여정을 그만둘 수밖에 없는 상황이었다. 교통비를 어떻게 감당하지?

물론 한 우프 농장에 한참을 머무를 수도 있다. 이대로라면 돈 없이 평생을 살 수 있을지도 모른다. 하지만 올드 채플 팜에서 〈0원살이 프로젝트〉의 목적이 분명해졌다. 단순한 '생존'이 아닌 다양한 방식의 대안적인 삶을 경험해 나만의 삶의 방식을 찾자.

나름의 원칙을 세웠다. 한 장소에서 1개월 내외로만 머무르기로 했다. 이동하기 위한 방법도 찾아야 했다. 그래, 나에게는 두 발이 있다. 순례길에 오르듯 두 발로 걷고 자전거로 다니기. 이 방법이라면 교통비 문제에서 해방될 것이다. 걸어 다니는 것이 교통수단에 의존하지 않는 가장 독립적인 방법이다. 그러나 앞으로의 계획을 실현해가기엔 너무 느린 방법이다. 그래서 자전거를 타고 다니기로 했다. 그런데 어쩌나, 내겐 자전거가 없었다. 중고 자전거 하나를 구입할 수 있을 정도의 돈은 가지고 있었다. 하지만 돈 *없이 살기*를 한다면서 자전거를 산다니. 참으로 내키지 않는 소비다. 자전거를 구할 다른 방법을 고민해 보았다.

문득, 정말 단순한 생각이 떠올랐다.

'자전거를 빌려볼까?'

이때 나는 데본에 있는 '헤이 메도우 팜'에서 우핑을 하고 있었다. 자전거를 구할 겸, 맡겨둔 짐도 정리할 겸 잠시 전에 살던 런던 집으로 돌아왔다. 막연히 이 세상 어딘가에 프로젝트를 이해하고 지지해줄 사람이 있을 것 같았다. 밑져야 본전이라는 생각으로 런던에 있는 자전거 숍 열 곳에 메일을 보냈다. 큰 기대는 하지 않았다. 세상에 누가 공짜로 자전거를 내어준단 말인가!

며칠이 지나 기적이 찾아왔다. 런던에 있는 자전거 카페 락 세븐 LOCK 7의 주인 캐서린에게서 한 줄의 답장이 왔다.

'당신을 도와주고 싶어요. 자전거와 장비를 지원할게요. 키가 얼마나 되나요?'

캐서린을 만나기로 한 날, 자전거 카페 앞에 도착해 흥분되는 마음을 진정시키고 있었다. 저 멀리 얼굴 가득 웃음꽃을 머금은 짧은 머리의 여자가 자전거 하나를 끌고 오는 모습이 보였다. 당차고 활기찬 기운을 뿜어내며 다가온 그녀, 캐서린이다.

캐서린은 간단한 인사를 마치고는 이내 자전거를 소개했다.

"자, 이 자전거예요! 물통, 가방, 최근 유행하는 멋진 자물쇠도 있고요. 또 뭐가 필요할까요? 장갑도 여기 있어요. 헬멧도 필요하겠죠? 여기 헬멧. 그리고…. 어, 저기 내 강아지가 있네요! 혹시 원하면 강아지도…. 하하하."

가게를 탈탈 털어낼 작정인가? 그녀는 창고를 뒤지며 자전거 용품을 잔뜩 꺼내와 내주었다.

"언제라도 도움이 필요하면 나한테 전화해요! 그리고 이렇게 말해요. 헤이, 캐서린! 이거 내 계좌번혼데…라고요! 하하하."

그저 자전거 한 대만 내주어도 감사한 일이다. 그녀는 왜 전혀 알지도 못하는 사람에게 이런 선행을 베푸는 것일까? 왜 나를 도우려 하느냐는 질문에 그녀는 행복한 삶에 반드시 돈이 필요한 것이 아니라는 내 생각에 동의한다고 말했다. 돈이 없는 것이 세상 끝날 일도 아닌데 지금의 사회는 사람들을 수많은 한계와 두려움 속에 가둬버린다며 돈 대신에 도움을 주고받는 게 세상을 더욱 아름답게 만들 것이라고 말이다. 그러곤 내게 '선행 베풀기'라는 개념을 알려주었다.

"〈선행 베풀기〉라는 게 있어요. 내가 당신에게 무언가를 주면, 당신은 그것을 내게 도로 되갚는 것이 아니라 전혀 상관없는 다른 사람에게 갚음으로써 대가 없는 선행을 이어가는 거죠. 이렇게 서로를 돕는 선행이 퍼져나갈 때 우리의 삶은 사랑과 가능성으로 가득 차게 될 거예요."

그녀가 내게 건넨 도움은 단순히 '자전거'라고만 말할 수 있는 어떤 한 물질이 아니었다. 그녀는 내 가슴에 선행의 본보기를 심어주었다. 주고받는 거래의 계산 관계가 아닌 오직 베풀고 주는 순수한 관계. 부끄럽게도 나는 한 번도 이런 선행을 베푼 적이 없었다. 친한 친구에게 도움을 줄 때도 '언젠가 이 친구도 내가 필요할 때 이 정도는 도와주겠지…'라며 돌아올 대가를 기대하곤 했으니 말이다.

선행 베풀기. 이 따뜻한 말을 가슴 깊이 새기며 다짐했다. 이 고마움을 갚는 유일한 방법은 나도 누군가에게 대가 없는 베풂을 내어주는 것이다.

캐서린은 내게 믿으라고 했다. 인간은 본래 관대하고 친절한 존재이며, 이 세상엔 좋은 사람들이 정말 많다고. *좋은 사람들에 대한 믿음*이 있다면, 좋은 사람들과 계속해서 연결될 것이고 상상할 수 없을 기적을 경험하게 될 것이라고.

자전거를 타고 친구의 집으로 돌아오는 길. 가슴이 벅차올랐다. 세상의 좋은 *사람*들이라…. 이들과 연결되는 가슴 따뜻한 여정은 이미 시작되었다.

0원살이를 선포하다

지난 5개월간의 우핑 생활에 자전거까지 얻게 되면서 '0원살이' 여정에 더욱 확신이 생겼다. 세상엔 관대함과 호의, 열린 마음으로 서로에게 선행을 베푸는 사람들이 참으로 많았다. 여행자를 위한 전 세계 무료 숙박 네트워크인 웜 샤워즈Warm Showers, 카우치 서핑Couch surfing, 서바스Servas, 트러스트루트Trustroot 등도 알게 되었다. 여행자를 현지인의 집으로 초대해 숙박을 제공하고, 서로의 이야기를 공유하는 재능 공유 네트워크다. 자전거를 타고 목적지로 이동하는 동안 이 네트워크에 속한 사람들에게 도움을 받으면 돈 없이 살아갈 이 여정이 현실이 될 수 있을 것 같았다.

더는 주저할 이유가 없었다. 잘 곳, 먹을 것, 이동 수단의 자급 방법을 찾은 지금. '0원살이' 여정을 시작할 때가 왔다. 자전거를 받은 날에서 바로 일주일 뒤, 10월 31일을 '그날'로 정했다. D-DAY가 얼마 남지 않았다.

자전거 여정을 위한 짐을 새로이 꾸린 후, 데본의 농장으로 다시 내려가 프로젝트 시작을 선포할 계획이었다. 그런데 뭘 챙겨야 하지? 한 번도 자전거 여행을 해본 적이 없으니 뭘 준비하고 대비해야 하는 건지 아무 생각이 없었다. 인터넷으로 찾아보니 다들 으리으리한 고급 자전거에 각종 장비를 장착한 멋진 모습으로 자전거 여행을 하고 있었다. '저 장비들은 도대체 다 어디에 쓰이는 거지?' 쓰임새는 몰라도 왠지 저것들 없이는 결코 '투어 자전거'라 할 수 없을 것 같았다. 알아볼수록 필요해 보이는 장비는 늘어갔다. 자전거 여행자들의 사진은 내 안의 부러움과 소비 욕망을 일으켰다. '사버려, 필요한 거야!'라는 악마의 목소리는 강력했다. 자전거 장비의 늪은 끝이 없었다. 불행인지 다행인지 장비들의 종류가 너무나 많아 바로 구매하지는 못하고 혼란에 빠졌다.

이것이 광고와 미디어의 힘인가, 깨달으며 정신을 차렸다. 유혹에 넘어가지 않고 인터넷 창을 닫았다. 나는 프로젝트를 위한 그 어떤 소비도 원치 않았다. 자전거로 여행하는 동안 무슨 일이 일어날지 모르겠지만 그건 그때 가서 어떻게든 해결할 일이다. 캐서린이 준 장비로 일단 무작정 떠나보자. 그렇게 나는 다시 데본에 있는 헤이 메도우 팜으로 돌아갔다. 자전거 바퀴를 때울 도구 하나 챙기지 않은 채로.

2014년 10월 31일. 그날이 왔다. 두렵고 초조했다. 영국의 늦가을은 음울하고 고되다. 시도 때도 없이 비가 오고 바람이 분다. 그리고 밤은 점점 길어진다. 앞으로 무슨 일이 벌어질까? 울적한 비바람을 타고 그간 모른 체했던 온갖 걱정들이 밀려왔다. 불안한 마음은 머릿속에서 최악의 상황을 만들어내며 나를 괴롭혔다.

'누가 하라고 시킨 것도 아닌데…. 그냥 다 없던 일로 해버릴까?'

헤이 메도우 팜 친구들은 용기와 의지를 불어넣어주었다. 여정을 포기하기엔 이들의 지지와 응원이 너무 뜨거웠다. 나를 보살펴준 농장 주인 던칸은 프로젝트의 시작을 응원하며 텐트와 휴대용 태양광 패널, 자전거 기본 수리 세트를 선물해줬다. 그간 농장에서 함께 지낸 프랑스 친구 무리엘은 초조해하는 내게 우주의 모든 긍정 에너지를 끌어모아 주었다.

농장일에 필요한 장화, 랩톱, 카메라, 여가에 읽을 책 몇 권, 몇 개월 치 생리대, 혹시 모를 일에 대비한 단정한 옷까지. 이것저것 쓸데없는 물건으로 가득한 배낭을 자전거 짐받이에 실었다. 이때는 몰랐다. 여행의 가장 큰 가르침은 짐 싸기, 더 정확히는 짐 비우기에서 시작된다는 것을 말이다.

자전거 여행에 짐 줄이기는 정말 중요하다. 짐의 무게는 결국 자전거를 굴리는 두 다리에 고스란히 전해지기 때문이다. 나아감을 주저하게 하는 짐. 이는 곧 욕심과 두려움의 무게다. '이것도' 하는 욕심과 '혹시나' 하는 두려움은 길 위에 첫발을 내린 초심자에게 과도한 짐을 짊어지게 한다. 자전거 여행자는 터질 것 같은 허벅지의 고통을 느낀

후에야 길의 지혜 깊은 목소리를 듣게 된다.

'길 위를 나서는 짐 진 자여, 그 욕심과 두려움을 여기에 내려놓으라. 삶의 발걸음이 사뿐해질 것이니….'

그렇다. 이 위대한 깨달음을 얻기 위해 나는 그토록 값비싼 수업료를 내야 했다. 자전거의 엉덩짝에서 장화와 세련된 옷과 책들을 던져 내 버리기 전까지 나는 얼마나 많은 피, 땀, 눈물을 흘려야만 했던가. 얼마나 처절하게 언덕을 기어올라야만 했던가!

자전거 짐받이는 내 짐의 무게를 감당하지 못했다. 결국, 나사 하나를 퉤! 하고 뱉어냈다. 대충 끈으로 짐받이를 동여맸다. 짐이 무거우니 균형을 잡기가 어려웠다. 아니나 다를까 바람이 한 번 불자 자전거는 뒤로 그냥 넘어가버렸다. 그 바람에 배낭에 매어놓았던 경광봉이 깨져버리고야 말았다.

'오늘은 날이 궂으니 내일 출발하는 게 좋겠어'라고 누구든 말해주길 바랐다. 그러면 나는 못 이기는 척하다 자전거에서 손을 떼고 냉큼 숙소 안으로 들어가는 것이다. 무리엘은 애써 웃어보이며 응원의 말을 건넸다. 하지만 나는 그녀의 얼굴에 비친 애처로움을 읽었다.

그러나 나의 친구들은 지나치게 나를 사랑하고, 야속할 만큼 지혜롭다. 잔뜩 긴장한 내게 던칸이 말했다.

"용감해지는 유일한 방법은 그저 용감하게 행하는 것뿐이에요. 지금 당신에게 가장 필요한 것은 바로 용기일 거예요. 상상해봐요, 일 년 뒤 당신의 모습을요. 당신은 분명 와! 내가 해냈어! 라고 말할 거예요. 그날은 반드시 와요!"

던칸은 어느 현명한 이가 남겼다는 멋진 명언까지 들먹이며 내가 여정을 취소할 만한 명분의 여지를 모두 앗아가버렸다. 던칸의 이야기에 감동한 무리엘은 눈치 없이 더욱 흥분해 외쳤다.

"그래! 그날은 올 거야!"

용기를 내기는커녕, 있던 용기도 모조리 꺼내 내던져버리고 도망가고 싶을 만큼 포기하고 싶었다. 하지만 이들의 목소리를 듣고 어찌 용기를 내지 않을 수가 있겠는가!

"그래. 해보자. 어쨌든 결국 그날은 올 거야."

작별의 포옹과 인사를 나누고 "꼭 살아서 돌아올게요!"라고 외치며 첫 페달을 밟았다. 프로젝트의 시작을 선언하듯 세찬 바람을 타고 쌩 달려 나가는 감격스러운 장면을 그렸으나, 자전거는 중심을 잃고 휘청거리며 빙글빙글 돌다 다시 던칸과 무리엘 방향으로 돌진했다. 브레이크는 구슬픈 소리를 내며 시작에 극적 요소를 가했다. 간신히 중심을 잡고 방향을 찾았다. 다시 목적지를 향해 끼익끼익 소리를 내며 페달을 밟자, 무리엘은 환호성을 질렀다.

2014년 10월 31일. 하늘은 어둡고 바람이 세차던 날. 모험이 시작됐다.

0원살이 프로젝트 규칙

1. 1년간(14년 10월 31일~15년 10월 31일)
2. 영국에서, 15년 8월 영국 워킹홀리데이 비자 만료일 이전에 다른 나라로 이동한다.
3. 돈은 벌지도, 받지도, 쓰지도 않는다.
4. 한 장소에서는 한 달만 머무른다.
5. 대안적 삶을 사는 사람들을 만나다.
6. 쓸모와 기술을 늘려간다.
7. 여정 이야기를 책과 영화로 만든다.
8. 죽지 않는다.

2
무엇이 더 이상한 세상인가?

팅커들의 숲

팅커들이 살고 있다는 숲. 프로젝트의 첫 번째 목적지인 팅커스 버블에 도착했다. 130km 거리를 3일에 걸쳐 아주 천천히 이동했다. 무거운 짐과 덜컹대는 짐받이만으로도 이미 탈진할 지경인데 끝없이 이어지는 언덕과 수시로 내리는 비는 초보 자전거 여행자의 혼을 쏙 빼놓았다. 숙소는 울창한 전나무 숲 깊숙한 곳에 있었다. 진흙탕 오르막길에서 한참 사투를 벌였다. 숙소 부지에 도착하니 온몸이 땀과 진흙 범벅이었다.

땀과 흙. 팅커들이 보내는 격한 환영 인사였다.

팅커스 버블은 영국 남서부 서머싯Somerset에 위치한 친환경 공동체로 1994년에 설립되었다. 자연 파괴 없는 지속 가능한 삶을 위해 극단적인 생활 환경에서 사는 것으로 유명하다. 약 3만 평의 산림지대와 2만 평의 땅을 가지고 있으며 이 산림지대에서 얻는 목재로 직접 집을 짓고, 이 땅에서 얻는 먹거리로 자급자족한다. 중앙정부의 현대적 에너지 설비(전기, 수도, 가스 등)에 연결되어 있지 않고 독립적으로 에너지를 자급자족하는 형태인 오프 그리드(off grid) 생활을 하며, 그 어떤 화석연료(석유, 석탄, 천연가스 등)도 사용하지 않는다. 필요한 에너지는 나무를 태우는 화력과 태양광, 풍력에서 얻으며, 집을 지을 때조차 일체 전기 공구를 사용하지 않고 모두 손노동으로 한다. 자연을 파괴하지 않는 삶을 위해 상당히 엄격하고 단호한 생활방식을 선택한 영국의 상징적인 친환경 공동체이다.

쾌적하고 편리한 생활. 그 안에서 너무도 당연시 여겼던 것들이 이곳에선 조금도 당연하지 않다. 참으로 고되었다. 이름을 댈 수 있는 모든 육체적 어려움을 모두 모아놓은 것 같았다. 어둡고, 춥고, 더럽고, 배고프고, 위험하고, 힘들고, 불편했다. 지난 몇 개월간 여러 군데의 친환경 농장을 거치며 시골 생활과 육체적 노동에 꽤 익숙해졌다고 자신했는데 큰 착각이었다. 팅커스 버블의 거친 환경에 비교하면 다른 농장은 천국에 가까웠다. 어둠을 밝히는 것은 전깃불이 아닌 헤드 토치이며 보일러 대신 나무 난로를 사용한다. 목욕할 때도, 요리할 때도, 공간을 데울 때도, 차 한 잔을 끓일 때도 나무를 태워야 한다. 볼일을 보고 싶으면 어두운 진흙 숲길을 걸어 겨우 엉덩이만 가리는 재래식 화장실에 가야 하고, 목욕은 한 달에 한 번 할까 말까였다. 설거지하고 청소나 세탁할 때는 그 어떤 세제도 사용하지 않는다. 집을 짓는다면서 전동 드릴 하나 사용하지 않고, 나무를 벨 때는 손도끼와 손톱을 사용했다. 비바람이 몰아쳐도 바깥일을 하고, 강풍에 나무가 쓰러져 집이 무너져버리는 위험한 상황도 빈번했다.

아침 시간이 가장 힘들었다. 고된 노동의 후유증과 냉골의 추위에 온몸의 근육과 뼈마디를 가격당하며 잠에서 깬다. 얼음장 같은 찬물로 코밑에 묻은 까만 재를 대충 닦아내고, 천근만근 무거운 몸에 두꺼운 외투와 눅눅한 우비를 걸친다. 그리고 흙투성이 장화를 신고 질퍽한 진흙 숲길을 걸어 공동 주방으로 향했다.

'우유를 넣어 끓인 귀리에 달콤한 꿀과 견과류, 과일을 넣은 따뜻한 오트밀 한 그릇이면, 아… 정말 힘이 날 텐데….'

혹시나 하는 기대를 안고 어두컴컴한 주방 안을 살펴보았다.

"우유 있어요?"

"아뇨. 지금은 소가 없어요."

"그럼…. 꿀 있어요?"

"아뇨. 지금은 양봉도 하지 않거든요."

"그럼, 설탕이라도…?"

"아뇨. 우리는 설탕을 최대한 사용하지 않고 살아요."

직접 기르지 않으면 누릴 수도 없다. 당연한 이치다. 자급자족 농장을 몇 군데 경험하니 이젠 놀랍지도 않다. 그래도 매번 아쉬운 것이 사실이다. 여기서 아침으로 먹을 수 있는 것은 전날 구운 딱딱한 빵조각에 버터였다. 아니면 생귀리를 물에 말아 먹는 정도.

실망한 내 표정이 마음에 걸렸는지 공동체 멤버 잭이 설탕을 넣지 않고 만든 잼을 주겠다고 했다. 그는 사다리를 타고 컴컴한 다락으로 올라가 먼지 자욱한 병을 하나 꺼내왔다. 잼을 내어준 잭에게는 미안하지만, 정말 '맛'이 없었다. 내게 '맛'이란 '달콤함'과 같은 말이었으니 말이다.

빵이라도 구워 먹으려면 모닥불을 지펴야 한다. 몇몇 멤버들은 따뜻한 토스트에 열정을 불태운다. 질척거리는 바닥에 무릎을 꿇고 꺼져가는 불씨를 후후 불어가며 기어코 달걀 프라이와 토스트를 해 먹고 만다. 나는 그런 열정의 움직임을 보일 만큼 활기찬 아침을 맞진 못했으니, 그저 차가운 빵을 뜯어 먹고 만다.

하는 일은 매일 달랐다. 하루는 텃밭을 일구고 또 하루는 숲에서 나무를 날랐다. 어느 날은 장작을 패고, 수동 압축기로 사과주스를 만들고, 울타리를 보수하기도 했다. 온종일 톱질만 한 날도 있었다. 하는 일은 매번 달랐지만 매일 한결같이 비가 왔다.

다른 농장에서는 비가 오는 날엔 바깥일을 하지 않았다. 대신 와인을 만들거나 저장음식을 만들어두고 청소를 하는 등 실내에서 할 수 있는 일을 했다. 그러나 팅커들은 달랐다. 이곳에선 비가 오든 눈이 오든 흙탕물을 뒤집어쓰더라도 노동은 계속되어야 했다.

하루는 증기기관을 보호할 창고를 만들었다. 그날은 종일 비를 맞으면서 톱질하고 나무를 날랐다. 오후가 지나자 몸이 덜덜 떨렸다. 톱을 쥘 힘조차 남아 있지 않았다.

정말이지 너무한다 싶었다. 종일 빗속에서 일해야 한다는 것도, 내내 톱질만 해야 하는 것도 너무했다. 하지만 한마디 불평도 할 수 없었다. 이곳 사람들은 이 정도 비와 이 정도 노동은 아무 문제도 아니라는 듯 힘든 기색 없이 일했기 때문이다.

일과를 마칠 때면 따뜻한 샤워가 무척이나 그리웠다. 온몸이 땀과 빗물로 범벅되어 꿉꿉했다. 하지만 그마저도 간단한 일이 아니었다. 이곳에서 목욕하기 위해서는 3시간 전부터 불을 지펴 물을 데워야 한다. 게다가 이왕 물을 데우는 김에 다른 사람들도 함께 온수를 이용하게 하려면 목욕탕 앞에 놓인 칠판에 목욕 날짜와 시간을 미리 적어 놓아야 한다. 이곳에서 '목욕'이라는 것은 미리 계획해야 하는 것이었다. 목욕이라는 휴식, 지금 당장 비를 맞고 몸이 더러워졌다고 바로 따뜻한 물로 씻어낼 수 있는 '사치'는 허용되지 않았다.

이곳에서는 나 혼자만 불편했다

영국의 11월, 이곳에 머무는 2주 동안 단 하루도 햇볕이 쨍쨍한 날이 없었다. 내내 비만 내렸다. 오후 4시부터는 사방이 어두워졌다. 날이 궂으면 일이 참으로 고되다. 하지만 정작 나를 힘들게 만든 것은 따로 있었다.

이곳 사람들은 기후변화의 주범 중 하나인 전기 사용을 줄이기 위해 상당히 절제된 생활을 하고 있었다. 전력 소비가 낮은 넷북 하나를 공동으로 사용하고, 전깃불을 아끼기 위해 헤드 토치를 사용했다. 공동체 안에 각자 집을 가지고 있었지만, 개인 공간에서의 전기 사용을 줄이기 위해 최대한 공동 공간에서 함께 시간을 보냈다. 매일 아침 전력량을 확인하고, 전력이 충분하지 않을 때는 비상 회의를 열어 전기 사용을 줄이기 위한 방법을 논의했다.

나는 잠시 머물다 가는 방문자이기에 이들보다 더 전기를 아껴야 했다. 상당한 전력을 사용하는 랩톱은 말할 것도 없고, 몸의 일부라 여겼던 스마트폰조차 충전할 수 없었다. 이보다 더 큰 문제는 카메라를 충전할 수 없다는 것이었다. 여정의 과정을 촬영해 영화를 만들겠다는 목표에 예상치 못한 위기가 찾아왔다.

그래도 나름 믿는 구석이 있었다. 던칸이 선물해준 휴대용 태양광 패널이 있었기 때문이다. 공동체의 전기에 의존하지 않고 자체적인 에너지 독립을 이루겠다는 강한 집념으로 햇빛이 비칠 때마다 패널을 펼쳐댔다. 나의 야심과는 달리, 패널은 늘 비를 불렀다. 패널을 펼치자마자 항상 비가 오는 바람에 나의 태양광 패널은 '빗물 수집기'라는 별명을 얻게 되었다.

한 번은 공동으로 사용하는 태양광 전력량이 50%조차 되지 않은 날이 있었다. 사람들은 비상 회의를 열었다. 폰을 더 적게 사용하고, 전깃불을 더욱 아끼고, 공용 넷북 사용마저 자제하자고 했다. 나는 사실 이 상황이 조금 답답했다. 여기서 어떻게 전기를 더 아낀다는 거지? 헤드 토치 건전지도 충전하지 말라는 건가? 나는 짜증을 참으며 페드로에게 그냥 태양광 패널을 늘리면 어떻겠냐고 물었다.

'전기가 부족해서 생활이 불편하다'에서 '태양광 패널 수를 늘려 발전량을 늘린다'로, 거기에서 '보다 편하게 산다'로 연결되는 생각의 흐름이 나에게는 너무도 당연하고 합리적이었다. 그러나 그의 '합리'는 달랐다. 태양광 패널을 제작하며 배출되는 어마어마한 탄소로 환경에 해를 입히는 소비를 하고 싶지 않다는 것이다. 차라리 부족한 전력량을 감수하는 것이 낫단다. 페드로는 오늘의 전기량이 50%라는 것은 전기 발전을 두 배로 늘려야 한다는 게 아니라, 다른 때보다 사용량을 절반으로 줄여야 하는 것이며, 요즘 같은 날씨에는 그냥 상황에 맞춰 살면 된다고 덤덤히 말했다.

그랬다. 전기가 부족해서 짜증이 나고 답답했던 것은 나뿐이었다.

고된 생활이 4일째 이어지자 나는 이들의 생활 방식에 의문이 생겼다. 이들이 살아가는 이 '불편한' 방식이 과연 수많은 현대인을 설득할 수 있을까? 필요한 것을 스스로 공급하고 '만족'시키는 것이 자급자족이라 했나? 그런데 이런 극단적인 생활방식은 욕구를 '만족'시키는 것이 아니라 모든 욕구를 '포기'하게 하는 것 아닐까? 인간은 모두 편안하고 쾌적한 환경에서 지내고 싶어 한다. 단순히 먹고 자고 살아있는 것만이 다가 아니라, '맛있는 음식을 배불리' 먹고, '따뜻하고 깨끗한 공간에서' 잠자며, '힘들지 않고 안전하게' 살아가는 것. 이것 또한 기본에 가까운 욕구이다. 아무리 자연을 위해서라지만 어느 누가 그 모든 쾌적함을 버리고 이렇게 힘들고 고된 환경에서 기꺼이 살아갈 수 있을까? 아, 여하튼 나의 길은 아닌 것 같다. 내겐 이런 불편함을 감수할 만큼의 목적과 동기는 없다.

당장이라도 이곳을 떠나고 싶었지만 머물기로 약속한 2주는 어떻게든 채우고 싶었다. 어쨌든 열흘 후면 다시 '문명'으로 돌아갈 테니 눈 딱 감고 남은 기간을 버텨보기로 했다.

그러던 어느 날이었다. 라디오 뉴스를 들으며 밭일을 하고 있었다. 라디오에서 나오는 소식을 들은 팅커 캣이 말했다.

"세상에…. 어떻게 경제와 돈이 생명이나 삶보다 더 중요할 수 있을까? 아, 난 정말 그들이 행복하길 바라. 사실 난 그들이 행복하다고 믿지 않지만 말이야."

머리를 한 대 얻어맞은 기분이었다. 문명을 누리며 사는 사람들이 행복하기를 바란다고? 고되게 살아가면서 도시에 사는 이들을 안타깝게 여기다니, 이들은 정말 이 생활에 충분히 만족하고 있었다. 같은 시대를 살며, 지향하는 삶의 방식이 이렇게 서로 다를 수 있는 걸까? 나와 팅커들 사이에는 어떤 차이가 있는 것일까?

'환경에 해를 주지 않는 삶'을 최우선의 가치로 여기는 팅커들에게 육체적 불편함과 검소한 생활은 일상이었다. 팅커들의 진정성은 내 마음에 조금씩 진심 어린 존경을 싹틔웠다.

세상 가장 아름답고 조화로운 집

숲에는 허름한 은신처가 많았다. 재활용품으로 지은 집과 개암나무 대를 구부린 후 대형 천막으로 대충 덮어놓은 텐트, 쓰러진 나무가 그대로 박힌 무너져가는 집까지. 사실 은신처라기보다는 그냥 쓰레기 더미처럼 보이는 공간도 많았다. 최근에 와서야 원형 흙집을 비롯해 '집다운' 목조 주택을 만들었지만 공동체 초기에는 대충 되는 대로 자재를 구해 은신처를 만들었다고 한다.

팅커들이 지은 집은 얼핏 봐도 부족한 점이 많아 보였다. 단열도 잘 안 될 것 같은 허름한 판잣집에서는 안락함이나 쾌적함이라곤 찾아

볼 수 없었다. 하지만 이들은 실로 편안해 보였다. 재활용 천막 아래에서도 기꺼이 몇 년을 살아온 사람들이다. 지붕과 창문이 있고, 자연 자재로 본인이 직접 지은 공간. 그들에게 이 공간은 고급 전원주택과 비교할 수 없을 정도로 완벽하고 소중한 집이다.

팅커들이 집을 짓는 데에 가장 중요한 요소는 '얼마나 지구에 해를 주지 않는가?'다. 번듯하고 '편리'한 건물을 원하는 것이 아니다. 작은 벌레와 풀 한 포기에 조금의 해도 주지 않을 소박한 은신처를 소망한다.

인간이 따뜻하고 예쁜 집을 짓는 사이 지구는 점점 더 뜨거워지고, 생태계는 무너져간다. 추운 날 따뜻한 집에서 반소매를 입고, 더운 날 시스템 에어컨을 가동해 시원하고 쾌적한 공간. 오늘날 인간이 바라는 완벽한 집은 지구의 완벽한 조화를 무너뜨린다. 한없이 누추하고 허름한 팅커들의 집은 세상 가장 아름답고 조화로운 집이었다는 것이 그제야 비로소 보였다.

현대 식품 산업은 기후변화와 토양오염에 막대한 파괴적 영향을 준다. 따라서 팅커들은 90% 이상의 먹거리를 자급자족한다. 과일과 채소를 직접 기르고, 풀어 키우는 닭에서 계란을 얻는다. 내가 머물 당시에는 소를 키우지 않았지만, 소가 있을 때에는 우유와 요구르트, 고기, 치즈, 버터를 얻는다. 멤버의 일부는 채식주의자이지만 일부는 육식을 한다. 주로 길에서 사고를 당해 죽은 동물을 먹고 가끔 다람쥐와 비둘기, 토끼 등을 사냥한다. 이들은 대형 슈퍼마켓을 절대 이용하지 않고 꼭 필요한 식재료는 윤리적인 도매상에서만 구매하며 유기농 제품만을 사용한다.

'맛없는 잼'을 만드는 이유. 즉, 설탕을 먹지 않는 이유는 이러했다. 먼저 설탕의 원재료인 사탕수수를 농사짓는 과정에서부터 엄청난 환경 문제가 발생한다. 사탕수수를 재배하기 위해 열대림을 파괴하고 대규모로 소각하면서 동식물 서식지가 파괴되고 생물다양성이 위기에 처한다. 경작지 주변에 발생하는 수자원 고갈과 토양 침식도 문제다. 또한 설탕 제조 과정에서 탄소와 폐수, 농업용 화학물질, 고형 폐기물 등이 대량 배출되어 대기오염과 토양오염, 수질오염을 초래한다.

제3세계 사탕수수 생산지의 노동착취와 불공정한 무역 체재도 수백 년 동안 해결되지 않은 설탕 산업의 고질적 문제다. 왜곡된 무역 구조와 폭력적인 플랜테이션 경영방식으로 인해 사탕수수 노동자들은 노예와 다름없는 비극적인 삶을 살고, 수많은 어린아이의 노동이 착취된다.

팅커들은 이 백해무익한 설탕을 소비하지 않으려 큰 노력을 해왔다. 양봉도 해보고 사탕수수를 대체할 사탕무를 직접 길러보기도 했지만 결국 '달콤한 것'을 섭취하는 것을 최소화하는 방법을 택했다.

저녁 식사는 모든 멤버가 돌아가며 준비했다. 장작을 패고 불을 지펴 물을 끓이는 데에만 3시간이 걸렸다. 이도 보통 일이 아니었고, 요리하려면 텃밭에서 채소를 수확해 재료를 마련하는 것이 먼저였다. 그러니 저녁 준비로만 한나절이 금세 지나갈 수밖에 없었다.

직접 기른 채소로 만든 소박한 음식. 이 음식에는 설탕 한 스푼도 들어가지 않았지만 고된 일과를 끝낸 팅커들에게는 최고의 진수성찬이었다. 대지의 사랑과 동료의 정성이 듬뿍 담긴 소중한 음식을 조금도 낭비하고 싶지 않은 마음일 것이다. 팅커들은 접시에 남은 흔적까지 혀로 핥아먹으며 신성한 식사 의식을 마쳤다.

팅커스 버블의 원칙

땅에서 나오는 것으로만 생계를 유지한다.

팅커스 버블의 가장 중요한 원칙이다. 터전에서 '손노동'으로 거둘 수 있는 것에서만 수입을 얻겠다는 것이다. 팅커들은 과수원에서 사과주스를 얻고, 산림지대에서 목재를, 텃밭에서 채소를 얻어 주 수입원으로 삼았다. 목재로 만든 가구와 공예품을 판매하고 가끔 텃밭 가꾸기나 목공, 생태 관련 교육 프로그램을 운영해서 수입을 얻기도 했다. 이러한 활동을 반대하는 멤버도 있었다. 이는 직접적으로 '땅을 일구는 노동'이 아니기 때문이다.

팅커들의 생활 비용은 매우 적다. 집세를 내지 않고, 대부분의 음식을 자급자족하고, 새로운 물건을 거의 구매하지 않았다. 한 사람당 매달 소비하는 생활 비용은 약 100파운드, 한화로 약 15만 원 정도였다(참고로 나의 한 달 런던살이 비용은 약 250만 원이었다). 구멍 난 양말을 꿰매어 신는 것은 물론, 해지고 찢어진 옷을 입고 거리로 나갔다. 꼭 필요한 것은 지역 벼룩시장에서 중고로 구입했다.

살면서 나는 수없이 많은 물건을 버리고 구매해왔다. 양말에 구멍이 나기도 전에 새로운 양말을 사 신었고, 유행이 지났다는 이유로 멀쩡한 옷을 망설임 없이 버렸다. 양말 한 켤레가 만들어지기까지 얼마나 많은 지구의 자원이 소비되는지, 얼마나 가혹하게 인간의 노동이 착취되는지 생각해본 적은 없었다. 또 새로운 옷을 사려면 얼마나 많은 시간을 돈벌이에 바쳐야 하는지도. 곱게 바느질하던 한 팅커의 손길을 통해 비로소 곱씹어보게 되었다.

이들은 가난을 통해 검소함을 배운다. 그리고 검소한 삶을 유지하며 지구의 자원을 묵묵히 지켜나간다. 팅커들은 지구를 착취하지 않고 공생할 수 있다는 메시지를 몸소 보여주었다.

팅커스 버블에 머무는 동안 나와 가장 많은 시간을 함께한 멤버는 페드로였다. 페드로는 '자연에 조금도 영향을 주지 않으며 살겠다'는 신념으로 가득 차 있었다. 나는 그에게 연신 질문하곤 했다. 그의 소신 있는 삶은 내게 많은 영감을 주었다.

페드로는 컴퓨터 관련 회사에 다니던 평범한 직장인이었다. 그러던 어느 날, 기후 위기의 심각성을 깨닫고는 직장을 그만두고 모든 삶과 열정을 환경보호를 위한 활동에 쏟기로 했다. 페드로는 자신의 가치관을 지키려 몇 가지 엄격한 규율을 만들었다.

페드로의 첫 번째 규율
자동차를 타지 않는다.

페드로는 몇 시간이 걸리는 길도 자전거를 타고 이동한다. 누군가가 가는 길이라며 태워준다고 해도 절대 타지 않았다. 페드로는 기후 위기를 일으키는 주요인으로 자동차 사용을 들었다. 이상기후로 결국 인간과 지구는 끔찍한 결말을 맞이할 것이라면서, 그러한 행위에 어떤 식으로든 가담하고 싶지 않다는 것이다.

페드로는 자신을 차에 태워주겠다는 사람이 있으면 승낙하기는커녕 오히려 함께 대중교통을 이용할 것을 제안했다. 간혹 페드로와 함께 대중교통을 이용하는 사람이 있기도 하지만 대부분은 아니었다. 누군가는 그 혼자 부리는 고집은 세상에 아무런 변화를 일으키지 않는다며 조롱했다. 그러나 페드로는 개의치 않았다. 사람들이 그의 제안을 거절하더라도 자동차가 기후 위기에 미치는 영향을 한 번은, 잠깐이라도 생각하게 될 것이다. 그리고 어쩌면 죄책감을 느낄지도 모른다. 그들에게 기후 위기에 대한 책임을 각성할 기회를 주는 것만으로도 페드로는 자신의 '자동차 탑승 거부' 운동이 충분한 의미가 있다고 했다. 그것만으로도 이미 큰 변화가 시작된다고. 한 사람의 강한 신념은 결국 어떻게든 영향을 주게 되어 있다고 말이다.

페드로의 두 번째 규율
비행기를 타지 않는다.

페드로는 비행기를 절대 이용하지 않는다. 비행기는 전 지구를 누비며 온실가스를 뿜어내기 때문이다. 다른 멤버들은 "페드로는 조난 상황에서도 절대 구조 헬기에 탑승하지 않을 것이다."라며 우스갯소리를 하곤 했다.

나에게 비행기는 꼭 나쁜 것만은 아니었다. 비행기를 타지 않았더라면 영국에도 오지 못했을 것이다. 비행기를 타고 여기에 왔으니 이렇게 함께 이야기도 나누고, 대안적인 삶의 방식도 경험할 수 있는 거라고 페드로에게 말했다. 그러자 페드로가 대답했다.

"꼭 비행기를 타야 여행할 수 있는 건 아니잖아요? 지금 당신 역시 자전거를 타고 여행하고 있고요. 지구에 해를 끼치지 않으면서도 많은 배움과 영감을 얻을 수 있는 여행 방법이죠. 한국에 돌아갈 때도 비행기를 타지 말고 자전거나 육로를 통해 가보는 건 어때요?"

당시 나는 어디를 가든 자전거로만 이동했다. 자동차와 비행기가 기후변화에 미칠 영향을 생각해서가 아니라 소비하지 않기 위해서였다. 돈을 쓰지 않으려 했던 행동이 탄소 배출을 줄여 환경보호에 기여했다니, 예상하지 못했던 이로움이었다.

그런데 잠깐, 비행기 대신 육로로 이동해보라고? 비행기를 타지 않는 여행이라니. 페드로의 제안을 듣고 눈이 반짝였다. 당시 나는 1년 정도 영국과 그 주변을 떠돌다 프로젝트를 마칠 생각이었다. 많은 나라를 여행하겠다는 생각은 해보지 못했다.

대개 해외여행이란 공항에서 시작하는 것이다. 사람들은 편리함에서 나아가 시간을 절약하기 위해 비행기를 탄다. 돈도 없고, 목적지도 딱히 없으며, 가진 것이라고는 시간뿐인 나로서는 이제 비행기를 이용할 이유가 전혀 없다. 그렇게 나는 '비행기를 타지 않고 육로를 통해 한국으로 돌아간다'라는 새로운 모험을 가슴에 품었다. 돈을 쓰지 않기 위해서든 환경보호를 위해서든 아니면 색다른 여행을 하고 싶어서든, 여하튼 비행기를 타지 않는다는 것은 내게 새로운 시작과도 같았다.

페드로의 세 번째 규율

전기공구를 사용하지 않는다.

팅커들은 큰 건물을 지을 때도 '손노동 원칙'을 지킨다. 전기톱 대신 손톱으로 나무를 자르고 전동드릴 대신 드라이버로 나사를 조이고, 그라인더 대신 사포로 나무 표면을 다듬는다. 이처럼 전기 공구를 손노동으로 대체하려면 엄청난 노동력과 시간이 소요된다. 몇몇 멤버들은 제발 전동드릴만이라도 사용하자며 나름 타협하려 했다. 페드로는 이를 엄격하게 반대했다. 그는 공동체가 30년간 지켜온 손노동 원칙을 끝까지 지켜나가고자 했으며, 인간의 주거생활이 지구에 미치는 파괴적 영향을 최대한 줄이기 위해 모든 수고로움을 감수하고자 했다.

페드로는 언제나 여유로워 보였다. 그는 이곳에선 무엇이든 전혀 서두를 필요가 없다고 말했다. 몇 년이 걸리든 모든 작업을 손으로 하여 완성했을 때 느끼는 행복은 기계적 공정의 빠른 완성으로 얻어지는 성취감과는 절대 비교할 수 없다며 말이다.

페드로의 네 번째 규율

적극적으로 세상의 변화를 이끈다.

모든 일과가 끝나고 저녁 식사를 마치고 나면 페드로는 공용 컴퓨터 앞에서 시간을 보냈다. 그는 기후 위기의 심각성을 알리기 위한 활동가로서 각종 강연, 교육, 집필 활동을 했다. 또, 이메일 문의에도 답변해야 했다. 이것이 모든 문명에서 벗어나 살아갈 것 같은 팅커의 숲에도 인터넷이 존재하는 이유였다. 인터넷과 대중교통 이용이 시스템으로부터의 완전한 독립, 그리고 지구를 위한 지속 가능한 삶에 어긋나기는 한다. 그러나 그는 '아직은' 이런 의존을 허락하기로 했다. 중요한 사명이 있기 때문이다. 페드로는 세상 모든 사람이 지속 가능한 삶의 방식으로 자신들의 삶을 변화시킬 때까지 끊임없이 소통하고자 한다. 이 아름다운 행성을 파괴하지 않고도 우리가 충분히 삶의 목적을 실현하며 살아갈 수 있음을 사람들에게 알리기 위해 말이다.

허름한 외투 속에 고결한 신념을 지닌 팅커, 페드로는 세상의 변화를 위해 스스로 변화 그 자체를 흡수한 사람이다.

'없음'과 '부족함'

자연의 도움과 자신의 노동으로 얻을 수 없는 것은 무엇도 굳이 소유하려 들지 않는 사람들. 팅커들은 '없음'을 당연하게 받아들이는 듯했다. 하지만 나는 편안하지 못했다. '없음'보다는 '부족'을 느꼈기 때문이었다. 부족함은 '없음(0)'이 아니라 '모자람(-)'이다. 있어야 할 것이 없다는 결핍은 불충분, 불만족, 불편함을 가져온다. 이들은 없으면 없는 대로, 부족해도 충분히 만족하며 산다. 부족함을 충족시키기 위해 환경과 기반 시설을 바꾸려 하지 않고, 부족해진 상황에 자신들의 생활 흐름을 맞추며 살아가고자 했다. 그리고 그것을 불편하거나 견디기 어려운 결핍으로 보지 않고 자신들의 신념과 가치관을 지키기 위한 숭고한 절제로 기꺼이 받아들이는 것 같았다.

이들은 이토록 부족하고 결핍된 생활을 오히려 자유로운 삶이라 여겼다. 나는 이 점이 잘 이해되지 않았다. 하고 싶은 것을 마음껏 하지 못하고 갖고 싶은 것도 당장 갖지 못하는 삶. 이게 왜 자유라는 걸까? 의문이 들었다. 그래서 나는 솔직하게 물었다.

"어떻게 이게 자유일 수 있죠?"

이러한 삶의 방식은 자유를 준다기보다는 제한을 늘리는 방식이 아닌지 묻고 싶었다. 나의 물음에 잭이 답했다.

"맞아요. 우리는 태양광으로만 전기를 얻기 때문에 늘 전기가 부족해요. 충분한 전기가 없죠. 하지만 우리에겐 '전기 요금 고지서'도 없어요. 그게 우리에겐 자유예요."

애드가 덧붙여 말했다.

"도시의 사람들은 가져야 하는 것, 원하는 것도 많고 전기세에 물세도 내야 하니까 일 년 내내 일해야 하잖아요!"

팅커들은 물, 전기, 음식 등 꼭 필요한 것은 대부분 스스로 만들거나 자연에서 얻기 때문에 시스템과 돈에 의존하지 않을 자유가 있다. 또한 하기 싫은 일을 굳이 하지 않아도 되는 자유와 국가에 권력을 넘겨주지 않는 자유도 있다.

헤드 토치를 괜스레 천장에 비추는 멤버에게, "전력 낭비하지 마!"라며 나무라는 이들이었다. 팅커들에게 필요한 빛이란 어둠 속에서 걸어갈 길을 비출 만큼이면 충분했다. 그리고 설사 그만큼의 빛마저 없더라도 이들은 기꺼운 마음으로 어두운 길을 더듬거리며 걸어가리라. 이들의 길엔 찬란한 자유가 가득하기 때문에.

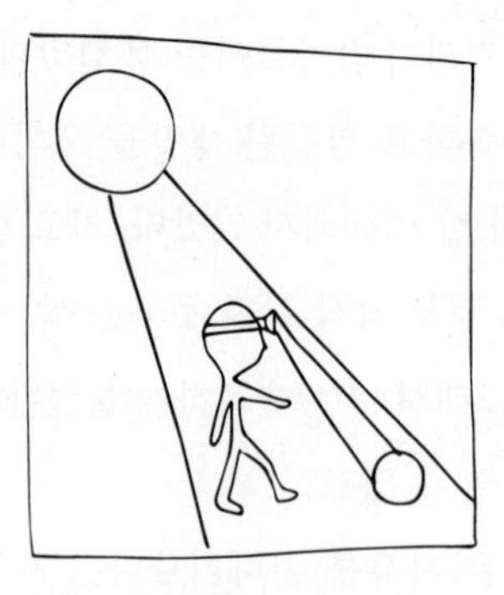

빛을 모아 길 비추기

팅커들은 자연을 진심으로 섬겼다. 우리 행성, 지구를 진정으로 사랑했다. 팅커들은 알고 있었다. *편하게, 쉽게, 빠르게* 살기 위해 자연을 파괴해왔으니, 자연을 위해선 *불편하게, 힘들게, 느리게*! 살아야 한다는 것을 말이다. 이들이 모든 불편함과 힘듦을 기꺼이 감수하며 살아가는 원천은 결국 자연에 대한 진심 어린 사랑이었다.

안타깝게도 당시 나에겐 그런 사랑이 없었다. 편리한 삶을 굳이 포기하면서까지 지구를 지켜야 할 사명도 목적도 없었다. 따라서 내게 '불편함' 체험은 2주면 충분했다. 팅커들이 주는 많은 영감과 감동에도 여전히 나는 하루라도 빨리 쾌적한 문명으로 돌아가고 싶었다.

필요한 것과 원하는 것의 차이

'다 자전거가 후져서 이런 거야!'

데본의 길은 온통 언덕이다. 자전거 여행 초심자로서 무거운 자전거로 언덕을 오른다는 건 매번 한계를 시험하는 일이었다. 나는 기쁨의 '자전거 타기'보단 고통의 '자전거 끌기'를 주로 해야 했다. 끝이 보이지 않는 언덕을 몇 시간에 걸쳐 올랐다. 인내심이 한계에 다다를 때쯤 내리막이 보였다. 내리막의 기쁨은 야속하리만큼 잠깐이다. 충분히 숨도 다 고르지 못했는데 또다시 언덕이 까마득하다. 주저앉아 왈칵 울고만 싶어졌다.

'이건 다 제대로 된 장비가 없어서 그런 거야!'

영국의 초겨울 날씨는 끔찍했다. 매일 비바람이 몰아치고 오후 4시면 어둠이 찾아왔다. 죄 없는 자전거 장비를 탓했다. 우의도, 방한 장갑도, 라이트도 없었던 나는 비와 추위, 어둠을 고스란히 마주해야 했다. 정신력으로 견디는 데에도 한계가 있었다. 날은 어두워지는데 가야 할 길은 멀고 쏟아지는 비에 몸을 피할 곳도 없다니. 나는 갖지 못한 것들을 갈망하며 현실을 원망했다.

바퀴에 펑크가 났다. 던칸이 선물로 준 펑크 수리 키트가 있었지만, 사용법을 몰라 무용지물이었다. 브레이크와 짐받이도 말썽이었다. 브레이크는 심한 소음을 내며 제대로 작동하지 않았다. 자전거를 탈 때면 짐받이가 좌우로 크게 요동쳤고, 짐이 언제 무너질지 몰라 불안했다.

'이런 상태로는 여정을 계속할 수 없어!'

장비들을 제대로 갖추지 못했다는, 자전거 수리법도 배우지 못했다는 생각. 곧 '준비가 안 됐다'라는 생각은 자전거 여행을 해낼 수 없을 것이라는 불안과 의심을 만들었다. 이윽고 이 불안감은 '사고 싶다'라는 소비 욕구에 불을 지폈다. 멋진 자전거를 타고 다니는 여행자를 만날 때면 '나도 저런 자전거 타고 싶다'는 생각에 사로잡혔다. '아, 그냥 다 사버릴까?', 프로젝트의 첫 번째 위기였다.

'내 안전과 직결된 문제야. 1년간 프로젝트를 무사히 진행하려면 꼭 '필요한 것'들이지. 어차피 프로젝트 전에 미리 샀어야 하는 걸 사지 않아 생긴 문제니까 지금 사도 규칙을 어기는 건 아니야, 괜찮아.'

그렇게 고민하다 한 공동체에서 함께 우핑을 하던 아저씨에게 더 좋은 자전거와 장비를 사고 싶다는 이야기를 털어놓았다.

아저씨는 잠시 생각하더니 이렇게 답했다.

"조금 힘들었지만 그래도 지금까지 큰 문제 없었잖아요. 자전거는 몇 군데만 손보면 되겠어요. 내 생각에 당신은 지금 다른 자전거가 필요한 게 아니라 그냥 원하는 것 같아요. 사람들은 종종 '원하는 것'을 '필요한 것'으로 착각하기도 해요. 다시 잘 생각해봐요. 정말 '필요한 것'인지 말이에요."

순간 얼굴이 화끈거렸다. 나는 '원한다'를 '필요하다'로 착각하고 있었다. 더 좋은 것을 갖고 싶다는 욕망을 이런저런 핑계로 포장하고 있던 것이다. '필요한 것을 준비하지 않았다'는 불안감에 스스로 불가능이란 한계를 만들었고, 하마터면 소비를 저지를 뻔한 위기를 자초했다. 아저씨 덕에 소비의 유혹에 무너지지 않았고, 무소비 여정을 지속할 수 있었다.

I'VE GOT EVERYTHING I NEED
EXCEPT EVERYTHING I WANT.

원하는 것은 없어도
필요한 것은 다 있다.

자전거 여정을 마치고 목적지에 도착할 때면 큰 고장 없이 무사히 달려준 자전거와 장비들에 진심 어린 감사 인사를 했다. 이것들이 있어 여정을 지속할 수 있음이 감사했고, 내가 가진 것이 충분하다는 만족감을 느꼈다.

본의 아니게, 사람들은 볼품없는 나의 자전거를 보고 측은지심을 발휘했다. 그 덕에 많은 이에게 큰 도움을 받기도 했다. 나중에는 이런 자전거와 장비로도 길고 거친 모험을 지속할 수 있다는 것이 자랑스럽게 느껴졌다.

자전거 세상은 관대함으로 가득했다. 불안하고 조급했던 마음은 때를 기다릴 줄 아는 여유로 바뀌었다. 당장의 필요와 욕구를 돈으로 해결하기보다는 가지고 있는 것들을 적극적으로 활용하며 필요한 것들을 구할 방법을 고민하고 얻기 위한 모험, 그 자체가 이 여정의 중요한 미션이 되었다. 그 과정에서 기적처럼 고마운 사람들을 만났다.

영국 남부 도르셋Dorset에 있는 몽크턴 와일드Monkton Wyld 공동체에 머물며 다음 자전거 여정을 준비하던 때였다. 다음 목적지는 300km 가량 떨어진 영국 중부 우스터 지역이었다. 중간에 지나가는 도시들을 천천히 둘러보면서 7일에 걸쳐 이동할 계획이었다. 장거리 이동을 앞둔 만큼 자전거와 장비를 점검해야겠단 생각이 들었다. 그래. 갖고 싶은 것이 아니라 진짜 필요한 것을 살펴보자. 건전지에 의존하지 않아도 되는 충전용 전·후방 라이트, 튼튼한 짐받이, 장갑, 예비용 튜브, 기본 수리 도구. 그리고 자전거 정비를 받아야 한다.

서머싯에 있는 자전거 가게들에 메일을 보냈다. 캐서린으로부터 *관대함*의 기적을 경험했지만, 운이 좋았다고 생각했다. 놀랍게도 기적은 또다시 찾아왔다. 릴리즈 사이클즈Riley's cycles라는 가게에서 장비를 지원해주겠다는 연락이 왔다.

연락을 받자마자 릴리즈 사이클즈로 달려갔다. 상당히 추운 날씨에 이미 해는 중천에 떠 있었다. 50km나 떨어진 곳이었지만, 기적의 기쁨에 취한 나머지 그 정도는 아무 문제로도 보이지 않았다. 나는 신나게 노래를 부르며 페달을 밟았다.

절반 정도 갔을까? 문득 발의 감각이 이상했다. 추운 날씨 탓에 발이 얼얼해졌나 보다 하고 대수롭지 않게 여겼다. 그렇게 계속해서 페달을 밟아 나갔다. 그런데 갑자기, 툭 하고 페달이 떨어져버렸다. 길가에 자전거를 세워놓고 일단 임시로라도 페달을 고정해보기로 했다. 하지만 마땅한 도구가 없었다.

몇십 분 넘게 애를 써봤지만 어쩔 도리가 없었다. 결국 포기하고 자전거를 끌고서 걷기 시작했다. 아직 가야 할 길이 20km는 남아 있었지만, 계속 걷다 보면 어떻게든 릴리스 사이클즈에 도착할 수 있을 것 같았다. 그러나 기쁨의 긍정 기운도 혹독한 추위를 이겨내지는 못했다. 1시간도 버티지 못하고 손발이 꽁꽁 얼어버렸다. 냉기가 온몸 깊숙이 스며들어 파르르 떨려왔다. 이대로 계속 걷다간 자전거를 고치기도 전에 내 몸이 먼저 고장날 것만 같았다.

안 되겠다 싶어 지나가는 차에 손을 흔들었다. 간절한 표정으로 도움을 요청했지만 바쁜 길에 멈춰서 낯선 이방인과 자전거를 선뜻 태워줄 사람은 없는 듯했다. 서서히 두려움이 엄습해왔다. 이대로 길 위에서 얼어 죽을지도 모른다는 생각이 들었다. 나는 더욱 절실한 몸짓으로 차를 세우기 시작했다.

기적적으로 봉고차 한 대가 멈춰 섰다. 운전자는 손등에 문신이 있는 거친 인상의 남자였다. 순간 낯선 곳에서 모르는 사람의 차를 얻어 탄다는 것이 참으로 위험한 행동일지도 모른단 생각이 스쳤다. 얼어 죽으나 납치되어 죽으나 매한가지인가? 일단은 당장 얼어 죽지 않는 쪽을 택했다. 운전자에게 상황을 설명하고 자전거 가게가 있는 마을까지 데려다줄 수 있는지 부탁했다. 보아 하니 운전자가 가려는 길과는 다른 방향인 듯했다. 그는 잠시 고민하더니 흔쾌히 차에 타라는 몸짓을 했다. 나는 연신 고맙다고 말하며 짐칸에 자전거를 싣고 조수석에 올라탔다. 운전자는 내가 어디에서 왔는지, 영국에서 뭘 하며 지내고 있는지, 어디에 무슨 이유로 가는지 등 여러 가지를 물었다. 이야기를 나누다 보니 긴장과 경계가 조금은 풀어졌다.

어느새 목적지에 도착했다. 그는 내게 당부했다.

"이렇게 모르는 사람의 차를 얻어 타는 일은 제발 다시는 하지 말아요. 누군가 당신을 납치할 수도 있고, 위험에 처하게 될 수도 있어요. 아까 길에서 당신을 봤을 때, 내가 태워주지 않으면 당신이 나쁜 일을 당할지도 모른단 생각이 들었어요. 그래서 당신을 태워준 거예요. 그러니 제발, 이런 짓을 두 번 다신 하지 말아줘요. 제발요."

그는 진심 어린 걱정을 남기고 떠났다. 멀어져 작아지는 그의 차를 바라보며 손을 흔들었다. 처음에 첫인상으로 잠시 선입견을 품었던 자신이 부끄러웠다. 나는 마음으로 그를 향해 이렇게 말했다.

'당신 말대로 세상엔 나쁜 운전자가 있을 수도 있어요. 그런데 저는 좋은 운전자가 더 많을지도 모른단 느낌이 들어요. 당신처럼 말이죠!'

이것이 내 인생 첫 히치하이크였다.

약속 시간보다 3시간이나 늦게 도착했다. 예기치 못한 일이었다. 릴리즈 사이클즈의 사장 마이크는 사정을 듣고는 몸을 녹이라며 따뜻한 차를 내어주었다. 그는 비참하게 떨어져 나간 자전거 페달을 뚝딱 고쳐주고는 가게와 창고를 오가며 여러 장비를 가져다주었다. 앞·뒤 짐받이에 가방, 장갑, 짐받이 고정 로프, 물병, 예비 튜브 등등. 그는 내가 요청한 물건 이외에도 내게 필요할 것 같은 물건을 찾아 수십 번 사다리를 오르락내리락했다. 이제 충분하니 그만하라고 말하는데도 계속 무언가를 주려고 하는 게 조금 더 있다간 자전거 가게를 통째로 내줄 판이었다. 내가 조금 더 단호하게 사양하자 그는 그제야 물건

찾기를 멈췄고, 내게 더 많이 주지 못해 미안하다고 말했다.

이렇게 내어주고도 더 주지 못해 미안하다니. 어떻게 모르는 사람을 이렇게까지 도와줄 수 있는지 물었다.

"돕는다는 것은 사람이라면 마땅히 해야 하는 일이에요."

신실한 기독교인인 마이크에게 이웃을 사랑하고 돕는 것은 삶의 소명이자 이유였다. 그는 누군가를 돕는 것이 크게 마음먹고 해야 하는 어려운 일도 아니고, 대가를 바라는 것도 아니라고 했다. 그저 이웃을 사랑하는 마음을 실천하는 최고의 방법이 도움을 주는 것이었을 뿐이다.

약속 시간보다 너무 늦게 도착한 탓에 마이크와 대화를 나눌 시간이 충분하지 않았다. 그러나 그 짧은 대화만으로도 마이크의 신실한 마음을 충분히 느낄 수 있었다. 내어주고, 돕고, 베풀며 이웃을 사랑하기. 그의 신성한 소명은 내 마음에 진한 감동을 남겼다.

2014년 12월, 영국 남부를 떠나 중부 우스터로의 여정을 시작했다. 릴리즈 사이클즈에서 도와준 장비 덕에 훨씬 안정적으로 자전거를 탈 수 있게 되었다. 다만 본격적으로 출발하기 전에 몇 가지 과제를 더 해결해야 했다. 브레이크와 바퀴 정비를 받아야 했고, 경광봉 건전지가 다 닳기 전에 충전용 라이트를 구해놓아야 했다. 이 과제를 해결하기 위해 자전거의 도시, 브리스틀에 들렀다.

웜 샤워즈Warmshowers의 호스트인 이안의 집에 머물렀다. 웜 샤워즈는 자전거 여행자를 위한 세계인의 커뮤니티다. 말 그대로 '따뜻한 샤워'를 제공한다는 의미로, 샤워부터 자전거 보관을 도와주고 음식과 숙소까지 호스트가 감당할 수 있는 만큼의 호의를 자전거 여행자들에게 제공한다. 웜 샤워즈 멤버들은 손님이 되기도, 때로는 호스트가 되어 서로의 집에 묵거나 초대할 수 있다. 그들은 자전거 여행의 고단함과 어려움을 잘 알고 있기에 자기 집에 머무르는 게스트가 최대한 안정적으로 편안하게 쉬었다 갈 수 있도록 도와준다.

초보 자전거 여행가였던 나는 웜 샤워즈 호스트들로부터 정말 많은 도움을 받았다. 호스트들은 간단한 자전거 정비는 물론이고 길에 대한 조언, 맛있는 식사 그리고 그다음 날 떠나는 내게 점심 도시락과 간식까지 챙겨줬다. 이들의 도움 덕에 배고픔과 두려움 없이 자전거 여행을 이어갈 수 있었다. 또 돈을 들이지 않고도 안전하게 목적지에 도착할 수 있었다. 낯선 여행자에게 자신의 공간, 음식, 마음을 마음껏 나누어 주는 사람들. 돈을 사용하며 살던 삶에선 겪어본 적 없는 참으로 따뜻한 연결이었다.

브리스틀에서 만난 이안 역시 따뜻한 호스트였다. 그는 내 이야기를 듣고는 브리스틀에 있는 자전거 카페 '롤 포 더 소울Roll for the soul'로 나를 데려다주었다. 그들이라면 반드시 나를 도와줄 것이라는 말에 용기를 내어보기로 했다.

롤 포 더 소울을 찾아갔다. 1층에는 카페를 2층에는 자전거 수리 점포를 운영하는 곳이었다. 이른 아침인데도 카페는 손님들로 북적였다. 바빠 보이는 사람들 사이로 선뜻 들어갈 용기가 나지 않았다. 미리 약속도 잡지 않고 무작정 왔으니 거절당할 수도 있겠다는 생각이 들어 머뭇거림이 앞섰다. 한참을 밖에서 서성거리는데, 카페 직원 한 명이 내게 다가왔다.

"안녕하세요. 뭐 도와줄까요?"

호의와 친절이 가득 담긴 인사였다. 그의 상냥한 미소를 보자 갑자기 용기가 불쑥 솟아나 프로젝트의 취지와 지금의 사정을 간단히 이야기했다. 프로젝트 이야기를 들은 그는 눈을 동그랗게 뜨고 말했다.

"우와! 정말 멋있는 프로젝트네요! 잠깐만 기다려봐요. 워크숍 직원 불러줄게요. 뭐 좀 마실래요? 내가 그냥 줄게요. 커피? 차?"

반색하는 직원의 반응에 없던 패기가 솟아 핫초코를 요청했다. 선택지에 없던 음료를 요청하는 내 씩씩함에 그는 더욱 감동한 눈치였다. 계핏가루로 하트까지 그려 넣은 핫초코를 큰 잔에 가져다주었다. 달콤한 음료 덕분인지 그의 친절 덕분인지 모든 긴장이 녹아내렸다.

라이언은 워크숍을 운영하는 담당자였다. 그와 간단히 인사를 나누고 프로젝트의 취지와 내 자전거의 문제점을 이야기했다. 라이언은 조용히 듣더니 자전거를 봐주겠다며 내일 아침 일찍 다시 오라고 했다. 세 번째 기적의 순간이었다.

다음 날 롤 포 더 소울에 다시 찾아갔다. 라이언과 그의 동료 롭이 있었다. 라이언은 내 자전거를 거치대에 올려놓더니 정비를 시작했다. 브레이크, 휠, 짐받이, 기어 등을 고치는 중간중간 내 손에 스패너를 쥐여주며 직접 수리를 해보도록 기회를 주었다.

수리뿐만이 아니었다. 12단 기어 자전거로 언덕을 넘는 대신 '죽을 위기'를 넘어야 했던 나를 위해 기어를 18단으로 업그레이드해줬다.

USB 충전식 전후방 라이트와 자전거 수리 도구까지 선물로 받았다. 이제 더는 다 깨진 초라한 경광봉을 달고 다니지 않아도 된다. 건전지 또한 문제없다. 기쁨이 터져 나옴과 동시에 마음 한편에서 아쉬움도 느껴졌다. 나의 깨진 경광봉은 '무준비' 자전거 여정의 상징이었다. 볼품없는 자전거 행색을 완성하는 데에 있어 상당한 기여를 했고 이 초라한 경광봉 덕에 사람들의 연민을 받을 수 있었다. 이토록 의미 있는 물건을 그냥 버리자니 마음이 아팠다. 그래서 라이언에게 경광봉을 건네며 롤 포 더 소울에 기증하고 싶다고 했다. 라이언은 경광봉을 받아서 들고는 얼굴을 찌푸리며 "내가 지금까지 본 물건 중에 가장 이상한 물건이에요."라고 했지만 나는 아랑곳 하지 않았다.

롤 포 더 소울의 사람들은 왜 나를 선뜻 돕겠다고 한 것일까? 그간 라이언은 꽤 많은 이들에게 자전거와 장비를 지원해달라는 연락을 받았다고 한다. 대부분은 '화가 난' 사람들이었고, '세상은 엉망'이라며 시스템을 갈아엎어버리자는 듯 과격한 메시지를 던졌다고 한다. 라이언은 이들에게 공감할 수 없었다. 반면 나의 프로젝트를 접하고는 돕고 싶은 마음과 함께 '참 기분 좋은 프로젝트'라는 생각이 들었다고 한다.

롭도 이야기를 더했다.

"당신이 하려는 프로젝트와 비슷한 것을 하려는 사람이 참 많아요. 그런데 그들이 설명하는 방식은 훨씬 더 부정적이에요. '세상은 개판이다. 모든 게 끔찍하다!'라고 불평하죠. 반면에 당신이 설명하는 방식은 훨씬 더 긍정적이에요. 그게 매력적이었어요. 다른 사람들도 당신의 긍정적이고 희망적인 태도에 설득됐을 거예요. 그게 당신을 더

도와주고 싶어지는 이유예요."

라이언은 일단 시작하고 보는 나의 무모함도 좋았단다. 많은 사람이 여행과 모험에 열망을 품지만, 대부분은 당장 시작하지 못한다면서. '준비'하고 '대비'하는 동안 열망은 멀어지고 한계에 부딪힌다. 와중에 준비도 없이 모험에 뛰어든 내가 그에게는 인상적이었던 모양이다. 롭은 덴마크에도 가보라며 추천했다.

"덴마크는 자전거로 여행하기에 최고예요. 다만 문제가 있다면 물가가 너무 비싸다는 거예요! 하지만 물가는 당신한텐 전혀 상관없는 이야기잖아요? 덴마크에 가더라도 돈을 안 쓰는 건 마찬가지일 테니까요. 하하하."

새로운 시작이나 도전을 앞두고 우리는 많은 준비를 한다. 하지만 때로 준비는 우리가 무엇인가를 바로 시작하지 못하도록 머뭇거릴 틈을 만든다. 또, 이는 충동적인 소비로 이어지기도 한다. '아직 준비가 안 됐어' '이것으론 부족해'라는 생각이 불안과 한계를 만들고, 도전정신과 용기를 집어삼킨다. 여기에서 한 가능성도 가두어진다.

'시작'을 '준비'하기 위해 과도한 시간과 에너지, 돈을 사용하는 것이 최우선은 아니다. 일단 시작하는 것도 필요한 때가 있다. 일단 뛰어들어 모험하다 보면 그제야 비로소 내게 정말 '필요한 것'이 무엇인지 알게 된다. 그리고 그 필요한 것을 천천히 구해가는 과정 자체도 하나의 즐거운 여정이 될 수 있다. 갖추지 못한 상태에서의 도전은 무한한 가능성을 보여준다.

처음부터 멋진 자전거에 충분한 장비를 갖추고 프로젝트를 시작했다면 어땠을까? 아마도 이런 소중한 만남과 환희의 순간, 깨닫는 과정은 나와 멀어졌을 것이다. 걸림돌일지도 모른다고 생각했던 '무준비'가 새로운 가능성과 기적을 가져왔다. 그렇게 나는 '준비 없는 시작' 덕에 끝없는 기적의 세상에 들어왔다.

경고! 오지 마십시오.

프로젝트를 시작할 무렵, 한 호스트가 보낸 메일을 받았다. 장소를 설명하는 프로필과 '경고'를 읽어보고 그곳에 내가 배우고자 하는 무언가가 있다고 느껴지면 언제든 와서 머무르라는 초대였다. 메일을 보낸 사람의 이름은 크리스. 프로필과 '경고'의 일부 내용은 다음과 같다.

이곳은 사람들이 참된 이치에 눈을 뜰 수 있도록 도움을 주는 곳입니다.

이곳은 사회와 시스템의 법칙이 적용되지 않는 곳입니다.

사회는 당신의 친구가 아닙니다. 사회는 당신의 복종을 원합니다. 거역하십시오!

이곳에는 규칙이 많습니다. 대다수의 방문자가 이 규칙 때문에 곤란해하다 며칠 만에 떠나기도 합니다.

변화는 고통스럽습니다. 당신이 이 고통을 기꺼이 포용할 수 있는 사람이라면 오십시오.

이곳의 목적은 사람들에게 기술을 가르쳐주는 것입니다. 사람들이 정신적, 신체적으로 자립할 수 있도록 참된 기술을 가르쳐줍니다.

경고! 오지 마십시오.

만약 당신이 매일 샤워를 해야 한다면 오지 마십시오(일주일에 한 번도 여전히 많습니다).

만약 당신이 컴퓨터, 스마트폰, TV 없이 지낼 수 없다면 오지 마십시오.

만약 당신이 추위와 빗속에 있는 것을 싫어한다면 오지 마십시오.

만약 당신이 과자, 음료수 같은 가공 간식을 놓을 수 없다면 오지 마십시오.

만약 당신이 에고 중심적인 사람이라면 오지 마십시오.

대체 뭐 하는 곳이지? 이게 초대인가? 크리스의 '경고'는 참으로 단호하고 강렬했다. 하지만 거부감이 들지 않았다. 오히려 호기심이 났다. 내심 기대도 되었다. 두 달 뒤인 12월 초에 방문하기로 약속을 잡았다. 그리고 방문하기 전까지 계속해서 메일을 주고받았다. 크리스가 내게 던지는 질문과 표현방식은 독특했다. 세상을 다른 관점으로 보는 사람임이 분명했다.

나는 사람을 읽는 것을 좋아합니다.

당신에 대해 더 말해주세요. 내 얼굴을 보고 말하기에 부끄러운 무언가가 있다면 지금 말해주세요.

당신에게 다르게 살아가는 방법을 알려줄 수 있어요. 하지만 그 전에, '다르게 생각하는 법'을 알아야 해요.

당신이 얼마나 자유롭지 못한지 알고 있나요?

우리가 처음 만날 때 나는 당신을 포옹할 거예요. 이것은 당신을 읽고 진단하기 위한 하나의 방법이죠.

당신에게서 영감이 느껴져요. 매우 좋은 느낌이죠. 내 귓속에 있는 작은 새가 계속해서 무언가를 말해요. '그녀는 귀하고 특별한 존재야!'라고요. 얼마나 머물고 싶어요? 한 10년은 어때요?

그는 메일로 '이상한' 말을 계속했다. 그리고 이 '0원살이 프로젝트'를 열렬히 지지함을 끊임없이 표현했다. 그를 만나는 것이 기대되었지만, 한편으로는 그의 과한 칭찬과 표현이 부담스럽기도 했다. 몇몇 친구들은 내게 그 '이상한' 사람을 조심하라고 했다. 하지만 그런 나쁜 느낌은 들지 않았다. 그가 '이상한' 사람임은 분명하지만 '위험한' 사람은 아닐 것이라는 왠지 모를 믿음이 있었다.

기대와 부담이 교차하는 날들이 지나 12월이 되었다. 1주일 동안 자전거 페달을 밟아 크리스가 말한 장소에 도착했다. 그의 집은 마을에서 약간 떨어진 한적한 언덕 중턱에 있었다.

언덕 너머에서 한 여자가 나를 향해 달려왔다. 크리스의 파트너 모락이었다. 그녀는 내게 다정히 인사하고는 말했다.

"어서 크리스에게 가봐요. 크리스는 당신이 오기를 정말 오래 기다렸어요."

한 남자가 언덕 위에서 포클레인을 몰며 작업하고 있었다. 두근두근 긴장되는 마음으로 가까이 다가갔다. 내가 다가가자 그는 작업을 멈추고 포클레인에서 껑충 뛰어내렸다. 마른 체구에 무표정한 얼굴, 참으로 꼬장꼬장해 보이는 남자가 내게 다가왔다. 크리스였다. 그는 성큼 다가오더니 아무런 말도 없이 양팔을 가득 벌렸다.

나는 어쩔 줄 몰라 하다 마지못해 쭈뼛쭈뼛 그의 등을 감쌌다. 내 팔은 분명 그를 안고 있었지만, 그와 나 사이에는 어색함이 철철 흐르고도 남을 만큼의 틈이 있었다. 그것은 아마도 내가 타인(특히 잘 모르는 남자)과 나 사이에 그나마 유지하고 싶었던 '거리감'이었으리라. 그렇게 불편한 '팔 감싸기' 상태로 한참을 서 있었다. 나는 어색함을 떨쳐내려 무척이나 반갑다는 말을 시끄럽게 해대며 그의 등을 토닥거렸다. '도대체 언제까지 이러고 있어야 하는 거야…'라고 생각한 순간, 크리스는 '팔 감싸기'를 해제했다. 그러고는 말없이 포클레인으로 돌아가 작업을 계속했다.

상냥하고 따뜻한 사람일 줄 알았는데, 그는 그야말로 냉랭했다. 메일로 교감했던 것들은 다 뭐지? 당황해서 멀뚱멀뚱 서 있는 내게 모락이 다가왔다. 그녀는 나를 집 안으로 데려가 먹을거리를 내어주었다. 간단히 허기를 채우고 나니 밖에 나가 크리스가 하는 일을 도우란다. 아침부터 자전거를 타고 먼 길을 왔다는 것을 알면서도 말이다. 하지만 첫날부터 좋지 않은 인상을 줄 수 없어 애써 밝은 얼굴로 일하러 나갔다.

크리스와 모락은 최근에 이사했는데, 전에 살던 곳에 모아둔 땔감을 옮기고 있었다. 크리스는 트럭에 가득 실은 통나무들을 밖으로 내

던졌고 모락과 나는 나무를 주워 한곳에 쌓는 일을 했다. 해가 지고 어두워지기 시작했는데도 크리스는 멈출 줄을 몰랐다. 일도 힘들었지만, 그의 예민한 태도에 더욱 불편해졌다. 그는 일하는 내내 신경질적이었다. 그에게 품었던 기대와 환상이 조각났다.

주변이 어둑해지자 크리스는 자동차 라이트를 켜 어둠을 밝혀가면서까지 일을 계속했다. 그렇다고 지금 당장 이곳을 떠나버릴 수는 없는 일이다. 어쨌든 한 달을 머무르기로 했고, 두 달 동안 나눈 이야기들이 있으니 일단은 더 지켜보기로 했다.

저녁 7시가 넘어서야 일이 끝났다. 집으로 돌아와 함께 저녁 식사를 준비했다. 나무 난로에 불을 지펴 요리하고 저녁을 먹는 동안 크리스는 또 완전히 다른 사람이 되어 있었다. 유쾌한 모습으로 저녁 식사를 이끌고 모락에게도 다정했다. 식사를 마치고 설거지하는 내게 크리스가 다가와 말했다. 그러고는 자신이 나를 얼마나 지지하는지, 나와의 만남을 얼마나 고대했는지 이야기했다.

"나는 이제 늙었지만, 당신은 달라요. 당신은 세상에 변화를 일으킬 수 있어요. 이 세상은 당신 같은 사람이 필요해요. 당신을 위해 무엇이든 도와주고 싶어요. 이곳에 와주어 진심으로 고마워요."

내 손을 부여잡고 지극하게 말하는 그에게 어떻게 반응해야 할지 몰랐다. 그는 내가 그어놓은 감정의 거리 표시선을 과감하게 넘으며 다가왔다. 그런데 이상했다. 조금도 불편하거나 불쾌하지 않았다. 도리어 그에 대한 내 마음의 경계가 사라져갔다.

크리스는 내가 기대한 것처럼 비범한 현인도, 신비한 능력을 지닌 도인도 아니었다. 그는 그저 보통 사람이었다. 다만 그는 '일반적'인

생각을 하지 않고, 더 다양하고 들끓는 감정을 지녔으며 더 확고하게 제 생각과 감정을 표현하는 사람이었다. 그리고 그의 독특한 생각과 감정은 그가 살아가는 삶의 방식과 관계에도 모두 스며들어 있었다.

보통 사람의 시선에서 볼 때, 크리스의 삶은 참으로 *이상*했다. 그리고 그 이상함은 지극히 *정상*이던 나의 세계를 뒤흔들려는 듯 꿈틀댔다.

소지품 검사

크리스는 내 소지품을 빠짐없이 검사했다. 치약이며 샴푸에 적힌 성분 표시를 하나하나 주의 깊게 살펴보더니 모두 압수했다. 유해한 제품이라는 것이다. 그러고는 자신의 천연 치약을 건네주면서 말했다.

"이곳에서 당신은 *알아야 할 것*이 상당히 많다는 사실을 알게 될 겁니다. 당신은 TV와 인터넷의 왜곡된 거짓 정보가 아니라, 당신의 건강한 삶과 자유를 되찾아줄 *진실*을 알아야 합니다. 일단 그 시작은 당신이 당신 몸에 사용하는 제품과 음식입니다."

크리스는 내가 가지고 있던 일회용 월경 패드도 지적하며, 면 패드나 월경컵으로 바꿀 것을 제안했다. 월경컵이란 종 모양의 작은 컵으로 질 내에 삽입하여 혈을 받아내는 방식의 월경용품이다. 주로 의료용 실리콘으로 만들어 안전성이 높다. 지금은 한국에서도 월경컵 사용자가 상당히 많지만, 2014년 당시만 해도 한국에 월경컵 수입조차 허가되지 않았을 때였다. 모락은 이미 수년 째 월경컵을 사용하고 있었다. 그녀는 자신이 사용하는 월경컵을 보여주며 사용법을 자세히 설명해주었다. 질 속으로 그 작지 않은 물건을 집어넣는다 생각하니 상당한 거부감이 들었다. 얼굴을 찌푸리는 내게 모락은 월경컵이 얼마나 우리 몸에 무해하고 편안한 것인지, 일회용 월경 제품이 건강과 환경에 어떤 해를 끼쳐 왔는지 상세히 이야기했다. 심지어 크리스는 내가 원하면 월경컵을 사줄 의향이 있다고 말했다.

사실 내게 '지속 가능한 월경제품'은 선택의 문제가 아니었다. 그때까지만 해도 런던에서 챙겨 왔던 월경패드가 남아 있었다. 그래서 그냥 생각 없이 가지고 있던 패드를 써왔다. 하지만 머지않아 동이 날 것이다. 더 구매할 수도 없는 상황이니 해결 방법을 찾아야 했다. 또, 이 일회용 패드들은 나의 자전거 여정을 위태롭게 하는 무거운 짐에서 큰 부피를 차지하기도 했다. 그러니 굳이 환경과 건강을 고려하지 않더라도 월경컵을 사용하는 것이 현명한 선택인 듯했다. 짐 무게를 줄이면서 무소비 원칙을 지키기에도 좋은 대안이었다.

크리스는 내게서 압수한 물건들을 바로 다 버렸다. 폐기 처리하는 것 역시 환경에 해를 입히고 이는 결과적으로 인간의 몸에 해를 준다. 하지만 그는 당장 직접 몸에 사용하는 것보다는 일괄 폐기하는 쪽이 해를 덜 미친다고 판단했다. 그는 세상에 이미 생산된 수많은 '유해' 생필품을 어떻게 처리해야 할지 그저 막막하다고 덧붙였다.

크리스는 특히나 음식 생산 과정을 총체적으로 의심해야 한다고 귀에 못이 박히도록 강조했다. 채소가 어떤 씨앗으로, 어떤 흙에서,

어떤 물질에 범벅이 돼서, 어떻게 운송되어, 어떻게 가공되어 우리의 입으로 들어오는지. 어떻게 태어나서, 어떻게 길러져서, 어떻게 취급되어, 어떻게 도살돼서, 어떻게 손질되어, 고기가 우리의 입안으로 들어오는지. 우리는 반드시 모든 과정을 알아야 하며 그 진실을 알고 나면 절대 아무 음식이나 먹을 수 없게 될 것이라고.

크리스의 반복적인 '세뇌 교육'에도 나는 음식 생산 과정을 파헤치는 것이 왜 그렇게까지 중요한 것인지 이해하지 못했다. 크리스가 너무 과한 음모론에 빠진 것은 아닌가 싶었다. 크리스가 음식 산업과 관련된 몇 편의 다큐멘터리를 보여주기 전까진 말이다.

다큐멘터리 「푸드 주식회사FOOD, INC.」「지구 생명체Earthling」「칼보다 포크Forks over knives」「소에 관한 음모Cowspiracy」 그리고 후에 보게 된 「씨스피라시Seaspiracy」「몸을 죽이는 자본의 밥상What the health」 등 여러 다큐멘터리가 나를 새로운 세상에 눈뜨게 했다. 다큐멘터리를 보고 알게 된 음식의 진실은 그야말로 충격 그 자체였다. 음식을 생산하는 것은 농부나 어부, 목동의 정직한 손길이 아니다. 기계식 농업,

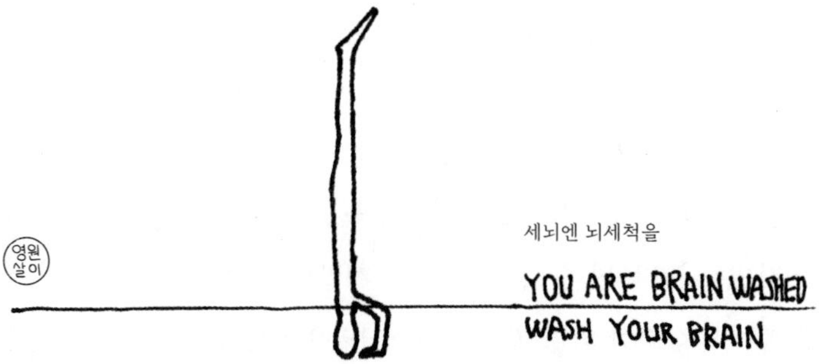

영원살이

세뇌엔 뇌세척을

YOU ARE BRAIN WASHED

WASH YOUR BRAIN

대규모 어업, 공장식 축산업이라는 거대 식품 시스템이 전 세계 음식 생산을 이끈다. 이들은 음식이 아닌 '상품'을 만들어낸다. 상품 가치가 있는 음식(먹을 수 있는 것처럼 보이는 상품)을 팔아 돈을 버는 데에만 급급한 식품기업은 인간, 동물, 자연이 겪어야 하는 고통과 질병, 죽음의 위기는 조금도 신경 쓰지 않고 반윤리적인 행위들을 저지른다.

의심해야 할 것: 먹거리

농업

거대 농화학 기업은 농약, 비료, 제초제, 살충제 등의 수익을 높이는 데에만 혈안이 되어 있다. 이를 위해 화학물질 없이는 농사가 불가능해지도록 환경을 조성해왔다. 농민들은 농화학 기업의 선전에 세뇌되어 식량의 대량생산만을 추구한다. 그 과정에서 거대한 장비로 무참하게 흙을 혹사하고 대량의 독성물질을 토양에 쏟아버리는 '파괴의 농사'를 짓는다. 지구의 토양은 '경운-농약-화학비료'라는 악순환에서 벗어나지 못하고 오염, 산성화, 침식 등의 위기를 맞이했다. 이에 농화학 기업은 독성이 더욱 강한 화학물질과 유전자 변형 종을 만들어냈다. 몬산토는 이러한 추세에 가담해 덩치를 불려가는 대표적인 기업이다.

몬산토는 본래 화학기업으로 제초제와 농약 등 화학물질을 개발하는 회사였다. 1940년대에는 고엽제를 개발해 베트남전을 비롯한 많은 전쟁에서 심각한 인명 피해를 줬다. 1980년대부터 농업 생명 분야로 사업을 확장해 유전자 조작(GMO; Genetically Modified Organism) 종자 개량과 GMO 식품 개발 등의 사업을 주 분야로 한다. 2018년에 바이엘 주식회사에 인수되어 현재 몬산토라는 브랜드는 사라졌지만, 몬산토는 그들이 개발한 제초제와 GMO 종자의 안전성 등에 대한 소송과 논란으로 휩싸여 있다.

GMO 종자들은 강력한 제초제를 사용해도 살아남을 '기형' 콩과 '기형' 옥수수 등을 만들어내기 위해 발명되었다. 이 변형 종자들은 무서운 속도로 전 세계에 퍼져나가 토종 씨앗을 멸종시키고 생태계를 교란한다. 특히나 문제가 되는 것은 씨앗의 특허권이다. 거대 농화학 기업은 각국의 종자 특허권을 마구잡이로 인수해왔고(우리나라의 청양고추 역시 몬산토에 종자 특허권이 넘어갔다) 이는 소수의 다국적기업이 차후 전 세계의 식량 패권을 좌지우지하는 위험한 시대를 야기할 것임을 의미한다. 다국적기업의 허락 없이는 그 어떤 씨앗도 마음대로 심을 수가 없는 세상이 현실이 되고 있다.

거대 GMO 기업은 수많은 종류의 가공식품과 생필품을 생산한다. 막대한 자본력과 시스템을 이용해 안정성이 검증되지 않은 상품들마저 손쉽게 생산 승인을 받아낸다. 이 막대한 돈에는 비리 또한 얽혀 있기 때문이다. 그리고 소비자가 상품의 위험성을 알지 못하도록 GMO 라벨 표시 의무화를 저지하는 등 갖은 수를 동원하며 소비자의 알권리를 묵살한다.

GMO 식품뿐만 아니라 일반 농산물도 더는 안전하지 않다. 세계 각지에서 생산된 농산물은 전 세계로 유통된다. 장기 운송으로 농산물이 부패하는 것을 방지하고 신선도를 유지하기 위해 각종 살충제,

방부제, 보존제, 산화방지제 등을 뿌리는 것은 예사다. 아직 익지 않아 설익은 빛을 띠는 농산물을 잘 익은 것처럼 보이게 하려 각종 색소, 착향료 등 화학물질을 첨가하거나 인위적인 강제 후숙 과정을 거친다.

오염된 씨앗, 오염된 재배, 오염된 유통을 통해 생산된 *건강한 음식처럼 보이지만 먹어서는 안 되는 상품*이 우리 식탁에 오르고, 우리는 그런 독약을 보약이라 믿으며 삼시세끼 정성스레 챙겨 먹고 있다.

축산업

축산업계 실상은 더 끔찍하다. 다큐멘터리 「푸드 주식회사」에서 한 농부는 말한다. '더는 동물을 기르는 농장은 없다. 고기를 만드는 공장만 있을 뿐이다.' 현재 우리가 먹는 고기는 어디에서 왔을까? 드넓은 초원에서 평화롭게 풀을 뜯는 소, 진흙으로 목욕하며 장난치는 아기 돼지, 풀숲을 헤치며 벌레를 쪼아먹는 닭은 이제 동화 속에나 존재하는 풍경이다.

'고기'가 될 동물들은 오늘도 공장에서 '생산'된다. 저렴한 비용으로 더 빨리, 더 많은 동물을 사육하는 것이 업계가 우선시하는 바다. '고기'의 대량 생산을 위해 인간은 동물을 밀집된 사육시설(공장)로 밀어 넣었다. 몸을 돌려 누울 공간조차 없는 공간. 이곳에서 동물은 각종 배설물에 범벅된 채 사체들 곁에서 고통스러운 일생을 보낸다. 심각한 스트레스를 받은 동물들은 서로의 귀와 꼬리를 뜯어먹거나 자해하는 등 이상행동을 보인다.

사육에 드는 비용을 최소화하기 위해 소에게 풀 대신 값싼 옥수수 사료를 먹이고, 동물의 사체와 각종 쓰레기를 사료로 재활용하기도 한다. 소비자가 선호하는 부위를 더 많이, 더 신속하게 만들어내려 동물의 유전자를 변형시키고 성장촉진제를 투여한다. 이런 불결하고 인위적인 환경에서 자란 동물들은 각종 박테리아, 광우병, 조류인플루엔자, 구제역 등에 쉽게 감염되고, 이를 예방하기 위해 계속해서 새로운 항생제를 투여할 수밖에 없는 악순환이 반복된다. 동물들의 이 고통스러운 삶은 도축장에서 잔인함과 끔찍함의 절정을 찍고 나서야 끝난다. 결국 우리가 먹는 것은 몸에 좋은 고기가 아니라 유전자 기형 동물의 세포 하나하나에 밴 각종 병균과 바이러스, 약물, 항생제, 그리고 끔찍한 스트레스이다.

공장식 축산업은 동물권과 소비자의 건강 문제뿐만 아니라 노동착취와 환경문제까지 야기한다. 공장식 축산업 현장에서 일하는 노동자들은 최악의 근무 환경에서 노동을 착취당하며 각종 신체, 정신질환에 시달린다. 또한 가축이 배출하는 엄청난 양의 분뇨와 메탄가스는 물, 토양, 공기를 오염시키고 가축에게 먹이는 사료를 생산하느라 지구의 수많은 숲이 무참히 파괴된다. 이에 유엔 세계식량계획(WFP; United Nations World Food Programme)은 공장식 축산업을 최고의 환경 위협 요인으로 지목하기도 했다.

공장식 축산업은 인간, 동물, 지구 모두에게 참혹한 학대를 가하는, 반드시 사라져야 할 끔찍한 시스템임이 분명하다. 그러나 이렇게 자명한 이유가 있음에도 공장식 축산업은 여전히 무섭게 성장하고 있다.

어업

바다를 가르고 멈춰선 통통배, 배에 탄 어부가 작은 손 그물로 그날 먹을 만큼의 물고기를 소박하게 잡아 올리는 모습이 보인다. 얼떨결에 그물에 걸린 작은 물고기를 어부가 조심히 보듬어 다시 놓아주는 풍경. 이 또한 동화 속에서나 볼 법한 이야기가 되었다. 바다의 자원을 오래오래 풍족하게 얻고 싶다면 인간은 배려심으로 바다를 대해야 한다. 그러나 탐욕에 눈이 먼 인간들은 괴물 같은 현대 어업을 만들어냈다. 각종 첨단기술로 무장한 거대 수산기업은 바다 생명의 근원인 산호초와 해양자원을 싹쓸이하듯 멸종시키고 있다. 무자비한 어류 남획과 해양생물 착취로 현재 바다의 어류 저장량은 한계에 이르렀다. 전문가들은 이대로 가다간 2048년이면 현재 인간이 즐겨 먹는 모든 해양 생명체가 멸종될 것이며, 2050년에는 바다의 '열대우림'인 산호초가 모두 사라질 수 있다고 경고한다. 오늘날 사용되는 어업 기술 중에서도 가장 문제가 되는 것은 트롤 어업이다. 트롤 어업은 축구장 크기만 한 대형 그물을 심해의 해저면까지 내려 해양생물을 남획하는 방식이다. 트롤 어업의 문제점은 어업의 대상이 되는 해양생물과 그렇지 않은 생물을 구분하지 못하고, 잡아도 되는 크기의 생물과 잡으면 안 되는 크기의 어린 생물을 분간할 수 없다는 것이다. 트롤 어업은 보호해야 할 희귀 해양생물과 더 자라야 할 어린 생물들을 마구 잡아들이고 방치해 그대로 죽게 만든다. 세계적으로 의도치 않게 잡아들여 떼죽음당하고 폐기되는 해양생물만 매년 약 177톤에 달한다고 한다.

또한 트롤 어업은 바다의 바닥까지 그물을 내려 휩쓸고 가기 때문에 해양 환경을 파괴한다. 해저면을 훼손시키는 것은 물론 산호를 산산이 부수고 해양생물과 해초류에도 심한 손상을 입힌다. 트롤 어업으로 매년 사라지는 바다의 면적은 1,600km²로 1분마다 축구장 4,316개 면적이 사라지는 셈이다.[2] 트롤 어업은 바다에서 오일과 천연가스를 탐사하는 것보다 백만 배 이상으로 해양 생태계를 파괴한다고 한다.

대형 어업은 해양을 착취하며 해양 자원의 씨를 말린다. 전 세계 어획량이 기하급수적으로 감소하고 있다. 연구 결과에 따르면, 참치, 황새치, 청새치, 대구와 같은 대형 물고기는 1950년대 이래로 약 90%가 사라졌다고 한다. 흔히 우리가 참치라고 부르는 참다랑어는 2011년에 멸종 위기로 분류되었다. 특히 태평양 참다랑어는 인류가 어업을 시작하기 이전과 비교했을 때 단 3%만이 남아 있었는데, 다행히 지난 10여 년간 불법 어업에 대한 적극적인 단속으로 개체수가 보존되었고, 현재는 멸종 위기 등급이 완화됐다고 한다.[3] 그러나 참다랑어의 개체 수가 여전히 멸종 위기에 있음에도 불구하고 거대 기업들은 단속이 완화된 틈을 타 참다랑어 남획을 버젓이 저지르고 있는 실정이다.

우리나라 수산자원의 감소도 심각하다. 1970년대 평균 150만 톤에 이르던 연근해 어업 생산량은 2018년 기준 101만 톤으로 크게 줄어들었다. 연근해 어획량이 43%나 감소한 것이다.[4] 국민 생선이었던 명태는 지난 2008년을 기점으로 생산량이 '0'으로 집계되었다. 남획으로 인한 명태 자원고갈과 온난화로 명태 서식지가 러시아 인근까지 북상하면서 명태는 사실상 우리나라에서 멸종되었다.

각종 양식업으로 인한 바다 오염과 생태계 파괴도 심각한 문제다. 양식에 사용되는 화학물질과 스티로폼, 폐타이어는 바다를 오염시킨다. 이는 해양 생명체 내에 고스란히 저장된다. 양식 수산물에서 각종 바이러스와 기생충, 미세 플라스틱이 검출되었다는 뉴스도 심심찮게 들려온다. 그래도 인간은 여전히 건강식이라며 해양 생명체를 즐겨 먹는다.

바다 생명체는 단순히 인간의 먹잇감이 아니다. 모든 해양 생명체가 연결된 바다 생태계는 지구의 허파 역할을 하며 육지 생명체의 생존에 핵심적인 기능을 한다. 바다의 플랑크톤은 아마존 열대 우림보다 4배 많은 이산화탄소를 흡수하고 우리가 마시는 산소의 85%를 생성한다.[5] 바다로 흡수되는 탄소를 '블루 카본'(Blue Carbon)이라고 부르는데, '블루 카본'은 육상식물보다 탄소를 흡수하는 속도가 50배 이상 빠르다.[6] 지난 20년간 인간 활동으로 배출된 이산화탄소의 25%를 해양이 흡수했다는 연구 결과가 있다.[7] 또한 바다는 지구 온난화로 축적된 열에너지의 90% 이상을 흡수해 지구의 온도를 조절한다. 화석연료 사용으로 인한 열에너지 증가로 바다는 최근 18년간 히로시마 원자폭탄이 75년 동안 1초에 한 번씩 폭발할 때 생기는 만큼의 열에너지를 흡수했다고 한다. 바다 덕에 지구의 온도 상승이 늦춰졌지만, 바다 속 열에너지의 급격한 증가는 앞으로 지구에 시한폭탄과 같은 위협이 될 수 있다고 전문가들은 경고한다.

바다 생명체 없이는 땅 위의 생명체도 존재할 수 없다. 지금 바다는 인간이 일으킨 '기후 재앙'을 막기 위해 사력을 다하고 있다. 바다 생명체가 하나씩 멸종될 때마다 인간의 멸종 시기도 점점 더 가까워진다.

가공식품과 패스트푸드

농약으로 범벅된 농산물, 각종 병균과 항생제가 가득한 육고기, 오염물질이 가득한 해산물. 세상에 믿고 먹을 수 있는 먹거리가 없다는 사실은 절망적이다. 그러나 경악은 여기서 끝나지 않는다. 현대 식품 업계는 해로운 원재료 중에서도 가장 좋지 않은 재료를 싼값에 구매해 각종 유해 화학물질(흔히들 식품 첨가물이라고 한다)을 집어넣어 그야말로 '쓰레기' 음식을 만들어냈다. 이것이 바로 가공식품이다. 패스트푸드점과 식당들은 해로운 원재료에 더 해로운 가공식품을 합치고, 더 해로운 인공조미료를 범벅해 이보다 더 해로울 수 없는 음식을 만든다.

세상에 어떻게 이런 일이 가능하단 말인가? 도저히 이 충격적인 진실을 받아들일 수 없었다. 사람들은 기본적으로 먹을 것, 음식에 오래된 믿음을 기본으로 한다. 음식은 약이며 내 몸을 지탱하는 생명 에너지라고 말이다. 우리는 음식을 만드는 사람을 신뢰한다. 요리하는 사람은 어머니의 마음으로 정성과 사랑을 듬뿍 담아 음식을 만들 것이라고 말이다. 그런데 그 신뢰가 무너졌다.

"이게 모두 사실이라면, 우리는 이제 무엇을 해야 하나요?"

크리스에게 물었다. 답답했다. 크리스는 모든 문제의 원인이 인간의 탐욕에 있다고 했다. '돈'에 눈이 멀어 윤리를 저버린 기업, '맛'에 눈이 멀어 진실을 저버린 소비자, '권력'에 눈이 멀어 정의를 저버린 정치인. 이들이 모두 함께 '현대 식품 산업'이라는 괴물을 만들어냈다. 자본주의 시스템에서는 돈이 모든 것을 앞선다. 돈으로 정치권력을 매수해 승인을 얻고 과학 연구 결과를 조작하며 광고와 미디어로 선전한다. 소비자들은 저렴하고 편리한 가공식품과 대량으로 생산·수입된 음식을 아무런 의심 없이 사 먹는다. 나중에 자신이 고스란히 감당해야 하는 의료비용과 환경파괴에 대한 책임, 노동 착취 비용 등은 전혀 생각하지 못한 채로.

현대인은 '맛집'을 찾아다니고 자극적인 맛을 좇으며 자신의 건강과 돈을 소비한다. 소비자들은 바로 이 무지와 탐욕에서 벗어나야 한다. 시스템과 사회가 어떤 짓을 저지르고 어떻게 우리를 기만하는지 예민한 눈으로 바라보자. 불편하지만 진실을 계속해서 알아가야 한다. '더 맛있는 음식을 더 많이' 먹으려는 식탐에서도 벗어나 유기농 음식과 지역 식품을 구매하는 올바른 소비를 하는 것도 중요하다. 스스로 채소를 길러 먹거나 육식 소비를 아예 하지 않는다면 더욱더 큰 변화를 가져올 수도 있다.

"권력에 관해 이야기하는 겁니다. 배후에 중심화된 권력이 있습니다. 그들은 농부에게, 노동자에게, 소비자에게 그 권력을 사용하고 있죠. 그들은 대중이 무지한 상태에 머물도록 조장합니다. 자신이 먹는 게 무엇인지, 그게 어디서 오는지, 자기 몸에 무슨 작용을 하는지 절대 알 수 없도록 그들은 어마어마한 권력을 사용합니다."

다큐멘터리 「푸드 주식회사」에 나오는 말이다. 음식이 왜 중요한가? 음식은 *목숨의 문제*이기 때문이다. 동시에 음식은 환경 문제, 동물 복지 문제, 인권의 문제이다. 또 중요한 한 가지, 자유와 정의의 문제와 결부된다. 올바른 음식 소비는 부조리한 사회 시스템에 맞서 정의를 지키고, 나의 삶과 선택권을 통제하려는 권력에 맞서 자유를 지키는 일이다.

"너 자신이 먹는 것을 알라."

막강한 권력과 돈으로 무장한 식품업계와 시스템으로부터 우리의 자유를 지켜내는 가장 좋은 방법은 *구매 거부*다. 문제가 있는 식품과 물건들을 구매하지 않음으로써 부정한 업계와 시스템이 자연스럽게 물러나도록 하는 것이다.

여기서 나는 재미있는 사실 하나를 발견했다. 의도해서 적극적으로 실천한 것이 아니었음에도, 나는 어느새 구매 거부 투쟁의 중심에 들어와 있다는 것을 말이다.

크리스의 철학

인간의 존재 양식

크리스는 자신의 삶을 통해 반사회적 투쟁을 선보이는 행동가였다. 또한 존재에 관해 깊이 사유하는 철학가이기도 했다. 나는 그의 괴짜 철학 이야기를 듣는 것이 좋았다. 그의 철학은 참으로 신선했으며, 내게 중요한 화두와 사색할 거리 그리고 깨달음을 끌어내주었다.

크리스는 인간의 존재 양식을 함Doing, 살아감Living, 존재함Being의 3가지로 구분했다. 크리스의 철학에 나만의 해석과 생각을 덧붙여 존재 양식 개념을 새롭게 정리해보았다.

○ 함Doing : 소비 활동

인간이 재미와 자극을 얻기 위해 취하는 모든 행위와 활동은 'Doing'에 속한다. 현대인은 지루함, 불안함, 외로움, 갈망 등 끊임없는 불만족 상태에 시달린다. 이 때문에 잠시도 평온히 있지 못하고 계속해서 무엇인가를 '한다'! 음악을 듣고, TV를 보고, 스마트폰을 놓지 못하고, 음식을 먹고, 술에 취하고, 마약에 빠지고, 사람을 만나고, 여행을 떠나고, 일에 중독된다. 이는 뿌리 깊은 불안함을 잠시라도 잊어내기 위한 발버둥이다.

현대인들이 좋아하는 '버킷리스트'의 개념에도 오류가 있다. 현대인은 이루고 싶은 것, 갖고 싶은 것, 가고 싶은 곳의 목록을 만들고 그것을 이루는 것을 마치 행복에 이르는 길인 것처럼 믿는다. 그러나 그것은 온갖 '원하는 것'이 담겨 있는 갈망의 목록일 뿐 절대 행복의 목록이 될 수 없다. 무엇을 '하면서' 얻어진 행복이라면 그것을 하지 않을 때 그 행복은 사라진다. 행복에 이르는 길은 그저 행복한 상태에 '있는' 것이며, 우리가 '해야 할' 유일한 것은 그저 행복과 평온의 상태에 있는 법을 배우는 것뿐이다.

나는 크리스가 말하는 'Doing'에 '소비 활동'이라 이름 붙였다. '하는 것'을 어떻게 '소비'로 해석했는지 의아한가? 'Doing'은 많은 오해를 불러올 수 있다. 언어의 한계에서 시작된 오해에 더하여 '하는 것' 즉, 우리가 취하는 모든 동작이 크리스가 말하는 바람직하지 않은 'Doing'에 포함될 가능성이 있기 때문이다. 예를 들어 '숨 쉬다' '살다' '집중하다'라는 행위를 언어적으로 구분하면 동사에 해당한다. 하지만 모든 행위와 동작이 크리스가 말하는 'Doing'은 아니다. 자칫 언어적 오류로 인해 모든 동작을 멈추려 하거나 그 어떤 Doing도 하지 않기 위해 숨도 쉬지 않겠다는 사람이 있을까 우려되어 보다 걸맞은 용어를 사용하기로 했다.

'소비'는 사전적으로 돈이나 물자, 시간, 노력 따위를 들이거나 써서 없애는 것을 의미한다. 불만족스러운 현실과 평온하지 못한 순간에서 벗어나기 위해 하는 대부분의 활동은 단순히 돈뿐만 아니라 시간, 노력에서도 엄청난 '소비'를 불러온다. 취미, 여가, 놀이, 여행을 위해 많은 돈을 들이고 이 비용을 벌기 위해 많은 시간을 바쳐 일한다. 즉 이 Doing에는 재미와 자극을 찾기 위한 금전적 소비 활동과 이 소비를 위한 시간적 소비 활동(직업 활동), 소중한 삶의 순간을 불안과 불만으로 소모하는 정신적 소비 활동이 포함된다.

○ 살아감Living : 자립 활동

Living은 '살아감'이다. 살아 있는 한 우리는 살아간다. 세상에 삶을 살아가지 않는 사람이 어디에 있을까? 하지만 크리스는 냉정하게 말한다. 목숨이 붙어 있다고 해서 모두가 '살아가는 것'은 아니라고 말이다. 크리스는 대부분의 현대인이 살아가기보다는 죽어가고 있다고 보았다. 진정한 살아감이란 삶을 창조적으로 살아가는 것이며 이를 위해서는 삶의 기술, 즉 자신의 생계와 생활을 직접 만들어내는 생존 기술을 익혀야 한다.

"당신의 할아버지에게로 가십시오."

크리스가 늘 하던 말처럼, 조부모 세대는 '살아감' 즉 자립 활동의 양식으로 살아가는 세대였다. 우리의 할아버지 할머니들은 생활에 필요한 모든 것을 직접 만들어냈다. 먹을 것, 잠잘 공간, 입을 것과 사용할 물건을 누군가에게 맡기는 대신 직접 생산해낼 수 있도록 생활 기술을 익히는 것. 크리스는 이것이야말로 우리 모두가 해야 할 가장 중요한 생계 활동이라고 여겼다. 그러나 지금 세대는 할머니와 할아버지가 쌓아온 위대한 기술들을 무시하고 누구도 그것을 배우려 하지 않는다. 크리스는 이 점에서 크게 슬퍼했다. 그는 대부분의 시간을 자립 활동으로 보냈다. 그는 상당한 기술과 손재주를 가지고 있었고, 내게도 많은 기술을 가르쳐주었다. 금속 부싯돌과 부들을 이용해 불을 지피는 방법, 나무를 깎아 수저를 만들려면 어떻게 해야 하는지, 나무껍질은 어떻게 엮고 또 혼자서 무거운 돌덩이를 옮기는 방법과 꿩을 손질하는 방법이며 죽은 동물 가죽으로 담요를 만드는 방법 그리고 야생 은신처를 만들려면 어떻게 해야 하는지도.

크리스에게 노동은 놀이이자 삶 자체이며 시스템에 대한 저항 행위였다. 크리스는 '살아감'의 노동만이 사회와 시스템으로부터 자유를 얻는 유일한 길이라고 믿었다. 시스템은 의도적으로 사람들이 살아감의 노동을 하지 못하도록 막아왔으며, 하나의 직업에만 갇혀 정신없이 바쁘게 살아가길 바란다. 사람들이 삶과 생존을 위해 스스로 할 수 있는 일이 없어질수록 시스템은 더욱 힘을 얻는다.

사회 시스템에 대한 그의 '의심'이 진실이든 아니든 나는 그가 가진 기술들을 모조리 다 흡수하고 싶을 만큼 'Living'의 삶을 동경하기 시작했다. 새로운 기술을 습득할 때마다 내 안의 생명력이 마구 뿜어져 나옴을 느꼈다. '살아 있음'이란 이런 것이리라. '쓸모 있음'이라는 것 역시 이런 것이겠지. 자신의 힘으로 생존을 이어가기 위한 생활 기술과 능력을 기르는 것. 그것은 인간의 지능과 창의성, 신체적 강인함을 최대한으로 개발하는 것이다. 그리고 삶을 가장 적극적인 방법으로 책임지는 자립의 길이다.

그래서 나는 크리스의 Living에 '자립 활동'이란 이름을 붙였다. 그 어디에도 의존하지 않고 독립적이며 주도적으로 자신의 생활을 만들어나가는 삶. 진정한 '자립'을 가능케 하는 창조적 노동 활동의 삶이 바로 Living이다.

◌ 존재함Being : 존재 활동

Being, 존재함. 존재는 행위라기보다는 상태를 의미한다. 따라서 'Being'은 '지금 무엇을 하고 있는가'가 아닌 '지금 어떤 상태로 존재하는가'를 비추는 양식이다. 크리스는 Doing, Living, Being 중에 Being 양식에서의 삶을 가장 드높은 것으로 여겼다. 궁극적인 평화와 행복, 자유는 우리가 참된 존재가 될 때 비로소 얻어질 수 있는데, 그 참된 존재가 되는 법을 깨닫는 모든 과정과 삶이 'Being'이다.

"Be yourself" 참된 자신이 되어라
"Be mindful" 현재에 깨어 있으라
"That's your ego!" 그게 너의 자아상이야!

크리스가 자주 하던 말이다. 사실 이때만 해도 나는 크리스가 말하는 Being을 완벽히 이해하지 못했다. 단지 나 역시 평생을 불안정한 마음 상태로 살아왔으며, 이 불안함을 떨쳐내고자 숱한 소비 활동

Doing으로 삶을 소모하고 있었다는 것을 알아챘다.

나의 불안정한 존재 상태를 의식하게 된 것은 실로 대단한 충격이었다. 크리스가 말하는(알아듣기 어려운) 철학적 개념들은 그다지 중요하지 않았다. 내게 중요했던 것은 '나는 왜 고요할 수 없는가?' '평온하게 존재하려면 어떻게 해야 하는가?' 하는 질문이었다. 크리스 또한 내게 이 질문의 답을 줄 수 없는 사람이었다. 그 역시 불안정한 존재였기 때문이다.

크리스는 내게 많은 '말'을 해주었지만, '참된 존재함이란 어떤 것인가'를 직접 보여주지 못했다. 정작 그가 보여주는 행동과 존재 상태는 그가 하는 '말'과 상당히 거리가 있었기에 내게 큰 혼란을 줄 뿐이었다. 그는 내가 얼마나 평온하지 못한 사람인지는 알려주었지만 평온이 무엇인지, '존재 활동'으로 살아간다는 것이 무엇인지는 몸소 보여주지 못했다. 평화의 상태는 그 어떤 '세뇌'로도 절대 다다를 수 없는 것이었다.

도대체 참된 존재라는 게 뭐지? 어떻게 살아가는 게 '존재 활동'이라는 것일까? 도저히 이 질문에 답을 찾을 수 없었던 나는 우선 '자립 활동'에 전념하며 '존재'의 질문은 잊어버리기로 했다.

함Doing : 소비 활동

물질적 필요를 만족시키기 위한 활동 전반. 무엇인가를 원하고 물질적으로 소비하는 활동을 포함한다. 소비 활동은 존재적 불안을 해소하기 위해 끊임없는 자극과 정신적 소비로 이어진다. 이는 소모와 소비, 의존과 연결된다.

살아감Living : 자립 활동

물질적 필요를 만족시키기 위해 원하는 것을 스스로 만들어내는 활동. 자립 활동으로 물질적인 자립이 가능하나 존재적 불안에서 여전히 벗어나지 못한다. 이 활동으로 하루를 바쁘게 살고 이로써 만족감과 성취감을 얻을 수는 있다. 하지만 이로써 존재의 공허함을 채우고자 한다면 이 역시 하나의 정신적 소비 활동이 된다. 자립 활동은 창조, 생명 유지, 자립의 가치를 실현한다. 이 활동이 존재 활동으로 연결되려면 일을 멈추고 차분히 쉬는 법과 '알아차림'이 필요하다.

존재함Being : 존재 활동

물질적, 존재적으로 어떤 것도 '필요함'을 느끼지 않는 완전한 만족과 충만의 상태에 이르고자 하는 활동. 아무것도 하지 않아도 괜찮고, 어떤 결핍감(존재적 상실감 포함)도 없을 때, 우리는 모든 속박에서 벗어난다. 존재 활동은 절대적 평화와 자유, 무조건적 사랑을 가져온다. 존재 활동으로 이르는 그 '상태'는 모든 존재의 근본이자 궁극적 목적지다.

사랑이 뭘까

크리스는 진심으로 다른 이들을 돕고자 했다. 사람들이 얼마나 많은 '소비 활동'으로 인생을 소모하는지, 얼마나 강력한 정신적 한계와 세뇌에 갇혀 살고 있는지 눈뜨게 해주고 싶어 했다. 또한 창조적인 생활 기술을 전수함으로써 사람들이 사회와 시스템에 의존하지 않고 자립할 수 있도록 도우려 했다. 그렇게 궁극적으로는 모든 이가 완전한 자유에 이르기를 소망했다.

크리스와 모락을 처음 만난 날, 그들은 스스로가 다자사랑주의자이며 자유롭고 열린 관계 속에서 함께 사는 파트너라고 소개했다.

'응? 다자 사랑? 열린 관계?'

그들의 관계를 이미 알고 있었다는 듯 태연한 척 고개를 끄덕였지만, 머릿속은 온갖 상상과 편견으로 요동쳤다.

'뭐지? 서로 바람피우는 걸 용인한다는 건가? 문란한 관계를 자유롭게 즐긴다는 건가?'

다자 연애란 폴리아모리Polyamory라고도 하며, 서로를 소유하거나 독점하지 않는 다자 간의 사랑을 뜻하는 말이다. 이 개념을 처음 접한 내게는 실로 충격이었다. 내게 사랑, 성애의 대상이란 반드시 일대일, 연인과 연인 간에 이루어지는 것이었다. '넌 내 거야'라며 보이지 않는(할 수만 있다면 이마에 낙인을 찍어서라도 보이게 하고 싶은 마음마저 들기도 하는) 소유욕을 서로가 인정하고, '서로만 바라봐야 함'의 의무를 성실히 이행할 것을 맹세하는 것. 이를 이행하지 않으면 '바람둥이' '양다리' '배신자'에 이어 '쓰레기' 등으로 불려도 싸다는 것을 암묵적으로 동의하는 계약과도 같았다. 한 번도 '평생의 계약(결혼)'을 원한 적은 없었으나, 연애하는 동안만큼은 일시적일지라도 이러한 계약의 효력을 당연하게 받아들였다. '독점'과 '소유'로 꽁꽁 묶인 채로 말이다. 이와 달리 크리스와 모락의 사랑은 느슨한 실타래 같았다. 그 실은 무한한 가닥을 지니고 있었다.

크리스에게는 일대일 관계가 도리어 부자연스러운 것이었다. 특히 일부일처제와 결혼제도는 가부장제가 기획한 착취적인 제도일 뿐이라고 보았다. 사회와 시스템이 의도적으로 만들어 사람들에게 강요한 이 일대일 사랑은 남성이 여성의 성을 통제하면서 사유재산과 자기 재산을 물려줄 상속자를 보호하기 위해 만들어낸 것이라고까지 했다.

평소 결혼제도에 거부감을 느끼던 나는 크리스의 의견에 어느 정도 고개를 끄덕이면서도 다자연애에 대해서는 완전히 공감하지 못했다. 세상에 변하지 않는 것은 없다. 따라서 한 사람과 *평~~~생*을 약속하는 것은 내가 믿는 '자연의 법칙'에 어긋난다. 하지만 동시에 여러 명과 연애 관계를 맺는 것 역시 내가 믿는 '사랑'이 아니다. 이 각박하고 외로운 세상에서 '이 사람만은 내 사람이다'라는 위안의 울타리를 제공해주는 것이 사랑의 한 기능이므로. 관계에 안정감을 주고 사랑하는 사람과 강한 결속을 맺게 해주는 것이 소유욕이기도 하니 말이다.

그러나 크리스는 이런 사랑은 사랑이 아니라고 여겼다. 존재는 존재를 소유할 수 없으며 상대방을 소유하고 독점하려 한다면 이미 그것은 사랑이 아닌 집착이 된다는 것이다. 진정한 사랑을 한다면 상대방의 자유로운 변화와 성장을 언제든 응원할 수 있어야 하고 사랑하는 사람의 가슴에 피어나는 새로운 사랑을 언제나 축복해야 한다. 만일 그렇게 하지 못한다면 그건 상대방을 진정 사랑한 것이 아니라 사랑받는 '나'를 갈망한 것일 뿐이다. 크리스는 나의 사랑법이 그저 '집착'이라고 단정 지은 후에 나를 빤히 쳐다보며 이렇게 말했다.

"그리고 당신은 감정적으로 죽어 있어요."

나는 어처구니가 없어 웃으며 되물었다.

"뭐라고요? 하하하, 내가 죽어 있다고요?"

크리스는 말을 이었다.

"첫날부터 지금까지 당신을 지켜보니, 당신은 감정적으로 시체와 다름없어요. 맨 처음 당신과 포옹의 인사를 나눴지요. 그때 나는 느꼈어요. 당신은 가슴에 참 높은 장벽을 짓고 살아가고 있구나 하고요. 당신은 한 번도 가슴 따뜻한 포옹을 해본 적 없는 사람이에요. 우리가 함께 오토바이를 타거나 소를 몰 때, 당신은 내 옷 끝을 겨우 부여잡고 있었죠. 떨어질 수도 있는데 말이에요. 보다 못해 내가 당신 팔을 당겨 잡도록 했을 때 당신은 얼음이 되어버렸어요."

나는 화끈거리는 얼굴을 진정시키며 답했다.

"그야 당연하죠. 우리가 연인도 아니고, 그런 친밀한 접촉을 할 필요가 없잖아요."

"연인이 아닌 사람과 포옹하면 안 된다는 건 누가 가르친 거죠? 그런 '금기'가 자연스러운 본능에서 생겨난 것이 아니라 사회가 세뇌한 학습의 결과란 생각은 해본 적 없어요? 서로 친밀함을 자연스럽게 표현하려는 거예요. 왜 반드시 연인 사이에만 애정을 주고받아야 하나요? 당신의 진짜 문제는 신체적인 것만이 아니에요. 당신은 감정적으로도 높은 장벽을 쌓고 있어요. 내가 당신에게 가까이 다가가려고 할 때마다 당신이 뒷걸음치는 게 느껴져요. 나는 당신이 좋고 당신과 더 가까워지고 싶어요. 친밀함을 공유하고 싶을 뿐이에요. 이 연결을 나는 *사랑*이라고 말해요. 내게서 흘러가는 관심과 애정을 가로막지 않기를 바라요. 당신의 감정은 죽어 있어요."

그의 뻔뻔함에 나는 할 말을 잃었다. 나와 친밀감을 느끼고 *사랑*하기를 바란다고? 재빨리 선을 긋고 이 어색한 대화를 마무리하고 싶었다.

"그래요. 당신에게 난 시체라고 치죠. 그렇게 생각해도 상관없어요. 독점이나 집착 혹은 그 무엇으로 불리더라도 나는 일대일의 사랑이 좋고, 연인이 아닌 이와는 살을 맞대는 게 불편해요. 그러니 내게 그런 기대는 하지 말아요."

나는 단호하게 그의 *사랑*에 연루되기를 거부했고 크리스는 더는 자신의 사랑법을 내게 강요하지 않았다. 하지만 그렇다고 그가 나를 대하는 태도와 표현을 바꾼 것은 아니었다. 그는 한결같이 친밀하게 다가왔고, 애정 표현도 계속했다. 그는 한 번도 내가 원치 않는 행동을 하지 않았다. 그렇기에 그의 자유스러운 표현에 크게 거부감이 들지 않았다. 그 결과, 나조차도 믿기 어려운 일이 생기고야 말았다. 그렇게도 철벽같던 내가 결국 변하기 시작한 것이다.

나는 그의 자연스러운 감정표현에 익숙해졌다. 마침내 자유로운 애정의 파장이 내 마음에서 막힘없이 흘러나옴을 느꼈다. 나는 그에게 주저 없이 솔직하게 애정을 표현했다.

보다 '일반적'인 시선에서 보자면, 이런 언행은 분명 연인끼리만 할 수 있는 것이다. 나 또한 크리스를 만나기 전까지는 그렇게 분명한 선을 그어놓고 살아왔다. 하지만 나는 그를 만나고 깨달았다. 사랑의 마음을 전하고 따뜻한 포옹을 나누는 일에는 경계선이 없어야 한다는 것을 말이다. 그리고 이 경계선을 지운 상태에서 사람과 관계를 맺고 연결될 때, 그때의 감정은 일반적 연인과 보통의 친구를 초월하는 새로운 형태의 사랑이 된다. 그렇게 나는 가슴에 장벽을 세우지 않고 친구들과 따뜻한 손길, 달콤한 말, 포근한 품을 나누는 법을 배웠다. 크리스 덕분이다.

누군가를 있는 *그대*로 받아들이는 연습을 하면서 나는 사람이 가진 어떤 '면'보다는 그 사람과 나누는 연정 그 자체를 사랑하고, 사랑에 그 어떤 기대와 조건을 두지 않으며, 그 사람이 나를 사랑하든 사랑하지 않든 나는 그를 사랑하는 방법을 배웠다. 사랑의 감정을 두려움 없이 투명하게 표현하며 자유롭고 순수한 새로운 차원의 사랑을 시작했다.

크리스는 알몸을 사랑하는 나체주의자이기도 했다. 몸은 자신을 비추는 거울이며, 아무것도 걸치지 않은 모습이 가장 자연스러운 태초의 상태라고 보았다. 인간은 자연의 일부이지 사회의 일부가 아니기에 '옷'이라는 사회적 속박에서 벗어나 자연의 나체로 돌아가야 한다며 말이다. 실제로 크리스와 모락은 집안에서 아무런 거리낌 없이 알몸으로 다니곤 했다. 나는 이들의 알몸과 인사를 하는 것으로 아침을 시작했다. 그리고 이 민망한 상황에도 조금씩 익숙해졌다. 점차 이 모습이 아름답게도 느껴졌다.

훗날 나는 '크리스보다 더한 사람' 수 백 명에게 둘러싸이는 충격적인 경험을 하게 된다. 성별, 나이, 결혼 여부, 장소, 상황 등 그 어떤 조건에도 개의치 않고 마구 "사랑한다" 말하고 다정하게 입맞추며, 알몸으로 달려와 뜨겁게 포옹하고 또 서로 부둥켜안고 잠자는 이들을 만났다. 크리스와 *경계 없는 사랑*을 먼저 경험한 덕이라고 해야 할까? 그들의 거침없는 사랑표현을 다행히도 거부감 없이 받아들일 수 있었다. 그렇지 않았다면 처음 만난 나를 자신의 맨살 가슴 깊숙이 파묻고, 마구 키스 세례를 해대는 히피들을 모조리 경찰에 신고했을지도 모른다.

관행적인 관계와 관례적인 사랑에 익숙한 보통의 사람에게 크리스의 사랑 방식은 상당히 급진적으로(제정신이 아닌 것으로) 보일 수 있다. 그의 집에 머무는 동안 친구와 메시지를 주고받은 적이 있다. 친구에게 이곳에서의 경험에 더불어 크리스의 '관계'와 '사랑'에 대해서도 언급했다. 친구는 격한 반응을 보이며 "그 사람 미친 변태 아니야? 당장 그 집에서 나와!"라고 소리쳤다. 외국 생활을 많이 한 또 다른 친구는 "자신을 영적 스승이라 칭하면서 깨달음이니 뭐니 하는 것들을 빌미로 여자들을 성적으로 착취하려는 사기꾼이 참 많아. 정말 신뢰할 수 있는 사람인지 잘 판단해봐."라고 조언했다.

나는 크리스와 모락의 *알몸 생활*과 사랑에 대한 자유로운 가치관, 크리스의 과감한 애정 표현이 불쾌하지 않았다. 하지만 그렇다고 다른 사람들도 나처럼 크리스의 행동들을 거부감 없이 받아들였으리라 생각하지는 않는다. 크리스의 농장에 머물렀던 다른 방문자들의 경우, 그의 언행에 불쾌감이나 성적 수치심 그리고 불안과 모욕감을 느꼈을 수도 있다는 우려를 밝힌다.

나 역시 친구들의 말처럼, 크리스를 비롯한 많은 다자사랑주의자가 사실은 그다지 순수하지 않은 의도로 다자사랑을 추구할지도 모른단 생각을 하기도 했다. 자신의 방종과도 같은 사랑을 정당화하기 위해, 관계의 무거운 책임감에서 벗어날 핑곗거리를 만들기 위해, 세상의 많은 아름다운 연인과 죄책감 없이 마음껏 사랑을 나누기 위해 등등 지극히 자기애적인 이유로 다자사랑을 추구할 가능성도 크다. 그런 이들도 있을 것이다. 크리스와 모락 또한 완벽히 이상적인 다자사랑을 실현하고 있는 것도 아니었다. 비독점적 사랑을 지향하지만, 그들 역시 질투의 감정과 독점의 욕망에서 벗어나지 못한 모습을 보이기도 했다. 또한 크리스는 *사랑받고 싶은 욕구*가 아주 강했다. 크리스가 다자사랑을 열렬히 외치는 이유가 어쩌면 그저 많은 사람으로부터 동시에 사랑받고 싶기 때문은 아닐까 하는 생각이 들기도 했으니 말이다.

하지만 나는 그들이 현재 다자사랑을 완벽하게 실현하고 있지 않다고 해서, 혹은 그들의 의도가 순수하지 않다고 해서 그들의 사랑법이 잘못됐다거나 위선적이라고 비난할 필요는 없다고 생각한다. 다자사랑은 상호 간 철저한 합의를 바탕으로 하기 때문이다. 서로를 소유하거나 독점하지 않을 것, 서로에게 기대하지 않을 것, 솔직하고 투명한 다자관계를 맺을 것 등에 대한 합의를 맺는데, 이 합의에는 '다자 사랑의 의도가 100% 순수할 것'이라는 조건은 없다.

다자사랑주의자는 그 어떤 이유에서건 관계가 속박되는 것을 원치 않는다. 무엇보다 중요한 것은 이런 자유로운 사랑 방식에 서로가

'동의'했다는 점이며, 이 동의한 관계에 있어선 상처를 받는 이도, 상처를 주는 이도 없다는 것이다. 다자사랑으로 인해 누군가가 아픔을 느낀다면 그건 자신의 '자애감自愛感'이 스스로에게 상처를 준 것이지 상대방이 상처를 입힌 게 아니라는 것을 깨달아야 한다. 또한 그 아픔이 견딜 수 없을 정도로 고통스럽다면 다자사랑이 아닌 일대일의 독점적 사랑을 추구해야 할 것이다. 다자사랑은 그 어떤 강요나 억지가 없는 철저히 자유로운 '선택'의 관계에 대한 이해가 선행된다.

크리스와 모락 역시 나처럼 불완전한 인간에 불과하다. 그들의 사랑 또한 아직은 성장과 시행착오의 과정을 거치는 중이다. 그들은 그 숱한 시행착오를 통해 그들이 바라는 완벽한 사랑을 언젠가 완성할 수 있다. 이러한 이해를 바탕으로 나는 그들의 '모순'마저 사랑했고, 그들의 실험적 사랑을 진심으로 응원했다.

나는 아주 나중에서야 '다자사랑'의 참된 목적이 '영적 수행'의 목적과 같다는 것을 알았다. 자기애에서 벗어나 모든 존재에 무한하고 무조건적인 사랑을 주는 것. 그 어떤 존재와 대상도 독점하려 하지 않고 나의 정체성과 내게 오는 사랑마저도 소유하지 않는 것. 즉, 나를 잊고 모두를 사랑하는 것. 이것이 바로 다자사랑의 진정한 목적이다. 사람은 일생에 거쳐 수행을 이어간다. 다자사랑 또한 지극한 마음수련과 숱한 단련을 거쳐야 가능하다. 하지만 그렇다고 해서 절망할 필요는 없다. 어떤 사랑을 겪었더라도 사랑의 모든 경험은 참된 존재로 진화하기 위한 수행의 과정일 테니, 그 어떤 경험도 '실패'나 '실수'가 아니다.

우리는 수많은 관계 속에서 숱한 시행착오를 겪으며 순수한 사랑의 세계로 나아간다. 그리고 비로소 세상 모든 만물과 생명을 무조건적인 사랑으로 품는 진정한 다자사랑주의로 거듭나는 것이다. 그리고 나는 이것을, 인간으로 하여금 굳이 '관계' 속에서 살아가게 한 우주의 숨은 의도라고 믿는다. 자기애를 살찌우는 욕망적 관계가 아니라 자신을 지워가는 수행적 관계를 경험하게 함으로써 결국 우리를 참된 사랑에 이르게끔 하려는 우주의 지혜로운 의도 말이다.

사회 시스템으로부터 받은 세뇌를 모조리 깨야 한다는 새로운 세뇌 교육을 받은 한 달이었다. 음식, 소비, 시스템, 생활 기술, 존재함. 그리고 사랑. 많은 면에서 혼란과 가치 충돌을 겪었지만 동시에 많은 것이 단순명료해졌다.

3
런던에서 쓰레기로 생존하기

급진적 주거 네트워크

경솔한 자찬

독일 베를린에서 수개월째 여행 중인 친구, 채영이의 초대. 채영이는 돈을 버는 족족 친구들에게 밥을 사고 장기 여행에 돈을 다 써버리는 낭만 욜로족이다. '베풂형 소비 인간' 채영이는 거지꼴을 하고 농장을 전전하고 있는 이 가여운 친구를 차마 그냥 두고 볼 수 없었던 모양이다. 그녀는 비행기 표와 대중교통 티켓까지 보내며 내게 일주일의 휴가를 선물했다.

"막대한 온실가스를 배출하는 비행기를 타고 탐욕과 자극이 넘쳐

나는 도시에 가려 하다니, 정말 실망스럽기가 짝이 없군요!"

크리스는 휴가를 앞두고 들뜬 나를 보고 비난조의 말을 던졌다. 나는 아랑곳하지 않고 친구와의 시간을 즐기기로 했다. 크리스와 모락에게 작별의 키스를 남기고 베를린으로 향했다.

도시는 오랜만이었다. 그간 자전거로 이동하면서 영국의 몇몇 도시를 지나오긴 했지만 0원살이 여정에서의 도시와 소비가 요구되는 생활 장소로 마주하는 도시는 분명 달랐다. 나는 정말 오랜만에 소비문화를 즐겼다. 채영이는 나를 유명한 카페며 레스토랑, 공연장과 관광지, 가게에 데려갔다. 친구의 호의 덕에 나는 호화로운 휴가를 보냈다.

지난 3개월 동안 정말 단 한 푼의 돈도 사용하지 않았다. 여정 초기에 좋은 자전거를 가지고 싶다는 갈망을 품었던 것을 제외하고는 다행히 그 어떤 소비 충동도 느끼지 않았다. 노동력으로 교환한 먹거리와 생필품에 만족했고, 소박한 시골에서 자연 가까이 지내는 것에 기뻤다. 한마디로 말하자면, 내게 있지 않은 무언가를 바라는 마음이 조금도 생기지 않았다. 스스로 생각해도 정말 대견스러운 변화였다. 이제 더는 소비하고자 하는 충동에 휩쓸리는 일은 없을 것이라 자신하면서 환상에서 깨어난 자신을 진심으로 기특해했다.

그러나, 참으로 경솔한 자찬이었다. 베를린에 온 지 겨우 며칠이 지났을 뿐인데 그사이 잠자고 있던 탐욕과 갈망이 깨어나려 했다. 방금 밥을 먹었는데도 또 맛있는 음식을 먹고 싶었고, 필요하지 않은데도 갖고 싶은 물건이 눈에 들어왔다. 새로운 장소와 자극을 계속 즐기고 싶었다. 거리엔 온통 소비를 조장하는 것들이 넘쳐났고 그 끊임없는 유혹에 마음이 마구 흔들렸다. 그제야 겸허히 받아들였다. 그동안 나의 소비 욕구를 잠재워 온 것은 나의 의지나 깨달음 때문이 아니라, 소비 충동을 일으킬 만한 자극이 전혀 없는 순박한 시골 환경 덕분이었다는 것을.

'도시는 정말 위험한 곳이야!'

역시 도시는 지낼 곳이 못 된다며, 다시는 도시 쪽을 쳐다보지도 말아야겠다고 다짐했다. 그런데 도망치듯 도시를 피해서 사는 것이 과연 해답일까? 어디에서 지내건 흔들리지 않고 신념을 지켜낼 수 있어야 하지 않을까? 소비하고자 하는 욕망에 맥없이 휩쓸린다면 그것은 도시의 문제가 아니라 내 의지의 문제일 것이다. 도시를 꼭 한 번은 마주해야 한다는 생각이 굳어졌다.

'도시에서도 0원살이를 이어가야만 해.'

그리하여 나는 이 강력한 상대와 정면 승부를 펼치기로 했다. 이로써 다음 목적지가 정해졌다. 내게 많은 상처와 아픔, 외로움을 남긴 비정한 도시, 런던이다.

보트 피플

일단은 전에 함께 살았던 친구, 지현이의 집으로 갔다. 지현이가 사는 집은 전에 내가 살았던 집이기도 했다. 플랫 메이트 지현이는 나의 귀환을 열렬히 환영하며 공간과 먹을거리를 흔쾌히 내어주었다. 모험이 아무리 신나고 즐거워도 사람은 늘 집이 주는 평온함을 그리워한다. 익숙한 집에서 정겨운 이와 보내는 안락한 시간. 순식간에 2주가 지나갔다. 도시와 정면 대결을 벌이겠다던 패기는 사라지고 안이해졌다.

계속해서 친구의 집에 얹혀 지낼 수는 없었다. 친구의 원조로 생활을 이어가는 것 또한 진정한 '무전 자립'과는 거리가 멀었다. 마음도 편치 않은 일이다. 일단 런던으로 돌아왔지만 어디서 지내고 어떻게 먹고살아야 할지 막막했다. 두려움이 느슨해진 마음을 비집고 들어왔다. 얼른 새로운 집을 찾고 자립할 방법을 떠올려야만 했다. 하지만 런던에는 나의 하찮은 노동력이 있어야 하는 친환경 농장도, 무일푼 떠돌이를 거둬줄 공동체도 없는 듯했다. 답 없이 커져만 가는 걱정에 마음이 답답했다. 무거운 마음을 견디기가 버거워져 뛰쳐나갔다.

내가 지내던 곳은 런던의 이즐링턴 지역으로 집 바로 앞에는 리젠트 운하가 흐른다. 리젠트 운하는 런던 북쪽 중심을 지나는 약 13.8km 길이의 인공 수로다. 나는 런던에서 이 운하를 따라 난 좁은 산책길과 쉼터를 가장 좋아했다. 지옥 같은 회사생활을 할 때, 해고당하고 우울함에 빠져 살 때, 막막한 현실로부터 도망치고 싶던 모든 순간에, 나는 버드나무가 길게 드리워진 이곳에 오곤 했다.

그날도 운하 옆 벤치에 앉았다. 모든 고민을 접어놓고, 그저 물에 떠 있는 보트들을 구경했다. 사람들은 보트 위에서 느긋하게 일상을 보내고 있었다. 평화로이 책을 읽는 사람, 낮부터 맥주를 마시는 사람, 일광욕을 즐기는 사람, 강아지와 장난을 치는 사람, 어디론가 유유히 항해하는 사람…. 직장인들이라면 한창 일하고 있을 평일 오후임에도 그들은 흐르는 물 만큼이나 여유로워 보였다. 런던의 비싼 집값에서 벗어나고자 보트를 집으로 삼아 물 위에서 살아가는 사람들.

보터Boater였다. 보트 피플Boat people이라고도 불리는 이들의 느긋한 보트 생활을 구경하다 문득 '나도 보트에서 살아볼 수 있을까?' 하는 생각이 들었다.

어떤 책에서 이들에 관한 이야기를 읽었던 기억이 떠올랐다. 흥분되는 발걸음으로 집에 돌아와 컴퓨터를 켰다. 운 좋게 글쓴이를 찾았다. '토니'라는 사람이었다. 그의 연락처를 수색해 이메일을 보냈다. 며칠 뒤, 집 앞 운하 근처에서 그를 만났다.

토니는 런던의 운하에서 살아가는 보터이면서 '급진적 주거 네트워크Radical Housing network'의 멤버였다. 이 단체는 주택 문제에 있어 정의를 구현하기 위해 투쟁 활동을 벌인다. 런던을 기반으로 하여 민간 임대 주택, 공공 지원 주택, 스쿼팅squatting(무단 점거), 노숙, 코하우징(공유주택) 등 인간의 기본 주거권을 보장하기 위해 주거 분야에서 다양하게 활동한다. 이들은 모든 인간이 '제대로 된 집'을 가져야 한다는 신념을 기반으로, 주거 기회에 대한 차별과 부조리함에 적극적으로 대항한다.

이들은 피켓을 들고 거리로 나가 투쟁만 하는 것이 아니었다. 삶의 방식과 거주 방법 자체를 변화시키고자 하는 실천에도 앞장섰다. 보트나 카라반에서 사는 모바일 리빙부터 버려진 창고나 공장을 거처로 삼는 웨어하우스 리빙, 빈 건물을 무단 점거하는 스쿼팅까지 급진적 주거 네트워크의 활동가들은 대안 주거 공간에서 생활한다. 이들의 일반적이지 않은 다양한 주거 방식 자체가 주거 문제에 대한 저항인 셈이다.

런던의 방값은 살인적이다. 2평 남짓한 방을 빌리는 값이 한 달에

150만 원 정도였으니, 이 몸 하나 뉠 공간을 유지하려 그토록 숨 막히는 회사생활을 참아내야 했다. 최저임금을 받아 가며 아르바이트로 생활을 유지하던 다른 워홀러들의 현실은 더욱 비참했다. 그들은 방값을 내기 위해 쓰리 잡을 마다하지 않았고 밤낮과 주말 없이 일만 하며 살았다. 하룻밤을 지붕 아래서 보내려고 삶을 모조리 노동으로 채우는 치열한 하루살이 삶이었다.

런던의 모든 사람이 이처럼 각박하게 사는 줄 알았다. 깡패 같은 도시의 횡포에, 비싼 렌트비를 감수하며 살아간다고 생각했다. 그런데 다른 방법으로 살아가는 사람들이 있었다. 그들은 "모든 인간은 제대로 된 집에서 살아야 한다!"고 외치며 비정한 현실에 적극적으로 투쟁하는 용감한 전사들이었다. 가슴이 두근거렸다. 도시의 영웅들을 더 많이 만나봐야겠다는 생각이 들었다. 이들과 함께라면 런던에서의 0원살이가 가능할 것 같았다. 어쩌면 잔인하고 매정하게만 느껴졌던 런던을 새로이 채울 수 있지 않을까?

토니는 0원살이 프로젝트를 적극 지지했다. 그는 내가 런던에서 '제대로 된 집'과 '따뜻한 가족'을 만날 수 있도록 도와주었다. 급진적 주거 네트워크 활동가들에게 나를 소개하는 이메일을 보냈고, 런던 보터 SNS 그룹에도 초대해주었다. 나는 토니가 초대한 보터 그룹에 '집'과 '가족'을 찾는다는 글을 올렸다. 놀랍게도 글을 올리자마자 런던의 많은 대안 주거 활동가로부터 연락이 왔다. 토니와의 만남으로 나는 런던의 영웅들과 연결되었다.

자신의 소박한 보트로 저녁 식사를 초대하는 사람, 자신도 8개월간 최소한의 지출로 살아왔다며 만나서 수다를 떨어보자는 사람, 보트 항해 보조가 필요하다며 도움을 요청하는 사람, 0원살이에 감동했다며 인터뷰하자는 사람, 보트를 제작하는 중에 일손이 필요해 숙식을 제공할 테니 노동력을 교환하자는 사람, 자신도 여행할 때 많은 사람에게 도움을 받았다며 필요하면 언제든 자신의 보트로 찾아오라는 사람, 낮엔 보트가 비어 있으니 와서 낮잠 자고 가라는 사람…. 믿어지지 않을 만큼 따뜻한 환영 인사와 초대였다. 하지만 나는 잠시 신세를 지기보다는 조금 더 여유를 두고 지낼 보트가 필요했다. 그러다 반가운 연락을 받았다. 크레이그라는 보터가 보낸 초대장이었다.

크레이그는 해외여행을 자주 다녀서 보트를 비우는 일이 잦았다. 다음 주에는 튀르키예로 여행 갈 예정이라 머물 곳이 필요하면 자신의 보트에서 지내라는 연락이었다. 크레이그의 메시지를 받고 환호성을 질렀다. 선망의 대상으로만 여겼던 보트살이, 그 낭만적인 물 위의 삶이 현실이 되다니!

월세 보트살이

크레이그가 보트를 정박해둔 곳은 '리틀 베니스'라 불리는 런던의 패딩턴Paddington 지역이었다. 리젠트 운하에서도 아름답기로 손꼽히는 곳이다. 청둥오리와 백조를 이웃으로 둔 낭만적인 수상 마을에서 2주간 꿈같은 시간을 보낼 기회다. 청둥오리의 인사로 하루를 시작해 오후 내내 반짝이는 물빛을 배경으로 백조의 고상함을 만끽했다. 해가 지면 자글자글 타오르는 난롯불 앞에서 사색하며 짙은 밤을 보냈다.

다른 보터들의 집에도 놀러 갔다. 저마다 보터들의 취향대로 꾸며진 각양각색의 보트에서 함께 차나 와인을 마셨다. 몇몇 보터와는 당일치기 항해 여정을 보냈다. 그리고 보트에서의 삶에 대한 생생한 이야기를 들을 수 있었다.

영국에는 약 3,500km 길이의 운하가 있다. 운하는 15,000여 명의 사람에게 집이 되어주기에 '세상에서 가장 긴 마을'이라고도 불린다. 물에서의 낭만을 동경하며 보트살이를 시작하는 사람도 있지만, 대부분의 보터는 현실적인 이유로 보트살이를 택했다. 런던 집값이 급등하면서 서민들의 주거는 불안정해졌고 이들은 생활고에 시달렸다. 암울한 경제 상황에 질려버린 사람들은 결국 건물 대신 보트에 몸을 맡겼다.

"런던의 집주인들이란 온통 탐욕스러운 사기꾼뿐이야. 난 그 빌어먹을 인간들에게 단 한 푼도 주고 싶지 않아!"

한 친구는 이렇게 거칠게 말했다. 그렇다고 해서 보트 가격이 다 저렴한 것은 아니다. 여느 주택처럼 보트 또한 그 종류와 상태에 따라 가격이 천차만별이다. 크레이그의 보트는 가격이 상당히 나가는 고급형에 속했다. 떠 있는 것만으로도 기적인 것 같은 낙후하고 오래된 값싼 보트가 대부분인 운하에서 그의 보트는 예외적이었다. 낡고 값싼 보트마저도 살 돈이 없는 친구들은 월세'방'이 아닌 월세'보트' 신세로 살아갔다.

보트에서의 삶은 이들에게 단순한 '체험'이 아닌 '일상'이기에 언제나 낭만적일 수만은 없다. 수상생활에는 각종 위험과 어려움이 도사린다. 비바람으로 인한 자연재해는 물론이고, 범죄의 위험에도 노출

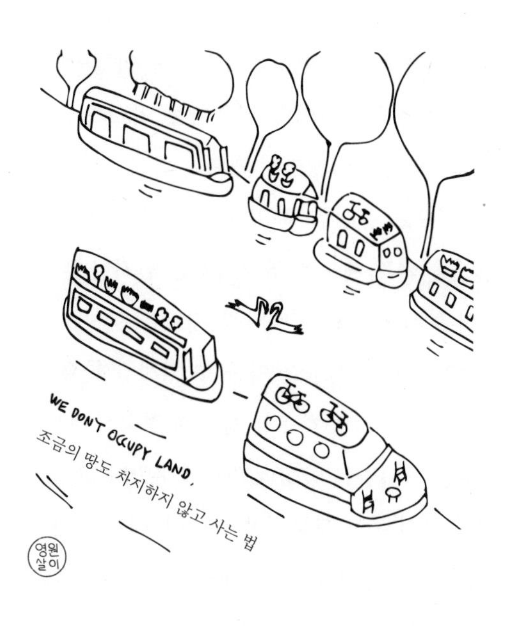

되기 쉬웠다. 강도나 폭행, 도난뿐만 아니라 위험한 장난에도 종종 피해를 당했다.

수상생활 그 자체에서 야기되는 어려움도 상당했다. 물 위를 끊임없이 이동하며 살아가는 사람들에게 중앙 공공 서비스라는 혜택은 물 건너 세상의 이야기였다. 물과 가스, 전기를 자체적으로 해결해야 하고, 오물 탱크도 없기에 오물을 처리하는 기능도 *알아서* 해결해야 한다. 부족한 자원을 효율적으로 관리하려면 스스로 필요한 지식과 관련 기술도 익혀야 한다. 그 자원이 어디에서 오며, 얼마나 지속 가능한지, 또 어디로 내보내고 순환되는지를 정확히 알아야만 하는 것이다. 그래서 보터들은 삶에 필수적인 요소조차 충분히 소유할 수 없다. 자원이 늘 불충분하기 때문에 끊임없이 짐을 덜어내야만 했고, 꼭 필요한 것으로만 공간을 채웠다. 보트살이는 야생이다. 각종 생활 기술을 터득한 이들은 공공설비에 의존하는 아파트 거주민들을 마치 생활 기술의 불구처럼 보이게까지 했다.

보트에는 엔진으로 충전할 수 있는 납산 배터리가 있다. 하지만 항해할 때만 엔진을 켜기 때문에 평상시에는 전기를 얻기가 어렵다. 그래서 대부분의 보터는 보트에 태양광 패널을 설치해 전기를 얻는다. 태양광으로 전기 에너지 자립을 이룰 수 있지만 물과 원료를 얻고 오물을 비우기 위해서는 꼬박 하루를 항해해 정박지marina에 가야 한다.

허가받지 않은 보터들은 규정에 따라 2주마다 보트를 옮겨야만 한다. 허가를 받으려면 돈을 지불해야 하는데, 내가 만난 보터 대부분은 경제적인 이유로 보트살이를 했기 때문에 허가받기보다는 계속해서 지역을 옮겨 다녔다. 정착하지 않고 떠도는 삶이 즐겁다는 보터도 있지만 반복적인 이사에 피곤함을 느낀다는 보터도 많다. 혼자서 항해하기란 어려움이 많기에 보터들은 서로를 도왔다. 나 역시 보터 친구들을 도와 몇 번 함께 항해했다. 친구 보트의 '똥통'을 비우러 정박지에 갔고, 다른 친구의 '이사 항해'를 돕기도 했다.

자원도 부족하고 주기적으로 항해해야 하는 보트 생활의 불편함에도 대부분의 보터들은 꽤 행복해 보였다. 아담한 보트를 아기자기하게 꾸며놓고 살던 한 친구는 가끔 헤어드라이어의 뽀송함이 그립다고 했다. 그래도 보트를 마음껏 독차지한 삶이 다른 메이트들과 섞여 사는 플랫 셰어보다는 훨씬 낫다며 만족감을 드러냈다. 또한 야생 생활을 주로 하던 친구는 화장실이 갖춰진 보트가 자신에겐 그렇게나 럭셔리일 수 없다며 양팔로 만세를 외치기도 했다.

이처럼 보터들은 (본의 아니게) 자원을 절약하고 대체에너지를 사용하며 오프 그리드를 실현하고 있었다. 이는 많은 자연주의자가 지향하는 '자연에 해를 덜 끼치는 삶'의 모습이었다. 보터들은 햇빛과 운하의 물을 이용해 갑판에 채소를 길러 먹었다. 보트 내에 화장실 상자를 설치해 오물을 처리하는 비용도 줄이고 식물이 잘 자라도록 인분으로 퇴비를 만들기도 했다. 또, 보트 생활을 하면서 터득한 기술들을 활용해 필요한 물건을 만들고 고치기도 했으니, 자원 낭비를 줄이는 데에도 크게 일조한 셈이다.

보트생활로 이들은 집값뿐 아니라 전반적인 생활비를 줄였다. 그 덕에 노동하는 시간이 전보다 줄어들었다. 한 친구는 레스토랑에서 반나절만 일하고 나머지 시간에는 그림을 그렸다. 그는 보트살이 덕에 하고 싶은 일을 하는 자유를 얻었다며 다시는 집세를 내는 삶으로 돌아가지 않을 것이라고 말했다.

한 평의 땅조차 차지하지 않고 사는 사람들. 이들의 유유한 삶을 지켜보고 있자니 그간 0원살이 여정을 보내며 발견한 소중한 지혜 하나가 다시금 반짝였다.

이 작고, 적고, 흐르는 삶에 '자연'과 '자유' '행복'이라는 세 가지 보물이 있다. 크기를 줄이고, 적게 소유하고, 가볍게 유랑하듯 살면 우리의 삶은 자연과 자유, 행복으로 간다.

크레이그의 보트에서 즐겼던 낭만은 잠깐의 휴가 같은 것이었다. 언제까지고 그의 보트에 눌러앉아 식량을 축내며 지낼 수는 없었다. 누구에게도 신세를 지지 않는 지속 가능한 자립 방법을 찾아야 했다. 나는 다시 기본으로 돌아가 생존법을 모색해보았다.

(돈 없이) (런던에서) 어디서 자지?

(돈 없이) (런던에서) 무엇을 먹지?

(돈 없이) (런던에서) 어떻게 가지?

주위를 둘러보았다. 빽빽한 건물과 음식점, 얼마나 오래 방치되었는지 알 수 없는 자전거. 내게 필요한 것들이 거리에 넘쳤다. 그러나 내 몸 하나 뉠 공간은 없다. 도시는 낭비로 가득했다. 다른 한쪽에는 생존의 절박함으로 허덕이는 사람들이 있다. 불합리한 현실에 울컥, 서러움이 치밀었다. 참으로 모순적인 세상이다.

머지않아 나는 도시의 이 '사치스러움'에 큰절을 올릴 만큼 '낭비'라는 문화를 고마워하게 되었다. 재미있게도, 자립 생존의 열쇠를 바로 여기서 찾았기 때문이다.

스쿼팅: 버려진 집 빌려 살기

나름대로 대안 주거 공동체의 일원이 되어 리젠트 운하에 머무는 동안, 다른 방식의 대안 주거 형태도 알게 되었다. 그중 특히 내 눈을 번쩍이게 한 주거 개념은 '스쿼팅squatting'이다. 스쿼팅이란 비어 있는 건축물이나 땅을 점거해 살아가는 것을 말한다. 대개 스쿼팅은 소유주의 의사에 반하거나 소유주의 동의 없이 이루어진다. 스쿼팅을 하는 사람을 스쿼터라 부르며, 이는 법적 용어로 '무단출입자'로 표현된다.

무단출입자라니, 처음 스쿼팅을 접했을 때 상당히 놀랐다. 한 보터 친구가 자신이 경험했던 무단 출입에 대한 이야기를 아무렇지 않게 늘어놓는데, 누가 신고라도 하면 어쩌나 싶어 주변을 살피기까지 했다. 이러다 범죄자의 네트워크에 휘말리게 되는 것은 아닌가 불안해져 범죄 행위가 아니냐며 조심스럽게 물었다. 그러자 친구는 안심하라는 듯 설명했다. 스쿼팅은 법적 소유자의 승인이나 허락 없이 무단으로 출입해 건물을 점거하기 때문에 *무단 점거*로 불리지만 그렇다고 해서 모든 스쿼팅이 범죄행위는 아니라는 것이다. 2012년에 스쿼트 관련 법이 개정되어 주거 건물에서의 스쿼트은 불법이 되었지만 빈 상업 건물을 점거하는 것은 여전히 형사처벌의 대상이 아니다. 건물 주인과 스쿼터 사이의 문제로 민사상의 문제일 뿐이다. 오랜 기간 사용되지 않은 *버려진 것과 다름없는* 건물을 사용하면 스쿼팅의 정당성이 어느 정도 용인된다고 덧붙였다. 범죄행위가 아니라니 일단은 안심이다. 그러나 아무리 빈 건물이라 해도 남의 건물에 침입해서 사는 것이 어떻게 용인될 수 있는지 잘 이해되지 않았다.

스쿼팅은 어떤 역사를 가지고 있을까? 또 사람들에게 어떤 의미일까 궁금해져 조금 더 알아보았다. 스쿼트의 역사는 유럽 중세 초기로 거슬러 올라간다. 당시 평민 계급에 속한 사람들은 불모지와 공유지에 집을 짓고 작물과 가축을 길렀다. 이 시대에 이러한 스쿼트은 일종의 관습적 권리로 용인되었다. 그러다 차츰 영주들이 자신들의 땅에 정착한 평민들을 쫓아내고 땅에 '사유지'라는 울타리를 쳤다. 이때 평민들의 대다수는 농경지와 집을 잃었고 생계를 전적으로 영주에게 의존해야 했다.

유럽에서는 그 이후로도 여러 번 대대적으로 스쿼팅의 움직임이 일었다. 17세기에는 남아도는 공동 경작지를 되찾고자 농민들이 스쿼 운동을 벌였고, 2차 대전 직후에는 집을 잃은 수많은 사람이 생존을 위해 스쿼팅을 했다. 산업혁명 이후부터 스쿼팅은 점차 사회적 의미를 띠기 시작했다. 노동자와 활동가들은 일종의 급진적 투쟁으로 스쿼 운동을 벌여나갔다.

1980년대부터 스쿼팅은 예술문화 운동으로 거듭난다. 가난한 예술인들이 빈 건물에 모여 살면서 공동의 작업 공간을 마련하고 함께 예술 작업을 했다. 이를 일컬어 '예술 스쿼art squat'이라는 용어가 생겨날 정도였다. 한때 베를린과 파리에서는 이 예술 스쿼이 대대적으로 유행했다. 그 결과 많은 스쿼 명소가 생기기도 했다. 현재는 유럽 대부분의 나라에서 스쿼팅이 불법화되어 예술 스쿼은 물론 유명한 스쿼 장소 대부분이 사라졌다. 그래도 여전히 많은 활동가와 예술가가 스쿼의 역사적 의미를 이어가려 애쓰고 있다. 생계 수단, 정치적 투쟁, 예술적 영감. 어떤 목적이든 스쿼은 유럽의 역사에 오랫동안 함께 했다.

'버려진 것과 다름없는 건물'이라는 말에 연민을 느낀 것은 동병상련이라는 생각이 들었기 때문일까? 여전히 스쿼팅에 위법 가능성이 존재한다는 불안감도 들었지만 이를 반드시 경험해봐야겠다는 생각이 들었다.

스쿼에 관해 자문해준다는 봉사 단체를 찾아갔다. 한 달에 한 번 열리는 스쿼터 모임이 마침 다음 주에 있다는 이야기를 들었다. 함께할 동지를 찾고 스쿼에 대한 기술과 정보를 얻을 수 있는 유용한 행사라

주거 사다리 게임

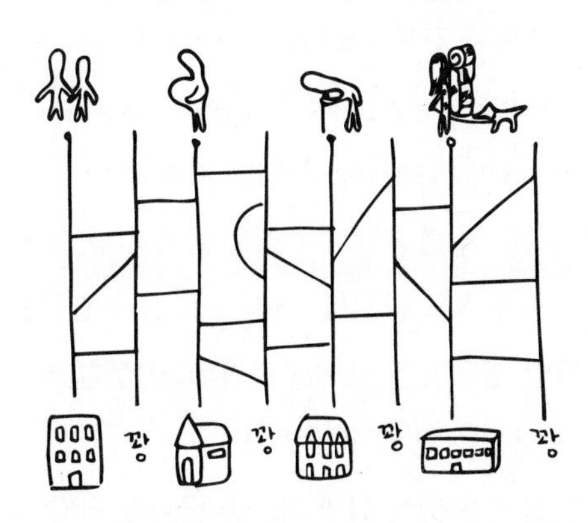

THE HOUSING LADDER GAME

기에 참석해보기로 했다.

모임에 참석한 사람은 나까지 5명이었다. 실제로 스쾃을 경험한 사람은 집시처럼 보이는 한 중년 여인뿐이었고, 나머지 사람들은 나처럼 이제 막 스쾃을 알아가보려는 지망생이었다. 유일한 스쾃 경험자였던 집시 여인은 '너희가 스쾃을 아느냐'는 듯 거만하게 자신의 경험담을 늘어놓았다. 그녀는 런던 근교에 스쾃 장소를 하나 봐두었다며 큰일을 함께할 전우를 찾는 듯했다. 스쾃 지망생들은 자신에게 생애 첫 스쾃 집을 선사해줄지도 모를 이 집시 여인에게 연신 반짝이는 눈빛을 쏘아댔다. 그중 한 남자는 아주 적극적인 태도로 "당신과 함께 스쾃을 하고 싶다. 연락처를 알려 달라."고 말했다. 하지만 집시 여인은 그 남자가 마음에 들지 않았는지 연락처를 주지 않고 서둘러 화제를 돌렸다. 나중에 알게 된 사실인데, 결국 이 여인은 모임이 끝날 무렵 소란스러운 틈을 타 모임에서 가장 단정하고 차분하게 말하던 청년에게 몰래 연락처를 전해주었다고 한다(집시 여인과 청년 사이에 일어난 비밀스러운 간택을 내가 어찌 알았는가 하면, 나중에 이 청년과 나는 서로 깊은 이야기와 사랑의 정을 나누는 연인 비슷한 관계가 되었기 때문이다).

하여튼 나는 극도의 민감함과 괴상함을 풍기던 그 여인과 한집에 살고 싶은 생각은 추호도 없었다. 게다가 스쿼과 관련된 실용적인 정보가 아니라 개인 인생사를 늘어놓으러 모인 듯한 자리에 싫증마저 났다. 계속 있는 것은 시간 낭비 같았다.

"동지들이여, 모두 따뜻한 집과 가족을 구하길 바랍니다."

이들에게 축복을 남기고 자리에서 일어났다. 작별의 인사를 하고 나가려는데, 내 옆자리에 앉아 있던 (집시 여인에게 간택될) 청년이 갑자기 나를 멈춰 세웠다. 그러곤 연락처를 물었다. 그는 나의 프로젝트에 관심이 많다며 앞으로 계속 연락하고 싶다고 했다. 사람들의 이야기를 경청하던 상냥한 청년이었다. 모임은 실망스러웠지만 그래도 이 청년과는 좋은 친구가 될 수 있을 것 같단 생각이 들어 연락처를 적어줬다. 그렇게 스쿼 지망생 동기가 생겼다. 그의 이름은 '벤'이다.

무소비 커플의 데이트

벤은 미술을 전공하고 음악과 각종 DIY에 재주 많은 예술가다. 탐구심도 많아 안정보다는 모험을 즐겼다. 노동력 교환 커뮤니티를 이용해 몇 년간 저비용으로 유럽을 여행했고, 영국에 있을 때조차도 종종 거처를 옮겼다. 나와 처음 만났던 당시 그는 런던의 여동생 집에서 임시로 지냈다. 페인트칠이나 울타리 보수 등의 일을 하며 간간이 생활비를 벌었다. 벤은 온전히 창작 예술 활동에만 전념하고 싶어 했고 그러려면 집세와 생활비를 줄여야 했다.

나는 '무소비'로 살았고, 벤은 '최소 소비'를 지향했다. 벤과 나는 런던에서 돈 없이 생존할 방법을 찾아 숱한 모험을 함께했고, 자연스럽게 연인이 되었다. 우리는 자기 집도 아니면서 뻔뻔하게 서로를 각자의 임시 은신처로 초대했다. 어떤 날에는 낭만적이고 운치 있는 (크레이그의) 보트에서 선상 데이트를, 또 어떤 날에는 깔끔하고 고급스러운 (벤 여동생의) 2층 주택에서 안락한 홈 데이트를 즐겼다. 함께 스킵 다이빙을 마스터한 덕에 먹거리도 늘 풍족했다. 다양한 맛집들의 먹거리를 잔뜩 사냥해 풀코스로 맛보기도 했다. 세상에 어느 커플이 돈 한 푼 없이 이렇게 로맨틱한 데다가 모험적인 데이트를 할 수 있을까! 0원살이 생존을 위한 모든 활동이 우리에겐 신나는 데이트였다.

소비사회에서 사랑은 소비를 강요한다. 함께 있기 위해선 반드시 소비해야만 하니, 돈 없이는 연애도 감히 할 수 없는 것이 지금의 세상이다. 유명 맛집과 SNS 감성 충만한 카페 투어를 다니고, 함께 뜨거운 밤을 보낼 호텔을 예약해야 한다. 특별한 날이면 선물을 준비해야 하고 이따금 일상을 특별한 날로 포장하기 위해 공연이며 영화도 보고 여행이며 축제도 다녀야 하니, 차 없는 뚜벅이들과 백수들은 현대식 소비 데이트를 하다 지갑은 물론 멘탈까지 탈탈 털린다.

한 푼의 돈도 사용할 수 없었던 나와 종일 페인트칠을 하고 몇 장의 지폐를 꼬깃꼬깃 받아오던 벤은 그 누구보다 가난한 커플이었다. 하지만 우리는 이 가난한 삶의 방식 덕에 더 색다르고 즐거운 데이트 코스를 누릴 수 있었다. 우리는 실로 당당하게 런던 거리를 누볐다. 노숙자처럼 보였을지언정 세상의 다수와 다른 삶을 산다는 공통점이 우리를 묶어주는 단단한 끈이었다. 서로의 자유로운 가치관과 삶의 방식을 공유하며 방랑의 동지이자 음식 사냥의 협력자이자 사랑의 연인이자 평생의 친구로, 값진 순간을 나눴다.

제이-메이 아지트

스쿼터 모임 이후 벤은 집시 여인과 종종 연락하며 장소를 모색했다. 나는 이제 곧 보트를 떠나야 했기에 집도 필요하고 스쿼도 경험해보고 싶었다. 그러나 함께 지낼 사람이 누구인지도 대단히 중요한 문제였다. 나와 마음이 맞고 배울 점도 많은 동지를 찾을 수 있기를 바라며 조금 여유롭게 기다려보기로 했다.

그러던 어느 날, 메이라는 사람에게서 메일 한 통을 받았다. '런던 어딘가 당신이 머물 수 있는 곳'이라는 제목이었다.

당신은 정말 엄청난 모험을 하고 있군요! 당신과 이야기하고 싶어요. 저와 제 친구 제이콥은 런던 동부 지역에서 새롭게 스쿼트을 시작했어요. 원하면 이곳에서 지내도 좋아요. 우리 역시 최소한의 수입만으로 살아가고 있어요. 이 고장난 시스템과 맞서 싸울 준비를 하면서 말이죠. 우리는 '급진 주거 네트워크' 멤버이면서 여러 가지 다양한 사회 변화 프로젝트에도 적극적으로 활동하고 있어요.

우리와 함께하고 싶다면 언제든 연락하세요.

행복한 여정을 응원할게요!

뜻이 통하는 이들을 찾은 것 같았다. 메이와 제이콥을 만나기로 했다. 만나러 가기로 한 날, 자전거로 한 시간여를 달려 그들의 장소에 도착했다. 가슴이 두근거렸다. 왜인지 모든 행동을 신중하고 은밀하게 해야 할 것 같은 장소였다. 스쿼이 범죄행위는 아니라지만 무언가 비밀스러운 어둠의 소굴로 들어가는 기분이었다. 집 앞에 자전거를 묶어두고, 나를 지켜보는 이가 없는지 괜스레 철저히 둘러본 후에야 조심스럽게 초인종을 눌렀다.

문이 열리고 젊은 청년 둘이 나를 맞이했다. 그들의 안내를 받으며 집 안으로 들어갔다. 복도는 좁고 어두컴컴했다. 복도를 따라 왼쪽으로 두 개의 방이 있었고 복도 끝에 욕실, 욕실 앞에는 지하실과 2층으로 가는 계단이 있었다. 현관문 바로 옆에 있는 방과 지하실 방은 각각 제이콥과 메이가 사용하고 있었고, 계단 옆에 있는 방은 비어 있는 방이라고 했다. 빈방이라니, 조만간 내가 지내게 될지도 모를 방이었다. 설레는 마음으로 방문을 열자 한기가 나를 휘감았다. 잡동사니가 널브러져 있는 방에서 느껴지는 눅눅함은 덤이었다. 사람만 없을 뿐 그 방은 *보이지 않는 존재*와 *한때는 살아 있었을 어느 존재의 사체*로 가득 차 있을 것만 같았다. 이마저도 한바탕 정리를 끝낸 상태라니 이전엔 도대체 어떤 지경이었을까? 혹여나 그 방의 어느 *존재*가 내 옷자락에 붙어 따라 나올까 두려워 황급히 문을 닫아버렸다.

삐걱거리는 계단을 올라가자 1층과 2층 계단 사이로 좁은 주방이 보였다. 음식인지 쓰레기인지 구별되지 않는 시들시들한 채소와 세척되지 않은 식기들로 어질러져 있었다. 2층 방 하나와 거실은 비교적 단정하게 정리되어 있었다. 넓은 거실 창으로 겨울 햇살이 눈부시게 쏟아졌다. 햇살은 거실 바닥과 소파에 퀴퀴하게 내려앉은 먼지 구덩이를 한층 더 돋보이게 했다. 나는 눈이 매우 부신 척하며 눈을 질끈 감아버렸다.

거실에 둘러앉아 이야기를 나눴다. 메이와 제이콥은 급진적 주거 네트워크 멤버로 스쿼팅, 보트 리빙, 친환경 공동체 등 다양하게 대안적인 주거 형태를 경험한 후였다. 제이콥은 바이올린을 가르쳤고 메이는 자연 캠프 비슷한 체험 프로그램을 운영하며 최소한의 생활비를 벌었다. 이들은 풀타임으로 근무하지 않고 사회적 운동을 하는 데에 대부분의 시간을 썼다. 제이콥은 주거 문제 해결에 특히 적극적으로 활동했고 메이는 주거 문제에 더불어 기후변화와 페미니즘 관련 활동도 열심이었다. 런던에서 온종일 일하지 않고 살기 위해서 이들은 생활 방식을 바꾸었다. 스쿼을 하고 버려진 음식을 주워오는 스킵 다이빙을 하며 런던 어디든 자전거를 타고 다녔다.

메이와 제이콥이 현재 머무르는 집은 7년 이상 빈 상태로 방치되었다고 한다. 3주 전부터 이곳에서 스쿼을 시작했고 메이와 제이콥 외에도 샘이라는 친구가 함께 살고 있었다. 2개의 빈방이 남아 있어, 며칠이든 몇 개월이든 내가 원하는 만큼 마음껏 머무르라고 했다. 제안은 고맙지만, 이 집에서 머무를지 결정하기 전에 꼭 확인해야 할 것이 있었다.

"그런데…. 이 집은 주거형 건물 아닌가요?"

내내 머릿속을 떠나지 않던 질문이었다.

이들이 지내는 건물은 '테라스 하우스'라 불리는 양식의 건물이었다. 똑같이 생긴 2층짜리 집들이 옆으로 다닥다닥 붙어있는 형태로, 영국에서 흔히 볼 수 있는 주택 양식이었다. 문제는 여기서부터다. 앞서 말했듯 영국에서 주거형 건물을 점거하고 지내면 형사처벌의 대상이 된다. 2012년 이전에는 주거형이든 비주거형이든 빈 건물에서의 모든 스쿼팅이 형사법상 허용되었고 민사상의 문제일 뿐이었다. 2012년에 법이 개정되면서부터는 주거형 건물에서의 스쿼팅은 명백한 범법행위다. 주거형 건물은 말 그대로 주택, 빌라, 아파트처럼 주거 목적의 건축물을 말한다. 가게나 창고, 병원, 공공기관처럼 거주가 아닌 여타 목적으로 지어진 건물은 비주거형 건물에 속한다.

메이와 제이콥은 마치 예상했다는 듯 더 자세히 설명했다. 들어보니 그들은 '허가된 스쿼터'였다. 이들은 이 집에 머물 수 있도록 집주인에게 허락받아 월마다 소액의 렌트비를 지불하고 있었다. 스쿼터들은 머물 집이 필요하고 집주인은 허물어져가는 건물을 관리해줄 사람이 필요하다. 허가된 스쿼팅은 스쿼터와 집주인 모두의 욕구를 충족시키는 윈윈 협의로 모든 스쿼터가 꿈꾸는 이상적인 스쿼팅 방식이다.

스쿼팅을 위한 합리화가 아니냐고? 스쿼팅은 생각보다 건물주에게도 많은 이로움을 준다. 빈 건물은 금세 티가 난다. 금방 망가지기도 하고 방치된 건물은 각종 범죄 행위의 본거지로 쓰이기도 한다. 신원이 불확실한 부랑자들이 점령하기도 쉽다. 골치 아픈 법적 공방 끝에 집주인이 기존의 스쿼터들을 쫓아내는 데에 성공했다고 해도 비어 있는 건물은 이내 다른 스쿼터가 찾아오게 마련이다. 그러니 집주인 입장에서는 낯모르는 이에게 집을 점령당하는 것보다는 얼굴이라도 익힌 스쿼터에게 집을 내어주고 조금의 성의 표현을 받는 것이 백번 나은 일이 될 수 있다.

안타깝게도 런던엔 이렇게 현명하고 마음 넓은 집주인이 많지 않다. 대부분의 집주인은 자신의 건물을 누군가가 대가 없이 사용하는 꼴을 보지 못한다. 이미 망가져 팔지도 못하고 세를 주지도, 그렇다고 자신들이 들어와 살지도 못하는 집. 이 집은 다시 주인들에게 골칫거리가 된다. 제이콥과 메이는 오랜 기간 준비하고 치밀하게 계획해 결국 '허가된 스쿼트'을 이뤄냈다. 정의로운 이들에게 집을 내어준 이는 도리어 운이 좋은 사람일지도 모른다.

사람이 살지 않는 집은 티가 나게 마련이다. 메이와 제이콥, 이 젊은 행동가들은 7년여를 외로이 버려져 있던 집에 온기를 채워놓았다. 집이 노후되고 방은 냉골이었지만 문제가 되지 않았다. 이 존경스러운 친구들과 함께라면 춥고 어두운 집에 따뜻하고 밝은 빛을 채울 수 있을 것이다. 내게 외롭고 우울한 도시였던 런던에도 스위트 홈을 마련할 수 있지 않을까? 바로 다음 주부터 이곳에서 지내기로 했다. 나는 제이콥, 메이와 함께하는 스쿼 집을 '제이-메이 아지트'라 부르기로 했다.

노숙자 말고 스쿼터

나는 낭만의 언어로 방랑자였지만 현실의 언어로는 노숙자였다.

머물 집이 없기에 방랑을 시작했으니, 방랑을 멈추면 곧 노숙자가 되는 신세였다. 그래도 이쯤에서 잠시 방랑을 멈추기로 했다. 그리고 노숙자 대신 스쿼터가 되었다. 거리에서 한뎃잠을 자는 대신 남의 집을 '빌려' 지내기로 했다. 이것이 바로 무일푼 방랑자가 머리 위에 지붕을 둘 수 있는 유일한 방법이었다.

스쿼터들이 스쿼을 시작한 동기는 저마다 다양했다. 일부는 스쿼을 하나의 정치적 저항 행위로 여겨, 정부의 주택 정책과 주거 문제에 대항하고자 했다. 어떤 이는 다른 예술가들과 공동체를 이루어 영감과 창조적 자극을 나누려는 목적으로, 또 다른 이들은 사회의 주류 시스템에서 도망쳐 나와 철저히 아웃사이더로 살고자 '스쿼'이라는 빌딩 안에 스스로를 가두어버리기도 했다. 단기간 머물 곳을 찾는 여행자들에게도 스쿼은 꽤 매력적인 개념이 될 수 있다. 실제로 수십 명의 이탈리아인이 런던의 버려진 병원을 무단 점거했다가 퇴거하는 일도 있었다. 스쿼을 시작하는 데에는 여러 이유가 있지만 대부분은 경제적인 이유로 스쿼을 선택한다. 변변찮은 벌이에 물려받은 집도 없는데 런던에서 살고 싶은가? 방법은 있다. 세 가지 선택지 중에 고르면 된다. 쓰리 잡을 뛰는 노동의 노예가 되거나, 길에서 먹고 자는 노숙자가 되거나, 빈집을 점거하는 스쿼터가 되거나. 스쿼터는 노예도 노숙자도 되고 싶지 않은 도시의 베짱이다. 내내 일만 하는 일개미와 달리 이들은 낡고 추워도 자신만의 바이올린을 연주한다.

제이콥은 '렌트비 없는 날Rent freedom day'이라는 개념을 알려주었다. '렌트비 없는 날'이란, 영국의 은행과 단체들이 각 지역의 렌트비 실상을 조사하여 만든 일종의 통계적 지표다(금융기관인 할리팩스Halifax, 부동산 플랫폼 오픈 렌트Open Rent 외 다양한 민간 업체에서도 조사해서 통계를 낸다). 영국의 단칸방 평균 렌트비와 세입자의 평균 수입을 조사한 후에, 세입자의 모든 수입을 1년 치 렌트비에 소비한다고 가정하고 과연 일 년 중 언제 렌트비를 충당할 수 있게 되는지 그 날짜를 산출하는 것이다. 예를 들어, 런던의 렌트비 없는 날은 9월 14일(2018년 기준)이다. 이 말은, 1월 1일부터 9월 14일까지 버는 모든 돈이 렌트비로 사용되고, 그 이후에야 렌트비에서 자유롭다는 의미다. 이 결과에 따르면 영국 세입자들은 실소득의 75%를 렌트비로 소비하고 있는 셈이다. 그렇다면 렌트비를 다 벌어들인 9월 14일부터 12월 31일까지 버는 돈은 놀고 즐기는 데에 쓰일까? 식비와 교통비, 세금, 공과금 등 필수적인 지출이 남아 있다. 그렇게 고정 지출을 위한 돈을 버느라 일 년이 다 지나간다.

자신을 노숙자라 칭하는 스쿼 친구를 만났다. 그는 자신의 스쿼엔 그 어떤 정치적 의도도 없고 자신은 자본주의에 맞서 투쟁하려는 마음도 없으며 그저 자신의 월급으로는 렌트비를 감당할 수가 없어 스쿼을 한다고 했다. 막막한 상황과 절박한 현실에 등 떠밀려 어쩔 수 없이 스쿼을 할 수밖에 없었던 것이다.

길거리에 내몰려 노숙자로 생활하고, 임시 숙박을 하거나 지인 집을 떠돌며 사는 사람들이 있다. 그들에게 스쿼은 자발적 선택이기보다 그들의 궁곤한 현실이 몰고 온 경제적 압박의 결과다. 그들은 일자리를 구할 수 없었다. 모아 놓은 돈도, 이렇다 할 기술도 없는 이들이 감당하기에 런던의 집값은 살인적이다. 도시의 빈민들은 상식을 벗어난 집값을 이기지 못했다. 이들은 집주인의 동의 없이 남의 집을 빌리는 최후의 선택을 해야만 했다.

스쿼 공동체에서 이들은 연대하고 협력하여 함께 이상적인 집을 만들고자 했다. 이들이 원하는 것은 바람과 비를 피할 수 있는 지붕이 있는 공간과 그 공간에 모여 마음을 의지할 수 있는 가족이다. 하지만 이들의 소박한 바람과 달리 상황은 점점 어려워졌다. 영국의 정치와 집단의식은 더 보수화되었다. 이러한 상황에서 스쿼 같은 대안 주거 운동은 권력을 가진 자들에 의해 철저히 탄압받는다. 주거형 건물에서의 스쿼이 불법화된 이후로 스쿼터들은 빈 상업적 건물에서 스쿼을 이어갔다. 이런 건물에서 안락함이나 편안함을 누리기란 기대하기 어렵다.

그저 지붕이 있다면 그곳이 어디든 감사한 마음으로 그곳을 '집'으로 삼고자 했던 스쿼터들의 마음과는 달리, 그들의 입장은 늘 불리했다. 건물주와의 민사 소송에서 집주인이 승소하는 것이 대부분이었다. 사회 시스템 내에서 어쩌면 당연한 결과일지도 모른다. 빈 건물을 찾아 자리를 잡자마자 내쫓기는 상황이 끊임없이 반복된다. 어김없이 보안관들이 들이닥칠 것이고 스쿼터들은 다시 짐을 싸고 또 다른 빈 건물을 찾아 도시를 헤매야만 한다.

잦은 퇴거와 이동, 보안관과의 싸움은 이들의 삶을 꽤 고단하고 불안하게, 그리고 때로는 위험하게 만든다. 스쿼터들은 모든 이가 안전한 집에서 사는 세상을 꿈꾸지만 정작 그들은 불안정한 삶에 노출되어 있다.

한번은 퇴거 위기에 처한 한 스쿼 그룹의 시위에 동참했다. 이들은 한동안 빈 상업적 건물에서 지냈는데 건물주와의 소송에 패소해 퇴거명령을 받았다. 오갈 데 없이 당장 거리로 내몰린 사람들을 보니 퇴거명령이 부당하게 느껴졌다. 하지만 한편으로는 이들의 무단 점거가 어디까지 용인될 수 있을까 하는 의구심이 들었다. 건물주가 자신의 재산권을 행사하겠다는데, 이에 저항하는 것이 과연 옳은 일일까? 스쿼팅은 오랜 시간 사용되지 않은 건물을 사용한다는 점에서 정당화된다. 하지만 그간 건물주가 건물을 비워뒀더라도 이제 어떤 용도로든 사용하고 싶다면, 그래서 스쿼터들에게 건물을 떠날 것을 요구할 때 이런 상황에서도 스쿼터들이 정당성을 외칠 수 있을까?

건물주의 재산권과 소유권 역시 침해될 수 없는 권리다. 그들이 자기 재산과 소유물로 이익을 내든 방치를 하든 우리가 함부로 그 권리를 빼앗을 순 없지 않을까? 혼란스러운 마음으로 '제이-메이 아지트'에 돌아왔다. 마침 집에 제이콥이 있었다. 나는 그에게 건물주의 재산권 행사를 어떻게 생각하는지 물었다. 그러자 제이콥은 헌법에 명시된 재산권의 사회적 제약에 관해 설명했다. 아무리 자기 재산과 소유물이라 하더라도 사회와 공공의 이익에 반할 경우 그 권리가 제한될 수 있다는 항목이었다. 대한민국 헌법에도 비슷한 조항이 있다(대한민국 헌법 제23조 제2항, 재산권의 행사는 공공복리에 적합하여지도록 하여야 한다). 그러곤 빈집이 증가하는 이유를 이야기해주었다. 영국에는 거대 부동산 개발 회사들이 있다. 이 회사들은 재개발을 염두에 두고 많은 건물을 사들이는데, 땅을 모으는 과정에서 이 빈 건물들을 수년간 방치한다. 건물 상태가 악화되고 건물의 가치가 하락해 그 일대의 커뮤니티도 쇠퇴해야 재개발을 위한 승인을 받기가 더 수월해지기 때문이다.

개인 투기자들도 있다. 이들 또한 건물을 구입한 후, 부동산 시장의 변동을 지켜보며 매매나 임대를 위해 적합한 시기가 올 때까지 건물을 빈 채로 둔다. 이런 걸 'buy-to-leave'라고 부른다. 어떤 건물주들은 오래된 건물을 고치거나 리모델링할 여유가 없어서 그대로 방치한다. 건물 상태가 좋지 않아 임대나 매매가 불가하고 그렇다고 많은 돈을 들여 재단장하고 싶진 않으니, 철거 승인을 받거나 의회가 구매할 때까지 무기한으로 건물을 비워둔다. 이들의 투기는 빈 건물을 증가시킬 뿐만 아니라 전체 부동산 가격을 높이며, 수많은 노숙자를 만들어 낸다. 제이콥은 이런 식의 재산권 발휘가 다른 약자들의 삶을 착취하고 공공의 선을 파괴하는 행위이므로 응당 제한해야 한다는 입장이었다.

"영국엔 60만 채가 넘는 빈집이 있고 30만 이상의 노숙자가 있어요. 60만이면 모든 노숙인이 집을 2채씩이나 가질 수 있을 만큼이라고요. 정말 이상하지 않아요? 집이 필요한 사람이 이토록 많은데, 저 많은 빌딩이 텅텅 비어 있잖아요."

2019년 조사에 따르면, 영국의 빈집은 65만 채, 6개월 이상 비어 있는 집은 31만 채다. 영국엔 32만 명의 노숙자가 있고, 이 중 12만 명의 어린아이가 노숙자가 될 위기에 처해 있으며, 2018년엔 726명의 노숙자가 거리에서 죽었다. 제이콥의 말처럼 참으로 모순적인 현실이다. 하지만 아무리 빈집이라 해도 엄연히 주인이 있는데, 그냥 아무나 들어와 살 수는 없지 않은가?

나는 제이콥에게 말했다.

"엊그제 친구에게 스쿼팅 이야기를 했는데, 그 친구가 경악하며 말하더라고요. 만약에 내가 며칠 휴가를 다녀왔는데, 스쿼터가 집을 점령했다고 생각해보라면서요. 그게 말이 되는 상황인지, 스쿼이 도둑이랑 뭐가 다르냐고 하는 거예요. 자본주의 사회에서 재산권은 생존권과 같잖아요. 스쿼터가 자신의 재산을 위협한다는 생각이 들면 사람들은 스쿼을 외면하지 않을까요? 꼭 부자가 아니더라도 열심히 벌어 집 한 채 가지려는 사람들도 스쿼에 반감을 느낄 것 같아요."

제이콥은 답했다.

"세상에 어떤 스쿼터도 집주인이 잠시 집을 비운 사이 집을 점령하는 멍청한 짓은 하지 않아요."

스쿼터가 스쿼할 목표를 설정하는 가장 중요한 조건은, '얼마나 오래 비어진 건물인가'다. 오래 비어 있지 않은 건물은 이내 곧 다른 목적으로 사용될 가능성이 높고 스쿼터들은 머지않아 쫓겨날 것이 뻔하다. 스쿼터들은 파티와 스릴을 잠시 즐길 놀이터를 원하는 것이 아니다. 안전하고 오랫동안 머물 집이 필요하다. 장소를 물색하고 문을 열어 짐을 풀어 한동안 지낼 수 있으면 다행이다. 그러다 소송과 퇴거명령으로 쫓겨나고 또 스쿼 장소를 찾고…. 반복되는 상황이 얼마나 힘든지 사람들은 모를 것이다. 그러니 어느 스쿼터도 곧바로 쫓겨날 것이 뻔한 건물에는 둥지를 틀지 않는다.

제이콥은 소유권과 사유재산 자체를 부정하는 무정부주의자다. 그에게 재산권은 인류의 일반적인 상식이 아니라 소수가 세뇌한 상식이다. 지구가 처음 만들어졌을 때 그 누구도 땅을 소유하지 않았다.

그러다 누군가가 *지구*와 모두로부터 땅을 도둑질했고 몇 세대에 걸친 도둑질의 축적을 재산이라 보았다. 제이콥은 말했다.

"스쿼터가 도둑이랑 뭐가 다르냐고요? 맞아요. 주인의 동의 없이 집을 점거하는 스쿼터는 절도범이에요. 그리고 지구의 동의 없이 땅을 마음대로 소유한 땅 주인 역시 절도범이죠. 한번 지켜보자고요. 모두의 땅을 훔친 절도범들이 과연 감옥에 가는지 안 가는지 말이에요. 그들이 감옥에 가면 그땐 당연히 스쿼터도 감옥에 가야겠죠."

나 또한 '태어나고 보니 이미 모든 땅에 주인이 있더라'라는 생각에 종종 박탈감을 느낀다. 하지만 어찌 됐든 *재산권*은 법으로 보호받는 권리다. 스쿼터들이 법을 어기지 않고 행동해야 세상도 스쿼팅을 인정하지 않을까?

이런 나의 의문에 제이콥은 스쿼 관련법이 개정되던 2012년의 상황을 이야기해주었다. 당시 보수 정당은 스쿼 관련법을 개정하려 자문회의를 열었다. 자문회에서 98%가 스쿼 불법화에 반대 의견을 냈다. 경찰은 공식 의견을 밝혔는데, '스쿼을 불법화하면 안 된다. 스쿼을 하지 못하게 하면 불필요한 업무가 과다하게 생길 것이며 스쿼을 불법으로 규정하는 것은 윤리적으로도 논란의 소지가 있다. 사람들은 잠잘 곳이 필요하다'라는 식의 내용이었다. 하지만 보수 정당은 이 모든 의견을 무시하고 '주거용 건물'에서의 스쿼을 불법화했다. 보수 정당을 지지하는 유권자의 대부분이 건물주이기 때문이다. 스쿼은 집이 필요한 사람과 지역 공동체에는 이롭지만 건물주에게는 이익이 되지 않는다. 2012년부터 주거형 건물에서의 스쿼이 불법이 되기는 했지만, 이것이 반드시 '스쿼은 무조건 옳지 않다'를 의미하진 않는다.

마지막으로 제이콥이 내게 물었다.

"법을 어기거나 깨지 않고서 어떻게 법을 바꿀 수 있을까요? 사람들은 법이 항상 정의롭고 다수의 이익을 보장한다고 믿지만 나는 그렇게 생각하지 않아요. 무엇이 더 옳은가를 결정하는 건 도덕과 양심이지 법이 아니에요. 이런 질문을 해야 해요. '법은 어디에 있고, 도덕은 어디에 있으며, 사람은 어디에 존재하는가?' 하고요. 어떤 사람들은 도덕 안에 살지만 법의 바깥에 있고, 또 다른 사람들은 법 안에 있지만 도덕과 정의 바깥에 존재하기도 해요. 여기서 나는 당신에게 묻고 싶어요. 당신은 어디에 있나요? 어디에 서고 싶나요?"

지금껏 나는 재산권, 소유, 법, 국가를 당연시했다. 이 제도가 사회질서와 인간의 생명을 유지한다고 믿었다. 그러나 제이콥의 사상은 나의 안정된 믿음을 뒤흔들었다. 그의 사상은 급진적이었으나 법보다 정의롭고, 국가보다 올바르며, 정치보다 실천적이다. 또한 법 바깥에 있으나 분명 양심 안에 존재한다. 그의 양심이 내 가슴 속 양심에 이와 같은 질문을 던졌다.

모든 인간은 안전한 집에서 살 권리가 있다. 어린아이가 지붕 아래서 자라날 권리보다 과연 더 중요한 권리가 무엇일까? 지구는 그 누구에게도 땅을 판 적이 없는데, 왜 저들은 이 땅이 자신의 '재산'이라고 주장하는 것일까? 빈집은 망가지고 사람은 길에서 얼어 죽는데, 인간의 법을 하는 자들은 대체 무슨 법을 따르는 것일까?

Everything for everyone

모든 사람을 위한 모든 것

제이콥 방에는 이런 문구가 적힌 포스터가 붙어 있다.

세상의 모든 것은 본래 모든 이를 위한 것이었다. 모든 것에 대한 사용권은 모든 존재에게 있어야 한다. 특정인이 더 소유할 수 없고, 혼자 더 많이 사용할 수도 없다. 모든 것에 대한 권리가 본래의 제자리로, 모든 존재에게 돌아가는 세상. 스쿼터는 그런 세상을 꿈꾸는 도시의 선구자다. 그들은 황폐한 땅에 생명을 불어넣고, 소외된 빈민들에게 희망을 심는다. 그들이 여는 것은 빈 건물의 잠긴 문만이 아니다. 스쿼터들은 모든 이가 '안전한 집'에서 사는 따뜻한 세상의 문 또한 연다.

스킵 다이빙: 돈 없이 주린 배를 채우는 방법

쓸모 있는 쓰레기통에 풍덩!

돈 없이 주린 배를 채울 방법이 있을까? 크레이그의 보트에서 지낼 때였다. 은신처를 마련하고 나니 이제는 뭘 먹고살지가 걱정이었다. 크레이그는 자기 음식을 마음껏 먹어도 된다고 했지만 나는 아직 염치라는 것이 있는 사람이었다. 보트에 얹혀사는 것도 미안한데 식량마저 축낼 수는 없었다. 그것은 정말 뻔뻔한 쥐새끼나 하는 짓이다. 그러나 나는 돈 없이 배를 채울 다른 방법을 찾지 못했고, 그냥 *쥐새끼*가 되기로 했다. 눈 딱 감고, 염치를 접어두고 그의 냉장고를 털어먹었다. 그래도 나름 일말의 양심은 있는 생쥐였는지, 대신 일하며 몸을 썼다. 보트를 닦고 화장실과 주방을 청소하며 염치 있는 생쥐로 일

THE GREATEST INVENTION OF THE 22nd Century
THE MACHINE TO CHANGE MONEY TO FOOD

인류를 구할 22세기 최고의 발명
돈을 음식으로 바꾸는 기계

주일을 지냈다.

그러던 어느 날, 스킵 다이빙Skip diving이라는 것을 알게 되었다. 스킵 다이빙이란 *스킵*이라 불리는 커다란 쓰레기통에 *다이빙*해서 먹을거리나 유용한 물건들을 줍는 행위를 말한다. 미국식 영어권에서는 덤스터 다이빙Dumpster diving이라 부른다.

프랜차이즈 패스트푸드점은 정크푸드라는 이미지와는 달리 제품의 신선도를 매우 중요시한다. 마감 시간이 되면 그날 먹기에는 아무 문제가 없지만 다음 날 팔기에는 신선도가 떨어지는 음식을 봉지에 담아 길거리에 버린다. 조금 전까지 누군가가 돈 주고 사려 했던 음식이다. 달라진 것이 있다면 매장 선반이 아닌 커다란 봉투에 담겨 길거리에 놓여 있다는 것이다. 깨끗하고 멀쩡한 상태로 버려진 음식들을 발견할 때마다 어쩌면 매장 직원이 나를 위해 이것들을 정성스럽게 싸 놓은 것이 아닌가 하는 착각에 빠졌다. '당신의 저녁거리를 밖에 내어놓았으니, 어서 가져가셔요'라는 무언의 메시지와 함께 말이다.

대형 슈퍼마켓은 상미기간이 충분히 남은 음식과 제품을 대량으로 폐기한다. 비슷한 사이즈와 모양의 제품을 한곳에 여럿 전시하고 매장을 상품으로 가득 채울수록 고객 만족도와 소비 충동이 높아진다고 한다. 이것이 대형마트의 마케팅 전략이다. 대형 마트들은 매장에 빈 곳이 없도록 과도하게 재고를 준비한다. 대부분의 상품은 진열되었다가 유통기한을 맞아 폐기장에 버려진다. 포장에 약간의 흠집이 있거나 시즌이 지난 제품들도 마찬가지다. 착취되는 것은 생산 과정에 놓인 제3세계 국가 노동자의 임금과 지구 자원이지 자본가가 아니다. 오히려 자본가는 폐기량이 많을수록 손해는커녕 '음, 그래! 우리 브랜드가 재고 관리를 아주 잘하고 있군!' 하며 자랑스러워한다. 그러니 대량 폐기에도 주저함이 없는 것이다.

그래서 슈퍼마켓 쓰레기통은 '쓸모 있는 쓰레기'로 가득하다. 이 보물창고는 스킵 다이버들의 주된 공격 대상이 된다. 대부분의 대형 슈퍼마켓은 스킵 다이버에게 쓰레기를 뺏기지 않으려 철저한 보안 시스템을 갖춘다. 쓰레기통을 보이지 않는 곳에 감춰 두었다가 수거업체를 통해 옮기거나 쓰레기통에 잠금장치를 설치한다. 경비를 두어 쓰레기통을 지키며 심지어 쓰레기통에 독성물질을 뿌리는 곳도 있다. 버려진 음식을 먹고 누군가 탈이 날까 걱정해서라기보다는 팔지 못할 상품이어도 누군가 공짜로 가져가는 꼴은 못 보겠다는 심보에 가깝다. 낭비로 쓰레기를 만들고, 그 쓰레기들을 지키느라 돈과 장비, 인력, 시간을 낭비하는 셈이다. 버려지기 전에 필요한 사람들에게 나누어줄 수는 없을까? 규정상 판매할 수 없는 음식을 푸드뱅크에 기부해 빈곤층을 돕는 일부 '착한' 대형마트들도 있지만 대부분의 대형마트는 여전히 많은 음식을 길바닥에 버린다.

도매시장의 상인들도 마찬가지다. 다음 날 팔지 못할 채소와 과일을 그대로 시장 바닥에 버리고 간다. 스킵 다이버들은 도매 거래가 끝날 무렵이면 시장으로 가 바닥에 *전시된* 채소와 과일을 담아간다.

음식 외에 필요한 물건들도 길거리에서 어렵지 않게 구할 수 있다. 런던의 부촌 주택가에는 값비싼 물건과 골동품이 많이 버려진다. 스킵 다이버들은 이 물건들을 주워 와 직접 사용하거나 중고상에 판다. 스킵 다이버는 버려지는 물건에 쓸모를 만들거나 용돈을 벌고, 사람들은 쓸 만한 물건과 골동품을 저렴하게 얻고, 지자체는 쓰레기 처리 비용을 줄이고, 지구는 자원을 지킬 수 있으니 다이버의 노동은 그 어떤 벌이 노동보다 공익적 가치를 실현한다.

사람들의 시선

프랜차이즈 포장 초밥집을 첫 목표로 삼았다. 매일 밤 10시, 그 가게에서 엄청난 양의 초밥을 버린다는 정보를 입수했다. 출동 시간이 다가오자 마음이 초조해졌다. 잠시도 앉아 있을 수가 없어 괜스레 크레이그의 냉장고를 열어보았다. 생쥐 한 마리가 다 파먹고 만 텅 빈 냉장고다. 그 많던 음식과 염치는 다 어디로 사라졌는가! 언제까지 이렇게 살 수는 없다. 오늘 기필코 초밥을 먹을 테다!

너무 일찍 도착했다. 초밥 가게는 아직 불이 환했고 매장 안에는 두 명의 직원이 분주하게 마감 정리를 하고 있었다. 목표지에 적군이 있는 것은 작전 계획에 없던 돌발 상황이다. 게다가 직원 중 한 명이 한국인으로 보인다. 그녀가 한국인이라면 상황은 더욱 곤란하다. 같은 한국인에게 쓰레기 뒤지는 모습을 절대 보이고 싶지 않다. 동포는 나를 연민의 눈으로 볼까, 혐오의 눈으로 볼까? '세상에, 한국인이 여기까지 와서 쓰레기를 주워 먹다니…. 소중한 동포를 도와주어야겠다'고 생각하든 '와, 한국 망신 다 시키네!'라고 생각하든 그녀에게 나의 궁상만큼은 절대로 보이고 싶지 않다. 영국 사회에 완벽 적응한 자랑스러운 동포까지는 아니더라도, 어글리 코리안이 될 수는 없다.

작전상 후퇴다. 좋은 핑계가 생긴 나는 자전거를 돌렸다. 그러다 불현듯, 크레이그의 텅 빈 냉장고가 떠올랐다. 자전거를 멈추고 생각했다. 염치냐 체면이냐, 자립이냐 자존심이냐. 그 갈림길에서 한참을 고민하다 다시 초밥집으로 향했다.

바깥에는 아직 쓰레기봉투가 보이지 않았다. 직원은 여전히 분주했다. 옆 골목에 숨어 그들이 음식을 내다 버리기를 기다렸다. 그러다 문득 이런 생각이 들었다. '쓰레기봉투를 뒤지다 망신당하느니, 솔직하게 음식을 달라고 하는 쪽이 낫지 않을까?'

결심 끝에 심호흡을 크게 하고 가게 문을 밀었다. 덜컹, 문이 잠겨 있었다. 덜컹거리는 소리에 동양인 직원이 내 쪽을 쳐다봤다. 나는 입이 찢어질 정도로 함박웃음을 날렸다. 그러자 매장 직원은 손으로 X자를 그리며 영업이 끝났다는 신호를 보내고는 계속해서 매장을 정리했다. 다시 문을 두드렸다. 매장 직원은 나를 다시 쳐다보더니 영업이 끝났다는 손짓을 취했고, 이에 나는 다급하게 외쳤다.

"영업 끝난 거 알아요. 그런데 잠깐 드릴 말이 있어서요."

그녀는 고개를 갸우뚱하며 귀찮다는 표정을 지으며 다가왔다. 그러고는 문을 열지도 않은 채 유리문 너머로 영업이 끝났다는 말만 되풀이했다. 가까이에서 보니 그녀는 분명 한국인이었다. 그녀에게 한국인인지 물었고 그녀는 그렇다고 답했다. 차라리 잘 됐다. 이왕 이렇게 된 거, 그녀에게 유창한 한국말로 프로젝트를 소개하자. 그러면 초밥 가게 그녀는 크게 감동한 나머지 남은 초밥을 왕창 포장해주고, 앞으로도 계속 음식을 제공하겠다고 할 것이다!

나는 참으로 반갑다고 내색하며 할 말이 있으니 문 좀 잠깐만 열어달라고 했다. 하지만 그녀는 여전히 무관심한 표정으로 그냥 말하라고 했다. 그녀의 냉담함에 잠시 당황했지만, 그녀가 나의 이야기를 듣고 나면 태도를 바꿀지도 모른다는 기대로 프로젝트에 관해 설명했다. 내가 왜 이 프로젝트를 시작했고, 지금까지 어떤 경험을 했으며, 지금은 왜 런던에 와 있고, 앞으로 런던에서 무엇을 하려는 건지를 한참 설명한 후에 마지막으로 본론을 말했다.

"그래서 혹시…. 남은 음식이 있으면 제게 좀 줄 수 있을까요?"

유리창 너머로 잠자코 이야기를 듣던 그녀가 답했다.

"아니요. 오늘 남은 음식이 없네요."

그게 끝이었다. 더는 말이 없었다. 내일 다시 오면 음식을 주겠다거나, 나중에 연락하겠다거나, 정말 흥미로운 프로젝트를 하고 있다거나, 아니면 하다못해 이름이 무엇인지, 영국에 온 지는 얼마나 됐는지 같은 뻔한 질문조차 하지 않았다. 혼자 주저리주저리 설명을 늘어놓은 자신이 부끄러워 얼굴이 달아올랐다.

"아, 네…. 알겠습니다. 그럼 다음에 다시 올게요. 안녕히 계세요."

끝까지 문도 열지 않은 채였다. 인사하고 발길을 돌렸다. 아쉬운 마음에 뒤를 돌아보니 그녀는 다른 직원과 내 쪽을 바라보며 무언가 이야기를 나누고 있었다. 순간 또 한 번 얼굴이 화끈거렸다. 저 여자는 나를 뭐라고 생각할까? 영국살이에 실패한 거지라고 생각할까? 아니면 같은 한국인으로서 정말 창피하다고 생각할까? 생각이 꼬리에 꼬리를 물며 수치감마저 일었다. 용기 내어 시작한 첫 스킵 다이빙은 내게 초밥 대신 깊은 트라우마를 남겼다. 그 덕에 나는 크레이그의 냉장고를 파먹는 생쥐로 며칠을 더 지냈다.

이후에도 몇 번 더 스킵 다이빙을 시도했다. 밤마다 자전거를 타고 음식점이 즐비한 거리를 배회했고 무언가로 가득 찬 비닐봉지를 종종 발견했다. 하지만 한 번도 스킵 다이빙에 성공하진 못했다. 매장으로 들어가 음식을 요구하는 것은 엄두가 더 나지 않았고, 지나가는 사람들의 시선이 두려워 봉투를 열어 보기가 어려웠다.

'사람들이 오가는 거리에 쭈그려 앉아 쓰레기봉투를 뒤져 음식을 꺼낸다.'

이제껏 주변인의 시선을 신경 쓰며 살아온 내게 결코 쉬운 일이 아니었다. 쓰레기봉투 앞을 수십 번 왔다 갔다 하다, 괜스레 스마트폰을 만지작거리며 검색하는 척하다, 누군가를 기다리는 척하다 빈손으로 보트에 돌아오길 수차례였다.

냉정히 말하면 거리의 사람들은 타인에게 별 관심이 없다. 나에게도 관심을 두지 않는 것은 매한가지다. 그리고 설사 몇몇이 쳐다본다 한들, 또 그들이 나를 거지로 본다 한들 무엇이 문제일까? 실제로 나는 거지와 다를 바가 없었고 그렇게 살겠다고 선포까지 했는데 말이다.

쓰레기를 뒤지는 행위는 거지나 하는 짓이고 이는 세상의 기준에서 볼 때 실패자에 가까운 모습이다. '탈락한 자'가 받는 멸시, 경멸의 눈빛. 바로 이것이 내게는 참을 수 없는 치욕이었다. 길거리를 지나가는 이들에게, 매장 안의 사람들에게, 초밥 가게의 그녀에게, 모든 것을 설명하고 싶었다. 오해하지 마세요. 나는 거지가 아니에요. 이 구걸에는 위대한 목적이 있어요! 나는 없는 오해마저 어떻게든 풀고 싶었다. 하지만 동시에 나는 알고 있었다. 진짜 문제는 사람들의 오해가 아니라 내가 스스로 씌운 체면이라는 것을. 그러니 나는 스킵 다이빙에 계속 도전해야 했다. 나의 자만심을 굴복시킬 유일한 방법은 완전한 굴욕이므로.

먹거리 사냥에 연이어 실패한 나는 계속 크레이그의 냉장고를 파먹었다. 무너진 자존심, 구겨진 체면, 사라진 염치. 치욕의 난국이었다. 어떻게 해서든 돌파구를 마련해야 했다. 동료 다이버가 있다면 좀 더 용기 낼 수 있을 텐데…. 불현듯 스쿼터 모임에서 만났던 벤이 떠올랐다.

"벤, 나랑 같이 음식 사냥하지 않을래요?"

버려진 음식을 구조하는 스킵 다이버

벤이 보트에 왔다. 대형 비닐봉지 여러 장과 장갑, 손전등에 다용도 칼까지 챙기고도 나는 계속해서 더 준비할 것이 없는지 찾아다녔다.

벤은 음식점을 통째로 털 거냐며 놀렸다. 손전등을 보고는 들쥐잡이용 무기냐고 물었다. 벤의 장난 섞인 농담 덕에 초조한 마음을 진정할 수 있었다.

어디로 갈지 특별히 정하지는 않았다. 연습 삼아 길거리에 놓인 쓰레기통을 뒤지기도 하고 이런저런 대화를 나누며 무작정 밤거리를 걸었다. 그러다 음식점이 즐비한 큰길에 이르렀다. 나는 벤에게 '치욕의 초밥 가게' 이야기를 했다. 그러자 벤은 다시 한번 돌격을 시도하자면서 조금의 망설임도 없이 눈앞에 있는 튀르키예식 베이커리로 들어갔다.

베이커리에는 직원 한 명과 사장처럼 보이는 튀르키예인이 있었다. 먼저 튀르키예인 아저씨와 이야기를 나누던 벤은 나를 소개했다. 용기 내어 프로젝트를 설명하자 아저씨는 경청하더니 자신의 힘들었던 과거 이야기를 꺼냈다. 처음 영국에 왔을 때 그는 영어를 한마디도 하지 못했고 일자리를 구하기도 어려워 가난한 시절을 보냈다고 했다. 그는 프로젝트에도 공감하고 이방인의 처지를 누구보다 이해한다며 앞으로 이 시간대에 들르라고 했다. 빈 지갑을 채워줄 수는 없지만 굶주린 배는 채워주겠다며 팔라펠과 각종 조각 케이크를 가득 챙겨주었다. 그러고는 매장 직원에게 내가 오면 팔고 남은 빵이나 팔지 못하는 빵을 주라고 당부했다. 나와 벤은 연거푸 고맙다고 말하며 매장에서 나왔다. 가슴에는 빵이 담긴 봉투가 한 아름이었다.

감격의 '팔라펠 건배'를 하고는 밤거리를 걸었다. 그러다 불 꺼진 유기농 식료품 가게를 발견했다. 가게 앞에는 비닐봉지가 수북이 쌓여 있었다. 벤과 나는 조금도 주저하지 않고 봉투를 열었다. 각종 채

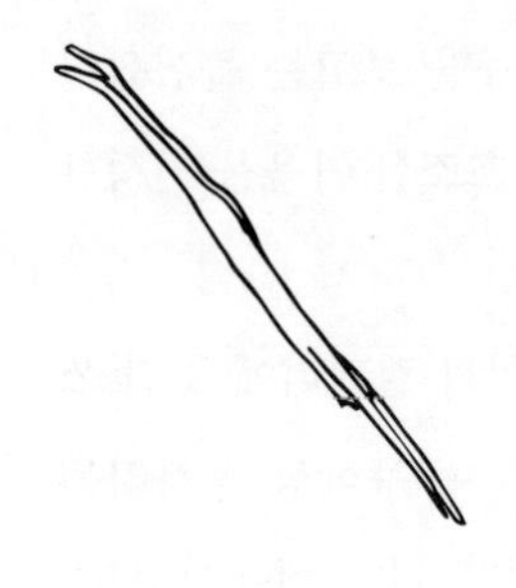

소와 과일이 가득했다. 말로만 듣던 쓰레기봉투 속 먹거리가 모습을 드러냈다. 마치 보물을 발견한 기분이었다. 게다가 이 먹거리는 모두 유기농이다! 우리는 신나게 하이 파이브를 하고 음식을 꺼내 담았다. 벤과 내 옆으로 사람들이 지나다녔지만 그들의 시선이 조금도 느껴지지 않았다.

준비한 봉투가 각종 채소와 야채로 가득 찼다. 이제 보트로 돌아가 케이크와 함께 첫 사냥 성공을 축하하기로 했다. 음식 사냥을 함께해 준 벤에게 정말 고마웠다. 그가 없었다면 나는 내일도 기죽은 손으로 크레이그의 냉장고를 열었을 것이다.

이날 이후로 나는 전문 스킵 다이버로 거듭났다. 혼자서 사냥을 나가 길거리에 버려진 음식을 싹쓸이했다. 이제 밤거리를 방황할 필요도 없다. 몇 시에 어디로 가면 무엇을 주울 수 있는지 런던 음식점의 쓰레기 배출 현황을 완벽히 마스터했다. 새로운 고민이 생기긴 했다. '오늘은 무슨 음식을 먹을까? 누구에게 음식을 갖다줄까?' 하는 것이었다. 프랑스 베이커리의 빵을 왕창 주워 와 전 플랫 메이트의 냉동실을 두둑이 채우고, 벤과의 풀코스 저녁 식사를 위해 애피타이저부터 메인 요리, 디저트까지 마련했다. 수프, 샌드위치, 초밥, 케이크로 식탁이 풍성했다. 신선한 채소를 먹고 싶을 때면 주말마다 열리는 도매시장에 가서 각종 야채와 과일을 주워 왔다. 런던 로컬 마켓의 몇몇 가게와는 기부 거래를 맺었다. 유통기한이 임박한 곡류와 식자재, 심지어 고기와 생선도 얻을 수 있었다.

더는 쓰레기를 뒤지는 일이 부끄럽지 않았다. 거리에 음식을 가득 펼쳐 놓고 "여기 먹을 게 많으니 당신도 필요하면 가져가세요!"라고 외쳤고, 시장 아저씨는 내게 "당신은 음식을 소중히 여기는 사람이니 음식을 먹을 자격이 있습니다."라며 칭찬했다. 이제 내게 스킵 다이빙은 창피한 짓이 아니라 버려진 음식을 구조하는 자랑스럽고 신나는 생계 활동이 되었다.

먹고도 굶어 죽는다

벤과 캠든 타운에서 만나 먹이를 찾아서 무작정 걸었다. 한참을 걸어도 버려진 음식 봉투를 찾지 못했다. 결국 불 켜진 가게마다 들어가 버릴 음식이 있다면 달라고 요청했다. 몇 번의 시도 끝에 간신히 샌드위치 두 개를 얻었다. 골목 한쪽에 서서 샌드위치를 한 입 베어 먹으려던 그때였다. 한 노숙자가 다가와 돈을 구걸했다. 나는 미안한 표정을 지으며 줄 돈이 없다고 말했다. 그러자 노숙자는 내 손에 있는 샌드위치를 달라고 했다. 몇 시간을 사냥한 끝에 힘들게 구한 나의 샌드위치! 그 누구에게도 빼앗기고 싶지 않았다. 나는 그에게 샌드위치를 주는 대신 샌드위치를 얻는 방법을 알려줬다.

"저 가게에 들어가서 오늘 버릴 음식을 달라고 해보세요. 우리도 거기서 얻어먹는 거예요."

그러자 노숙자는 발길을 홱 돌리더니, 이렇게 중얼대며 골목길로 사라졌다.

"나한테는 안 줄 거야. 나한텐 안 줘…."

멀어지는 그를 바라보다 벤에게 물었다.

"저게 무슨 말이지? 정말 저 사람에게는 음식을 주지 않으려나?"

벤은 말했다.

"어쩌면 우리가 노숙자나 거지로 보이지 않으니까 가게에서 음식을 준 걸지도 몰라."

가게에서 노숙자들에게 음식을 한 번 주기 시작하면 온갖 부랑자들이 계속 가게에 몰려들 테다. 그러면 매장 영업이나 가게 이미지에도 지장이 생길 수 있다. 벤과 나는 그나마 옷을 말끔하게 입고 프로젝트에 대해 분명히 설명하니 어렵지 않게 음식을 얻을 수 있었던 것이다.

겉모습과 옷차림은 그 사람이 사회에 얼마나 잘 적응했는지를 보여주는 하나의 기준이다. 빨지 않아 냄새나는 옷과 초라한 행색은 '부적응자' '탈락자'라고 적힌 옷을 입은 것과 같다. 이들은 세상의 관심이나 사랑, 도움, 재활의 기회마저 박탈당한다. 심지어 쓰레기를 얻어먹을 자격조차 주어지지 않는다. 멀쩡한 음식이 쓰레기가 되는 풍요의 도시, 그 도시의 한구석에는 쓰레기조차 동냥 받지 못하는 이들이 있다.

굶주린 저 노숙인에게 샌드위치 하나 양보하지 못한 나의 인색함에 죄책감이 밀려왔다. 이깟 게 뭐라고…. 나는 프로젝트를 수행 중이라며 입으로만 '빈털터리'를 내세우면서 따뜻한 집과 음식을 뻔뻔하게 받아 챙기는 위선자가 아닐까? 겉모습마저 빈털터리인 사람들은 음식 대신 세상의 멸시와 냉대를 받는다. 물론 그들 또한 나처럼 쓰레기봉투를 뒤지며 적극적으로 음식 사냥에 나설 수도 있다. 구걸하지 않고도 더 많은 음식을 구하는 방법이니 말이다. 하지만 그들에게 필요한 것이 과연 음식뿐일까? 당장 배를 채울 한 끼 음식보다 사랑이나 관심, 희망이 필요하지는 않을까? 적어도 나는 그랬다. 내게 음식을 내어준 사람들 덕에 살아갈 희망을 얻었고, 새로운 삶을 시작했다. 음식 나눔은 굶주린 자의 배를 채우는 것 이상으로 의미가 있다. 누군가의 목숨과 그들의 안녕에 관심을 두는 것이다. 우리는 음식을 공유함으로써 생명 대 생명으로 관계를 맺는다. 그리고 이 연결은 소외된 자에게 희망이 된다.

그 노숙자를 만난 이후, 음식 낭비와 빈곤 문제를 해결하려는 단체들을 찾아보았다. 먹을 수는 있지만 판매할 수 없는 식품을 기증받아 빈곤자들에게 직접 배급하는 푸드 뱅크 단체, 유통기한 대신 품질유지기한이나 상미기한을 의미하는 'Best Before'로 표기를 바꾸어 음식을 만드는 식당, 그리고 버려지는 식자재로 노숙자와 빈곤층, 지역 커뮤니티를 위한 식사 이벤트를 여는 단체도 있었다. 나는 몇 번인가 브릭스톤 피플즈 키친Brixton Peoples Kitchen이라는 단체에서 봉사했다. 런던 지역 시장과 가게들을 찾아가 버려지는 식자재를 받고, 기부 모금을 위한 식사 이벤트를 함께 준비했다.

음식 낭비 문제를 알아갈수록 전 세계의 기아 문제에도 관심이 생겼다. 음식 낭비는 과잉 소비의 심각성을 물질적으로 나타내는 척도로, 현 시스템이 가진 문제를 단적으로 보여준다. 유엔식량농업기구(FAO; Food Agriculture Organization)에 따르면 매해 전 세계에서 생산하는 음식의 30%가량이 쓰레기로 버려진다. 실제 수치로 추산되지 않는 재배, 생산, 유통 과정에서의 손실까지 합하면 식량 손실은 50%에 이른다. 우리가 먹는 양에 가까울 만큼의 음식이 헛되이 생산되어 그대로 쓰레기통에 버려진다는 말이다.

음식 낭비는 단순히 음식물 쓰레기봉투 가격이 얼마인지를 따지고 말 소소한 문제가 아니다. 훨씬 더 심각하고 다양한 사회문제들을 일으킨다. 우선, 음식물 쓰레기를 처리하는 과정에서 많은 경제적, 환경 관련 문제가 발생한다. 음식물 쓰레기 처리에는 막대한 비용이 소요된다. 우리나라에서 나오는 음식물 쓰레기는 전체 쓰레기 발생량의 29%가량인데 이것을 처리하는 데에 연간 8천억 원 이상이 소요된다고 한다. 버려지는 음식물 쓰레기를 식량 자원의 가치로 환산하면 20조 원 이상의 경제적 손실이 발생하는 것으로 추산된다.[8] 더 중요한 곳에 쓰일 수 있는 예산을 음식물 쓰레기 처리에 사용하고 있다니, 참으로 안타까운 손실이다. 최근 농식품 폐기량이 쌀 생산량을 웃도는 것도 모순적인 현실이다.[9]

환경 측면에서는 어떨까? 음식물 처리 과정에서 배출되는 온실가스는 전 세계 온실가스 배출량의 8~10%를 차지한다.[10] 2020년을 기준으로 보면 전 세계 탄소 배출량의 32%를 중국이 내보냈고, 미국은 12.6%를, 인도는 6.7%를 배출했으니 음식물 쓰레기를 하나의 국가라고 한다면 세계에서 3번째로 온실가스를 많이 배출한 나라가 되는 셈이다. 음식물 쓰레기를 처리하는 과정에서도 상상할 수 없을 만큼 많은 물과 전기, 연료, 토지를 사용해 자원이 낭비되고 각종 환경문제도 발생한다.[11]

비용과 환경 문제에 더불어 기아 문제도 큰 비극이다. 지구 한편에서는 음식 쓰레기를 처리하느라 골머리를 앓는데, 다른 한편에서는 수많은 이가 굶어 죽는다. 전 세계 기아 인구는 전체 인구의 약 10%인 8억 2,800만여 명에 달한다. 세계에서 굶주림에 시달려 기근 위험에 처한 사람들은 최근 매년 증가하고 있다.[12] 그리고 매일 1만 5천 명이 아사한다.[13] 지금도 1분마다 11명의 사람이 굶주림으로 죽는다.[14]

이 모순적인 빈부 격차의 상황과 빈곤 문제는 새삼스럽지 않다. 모두가 이미 TV를 통해 굶주린 어린아이를 수없이 보았다. 나는 어느새 과식과 비만으로 건강을 위협받는 자와 굶어 죽는 자가 세상에 동시에 존재하는 모순을 인정하며 살고 있었다. 이따금 죄책감이 밀려올 때면 몇만 원씩 구호단체에 후원했고, 책상 위에 놓인 후원 아동의 사진을 바라보며 내 할 일을 다 했다고 생각했다. 내가 할 수 있는 일이 딱히 뭐가 더 있겠어, 저들의 빈곤이 내 책임도 아니잖아.

마트에 가득한 음식을 보면서도 굶주린 아이의 얼굴이 떠오르지 않았다. 음식을 쓰레기로 내버리면서도 쓰레기를 주워 먹는 어린아이들이 생각나지 않았다. 나의 낭비와 탐욕이 이들의 삶에 어떤 영향을 미치는지 조금도 알지 못했다. 빈곤은 TV 속이나 지구 반대편에 존재하는 문제로 나와는 아무런 관계가 없다고 생각했다.

그런데 아니었다. 나와 이들의 삶은 긴밀하게 연결되어 있었다. 나의 소비 생활과 구매 패턴, 그리고 낭비 습관은 이들의 삶에 막대한 영향을 미친다. 나의 풍요가 그들의 삶을 빈곤하게 만든다. 본래 그들은 가난하게 태어났고 나는 풍요롭게 태어난 것이 아니다. 나뿐만 아니라 낭비하는 사회에 사는 모든 사람. 냉장고에 유통기한 지난 음식을 방치하거나, 매일 외식과 배달요리를 즐기거나, 가공식품을 자주 사 먹거나, 매 끼니 고기를 즐겨 먹거나, 단맛과 커피와 햄버거를 좋아하는 현대 소비사회의 모든 이가 세계의 빈곤에, 이 순간에도 굶어 죽어가는 아이들에 대한 책임이 있다.

'아니, 내가 내 돈 벌어 먹고사는데 대체 뭐가 문제라는 거예요? 난 저 어린아이들을 만난 적도 없다고요!', 난데없는 죄인 취급에 억울한가? 기아 문제의 원인은 참으로 복잡하고 다양하다. 기아는 원인에 따라 자연재해나 전쟁과 같은 돌발적 재난으로 생기는 기아가 있고, 정치 부패와 부조리한 분배 시스템으로 인해 구조적으로 생기는 구조적 기아가 있다. 아마 여기까지는 여러분도 별 불편함을 느끼지 않을 것이다. 그들로부터 멀리 떨어져 사는 당신과는 아무 상관이 없다고 생각할 테니(사실 위에서 말한 기아의 원인도 알고 보면 당신과 아주 긴밀한 연관이 있다!). 여기서 나는 아마도 세상 사람들이 잘 모르는, 그러나 알면 마음이 꽤 불편할 기아의 원인을 설명하고자 한다. 바로 전 세계의 소비자들과 반드시 관련 있는 '탐욕'으로 인한 기아다.

앞서 나는 현대 대규모 음식 산업의 문제점을 설명했다. 현대인의 만족할 줄 모르는 소비 행태가 대량 음식 산업을 야기했고, 이로 인해 자연, 동물, 인간이 얼마나 고통받고 있는지에 대해 말이다. 그렇다면 이번에는 우리의 무분별한 소비와 대량 음식 산업이 어떻게 지구 반대편의 아이들을 굶어 죽게 하는지 보자. 현대 농식품 산업은 현 지구 인구의 두 배를 먹여 살릴 만큼 많은 식량을 생산한다. 표면적으로는 현대 농식품 산업이 마치 인류를 굶주림에서 구원한 영웅인 듯하다. 식품 가격이 매우 저렴해진 덕에 사람들은 매 끼니 고기를 먹을 수 있고, 다른 나라의 먹거리도 내 집 식탁에서 즐기며, 가공된 형태의 음식을 장기간 보관할 수 있게 되었다. 이제 더는 굶주리거나 먹고 싶은 음식을 먹지 못하고 참을 필요가 없어졌으니 그야말로 축복이다.

그런데 조금 이상하다. 세계 인구의 2배를 먹여 살릴 만큼의 식량이 있다면 어째서 세계 인구의 10%가 굶어 죽을까? 이 모순의 진실은, 참 역설적으로 식량 풍요를 일으킨 '대량 생산'에 있다. 특정 농산물을 대량으로 생산한다면 떠오르는 개념이 있다. 바로 플랜테이션이다. 플랜테이션은 기술과 자본으로 무장한 거대 다국적기업이 제3세계 현지인의 값싼 노동력을 이용해 특정 작물을 집중적으로 재배하는 기업적 경영을 말한다. 이는 저렴한 비용으로 제3세계 국가를 착취한 신식민주의의 일종으로, 해당 국가의 생태계와 자립 능력을 파탄시켰다.

팜유는 야자나무 기름이다. 이는 과자, 라면, 초콜릿, 각종 인스턴트식품뿐만 아니라 세제, 화장품, 치약, 종이 연료 등 일상생활에 쓰이는 용품들에 필수적으로 들어간다. 세계적으로 가공식품과 생필품 소비가 늘어남에 따라 기름야자 수요도 증가했다. 이에 다국적기업들은 값싼 노동력과 저렴한 땅을 찾아 제3세계 국가로 몰려들었다. 오늘날 전 세계 기름야자의 절반 이상을 인도네시아에서 생산한다. 기름야자 소비가 증가하자 다국적기업과 인도네시아 정부는 물 만난 듯 인도네시아 토지 대부분을 기름야자 농장으로 전환했다. 지구의 허파인 열대림마저 과감히 불태워 야자나무를 키우는 데에 쓴다. 인도네시아에서는 현재, 서울의 124배에 달하는 국토 면적을 야자나무 재배에 사용하고 있다. 매년 우리나라 면적의 1/5에 맞먹는 열대우림이 사라진다.

돈을 벌게 해준다는 기업들의 꼬임에 인도네시아 사람들은 농사짓던 땅을 야자 농장으로 바꾸었다. 이들은 그 대가로 노동을 착취당하고, 질병을 얻었으며, 자연재해로 인한 피해를 입는다. 다양한 작물을 재배하던 농경지는 모두 야자 농장으로 변했고 주식이었던 쌀은 외국 농산물로 대체되고 있다. 선주민들은 매일 고되게 일하지만, 외국 농산물 의존도가 높아져 정작 받은 돈으로는 쌀을 사 먹기조차 어렵다. 열대림 파괴로 태풍과 쓰나미 같은 자연재해가 수시로 발생했고 많은 주민이 목숨을 잃었다.

'슈퍼푸드'로 주목받으며 최근 몇 년간 급격하게 인기를 끄는 아보카도 역시 재배 및 유통 과정에서 심각한 환경문제와 사회문제를 일으킨다. 아보카도 재배를 위해 세계 각지에서 엄청난 양의 숲을 파괴한다. 멕시코 아보카도 생산량의 80%를 차지하는 미초아칸주에서만 매년 1,800~2,400만 평의 숲이 사라진다. 이는 여의도의 두 배가 넘는 면적이다. 아보카도 재배로 인한 수자원 고갈도 심각한 문제다. 아보카도는 다른 수목에 비해 소비하는 물의 양이 2배 이상 높다. 특히

칠레의 페트로카 지방은 아보카도 농장들의 불법 용수 사용과 수자원 남용으로 큰 피해를 당하고 있다. 식수로 써야 할 지하수마저 고갈되어 지역 주민들은 트럭으로 물을 배달받아 마신다. 바로 옆 아보카도 농장에서는 사람 1000명이 하루 동안 쓸 수 있는 10만 리터의 물을 30평 규모 농장에 매일 공급하고 있는데 말이다. 아보카도 1개를 재배하기 위해서는 무려 320L의 물이 필요하다. 이는 성인 160명이 마실 수 있는 물이다. 다량의 아보카도를 전 세계로 수송하는 데에 소요되는 에너지와 이산화탄소 발생도 큰 문제다. 아보카도 2개의 '탄소 발자국(Carbon footprint, 생산과 소비 전체 과정을 통해 발생시키는 온실가스의 총량)'은 약 846g으로 바나나 1kg 배출량의 2배에 가까운 양이다.[15] 이 밖에 아보카도 농장을 둘러싼 마약 조직의 각종 폭력과 범죄도 심각한 문제다. 전 세계적으로 아보카도의 수요가 늘어남에 따라 아보카도는 멕시코의 대표적인 주력사업으로 자리 잡았다. 이에 멕시코 마약 카르텔은 농장주와 가족의 생명을 위협해 돈과 농장을 갈취하기 시작했다. 납치와 고문, 살인 등을 버젓이 저지르고, 거래와 매매를 조작하며 아보카도 시장을 장악했다. 아보카도가 멕시코 마약 카르텔의 돈줄 역할을 한다는 것이 알려지며 세계적으로 아보카도 보이콧 캠페인이 확산하기도 했다.

설탕, 커피, 면화, 차, 코코아, 바나나, 아몬드, 파인애플, 담배 등의 집중 재배 역시 마찬가지다. 다국적기업의 단일재배 농장 경영은 환경을 파괴하고, 노동을 착취하고, 제3세계 국가의 자립 생계를 파탄시키고, 부패한 정부의 부조리와 범죄 조직의 만행을 부추긴다.

인도네시아의 여덟 살 아이를 학교가 아닌 자기 키보다 족히 스무 배는 더 높은 망고나무에 오르게 한 것은 누구일까? 케냐의 열 살 아이가 종일 땡볕 아래에서 커피 열매를 따게 된 것은 누구 때문일까? 에티오피아의 아이들을 굶겨 죽인 건 또 누구일까? 제3세계 국가들에 쓰나미, 지진, 가뭄, 홍수 등의 자연재해가 이상하리만큼 자주 일어나는 것이 과연 자연만의 탓일까? 이윤에 눈이 먼 다국적기업과 정부에 모든 문제의 탓을 돌릴 수 있을까? 우리가 가공식품을 먹지 않고, 달콤한 음식을 멀리하고, 커피와 차에 중독되지 않고, 우리 땅에서 나지 않는 과일들을 무리해서 수입하지 않고, 계속 새로운 옷을 사 입지 않아도 이런 일들이 반복될까?

"나는 정말 몰랐어요"라고 발뺌하기엔 저 이들의 삶이 너무도 가엾다. 모르는 것이 정말 면죄부가 될 수 있을까? 알려고 하지 않는 것도 이제는 죄가 되어야 한다.

두 번째로 이야기하려는 기아의 원인은 부조리한 식량 분배다. 앞서 말했듯 우리 지구는 해마다 전체 인구의 2배를 먹여 살릴 만큼의 식량을 생산한다. 그런데 이토록 많은 식량이 도대체 다 어디로 사라지는 걸까? 전 세계가 생산하는 곡물은 세계 곡물 시장으로 모인다. 그곳에서 곡물의 가격을 정하고 분배와 거래가 이루어진다. 세계 곡물 시장에서 식량을 제대로 분배하면 세계 기아 문제를 단번에 해결할 수 있지 않을까? 그러나 상황은 그렇게 간단하지 않다.

먼저 전체 곡물의 1/3 이상이 가축에게 먹일 '사료'로 사용된다. 인구의 10%가 굶어 죽는데 곡물의 30%를 소에게 먹인다니! 기업과 우리의 탐욕이 굶주린 아이들에게 가야 할 식량을 빼앗는 현실이다.

가축이 곡물을 먹는 것 또한 자연스러운 사육 방식이 아니다. 과거에 소는 들판에 자란 풀이나 농사 부산물을 먹었다. 그러다 고기를 대량으로 생산하는 공장식 축산이 생겨난 이후로 사람들은 소에게 곡물을 먹이기 시작했다. 더 빨리 더 많이 소를 살찌워 팔 수 있는 고기를 더 많이 얻으려는 목적이다.

대량 육류 생산 시스템은 고기 가격을 현저히 낮췄다. 그 결과 현대인의 육류 소비는 엄청난 속도로 증가했다. 인류는 더 많은 곡물과 대지를 가축 사육에 사용하고 있다. 현재 세계 토지의 1/4, 세계 곡물의 1/3을 고기 생산에 쓴다.

육류 소비 때문에 전 세계 수많은 아이가 '소만도 못한' 삶을 산다. 열대림에 살던 사람들과 야생동물은 삶의 터전을 잃었다. 한 사람이 고기를 먹지 않으면 20명의 기아를 살리고 햄버거를 한 끼 먹지 않으면 1.5평의 열대우림을 지킬 수 있다.[16] 잠깐 맛보는 햄버거 하나가 과연 이 모든 생명보다 중요한지, 무엇을 택해야 하는지 그 어느 때보다 진지하게 성찰해야 한다.

세계 곡물의 1/3이 가축에게 간다면, 나머지 2/3는 어디로 갈까? 세계 곡물 중 1/3은 식료품 회사들이 가져간다. 그들은 곡물로 각종 간편식품과 가공식품을 만들어 기아 해결이 아닌 현대인의 뱃살과 질병에 기여한다.

결국 나머지 1/3 곡물만이 마침내 세계인의 식량으로 분배된다. 안타깝지만 이 단계에서도 기아 문제를 해결할 수 없다. 투기꾼들의 손에 곡물 가격이 달려 있기 때문이다. 이들은 곡물 가격을 조작한다. 이윤에 따라 곡물 가격이 치솟으면 가난한 나라의 정부와 국제구호

단체는 곡물값을 감당할 수 없다. 반대로 곡물 가격이 급락할 경우에는 가격 안정화를 위해 대량의 곡물을 그냥 폐기하기 때문에 가난한 나라가 구매할 식량 자체가 존재하지 않게 된다.

세계에 식량이 남아돈다. 그런데 굶어 죽는 아이에게 갈 식량은 없다. 이런 말도 안 되는 식량 분배 시스템 속에서 우리 소비자는 무엇을 할 수 있을까? 방법은 간단하다. 육류와 가공식품 소비를 줄이면 된다. 이것만으로도 전체 곡물의 2/3를 전 세계인의 주식량으로 쓸 수 있다. 또 국산 곡물을 주로 소비하는 것도 좋은 방법이다. 각 나라가 곡물을 자급자족해야 한다. 그러면 세계 곡물 시장의 투기꾼들이 '음식을 가지고 장난'하는 일도 사라질 것이며, 전 세계 모든 나라들이 자신들의 식량주권을 되찾게 될 것이다.

사람들은 해결하기 어려운 사회문제를 발견할 때마다 그 책임을 구체적이지 않은 대상에게 돌리는 경향을 보인다. '환경 파괴의 주범은 농업, 산업, 국가, 기업이다. 기아 문제의 주범은 국가, 정치, 혹은 가난한 자들의 무능력과 게으름이다. 우리는 아무 책임이 없다!'라는 식이다. 하지만 환경파괴와 기아 문제의 주범인 현대 농식품업은 소비자의 과잉 소비 없이는 성장이 불가능하다. 소비자들의 탐욕과 무지가 인류가 맞닥뜨린 중대한 문제들의 원인이다.

기아 문제가 아직도 먼 나라 이야기로 들리는가? 불행히도 식량 문제는 전 세계 모든 이들이 겪을 대재앙으로 다가오고 있다. 현대인이 누리는 지금의 식량 풍요는 사실 일시적인 허울이며 인류의 굶주림이라는 비극의 씨앗이다. 그리고 그 비극은 지금 이미 시작되었다.

최근 전 세계의 발등에 '식량 위기'의 불이 떨어졌다. 기후 위기로 역대 최악의 가뭄과 홍수가 이어져 곡물 생산량이 하락하고, 코로나19의 확산으로 작물 생산과 수출에 큰 차질이 생겼다. 여기에 세계적 곡창지대인 러시아와 우크라이나의 전쟁은 식량난에 더 큰불을 지폈다. 식량 위기의 심각성을 직감한 세계 주요 곡물 생산국들은 식량 안보를 이유로 식량 창고의 빗장을 걸어 잠그고 있다.

단순히 밥상 물가가 비싸졌다고 불평하고 말 문제가 아니다. 기아 문제는 이제 지구 남반구에서만 벌어지는 '남의 일'이 아니다. 전쟁이 끝난다고 해결될 문제도 아니다. 식량 위기의 가장 직접적인 원인인 기후 위기가 해결되지 않으면 인류는 말 그대로 먹을 것이 없어서 굶어 죽는 상황을 겪게 될 것이다. 우리는 식량 전쟁의 시작점에 와 있다.

인간의 탐욕이 지구를 뜨거워지게 만든다. 맛있는 음식을 더 싸게, 더 많이 먹으려는 탐욕과 멀쩡한 음식을 죄책감 없이 버리는 무책임한 행동을 지금 당장 멈춰야 한다. '음식 남기면 벌 받는다'라는 말을 깊이 새기자. 음식을 버릴 때, 지구의 미래와 인류의 희망도 함께 버려진다. '먹고도 굶어 죽는다'라는 말이 있다. 지금 우리가 먹는 음식과 식습관, 소비 양식을 바꾸지 않는다면 인간은 멀지 않은 미래에 '아사'의 시대를 맞이하게 될 것이다.

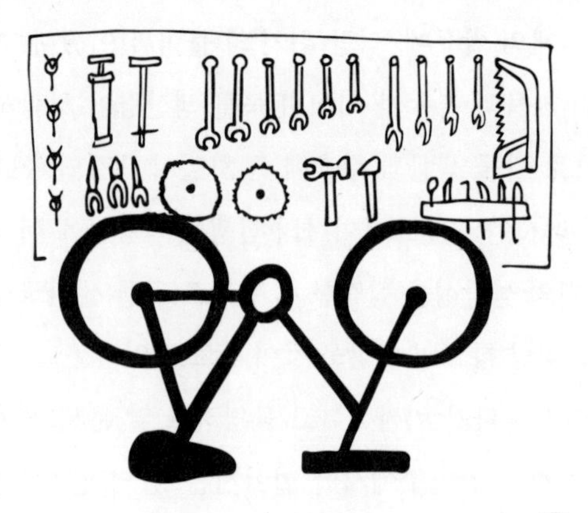

더 나은 삶을 위한 도구

다시 태어나는 자전거: 버려진 자전거 재조립하기

은신처와 먹거리 문제 다음은 이동 수단이다. 이제 자전거 업그레이드에 도전할 때다. 자전거 정비와 수리 방법을 배우고 더 나은 자전거를 구할 방법을 고민하던 중, 드루이드 사이클즈Druid cycles라는 자전거 가게를 알게 되었다. 드루이드 사이클즈는 버려진 자전거를 분해해서 부품을 재활용한다. 재활용 부품으로 새롭게 자전거를 조립하고 수리하는 서비스도 제공한다. 버려진 집과 버려진 음식에 이어 '버려진 자전거'라니! 눈이 번쩍했다. 이들의 활동은 부품을 재활용해 폐기물의 양을 줄이고 새 제품 구매도 감소시켜 환경 보호에도 기여하며 고객에게는 저렴한 가격으로 서비스를 제공할 수 있다.

드루이드 사이클즈 사장 토르는 나의 제안을 흔쾌히 받아들였다. 한 달간 자전거 가게에서 일을 돕고, 가게의 중고 부품으로 내 자전거를 직접 조립한다는 거래였다. 한 달 동안 드루이드 사이클즈에 매일 출근했다. 매장을 청소하고 자전거를 닦고 광내고 홍보도 함께했다. 틈틈이 어깨너머로 기본적인 자전거 정비를 익혔다. 드루이드 사이클즈의 정비공 다니엘은 내게 자전거 정비 기술뿐만 아니라 진정한 빈티지 정신이 뭔지 알려줬다. 그는 '오래된 것이 오리지널!'이라 외치며 자전거 프레임들을 소개했다. 영국, 독일, 프랑스, 이탈리아, 일본, 심지어 구소련에서 생산한 프레임도 있었다. 다니엘은 요즘 생산되는 새 자전거들은 해외 공장에서 값싸게 찍어낸 하등품이고, 오래전에 만들어진 자전거들이야말로 우량품이자 '진짜' 브랜드 제품이라고 했다.

신상과 유행이라는 환상에서 벗어나면 오래된 것의 가치를 발견한다. 더 적은 소비로 더 독특하고 더 정통하며 더 아름다운 것을 얻는다. 버려진 자전거 부품을 손질하고 닦아 세상 단 하나뿐인 자전거로 재탄생시키는 드루이드 사이클즈. 이곳에는 진정한 빈티지 정신이 살아 있다.

한 달 뒤, 드디어 나만의 빈티지 자전거를 완성했다. 다니엘이 주로 조립했지만, 내 손으로 모든 부속에 광을 냈으니 적어도 내 덕에 자전거가 새 빛을 봤다고 당당히 말할 수 있다. 자전거 가게가 바빠 정비 기술을 완벽히 마스터하진 못했지만 그래도 이제 바퀴 펑크 정도는 메울 수 있으니 자갈길도 두렵지 않다.

와인 두 병에 노동 세 시간

'삶의 주도권을 되찾는 길은 무엇이든 스스로 하는 것이다. 더 나은 삶을 위한 모든 도구가 우리 앞에 놓여 있다. 당신이 해야 할 일은 이 도구를 집어 들고 이것을 어떻게 사용하는지 배우는 것이다. 이 일을 시작하기에 가장 좋은 지점은 바로 당신의 자전거다.'

– 런던의 비영리 자전거 수리단체, 56 어 바이크스페이스56 a bikespace의 벽에 적힌 글

프리건: 자유로운 무소비주의자

정통 프리건

"너는 정통 프리건이야."

스쿼 친구 하나가 내게 말했다. 프리건이라고? 나는 고개를 세차게

흔들었다. 그러자 친구가 말했다. 보통 프리건은 소비를 최소한으로 줄이기는 하지만 완전한 무소비를 실현하지 못하는데 너의 소비는 그야말로 '0'이지 않느냐고.

프리건Freegan은 자본주의 시스템에 저항하는 총체적인 구매 거부 운동인 프리거니즘Freeganism을 지향하는 사람들이다. 프리건은 자유 혹은 무료를 의미하는 '프리Free'와 완전 채식을 뜻하는 '비건Vegan'의 합성어이다.

프리건은 육류 제품뿐만 아니라 산업적 대량 생산 경제에서 만들어진 모든 상품을 불매한다. 주로 낭비되는 음식과 물건, 건물을 사용하여 소비를 거의 하지 않는다. 0에 가까운 생활비로 자유로운 삶을 산다는 뜻에서 붙여진 이름이다. 프리건은 현재 지구와 인류가 직면한 모든 문제의 원인을 '소비'에서 찾는다.

프리건은 '나쁜' 기업만이 아니라 자본주의 자체를 문제로 본다. 그리고 이 시스템의 원동력이 소비이므로 모든 제품에 대한 소비를 멈춰야 한다고 주장한다. 윤리적 기업의 제품이든 비윤리적 기업의 제품이든, 동물 친화 혹은 동물 복지를 주장하는 제품이든 동물 학대 제품이든, 친환경 제품이든 화학 제품이든 소비는 자본주의를 지원한다. 무엇을 사든 마찬가지다. 이들에게 착한 소비란 없다.

내가 0원살이를 시작했던 때를 떠올려보았다. 정의를 위한 행동도 아니었고 세상을 변화시키겠다는 의지도 없었다. 소비가 이렇게 많은 사회문제와 연관된 줄도 몰랐다. 그런데 고개를 들고 보니 지금 나는 프리건 투사들과 함께 '소비 제로' 투쟁의 선봉에 서 있다. 투쟁, 열정, 변화, 선도…. 내가 이러한 것들을 이야기할 수 있을까?

무늬만 프리건인 나와 달리 제이-메이 아지트의 메이는 뼛속까지 프리건이었다. 메이는 나를 서서히 정통 프리건의 삶으로 이끌었다. 그는 어떤 저항주의를 갖다 붙여도 될 만큼 다양하게 활동했다. 메이는 스킵 다이버이자 스쾃터였고, 반자본주의 활동가에 채식주의자, 자연주의자이며 여성주의자였다.

낭비 제로, 제이-메이 아지트

제이-메이 아지트는 오래된 물건과 쓰레기로 가득했다. 정리하고 또 해도 계속 물건이 나오는 마법 같은 집이다. 하루는 제이콥, 메이와 함께 날을 잡아 방을 정리하기로 했다. 내 방에도 각종 물건이 수북했다. 도저히 이 쓰레기 더미에서 쓸 만한 물건이라고는 찾지 못했다. 오래된 음악 카세트, 앨범이며 정체를 알 수 없는 장신구와 옷가지 사이에서 메이는 유용한 물건이 많다며 이 '쓰레기'들을 소중히 상자에 담았다. 자선 중고 가게에 기부할 생각이란다.

이러다 주고도 욕먹지! 저런 걸 누가 산다고…. 메이는 프레임만 남은 커다란 구식 액자와 『Girl Talk』라는 색 바랜 책을 상자에 넣었다.

물건들을 정리하고 치우는 것만으로도 한참 걸렸는데, 이제 이것들을 캐리어에 실어 자선 가게에 가져다주어야 한다. 요란하게 소리 내는 캐리어를 끌고 30분쯤 걸어 가게에 도착했다. 메이는 예쁘게 정리한 쓰레기들을 직원에게 보여줬다. 매장에 있는 물건을 둘러보는 척하며 멀찍이서 상황을 지켜보니 역시나 직원은 우리의 쓰레기를 거절했다. 우리는 다시 캐리어를 끌고 집으로 돌아왔다.

이만하면 쓰레기들을 가져다 버리겠지 싶은 생각도 잠시, 메이는 물건들을 주섬주섬 자전거에 실었다. 조금 더 멀리 떨어진 곳에 자선 중고 가게가 하나 더 있다며 그리로 간다는 것이다. 메이 혼자 짐을 나르게 할 수는 없어 어쩔 수 없이 또 동행했다. 다행히 두 번째 가게에서는 우리의 쓰레기를 받아주었다.

집에 돌아와 메이에게 물었다.

"앞으로는 그냥 내다 버리는 게 낫지 않겠어? 그게 훨씬 편할 것 같은데."

그러자 메이가 답했다.

"편하다고? 아니! 난 절대 안 편한데?"

"물건을 분류하고 담고, 자선 가게에 가져가는 데에 들어가는 시간과 노력이 아깝지 않아?"

"쓸모 있는 물건을 버리는 게 난 더 불편해. 누군가는 중고 가게에서 이 물건을 발견하고 정말 행복해할 거야. 또 우리의 기부 덕에 누군가가 새 물건을 사지 않도록 도울 수 있잖아. 그것만으로도 우리의 노력에는 충분한 가치가 있어."

메이의 답에 제이콥이 거들었다.

"누군가가 시간과 노력을 들여 기부한 덕에 우리도 필요한 물건을 얻었잖아. 자원을 아낄 줄 아는 사람들끼리 나누는 일종의 선물인 거지."

프리건은 물건을 쉽게 버리지 않는다. 고장 난 물건을 직접 수리하고 안 쓰는 물건은 주변에 나눠주거나 자선 가게, 혹은 프리 숍FREE

SHOP에 기부한다. 또 이들은 사회에서 발생하는 낭비와 소비도 줄인다. 가구, 가전, 음식, 자전거 등 필요한 물건 대부분을 스킵 다이빙으로 구하고 프리사이클Freecycle 같은 물건 나눔 커뮤니티를 이용한다.

"그냥 버리는 게 더 (몸이) 편하지 않니?"

"아니. 나는 전혀 (마음이) 편하지 않아."

나는 몸의 편안함을 물었으나 메이는 양심의 편안함으로 답했다. '물건'과 '소비' 중 우리가 버려야 할 것은 무엇일까? 무엇을 버려야 세상이 편안해질까?

불매 투쟁

메이는 대형 슈퍼마켓에 가지 않는다. 대형 유통업계는 충동적인 소비를 부추기기 때문이다. 햄버거 가게는 동물 학대, 환경 파괴와 연관되어 있기에 가지 않지만 딱 한 경우, 화장실 갈 때만 이용한다. 저가 쇼핑센터는 불공정 거래를 일삼기에 이용하지 않고, 비윤리적인 다국적기업의 제품도 구매하지 않는다. 그녀는 GMO 식품과 고기도 먹지 않는다. 메이는 쓰레기 같은 기업에 돈을 갖다주느니 평생 쓰레기를 뒤지며 살겠다고 말한다. 그녀에게 불매운동은 세상을 바꿀 가장 강력한 정치적 투쟁이다.

메이는 말했다. 사람들은 '정치적'이라는 소리를 듣기 싫어하지만, 사람들이 하는 대부분의 활동은 정치적이라고. 텔레비전을 보는 것, 저가 쇼핑센터인 프라이마크에서 옷을 사는 것, 맥도날드에서 햄버거를 사 먹고 테스코에서 장을 보는 것. 이 모든 소비는 투표보다도 직접적으로 사회와 권력에 영향을 미치는 정치적 행위라는 것이다.

우리가 '무지의 노동자'로 살아갈 때 시스템은 우리에게 권력을 휘두른다. 반면 우리가 '의식 있는 소비자'가 되면 시스템은 우리를 두려워한다. 진짜 혁명은 화염병을 던지며 시위하는 것이 아니라 소비하지 않는 생활 습관에서 시작된다.

믿음과 용기

메이는 세상의 규칙을 따르지 않는다. 자신이 믿는 정의를 위해 때때로 법을 어기며 언제든 권력과 맞설 준비를 했다. 나는 메이에게 이런 삶이 정말 조금도 두렵지 않은지 물었다.

메이가 대답했다.

"모두가 따르는 방식에 질문을 던지는 건 꽤 두려운 일이야. 많은 위험을 감수해야 하거든. 나는 어쩌면 나중에 힘든 삶을 살지도 몰라. 저축한 돈이 없어 생활이 어려울 수도 있고, 사회에 순응하지 않아 위험에 처할 수도 있어. 하지만 난 미래를 조금도 걱정하지 않아. 나에겐 강한 믿음이 있거든. 용기가 있다면, 나의 양심이 옳다고 믿는 것을 위해 위험을 감수할 용기가 있다면 모든 게 괜찮을 거란 믿음이야. '운은 용감한 자들을 돌본다(Fortune favors the brave)'라는 말을 믿어. 용기 내서 무작정 도전하고 앞으로 무슨 일이 일어날지 그냥 지켜보면 돼. 무엇도 알 수 없지만, 그저 믿는 거야. 그러면 모든 것이 그 믿음대로 이루어질 거야(Not knowing, just trusting, and it will come)."

메이는 참으로 용감하다. 모든 운이 늘 그녀와 함께할 것이다.

런던에서의 0원살이는 쓰레기 덕에 가능했다. 버려진 집, 버려진 음식, 버려진 자전거. 버려진 것들로 생존에 필요한 세 가지를 마련했으니 도시의 낭비가 나에게는 기회였다. 그렇다고 도시가 계속 버려지는 것들로 넘쳐나길 바라는 것은 아니다. 나는 낭비가 사라지기를 바란다. 더는 내가 얻어 지낼 빈집이 없고, 더는 내가 주워 먹을 음식이 없고, 더는 내가 주워 쓸 물건이 없길 바란다.

사람들이 딱 필요한 것에만 만족하고 그 이상은 소비하지 않는 세상, 낭비와 착취가 없는 세상, 모든 이가 안락하게 머물 곳이 있고 충분한 음식을 먹는 세상. 그래서 프리건들이 더는 도시에 남아 있지 않아도 되는 세상. 그런 세상이 오길 바란다. 그날이 오면 프리건들은 이제 제 할 일을 다 했다고 말하며 도시를 떠날 것이다. 세상 가장 편안한 미소를 지으며 자연으로, 야생으로 유유히 사라질 것이다. 거리에서 쓰레기를 뒤지는 대신 숲을 뒤지며 먹이를 찾고, 불매운동이 아닌 자급자족을 위해 땀을 흘릴 것이다. 마침내 모든 투쟁에서 벗어나면 그때서야 프리건은 진정한 자유, 'FREE'의 이름을 얻는다.

4

자연으로

시끄러운 것은 마음: 7일간의 도전

0원살이를 시작한 지도 어느새 6개월이 다 되어 간다. 따듯한 스쿼 가족 덕에 겨울을 무사히 보냈다. 이제 새로운 장소로 이동할 때다. 프로젝트 절반 돌파를 기념하고 생존을 축하하며 봄의 생명력을 느낄 최적의 장소로 가자!

그래, 그녀만큼 지난 모험을 자랑하고 싶은 사람이 없지. 올드 채플 팜으로 가는 거야.

다시 방문한 올드 채플 팜은 지난여름과 달리 조용하고 차분했다. 프란은 농장의 다른 프로젝트 추진을 잠시 멈추고 텃밭과 동물을 돌보는 일만 하고 있었다. 할 일을 줄인 만큼 서너 명의 봉사자만 수용했다. 나의 일과도 두 가지뿐이었다. 밭일과 양 돌보기. 내가 가장 따분해했던 일들로만 나날을 보내야 한다니, 나는 며칠도 가지 못하고 지루함에 몸서리치게 될 것이다. 새로운 노동과 다양한 우퍼들 틈에서 시간 가는 줄 몰랐던 작년과는 달리 올드 채플 팜의 봄은 천천히 흘렀다.

정적인 농장 생활에 혼자 생각하는 시간이 많아졌다. 외부의 번잡한 자극이 사라지니 내면의 소란스러운 문제들이 수면 위로 떠 올랐다.

'나는 왜 한시도 가만히 있지 못하고 쉽게 지루함을 느끼는가?'
'나는 왜 어둠 속에 홀로 있음을 두려워하는가?'
'나는 왜 자연과의 연결을 느끼지 못하는가?'
'나는 왜 음식을 절제하지 못하는가?'

한적해진 탓에 갑자기 생긴 질문들이 아니다. 아주 오랫동안 늘 이런 의문들이 있었지만 깊게 생각하지 않았다. 도시인들은 모두 다 이렇게 사는 듯 보였으니. 심심하면 자극을 찾고, 어두우면 무섭고, 시골에서 살 일도 없으니 자연은 그저 이따금 찾는 곳일 뿐이고, 밥은 많이 잘 먹어야 복이 오는 법인 줄로만 알았다. 지난 반년 사이, 자연인들을 만나고 자연 가까이에서 생활하다 보니, 어쩌면 이런 나 자신이 문제일 수도 있다는 생각이 들었다. 지루함과 두려움을 느끼는 것은 나 혼자였기 때문이다.

프란에게 모든 고민을 털어놓았다. 그리고 그녀와의 긴 대화 끝에, 재미있는 실험을 한번 해보기로 했다. 7일간의 'No food, No shelter, No fun' '단식, 캠핑, 노잼' 생활에의 도전이었다.

단식 No Food

배고픔은 종종 나의 발목을 잡았다. 한 번은 웨일스에 있는 티피 밸리Tipi Valley 마을에 가고 싶었다. 티피라는 아메리카 인디언들의 텐트로 거주지를 형성한 티피 밸리는 언제든지 누구든 머물 수 있는 열린 마을이다. 그런데 문제는 음식이었다. 티피 밸리는 우프와 달리 노동력 교환을 하지 않았고, 방문자들은 각자 음식을 준비해야 했다. 나는 티피 밸리에서 어떻게 음식을 자급할지 고민하다 방문을 포기했다.

당시 나는 음식에 집착했다. 배가 부른데도 또 음식을 먹고, 식사 시간만 생각하며 일과를 보냈다. 단조로운 농장 생활에서 오는 공허함을 음식으로 메우려는 것처럼 꾸역꾸역 속을 채웠다. 무절제한 식탐에서 이만 벗어나고 싶었다.

프란이 단식을 제안한 이유는 이렇다. 우리는 매일 음식을 먹을 필요가 없으며 하루 세끼를 꼬박꼬박 챙겨 먹지 않아도 영양소가 크게 부족하지 않다. 오히려 며칠에 한 번씩, 혹은 매일 간헐적으로 단식한다면 몸과 의식에도 좋은 영향을 미치며, 위장을 비워 몸을 가볍게 하면 지금껏 느껴보지 못한 새로운 에너지를 느낄 수 있다는 것이다.

프란은 특히 나에게 단식이 여러모로 좋은 영향을 미칠 것 같다고 했다. 자연과 동물, 비물질적 차원과의 연결을 느끼는 데에도 도움을 줄 것이며 '반드시 음식을 먹어야 한다'는 강박에서 벗어나 더 자유롭게 어디로든 떠다닐 수 있을 거라 말했다.

캠핑 No Shelter

나는 평생 겁에 질려 살았다. 어둠 속에 혼자 있으면 내 머릿속은 끔찍한 상상으로 가득 찼고, 밤새 귀신과 흉악범과 호랑이와 싸우느라 잠을 설쳤다. 언제부터였는지 기억도 나지 않는다. 아주 어릴 때부터 나는 많은 것을 두려워했다.

두려움 역시 나의 자유로운 여정의 발목을 잡았다. 하루 정도의 배고픔은 참을 수 있지만 하룻밤을 아무 데서나 보낼 수는 없다. 밤새 '무슨 일'이 생길지 모르니 말이다. 처음 그리고 낯선 상황은 두려움을 불러오곤 한다. 모르는 사람의 집에서 자는 것도, 아무도 없는 자연에서 자는 것도 두렵다. 그래도 야생보다 사람이 나았던 것일까? 텐트 안에서는 두려움에 한시도 눈을 못 감았지만, 처음 만난 사람 집의 소파에서는 꿀잠을 잤으니 말이다. 이런 것을 보면 두려움은 눈앞에 닥친 실제 위협이 아니라, 나의 머리가 만들어내는 망상에서 오는 것인지도 모른다. 그렇기에 나는 더욱더 두려움을 극복해야 한다. 나의 머리가 평생 두려움을 달고 산다면 나는 평생 자유로울 수 없을 것이다. 자유의 반대말은 두려움이므로.

던칸에게서 받은 텐트가 있었다. 아직 한 번도 펼쳐보지 못했다. 언제 어디서고 이 텐트를 과감히 펼칠 수만 있다면 앞으로 나의 길에 진정한 자유의 여정이 펼쳐질 것이다.

그래. 캠핑하자. 노지에 홀로 잠드는 것은 생각만 해도 두렵지만 이제 나는 안다. 용감해지려면 반드시 먼저 용기를 내야 한다는 것을.

노잼 No Fun

0원살이 여정을 시작한 이후로 많은 자연인을 만났다. 그들의 자연에 대한 사랑과 신념에 깊이 감동했다. 그러면서 그들과 다른 나 자신에 무언가 문제가 있는 것은 아닐까 고민했다. 나는 왜 자연을 그만큼 사랑하지 않는 걸까? 자연이 소중하다는 것을 알면서도 자연을 위해 내 삶의 방식을 바꾸지 못할까? 나는 왜 동물과 교감하지 못하는 걸까? 저들은 들판에 앉아서 할 일 없이 가만히 있는 게 정말 즐거울까? 자연과의 연결이란 게 도대체 뭘까?

'행복은 아주 작은 것에서 온다', 프란이 일상에서 행복을 찾는 방식이었다. 프란은 물 위를 비행하는 새와 들판의 꽃을 관찰하며 삶의 경이와 아름다움을 느꼈다. 자연 속에서라면 아무것도 하지 않고도 수십 일 동안 행복할 수 있다고 말했다. 나는 프란이 참 신기했다. 어떻게 그토록 자연을 사랑하고 모든 생명체를 진정으로 아낄 수 있을까?

"나는 자연과 완벽하게 연결되었다고 느껴요. 나의 모든 세포와 의식이 자연의 일부라 진실로 믿어요. 아마도 당신은 그 '연결'을 느끼지 못하는 것 같아요. 당신의 존재가 자연의 일부가 아닌, 자연과는 별개의 존재라 생각하는 것 같아요."

우리는 자연과 연결되어 있고, 내 몸과 생명도 자연의 일부로, 내가 곧 자연이고 자연이 곧 나이니 자연을 소중하게 여기는 것은 당연하다는 진리다. 자연과의 연결은 존재의 근본이자 생명의 원동력이다. 그러나 인류는 자연을 통제의 대상으로 분리했고 자연 위에 군림하며 자연을 이용해 왔다. 나 또한 자연을 인간과 분리된 외부의 환경으로 여겼다. 이 분리된 의식이 내가 가진 모든 문제와 결핍의 원인일지 모른다. 이 잃어버린 연결성을 어떻게 회복할 수 있을까?

고민에 휩싸인 것을 알아챈 듯, 그 순간 프란이 물었다.

"당신은 어디에 있을 때, 어떤 순간에 가장 편안함을 느끼나요?"

"…."

내가 편안함을 느껴본 게 언제였더라? 어디에서 정말 편안했지? 아니, 편안함을 느껴본 적이 있었던가? 도무지 기억나지 않았다. 편안한 척하고 편안한 줄 알았지만 나는 늘 불편했다. 외롭고 불안하고 지루하고 두려웠다. 나는 진실로 편안했던 적이 없었다. 그저 내면의 불편함을 덮어둘 방법을 찾을 뿐이었다.

모든 자극에서 벗어나자. 컴퓨터, 책, 핸드폰, 음악, 일…. 현재를 놓치게 하는 것들에서 벗어나 고독과 자연에 머물러보자. 불편함을 있는 그대로 마주하면 언젠가 편안함을 찾을 수 있지 않을까? 이상하게도 설레었다.

자연의 최면

단식 시작일 아침. 사람들에게 작별 인사를 남기고 텐트, 침낭, 물병, 노트와 펜을 챙겨 야영지로 이동했다. 한동안 내리 비가 온다는 소식에 처음 며칠은 농장의 몽골 텐트에서 지내기로 했다.

이틀 내내 비가 왔다. 나가지도 못하고 몽골 텐트 안에만 있었다. 하루가 너무 길다.

사람들은 대개 식사 시간을 기준으로 일과를 구분한다. 그러니 식사 시간이 없어졌다는 것은 하루를 나누는 중요한 기준이 없어졌다는 의미이기도 하다. 덩달아 무언가를 기다리는 시간도 없어졌다. 아침 시간, 점심시간, 휴식 시간, 퇴근 시간, 저녁 시간처럼 하루 중 기다리는 즐거운 시간이 모두 사라졌다. 일하지 않아도 되고, 먹지 않아도 되고, 자고 싶을 때 자면 된다. 언뜻 자유를 얻은 것처럼 보이지만 이것은 자유라기보다는 절망에 가까웠다.

'아직도 하루가 한참 남았는데, 도대체 뭘 하며 보내야 하지?'

그나마 잠이라도 자면 시간이 껑충 흘러가련만. 잠도 오지 않는다. 낮이고 밤이고 온종일 깨어 있으려니 힘겨운 시간을 온전히 다 겪어야 했다. 배고픔은 물론, 딱히 할 일도 없고 비바람은 몰아치고. 밤새 생각을 멈추지 못하고 모든 괴로움과 마주했다. 할 일과 자극이 사라지니 내가 마주하는 것은 오로지 나의 생각뿐이다. 그런데 나는 미치도록 괴롭다. 도대체 지금 나는 왜 이토록 괴로운 것일까? 나를 괴롭히는 건 대체 누구일까? 이런 날이 계속된다면 나는 정말 미쳐버릴지도 모른다. 아니, 나는 이미 제정신이 아니었던 게 아닐까?

할 일과 시간표가 있는 기존의 생활이 '속박의 삶'이라면, 나는 감당하지 못할 자유보다 그 '속박의 삶'이 그리웠다.

셋째 날부터 비가 멈췄다. 몽골 텐트 밖으로 뛰쳐나갔다. 할 거리를 찾아, 나의 공허한 시간을 때워줄 그 무엇인가를 찾아, 내게 어서 이 자유를 앗아가 줄 나의 '주인'을 찾아 힘없는 두 다리로 사방을 헤맸다. 너무 많이 움직였나? 속이 좋지 않았다. 블루벨 계곡 숲, 나무 그네에 걸터앉았다. 온몸에 힘이 없고 술에 취한 듯 몽롱했다. 모든 것이 느리게 움직였다. 그네도 흔들리고 나무도 흔들렸다. 자연이 내게 최면을 거는 듯했다. 자연의 소리가 원래 이토록 요란했던가? 새소리, 나뭇잎 스치는 소리, 시냇물 소리가 생생히 들렸다. 청각이 예민하게 살아났다.

계곡 아래로 내려가다 다리에 힘이 풀려버렸다. 주저앉은 김에 한참을 그대로 가만히 앉아 있었다. 지금까지 주의를 기울인 적 없는 내 몸의 미세한 감각들이 민감하게 살아났다. 그 감각에 더 집중해보았다. 물 냄새가 와닿고 풀잎의 흔들림이 고스란히 전해졌다. 새롭다. 나도 자연도 모두 신비롭다.

이제 배도 그다지 고프지 않다. 3일 동안 아무것도 먹지 않았는데 몇 시간이고 걸어 다닐 수 있다니. 우리 활동의 원동력이 사실 '밥심'이 아니라 비물질적인 근원 에너지라던 프란의 말이 맞는 것 같다.

블루벨 계곡에서

블루벨 계곡에서 캠핑했다. 어두운 숲에서 홀로 잠을 청하는 것은 당시 나로서는 정말 말도 안 되는 도전이었다. 아직 해가 지지 않았지만, 숲속의 어둠을 마주하는 것이 겁나 얼른 텐트 안에 들어가 누웠다. 내일 아침까지 밤새 이렇게 누워만 있어야겠군.

앉아 있기에도, 몸을 돌려 눕기도 힘든 1인용 텐트에 몇 시간째 꼼짝하지 않고 있자니 삭신이 쑤셨다. 하지만 어쩔 수 없다. 텐트 밖은 너무도 무서우니. 모닥불 앞에 앉아 숲의 어둠을 즐기는 낭만은 내겐 그저 꿈같은 이야기였다.

블루벨 계곡의 저녁은 시냇물 소리와 새소리로 요란했다. 새들과 함께 있다는 생각에 마음이 그나마 편했다. 이렇게 계속 새들이 지저귀어준다면 편히 잘 수 있을 것 같았다. 어둠이 짙어질수록 새들의 지저귐은 잦아들었고, 어느 순간 더는 들리지 않았다.

마음은 적막과 어둠을 있는 그대로 두지 않는다. 빈 곳과 침묵에 온갖 환상을 만든다. 뱀이 텐트 안으로 기어들어 오면 어쩌지? 부스럭, 야생 짐승의 발소리인가? 숲에 숨어든 범죄자는 아닐까? 이런저런 상상을 하다 잠깐 선잠이 든 사이, 소복을 입은 한국 귀신이 이곳까지 따라와 가위를 누른다.

두려움이 극에 달했다. 올드 채플 팜 숙소로 돌아가고 싶다. 그러나 도저히 텐트 문을 열 수가 없다. 나의 마음은 끔찍한 공포영화를 계속해서 만들어냈다. 마음대로 되지 않는 머릿속이 지긋지긋했다. 그러다 문득 이런 생각을 했다. 상상이 두려움을 몰고 왔으니, 상상으로 두려움을 물리칠 수 있지 않을까? 두 눈을 감고 밝은 태양이 떠오르는 아침을 상상했다. 그렇다. 반드시 아침은 온다. 이대로 조금만 더 있으면 이내 곧 해가 뜰 것이다.

효과가 있었다. 마음이 편해졌다. 계속해서 상냥한 나무와 들꽃을 상상하며 두려움을 이겨냈다. 어느 순간, 자그맣게 새소리가 들렸다. 아, 아침을 알리는 새의 지저귐! 눈물이 날 정도로 반가웠다. 아직 해가 뜨지 않아 어두운 새벽이지만, 내겐 이미 아침이었다. 새가 노래하면 빛이 없어도 아침이다. 반가운 마음에 텐트 문을 열고 밖으로 나왔다. 새벽의 어둠은 두렵지 않았다. 곧 해가 떠오를 것을 알기에.

빛으로 가득 차올라

'나무들은 어쩜 저렇게 가만히 한자리에 잘도 있을까. 저 삶이 지루하지 않을까? 나무들은 어떤 기쁨으로 살아갈까?'

블루벨 계곡 그네에 앉아 숲을 바라보았다. 나무의 감정을 상상하며 한참을 그렇게 앉아 있었다. 문득, '이상한' 현상과 마주했다. 고요한 숲에 공기인지 빛인지 알 수 없는 무언가가 가득 차올랐다. 그 '빛'은 숲의 모든 나무와 풀을 서서히 감쌌다. 내가 숨을 깊이 들이마시자 그 빛이 숨과 함께 내 몸속으로 빨려 들어왔다. 그리고 나의 몸 전체가 그 '빛'으로 가득 찼다. '가득 차다', 그 느낌을 표현하기에 가장 적합한 말일 것이다. 나는 한없이 밝고 따듯한 '가득함' 속에 있었다.

계곡 아래 풀들이 바람에 움직였다. 저 풀을 한 움큼 쥐어뜯어 입에 넣고 싶은 충동이 일었다. 시냇물이 졸졸 흐르는 소리가 들리고, 심한 갈증을 느꼈다. 시냇물을 마시는 내 모습을 상상했다. 그러자 시냇물이 몸에 들어와 피와 함께 나의 전신에 흐름이 느껴졌다.

그 순간, 탯줄이 보였다. 대지와 나를 연결하는 생명의 끈이었다.

아, 나의 숨과 에너지와 피가 이 자연에서 왔구나.

내가 존재하는 데에 필요한 모든 것을 바로 이 대지가 주고 있구나. 나무들은 한자리에서 굳건히 내게 끊임없는 생명과 사랑을 보낸다. 나무의 존재 목적은 생명, 양육 그리고 무조건적인 사랑이다. 우리는 모두 나무의 자식들이다. 나는 왜 몰랐을까? 그동안 왜 지구의 사랑을 느끼지 못했을까? 살아 있는 자체, 호흡하는 것 모두 대지가 나를 아낌없이 사랑한다는 증거인데, 나는 왜 다른 곳에서 사랑을 찾으려 했을까? 대지는 나의 전 생애 동안 내게 사랑을 보내왔고, 앞으로도 영원토록 사랑을 보낼 것이다. 그러니 이제는 사랑을 갈망할 필요가 없다. 이 대지는 나의 부모이고, 연인이며, 나 자신이다.

그동안 내가 만난 수많은 괴짜 자연인들이 왜 그리도 자연을 위해 자신의 삶 전체를 바치고자 했는지, 그들이 말한 '어머니 지구' '자연과의 연결'이 무엇을 의미하는지, 모든 것이 온몸과 감정으로 이해되는 순간이었다. 프란이 두 눈을 반짝이며 한 이야기가 떠올랐다.

"무엇보다도, 자연과 생명의 순환을 가슴으로 느껴보아요. 당신이 자연의 일부임을 머리가 아닌 가슴으로 깨닫는 거예요. 자연 속에서 '지금'이라는 그 지극한 순간을 느끼는 것. 그것이 바로 현재를 사는 방법이고, 그게 자연과의 연결을 회복하는 방법이에요."

나는 그렇게 '집'으로 돌아와, 아주 오랜만에 '어머니'의 품에 안겨 울었다.

자연의 무조건적인 사랑과 연결된 이후, 나는 훨씬 더 안정된 마음으로 남은 단식 기간을 보냈다. 꽃밭에 누워 하늘에서 일어나는 일을

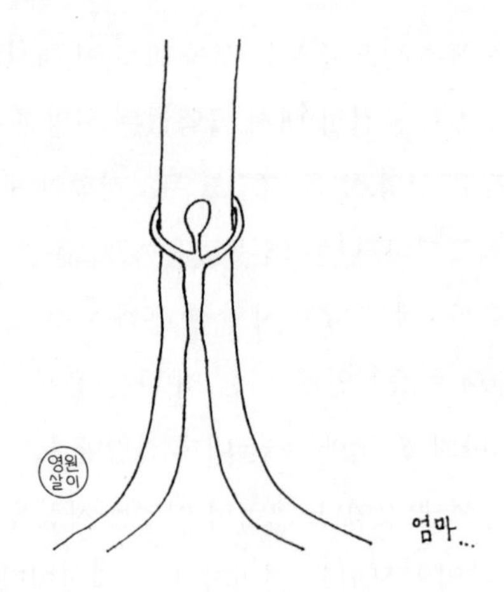

감상하고, 들판과 숲을 거닐며 자연과 나와의 관계를 살폈다. 자연 속엔 재미와 즐거움이 가득했다. 대지의 만물은 내게 큰 기쁨이었다.

도시의 삶이 왜 그리도 외롭고 삭막한지 그 이유를 알았다. 흙이 없는 거리, 나무가 없는 집, 햇빛이 들지 않는 사무실, 땀이 없는 노동. 도시는 사랑, 치유, 생명의 근원인 자연과 단절된 공간이다. 도시에서는 밤새워 일하고 사람을 만나 돈을 쓰며 놀아도 공허함과 외로움을 느낀다. 도시는 연결의 안정과 완전한 사랑을 주지 않는다. 분리와 소비를 목적으로 만든 시스템의 공간이기 때문이다. 인간의 행복은 도시의 소비가 아닌 자연의 사랑에 있다. 우리 존재가 자연에서 무조건적인 사랑을 받는다는 것과 자연이 우리 생존에 필요한 모든 것을 아낌없이 제공한다는 것을 알아채면, 비로소 우리는 존재의 불안과 외로움을 치유할 수 있다.

자연과 깊은 연결을 느끼자 사람에 대한 사랑도 커졌다. 가끔 농장에 내려와 사람들을 만나고, 그들의 식사 모습을 지켜봤다. 음식을 먹지 않아도 괜찮았다. 내 마음은 이미 만족으로 가득 차 있으니.

일주일의 단식 치유를 무사히 마치고 마침내 즐거운 식사 자리로 돌아왔다. 맛있는 음식, 정겨운 친구들, 포근한 침대. 이전과 같은 일상으로 돌아왔지만, 이때부터 나의 세계는 이전과는 다른 강렬한 변화를 맞이한다.

퍼머컬처: 자연을 닮은 집, 자연을 닮은 삶

자연을 섬기는 삶

나의 생명이 자연과 온전히 연결되어 있음을 깨달은 후로, '자연을 섬기는 삶'은 나에게 매우 중요한 가치관이 되었다. 자연과의 조화 속에서 생존의 필수 요소를 마련하는 생활 기술에 관심이 생겼고, 특히나 퍼머컬처Permaculture와 생태건축에 매료되었다.

퍼머컬처란 자연의 섭리에 따르는 인간의 생활 환경을 창조하는 디자인 도구다. 지속 가능한 친親자연 먹거리 생산 환경을 만드는 것이 주된 목적이며, 인류와 자연이 상생하는 세상을 위한 생태 문화 운동이기도 하다. 자연 생태계의 원리를 모방해 인간의 거주 문화를 디자인하는 것이 퍼머컬처의 핵심이다.

생태건축은 자연환경과 조화로운 주거생활을 만들어 생태적 파괴를 줄이고, 에너지 낭비를 최소화하는 건축이다. 인간의 공간을 자연 생태계의 한 요소로 여기는 생태건축은 퍼머컬처와 하나의 길을 간다.

영국에는 퍼머컬처와 생태건축 워크숍을 여는 장소가 많았지만, 대부분이 유료였다. 지식과 기술을 얻고 숙식하는 데에 드는 금액을 생각하면 당연히 지출해야 하는 비용이다. 하지만 프로젝트의 규율상 워크숍 비용을 지불할 수 없었다. 내가 값을 치를 방법은 노동력뿐이니, 노동력 물물교환으로 코스에 참가할 수 있는지 각 장소에 문의했다. 그리고 웨일스에 있는 '라마스 생태 마을Lamas eco village'에 거주하는 자스민과 사이먼에게서 아주 반가운 답장을 받았다.

자스민은 퍼머컬처 원리로 자급자족 생태 정원을 꾸리는 퍼머컬처리스트고, 사이먼은 흙집을 짓는 자연 건축가다. 이들은 2009년에 라마스 생태 마을의 일부 땅을 구매해 정착한 후, 각종 실험과 모험을 벌이며 창조적인 자립 생활을 구현했다. 이 당시 이들은 임시로 지은 아담한 원형 흙집에 머물며 자신들의 '꿈의 집'을 짓는 중이었다. 나는 한 달 동안 이곳에서 지내며 사이먼의 일을 돕고 '퍼머컬처 흙집 짓기' 워크숍에 참가했다.

아침이 되면 사이먼의 작업실로 향했다. 사이먼은 생태 건축가답게 머리에 새집을 얹은 채로 그날 해야 할 일을 생각하며 차를 마셨다. 딱히 할 줄 아는 것도 없는 내가 기어코 집 짓는 일을 돕겠다고 나타나면 그는 그저 해맑게 웃었다. 사이먼은 소년처럼 순수했고, 두 다리를 모아 다소곳이 앉았으며, 한 번도 서두르는 적이 없었다. 이렇듯 한없이 부드러운 그였지만 집 짓는 일에 있어선 참으로 치밀하고 완벽했다. 그가 일을 분배하고 작업하며 예기치 못한 상황에 대처하는 모습을 볼 때마다 내 입에선 감탄이 절로 새어 나왔다. "당신은 정말 천재예요!"라고 외친 게 한두 번이 아니었다.

자스민의 정원은 그녀의 감성을 똑 닮았다. 정원의 모든 것이 자연스럽다. 언젠가 자스민의 텃밭에 놀러 갔다. 그녀는 옷을 하나도 걸치지 않은 채로 밭일하고 있었다. 야생을 담은 정원에서 세상 가장 자연스러운 모습으로 일하는 그녀를 보니 마치 에덴동산에 온 기분이었다. 자스민은 '알몸 노동'을 종종 즐긴다고 했다. 그녀에게 알몸 노동은 그 어떤 옷과 실오라기의 방해 없이 우주의 기운을 온몸으로 받아들이고, 신성한 땀을 대지로 흘려보내는 숭고한 의식이었다.

사이먼과 자스민은 방문자에게 오늘 어떤 일을 해야 하고, 하루에 몇 시간 일해야 한다는 요청을 하지 않았다. 누구라도 아무 때건 와서 그저 쉬었다 가도 좋다고 말했다. 이들의 여유로운 마음 덕에 라마스 생태 마을을 방문하는 사람들은 편하고 자유로운 생활을 즐길 수 있었다. 방문자들은 모두 캠핑하며 생활했다. 장기적으로 머무는 사람들은 자신들의 카라반에서 지냈고, 나와 같은 단기 방문자들은 각자의 텐트에 머물렀다. 밤마다 모닥불이 타올랐고 음악 연주가 끊이지 않았다. 날마다 축제였다.

자연을 닮게 하라

2009년. 자스민과 사이먼이 라마스로 이주했을 당시 이곳은 아무것도 없는 황무지였다. 물도 없고 전기도 없고 차량 접근로는 물론 관목 한 그루도 없었다. 벌거벗은 가파른 들판엔 강한 바람만이 매몰차게 불었다. 용감한 퍼머컬처 디자이너와 생태 건축가는 이 황무지에서 가능성을 보았고, '꿈의 집'을 그렸다. 이들의 비전은 '생명력 회복'이었다. 점차 이들은 황폐한 땅을 먹거리가 넘치는 풍요의 숲으로 바꿔나갔다. 언덕 불모지에는 각기 각색의 식물이 뿌리내렸고, 다양한 생명체가 서식지를 꾸렸다. 벌판에는 안락한 은신처와 한 가족의 자급자족 생계가 자리 잡았다. 땅의 변화는 실로 기적, 혹은 마법이라 부를 만했다. 그들이 부린 마법의 기술은 바로 퍼머컬처였다.

빌 모리슨은 퍼머컬처를 창시한 사람이다. 그는 호주 우림지대의 풍요로운 생태계를 관찰하다가 영감을 받아 자연의 생태계처럼 기능하는 인간 거주지 체계를 만들고자 자연의 원리를 면밀히 탐구했다. '자연을 닮게 하라', 퍼머컬처의 가장 중요한 원칙이다.

자스민은 인간이 '자연과 함께'가 아니라 '자연의 일부'가 되어야 한다고 강조했다. 자연은 인간과 분리된 외부의 배경이 아니다. 자연은 인간을 비롯한 지구의 모든 존재를 품은 전체이며, 생명을 양육하는 '어머니'이다.

자스민은 인간이 자연과의 연결을 회복하려면 '직관'을 먼저 되찾아야 한다고 했다. 직관은 자연 속에서 삶에 필요한 요소를 온 감각으로 알아차리는 신비한 능력이다. 초기 인류와 원주민은 모두 직관을 가지고 있었다. '문명' 교육을 받지 않고 현대 기술을 습득하지 않아도 깊은 의식 차원에서 옳은 결정을 내릴 수 있었다. 직관은 신, 혹은 우주가 인간에게 부여한 특별한 능력이며 무한한 가능성을 의미한다. 퍼머컬처는 현대인에게 그 직관을 되찾아주는 도구다. 자스민은 퍼머컬처를 통해 모든 인간이 자신의 삶과 터전을 창조하는 창조자가 되어야 한다고 말했다.

관찰하라

자원은 무한하지 않다. 그래서 현대인은 비용과 시간을 절약하기 위해 최대한 빨리 집을 완성한다. 가격이 적당하고 투자가치가 있는 땅을 찾으면 공사를 개시하고 건물부터 조경까지 순식간에 모든 것을 끝낸다. 빈 땅은 금싸라기가 된다. 반면 퍼머컬처의 집 짓기는 참으로 느리다. 사계절 변화를 모두 지켜보고, 주변의 풍경에 충분히 귀 기울이며, 그 공간에서 어떤 생활 패턴을 그려 나갈지 오랫동안 바라본다. 풍경과 집터, 생활 패턴을 충분히 살펴보는 것. 이것이 퍼머컬처의 두 번째 원칙이다.

자스민과 사이먼은 라마스의 땅을 구매하고 3년이 넘는 긴 시간 동안 건축 허가를 기다렸다. 이 기간에 이들은 아무것도 없는 터에서 캠핑하며 풍경을 관찰하고 대지의 조건을 조사했다. 자신들의 새로운 터전이 될 장소와 충분히 소통하는 '관찰' 기간이었다.

퍼머컬처는 땅을 충분히 관찰하기 전까지는 디자인 작업을 시작하지 말라고 조언한다. 가능한 한 터의 배경에만 귀를 기울이고 땅에서 일어나는 일들을 세심하게 관찰한다. 사계절에 걸쳐 배경과 집터를 상세히 조사하고 나면 마침내 그 땅과 완전히 소통하는 날이 온다. 그리고 그때 자신의 생활패턴과 집터의 요소들을 연결하는 자신만의 집을 그릴 수 있다. 관찰을 통해 '무엇이 이미 이 터에 있는가?'를 온전히 알게 될 때, '꿈의 집'을 그리는 영감이 흘러올 것이다.

다양성: 자연이 일하는 방식

자연의 기본적인 속성은 다양성이다. 야생의 숲을 들여다보자. 한 가지 생물만 존재하는 곳이 있을까? 어떤 하나의 작물만, 오직 식물만이 홀로 존재하는 곳은 그 어디에도 없다. 자연에는 미생물, 식물, 곤충, 동물 등 다양한 생물군이 공존한다. 풀, 꽃, 채소, 나무와 같은 다양한 식물군도 상생하며 다른 생물군과도 관계를 맺는다. 또 야생 속에서 하나의 존재는 다양한 기능을 맡는다. 생명체의 복합적인 기능으로 자연은 번영한다. 자연의 풍요는 생물의 다양성에서 온다. 다양한 존재, 다양한 역할. 이 다양성이야말로 자연이 일하는 방식이다.

현대 관행 농업 방식은 자연의 기본 원리인 다양성을 억제한다. 넓은 들판에 한 작물만을 끝없이 심고, 해당 작물 이외의 풀은 제거해야 하는 대상이 된다. 제초제로 '잡초'를 제거하며, 농약을 살포해 벌레들을 죽인다. 이런 농업 방식은 당장의 작물 관리와 대량 수확에는 효율적이지만 장기적으로 볼 때 심각한 악순환을 야기한다. 단일 작물 농법과 화학 농업은 병충해, 토양오염, 토양침식, 토양경화 등을 일으키고 이 문제를 해결하기 위해 더 강한 농약과 화학비료를 사용해야 한다. 왜 해마다 병충해가 심해지는지, 왜 수확량이 줄어드는지, 왜 매번 더 강력한 비료와 농약을 살포해야 하는지 현대 농업으로는 답을 찾을 수 없다. 이에 퍼머컬처는 악순환의 고리를 끊을 명쾌한 해답을 제시한다.

다양한 작물을 심으라, 다양한 생명체를 끌어들이라

자스민과 사이먼은 황폐한 땅에 1만 그루의 나무, 관목, 식물을 심고, 6개의 연못을 만들었다. 그 결과 벌레, 곤충, 새, 작은 포유동물 등 각종 다양한 생명체가 모여들었고, 이로운 생태 네트워크가 형성되었다. 생태계의 균형과 자연의 조절 능력으로 땅은 서서히 생명력을 회복했다. 대지는 이들 가족에게 풍부한 먹거리를, 다른 생명체에겐 안락한 서식지를 제공한다. 퍼머컬처에서는 이를 '먹거리 숲'이라 부른다. 먹거리 숲엔 매번 땅을 갈아엎고, 비료를 붓고, 농약을 뿌리고, 물을 주고, 잡초를 제거하는 노동은 필요하지 않다. 이 숲의 생명체들은 각자 다양한 기능을 발휘하고 다른 존재와 이로운 관계를 맺어 자생적으로 풍요로움을 창출한다. 이곳에서 인간이 할 일은 그저 자연의 완벽한 균형에 감탄하며 자연의 노동에 약간의 손을 거들고 이들이 제공하는 열매를 달게 반아먹는 일이다(물론 최초에 이런 숲을 만들어 내기까지 노력과 공부와 노동과 기다림이 필요하다).

'벨란 다웰Berllan Dawel', 라마스 생태 마을에서 자스민과 사이먼이 지내는 집을 부르는 이름이다. '벨란Berllan'은 웨일스 말로 '달콤한 열매들이 가득한 신성한 과수원'이라는 의미이고, '다웰Dawel'은 '평화로운'이란 뜻이다. '평화롭고 신성한 먹거리 숲'에서 각종 새와 동물에 둘러싸여 달콤한 열매를 맛보는 삶. 자스민이 오래 꿈꾸던 삶, 그녀는 지금 그 삶을 살고 있다.

연결

자연 생태계에서는 모든 존재가 다른 존재와 서로 영향을 주고받는다. 생태계 연결망은 '모두에게 이로운 관계'이며, 자연의 균형과 풍요를 창출한다. 퍼머컬처는 생태계 원리를 적용해 공간의 다양한 요소들 사이의 '관계'에 집중한다. 식물, 동물, 건축물, 에너지, 물, 흙, 사람 등. 이 각각의 요소는 따로 기능하는 것이 아니라 적절히 배치해 각 기능을 연결한다. 이 연결망 안에서는 필요한 모든 것이 자체적으로 제공되며 어느 것도 낭비되지 않는다. 필요와 충족의 균형이 자생적으로 맞춰지는 효율적이고 절약적인 시스템이다.

자스민은 공간의 각 요소를 이로운 관계로 연결하기 위해 많은 노력과 집중을 기울였다. 연못, 정원, 화장실, 건축물, 창고, 산림지대, 온실 등의 요소들이 올바른 장소에 배치되도록 디자인했고, 딸기 하나를 심을 때도 주변 식물들과의 관계를 고려했다.

퍼머컬처는 단순히 자연농법, 생태건축, 대체에너지 등으로 설명할 수 있는 기술이 아니다. 이 모든 기술이 한 공간에서 효과적이고 효율적으로 기능하도록 연결하는 디자인 도구다. 모든 요소가 단절되지 않고 연결되는 곳, 분리되지 않고 통합되는 곳. 그곳이 바로 자연이며, 이러한 자연의 연결망을 모방한 디자인이 바로 퍼머컬처다.

야생은 야생으로 내버려두라

자스민과 사이먼은 땅 일부를 야생 그대로의 상태로 남겨놓았다. 이 야생 공간은 야생동물의 피난처와 야생 식물의 자생지이며 야생이 스스로 마음껏 일을 벌이는 놀이터다. 야생을 사람의 거주 공간으로 디자인하는 것이 퍼머컬처이지만, 야생을 야생으로 온전히 남겨놓는 것 역시 퍼머컬처의 중요한 원칙이다.

"인간은 자연과 야생과 다양성을 존중해야 해요. 생태적으로 땅을 사용하고, 땅에서 소박한 생계를 일군다면 우리는 이 행성에서 오랫동안 풍요롭게 살아갈 수 있어요. 더 적게 소비하고 보다 많이 자급하면 식물, 동물, 비옥한 흙, 맑은 물은 고갈되지 않을 것이고 우리는 끝없는 번영을 이룰 거예요. 황무지를 신록의 공간으로 바꾸고, 야생을 인간의 영역과 결합하는 과정이 퍼머컬처예요. 이 여정을 따라가다 보면 결국 우리는 모두 하나의 진리에 이르게 될 거예요. 그 진리는 바로 '우리는 모두 자연의 일부'라는 것이죠."

자스민의 말이 기억에 남는다.

인간은 자연의 번영을 따라갈 수 없다. 인간은 자연이 무슨 일을 벌이는지, 야생을 그대로 남겨두었을 때 과연 어떤 일이 일어나는지를 겸손하게 관찰해야 한다. 자연을 자연 그대로 내버려둠으로써, '훌륭한 스승'을 자신의 터에 모실 수 있다.

생태건축, 흙집

자연 재료

이들의 원형 흙집은 인간의 건물이 아닌 야생 토굴처럼 보인다. 주의를 기울이지 않으면 집이 있는지 없는지 알 수 없을 만큼 주변 자연과 온전한 조화를 이룬다. 풍경 속에서 이 집을 찾는 것은, 마치 '숨은 그림찾기'를 하는 것과 같다. 집으로 향하는 오솔길엔 형형색색의 각종 야생화가 자라고, 들풀로 뒤덮인 지붕은 이미 비탈 언덕의 일부가 되었다. 기둥, 처마, 서까래 등 이 집의 버팀목 나무들은 천연의 색과 굴곡을 그대로 드러낸다. 이 집에선 이미 집의 재료가 되어버린 흙, 돌, 나무가 각자의 생명과 번영을 계속 이어간다.

흙은 우리의 근원이다. 동의보감에 나온 '신토불이'라는 말처럼, 사람의 살은 땅의 흙과 같다. 서쪽의 사람들은 신이 인간을 흙으로 빚었다고 믿는다. 흙으로 빚은 몸에 신의 숨결이 더해진 게 인간이니, 달리 말해 숨결이 빠져나간 몸은 다시 흙으로 돌아간다는 말이다. 우리나라에서는 '죽었다'를 '돌아가셨다'라고도 표현하는데, 이를 보면 흙의 진리에 대해서는 동서양이 모두 한길을 걷는다. 동서양의 조상들은 모두 흙으로 은신처를 만들었다. 사막, 깊은 산속, 외딴섬, 정글. 생명이 있는 곳 어디든 흙이 있으니, 흙은 인류에게 가장 친숙한 건축 재료다.

살아 있는 모든 것은 순환한다. 모든 생명체는 죽음 이후 다른 형태로 전환하는데, 흙집도 마찬가지다. 이 흙덩어리는 먹거리 채소를 심는 밭이 되거나 다음 세대의 집을 위한 재료가 된다. 흙집의 죽음엔 낭비가 없다. 흙집은 그 어떤 폐기물도 남기지 않고 다시 흙으로 '돌아간다.' 그리고 다시 생태계에 이로움을 보탠다.

사이먼과 자스민은 '꿈의 집'을 짓기 전, 3개월에 걸쳐 임시로 지낼 작은 원형 흙집을 지었다. 들풀을 지붕에 올리고, 비탈 언덕을 파내 지은 복토 주택이다. 흙, 나무, 돌 등의 자연 자재는 자신들의 터에서 얻었고, 버려진 유리 등을 재활용했다. 땅속으로 숨어든 이 작은 집은 네 가족을 바람과 추위로부터 보호하고, 흙으로 빚은 화목 화덕은 온돌 침대와 난방을 제공한다. 집의 남향 전면에는 재활용 유리를 사용한 온실이 있다. 온실 안에는 나지막한 흙벽 울타리의 텃밭이 온갖 샐러드 재료와 허브를 품는다.

이 소박한 복토 원형 주택은 흙의 자연적 기능이 극대화된 '흙의 집'이며, 인간의 창의력과 지혜가 활용된 '사람의 집'이다. 인간과 자연이 조화 속에서 함께 일할 때, 이토록 따뜻하고, 편안하고, 튼튼하고, 건강하고, 아름답고, 이로운 공간이 탄생한다.

집은 치유, 휴식, 양육, 보호의 공간이다. 그리고 지구 생명체에게 그것을 제공하는 것은 다름 아닌 지구다. 지구는 영어로 earth, 즉 흙과 같다. 그러므로 우리의 참된 집은 흙이어야 한다. 저 멀리 바다 건너 공장에서 만들어낸 화학 자재가 아니라 자신이 두 발 딛고 있는 땅에서 나오는 흙으로 집을 지을 때, 그 집은 지구와 하나가 된다. 자연의 생태와 순환에 순응하는 집, 언제든 땅으로 돌아갈 수 있는 집, 맑은 기운이 흐르는 집, 생명과 호흡을 함께하는 집, 그런 집을 집으로 삼아야 한다. 그래야만 우리는 집으로부터 치유, 휴식, 양육, 보호의 기능을 온전히 전해 받을 수 있다.

과거에는 어디에나 흙과 나무가 있었다. 주변의 자연 자재를 이용하니 집을 지을 때 큰 비용이 들지 않았다. 그러나 지금은 흙, 돌, 나무, 지푸라기가 모두 귀하다. 자연 건축은 일반 건축보다 몇 배나 비용이 많이 든다. 지구를 콘크리트, 아스팔트, 플라스틱으로 뒤덮은 결과다.

사이먼과 자스민의 원형 복토 주택을 짓는 데에는 총 3,000파운드(약 500만 원)의 비용이 들었다. 아름다운 흙집 한 채가 완성되기까지 500만 원밖에 들지 않다니! 믿을 수 없이 저렴하다. 자연에 사는 사람들은 자연과 많은 것을 주고받는다. 황무지는 흙을 내어주고, 사람은 땅에 연못을 선물한다. 연못에는 목마른 생명들이 찾아들고, 사람들은 사용한 목재보다 더 많은 나무를 심는다. 자연 덕으로 지은 작은 집에 살면서 자연이라는 큰 집을 돌본다. 이 관계에는 상생만이 있을 뿐 착취나 파괴는 없다. 돈이 아닌 보살핌과 사랑만 있을 뿐이다.

흙을 질식시키는 아스팔트를 걷어내고, 시야와 가슴을 막는 시멘트 건물을 부수자. 모든 인간이 드넓은 풍경에 안겨 산다면 자연은 우리에게 자연의 재료들을 내어줄 것이다. 지구를 집으로 삼는 자에게는 비용이 들지 않는다.

심미감: 흙의 모양과 쓸모

사이먼은 사각형 건물을 좋아하지 않는다. 그는 네모반듯한 시멘트 건물 안에 있으면 극심한 불편함을 느낀다. 그 감정은 그의 심미적 본성에서 오는 불쾌감이다. 인간은 완벽한 직선을 추구하지만, 자연의 형태는 곡선이다. 사람의 손으로 직접 빚은 집엔 자연의 굴곡과 투박함이 담긴다. 사이먼은 이 자연스러운 디자인에서 아름다움과 안정을 발견한다.

흙의 모양과 쓸모는 무한하다. 뭉치면 반죽이고, 부수면 토양이고, 물을 타면 물감이고, 굳히면 돌이 되고, 구우면 자기가 된다. 흙의 자유로움에 인간의 상상력이 더해질 때 집은 하나의 예술이 된다. 흙벽의 곡선을 다듬는 사이먼의 손길은 도자기를 빚는 장인의 손길과 닮았다. 그의 섬세한 손길이 닿으면 흙은 벽이 되고, 선반이 되고, 침대가 되고, 난로가 된다. 그야말로 창조다! 사랑하는 연인의 얼굴을 쓰다듬듯 흙을 보듬으며 세상에서 가장 아름답고 특별한 사랑의 집을 창조한다.

내 손으로 만드는 집

야생의 거의 모든 생명체는 스스로 집을 짓는다. 개미, 벌, 제비, 까치, 거미, 딱따구리, 비버 등 생태 건축가로 명성을 떨친 동물이 한둘이 아닌 걸 보면, 건축은 인간만의 전문 분야가 아니다. 야생의 건축물은 작고 소박하며 눈에 띄지 않지만, 과학적이고 기능적이며 생태적이고 아름답다.

자연과 조화를 이루며 살던 우리 조상들 역시 자신의 보금자리를 직접 만들었다. 그들은 무엇이 정말 중요한 일인지, 무엇에 자신들의 시간과 노력을 들여야 하는지를 알았다. 자기 삶을 꾸려나갈 공간, 아이들이 자라날 공간, 치유하고 휴식할 공간, 배우고 성장할 공간, 삶의 가능성과 잠재력이 피어날 공간. 이 신성한 공간을 짓는 일은 반드시 자신 스스로가 해야 하는 일이었다. 그들이 지금의 우리를 보면 아마도 이렇게 물을지도 모른다.

'이토록 즐겁고 중요한 집 짓기를 어떻게 남이 대신 하도록 내버려 둘 수 있나요?'라고.

현대인은 직접 집을 짓는 대신 돈벌이 노동을 한다. 그리고 '꿈의 집'을 갖기 위해 삼십, 사십, 오십 년 동안 돈을 모은다. 그렇게 모은 돈으로 '남이 지은 건물'을 구매한다. 하지만 자신의 숨과 땀과 정신이 배어 있지 않은 건물이 진정 '내 집'일까?

사이먼은 두 가지의 '나'가 있다고 했다. '작은 나'와 '큰 나'다. '작은 나'는 많은 사람이 알고 있는 '개인이라는 나'이다. 이 '작은 나'는 지금 당장의 편리와 효율, 비용과 시간이 중요하다. 따라서 '작은 나'는 잘 알지도 못하는 건축업자에게 집을 맡긴다. 반면 '큰 나'는 다르다. '큰 나'는 지구 전체와 이 행성에 존재하는 모든 생명체다. 나, 당신, 주변 사람들, 이 마을과 저 마을, 이 나라와 저 나라, 동물, 식물, 말 그대로 지구의 모든 것이 바로 '큰 나'이다. '큰 나'는 건축가에게 집 짓기를 맡기는 게 전혀 편하지 않다. '큰 나'는 이 건축이 결과적으로 자신에게 미치는 영향을 알고 있다. 화학 자재로 짓는 건축물이 자신의 일부인 자연을, 그리고 자신의 일부인 다른 인간을 어떻게 파괴하는지 안다. 이런 '큰 나'에게 더 중요한 것은 무엇일까? 지금 당장의 효율성일까, 아니면 나중에 자신이 고스란히 감당해야 하는 파괴일까?

사이먼은 집 짓기가 쉬운 일은 아니라는 것에 동의한다. 그 역시 힘든 노동에 지칠 때도 있다. 하지만 아무리 힘들어도 그는 집 짓기를 진정으로 사랑한다. 나무를 나르고, 흙을 빚고, 멋진 사람들과 함께 땀 흘리는 모든 순간에 그는 온전히 살아 있음을 느끼며, 그 순간과 완전한 사랑에 빠진다.

집을 직접 지을 것인가 남의 손에 맡길 것인가, 그 선택은 당신이 삶에 있어서 가장 중요하게 여기는 게 무엇인가에 달려 있다. 만약 당

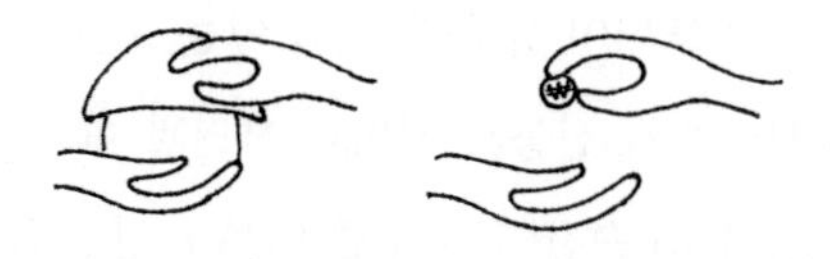

집을 빚거나 빚을 지거나

신이 '작은 나'의 시간과 비용을 절약하고자 한다면 당신은 누군가에게 집 짓기를 맡겨야 한다. 반면 당신이 찾는 것이 삶의 경험과 성장, '큰 나'의 번영이라면, 당신은 당신 손으로 직접 집을 지을 것이다.

울창한 숲에 들어서면 우리는 깊은 안정과 평온함을 느낀다. 우리 안에 존재하는 '자연'과 우리 주변에 존재하는 '자연'이 재회하는 감동의 순간, 그 하나 된 '자연'이 더없는 기쁨을 극적으로 표현한다. 영어 'nature'에는 '본성'과 '자연'이라는 뜻이 있다. 이는 인간의 본성과 자연이 본래 같은 것임을 의미한다. 인간의 자아상(에고)가 '내면의 자연'과 '외부의 자연'을 분리하고 물질주의가 인간과 자연을 멀어지게 했을 뿐, 인간의 본질과 자연은 모두 하나의 'nature'다. 따라서 사람은 숲속에 있을 때 자신이 잊어버린 본성, 즉 자연성을 잠시나마 회복하고 그 감격의 '귀향'에 충만한 기쁨을 느낀다.

생태 건축은 숲을 자신의 집으로 들여놓는 것과 같다. 집 안의 숲에서 '내면의 자연'과 '외부의 자연'은 항상 연결된 상태, '하나'의 상태로 존재한다. 재회의 기쁨이 쏟아내는 맑은 기운이 몸과 마음을 치유한다. 집을 자연으로 빚어야 하는 이유다. 자신의 모든 땀과 노력을 쏟아내 집을 완성하고 드디어 집 문을 처음 여는 순간, 우리는 유전자에 기억된 인류의 자급자족 전통과 어머니 자연과 내면의 참 존재와 다시 연결된다. 그 감동의 순간에는 다 큰 어른도 엉엉 울고 만다.

언젠가 어렴풋이 영국에서 보았던 글을 떠오르는 대로 적어본다.

건축은 부지 위에 건물 따위를 올려놓는 공사가 아니다. 건축은 생명의 창조다. 대지에서 자연히 자라나는 생명의 성장과 같은 것이다. 위대한 건축은 나무처럼 자란다. 장소의 미묘한 변화에 반응하며 생명체처럼 자라난다.

생명을 품는 공간은 반드시 생명으로 지어야 한다. 하나의 생명체처럼 자연에서 자라나는 집. 언젠간 나도 생명의 집을 빚기를 소망해본다. 그 집과 함께 번영 속에 성장하기를.

자연에서 생존과 사랑을 구하다

'0원살이' 여정은 두 가지 질문에서 시작됐다.

'어떻게 먹고살지?'
'어떻게 해야 사랑받을 수 있지?'

그리고 이 두 질문은 생존과 사랑이라는 인간의 가장 기본적인 두 가지 욕구에서 비롯되었다.

생명을 가진 모든 존재는 어떻게든 생존하고자 한다. 생존은 존재의 원초적 본능이며 생명체 진화의 원동력이다. 현대인은 과거 조상들만큼 생존 욕구를 절박하게 느끼진 않는다. 거친 야생과 정글의 법칙에서 벗어나 문명 도시에 사는 덕택이다. 이제 인간은 다른 동물에게 잡아먹힐까, 사냥에 실패해 굶주릴까, 자다가 천둥과 번개를 맞을까를 두려워하지 않는다.

나는 인간의 '문명사회'를 참으로 고맙게 여겼다. 시스템 덕에 인류는 오직 생존에만 연연할 수밖에 없는 '미개하고 원시적인' 삶에서 벗어나 '더 고차원적인' 삶의 목적을 추구하게 됐다고 믿었다. 목숨 걸고 사냥감을 찾아 나설 필요 없이 열심히 일해서 돈 벌어 사 먹으면 된다. 그 얼마나 편하고 위엄 있는 삶인가! 현 시스템이 만든 편리한 세상 덕에 나는 지금껏 단 한 번도 '생존 욕구'에 대한 절박한 불안을 느끼지 않았다.

생존이 보장된 세상에서 나를 움직인 원동력은 '사랑 욕구'였다. 부모님의 관심, 친구들로부터의 인기, 선생님의 칭찬, 연인의 사랑, 상사의 인정, 사회의 존경. 심지어 '꿈'조차도 외부의 주목을 사로잡기 위한 목표였다. 나를 포함한 대부분의 현대인에겐 사랑 욕구가 삶의 가장 강력한 동기와 목적으로 작용한다.

현 시스템은 인간을 생존 욕구뿐만 아니라 사랑 욕구의 두려움에서도 구원했다. 시스템은 '어떻게 해야 사랑받을 수 있지?'를 고민하는 현대인에게 '사랑받을 기준'을 알려주었다. 유행에 뒤처지지 않는 옷차림, 예쁜 얼굴, 날씬한 몸매, 전문 직업, 세련된 도시 취향, 외제 자동차, 전망 좋은 아파트 등의 기준이다. 눈치챘겠지만 이는 모두 '소비'를 조장한다. 친절한 시스템 덕에 인간은 구애하기 위해 목숨 건 혈투를 벌일 필요가 없어졌다. 그저 열심히 일해서 돈 벌고, 그 돈으로 시스템이 주입한 '사랑받는 기준'에 맞추면 된다. 한 가지 규칙, '성실하게 노동하고 부지런히 소비할 것'만 따른다면, 시스템은 우리에게 영원한 생존과 사랑을 보장해줄 것이다. 나는 시스템의 약속을 철석같이 믿으며 '노동-소비'의 쳇바퀴를 열심히 굴렸다.

그토록 믿었던 안전한 세계가 한순간에 무너지고 말았다. 직장에서 쫓겨나면서 나의 쳇바퀴가 그만 멈춰버리고 만 것이다. 시스템은 쳇바퀴를 굴리지 않는 사람에겐 그 어떤 안전도 보장해주지 않는다. '앞으로 어떻게 먹고살아야 하지?'라는 생존의 위기를 태어나 처음으로 느꼈다. '쓸모가 없어 버림받았다'라는 사랑의 위기도 느꼈다. 이대로 쫓겨날 수는 없었다. 어떻게든 '안전한' 시스템 안에 남아 있고자 마지막까지 안간힘을 썼다. 그것만이 생존과 사랑을 보장할 유일한 방법이라 믿었기 때문이다.

불행인지 다행인지 나는 시스템으로 다시 들어갈 수 없었다. 그리고 '안정' 대신 '모험'을 택했다. '노동-소비' 쳇바퀴를 굴리지 않고도 생존과 사랑 욕구를 충족시킬 다른 방법을 찾아보았다. 이것이 바로 '0원살이'의 시작이었다.

시스템 밖의 세상에는 참으로 멋진 사람들이 있었다. 그들은 내게 '소비와 노동'이 아닌 '자립 자족'으로 생존하는 방법을 알려주었다. 나는 그들에게서 생존에는 많은 게 필요하지 않다는 것, 자립 기술을

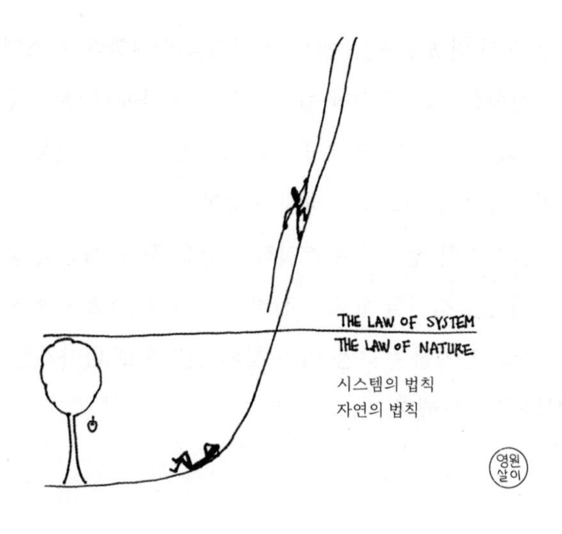

습득하면 돈과 시스템에 의존하지 않아도 된다는 것, 돈을 위해서가 아닌 삶의 목적을 위해 살아야 한다는 것을 배웠다. 그리고 나는 '시스템'을 대체할 더 크고 넓은 세계로 나아갈 수 있었다. 자연은 나의 새로운 세계가 되었다.

우리에게 생존과 사랑을 보장하는 것은 '시스템'이 아니라 '자연'이다. 시스템은 생존에 대한 불안과 '사랑받지 못할까 봐'의 두려움을 미끼 삼아 인간을 조종한다. 시스템 내에서는 '노동과 소비'에 의존해 생존과 사랑을 구해야 하지만, 자연에서는 '자립 자족'을 통해 생존과 사랑을 스스로 해결한다. 시스템 안에서는 생존과 사랑을 위해 경쟁과 투쟁을 벌이지만, 자연에서는 내가 별달리 애쓰지 않아도 생명과 사랑이 강물처럼 흘러온다. 시스템 속에서는 생존과 사랑의 열쇠가 오직 돈에 있지만, 자연의 세계에서는 공기, 물, 풀, 햇빛, 나무 한 그루 등 대지 위 모든 만물에서 그 열쇠를 발견한다. 시스템에서 나의 생존과 사랑은 어느 막강한 힘을 가진 누군가에게 달려 있지만, 자연의 세상에는 그 누구도 권력을 부리지 않는다. 모든 만물이 아무런 대가 없이 나를 보살피고 양육하며 사랑한다.

자연은 무한한 생명과 무조건적 사랑을 준다. 자연의 품 안에서는 생존과 사랑을 걱정할 필요가 전혀 없다. 나는 이토록 안전한 세상을 찾은 덕에, 그 어떤 두려움 없이 참된 인간으로 나아가는 진정한 변화, '진화'를 시작했다.

THE GREAT BUILDER

위대한 건축가

II 자연에서 우주로

웰컴 홈

1
집으로

영국을 떠나다: 독일, 폴란드

새로운 '집'을 찾아

어느덧 8월이다. 프로젝트를 시작한 지 벌써 약 10개월이 지났다. 비자 만료일 이전에 새로운 '집'을 찾아 영국에서 떠나야 한다. 하지만 어디로 가야 할지, 어떻게 가야 할지, 아무런 계획이 없었다.

프로젝트의 마지막을 장식할 나라로 그리스를 염두에 두었다. 당시 그리스는 심각한 금융 위기를 겪었다. 최악의 실업률과 경기 침체가 이어졌고 경제 시스템이 마비되어 사람들은 은행에서 현금을 찾을 수조차 없었다. 그때 나는 그리스의 상황을 상당히 관심 깊게 지켜보았다. '경제가 망한 나라'의 사람들은 실제로 어떻게 살고 있을까?

그리스 에비아섬에 있는 프리 앤 리얼FREE AND REAL이라는 공동체를 알게 되었다. 비거니즘(완전채식주의)을 기본 원칙으로 자급자족 삶을 지향하고, 각종 생태적 생활 기술 워크숍을 여는 흥미로운 공동체였다. 이들은 그리스의 국가적 경제 대혼란은 남의 일인 것처럼 평온하고 즐거워 보였다. 이 점이 내게 큰 매력으로 다가왔다. '자립 자족 삶을 사는 개인은 국가가 망해도 행복한 삶을 유지할 수 있다. 국가의 경제와 개인의 행복은 본질적으로 관계가 없기 때문이다'라는 진실을 경험할 최적의 현장이었다.

이러한 이유로 그리스를 프로젝트의 마지막 목적지로 정하고, 프리 앤 리얼에서 프로젝트 1주년을 성대하게 자축하자는 목표를 세웠다. 그러나 영국에서 그리스까지 어떻게 가야 할지, 8월부터 10월까지는 어디에 머무를지, 다른 나라에서도 0원살이가 가능할지 많은 것이 불확실했다.

그러던 어느 날, 올드 채플 팜에서 만난 친구 홀리가 굉장한 여정을 제안하는 메시지를 보내왔다. 홀리는 리투아니아, 라트비아, 에스토니아가 있는 발트 지역을 여행하고 싶어 했다. 이때 나는 '여행'보다는 '집'이 필요했다. 익숙한 영국을 떠나 집 잃은 미아가 되는 게 두려웠다. 어디로든 '갈 곳'이 있고, 그 여정을 함께할 동지가 있다면 두말하지 않고 따라나서고 싶었다. 그래서 나는 일말의 주저 없이 그녀의 제안을 받아들였다.

홀리는, 그냥 여행도 아니고 히치하이크로 여행하자고 했다. 나는 그녀를 만나기 전까지 히치하이크는 그저 히피 영화에 나오는 비현실적 여행 방식이라고 생각했다. 특히나 여자 혼자서 히치하이크하는 것은 정말 상상도 할 수 없었다. 홀리는 히치하이크에 대한 나의 고정관념을 단번에 깨트렸다.

그녀는 히치하이킹해서 여행한 경험이 많았다. 히치하이킹으로 많은 '좋은 사람들'을 만났고 어디서도 겪지 못할 기적을 경험했다. 홀리의 히치 모험 이야기를 듣고 있자니 몸이 방방 뜨는 듯했다. 당장 거리로 나가 엄지손가락을 번쩍 들어 올리고 싶은 심정이었다.

그렇게 새로운 여정이 찾아왔다. 히치하이크로 리투아니아에 간다.

집에 온 걸 환영해요

갈 곳이 생겼다는 안도감으로 라마스에서의 남은 생활을 평화롭게 보내던 어느 날이었다. 산책하다 리투아니아에서 왔다는 사람과 우연히 마주쳤다. 반가운 마음에 그와 대화를 나눴다.

"리투아니아요? 저 다음 달에 리투아니아 가요!"

리투아니아 남자가 놀랍다는 표정으로 답했다.

"오, 정말요? 리투아니아에 가면 특별히 가보고 싶은 곳 있어요?"

순간 그 남자의 고향 땅에 대해 내가 아무것도 모른다는 사실을 깨달았다. 나는 겸연쩍은 말투로 말했다.

"음, 사실 리투아니아에 대해 아는 게 없어요. 친구가 가자고 해서 가기로 했어요."

그러자 그는 오히려 더 잘됐다는 표정을 지었다.

"그래요? 그럼 '레인보우 개더링'에 가봐요. 다음 달에 리투아니아에서 유럽 개더링이 열려요."

나는 미안한 마음을 만회하려는 듯 호들갑을 떨었다.

"오, 좋아요! 좋아요! 거기 갈래요!"

그러자 그는 가늘게 눈을 뜨며 장난기 어린 얼굴로 물었다.

"레인보우 개더링이 뭔지 알긴 해요?

순간 오버스러운 리액션이 멋쩍어졌다. 창피해서 나는 더 큰 목소리로 답했다.

"아니요! 그런데 그냥 가보고 싶네요!"

리투아니아 남자가 웃으며 말했다.

"하하, 그래요. 한번 가봐요. 당신이 분명 좋아할 것 같네요."

'레인보우 개더링'이라. 음악 축제 비슷한 것이지 않을까 생각했다. 무지개 축제인가 뭔가를 기억 저편에 묻어놓고, 하루하루가 '축제'인 라마스에서 얼마 남지 않은 캠핑 생활을 신나게 즐겼다.

7월 말, 라마스 가족과 작별하고 다시 런던 지현이네 집으로 돌아갔다. 이제 영국 생활을 완전히 정리해야 한다. 2주 정도의 시간이 있었다. 고마운 친구들을 만나 인사하고, 자전거와 자전거 장비들을 기부하고, 지현이네 집에 맡겨두었던 짐을 정리했다.

지난 1년 10개월간의 영국살이가 주마등처럼 스쳐 지나간다. 이 낯선 섬나라 구석구석에 수많은 집과 가족이 생겼다. 이들은 외롭고 절망적인 순간에 따뜻한 위안을 주고 어디로 가야 할지 막막하던 때에 안락한 집이 되어주었다. 영국에 미운 정 고운 정이 듬뿍 들었는데 이제 기약 없는 이별을 하려니 왠인지 슬퍼졌다. 그래도 영국을 떠나 함께 여행할 친구가 있으니 위안이 되었다.

안심도 잠시, 상황이 난감해졌다. 안타깝게도 홀리가 리투아니아 여정을 함께할 수 없게 되었다. 미안해하는 홀리에게 애써 태연한 척, 괜찮은 척했지만 머릿속이 새하얘졌다.

불현듯, 레인보우 개더링이 떠올랐다. 무엇엔가 홀린 듯, 황급히 '레인보우 개더링'을 검색했다. 검색 결과 충격적인 사진들에 입을 다물 수 없었다. 나체로 춤추는 사람들, 손을 부여잡은 수백 명의 사람, 원주민처럼 얼굴과 몸에 진흙으로 그림을 그린 사람들, 아름다운 대자연 속 티피 텐트. 쉴 새 없이 사진을 넘겼다. 심장이 마구 두근거렸다. 그러다 한 장의 사진에 시선이 머물렀고, 요동치던 심장도 멈췄다. 그 사진에는 이렇게 적혀 있었다.

'WELCOME HOME'
집에 온 걸 환영해요

레인보우의 인사를 하염없이 바라보았다. 그들은 내게 이렇게 말하는 듯했다.

여기에는 언제든 올 수 있는 집과 자매를 간절히 기다리는 가족이 있어요.

어서 집으로 오세요. 아무것도 걱정하지 말아요.

자, 이제 집에 가자. '집'은 내가 소유하는 건물도, 내가 살아온 익숙한 공간도 아니다. 한 번도 가보지 않았어도, 그곳에 건물이 없어도, 그저 *나의 마음이 향하*는 곳이면 그곳이 바로 집이다. 그 집은 사람이 될 수도 있고, 나무 한 그루가 될 수도 있고, 추상적인 진리가 될 수도 있다. 집은 기억이 아닌 가슴이 정해주는 곳이다. 나의 가슴이 이토록 따뜻해지니 이제 내 집은 *레인보우*다.

돌아갈 집이 생겼다. 리투아니아, '무지개 아래 그 어딘가'이다. 히치하이킹으로 영국-프랑스-벨기에-독일-폴란드를 거쳐 리투아니아로 가자.

영국 해협을 건너는 계획도 순조로웠다. 런던 락 세븐Lock 7의 캐서린이 자전거 사업차 벨기에에 가는데 내가 떠나야 하는 시기와 일정이 비슷했다. 나는 캐서린과 함께 봉고차를 타고 유로 터널로 프랑스를 거쳐 벨기에에 가기로 했다.

벨기에와 리투아니아는 약 1,800km 떨어져 있다. 하루에 600km씩 3일이면 리투아니아에 도착할 수 있을 것 같았다. 독일에서 하루, 폴란드에서 하루. 머물 곳을 미리 찾아둬야 할까? 하지만 히치하이크는 자전거 여행이 아니다. 나의 의지로 할 수 있는 게 아닐 테니 무턱대고 계획할 수는 없다. 갑자기 머리가 띵했다. 앞으로 어떤 일이 벌어질지 아무것도 예측할 수 없는 이 상황에 골치가 아팠다. 그때, 마침 베를린에서 지내고 있던 한국 친구 다솜이가 떠올랐다. 다솜이와는 서울에서 일할 때 직장동료로 만나 친구가 되었다. 내가 한 해 먼저 직장을 그만두고 영국에 왔고, 다솜이는 그다음 해에 워킹홀리데이

비자로 독일에 가 있었다. 다솜이는 언제든 내가 독일에 올 일이 있으면 자기 집에 꼭 들르라고 당부하곤 했다. 그래, 일단 다솜이네 집에 가자. 다음 여정은 그다음에 생각하는 거야.

베를린 고! 히치하이킹

영국을 떠나는 날, 영국 해협을 건너며 캐서린의 영국 여권과 나의 한국 여권을 번갈아 바라보다 푸념했다.

"내 나라 네 나라 구분 없이 모든 세상이 우리 모두의 집이 될 수는 없을까요?" 영국과 프랑스의 바다 국경을 넘고, 프랑스와 벨기에의 육지 경계선을 넘었다. 봉고차는 한 땅 위를 달리는데, 세 개의 국가를 거치다니. 보이지도 않는 국경이 무의미하게 느껴졌다. 순식간에 프랑스를 지나 벨기에로 넘어가는 순간, 캐서린이 농담을 건넨다.

"프랑스 여행 어땠어? 난 굉장히 좋았어. 날씨도 유난히 좋고 사람들도 친절하고, 하하하!"

켄트에 도착해 봉고차에서 잤다. 새벽 내내 봉고차가 부서질 정도로 비가 쏟아졌다. 다행히 아침이 되자 맑게 갰다. 근처 공중화장실에서 대충 세수하고 종이박스를 구해 크게 'Berlin'이라고 적었다. 캐서린과 포옹으로 작별한 나는, 사인을 배낭 뒤에 꽂고 히치하이크할 장소를 찾아 걸었다. 캐서린을 마지막으로 영국과 이별하는 걸음이었다.

도시에서 다른 도시로의 장거리 히치는 그닥 어렵지 않다. 일단 고속도로에 들어서기만 하면, 중간중간 휴게소를 이용해 같은 방향으로 가는 차를 쉽게 만날 수 있다. 문제는 도시 중심가에서 고속도로로 진입하는 것이다. 대도시 한복판에서 고속도로로 가는 차를 만날 확률은 지극히 낮다. 또 길이 복잡하고 차량이 많은 도시에서 히치하이커를 위해 잠시 차를 세워줄 운전사는 드물다. 그래서 대부분의 히치하이커는 대중교통을 이용해 고속도로 근처까지 이동하고, 거기서 고속도로에 진입하는 차를 히치한다. 하지만 '0원살이자'는 대중교통을 이용할 수 없다. 그러니 대도시를 빠져나가기 위해서는 그저 계속 걷는 수밖에 없다.

지도를 보며 고속도로로 가는 길목을 찾아 계속 걸었다. 날은 덥고, 배낭은 무겁고, 다리는 아프고, 여기가 어딘지도 모르겠고, 거기에 비까지 오고.

"엄마…" 하고 울먹울먹 엄마를 부르며 세 시간 동안 거리를 헤매다 마침내 좋은 길목에 도착했다. 그리고 얼마 뒤, 차 한 대가 내 앞에 멈추어 섰다.

운전자는 밤새워 일하느라 상당히 피곤한 상태였던 모양이다. 그러다 우연히 나를 보았고, 동승자가 있으면 지루하지 않겠다 싶었다고 했다. 그는 세상 모든 일이 우연이 아닌, 다 이유가 있는 것이라고 했다. 지금 나와의 만남에도 이유가 있을 거라며 오늘의 인연을 진심으로 감사해한다고도 했다. 정작 고마워해야 하는 건 난데 도리어 나에게 고맙다니. 운전자의 배려와 고운 마음 덕에 오늘 아침 울먹거리며 거리를 헤매던 고생이 단번에 씻겨 내려갔다.

세 시간쯤 지났을까, 차는 도트르문트Dortmund를 지나 휴게소에 멈추어 섰다. 운전자에게 고맙다는 인사를 하고 차에서 내렸다. 비가 더욱더 세차게 쏟아졌다. '베를린' 사인이 홀딱 젖고, 앞도 보이지 않을 만큼 비가 내렸지만 걱정되지 않았다. 고속도로 진입에 성공했으니 앞으로는 '휴게소 이어달리기'만 하면 된다.

너덜너덜해진 사인을 버리고 휴게소 슈퍼에 들어가 펜과 종이를 빌려 목적지를 적었다. 비 맞은 생쥐 꼴을 한 내가 안쓰러워 보였는지 슈퍼 아저씨는 베를린으로 가는 차량이 있는지 여기저기에 물어봐 주었다. 아저씨의 도움으로 중간 도시인 카셀Kassel로 가는 트럭을 만날 수 있었다.

카셀 휴게소에 도착하니 한 곳에 트럭 기사들이 모여 있었다. 그들에게 다가가 베를린 사인을 보여줬다. 아저씨들은 말없이 나를 빤히 쳐다보더니 자기들끼리 쑥덕거렸다. 그러다 그중 한 아저씨가 카셀에서 베를린으로 가는 경유지인 라이프치히Leipzig에 간다며 20분만 기다리라고 했다. 아저씨는 트럭 안에서 무언가 분주하게 준비하더니 갑자기 목적지가 바뀌었다며 베를린까지 가겠다고 했다. 이 아저씨가 특별히 이상한 행동을 한 것은 아니지만 그냥 왜인지 기분이 찜찜했다. 아저씨들끼리 쑥덕거린 것도, 갑자기 베를린으로 목적지를 바꾼 것도 찜찜했다. 하지만 어서 빨리 베를린에 가고 싶은 마음이 컸다. '별일 있겠어?' 하며 트럭에 올라탔다.

가는 동안 아저씨는 한국에 관해 물었다. 살기 좋은지, 한국 문화는 어떤지, 날씨는 괜찮은지 질문이 이어졌고, 아저씨가 알아듣는지 아닌지는 모르지만 할 수 있는 최대한 자세히 답했다. 대화가 오가는 한 별다른 일은 없을 거란 생각에서였다. 시간이 갈수록 아저씨의 질문은 점점 사적인 것으로 바뀌었다. 결혼은 했는지, 남자친구가 있는지 물었다. 그러다 마침내 철렁하게 하는 질문을 던졌다.

"코리안 우먼, 굿 섹스?"

순간 심장이 멎는 듯했다. 뭐라고 답해야 할지 몰라 "몰라요"라고 짧게 대답하고는 입을 다물었다. 트럭 안에 적막이 흘렀다. 쿵쾅대는 심장 소리가 아저씨에게 들릴까 초조했다. 당황한 모습을 보이지 않으려 애써 태연한 척했지만 이미 내 얼굴은 어둡게 굳어 있었다.

트럭 안에 호신용으로 쓸 만한 물건이 있는지 둘러보았다. 라이터가 눈에 들어왔지만, 저것으로 무얼 할 수 있을까. 쓸 만한 '무기'는 아무것도 없었다. 그나마 트럭 내부가 상당히 넓어 조금 안심이었다. 운전사의 손길이 단번에 쉬이 닿지 않을 만큼 운전석과 조수석 사이에 공간이 있었다.

'일단은 그냥 못 들은 척, 아무 일도 없던 척해보자. 그냥 별 의미 없이 해본 이야기일 수도 있잖아', 그렇게 태연한 척하려던 때였다. 아저씨가 갑자기 내 쪽으로 손을 뻗었다. 순간 당황했지만 나는 아주 뻔뻔하게 아저씨의 손을 잡고 최대한 씩씩하게 흔들어 대며 악수했다. 그러고는 정말 해맑은 얼굴로 "오! 나이스 투 미츄 투!(나도 만나서 반가워요!)"라고 외쳤다. '우리가 부여잡은 이 손에는 그 어떤 이성적인 느낌은 없으며 오직 격렬한 인류애만이 있을 뿐이다. 나는 당신의 그 불순한 의도를 조금도 알지 못한다!'를 알리려는, 실은 이상야릇한 분위기를 전환하려 애쓰는 나름의 몸부림이었다. 그러자 아저씨는 내 격렬한 우정의 악수를 진정시키더니, 느끼한 손길로 내 손을 더듬기 시작했다. 그리고 내가 설마설마하던 그 말을, 극구 회피하고 싶던 말을 던졌다.

"메이비…. 섹스?"

심장이 멎었다. 절대로 듣고 싶지 않은 '그 말'이었다. 아저씨가 기어코 내뱉은 그 말에 해맑은 연기나 상황 회피 따위는 통하지 않을 듯했다. 당황하지 말자, 침착함과 단호함이 필요하다. 나는 낮은 음성으로 "아니오"라고 답하고 물었다.

"처음부터 이런 목적으로 나를 태운 건가요?"

그러자 아저씬 당당히 답했다.

"응."

식은땀이 등줄기를 타고 흘렀다.

공포감이 밀려왔지만, 아저씨에게 나의 동요를 들키고 싶지 않았다. 마음을 가다듬고 다시 낮고 침착한 음성으로 말했다.

"나는 당신이 정말 순수한 의도로 나를 차에 태워줬다 믿었어요. 따뜻한 마음을 가진 사람이라 생각했어요. 그런데 그게 아니었다니 참으로 슬프고 실망스럽네요. 미안하지만 저는 당신이 바라는 그런 의도가 조금도 없어요. 만약 당신이 그런 걸 원한다면 지금 차를 세워주세요. 저는 여기서 내려야겠어요."

그러자 아저씨는 아무렇지 않은 듯 "노 프러블럼! (문제없어!)"이라 답하고 운전을 계속했다. 트럭 안에 어색한 침묵이 흘렀다. 아저씨는 이내 다시 끈적끈적한 시선을 보냈다. 나는 애써 그 시선을 무시하며 창밖만 바라봤다. 벌써 하늘은 붉어졌고, 나는 어딘지도 모르는 고속도로 위를 달리고 있었다. 어둠이 찾아오는 게 두려웠다.

잠시 후, 아저씨는 다시 내게 물었다.

"섹스?"

나는 다시 단호히 답했다.

"노."

아저씨는 또 아무렇지 않다는 듯 말했다.

"노 프러블럼!"

'이젠 정말 안 물어보겠지…' 하고 잊을 만하면 아저씨는 또 '그 질문'을 했다. 그리고 나는 같은 답을 했다. 이런 상황이 반복되자 짜증과 불쾌감이 두려움을 누르고 치밀어올랐다. 이제 더는 안 되겠다 싶어 큰 소리로 말했다.

"차 세워주세요! 내릴게요!"

그러자 아저씨는 "아니, 아니, 아니요. 오, 그러지 말아요."라고 다급히 외쳤다.

"내가 차에서 뛰어내리길 바라요? 한 번만 더 그 이야기를 꺼내면 차를 세우든 말든 그냥 뛰어내려 버릴 거예요!"라고 소리쳤다.

그러자 아저씨는 "알겠어요, 알겠으니 그러지 말아요. 미안해요. 정말 미안해요."라고 말했다.

이후로도 아저씨는 계속 느끼한 눈빛을 보내며 힐긋거렸지만, 더는 '섹스' 이야기를 꺼내지 않았다.

아저씨는 라이프치히에서 나를 내려주었다. 내가 그의 '요청'에 응하지 않아서인지 원래부터 갈 마음이 없던 건지 그는 결국 베를린까지 가지 않았다. 이 트럭 안에서의 4시간은 정말 지옥이었다. 260km 거리를 달리는 내내 머릿속엔 끔찍한 상상이, 두 손엔 식은땀이 가득했다. 이런 긴장과 불안은 태어나 처음이었다. 이토록 두려운 히치하이크를 더는 하고 싶지 않았다. 하지만 지금은 다른 방법이 없다. 울고 싶은 마음을 꾹 누르며 다른 차량을 찾았다.

다행히 친절한 트럭 기사를 만나 베를린에서 45km 거리에 있는 미헨도르프Michendorf에서 내렸다. 한 번만 더 히치하면 베를린에 도착할 수 있는 거리였지만 시간은 이미 밤 11시 30분이었다. 대부분의 트럭이 운행을 멈추고 휴식을 취하는 듯했다.

쉼터는 적막했고 밤안개가 가득했다. 쉬고 싶었다. 아침부터 몇 시간 동안 걷고 비도 쫄딱 맞았다. 엄청난 긴장과 스트레스에 육체와 정신 모두 탈진 상태였다. 휴게소의 맥도날드는 아직 환했다. 맥도날드를 보니 그제야 내가 오늘 온종일 아무것도 먹지 않았다는 것과 화장실을 한 번도 못 갔다는 것을 깨달았다. 독일의 화장실은 대부분 유료다. 휴게소 화장실도 마찬가지다. 돈이 없으면 인간의 기본적 생리 욕구조차 해결할 수 없단 말인가! 어딜 가든 공중화장실이 있고, 휴지와 마실 물까지 무료로 쓸 수 있는 한국이 사무치도록 그리웠다.

화장실을 포기하고 휴게소 계단에 주저앉았다. 잠이 쏟아졌다. 밥 먹고 싶고, 화장실 가고 싶고, 샤워하고 싶고, 자고 싶다. '집'에 가면 단번에 해결할 수 있는 욕구다. 하지만 '집'에 갈 방법도 힘도 없다. 모든 걸 포기하고 계단에 웅크려 잠시 쪽잠을 자려던 찰나, 휴게소에서 나와 트럭으로 걸어가는 운전사를 보았다. 마지막으로 한 번만 더 시도해 보자는 생각에 그에게 달려가 베를린에 가는지 물었다. 마침 아저씨는 이곳에서 오늘 운행을 끝낼지 아니면 베를린까지 갈지 고민 중이었다. 그는 오늘 쉬지 않고 20시간 넘게 운전했다고 했다. 쉬고 싶기도 하지만 히치하이커가 함께 가면 베를린까지 마저 운행해도 괜찮을 것 같다고 하며 "베를린 고!"라고 외쳤다.

베를린 고! 드디어 베를린에 간다! '집'에 간다! 눈물이 난다….

믿기로 한 마음, 히치하이키즘

"쉬야, 샤워, 밥, 잠, 나 뭐부터 해야 해?"

다솜이 집에 도착했다. 아니, '집'에 도착했다. '집'에 들어서자마자 종일 참았던 모든 욕구가 한꺼번에 올라왔다. 다솜이는 나를 욕실로 밀어 넣으며 말했다.

"샤워 끝내고 수건으로 닦기 직전에 얘기해, 그럼 그때 부대찌개에 라면 사리 투하할게."

나는 감동의 눈물로 샤워하고 라면 사리가 들어간 부대찌개와 따끈따끈한 쌀밥과 시원한 독일 맥주를 마셨다. 세상 가장 반가운 얼굴을 앞에 두고 오늘의 모험담을 마구마구 떠벌린 후에, 세상 가장 안락한 침대에 대자로 누웠다. 지옥, 천국, 지옥, 천국을 수도 없이 오간 하루였다. 결국 하늘은 나의 편이다. 나는 마침내 천국에서 잤다.

길가에서 엄지를 들어 올리고 지나가는 운전자와 눈을 마주치는 일은 쉽지 않다. 스킵 다이빙이 단독 작업이라면, 히치하이킹은 운전자에게 간절한 호소를 보내는 소통 작업이다. 어쩌면 쓰레기를 주워 먹는 것보다 훨씬 더 구걸에 가까울지 모른다.

태어날 때부터 도로를 놀이터 삼고, 남의 차를 제 안방인 양 여기는 사람은 없다. 처음에는 엄지손가락 하나 들어 올리는 것조차 무척 어렵다. 어떻게든 용기 내어 엄지를 들고 미소를 쥐어 짜냈는데, 경멸이 가득한 눈빛으로 쌩 지나가는 운전사를 만나면 엄지손가락이 천근만

믿음, 소망, 사랑
히치하이키즘

근 더 무거워진다. 굴욕감의 무게다.

차가 쌩 지나가는 그 짧은 순간, 운전자와 히치하이커 사이에 미묘한 의사소통이 일어난다. 엄지를 치켜들며 응원을 보내거나, 창문까지 열어젖히며 환영 인사를 하거나, 갈 길이 달라 아쉽다는 표정을 지으며 손을 흔들기도 한다. 이렇게 따뜻한 관심을 보내는 운전자를 만나면 비록 차를 얻어 타진 못해도 힘이 마구 샘솟는다.

반면 부정적인 메시지를 보내는 운전자도 있다. 가운뎃손가락을 치켜들거나, 성행위를 묘사하는 몸짓을 보이거나, 휘슬을 불며 불쾌한 말을 던지거나, "너희 나라로 돌아가!"라며 소리 지르기도 한다. 트럭 운전자에게 '섹스' 요청을 받은 경험은 시작에 불과했다. 현금 뭉치를 보여주며 섹스 거래를 제안한 운전자, "당신은 자유롭고, 나도 자유롭고, 우리 그냥 한번 즐기는 게 어때요?"라며 내게 성性의 자유를 설파한 운전자, "섹스?"라고 묻고 내가 단호히 거절하자 매우 안절부절 창피해하며 가는 내내 "미안해요. 미안해요. 정말 미안해요. 용서하세요. 용서하세요. 나를 용서하세요…."라고 사죄한 '대역죄인' 운전자도 있었다. 지난 히치 경험을 비추어 봤을 때, 10명의 운전자 중 적어도 2명의 운전자는 내게 그런 '불손한 요청'을 했다.

다행히도 내가 만난 운전자 중 누구도 폭력이나 물리적인 힘을 가해 나에게 해를 끼치지는 않았다(훗날 중동 지역을 여행할 때 한 오토바이 운전자가 나를 칼로 위협했지만, 그 어떤 일도 당하지 않고 상황을 모면했다). 하지만 이런 불쾌하고 긴장되는 상황을 마주할 때마다 히치하이킹에 대한 트라우마와 회의감이 생겼다. 실제로 몇몇 여성 여행자들이 히치하이크 중에 실종되거나 강간당하거나 살해당했다는 끔찍한 소식을 듣기도 했다. 이때마다 나는 불안과 공포에 떨어야만 했다.

히치하이크를 할 때는 사람에 대한 경계와 긴장을 절대로 늦춰서는 안 된다. 모든 끔찍한 짓을 저지르는 건 바로 인간이기 때문이다. 하지만 모순적으로, 사람을 믿지 않고는 절대로 할 수 없는 게 히치하이크이기도 하다. 사람의 도움으로 모든 위기와 문제를 해결할 수 있기 때문이다. 이 모순이 바로 히치하이크의 가장 큰 매력이다.

히치하이크하고 아무 데서든 얻어 자는 나에게 한 친구가 이렇게 말했다.

"너는 아직도 인간을 믿니? 그래도 여전히 세상이 살아갈 만한 곳이라고 믿는 모양이네."

꽤 염세적인 친구였다. 그 친구에게 나는 답했다.

"나는 사람이 믿을 만하다고 믿어서 이렇게 살아갈 수 있는 게 아니야. 사람을 믿지 않고서는 살아갈 방법이 도저히 없기 때문에 믿기로 한 거야."

*0원살이자*는 재워주는 사람, 먹여주는 사람, 태워주는 사람이 없으면 여행이 어렵다. 돈이 아닌 사람에게 의존하는 삶이다. 사람을 믿으면 위험하다? 나는 위험해지지 않고자 사람을 믿었다. 그리고 *일단 믿기로 한 마음*은 내게 사람을 믿을 수밖에 없는 기적 같은 상황을 더욱 끌어왔고, 나는 모든 인간의 가슴 속에 자리 잡은 사랑, 연민, 자비, 양심의 자질을 진심으로 믿게 되었다.

사람을 신뢰하지 않는 것은 우리 존재의 본질을 신뢰하지 않는 것과 같다. 불신은 분리다. 그리고 이 '분리된 마음'이 세상의 모든 문제와 참혹한 현실을 가져온다. 사람을 신뢰하는 것은 *나의 존재*와 *나와 너의 관계*를 신뢰하는 것이다. 신뢰는 연결이다. 이 연결이 세상의 모든 아픔을 치유하고 갈등을 해결한다.

서로가 서로를 믿고, 서로가 서로를 돕는 세상. 이것이 바로 우리 인간이 지향해야 하는 세상의 모습이다. 이보다 더 아름다운 세상이 과연 존재할까? 히치하이커는 이토록 꿈같은 세상을 실현하고자 신뢰의 씨앗을 뿌린다. 모든 사람의 가슴 속에 사랑이 있다는 것을 깨달을 때 세상은 실로 '살아갈 만한' 장소가 된다. 나는 히치하이킹 덕에 살 만한 세상을 살았다. 그리고 이것이 히치의 세계를 떠날 수 없던 이유였다. '히치하이키즘'은 내게 '믿음, 소망, 사랑'의 진리를 깨닫게 한 아름다운 실천의 종교다.

흐르는 여정

다솜이 집에서 꿈같은 사흘을 보내며 노고를 풀었다. 다음 여정을 함께할 사람이 있다면 긴장도, 불안감도 덜어낼 수 있지 않을까? 히치하이크 동료를 찾아보기로 했다. '레인보우 개더링' 페이스북 그룹에 함께 개더링에 갈 가족을 찾는다는 글을 남겼다. 글을 올린 지 몇 시간이 지나지 않아 함께 개더링에 가고 싶다는 메시지가 왔다. 그의 이름은 나라였다. 아직 좋아하긴 일렀다. 그에게 내가 한 푼도 쓰지 않고 산다는 사실을 알려야 했다. 혹시라도 그가 '거지'와는 여행하고 싶지 않을 수도 있으니. 나라에게 구구절절 프로젝트를 설명했다. 그러자 나라는 이렇게 답했다.

"하하하. 나의 자매여, 그런 건 걱정하지 말아요. 나 역시 돈 없이 살아요. 집값을 내지 않고, 음식도 거의 얻어먹어요. 하하하."

뛸 듯이 기뻤다. 리투아니아까지 함께 갈 동반자가 생긴 것도 기쁜데, 더구나 나처럼 돈 없이 사는 친구라니! 그리고 나라는 이미 '레인보우 개더링'에 여러 번 다녀왔다. 그녀와 함께라면 아무것도 두렵지 않을 것 같았다.

나라와 나는 *흐르는 여정*을 하기로 했다. 어디서 잘지, 무엇을 먹을지 아무런 계획도 세우지 않고 *그때그때 직관을 따르며 바람처럼 흐르는 여행*이다. 지금까지 나는 장소를 이동할 때마다 꼼꼼히 계획을 세우고 일정표에 따라 움직였다. 그래야만 돈 없이도 안전하게 잠자고 굶지 않을 수 있으니. 하지만 매번 계획을 세울 때마다 많은 압박과 스트레스를 받기도 했다. 호스트를 찾아야 하니 항상 인터넷에 의존했고, 그들의 답장을 기다리며 몇 주 전부터 노심초사했다. 닥쳐서

하는 여행은 당장의 긴장만 있으면 되지만, 계획하는 여행은 훨씬 오래전부터 스트레스를 받는다. 그래서 나는 늘 계획의 압박에서 완전히 벗어난 자유로운 여행을 꿈꿨다.

히치 동반자가 있다면 얼마나 든든할까! 가다가 지치면 아무 데서나 함께 텐트를 치면 되고, 가다가 배고프면 음식 구걸이나 스킵 다이빙하면 된다. 혼자서는 감히 못 하겠지만 친구가 있으니 마음껏 저지를 수 있다. 생각만으로도 신난다.

나라와 만나기로 한 날이다. 약속 장소로 나가 나라를 기다렸다. 다솜이가 함께해주었다. 나라는 약속 시간이 한 시간도 더 지나도록 나타나지 않았다. 이러다 혼자 히치하이크해야 하는 건 아닐까? 다솜이와 주유소 앞에 쭈그리고 앉아 '호신용 칼 빨리 빼기'를 연습하며 비상 상황에 대비했다. 한 시간 반쯤 지났을까, 저 멀리서 훤칠한 키에 구릿빛 피부를 지닌 여자 하나가 씩씩하게 걸어왔다. 한눈에 딱 봐도 나라였다. 그가 와줬다는 게 진심으로 기뻤다. 나라와 나는 마치 이산가족을 만난 것처럼 반갑게 포옹했다.

베를린에서 리투아니아까지의 거리는 약 1,100km이다. 일단 오늘은 600km 정도 떨어진 폴란드 바르샤바에 가는 것을 목표로 삼았다. 물론 '흐르는 여행'을 하는 우리에게 목표나 계획은 별 의미가 없지만 말이다.

출발 직전, 주유소에서 한 쿠바 아저씨를 만났다. 아저씨는 우리를 고속도로 입구까지 직접 데려다주겠다고 했다. 아저씨는 예전에 히치하이크로 많이 여행했는데, 우리를 보자 그때 생각이 난다며 도와주고 싶다고 말했다. 순조로운 출발이다. 쿠바 아저씨 덕에 큰 어려움

없이 고속도로로 향하는 길목으로 이동했다.

차 한 대가 멈춰 섰다. 차 안에는 젊은 남자 두 명이 있었다. 드디어 첫 히치에 성공하나 싶던 찰나, 그들은 근처 펍에 가서 같이 맥주나 마시자고 했다. 나와 나라는 동시에 어처구니없다는 눈빛을 교환하고 그들의 '호의'를 정중하게 사양했다. 5분 정도 지났을까, 낯익은 차가 멈춰 섰다. 조금 전 그 남자들이었다. 그들은 이번엔 프랑크푸르트까지 데려다줄 테니 함께 잠을 자자고 했다. 이에 나라는 "당장 꺼져!"라고 소리쳤고 그들은 서둘러 자리를 떠났다. 그러나 그들은 이내 또 돌아와 우리에게 치근거렸고, 나라가 가운뎃손가락을 날리며 욕을 퍼붓자 줄행랑쳤다. 나라는 미친놈들을 다 보겠다며 고개를 저었지만, 나는 그 상황이 너무 웃겨서 한참을 웃었다. 만약 혼자 이런 일을 당했다면 정말 무서웠을 테지만, 나라와 함께 있으니 모든 상황이 그저 재미있었다.

잠시 후에 다른 차가 멈춰 섰다. 우리는 고속도로 방향에 있는 주유소까지만 데려다 달라고 부탁했다. 아저씨는 알았다고 아무 걱정하지 말라며 타라고 했다. 10분 정도 지났을까, 아저씨는 대뜸 어딘지도 모르는 길가에 차를 세우더니 자신은 더는 갈 수 없다며 내려서 다른 차를 타라고 했다. 나라와 나는 당황했지만 어쩔 수 없는 노릇이었다.

차에서 내려 도로 상황을 보는데 참 막막했다. 하필 그곳은 여러 개의 큰 도로가 복잡하게 얽혀있는 도시 한복판이었다. 고속도로로 진입하려면 길을 빙빙 돌아야 한다. 이런 경우가 바로 히치하이킹하다 도로에 갇히는 상황이다. 히치의 요령을 모르는 운전사들은 가끔 자기 마음대로 아무 도로에나 히치하이커를 내려놓는다. 그들은 우리가 금방 다른 차를 잡아탈 수 있을 거라고 생각하지만 히치하이크는 그렇게 간단하지 않다. 찰나의 방향과 위치 차이가 천국과 지옥을 만든다.

이 도로에서는 고속도로로 가는 차를 절대 만날 수 없다. 수단과 방법을 가리지 않고 어떻게든 빠져나가야 한다. 지도를 보니 2km 거리에 고속도로 방향의 주유소가 있었다. 나는 신호대기로 서 있는 차에 급히 달려가 창문을 두드렸다. 그리고 무작정 2km만 태워달라고 말했다. 처음에 아저씨는 내키지 않는 표정으로 주저주저했다. 나는 간절한 표정으로 "플리즈(제발요)"를 연발했다. 아저씨가 체념한 듯 어깨를 으쓱하자 나는 "당케쉔(고맙습니다, Danke schön)")을 연발하며 나라를 불러 차에 태웠다. 막상 차를 타고 보니 아저씨에게 민폐를 끼치는 것 같아 미안했다. 어설픈 독어로 "에스툳트미어라잍트(미안합니다, Es tut mir leid)"라고 말하며 사과하니 아저씨는 괜찮다는 듯 어깨를 으쓱해 보였다.

고속도로 진입로 가까이에 있는 주유소에서 내렸다. 하마터면 며칠이고 그 도로에 갇혀 있을 뻔했다며 가슴을 쓸어내렸다. 다음 히치를 기다렸다. 그리고 잠시 뒤 폴란드로 간다는 차를 만났다. 나라와 나는 드디어 오늘 폴란드에 갈 수 있다고 신나 하며 차에 탔다. 그러나 그 차는 폴란드는커녕 프랑크푸르트도 못 가서 이상한 곳에 우리를 떨구고 가버렸다. 큰 도로에서 한참 떨어진 작은 쉼터였다. 이곳에서 두 시간 넘게 히치를 시도했지만, 어느 차도 우리를 데려가지 않았다. 어처구니없는 상황이 계속되자 실없는 웃음이 허허허, 하고 터져나왔다. 이런 나를 보고 나라는 "우는 것보다 웃는 게 낫지!"라며 함께

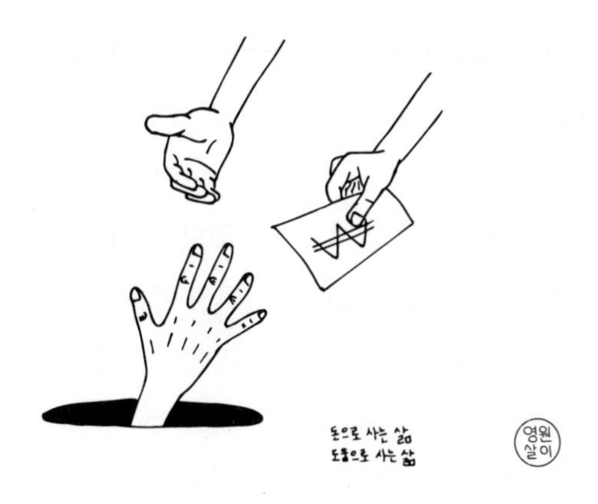

크게 웃었다.

'그래, 뭐 정 안 되겠다 싶으면 오늘 여기서 캠핑하고 내일 가면 되지 뭐. 친구가 함께 있는데 무서울 게 뭐가 있겠어!'

좋은 기운을 가진 친구와 함께하는 여행은 참 즐겁다. 힘든 상황에도 서로의 얼굴을 보며 웃을 수 있는 친구. 이런 친구와 함께라면 여정은 늘 기쁨으로 가득할 것이다. 야외 쉼터에 앉아 다솜이가 챙겨준 초콜릿을 꺼내어 먹었다. 그때였다. 세 명의 경찰이 차에서 내려 쉼터로 들어갔다. 경찰들에게 달려가 지금 4시간째 이곳에 갇혀 있다고 설명한 후에, 금방이라도 울 것 같은 표정을 지으며 제발 고속도로 휴게소까지만 데려다 달라고 사정했다. 그렇게 우리는 멋진 독일 경찰차를 타고 고속도로 휴게소로 신나게 호송되었다.

휴게소에서 단 10분 만에 폴란드로 향하는 차를 얻어탔다. 약 3시간을 이동해 폴란드 포즈난Poznan 휴게소에 도착했다. 드넓은 들판 위로 붉은 노을이 펼쳐졌다. 아름답고 평온한 풍경을 보니 오늘 이곳에서 캠핑해도 좋겠다는 생각이 들었다. 나라와 나는 오늘 안에 바르샤바로 가겠다는 마음을 내려놓고 부담 없이 몇 번만 더 히치를 시도해 보기로 했다.

마침 주유하고 있는 아저씨가 있었다. 그에게 다가가 시크하게 "바르샤바?"라고만 물었다. 그러자 아저씨 역시 시크하게 고개를 끄떡하고는 고개를 차 쪽으로 까딱하며 타라는 신호를 보내는 게 아닌가! 그렇게 우리는 바르샤바로 가는 차에 올라탔다. 아저씨는 샌드위치와 음료수도 사줬다. 초콜릿과 물을 제외하고 오늘 처음으로 먹는 음식이었다. 우리는 걸신들린 사람처럼 샌드위치를 단숨에 먹어 치웠다.

바르샤바까지는 4시간이 넘게 걸렸다. 아저씨에게 고속도로 근처 캠핑하기 좋은 공원이나 휴게소에 세워달라고 부탁했다. 그런데 갑자기 엄청난 비가 쏟아지기 시작하는 게 아닌가! 아저씨는 오늘 비가 많이 올 것 같다며 캠핑하지 말라고 당부했다. 그러고는 자신이 비용을 낼 테니 호텔에서 묵으라는 것이었다. 우리는 아저씨에게 그런 부담까지 주고 싶지 않아 극구 사양했다. 그러자 아저씨는 우리에게 이야기했다.

"젊었을 때 무전여행을 많이 했는데, 그때 사람들이 저를 정말 많이 도와줬어요. 지금 내가 당신들에게 주는 이 호의는 그때 나를 도와주었던 사람들의 호의를 조금이나마 갚기 위한 것이에요. 그러니 거절하지 말아주세요. 나도 받은 빚을 갚아야죠. 그리고 내게 고마워하지 말고, 나를 도와준 그 사람들에게 고마워하면 돼요."

우리는 아저씨의 호의를 더는 거절할 수 없었다. 그저 고맙다는 말만 끝없이 반복했다. 아저씨는 내일 아침에 먹으라며 각종 음식도 사다 주었다. 심지어 얼마 정도의 돈도 주었는데, 나는 극구 거부했다. 옥신각신하다 나라가 받아 나와 함께 사용하지 않고 개인적인 여정 비용으로 쓰기로 했다.

아저씨는 그렇게 홀연히 떠났고, 우리는 호텔 방에 들어왔다. 그러고는 누가 먼저라 할 것 없이 서로를 부둥켜안았다. "이건 기적이야!"라는 말을 수백 번 넘게 내뱉으면서.

개운하게 샤워하고 아저씨가 사준 음식으로 배를 채운 후, 침대에 누워 오늘 하루를 되돌아봤다. 아저씨의 관대함과 친절함은 오늘 우리를 곤란하게 했던 사람과 상황들까지 기억에서 모두 씻어냈다. 나라와 나는 사람은 정말 선한 존재라고, 인생은 정말 살 만하다고, 히치하이크는 최고의 모험이라고. 그리고 이런 모험을 함께할 친구가 곁에 있어 정말 다행이라고…. 이런저런 말을 잠꼬대하듯 중얼거리다 누가 먼저랄 것도 없이 잠이 들었다.

다음 날 바르샤바 구시가지를 둘러본 다음 느지막이 폴란드 아우구스투프Augustow에 갔다. 아우구스투프는 바르샤바와 리투아니아 사이의 중간 도시로, 서두르면 당일에 리투아니아에 도착할 수 있었다. 하지만 우리는 천천히 이동하고 싶었다. 마침 아우구스투프의 카우치 서핑 호스트와 연락이 닿아 그곳에서 하루 머물기로 했다.

카우치 서핑 호스트 옌은 정말 친절했다. 우리에게 마을 구석구석을 보여주고, 호숫가에서 카약을 태워주고, 맛있는 음식과 맥주도 내어줬다. 옌은 자전거로 세계 여행을 많이 했는데, 여행할 때마다 사람들에게 수많은 도움을 받았다. 그때 받은 도움 덕에 옌 역시 여행자를 극진히 도울 줄 아는 사람이 되었다고 했다.

어제 만난 운전사 아저씨와 옌의 이야기를 들으며 캐서린이 말한 'PAY IT FORWARD', *선행 나누기*가 떠올랐다. 누군가로부터 받은 도움을 그 사람에게 되갚을 때 그건 일대일로 끝날 일종의 거래나 빚 청산이 된다. 하지만 받은 도움을 전혀 상관없는 제삼자에게 갚을 때, 이는 세상을 아름답게 만드는 *선행 나누기*가 된다. 이런 흐름이 바로 나선형으로 퍼지는 선행 나누기 순환이다. 히치하이커를 태워주는 운전기사나 여행자를 자기 집에 재워주는 카우치 서핑 호스트의 대부분은 언젠가 누군가에게 큰 선행의 덕을 본 사람들이다. 누군가의 선행이 그들 가슴에 큰 울림을 줬고 그 덕에 그들 역시 그 울림을 전하는 선행 선도자가 되었다.

나는 스스로에게 질문했다.

'나도 과연 이들처럼 모르는 사람에게 아무런 대가 없이 나누고 베풀 수 있을까?'

세상에는 받는 사람, 주는 사람, 주고받는 사람, 안 주고 안 받는 사람이 있다. 나는 '사회'에 있을 때는 주고받는 사람이거나 안 주고 안 받는 사람이었고, 지금은 받기만 하는 사람이다. '돈을 사용할 수 없어요'라는 핑계로 사람들의 호의와 도움을 당연히 받고만 있기 때문이다. 사람들에게 무한 호의를 받는 것이 항상 편하지만은 않다. 스스로 '무임승차자' 혹은 '염치없는 거지'라는 생각이 빈번히 들며, 도움을 받는 것이 무거운 짐처럼 느껴지기도 한다.

또 나는 '돈 없이 살기'가 아니라 '남의 돈으로 살기'를 하는 게 아닐까? 하는 회의감이 종종 들었다. 농장을 꾸려 한자리에서 자급자족하지 않는 이상, 나는 누군가의 기름값으로, 음식비로, 집세로 생존해야 하고, 결국 누군가는 나를 위해 더 많은 소비를 해야 한다. 이런 생각 때문에 언젠가부터 '0원살이 프로젝트'를 소개하는 게 당당하지만은 않았다. 받기만 하는 삶을 그저 그럴싸하게 포장하는 것처럼 느껴졌다.

여정에서 만난 수많은 천사는 '받기만 하는 삶'이 알고 보면 그저 받기만 하는 것이 아니라고 말한다. 더 높고 긴 차원에서 삶을 바라볼 때 그 역시 *베푸는 삶*이라는 것이다.

자전거와 장비를 지원받고 고마움에 어쩔 줄 몰라 하는 내게 캐서린은 이렇게 이야기했다. "나의 소유물 어느 것도 절대적인 '나의 것'이 아니에요. 돈이든 물건이든 음식이든 집이든, 세상으로부터 지금 잠시 빌린 것일 뿐이니 언젠가 때가 되면 다른 사람에게, 혹은 세상에 다시 돌려줘야 하죠. 이제 당신이 이 자전거를 사용할 때가 와서 그 물건을 가져가는 것이니 전혀 고마워하지 않아도 돼요."

한 카우치 서핑 친구는 불교의 '덕'에 대한 일화를 들려줬다.

부처님 제자들이 탁발하러 거리로 나왔을 때 일이다. 대부분의 제자는 먹을 게 풍족한 부잣집에 찾아가 공양받았다. 그런데 한 제자는 가난한 할머니가 부잣집 하수구에서 흘러나오는 쌀뜨물을 받는 걸 보고는 그 할머니에게 달려가 공양을 요청했다. 그러자 이를 본 다른 제자들이 그를 나무랐다.

"자네는 왜 하필 저 가난하고 굶주린 사람의 귀한 양식을 얻으려 하는가?"

그러자 그 제자가 웃으며 이렇게 말했다.

"나는 저 할머니가 덕을 쌓게 하려는 것일세. 그래야 다음 생엔 저 할머니가 더욱 풍족한 삶을 살게 되지 않겠나."

친구는 이야기 끝에 이렇게 덧붙여 말했다.

"덕과 카르마의 이치를 알면 도움을 받는 사람보다 도와주는 사람이 더 고마워해야 한다는 것을 알게 될 거예요. 그래서 나는 당신에게 고마워요. 당신이 내게 덕 쌓을 기회를 준 거니까요."

나와 비슷하게 돈 없이 수년간 여행한 친구는 이렇게 말했다.

"우리는 다른 사람의 돈이 아니라 도움으로 산다고 생각해요."

그러곤 둘의 차이를 설명했다. 돈을 가진 사람은 먹고, 자고, 가는 데 오직 돈에 의존한다. 자신의 생계와 생명이 돈에 달려 있다고 생각하고 그 돈을 벌 수 있는 자신의 능력을 대단하게 여긴다. 반면 돈이 없는 사람들은 먹고, 자고, 가는 데에 누군가의 도움이 절대적으로 필요하다. 자신이 잘나서가 아니라 다른 존재가 있기에 자신이 존재한다는 것을 깨닫고 함께 사는 삶과 연결된 삶을 감사하는 것, 이는 수도승들이 걸식과 공양에 의존하며 자신을 낮추는 수행을 하는 것과 같은 이치다.

"도움을 받아봐야 아낌없이 도울 수 있는 사람이 되는 거예요. 그러니 되도록 많이, 많이 도움받으세요."

친구는 이런 말도 했다.

한 히피 친구는 이런 농담을 했다.

"히피들에게 '너 무슨 담배 피워?'라고 물으면 뭐라고 대답하는 줄 아니? '네 담배!'라고 해. 네가 나이고 내가 너인데, 네 물건 내 물건이 따로 어디 있겠니? 너의 이로움은 곧 나의 이로움으로 돌아오는 거야. 너와 나는 결국 하나니까."

도움을 주면서도 도리어 고맙다고 말하는 친구들을 보며 이런 생각을 했다. 사람 사이의 연결은 기대와 조건으로 맺는 것이 아니며 세상의 일은 계산적인 거래가 아니다. 인간과 삶의 진화는 모든 것이 착착 맞아떨어지며 왔다 갔다 하는 이해타산 속에서 일어나는 것이 아니라, 나선형으로 돌고 도는 선행 고리에서 일어난다. 얼마만큼인지도 모를 선행을 아무런 대가 없이 세상에 내던지면, 그 선행은 원형으로 돌고 돌며 더 큰 힘을 만든다. 이 선행의 나선 은하계 속에서 나를 포함한 세상 모든 존재가 이로움을 받고 그 이로움으로 마침내 우리 삶이 진화한다.

과감히 도우라. 그리고 기꺼이 도움을 받아라. 돌고 도는 도움 속에 진화의 비밀이 있다.

벌거벗은 자연인의 숲: 리투아니아

웰컴 홈, 시스터

엔의 집을 떠나 드디어 *무지개 집*에 가는 날이다. 순조롭게 리투아니아의 한 휴게소까지 이동해 라트비아로 가는 봉고차를 만났다. 봉고차 안에는 매일매일 '아주 작은 모험'을 벌이자는 콘셉트로 여행하는 두 독일 청년과 이들의 차를 얻어 탄 히치하이커 한 명이 있었다. 무더운 날씨에 간이침대와 각종 짐짝 위에 앉아 불편하게 이동했지만, 누구 하나 싫은 기색이 없었다. '아주 작은 모험'을 벌이는 봉고차 안에서 히치하이커들은 마냥 즐거웠다.

나라는 가는 내내 이들에게 '레인보우 개더링'을 설명했다. 귀가 솔깃해진 청년들은 과감히 목적지를 바꿔 함께 개더링에 가기로 했다. 덕분에 정말 수월하게 개더링 장소 근처까지 이동했다. 그런데 진짜 모험은 이제부터였다. 개더링이 어디에서 열리는지 누구도 정확한 위치를 몰랐다. 레인보우 개더링은 보통 인적 드문 야생에서 열리기에 정확한 주소를 알기가 어렵다. 그저 대략적인 지도와 근처 마을 이름, 그리고 경도 위도의 좌표만을 알려줄 뿐이다.

전통적으로 레인보우 개더링은 '레인보우 패밀리'라 불리는 '가족' 끼리의 비밀스러운 모임이었다. '가족' 간의 사적인 연락만으로 장소와 개더링 시기를 전달했는데, 이는 레인보우만의 신비로운 진동을 유지하기 위한 방법이었다고 한다. 인터넷이 발전하면서 레인보우 패밀리 역시 SNS로 개더링 정보를 교환하기 시작했다. 이에 대해선 찬반 논란이 많다. '아무나' 오지 못하도록 폐쇄성을 갖춰 레인보우 고유의 색깔을 지키자는 사람이 있는가 하면, 레인보우 개더링을 가급적 많은 이에게 알려 레인보우 정신을 세상에 널리 퍼뜨려야 한다는 사람도 있다. 현재 추세는 후자 쪽인 듯하다. 나 또한 레인보우 개더링에 갈 수 있으니 말이다.

얼마 전, 레인보우 개더링 커뮤니티에 '리투아니아 개더링' 참여 의

사를 남겼다. 그러고 며칠 후 메일로 간단한 설명과 지도, 주의사항을 담은 초대장이 왔다.

사랑하는 레인보우 형제님 자매님. 집에 온 걸 환영합니다!

우리는 한자리에 모여 자연과 가슴이 연결된 '결속의 삶'을 축하하고, 사랑과 신비의 상징인 보름달을 기립니다.

영적인 이유로 개더링에서 제공하는 음식은 모두 비건(완전 채식)입니다.

우리는 그 어떤 집착 없이 매 순간을 온전히 즐깁니다. 따라서 이곳에는 카메라가 필요하지 않습니다. 그 어떤 알코올과 마약도 환영하지 않습니다. 이는 레인보우 진동을 신성하고 맑게 유지하려는 중요한 방침입니다.

우리는 모두 같은 집을 공유합니다. 우리는 모두 하나의 큰 가족입니다. 우리는 살아 있는 존재에 그 어떤 해도 끼치지 않습니다. 우리는 '대지를 돌보는 사람들'입니다.

가까운 마을은 00000입니다. 좌표는 00000, 000입니다. 마을에서 버려진 소련 농장을 찾으세요. 그리고 '매직 사인'을 따라오세요.

빛으로 가득한 여정 되기를 바랍니다.

마을에 도착했다. 나는 레인보우 개더링을 하나의 히피 축제, 혹은 행사 정도로 생각했다. 그러니 마을 입구에 '매직 사인', 현수막이나 배너, 하다못해 종이 쪼가리라도 하나 붙어 있겠지 하고 생각했다. 그러나 마을 어디에도 레인보우 '축제' 안내판은 없었고, 마을 사람 누구도 그 '축제'를 알지 못했다. '매직 사인'을 찾느라 마을을 수도 없이 빙빙 돌았고 그새 날이 저물었다. 독일에서 온 '작은 모험가' 중 한 명은 이 상황이 꽤 짜증 났는지 버럭 신경질을 냈다. "누구에게 물어봤자 소용없어! 이곳에 그딴 축제가 열릴 리가 없다고!"

무턱대고 히치하이커들을 따라와 그놈의 매직 사인만 내내 찾고 있으니 화가 날 만도 하다. 미안한 마음에 어서 매직 사인을 찾고자 더욱 집중했다. 도대체 사인을 어디에 뒀다는 것인가! 이때까지도 나라는 말없이 창밖을 내다보고 있었다. 그러다 갑자기 무언가를 발견한 듯 나라가 외쳤다.

"저게 사인이야!"

나와 독일 청년들은 "어디? 어디?" 하며 일제히 나라가 가리키는 곳을 쳐다봤다. 그러나 아무리 둘러봐도 팻말이나 사인은 없었다. 그저 좁은 길옆에 돌멩이 서너 개가 쌓여 있을 뿐이었다. 나는 나라에게 물었다.

"어디에 사인이 있다는 거야?"

그러자 나라는 돌멩이 서너 개를 가리키며, "저거"라고 말했다.

웃음이 빵 터졌다. '허허, 제법 유머 있는 친구일세'라고 생각하며 그녀의 상상력 넘치는 위트에 감탄했다. 가볍게 웃어넘기려는 나와 달리 독일 청년들은 나라의 농담에 더 짜증 난 듯했다. 그들은 지금 장난하냐며 신경질을 냈다. 그러나 나라는 조금도 굴하지 않고 저 돌멩이들이 바로 매직 사인이라며 저 좁은 길로 들어가야 한다고 거듭 말했다. 독일 청년들이 예민해진 것을 알면서도 계속 농담을 감행하는 나라가 대단해 보였다. 일단 그 길로 들어가 보자고 의견을 보탰다.

돌멩이가 있는 자갈길에 들어섰다. 한참이 지나도 그 어떤 사인이나 사람의 흔적은 없었다. 짜증이 짜증대로 난 독일 청년들은 이 길이 길일 리가 없다며, 괜한 고생만 하는 거라며 투덜댔지만 나라는 말없이 창밖을 응시했다. 나라가 또 소리쳤다.

"저기 또 사인이야!"

그녀가 가리킨 곳을 보니 나뭇가지에 너덜너덜한 하얀 천 조각 하나가 매달려 있었다. 나는 또 웃음이 빵 터졌다. 이러다 개똥을 보고도 '마법의 표지판'이라고 하겠네. 그래도 어쩐지 나라를 따르고 싶었다. 나라 말대로 계속 이동하자 또 다른 하얀 천들이 하나둘씩 나왔다. 설마…. 이것들이 진짜 '매직 사인'일까?

레인보우 개더링은 '매직 사인'으로 레인보우 패밀리와 '아무나'를 구분하는 듯했다. 마치 하나의 통과 관문처럼. 나와 독일 청년들은 며칠을 헤매어도 이 신비로운 매직 사인을 발견할 수 없을 것이다. 다행히 나라 덕에 우리는 이 관문을 통과했고, 마침내 레인보우 개더링에 들어올 수 있었다.

하얀 천을 따라 계속 안으로 들어가자 넓은 공터 같은 주차장이 나왔다. 화려하게 치장한 카라반과 일반 차량, 여러 개의 텐트가 있었다. 그곳에 봉고차를 주차하고, 각자 짐을 챙겨 어두운 숲속의 오르막길을 올랐다. 무거운 짐을 들고 산길을 오르느라 체력이 바닥날 즈음, 저 멀리서 '둥둥둥둥둥둥' 하는 타악기 소리가 들리기 시작했다. 여자들의 신비로운 노랫소리도 들렸다. 그리고 그때 길 안쪽에서 한 무리의 사람들이 걸어 내려왔다. 그들은 내 옆을 지나가며 이렇게 말했다.

"웰컴 홈, 시스터(자매여, 집에 온 걸 환영해요)."

아, 너무도 듣고 싶던 그 말. 가슴이 뭉클했다. 그들은 생전 처음 만난 나를 '자매'라고 불렀다. 이곳이 나의 '집'이라고 말했다. 그 한마디는 영국을 떠나며 느낀 상실감과 외로움을 단번에 위로했다.

한 시간이 넘는 야간 산행 끝에 '웰컴 센터'라고 부르는 천막에 도착했다. 천막 안에는 대여섯 명의 사람들이 모닥불 주변에 모여 앉아 있었다. 그들은 막 도착한 우리를 보고는 일제히 다가와 일일이 포옹했다. 역시나 "웰컴 홈"이라는 인사와 함께.

레인보우 개더링

밤안개가 자욱한 산 정상의 초원은 참으로 몽환적이었다. 커다란 모닥불이 여기저기서 활활 타오르고, 사람들은 노래를 부르고, 악기를 연주하고, 춤추고, 명상하고, 횃불로 저글링하고, 요가를 하며, 서로 부둥켜안고 있었다. 나체인 사람, 천 조각으로 대충 몸을 가린 사람, 온몸에 숯을 덕지덕지 바른 사람, 화려한 깃털과 꽃으로 머리를 치장한 사람, 밧줄처럼 꼰 머리가 엉덩이까지 내려온 사람…. 무지개처럼 다양한 색깔의 사람들이었다. 그 어디에도 전기 불빛은 없었다. 사람들은 청사초롱 같은 촛대나 헤드 랜턴, 심지어 횃불로 길을 비췄다. 꿈속에 있는 듯 몽롱했다.

큰 나무 아래 텐트를 치고 짐을 내려놓았다. 잠시 한숨 돌리려는 찰나, 어디선가에서 큰 외침이 들렸다.

"*푸~~~드 써~클~~~나~우~~~!!*(식사 동그라미 지금!!)"

그러자 여기저기서 사람들이 그 말을 따라 외쳤고, 숲에는 한동안 '푸드 서클 나우!!' 하는 돌림 메아리가 울려 퍼졌다. 난데없는 고함 메들리에 이게 무슨 일인가 하고 놀란 나와 달리 나라는 굉장히 신난 얼굴이었다. 나라는 지금이 식사 시간이라고, 다행히 우리가 때맞춰 도착했다며 '푸드 서클' 장소로 나가자고 했다. 나는 도대체 누가 어디서 밥을 준다는 건지 영문도 모른 채 나라의 손에 이끌려 넓은 초원으로 나갔다.

커다란 모닥불을 둘러싸고 사람들이 손을 맞잡고 있었다. 사람들은 세 개의 원을 만들었는데 큰 원 안에 중간 원이, 그 중간 원 안에는 작은 원이, 그리고 작은 원 안에는 모닥불이 있었다. 나라를 따라 큰 원의 일부에 끼어들어 가 옆 사람의 손을 잡았다. 잠시 후, 누군가가 노래를 부르기 시작했다. 사람들은 그 노래를 일제히 따라 불렀다. 맞잡은 손을 흔들며 신나게 노래하다, 손등 키스 파도타기를 하다, 볼 키스 파도타기를 하다, 또 다른 노래를 불렀다. 그렇게 노래 수 곡을 부른 후 갑자기 마치 어디서 신호라도 받은 듯 사람들은 일제히 노래를 멈췄다. 초원에는 고요한 침묵이 깔렸다. 그 고요를 뚫고 누군가가 "옴~~~"이라는 이상한 소리를 내기 시작했다. 그러자 또 사람들은 일제히 "옴~~~" 하고 소리 냈다.

이 옴! 굉장히 익숙했다. '옴'은 크리스가 상당히 즐겨 내던 소리였다. 크리스에 따르면 '옴Om'은 태초의 소리이자 우주 근원의 소리이며, 가장 신비롭고 성스러운 진리의 소리다. 이 소리에는 매우 강력한 진동과 에너지가 있어 인도 수행자들은 '옴' 소리를 내기만 해도 '깨달음'에 가까워지리라 믿는다고 했다. 크리스는 동글게 오므린 입에서 새어 나오는 바람과 '옴'의 미음에서 나오는 진동을 모아 정말 신비스럽고 오묘한 소리를 냈는데, 나는 이 소리가 너무 좋아 크리스를 따라 종종 연습하곤 했다.

수백 개의 각기 다양한 음역의 '옴' 소리가 한데 모여 엄청난 진동을 냈다. 나는 두 눈을 감고 그 진동을 온전히 느꼈다. 가슴 속에 울리는 '옴'과 공기 중에 울리는 '옴'이 내 온몸의 세포를 깨우는 듯했다. 신비로운 감정 속으로 빠져들었다. 알지도 못하는 양옆 사람의 손을 더욱 꼬옥 잡았다. 그러자 옆 사람도 내 손을 꼬옥 잡아주었다.

몇 분간 '옴' 소리를 내다가 또 이번에도 누가 신호라도 준 듯 일제히 자연스럽게 '옴' 소리를 멈췄다. 사람들은 이 강렬한 '옴' 진동을 깨고 싶지 않다는 듯 아주 천천히, 천천히 눈을 떴다. 그러고는 옆 사람과 포옹하거나, 초원에 엎드려 절하거나, 공손히 합장했다. 사람들은 그 원의 형태를 유지한 채 제 자리에 앉았다. 나도 그들을 따라 자리에 앉았다.

자리에 앉은 사람들은 각자 밥그릇과 숟가락을 꺼내 놓고 왁자지껄 떠들기 시작했다. 이제 정말 밥 먹을 시간인 듯했다. 수백 명의 사람이 만든 3개의 원 중에 가장 안쪽에 있는 작은 원의 사람들은 아직도 손을 맞잡고 있었다. 함께 기도하는 듯 보였다.

몇 명의 사람들이 아주 큰 냄비들을 들고 원 중앙으로 모였다. 기도하던 사람들은 그 큰 냄비를 들고 각자 맡은 구역을 찾아 방사형으로 흩어졌다. 그들은 중간 원과 큰 원에 앉은 사람들에게 차례차례 음식을 분배했다. 한 차례 배급이 끝나고, 그들은 "누가 아직도 배고픈가?"라고 외치며 원하는 사람들에게 또 한 번 음식을 공급했다. 그 어떤 혼란도 없이 모든 것이 차분한 분위기 속에서 진행됐다.

사람들이 밥을 거의 다 먹어갈 즈음, 갑자기 신나는 음악 소리가 들렸다. 열 명 정도의 사람들이 신나게 노래를 부르며 원을 따라 행진했다. 맨 앞의 사람은 마법사의 모자를 거꾸로 잡아 흔들며 춤추듯 걸어갔고, 그 뒤로 악사들, 노래 부르는 사람들, 춤추는 사람들이 줄줄이 따랐다. 그들은 '매직 햇'이라는 노래를 불렀다.

Deep inside my heart I've got this 내 가슴 깊숙이, 나는 이걸 가지고 있어요

Everlasting love that's shining 빛나고 있는 영원한 사랑을요

Like the sun it radiates on everyone 태양처럼 모두를 비추죠

And the more that I give the more I've got to give 더 많이 내줘요. 줘야 하는 것보다 더 많은 것을 내줘요

It's the way that I live it's what I'm living for 이게 내가 살아가는 방식이고, 살아가는 이유예요

나라는 *매직 햇*이 무엇인지 설명했다. *푸드 서클* 이후에 사람들은 원하는 만큼의 돈을 '마법의 모자'에 기부한다. 한 푼도 내지 않아도 괜찮고, 조금만 내도 괜찮고, 많이 내도 괜찮다. 모든 기부는 자발적이고 기꺼운 마음에서 나와야 하며, 그 누구도 의무감이나 미안함을 느낄 필요가 없다는 것이었다.

나는 사람들이 어떻게 기부하는지 지켜보았다. '마법의 모자'가 다가오자 어떤 사람은 손에 키스를 담아 모자 안에 넣었고, 어떤 사람

은 가슴에서 에너지를 끌어모아 모자 안에 넣었으며, 어떤 사람은 모자에 지극히 합장했다. 어떤 사람은 실제로 돈을 넣었고, 어떤 사람은 모자에 눈길도 주지 않고 옆 사람과 대화를 나눴다. '마법의 모자'를 들고 이동하는 사람도 그저 노래를 신나게 부를 뿐 사람들이 기부하는지 하지 않는지, 얼마를 넣는지, 무엇을 넣는지는 전혀 개의치 않는 듯 보였다.

매직 햇 순회가 끝나고 노래가 멈췄다. 하지만 매직 햇 행렬에 따라붙은 수십 명의 사람은 흥을 주체할 수 없다는 듯 춤을 추고 소리를 질렀다. 이에 악사들은 다른 신나는 음악을 이어서 연주했다.

식사를 마치고 개더링 이곳저곳을 둘러보았다. 사람들은 신나는 음악 연주에 맞춰 춤을 추거나, 성스러운 바잔Bhajan을 함께 부르거나 (바잔은 주로 인도의 종교, 영적 의식에서 부르는 노래로 신의 이름이나 만트라-기도 또는 명상 때 외우는 주문-를 반복하는 게 특징이다), 차를 마시며 오순도순 대화하거나, 그저 편하게 드러누워 옆 사람과 온기를 나눴다. 개더링 어디를 가도 모닥불이 피어올랐다. 티피든, 들판이든, 각자의 캠프든, 사람들은 불을 중앙에 두었고, 불이 있는 곳엔 늘 사람이 모였다.

달이 보름달로 점점 차오르는 밤이었다. 나의 가슴에도 무언가가 가득히 차올랐다.

레인보우 개더링은 1972년에 '부족들의 레인보우 개더링'이라는 이름으로 미국에서 처음 시작됐다. '부족'이라는 말에서 볼 수 있듯이 인디언 부족의 정신이 레인보우 개더링의 뿌리다. 특히나 '레인보우'라는 이름은 호비 부족의 한 예언에서 비롯했다는 이야기가 있다. 호비 부족의 예언은 다음과 같다.

지구가 병들고 동물과 식물이 죽어갈 때,

모든 국가, 인종, 종교가 모인 다양한 색깔의 새로운 부족이 나타나 지구를 구할 것이다.

그들은 'The Warriors of the Rainbow', 무지개 전사다.

레인보우는 유목 인디언의 삶을 동경한다. 인디언은 그들이 운반할 수 있는 것만을 소유했고 대자연과 완벽히 교감했으며, '위대한 정신'과 소통했다. 레인보우는 모든 인간의 유전자에는 유목 부족 생활에 대한 오래된 기억이 담겨 있어 인간은 의식적이든 무의식적이든 유목 부족 생활을 동경한다고 말한다. 세계 여행을 갈망하고, 모닥불을 좋아하고, 자연으로 휴가를 떠나는 이유가 바로 인류가 지닌 유목민 유전자 때문이라는 것이다.

레인보우에게 개더링으로의 여정은 유목 생활을 기리기 위한 일종의 성지순례와 같다. 레인보우들은 빠르고 편하게 개더링에 오기보다는 느리고 힘들게, 하지만 기쁨과 낭만과 자유가 가득한 방법으로 개더링을 찾아온다. 히치하이킹하고, 스킵 다이빙으로 먹거리를 얻고, 버스킹으로 여비를 벌고, 숱한 밤을 텐트에서 보낸다.

레인보우는 인디언이 추구하는 평화, 조화, 자유, 자연, 영성, 사랑, 연결의 가치를 지향한다. 레인보우는 서로를 '형제와 자매, 신의 아이들, 지구 가족' 등으로 부르며 모든 존재가 본래 한 가족임을 강조하는데, 이는 '모든 것이 하나로 연결되어 있다. 우리는 모두 형제다'라는 인디언의 신념과 같다.

레인보우 개더링은 1960년대 미국에서 크게 유행한 히피 문화와 보헤미아니즘의 영향도 받았다. 이 대항 문화 역시 국가 시스템, 자본주의, 소비주의, 대중매체, 위계질서, 폭력 등에 저항하고 사랑과 평화를 외친다는 점에서 레인보우 정신과 많은 면이 닮았다.

개더링에는 드레드락 머리에 거적때기 옷을 여러 겹 입고 기타와 퍼커션을 두드리는 히피와 깃털로 머리를 치장하고 진흙으로 몸에 그림 그리고 동물의 소리를 지르며 뛰어다니는 원주민 같은 사람들이 가득했다. 레인보우는 히피, 원주민, 자연인, 방랑자, 예술가 등 저마다 다양한 색을 가진 사람들이다. 그 색은 서로 다르다고 해도 모두가 '하나'인 가족이다.

레인보우 개더링에서는 모든 것이 자유롭고 자발적이다. 하지만 모든 가족이 따라야 할 몇 가지 지침이 있다. 레인보우의 신성한 진동을 유지하고 대자연을 사랑으로 돌보기 위한 전사들끼리의 중요한 약속이다.

레인보우 지침 하나: 촬영 금지

레인보우는 전자 장비를 환영하지 않는다. 핸드폰만 쳐다보거나 기기로 음악을 틀면 레인보우들이 반갑지 않은 눈총을 보낼 것이다. 특히 사진과 영상 촬영은 더욱 환영하지 않는다. 이따금 일일이 동의받아 사진 촬영을 하는 사람들이 있지만 임의로 촬영하면 거센 항의를 받는다.

한 형제가 아주 좋은 카메라로 하늘을 촬영했다. 그때 옆을 지나가던 알몸의 형제가 그에게 다가가 이렇게 말했다.

"형제여, 레인보우에서는 촬영이 안 되는 걸 알고 있나요?"

카메라를 든 형제가 답했다.

"난 사람이 아니라 아름다운 하늘을 찍었을 뿐이에요."

알몸 형제가 물었다.

"당신은 두 눈을 가지고 있는데 왜 렌즈로 하늘을 보려고 하나요? 삶의 순간은 계속해서 변하고 흘러요. 형제는 카메라 속에 사느라 그 순간을 다 놓치고 말아요."

카메라를 든 형제가 답했다.

"내가 아름답다고 느끼는 한순간이라도 담으면 좋은 거죠. 그 순간이라도 오래도록 소장할 수 있잖아요."

알몸 형제가 말했다.

"삶의 순간은 무엇으로도 담을 수 없어요. 지나가는 모든 순간을 그저 그대로 흐르게 두어요. 레인보우에서는 레인보우 '지침'을 존중해 주세요. 이곳에서 카메라를 든 형제는 마치 총을 든 형제로 보일 수 있다는 걸 잊지 마세요. 레인보우의 '지금 이 순간'의 자유를 뺏는 행위이니까요."

카메라를 든 형제는 그의 카메라를 조용히 가방에 집어넣었다.

레인보우 지침 둘: 화학 제품 사용 금지

레인보우는 세제, 샴푸, 비누, 치약 등 화학 제품을 사용하지 않는다. 설거지할 때는 재를 사용하고, 목욕이나 빨래는 물로만 한다. 임시로 만든 수돗가가 있지만 대부분의 레인보우는 근처 호수에서 알몸 수영으로 목욕과 머리 감기를 대신했다. 만일 이 호수에서 누군가가 거품을 마구 만들며 머리를 감는다면 그곳에 있는 히피와 인디언들에게 전쟁을 선포하는 것과 다름없다. 이들의 어머니인 대자연을 눈앞에서 해치는 행위이기 때문이다.

레인보우 지침 셋: 내 똥은 내가 가리자

레인보우에는 '똥구덩이'라는 공식 화장실이 있다. 밭이랑과 고랑을 연상케 하는 긴 줄의 구덩이다. 움푹 팬 고랑에 볼일을 보고, 이랑에 있는 흙이나 주변의 재로 대변을 덮는 시스템이다. 레인보우 화장실을 사용하려면 지나치게 '열린 마음'이어야 한다. 그 어떤 가림막도 없어 일을 보러 오는 모든 이와 큰일 치르는 장면을 공유한다. 베테랑 레인보우들은 아무런 거리낌 없이 공개방송으로 볼일을 치렀지만, 나는 아직 '문명인'이었다. 그토록 과감하게 몸과 마음과 똥을 만민에게 내보이고 싶지 않았다. 따라서 나와 같은 '문명인' 레인보우들은 교양 있게 일을 치를 곳을 찾아 산속으로 외로운 여정을 떠났다. 그러나 이 교양인들이 속해 있는 문명사회는 이들에게 야생 배변 처리 교육을 하지 않았다. 이들의 다수가 식수원 근처에서 볼일을 보거나, 볼일을 보고 흙으로 덮지 않거나, 휴지나 물티슈를 산에 버리는 바람에 레인보우는 늘 골머리를 썩었다. 자기 엉덩이만 가릴 뿐 정작 똥을 가릴 줄 모르는 사람들. 자신의 똥만 닦아낼 뿐 지구를 닦아낼 줄 모르는 사람들. 세상은 이들을 '문명인'이라 부른다. 나는 '미개한' 레인보우의 세상에서 새롭게 교양을 배웠다.

레인보우 지침 넷: 그것이 바로 당신의 일

한 자매가 푸드 서클에 앉아 불평을 늘어놓았다. 음식량이 부족하고, 식사 준비가 항상 늦고, 주방 주변에 쓰레기가 너무 많이 쌓여 있다고 불평했다. 그러자 다른 자매 하나가 그녀에게 이렇게 말했다.

"자매여, 레인보우엔 아주 중요한 금언 하나가 있어요. *당신이 필요한 일거리를 발견한다면, 그건 바로 당신이 해야 할 일이다*. 레인보우엔 당신의 불만을 해결할 별도의 책임자가 없어요. 우리는 모두 레인보우의 일꾼이자 리더예요. 진정한 레인보우는 불평하지 않아요. 행동을 취할 뿐이죠. 음식량이 부족하다 느끼면 '매직 햇'에 더 많이 기부하고, 식사 시간이 늦는 게 싫으면 주방으로 달려가 일을 돕고, 쓰레기가 너무 많이 쌓여 있으면 직접 가져다 버리면 돼요. 그건 모두 자매 본인이 '해야 할 일'이지, 누구에게 '불평할 일'이 아니에요."

레인보우 개더링은 누구나 언제 어디서든 시작할 수 있다. 그럼 이 모든 것을 과연 누가 준비하는가? 레인보우는 현장에 제일 먼저 도착하는 사람이 시작한다. 누군가가 개더링 장소를 구하고 대략적인 날짜를 정하면, 전 세계 레인보우 가족들이 하나둘 귀신같이 모여든다. 그렇게 있는 것이라고는 자연밖에 없는(사실 레인보우에겐 가장 중요한 것이지만) 날것의 야생은 세상 가장 안락하고 안전한 '집'으로 변신한다. 이렇게 개더링을 현장에서 준비하는 기간을 '씨앗 캠프'라고 한다.

현장이 아직 준비되지 않았는데 당장 내일 개더링을 시작해야 한대도 전혀 걱정할 필요가 없다. 이곳에 오는 모든 형제자매가 집주인이기 때문이다.

'형제여, 집에 온 걸 환영한다! 이 누추한 집에 할 일이 잔뜩 보이는

가? 그렇다. 그게 바로 형제가 해야 할 일이다.'

레인보우에선 누구도 누구에게 무언가를 강요하지 않는다. 스스로 느끼고, 스스로 찾으며, 스스로 행한다. 때로는 다른 가족들보다 조금 더 묵직한 책임감을 느끼는 사람이 있다. 그들은 수백 명의 가족이 굶지 않도록, 목마르지 않도록, 추위에 떨지 않도록 자신만의 리더십을 발휘한다. 레인보우에서는 자발적인 참여는 언제든 환영이지만, '지도자 자질'은 그다지 환영받지 못할 수도 있다. 괜한 걱정에 혼자 혈안이 되어 야단법석을 피우고, 사람들에게 강압적으로 지시하고, 잔소리를 퍼붓는 형제가 있다면, 레인보우는 그에게 말할 것이다.

"형제여, 걱정하지 말아요. 레인보우를 돌보는 건 레인보우 그 자신이지, 한 사람의 의지가 아니에요. 모든 일은 결국 어떻게든 잘 돌아갈 거예요."

레인보우에는 마법이 존재한다. 그 누구의 계획이나 통제나 의도가 없이도, 모든 일이 그냥 '저절로' 이루어지는 마법이다. 이 마법이 통하는 레인보우에선 불평과 걱정이 아무런 힘을 쓰지 못한다.

레인보우 타임, 시간과 기다림이 존재하지 않는 곳

레인보우에는 매일 워크숍이 열린다. 명상, 소리 치유, 요가, 태극권, 마사지, 무속 세계로의 여정, 인디언 댄스, 점성술, 아프리카 젬베, 탄트라 요가 등 종류도 다양하다. 모든 워크숍은 재능기부로 이루어진다. 누구나 워크숍을 열고 누구나 워크숍에 참여할 수 있다. 워크숍은 사전 계획이나 일정 없이 즉흥적으로 열린다. 워크숍 공지는 푸드

서클 때 일일이 목소리로 알리는 게 전부다.

"요가 커넥션! 요가 커넥션! '영적 치유 존'에서, 오늘 해가 '저기'에 떴을 때!"

그들은 손가락으로 하늘 어딘가를 가리킨다. 태양이 떠 있는 위치. 그것이 레인보우만의 시계다.

치유 명상 워크숍에 참여하고 싶었다. 워크숍을 공지한 자매는 태양이 *저기*에 걸려 있을 때 *저기 어딘가*로 오라고 말했다. 나는 푸드 서클 이후 계속 하늘만 바라봤다. 워크숍에 늦을까 불안했고, 그렇다고 너무 일찍 도착해 나의 시간을 낭비하고 싶지는 않았다.

마침내 해가 *저기*에 이르렀고, *저기 어딘가*로 갔다. *저기 어딘가*에는 아직 아무도 와 있지 않았다. 몇몇 사람이 있긴 했지만, 그들은 워크숍을 기다리는 사람들이 아니었다. 누워서 알몸으로 일광욕하는 사람, 명상 중인 사람, 요가 하는 사람, 낮잠 자는 사람들이었다. 나는 그 장소가 '저기 어딘가'가 맞는지, 혹시 사람들이 다른 곳에 모여 있는 것은 아닌지 불안한 마음에 주변을 몇 번이나 돌고 돌았다.

어느새, 해는 자매가 가리켰던 위치에서 훨씬 기울어졌다. 슬슬 짜증이 났다.

'뭐야! 워크숍을 하는 거야 마는 거야! 해가 벌써 저길 넘어갔는데 아무도 오지를 않고!'

내일 푸드 서클에서 그녀를 본다면 내가 얼마나 오랫동안 '저기 어딘가'에서 기다렸는지 한마디 해야겠다고 벼르며 텐트로 돌아가려던 그때였다. 저 멀리서 워크숍을 공지한 자매가 느긋하게 걸어왔다. 그녀의 여유가 조금 괘씸했지만 그래도 어쨌든 왔으니 됐다 싶어 마음을 풀었다. 선생은 왔고 이번엔 학생이 문제였다. 아무리 둘러봐도 워크숍을 기다리는 사람은 나밖에 없었다. 워크숍이 취소되는 것은 아닐까 걱정되기 시작할 때였다. 명상하던 사람, 요가 하던 사람, 일광욕하던 사람, 낮잠 자던 사람들이 자리에서 유유히 일어나 선생 앞으로 모이는 게 아닌가!

'뭐야, 이 사람들! 다 워크숍 기다리는 사람들이었어?'

순간 배신감이 몰려왔다. 나처럼 오매불망 기다리지 않고 그냥 여기서 제 할 일 하던 사람들이다. 그들은 내가 학생들을 찾으러 장소를 샅샅이 뒤질 때도 아주 느긋하고 무심하게 요가나 하고 있었다. 내가 얼마나 애태웠는지 누구도 개의치 않았고, 선생에게 왜 이리 늦게 왔냐며 불평하지도 않았다. 마치 그녀가 지금 올 것이라는 걸 이미 알았다는 듯 모두가 즐거운 표정이었다.

이후로도 나는 몇 번 더 *레인보우 타임*을 혹독하게 겪었다. 태양이

'저기'에 있을 때 만나자고 했는데 끝끝내 나타나지 않은 형제, 같이 후딱 물을 떠 오기로 했는데 가는 길마다 다른 형제자매와 인사를 나누다 남의 캠프에 들려 차를 마시다 음악 소리에 춤추다 세월아 네월아 딴짓만 한 자매, 함께 레인보우를 떠나기로 했는데 매번 일정을 바꾸며 '흐름을 지켜보자'고 말하는 자매. 이들의 형편없는 시간개념에 나만 혼자 속이 터졌다. 약속을 중요시하고 계획을 칼같이 따르던 나는 이들의 무질서에 상당히 짜증 났다.

나는 훨씬 나중에야 '레인보우 시간'의 참 의미를 이해했다. '레인보우 시간'은 '지금, 이 순간'에 우리를 온전히 존재하도록 하는 진리의 시계였다.

무언가를 기다린다는 건 마음이 미래에 있다는 의미다. 마음이 미래에 있으면 현재에 평온할 수 없다. 버스가 일찍 도착하기를, 친구와 빨리 만나기를, 이 일이 빨리 끝나기를 바라면 우리의 마음은 조급하고 불안해진다. 혹여나 버스가 늦거나 친구가 늦거나 일이 늦어지면, 즉 자신이 기대한 대로 미래가 오지 않으면 화를 내고, 실망하고, 좌절한다. 사실, 문제는 자신의 '기대하는 마음'에 있는데 공연히 남에게 그 탓을 돌리고 만다.

레인보우는 미래를 그리지 않는다. 어떤 것도 기대하지 않는다. 함부로 약속하지 않고, 그 약속마저도 끝없는 변화의 물결 속에 있음을 완벽히 이해한다. 그들은 매 순간, 모든 것의 변화를 받아들이며, 이 완전한 순응을 통해 고집과 기대에서 해방된다. 그들은 알고 있다. 조급함을 버리면 평온이 찾아온다는 것을.

레인보우에선 날짜의 구분이 필요하지 않다. 그저 달이 차오르고 달이 비어가는 것으로 충분하다. 시간의 구분도 필요 없다. 해가 뜨고, 해가 지면 그뿐이다. 이들은 무언가를 기다리지 않고 매 순간을 '깨어있음'으로, 자신만의 즐길 거리로 채웠다. 그러다 누군가가 오거나 어떤 일이 벌어지면 감사히 그 흐름을 받아들였다. 끝내 누군가가 오지 않거나 어떤 일이 일어나지 않아도 그들은 실망하지 않는다. 어차피 그들은 그 어떤 기대도 하지 않았고, 아무것도 기다리지 않았고, 그들의 순간을 온전히 즐겼으니 말이다.

알몸과 성

내가 '알몸 문화'를 처음 접한 것은 레인보우 전이었다. 프로젝트를 시작하기 전, 영국 웨일스에서 열린 '그린 개더링 페스티벌'에 갔을 때였다. 자연 생태 축제답게 행사장에는 태양열 샤워장과 황토 불가마 찜질방이 있었다. 오랜만에 따뜻한 물로 샤워하고 황토방에서 몸을 지져야겠다 싶어 신이 난 나는 서둘러 샤워장 문을 열었다. 그리고…, 몸을 녹이기는커녕 그만 얼음처럼 굳어버렸다. 샤워 중인 알몸의 남자와 눈이 마주친 것이다. 멍하니 서 있는 나를 보고 그 남자는 "안녕!" 하고 인사했다. 몸 구석구석을 타월로 닦으면서. 그리고 그 남자 뒤로 아무렇지 않게 샤워 부스로 들어가는 알몸의 여자와 이미 샤워를 마치고 밖으로 나가는 알몸의 여자를 보았다. 몇 초 동안 내 두뇌 회로는 모든 작동을 멈췄다. 잠시 후 가까스로 정신이 돌아온 뒤에야 황급히 그곳을 뛰쳐나왔다.

'여기 대체 뭐 하는 곳이야! 건전한 친환경 축제인 줄 알았더니 문

란한 혼욕 파티장이야?'

내가 도대체 뭘 본 것인지 믿어지지 않았다. 달아오른 얼굴을 식히려 잔디밭에 한참을 앉아 있었다. 잠시 후 마음을 진정하고 나니 문득 이런 생각이 들었다.

'저 사람들은 아무렇지 않은데, 왜 나만 부끄러워하는 거지?'

그들은 그저 몸을 씻었다. 이성이든 동성이든 남의 알몸에 아무런 관심 없이 각자 자연스럽게 제 할 일을 했다. 그들의 알몸에 충격받은 것은 오직 나뿐이었다. 어쩌면 정작 이상한 것은, 그들을 이상하게 바라보는 내가 아닐까? 알몸을 무조건 성적으로, 부끄러운 것으로 여기는 내가 오히려 더 음흉하고 건전치 못한 건 아닐까? 그래. 몸은 그저 몸일 뿐이야.

이런 생각에 미치자 갑자기 용기가 솟아났다. 다시 샤워장에 들어갔다. 그리고 아주 당당하게 모두와 함께! 샤워했다.

그날의 샤워는 몸의 먼지만 닦아낸 것이 아니다. 성性과 몸의 왜곡된 편견 또한 시원하게 씻겨냈다. '씻김굿'을 치르고 나니 엄청난 자유와 기쁨을 느꼈다. 이 벅찬 마음을 함께하고자 '그린 개더링'에서 만난 친구에게 나의 첫 혼욕 소감을 이야기했다. 내 말을 들은 그는 내게 이렇게 말했다.

"성적 의도가 없는 나체 행위. 즉, 존중감 있는 나체 행위는 모든 인간이 누려야 할 자연스러운 권리예요."

이렇듯, 이미 짧게나마 '존중감 있는 나체 행위'의 자유를 맛보았기에 레인보우에서의 나체 문화가 그다지 충격적이지 않았다. 다만 레인보우는 훨씬 더 많은 사람이, 훨씬 더 아무 데서나, 훨씬 더 과감하게, 훨씬 더 활발한 나체 활동을 한다는 것이 조금 달랐다.

레인보우는 조금의 거리낌 없이 나체로 생활했다. 나체로 밥 먹고, 수영하고, 일광욕하고, 조깅하고, 춤추고, 요리하고, 명상하고, 포옹하고, 잠자고, 요가 했다. 건장한 형제 두 명이 격렬하게 알몸 조깅을 하며 내 앞을 지나갈 때와 자매들이 알몸으로 아크로바틱 요가를 하고 있을 때는 사실 눈을 어디에 둬야 할지 몰라 다소 난감했지만, 나는 점차 이들의 격한 알몸 활동에 상당히 익숙해졌다.

레인보우에게 인간의 몸은 성스러운 사원이다. 여성의 몸과 남성의 몸을 구별하지 않고 모든 육체를 자연의 일부로 바라보며 소중히 섬긴다. 이런 면에서 나는 레인보우 형제들을 전적으로 신뢰했다. 레인보우에선 그 누구도 나의 몸을 성적 대상으로 바라보지 않을 것이며, 그 누구도 나의 몸에 폭력을 행사하지 않을 것이다. 이 믿음 덕에 나 역시 나체의 자유를 마음껏 누릴 수 있었다. 이들처럼 알몸으로 아크로바틱 요가를 하진 못했지만, 호수에서 알몸 수영과 일광욕을 즐겼고, 날이 더울 땐 아무런 상의도 걸치지 않은 채 개더링을 누볐다. 나체의 자유는 정말이지 황홀했다. 살갗에 그 어떤 가림막을 치지 않아도 안심과 안도를 느끼는 세상 안에 있다는 것이 눈물 나도록 감사했다.

생전 처음 누리는 자유에 도취한 나머지 바깥세상의 현실을 깜빡 잊고 지냈다. 그러다 한 사건이 생겼다. 이 사건으로 알몸의 자유는 오직 '레인보우 보호막' 안에서만 가능하다는 슬픈 현실을 기억하고 말았다.

호숫가에서 알몸 수영과 일광욕을 한바탕 즐기고 개더링 장소로 돌아오던 길이었다. 약 30분가량 숲길을 걸어야 했는데, 워낙 인적이 드문 곳이라 레인보우 패밀리 말고는 다른 사람을 만날 일이 거의 없었다. 그래서 레인보우들은 이 길에서도 아무렇지 않게 나체로 걸어 다녔다. 이따금 주변 이웃들이 레인보우 개더링에 호기심으로 방문하는 경우가 있었다. 이들은 레인보우의 나체와 춤사위에 적잖이 충격을 받고 조용히 장소를 떠났다. 레인보우 패밀리들은 레인보우의 강력한 파장, '레인보우 보호막'이 가족의 자유를 지켜준다고 믿었다. 그날, 나는 상체에 아무것도 걸치지 않고 하늘하늘한 천으로 하체만 살짝 가린 채 혼자 숲길을 걸었다. 절반 정도 걸어왔을 때였다. 반대편에서 남자 두 명이 걸어왔다. 한눈에 그들이 레인보우가 아님을 알 수 있었다.

나는 숲길에서 두 남자를 마주하고 그들이 은밀한 대화를 나누며 음흉한 미소로 나를 쳐다본다는 걸 알아챈 순간, 내가 '레인보우 보호막'에서 너무 멀리 벗어났다는 것을 깨달았다. 숲길에는 나 말고는 아무도 없었고, 몸을 가릴만 한 것도 없었다. 나는 최대한 아무렇지 않은 척, 당당하게 그들 옆을 지나갔다. 내가 자연스럽게 갈 길을 가면, 그들도 가던 길을 가겠지 생각하면서. 하지만 그들과의 거리가 가까워질수록 나의 헐벗은 몸은 수치심으로 점점 움츠러들었다.

2m 남짓 그들과 나의 거리가 가까워졌을 때였다. 갑자기 둘 중 한 남자가 내 가슴 쪽으로 손을 뻗었다. 나는 황급히 몸을 돌려 그의 손길을 피했고, 지금 뭐 하는 거냐며 소리쳤다. 그러자 그는 오히려 어이가 없다는 표정을 지으며, 두 팔을 벌려 숲을 한번 빙 둘러 보여주는 몸짓을 취하고, 내 가슴을 가리키며 알아들을 수 없는 말을 했다.

그러자 옆에 있던 다른 남자가 킥킥거리며 웃었다. 그때 그 남자의 몸짓과 상황으로 미뤄보건대, 그는 이렇게 말한 듯했다.

"지금 여기는 공공장소잖아! 헐벗고 나타난 건 넌데, 만져달라는 게 아니고 뭐야?"

남자의 거친 손짓은 분노와 공포, 수치감을 몰고 왔다. 그들에게 화난 표정을 지으며 꺼지라고 소리친 후, 황급히 개더링 장소로 발길을 돌렸다. 다행히 그들은 나를 따라오지 않고 조롱하듯 크게 웃더니 반대편 숲길로 걸어갔다. 나는 정신없는 발걸음으로 돌아와 텐트 안으로 들어갔다. 심장은 미친 듯이 요동쳤고, 온몸엔 식은땀이 흥건했다. 그들의 음흉한 눈빛과 웃음소리가 머릿속을 떠나지 않았다.

갑자기 눈물이 터져 나왔다. 두려움이나 공포감에서 오는 눈물이 아니었다. 원망과 서러움의 눈물이었다. 그토록 찬란하던 나의 자유를 한순간에 앗아간 그들이 너무도 원망스러웠다. 나는 '현실'의 기억을 떠올리고야 말았다. 그 남자의 손길처럼 폭력적이고 야만적인 세상의 현실! 그 남자의 웃음처럼 비열하고 음탕한 인간의 현실! 가리고, 움츠리고, 숨고, 몸 사리고, 조심하고, 경계해야 하는 서럽고 비참한 약자의 현실을 말이다!

'레인보우 보호막'이 저 바깥세상에까지 널리 미칠 순 없는 것일까? 모든 이가 안심하고, 보호받고, 자유로운 이 레인보우의 세상을 현실로 만들 순 없는 것일까? 그 어떤 두려움과 긴장 없이, 세상에서 가장 자연스러운 태초의 모습으로, 한없는 자유를 누렸던 지난 며칠이 그저 꿈같이 느껴졌다.

레인보우는 성별이 같건 다르건, 처음 만난 사람이든 연인이든 상관없이 포옹했다. 가슴과 가슴이 깊고 포근하게 안기는 포옹이었다. 애정을 표현하는 행위에는 그 어떤 경계도 없다. 연인이 아니더라도 서로의 얼굴에 키스를 남기고, 따뜻한 손길로 마사지하고, 추운 날 한 텐트 안에서 꼬옥 부둥켜안고 자고, 사랑한다는 말을 거리낌 없이 했다. 레인보우에게 사랑의 대상은 연인만이 아니다. 이들은 모든 형제자매를 연인처럼 여기며 보듬는다.

우리의 나체를 하늘에, 바람에, 태양에, 물 위에 마음껏 드러낼 수 있는 세상, 모든 여인이 자유롭고 안전하게 대지를 누비는 세상, 순수한 애정을 다정한 손길과 품으로 마음껏 표현하는 세상. 사랑에 그 어떤 경계도 없는 세상. 그 꿈같은 세상이 바로 레인보우였다.

살아 있는 진동, 레인보우의 음악

낮이든 밤이든, 비가 오든 눈이 오든, 레인보우에 절대로 끊이지 않는 두 가지가 있다. 바로 모닥불과 음악이다. 이 두 가지는 모두 사람들을 한데 모으고 명상의 순간을 제공한다.

레인보우의 음악은 살아 있는 진동이다. 레인보우에는 연주자와 관객의 구분이 없다. 모두가 함께 그 진동을 만들기 때문이다. 눈을 감고 있어도 연주자, 춤을 추고 있어도 연주자, 대화를 나누고 있어도 연주자다.

레인보우의 노래는 심장을 관통한다. 그래서 '가슴의 노래HEART SONG'라 부른다. 레인보우가 읊조리는 노랫말은 그 어떤 찬송가보다 신성하고, 그 어떤 사랑가보다 달콤하다. 수백 명의 사람이 손을 마주잡고 하나의 마음으로 노래할 때, 소름이 돋고 눈물이 맺히며 전율이 흐른다. 인간의 목소리는 말이 아니라 노래를 부르기 위해 존재한다는 말이 이곳 레인보우에서는 진리가 된다.

We are circling circling together 우리는 함께 원을 만들어요

We are singing singing our heart song 우리는 가슴의 노래를 불러요

This is family, this is unity, this is celebration, this is sacred 이것은 가족이고 통합이고 축복이며, 이것은 신성해요

불필요한 인사치레가 필요 없는 곳

오솔길을 산책하다 맞은편에서 걸어오는 레인보우 형제와 눈이 마주쳤다. 반가운 마음에 나는 한껏 친절하게 미소 지으며 "하이!" 하고 인사했다. 그는 무심히 "바이!"라고 인사하고는 쌩하고 가버렸다. 나는 무엇엔가 텅 얻어맞은 듯, 한참 동안 서서 사라지는 그의 뒷모습을 지켜봤다. 무엇을 기대했던 걸까? 따뜻한 인사와 미소가 되돌아오길 기대했다. 이 부끄러움은 나의 인사가 무시당한 것 같아서도, 그의 냉정함에 상처받은 것에서 온 것이 아니었다. 나는 나의 가식이 부끄러웠다. 나는 그에게 가식으로 인사했고, 그는 나에게 진실로 작별했다. 그는 나와 눈이 마주쳤다고 해서 굳이 인사치레하듯 거짓된 표정을 만들지 않았다.

누군가를 처음 만날 때, 우리는 아주 두꺼운 가식의 가면을 쓴다.

생전 처음 만난 사람이 뭐가 그렇게 반갑겠냐마는, 사람들은 마치 세상 절친을 만난 것처럼 인사한다. 마주친 눈빛을 거두기가 민망해 "안녕"이라 인사하고, 궁금하지도 않으면서 "잘 지내니?"라고 묻고, 외우지도 못할 거면서 "이름이 뭐예요?"라고 물으며, 의미 없이 '국적'을 묻거니와, 서열이라도 따지려는 것인지 '나이'를 묻는다. 사실은 그가 누구인지 티끌만큼도 관심 없고, 빨리 이 어색한 첫 만남을 끝내버리고 싶지만 '나'에 대해 나쁜 인상을 남길 수 없으니 친절을 보이고, 피상적인 질문을 한다.

내게 '잘 가'라고 작별 인사한 형제 덕에 나는 피상적인 인사치레 문화와 작별을 고했다. 외우지도 못할 이름 묻지도 말고, 알려줘봤자 까먹을 이름 말하지 말자. 거짓된 껍데기 인사가 아니라 진실한 마음의 인사를 나누자. 이름을 묻지 않아도, 친절히 웃지 않아도, 어차피 통할 인연은 다 마음으로 통하는 법이니.

연결의 주문

레인보우는 늘 '커넥션!connection!'을 외친다. '커넥션!'은 말 그대로 나와 만물의 연결, 연결망을 의미한다. '우리는 모두 연결되어 있다'라는 레인보우 진리를 실현하는 일종의 주문이다. 무언가가 필요할 때, 반대로 누군가와 무언가를 나누고 싶을 때 사용한다.

목이 마르는가? 그렇다면 "물 커넥션!"이라고 외쳐라. 그러면 어디선가 누군가가 정말 물을 건네준다. 담배가 떨어졌는가? 그럼 "담배 커넥션!"이라고 외쳐라. 그러면 또 담배가 누군가의 손에서 손으로 그대에게 전달된다. 그대가 원하는 것이 무엇이든 그것의 '커넥션'을 외치면, 그 말을 들은 사람들은 메아리처럼 그 '커넥션'을 반복 전달한다. 그리고 그것을 가진 누군가는 조금의 주저 없이 얼굴도 보이지 않는 누군가에게 그것을 건넨다.

오랜 기간 야생에서 캠핑하면 먹고 싶은 것과 필요한 것이 많아진다. 바깥세상에선 흔한 것이 야생에선 아주 귀한 것이 되는데, 이럴 때 보통의 사람들은 그 귀한 것을 독차지하려 한다. 나부터, 나 혼자, 내가 더. 생존을 위한 자연스러운 이기심이다. 레인보우는 다르다. 이들은 자신이 가진 모든 것을 모조리 다 나눈다. 초콜릿 하나를 아주 작은 조각으로 나눠 몇십 명에게 나눠주고, 차파티[17] 한 쪽을 찢고 찢어 여러 명이 함께 먹는다. 다섯 개의 빵과 두 마리의 물고기로 수천 명을 먹였다는 예수님의 기적을 이들은 매일 실현한다.

레인보우는 나눌 만큼 충분해서 나누는 게 아니라, 정말 나눌 것도 안 되는 적은 것마저 모조리 다 나눈다. 이걸 누구 코에 붙이나 싶을 만큼 작은 초콜릿이 "커넥션!"을 따라 손에서 손으로 나눠진다. 마지막 남은 담배 한 개비, 아버지한테도 안 준다는 마지막 남은 돛대는 원을 따라 돌고 돌아 모두가 함께 한 모금의 낭만으로 즐긴다. 가진 것이 많을 땐 나누기도 쉽다. 가진 것이 정말 없을 때 그것을 나눌 수 있는 마음이야말로 진정한 나눔이다. 레인보우는 '연결' 속에 산다. 내가 모두와 연결된 하나임을 아는 레인보우는 마지막 빵 한 조각을 함께 나누어 먹음으로써 진정한 '나'를 배불린다.

레인보우 패밀리가 공유하는 공통적인 정신과 문화, 가치관이 있지만 레인보우 개더링에 오는 사람들은 무지갯빛만큼 다양하다. 평범한 일상을 살다가 야생에서 일탈하는 직장인, 예술적 영감과 영적 성장을 위해 주기적으로 레인보우를 찾는 예술가와 수행자, 수년간 레인보우 개더링만을 찾아 떠도는 레인보우 유목민, 그저 재미난 축제이겠거니 하고 어쩌다 한번 호기심에 들러본 관광객과 지역 주민, 돈 없이 먹고 자고 놀고 할 수 있는 곳이라면 지구 끝이라도 달려가는 무일푼 방랑자.

나는 관광객과 무일푼 방랑자 그 어느 중간의 위치에서 레인보우를 시작했다. 이들의 세계와 나의 세계 사이에는 분명한 선이 있었고, 나는 구경꾼 혹은 이방인의 눈으로 이들의 세계를 관찰했다. 나는 이들과 달리 지금이 몇 시인지 궁금했고, 레인보우를 촬영하지 못해 속상했고, 이들의 나이와 국적을 묻고 싶었고, 침낭에 들어가기 전에 반드시 발을 씻었다. 그러다 점차 시간이 지나면서 이들의 세계와 나의 세계 사이에 놓였던 장벽이 조금씩 허물어졌다. 보름달이 한가득 차오른 밤. 수백 명이 손을 맞잡고 '가슴의 노래'를 부르며 성스러운 보름달 의식을 치렀다. 그날 나는 한없이 둥근 보름달처럼 레인보우와 하나의 원을 이루었다. 그리고 나는 '우리'를 진정으로 사랑하게 됐다.

보름달의 절정이 지났으니 이제 개더링을 떠나야 한다. 어디로 갈까? 나의 가슴은 내가 어디로 가야 할지 분명히 알고 있다. 나는 주저 없이 슬로바키아에 드리운 또 다른 '레인보우 집'으로 나아갔다.

지혜로운 사람과의 대화: 슬로바키아

나의 세계

나라는 북쪽 발트해로, 나는 남쪽 슬로바키아로. 나라와 나는 서로 다른 길에서 각자의 새로운 히치 여정을 시작했다. 다시 혼자 히치하이크해야 했지만 그다지 두렵지 않았다. 리투아니아에서 슬로바키아로 안전한 무지개다리 하나가 길게 드리운 느낌이었다. 내가 무사히 집에 돌아오도록 레인보우 보호막이 나를 지켜줄 것이다.

슬로바키아에서 만난 카우치 서핑 호스트 실비아 덕분에 레인보우 개더링 장소 근처까지 이동할 수 있었다. 가까운 곳에서 단번에 '매직 사인'을 발견했다. 이제 '레인보우의 눈'을 뜬 것 같아 혼자 빙그레 웃었다. 매직 사인을 따라 숲 안쪽으로 들어갔다. 길 끝에 카라반으로 개조한 대형 트럭이 있었다. 트럭 앞에는 드레드락 머리에 거적때기 옷을 입은 사람들이 채소를 손질하고 있었다. 정말 범상치 않은 카라반이었다. 실비아는 카라반과 히피들을 힐긋 보더니 잔뜩 겁먹은 표정이다. 그녀는 내게 조용히 말했다.

"세상에, 저 사람들 좀 봐…. 너 정말 여기 머물러도 괜찮은 거야?"

나는 실비아의 반응이 재미있어 함께 레인보우 개더링 안으로 들어가자고 했다. 그러자 실비아는 뒷걸음치며 말했다.

"아니! 여긴 내가 있을 곳이 절.대. 아니야!"

실비아는 황급히 그녀의 세상으로 돌아갔고, 나는 2주 만에 레인보우 세상으로 돌아왔다. 두 번째 방문한 레인보우는 고향처럼 반가웠다. 레인보우 가족들은 역시나 "집에 온 걸 환영해요"라며 나를 꼭 안

아줬다. 나는 레인보우 보호막 아래 어딘가에 나만의 작은 은신처를 만들었다. 그렇게 또 한 번의 고향살이를 시작했다.

리투아니아 개더링에서 레인보우 세계를 관찰했다면 슬로바키아 개더링에서는 나의 세계를 관찰했다. 나의 세계를 더 깊이 알아갈수록 나는 참을 수 없는 외로움에 사로잡혔다. 이 외로움은 외부가 아닌 내면 깊은 곳에서 오는 공허함이었다. 내게서 그 공허함을 꺼낸 것은 다름 아닌 레인보우였다.

레인보우 패밀리는 내가 지금껏 살면서 만난 사람들과는 달랐다. 그들은 무엇을 하고 있든 온전히 '진짜'로 존재했다. 꾸밈없이 가장 편안하고 자연스러운 상태로 '지금'을 살았다. 그들의 얼굴은 평온했고, 몸짓은 물이 흐르는 듯했다(물론 모든 레인보우가 다 그런 것은 아니지만 편의상 '레인보우'로 통칭하여 부르겠다).

레인보우를 '진짜'라고 느낄수록, 나 자신을 '거짓'이라 느꼈다. 레인보우의 평온함에서 내 존재의 불안함을 알아챘고, 레인보우의 자유로움에 감탄할수록 내가 지닌 속박과 굴레에 숨이 막혀왔다. 공허함을 떨쳐내려 여러 워크숍에 참여했다. 명상, 무속 여정, 에너지 치유, 요가 등의 워크숍에 참여했는데, 나는 이들이 양손에서 느낀다는 에너지를 조금도 느끼지 못했고, 딴생각만 나는 명상은 도대체 왜 하는 것인지 이해할 수 없었다. 워크숍이 끝난 후에 사람들은 돌아가며 소감을 이야기했다. 맑고 고요한 에너지를 느꼈다는 둥, 전생 체험을 했다는 둥, 온몸이 진동으로 가득 찼다는 둥, 배 끝에서부터 강렬한 기운이 소용돌이치고 올라왔다는 둥 정말 신기한 경험이라며 모두들 나는 이해할 수 없는 말들을 해댔다.

그러던 어느 날 밤, 나는 참을 수 없을 만큼 불안하고 외로워졌다. 마음을 가라앉히려고 개더링 여기저기를 헤맸다. 모닥불 앞에서 신나게 춤추고, 차이 티피로 가서 차를 마시고, 바잔이 흘러나오는 티피에서 경건히 명상하고, 베이스캠프로 돌아와 친한 사람들과 대화를 나눴다. 그러나 그 어느 것도 나의 불안과 외로움을 달래주지 못했다.

공허해…, 외로워…. 도대체 어떻게 존재해야 하는지 모르겠어. 모든 게 불편하고 불안해. 나는 '진실'로 존재하지 않아. 나는 '거짓'이야….

다음 날, 푸드 서클이 끝나고 자리에 멍하니 앉아 있었다. 나는 여전히 고통스러웠다. 그러다 서클 맞은편에 나와 마주해 앉은 흰머리의 형제를 보았다. 그는 아주 평온하고 온화한 미소로 사람들과 대화하고 있었다. 나는 그에게서 눈을 뗄 수 없었다. 물론 그를 이날 처음 본 것은 아니었다. 그는 수백 명의 레인보우 중에서도 특히나 눈에 띄는 사람이었다. 그는 나이가 꽤 들어 보였지만 항상 해맑은 표정으로 노래를 불렀고, 뭐가 그리 신나는지 옆 사람의 손을 잡고 깡충깡충 뛰었다. 그는 명상, 점성학, 치유 에너지 워크숍을 열곤 했다. 많은 사람이 그의 워크숍에 참여했고, 사람들은 존경과 사랑으로 그를 반겼다. 나는 매번 그를 볼 때마다 그가 특별하다는 것을 느꼈지만 한 번도 그에게 다가가 대화를 나누거나 그의 워크숍에 참여할 생각은 하지 않았다. 그런데 이날은 내 가슴이 분명한 목소리를 냈다.

'어서 저 사람에게로 가. 가서 그에게 말해. 지금 너무나 외롭고 공

허하다고.'

짤막한 쪽지를 적어 그에게 갔다. 나는 그 어떤 말이나 인사도 하지 않고 그에게 메모를 건넸다. 그의 이마에 짧은 키스를 남긴 후 자리로 돌아왔다.

나는 '진짜'가 아닌 것 같아요. 도대체 어떻게 존재해야 하는지 모르겠어요. 외롭고 고통스러워요. 당신과 이야기 나누고 싶어요.

잠시 후 그가 다가왔다. 그리곤 한없이 따뜻한 음성으로 말했다.

"나의 자매여, 영적 치유 존 근처에 나의 캠프가 있답니다. 언제든 그곳으로 오세요."

그는 자신을 '넵튠'이라 불렀다. 그날 오후, 넵튠의 캠프를 찾아갔다.

넵튠과의 대화, 해방

* 넵튠과 대화하는 동안 지나가던 두 형제가 대화에 참여했다.

넵튠 그대, 그대는 내게 정말 중요한 메시지를 보냈습니다. 그대의 메모엔 강력한 힘이 담겼어요. 우선, 실로 축하할 일이라 말하고 싶어요. 당신의 존재가 이제 정말 중요한 단계에 들어섰다는 느낌이 강하게 드는군요.

나　　　　중요한 단계요?

넵튠　　　네. 자매가 지금 느끼는 감정은 매우 강력합니다. 그대는 지금 진리로 향하는 엄청난 변화 앞에 놓여 있어요. 정말로 흥분되는 일입니다. 사람들은 자신이 보는 세상이 실재한다고 생각합니다. 하지만 우리가 실제 존재한다고 믿는 현실은 사실 환상입니다. 이 환상 너머에 '진정한 실재'가 있습니다. 우리 모두의 안에 존재하는 하나의 진리, 더 깊은 곳의 진리, 절대적 진리 말이죠.

나　　　　저 정말 솔직해질게요. 진리라…. 무슨 말을 하는 건지 모르겠어요. 사실 이곳 레인보우 사람들이 말하는 것을 저는 이해하거나 공감할 수 없어요. 진리가 뭔지도 모르겠고 에너지라는 것도 느끼지 못해요. 이해하는 척, 느끼는 척, 나도 같은 레인보우인 척하고 싶지 않아요. 저는 '레인보우'가 아니에요. 그리고 어쩌면 이게 제가 외로움을 느끼는 가장 큰 이유인지도 몰라요. 나는 레인보우가 아닌데, 레인보우 사람들은 '진짜' 같다는 느낌. 그러니 나는 '가짜'라는 느낌. 그런데 사실 저는 '진짜'가 무엇인지도 몰라요.

넵튠　　　당신은 '진짜'가 무엇인지 알고 있어요. 이미 그걸 느끼고 있잖아요. 단지 당신 머리로 이해하지 못했을 뿐이에요. 하지만 괜찮아요. 그건 나중에 올 거예요. 중요한 건 당신이 '진짜'가 무엇인지 느낀다는 거예요. 당신은 이미 그걸 보았고 그게 당신의 가슴 속에 '붐!'을 일으켰어요. 그리고 언젠가 당신의 머리로도 그걸 이해하게 될 거예요. 하지만 그건 나중의 일이에요. 그건 이 과정의 마지막 부분이어야 해요. 머리로 이해하는 게 과정의 시작이 되면, 그건 '노력하는 일'이죠. 그리고 이 길에서 '노력'은 그 어떤 역할도 하지 못해요.

나 머리로 이해하지 않으면, 그게 무엇인지 대체 어떻게 아는 거죠?

넵튠 머리는 논리와 노력을 좋아해요. 물론 그것도 괜찮아요. 우리는 일상생활에서 논리와 노력을 유용하게 사용할 수 있어요. 하지만 진리를 위한 길, 즉 영적인 길에서는 논리와 노력이 그다지 큰 역할을 하지 않아요. 머리로는 그 어떤 것도 이룰 수 없어요.

나 그럼 뭘 해야 하죠? 명상하면 진리를 깨달을 수 있나요?

넵튠 명상은 당신을 그곳으로 직접 데려다주지 않아요. 명상은 그곳에 이르는 길을 당신 스스로 자연히 깨닫도록 일종의 공간을 제공하는 기술이에요. 생각이 멈추는 공간 말이죠. 명상은 머리를 쉬게 하고 존재와의 '연결'을 느끼도록 도와줘요.

나 솔직히 저는 명상이 진짜로 뭘 하는 건지 모르겠어요. 레인보우에서 몇 번 명상 워크숍에 참여했는데, 한 번도 명상을 제대로 한 적이 없어요. 그 자리에는 있지만 맞게 하는 건지도 모르겠고 자꾸 다른 생각도 나고요.

넵튠 무슨 말인지 잘 압니다. 저도 예전에는 '명상'하지 못했어요. 도무지 집중할 수가 없었죠. 열심히 '노력'해서 명상해야 했어요. 그런데 사실 앉아서 눈 감고 있는 것만이 명상은 아니에요. 자연을 거닐고 춤추는 것도 명상입니다. 어떤 방식이든 먼저 고요함에 익숙해지는 게 중요해요. 그러면 자연히 '앉아서 하는 명상'도 아무 노력 없이 할 수 있어요. 자신만의 길을 찾아야 합니다. 세상에는 정말 많은 길과 수행법이 있어요. 어디에도 정답은 없어요. 당신이 맞는다고 느끼는 길, 그게 무엇이든 그 길이 바로 진리로 향하는 길이에요.

나 그런데 저 같은 사람은 나에게 맞는 길을 찾고자 또 노력할 거예요. '나만의 방법을 어서, 어떻게든 찾아야만 해!'라고 애쓰면서요.

넵튠 그저 모든 일이 스스로 일어나도록 허락하세요. 오늘처럼 말이죠. 그대는 오늘 푸드 서클에서 우연히 나를 보았고, '아, 저 사람과 이야기 나누고 싶다'라고 느꼈죠. 무언가를 노력하고 계획해서 나를 찾아낸 게 아니에요. 그저 일이 저절로 일어났어요. 정말 간단하고 쉽지 않나요? 생각이나 노력보다는 느낌과 직관에 주목하세요. '아! 좋아! 저 사람과 이야기 나누고 싶어. 그래. 그게 지금 내게 필요한 거야!' 하고 이렇게 강하게 느낀다면 바로 행동하세요. 생각이 아닌 직관을 따른다면 아무런 노력을 하지 않아도 모든 일이 알아서 잘 흘러갈 거예요. 노력은 모든 기적의 길을 막아요. 당신이 정한 방향에 너무도 강한 힘을 쓰기 때문에, 모든 '저절로 일어나는 일'의 가능성을 차단하죠. 기적은 항상 저절로, 자연스러운 흐름 속에서 일어나요.

나 　　'흐름'을 따르는 게 어떤 건지 잘 모르겠어요. 저는 늘 미리 계획하고 철저히 준비하며 살았어요. 그런데 레인보우에게는 정말 내일이 없는 것처럼 보여요. 아무것도 계획하지 않고 현재 안에서만 살잖아요. 이런 식으로 '생각 없이' 사는 사람들이 있다니. 정말 충격이에요.

넵튠 　　해방감이 느껴지지 않나요?

나 　　네…. 정말 해방된 사람들 같아요.

넵튠 　　흐름에 모든 것을 내맡기는 연습이 필요해요. 이것을 배우는 데에 가장 훌륭한 도구가 바로 히치하이크입니다. 히치하이크할 때 그 어떤 것도 '머리'로 통제할 수 없어요. 나를 데리고 갈 차가 언제쯤 나타날지, 어떤 운전자를 만날지, 오늘 어디에 도착하게 될지, 아무것도 예측할 수 없지요. 히치하이크로 그저 흐름에 온전히 순응하는 법과 인내심을 배울 수 있어요.

어떤 상황이 와도 평정심을 잃지 않는 인내심이 필요해요. 이 인내심은 무조건 '참으라'고 하는 게 아니에요. 믿음으로 모든 현실을 받아들이라는 말이에요. 어떤 믿음일까요? 바로 절대적 진리에 대한 믿음이에요.

우리는 모두 연결되어 있어요. 온 우주와 온 존재와 연결되어 있죠.

우리에게 벌어지는 모든 일은 이미 완벽해요. 히치하이크를 시작하기도 전에, 이미 우주는 모든 상황을 완벽하게 준비해놓았어요. 항상 완벽한 시간에, 완벽한 사람을 만나고, 완벽한 장소에 도착할 거예요. 나는 절대적으로 이 진리를 믿어요. 따라서 전혀 조급하거나 불안하지 않아요. 언제쯤 차가 올지 전혀 신경 쓰지 않죠.

나 정말 흥미롭네요…. 당신과 내가 어떻게 다른지 알 것 같아요. 저도 지금 히치하이크로 여행하고 있어요. 그런데 당신이 방금 말한 히치하이크의 매력들 말이죠, 참 재미있게도 사실 그것들이 제가 히치하이크를 좋아하지 않는 이유예요. 내가 할 수 있는 게, 내 의지로 해낼 수 있는 게 아무것도 없다는 통제 불능의 상황이 너무도 싫어요. 전적으로 '운'에 따라야 하고, 운전사들에게 모든 걸 의존하잖아요. 저는 자전거로 여행하는 게 더 좋아요. 남과 운이 아닌, 오직 나 스스로에게만 의존하면 되니까요. 내 체력, 내 정신력, 내 의지력을 사용하는 나 '자신' 말이죠.

넵튠 나 역시 운에 의존하지 않아요. 히치하이크할 때 일어나는 일들은 우연도 운도 아니에요. 명심하세요. 이 우주 어디에도 결단코 우연은 없어요. 그대는 그대 '자신'에게 의존하는 게 좋다고 했죠. 나 역시 언제나 나 '자신'에게 의존해요. 하지만 내게 '자신'은 당신이 말하는 '자신'과 조금 달라요. 나에게 '자신'은 '더 높은 자신'을 의미해요.

나 　　　'더 높은 자신'이요?

넵튠 　　　그래요. '더 높은 자신'이요. 영혼이라 부를 수도 있고, 참 자아라고 부를 수도 있고, 뭐라 부르든 상관없어요. 현실세계보다 더 깊은 진리가 있어요. 이 진리는 한마디로 '모든 것'입니다. 우리는 '모든 것'이에요. 다른 말로, 우리는 모두 '하나의 의식'입니다. 그리고 이건 우리가 모두 '연결'되었다는 걸 의미합니다. 그리고 이 '연결'은 또한 '사랑'을 의미합니다. 누군가는 이 '사랑'을 '신'이라고 부르기도 하지요. 이것이 진리입니다. 이것이 바로 당신 안의 참 존재가 당신이 언젠가 깨닫기를 간절히 바라는 절대적 진리입니다. 당신이 어디에 있건, 당신은 이 연결과 함께 있습니다. 당신이 이 연결을 느끼지 못해도 연결은 늘 당신을 느낍니다.

아마 세상은 다르게 말할지도 몰라요. 우리는 개별적으로 분리되어 존재한다고, 세상은 사랑이기보다 두려움이라고. 하지만 그건 진실이 아닙니다. 우리는 세상이 말하는 것과 달리 아름답고 완벽한 하나의 연결, 하나의 사랑입니다. 아마 지금은 그대가 이 진리를 이해하지 못할 수도 있어요. 하지만 괜찮아요. 그대가 그대의 '머리' 혹은 '자신'이라고 믿는 것에 더는 의존하지 않을 때, 그때가 되면 '더 높은 자신'이 무엇인지 분명히 알게 될 거예요.

잠시 정적이 흘렀다. 아마도 나는 그 '진리'를 아직 모르기에 평온할 수 없는 걸까? 넵튠의 말을 곰곰이 생각하다 옆에 있던 형제에게 물었다.

나 당신은 편안한가요?

넵튠 오, 이건 정말…. 정말로 중요한 질문입니다. 함께 깊은 곳으로 가는 정말 좋은 질문이에요. 형제여, 그대는 이 아름다운 질문에 무엇을 느끼나요?

형제 음… 뭐… 저는 그냥 그때그때 하고 싶은 것만 해요. 원하는 것만 하니까 굳이 불편할 게 없어요. 전 사실 이런 문제를 생각해 본 적이 없어요.

나 형제는 그저 당신이 원하는 것만 한다고 했잖아요. 그런데 말이에요. 당신은 당신이 정말 원하는 것을 하고 있다고 확신하나요? 매 순간 당신이 진정으로 원하는 게 무엇인지 알고 있나요?

이때 넵튠이 지긋이 외쳤다.

넵튠 아호….

형제 음, 어쩔 땐 알고 어쩔 땐 모르고…. 아마도요. 그냥… 그냥 뭔가 하고 싶다는 생각이 들면 그걸 하고, 하기 싫으면 그냥 안 하고….

나 저는 요즘, 매 순간, 제가 도대체 뭘 하고 싶어 하는 건지 모르겠어요. 어젯밤 레인보우 여기저기를 정신없이 헤맸어요. 어디에서 무엇을 해도 편하지 않았거든요. 지금, 이 순간에 도대체 어떻게 존재해야 하는지, 무엇을 해야 하는지 몰라 극심한 불안과 외로움에 사로잡혔어요. 그야말로 '존재하는 법'을 완전히 잊어버린 사람처럼요.

넵튠 자매와 형제는 다른 것을 찾고 있어요. 형제는 '원하는 것'을 찾고 있죠. 당장 하고 싶은 것 말이에요. 하지만 자매는 '하고 싶은 것'을 찾는 게 아니에요. 자매는 더 깊고 중요한 것을 찾고 있어요. '진실로 필요한 것'이죠. 인간에겐 단순히 의, 식, 주만 필요한 게 아니에요. 영적인 영역에서 우리에게 '진실로 필요한 것'이 있어요. 바로 영적인 성장, 영적인 진화예요.

'원하는 것'은 머리에서 옵니다. 욕구에서 오는 갈망이에요. 만일 우리가 항상 원하는 것만 좇는다면 무엇이 정말 필요한지 알기 어려워요. 계속해서 외부와 물질적인 것에서 행복을 찾게 됩니다. 하지만 '영적인 필요'는 이와 달라요. 존재의 소망이에요. 참 존재에게 무엇이 필요한지 찾으려면 내면 깊은 곳으로 가야 해요. 그러면 진정한 행복이 어디에서 오는가를 깨닫게 될 거예요.

평화. 그때 바로 평화가 찾아옵니다. 무슨 일이 일어나든 항상 평온하고 고요하게 존재할 수 있게 됩니다. 이게 바로 지금 자매가 찾고 있는 것이에요. 평화에 이르기 위해서는 많은 수행과 과정이 필요해요. 이제부터 당신이 해야 할 일이에요. 점차 당신은 진정한 당신의 모습을 찾을 거예요. 그러면 당신이 어디에 있건 무엇을 하건 항상 행복하고 평온할 수 있습니다.

'나는 이 순간 여기 어딘가에 존재한다. 이곳이 바로 내가 있는 곳이다. 그렇기에 이곳이 어디건, 나는 괜찮다' 하고요.

어제 나 역시 레인보우 여기저기를 돌아다녔어요. 하지만 아마도 그대와는 다른 에너지였을 거예요. 나는 매 순간, 어디를 가건 항상 즐거웠어요.

'오, 좋다. 오, 여기도 좋다. 아, 여기도 좋다', 그 모든 '좋음'이 바로 내 안에 있기 때문이에요.

옆에 있던 형제가 말을 꺼냈다.

형제 진리를 머리로는 이해하더라도 가슴으로 받아들이고 실행하기란 어려워요. 나의 참 존재가 무엇인지 이해할수록 더욱 나의 모습에 실망해요. '나는 완벽하다.'라고 했는데, 완벽하지 않고 부족한 제 모습이 자꾸 보이니 마음이 조급해져요. '어서 더 나아져야 해, 나는 왜 이럴까, 나는 아직 한참 부족해.' 자꾸만 이런 생각이 들어요.

넵튠 우리는 있는 그대로의 우리예요. 모든 게 다 괜찮아요. 슬퍼해도 괜찮고, 분노해도 괜찮고 다 괜찮습니다. 그러니 자신을 너무 몰아가지 마세요. '아, 나는 완벽하지 않아. 나는 아직 훌륭하지 않아. 더 열심히 수행해야 해. 더 열심히 노력해야 해. 그래서 어서 더 나은 사람이 되어야 해'라고 생각한다면, 당신은 그 어떤 수행을 해도 나아지지 못할 겁니다. 당신이 완벽한 존재라는 것을 믿지 못하기 때문이에요. 믿음을 가져요. 당신은 지금 당신의 모습 그대로 충분합니다. 당신은 이미 완벽합니다.

나 잠깐만요, '더 나은 내가 되고 싶다'라는 생각이 잘못되었다는 건가요?

넵튠 당신은 이미 매우 괜찮으니 더 나은 당신이 될 필요가 없습니다.

나 이해되지 않아요. 예를 들어, 저는 이곳 개더링에서 작은 것도 모조리 다 나눌 줄 아는 관대한 형제들을 볼 때마다, 자신보다 다른 가족을 더 배려하는 자매들을 볼 때마다, '나는 왜 이렇게 이기적이고 욕심이 많은 걸까? 아, 나도 저들처럼 관대해지고 싶다. 더 나은 사람이 되고 싶다'라고 생각해요. 그런데 이런 생각이 잘못된 거면, 그냥 지금처럼 이기적이고 욕심 많은 나로 살아도 괜찮다는 건가요?

넵튠 네. 괜찮습니다.

나 네?? 그게 괜찮다고요?

넵튠 (웃으며) 당신이 누구든 어떻든 다 괜찮습니다. '저 사람은 관대해' '나는 이기적이야'라는 이 두 가지 에너지는 모두 파괴적이에요. 둘 다 판단하는 태도이기 때문이죠. 좋고 나쁨의 판단은 건강한 의식이 아니에요. 자신에게든 다른 사람에게든 많은 실망과 갈등을 일으킵니다. 따라서 우리는 그 어떤 것에 대해서도 좋고 나쁨의 판단을 하지 않아야 해요.

당신은 그저 있는 그대로의 당신이에요. 진정한 성장을 소망한다면 자신의 있는 그대로의 모습을 인정하고 받아들여야 해요. '지금 난 좀 이기적이었어. 음, 괜찮아. 다음엔 이기적이지 않으면 되니까. 그래, 다음엔 다르게 한번 해보자' 이렇게 생각하고 웃어넘기세요. 자신을 비난하거나 질책해선 안 됩니다.

그리고 자신의 성향과 모습에 이름표를 붙이지 않아야 해요. '나는 이기적인 사람이야'라는 정의는 강력한 에너지를 만듭니다. 생각과 말에는 엄청난 힘이 담겨 있어요. 당신이 믿고 말하는 모든 것이 현실에 그대로 드러납니다. 그러니 자신을 그렇게 규정하지 마세요. '나는 이기적인 사람이야'라고 규정하기보다는 '방금 내 행동은 이기적이었어'라고 생각해보세요. 한순간에, 어떤 상황에 이기적인 행동을 할 수도 있어요. 하지만 괜찮아요. 그건 이미 지나간 일이니까요. 다음번에 비슷한 상황이 오면 이때와는 다르게 생각하고, 다르게 행동하면 돼요. 그러면 조금씩 당신의 참 본질, '완벽'에 가까워질 거예요. 이게 바로 진정한 성장과 진화의 열쇠입니다. '나는 내가 마음에 안 들어. 노력해서 더 나은 사람이 되어야 해'라는 판단과 자책은 진정한 변화를 가져오지 못합니다.

나 아…. 이제야 저의 문제를 알 것 같아요.

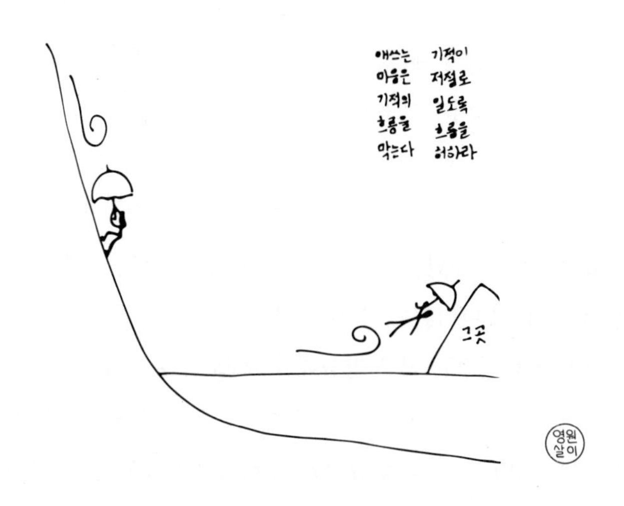

넵튠 잠깐, 언어는 정말 중요합니다. '문제problem' 대신 '도전challenge'이라고 말을 바꿔보세요. 어휘의 작은 변화가 매우 강력한 변화를 가져옵니다. "이게 문제야. 이 문제는 정말 해결하기 어려워"라고 말한다면 정말로 이루기 어려운 '문제'가 될 거예요. 그보다는 이렇게 말하는 게 좋을 겁니다. "이건 분명 큰 도전일 거야. 그래도 괜찮아. 어디 한번 도전해보지 뭐"라고 말이죠.

나 네, 고마워요. 이제야 저의 '도전'을 알 것 같아요. 저는 지금까지 훌륭한 다른 사람들을 보면서 저 자신의 못난 모습을 자책했어요. 그리고 저도 어서 그들처럼 되기를, 어서 좋은 사람이 되기를 바랐던 것 같아요.

넵튠 '나는 이기적이다'라는 건 절대로 진리가 아니에요. 그건 사실이 아니에요. 당신은 아주 훌륭하고 완벽해요. 당신이 완전하다는 '진실'을 깨달을 때, 당신은 당신을 '진짜'로 느낄 거예요. 오직 그것만이 진짜 본질이기 때문이죠.

물론 영적인 관점에서 우리는 성장할 필요가 있어요. 더욱더 높은 의식으로 진화해야 해요. 이 성장은 우리가 왜 이곳에 왔는지, 존재의 중요한 목적을 깨닫게 해줘요. 그러나 진정한 영적 진화와 성장은 '나는 부족해. 더 나아져야 해'가 아니라, '나는 이미 아주 완벽하다'는 믿음에서 시작된다는 것을 명심해야 해요. 그런 관점에서 볼 때 우리는 영적으로도 '이뤄야 할 것'이나 '되어야 할 것'이 아무것도 없어요. 모든 것은 이미 다 이곳에 있어요. 우리는 사실 그 무엇도 필요하지 않아요.

앞으로 당신은 무수히도 많은 진리를 접하게 될 거예요. 그 모든 진리에 귀 기울여 보세요. 당신과 이야기를 나누는 사람, 당신이 읽는 책, 당신이 보는 영화, 당신이 듣는 음악. 모든 것에 가슴을 열고 당신의 느낌을 지켜보세요. 그게 무엇이든, 당신 가슴이 '이건 진리야'라고 말한다면 그것이 바로 당신의 진리예요.

시간이 있어요. 자신에게 부드러워지세요. 언젠가 당신은 그곳에 이를 거예요. 천천히 가야 하는 길이에요. 물론 빠른 길이 될 수도 있어요. 하지만 언제 다다르느냐는 중요하지 않아요. 반드시 이 길의 끝에 다다라야 하는 것도 아니에요. 어쩌면 당신은 그곳에 가지 못할 수도 있어요. 하지만 그것 역시 괜찮아요. 그저 한 걸음 한 걸음 걸어가고, 걸음마다 당신이 더 배우고 성장한다는 것을 깨달으면 그걸로 충분한 거예요. 그대는 모든 순간, 필요한 속도와 방향으로, 그대에게 딱 필요한 성장을 하고 있어요.

흐름에 맡기고

레인보우에 예기치 못한 '도전'이 찾아왔다. 비바람과 함께 매서운 추위가 들이닥쳤고, 남은 개더링 기간 내내 혹독한 날씨가 이어진다는 소식이 들렸다. 갑작스러운 날씨 변화는 레인보우의 에너지를 순식간에 바꿔놓았다. 알몸으로 자유로이 춤추던 레인보우들은 침낭을 머리끝까지 덮은 채 텐트 속에서 웅크리고 지냈다. 아직 보름날이 되지도 않았는데 많은 사람이 서둘러 레인보우를 떠났고 만나는 사람마다 떠날지 말지를 놓고 고민했다.

이때 나는 독한 감기에 걸렸다. 잠을 잘 수 없을 정도로 기침과 코막힘이 심했고 두통과 인후통, 오한, 몸살에 시달렸다. 따뜻한 물에 목욕이라도 하면 감기가 뚝 떨어질 것 같은데, 씻을 곳이라곤 차가운 계곡물밖에 없으니 새삼 야생 생활에 서러워졌다. 아픈 몸으로는 개더링을 떠나 다른 곳으로 이동하는 것도 어려웠다. 나는 어쩔 수 없이 비바람이 몰아치는 레인보우에 남아야 했다.

만나는 사람마다 "앞으로 계속 이렇게 춥고 비가 온대. 너는 안 떠날 거니?" 하고 물었다. 레인보우를 떠나 어디로 가야 할지 아무 계획이 없고 몸 상태도 좋지 않은 나는 당시의 상황에 불안했다. 이러다 개더링에 혼자 남는 것은 아닐까 걱정되어 나 역시 다른 이들에게 떠날지 남을지를 물으며 분위기를 살폈다.

그러던 어느 날, 푸드 서클 때였다. 갑자기 넵튠이 서클을 돌아다니며 싱잉볼을 울렸다. 그리고 신이 난 표정으로 무언가를 반복해 알렸다.

"레인보우 일기예보입니다! 레인보우 일기예보입니다! 참으로 사

애쓰지 않아도 그곳에 이를거예요.

랑스럽고 맑은 날씨가 개더링의 끝까지 지속된다는 전망입니다!"

넵튠의 깜짝 일기예보를 듣고, 나는 신이 나서 외쳤다.

"와! 들었어? 이제 날씨가 맑아진대! 드디어 날이 개려나 봐! 정말 정말 다행이야!!"

야단법석을 떠는 나를 보고 옆에 있던 한 자매가 덤덤한 표정으로 말했다.

"그게 아닐 걸, 넵튠은 사람들이 자꾸 비에 의식을 집중하니까 그 진동을 바꾸려고 저렇게 이야기하는 거야. 넵튠은 '집합 의식'의 힘을 알거든. 그는 레인보우에 가득 찬 부정적 기운을 긍정적 기운으로 바꾸려고 하고 있어. 우리가 모두 함께 맑은 날씨를 생각하면, 분명 날이 맑아질 거라고 믿는 거야."

한참 동안 넵튠을 바라보았다. "비가 계속 올 거래!"라는 말을 퍼뜨리며 동요의 기운을 보태던 나와 달리, 넵튠은 맑고 밝은 언어로 짙게 드리운 먹구름을 걷어냈다. 그는 정말이지 금방이라도 따뜻한 햇볕을 몰고 올 것만 같았다. 그의 얼굴엔 밝은 햇살과 산들바람이 가득했다. 그에겐 모든 날이 화창하다. 비가 와도 태풍이 와도 모두 좋은 날이다. 모든 '좋음'은 그의 마음속에 있으니.

넵튠의 일기예보 덕에 갈팡질팡하던 마음이 가라앉았다. 날씨가 어떻든 상관없이 레인보우의 절정인 보름달까지 개더링에 머물기로 했다. 그 이후의 일정은 그때의 흐름에 맡기자. 넵튠이 했던 말 한마디를 되뇌었다. 그의 따뜻한 음성과 기운을 기억하면서.

그것 또한 괜찮습니다. 모든 것이 괜찮습니다.
That's also fine, everything is fine.

2
저절로 일어나는 일

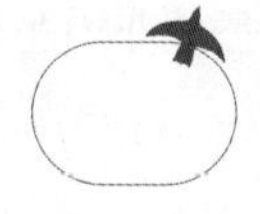

히피들의 움직이는 성에 올라타: 헝가리

레인보우 패밀리

보름달 의식이 끝나고 사람들은 하나둘 개더링을 떠났다. 날씨는 여전히 추웠다. 언제 이곳을 떠날지, 이후엔 어디로 갈지 아무 계획이 없지만 크게 걱정되지 않았다. 머리로 일정을 정하기보다는 '저절로 일어나는 일'의 가능성을 믿기로 했다.

주변 마을과 숲을 산책했다. 정처 없이 걷다 보니 낯익은 장소에 다다랐다. 슬로바키아 레인보우 개더링에 도착한 첫날, 실비아가 나를 내려주고 떠난 그 계곡이었다. 실비아를 뒷걸음치게 한 대형 트럭도 여전히 그곳에 있었다. 트럭 옆에는 멋쟁이 키다리 아저씨가 파이프 담배를 물고 서 있었다. 아마도 이 범상치 않은 트럭의 주인인 듯했다. 호기심에 아저씨에게 인사를 건넸고 우리는 잠시 대화를 나눴다.

아저씨의 이름은 앤드류, 가족 별칭은 '존스 베리'이다. 존스 베리 멤버로는 키다리 운전사 앤드류, 정통 원조 히피 데비 그리고 5명의 아이가 있는데, 슬로바키아 레인보우 개더링에는 앤드류, 데비, 넷째 딸 한나와 막내딸 타마라가 함께 머물렀다. 존스 베리 가족은 약 30년 동안 세계를 떠돌았다. 이 대형 트럭에서는 5년 정도 살았고, 그 전에는 작은 카라반과 히치하이킹으로 여행했다.

존스베리 가족은 관광을 목적으로 여행하지 않는다. 그들은 주로 가난하거나 재해 입은 나라를 다니며 현지 사람들에게 필요한 도움을 제공한다. 자원봉사를 하고, 필요 물품을 지급하고, 국제기구나 NGO 단체에 유용한 현장 정보를 전달한다. 한마디로 전 세계를 떠도는 선행 유목민이다. 정말 멋진 삶이지만, 한편으로는 수년간 트럭에서 먹고 자며 방랑하는 삶이 늘 낭만적이진 않을 것 같았다. 한 가족이 살기에 트럭은 너무 좁고 화장실이나 샤워 시설도 없으니 생활하기에 불편하지 않을까? 이런 유목 생활을 통해 이들은 궁극적으로 무엇을 추구하려는 것일까?

앤드류는 작고 움직이는 공간 덕에 삶이 더욱 간소하고 단순해져 오히려 좋다고 말했다. 큰 집에 살면 불필요한 물건을 많이 소유하게 된다. TV도, 냉장고도, 세탁기도 소파도 큰 집에 맞는 큰 물건으로 공간을 채운다. 반면 카라반 유목민에게 필요한 것은 은신처, 음식, 옷,

연료뿐이니 보다 가뿐한 삶을 살 수 있다. 적은 소유로 무한한 자유를 누리는 삶에 앤드류는 만족했다. 소유가 아닌 자유의 삶을 바라는 자신에게 큰 집과 많은 물건은 그저 무거운 짐이라는 것이다.

그러곤 덧붙였다.

"우리는 *봉사와 섬김*을 실천하며 살아요. 봉사는 모든 영적 여정에서 가장 높고 숭고한 행위예요. 그동안 우리 가족은 신에게서 무한한 사랑을 받았어요. 모든 길에서 신의 관대함을 경험했죠. 우리가 받은 이 사랑과 관대함을 세상과 나누고 싶어요."

앤드류와 대화를 마치고 다시 개더링 장소로 갔다. 숲속엔 벌써 어둠이 짙게 깔려 있었다. 앤드류의 이야기가 머리에 맴돌았다. 봉사와 섬김이라…. 내 여행, 내 삶의 목적은 무엇일까? 치유와 사랑, 조화를 전달하며 살 수 있을까? 이런저런 생각을 하다 발걸음을 멈추어 섰다. 그러곤 발길을 돌려 다시 트럭으로 갔다. 왜인지 그냥 다시 돌아가고 싶었다.

돌아온 나를 보며 앤드류는 환하게 웃었다. 우리는 트럭 앞에 자리 잡고 앉아 좀 더 긴 대화를 나눴다. 그 사이 트럭 앞에는 모닥불이 지펴졌다. 누군가는 요리를 시작했고 사람들이 하나둘씩 모여들었다. 어느샌가 10명이 넘는 사람들이 모닥불을 중심으로 둥글게 앉았다. 나는 얼떨결에 그들의 푸드 서클에 참여했다. 이때는 몰랐다. 우연히 함께한 이 푸드 서클이 내게 어떤 흐름을 가져올지를.

소박한 푸드 서클이 시작됐다. 사람들은 계곡에 깔린 고요한 밤기운을 방해하지 않으려는 듯 조용히 식사했다. 자그작거리는 모닥불

소리만이 침묵을 채웠다. 그러던 중 갑자기 앤드류가 사람들에게 질문 하나를 던졌다.

"레인보우 카라반이 어떻게 시작됐는지 아나요?"

긴 금발 머리의 사자를 닮은 형제가 입을 열었다. 형제는 웨일스 레인보우 개더링에 있을 때 올 12월에 이집트에서 월드 레인보우 개더링이 열린다는 이야기를 들었다. 아프리카는 형제의 오랜 꿈이었다. 형제는 웨일스 개더링에서 만난 몇몇 레인보우 패밀리와 함께 아프리카로 가는 여정을 그렸다. 웨일스 개더링, 리투아니아 개더링, 슬로바키아 개더링을 거쳐 지중해로 내려가자. 그리고 바다를 건너 이집트로 가자. 이집트에서 월드 개더링을 보내고 나일강을 건너 아프리카 대륙의 끝까지 가자. 사자를 닮은 형제는 레인보우 카라반의 비전을 설명했다.

"*최초의 땅*에서 레인보우 전사의 소명을 다하는 거예요. 자유, 사랑, 연민을 위한 일이요. 도움이 필요한 사람들을 돕고, 충분히 가지지 않은 사람에게 우리가 가진 것을 나눠주고, 안전하지 않은 사람들을 보호하고, 아프리카에 지속 가능한 공동체를 만들고, 음악을 함께 하고, 사랑과 평화를 아프리카와 나누는 것. 이게 바로 레인보우 카라반의 비전이에요."

사자를 닮은 형제를 시작으로 사람들은 각자 '레인보우 카라반'에 합류하게 된 계기를 이야기했다. 그제야 나는 이 푸드 서클이 아프리카로 가는 레인보우 모임이라는 걸 알게 되었다.

사람들의 이야기를 듣고만 있던 한 형제가 질문했다.

"그런데 아프리카에 가려면 비자가 필요하지 않나요?"

사자를 닮은 형제가 한 가지 정보를 공유했다. 비자나 여권 없이 아프리카에 갈 수 있는 항해 루트가 있다. 이 바닷길로 이집트에 가려는 레인보우 항해 크루가 있는데, 형제는 조만간 이들과 그리스에서 만나 함께 여정을 시작할 생각이었다. 비자를 걱정하거나 항해 여정에 관심 있는 누구라도 레인보우 항해 크루에 참여할 수 있다고 말했다.

마녀 웃음소리를 내는 자매가 말을 이었다. 앤드류의 아내 데비였다. 그녀는 수십 년 노마드 삶에서 깨달은 자신만의 지혜를 알려주었다.

"많은 사람이 비자 문제로 걱정하고, 인터넷을 뒤지며 어떻게든 미리 해결하려고 해요. 하지만 우리 가족의 떠돌이 경험으로 볼 때 비자 문제를 해결할 가장 좋은 방법은 그냥 가고 싶은 나라의 국경까지 일단 가는 거예요. 국경을 오가는 사람들을 직접 만나 정보를 얻으면 생각보다 쉽게 비자 문제를 해결할 수 있어요. 설령 그곳에서 방법을 찾지 못하더라도 언제나 다른 길이 있게 마련이에요. 어쨌건 우리는 항상 알맞은 방법으로, 알맞은 장소에서, 알맞은 사람들을 만날 거예요. 수십 년간 여행하면서 단 한 번도 이 진리를 의심한 적 없어요. 그러니 미리부터 걱정할 거 없어요."

데비의 말에 합장하며 인도인처럼 생긴 여자가 말을 이었다.

"과테말라 월드 개더링으로 향하던 길이었어요. 50명의 레인보우가 함께 육로로 이동했어요. 큰 카라반 안에 20명, 그 카라반 지붕에 20명, 그리고 다른 작은 차 안에 9명 정도가 있었죠. 가는 길 중간에 유료 게이트가 있었어요. 티켓 살 돈이 없던 우리는 그냥 게이트 앞에 앉아 푸드 서클을 했어요. 음식을 먹고, 악기를 연주하고, 춤을 췄지요. 그렇게 한참 놀다가 모두 손을 맞대고 서서 '옴' 진동을 만들었어요. 정말 너무도 강렬한 진동이었죠. '옴' 진동 이후에 우리는 죽은 듯이 고요하게 침묵했어요. '옴' 진동만큼 강력한 침묵이었죠. 그러고 기적이 일어났어요. 게이트를 지키던 남자가 바리케이드를 그냥 들어 올리더니 우리 모두를 통과시켜줬어요. 갈등과 분리는 오직 당신이 저항해 싸우려 할 때만 일어나요. 우리의 가슴이 진실하고, 차분하고, 사랑으로 가득 차 있다면 싸움은 일어나지 않아요. 그리고 모든 것이 가능해져요."

자매의 이야기가 끝나고 몇몇 사람들이 감탄하며 "아호…" 하고 내뱉었다.

비자에 관해 물었던 남자가 말했다.

"이 모든 이야기에 감사해요. 당신들의 이야기가 제 눈을 트이게 하네요. 여러분은 사랑과 믿음의 힘을 이야기하고 있어요. 이건 일종의 에너지잖아요."

사자를 닮은 형제가 이야기를 이었다. 그는 20살 때 대학 도서관에서 우연히 티베트 책을 발견했다. 형제는 왠지 모르게 그 책에 강한 끌림을 느껴 도서관 구석에 앉아 책을 읽기 시작했다. 책에는 티베트 승려들의 명상법을 설명하는 글이 있었고, 형제는 그 지침을 따라 명상했다. 그리고 그는 강렬한 환상을 보았다. 광활한 아프리카 땅에서 형제는 다양한 색깔의 수많은 가족과 함께 손잡고 노래했다. 그는 그 순간 깨달았다. 이제 대학을 그만두고 여행을 시작해야 한다는 것을. 그때부터 11년간 돈 없이 세계를 여행했다. 형제는 경건하고 굳건한 음성으로 말했다.

"사람들은 제게 물어요. 어떻게 이렇게 사는 것이 가능하냐고요. 그럼 저는 모든 것은 사랑의 힘으로 충분히 가능하다고 말해요. 세상에는 걱정하거나 두려워할 게 없어요. 우리에겐 사랑이 있기 때문이에요. 사랑의 힘을 의심해선 안 돼요. 전쟁이 일어나든, 강력한 군대가 지키든 상관없어요. 나를 멈추게 만드는 건 오직 '의심'뿐이에요."

사자를 닮은 형제가 이야기를 끝냈을 때, 나는 가슴 속에서 뜨거운 무엇인가가 소용돌이치는 것을 느꼈다. 이들은 이후에도 한참 동안 사랑, 기적, 마법, 믿음. 등에 대한 이야기를 쏟아냈다. 정신이 혼미했다. 어디서도 들어본 적 없는 '말도 안 되는' 이야기다. 그러나 허풍이라고 하기에 이들의 언어는 진실했다. 그저 완전히 넋을 잃고 이들의 이야기에 빠져들었다. 특히 나는 사자를 닮은 형제에게 눈을 뗄 수 없었다. 그의 음성과 표정, 그가 쏟아내는 단어와 표현에서 절대 흔들리지 않을 강한 신념을 느꼈고, 그의 확신이 나의 마음을 마구 뒤흔들었다.

토킹 서클이 끝나고 나는 무엇엔가 홀린 듯 사자를 닮은 형제에게 갔다. 그리고 그의 두 눈을 바라보며 물었다.

"당신의 이름이 뭔가요?"

"앤서니" 사자를 닮은 형제가 답했다.

나는 주저하지 않고 솔직하게 말했다.

"앤서니, 당신의 여정에 함께하고 싶어요. 저는 일정을 충동적으로 결정하는 사람이 아니에요. 그런데 지금 저는 마치 뭔가에 홀린 듯, 당신과 여정을 함께하고 싶다는 강한 느낌에 사로잡혔어요. 오늘 그저 우연히 이곳을 지나가는 중이었어요. 어쩌다 푸드 서클에 합류해 당신들의 대화를 듣게 됐는데, 이야기를 들으며 몸에 전율이 흘렀어요. 말로 표현할 수가 없네요. 저는 아직 흐름을 따라본 적이 없어요. 그런데 그 흐름이 오늘 제게 찾아온 것 같아요. 그래서 한번 따라가 보려고 해요. 그리스로 간다고 했죠? 사실 저도 그리스로 향하고 있어요. 그리스까지 당신과 함께 가고 싶어요."

앤서니는 나의 두 눈을 뚫어져라 쳐다보며 이렇게 말했다.

"이건 이미 일어날 일이었어요. 당신이 우리의 이야기를 듣기로 되어 있었죠. 좋아요. 당신과 함께 여행하면 정말 좋을 것 같아요."

캠프로 돌아왔다. 그날 밤, 도저히 잠을 이룰 수 없었다. 내가 대체 무슨 짓을 한 건지, 그에게 무슨 말을 해댄 건지 도무지 나 자신을 이해할 수 없었다. 하지만 정말로 행복했다. 태어나 처음으로 가슴 깊은 곳에서 솟아오른 느낌, '붐!'에 온전히 귀를 기울였다. 아무런 계산이나 고민 없이 이 강렬한 느낌에 흐름을 온전히 내맡겼다. 나는 앤서니가 포함된 '그들의 세계'에 첫눈에 반했다. 이렇게 강한 진동을 내뿜는 그들은 도대체 어떤 세상에 사는 것일까? 그들이 가진 믿음과 신념은 어디에서 비롯된 것일까? '사랑의 힘'이란 대체 무엇일까?

히-피: 언제가 될지 아무도 몰라

'레인보우 카라반'과 모험을 시작하는 날이다. 카라반의 최종 목적지는 아프리카지만 어디를 거쳐서 갈지는 누구도 알 수가 없다. 레인보우 카라반에 합류하고 싶은 사람은 존스 베리 트럭과 함께 이동해도 되고, 아니면 따로 히치하이킹해서 이동해 중간중간 경유지에서 만나도 된다. 나는 아프리카에 갈 마음은 없었다. 내게 목적지는 중요하지 않았다. 이들과 함께하는 여정 자체가 내겐 목적지였다. 언제까지일지 모르지만 일단 어디로든 이들과 여정을 함께하고 싶었다. 앤서니와 나의 1차 목적지는 그리스였지만 일단 시작은 존스 베리 트럭과 함께하기로 했다.

트럭 내부는 3평 정도 되는 길쭉한 이동식 주택 같았다. 운전석이 있는 앞자리에는 3명이 앉을 좌석이 있고, 좌석 뒤에 1인용 간이침대가, 침대 위로는 작은 다락 공간이 있었다. 트럭 중앙에 위치한 작은 주방에는 조리대와 싱크대, 선반, 서랍장, 가스버너 등이 있고, 각종 식기구와 주방 도구가 선반을 따라 대롱대롱 매달려 있었다. 트럭의 천장에 끈으로 고정해 놓은 카누, 노, 낚시 도구들이 눈에 들어왔다. 트럭 뒤쪽 끝에는 5명 정도가 편히 누울 수 있을 만한 제법 넓은 침대가 있는데, 10명도 넘는 히피들이 서로 눅눅한 몸을 비비며 더러운 발을 문지르며 소리 지르며 정신없이 뒹굴고 있었다. 그리고 또 한 대의 봉고차가 여정의 시작을 준비하고 있다. '인도인처럼 보이는' 자매 무니, 그녀의 남편 다니엘, 그리고 아직 돌도 지나지 않은 그들의 아기 노아가 함께 사는 봉고차 카라반이다.

최종 점검을 마친 앤드류가 시동을 걸었다. 드디어 트럭이 움직이기 시작했다. 트럭이 한번 덜컹거릴 때마다 히피들은 야단스럽게 소리지르며 뒹굴었고, 찬장에 걸린 각종 식기 도구들도 달그락 쨍쨍 요란한 소음을 냈다.

첫 목적지는 개더링 장소에서 약 40km 떨어진 자연 온천이다. 레인보우에 불어닥친 추위와 비바람으로 우리는 모두 따뜻한 목욕을 절실히 원했다. 그간의 노고를 풀고 눅눅한 이부자리와 옷가지를 빨고, 여정의 시작을 축하하기에 최고의 장소였다.

몇 개의 상점이 있는 작은 마을에서 잠시 쉬다 가기로 했다. 배가 출출했다. 스킵 다이빙 기술을 발휘할 때였다. 옆에 있던 두 형제에게 가게를 찾아가 남는 음식을 얻어보자고 제안했다. 매 순간을 *환상의 원더랜드*에 사는 아라키스와 개구쟁이 악동 이반이었다. 음식 사냥 모험에 신이 난 이들은 맨발로 총총대며 가게를 찾아다녔다. 운 좋게 빵 공장을 찾아냈다. 공장 사무실로 들어가서 버리는 빵을 달라고 부탁했다. 빵 공장 직원들은 우리의 다채로운 인종 조합과 독특한 행색과 아라키스의 맨발을 재미있어 하더니 창고에서 어마어마한 양의 빵 한 가마니를 꺼내 건네주었다. 우리는 그들을 껴안고 손등에 키스하며 감사의 마음을 전했다. 이반의 어깨에 빵 가마니를 올려놓고 신나게 노래 부르며 트럭으로 돌아왔다. 빵을 잔뜩 짊어지고 나타난 우리를 보고 히피들이 환호를 내질렀다. 나는 의기양양하게 히피들의 손에 빵 하나씩을 쥐여주었다.

빵으로 주린 배를 채우며 2시간가량 이동해 온천에 도착했다. 물웅덩이에서 모락모락 김이 피어올랐다. 우리는 너나 할 것 없이 죄다 옷을 벗어 던지고 달려가 풍덩 뛰어들었다.

따뜻한 목욕 후에 맛있는 저녁을 해 먹고, 모닥불에 감자 칩을 튀겨 먹었다. 그날은 앤드류의 생일이었다. 무니가 직접 만든 케이크에 초를 꽂아 다 함께 축하했다. 그리고 감미로운 기타 소리를 들으며 별이 쏟아지는 밤하늘을 바라보다 모닥불 옆에서 그대로 잠이 들었다. 그야말로 꿈속에 있는 듯한 밤이었다. 아니, 그 어떤 꿈도 이 밤보다 아름답지 못할 것이다.

존스 베리 가족의 솅겐 지역 체류 기간이 며칠 남지 않았다. 가급적 빨리 솅겐 비가입국인 세르비아로 넘어가야 했다(*솅겐 협정Schengen Agreement: 유럽 국가 사이의 국경 시스템을 최소화해 국가 간의 통행에 제한이 없게 한다는 협정으로, 현재 유럽 26개국이 가입했다. 솅겐 비가입국의 국민은 최초 입국한 날부터 최대 90일간 체류가 가능하다). 앤드류는 오늘 슬로바키아에서 세르비아까지의 중간 지점인 헝가리 부다페스트로 이동할 계획이라고 했다. 그러나 문제가 있었다. 하필 오늘은 날이 좋아도 너무 좋다는 것이다. 어느 히피도 짐 쌀 생각을 하지 않았다. 일광욕하다가 온천욕을 하다가 풍욕을 하다가… 오직 목욕 삼매경에 빠져 있었다.

결국 존스 베리 가족은 떠나려던 생각을 접고 이참에 대 정비 시간을 보내기로 한 모양이다. 눅눅한 이불을 죄다 꺼내 햇빛에 말리고 주방용품을 다시 정돈하고 히피들의 가방과 짐을 분류했다. 이에 다른 히피들도 자신들의 옷가지와 침낭을 꺼내 햇빛에 말렸다. 위풍당당하던 대형 트럭은 히피들의 거적때기 옷을 말리는 거대한 행거로 변신했고, 온천 주변 여기저기에 꼬질꼬질한 담요들이 만국기처럼 바람에 펄럭였다.

대대적인 정리를 마치고 데비가 말했다.

"카라반 유목민은 간소하고 깔끔한 삶을 살아요. 공간이 작으니 딱 필요한 물건만 지녀야 하고, 끊임없이 정리 정돈을 해야 하죠."

데비 말이 맞다. 존스 베리 카라반은 참으로 체계적이고 질서정연하다. 이들에게 필요한 물건이 필요한 만큼의 공간에 딱 맞게 정리돼 있다. 다만 존스 베리의 조화로운 세계에 무질서한 히피들이 너무 많이 들어와 살고 있다는 게 문제였다. 정신없는 히피들은 늘 공간을 어질렀다. 여기저기서 물건을 찾는 '커넥션!' 외침이 끊이질 않았다. 존스 베리 가족은 지금까지 많은 여행가를 태워봤지만 이렇게까지 많은 사람을 한 번에 수용한 적은 없었다고 한다. 게다가 우리는 그냥 차만 얻어 타는 히치하이커도 아니고 이곳을 집 삼아 기약 없이 얹혀 지내는 레인보우 히피들이다. 자신들의 질서와 공간을 침해받았다는 생각에 가끔 짜증이 날 법도 한데 앤드류와 데비는 그냥저냥 즐겁기만 한 듯 보였다.

오늘은 트럭에서 자보기로 했다. 그러나 '트럭 호텔'은 이미 수용 인원을 초과했다. 운전석에서 자는 히피, 주방 옆 바닥에서 자는 히피 그리고 어떤 히피는 천장에 해먹을 달아놓고 자고 있었다. 침대에도 이미 7명의 히피가 얽히고설켜 자고 있는데, 다행히 침대 가장자리에 간신히 내가 누울 만한 공간이 있었다. 나는 히피들을 밟지 않으려 조심조심 침대 끄트머리로 가 살며시 웅크렸다. 그러자 옆에 누워 있던 히피가 혹시나 내가 침대 아래로 떨어질까 염려되었는지 나를 꼭 붙잡아 안으며 이불을 덮어주었다. 따뜻하고 안락한 품이었다.

잠든 히피들은 참으로 사랑스럽다. 오후 내내 땀을 뻘뻘 흘리며 뒹굴고 뛰놀고 사고를 치다 어느새 새근거리며 잠든 개구쟁이 아이들 같다. 이들은 정말 자기가 하고 싶은 대로 한다. 다리를 뻗고 싶으면 남의 다리가 짓눌리든 말든 그냥 그 위로 뻗어버리고, 옆에서 다른 이가 찌그러지든 말든 자기 혼자 편한 자세로 뒤척거린다. 잠을 자려는

데 누가 계속 시끄럽게 떠들면 "제기랄! 그만 좀 닥치고 자!!!"라며 신경질을 버럭 내다가도 아침이 되면 언제 그랬냐는 듯 서로를 보듬으며 실실대고 웃는다. 이들에겐 불필요한 매너나 가식적인 배려가 존재하지 않는다. 어찌 보면 이기적으로 보이기도 하지만 나는 이 가식 없음과 진솔함이 참 좋다. 지나친 예의가 필요 없는 정말 편안한 가족이다.

히피들 틈에서 구겨져 자는 잠자리는 모닥불 옆 맨땅에서 자는 것보다 불편하다. 오늘도 깊은 잠은 글렀다. 그래도 재미있는 꿈을 꿀 것 같다. 이런 내 마음을 읽기라도 한 듯 히피들은 여기저기서 방구를 뿡뿡 뀌어댄다. 여기 뿡, 저기 뿡, 여기저기, 뿡뿡.

땅 위의 천국

오늘은 떠나겠지 싶었는데 역시나 어느 히피도 떠날 마음이 없어 보인다. 빨래를 짜는 앤드류에게 언제 출발하냐고 물었다. 앤드류는 그건 히피들에게 달렸다고 답했고, 히피들은 하늘을 가리키며 과연 누가 그걸 알겠냐고 답한다. 마치 이곳에서 평생 지낼 작정인 것처럼 히피들은 느긋하게 목욕하고, 기타치고, 하프를 연주하고, 계속 잠을 잤다. 배가 고픈 이들은 돌멩이처럼 딱딱해진 빵을 모닥불에 구워 토스트를 해 먹거나, 뜨거운 물을 부어 빵 죽을 해 먹었다. 그렇게 오전 내내 오늘도 떠나지 않을 것처럼 여유를 부리더니 어느샌가 갑자기 흐름이 바뀌었다. 마침내 하늘의 계시를 받은 듯 히피들은 텐트를 걷고 짐을 싸며 출동을 준비했다. 나는 이미 모든 짐을 정리해놓았기에 다른 히피들이 준비를 마칠 때까지 기다렸다. 기다리는 내게 앤서니가 다가왔다. 출동을 기다리며 우리는 근처 개울가에서 대화를 나눴다.

앤서니는 미국 북부 일리노이 작은 시골 마을에서 자랐다. 그는 늘 자연 속에서 시간을 보냈다. 자연에서 놀다가 배가 고파지면 자신의 의도를 온전히 먹을 것에 집중했고 항상 먹을 것을 찾아냈다. 그는 새와 대화하는 방법을 알았고, 야생에서 물줄기를 찾는 법도 알았다. 앤서니는 그것이 바로 어릴 때부터 자신이 깨달은 '우주의 비밀'이라고 말했다. 원하는 무엇이든지 진정성을 가슴에 담아 집중하면 우주가 항상 그것을 제공한다는 비밀.

18살이 되었을 즈음, 앤서니는 세상이 얼마나 파괴적인 방향으로 급변하는지를 보았다. 그리고 스무 살에 대학을 그만두고 여행을 시작했다. 그 후 지금까지 11년간 세상을 떠돌았다. 지난 11년간 앤서니가 번 돈을 다 합쳐도 8,000달러(약 960만 원)가 되지 않는다. 그는 '우주의 비밀'을 알기에 굳이 돈을 벌 필요를 크게 느끼지 않는다고 했다. 하지만 앤서니와 달리 세상은 '우주의 비밀'과 점점 멀어졌다. 사람들은 자연 대신 돈으로 욕망을 채우고, '우주의 비밀' 대신 돈을 버는 비법에만 관심이 있다. 물질주의와 소비주의가 마치 인류의 보편적이고 정상적인 가치관인 양 자리잡았고, 자연과 함께하는 생활방식은 제정신이 아닌 삶이 되었다. 앤서니는 이 행성에서 인간이 생존할 수 있는 시간이 그다지 많이 남지 않았다는 걸 강하게 느낀다고 했다.

레인보우 전사, 앤서니의 꿈은 '천국을 이 땅으로 가져오는 것'이다.

앤서니가 소망하는 '땅 위의 천국'은 이러했다. 발가벗은 채로 숲속을 달리고, 강가에 뛰어들고, 개울에 흐르는 깨끗한 물을 마시고, 숲의 열매를 따 먹고, 새와 곤충을 쫓으며 놀고, 가고 싶은 곳을 마음껏 여행하는 세상. 아무런 두려움이 없는 세상. 돈, 비자, 여권, 국경, 오염, 공해, 범죄, 전쟁 등 그 어느 것에 대한 걱정도 없는 세상. 그에게 '천국'은 그다지 복잡하지 않다. 깨끗한 음식, 깨끗한 물, 깨끗한 공기, 깨끗한 땅 그리고 사랑이 가득한 곳이 바로 '땅 위의 천국'이다.

참으로 꿈같은 세상이다. 이토록 아름다운 '천국'을 이 땅에 실현하려면 우리는 과연 무엇과 맞서 싸워야 하는 것일까? 어떤 혁명을 일으켜야 하는 것일까?

그러나 앤서니는 이렇게 말했다.

"싸움은 힘이 될 수 없어요. 오직 연민만이 나의 힘이에요. 내가 종일 뛰어놀던 숲과 강물이 지금은 완전히 오염되고 말았어요. 더는 물고기도 개구리도 살지 않아요. 정말 슬픈 일이에요. 지구의 파괴에 가슴이 찢어지도록 아프지만 이 감정은 분노나 혐오, 저항이 아니에요. 연민이에요. 이 연민이 저를 더 강하게 만들어요. 저는 시스템, 국가, 도시 등 그 무엇과도 싸우지 않아요. 연민과 사랑으로 세상의 문제를 해결해야 해요."

'연민으로 세상을 돕는다'니 너무 추상적이지 않은가? 여전히 아리송한 표정을 짓고 있는 내게 앤서니는 의식의 힘을 설명했다.

"우리의 생각과 감정에는 눈에 보이는 물질보다 더 큰 힘과 잠재력이 있어요. 바른 생각과 사랑의 감정으로 우리가 원하는 모습의 현실을 만들 수 있죠."

앤서니는 그것을 '가슴의 일'이라 불렀다.

"우리의 간절한 외침을 세상에 전달해야 해요. 세상에 변화를 일으켜야 해요. 어떻게 할 수 있을까요? 오직 한 길만이 있어요. 가슴의 일을 해야 해요Let's do the Heart. 사람들은 누군가의 '말'을 기억하지 않아요. 사람들은 누군가가 그들의 가슴에 어떤 '느낌'을 주었는가를 기억해요. 사랑과 연민만이 사람들의 가슴을 울릴 수 있어요."

아…. *가슴의 일*. 나는 그게 무엇인지 이미 느낀 것 같았다. 앤서니에게 말했다.

"그날, 레인보우 카라반 미팅에서 처음 만난 날. 당신의 '외침'이 내 가슴에 와닿았어요. 그리고 지금, 나의 가슴에 또 한 번 엄청난 울림이 퍼져요, 이게 바로 당신이 말하는 '가슴의 일'이겠죠. 당신의 가슴에서 나오는 이야기가 나의 가슴을 두드리는 것 같아요."

앤서니는 나를 빤히 쳐다보며 말했다.

"사실 우리가 처음 만난 건 그때가 아니에요. 우린 이미 슬로바키아 개더링 개울가에서 만난 적이 있어요. 내가 당신한테 야생 베리를 줬는데, 기억나요?"

나는 잠시 기억을 곰곰 더듬으며, 레인보우의 개울가를 떠올렸다. 그리고 '베리를 건넨 형제'를 기억해 냈다.

"아! 기억나요! 개울가로 내려가는 길에서 한 형제가 바구니에서 야생 베리를 꺼내어 줬는데. 그게 당신이었어요?"

앤서니가 말했다.

"네. 그게 바로 나였어요. 사실 그때 개울가에서 당신을 보고 나는 이미 느낄 수 있었어요. 우리가 어떻게든 연결될 거라고."

그때였다. 저 멀리서 "*레인보우 카라반~~~ 나우~~~!!*" 하는 함성이 들렸다. 흩어진 가족을 부르는 소리였다. 나는 앤서니와 깊이 포옹하며 말했다.

"이 아름다운 연결에 참 감사해요. 우리 함께 더 깊은 연결을 만들어가요."

합법체류자: 세르비아로 가자

경찰서 소동

데비가 외친다.

"문 닫고! 캐비닛 닫고! 자, 히피들! 몇 명이니?"

"하나, 둘, 셋 넷, 다섯… 열아홉, 열아홉 명이에요!"

숫자 세기에 빠른 누군가가 즉각 답한다.

"19명? 18명이었던 것 같은데, 어디서 히피 하나가 더 기어들어 왔나? 뭐 부족하지만 않으면 됐지 뭐! 자, 출발! 깔깔깔깔깔!"

데비는 대충 점호를 끝내고 마녀처럼 웃으며 출동을 외쳤다. 우리가 정확히 몇 명인지 그 누구도 알지 못했다. 매번 새로운 누군가가 합류하고, 또 떠나갔다. 그저 트럭 어딘가에 다들 안전히 구겨져 있겠지 생각할 뿐이었다.

대부분의 히피는 자신들이 어디로 가는지 모른다. 트럭이 멈추면, '쉬는구나!' 트럭이 움직이면, '가는구나!' 하며 그저 즐거운 마음으로 존스 베리를 따라다닐 뿐이다. 히피들에겐 반드시 도착해야 하는 목적지가 없으니 레인보우 카라반 자체가 베이스캠프이면서 여행의 목적지인 셈이다. 하지만 이번에는 달랐다. 존스 베리 가족의 솅겐 지역 체류일 때문에 우리에게는 목표가 생겼다. 어떻게든 3일 안에 비솅겐 국가인 세르비아로 이동해야 한다. 오늘은 그 중간 지점인 헝가리 부다페스트에 도착하는 게 목표다. 앤드류는 다소 서둘러 트럭을 몰았다.

레인보우 카라반에게 200km를 이동하는 것은 쉽지 않은 미션이었다. 소리소문없이 이동하기에 히피들의 몰골과 트럭은 너무도 눈에 띄었다. 우리는 어디를 가든 과한 집중과 시선을 받았다. 대부분의 사람이 우리에게 호의적이었지만 반감을 보이는 사람도 상당했다. 특히나 우리의 단골 안티 팬은 경찰이었다.

갑자기 경찰차 세 대가 트럭 앞뒤를 막더니 세우라며 경고했다. 앤드류는 길가에 트럭을 세우고 우리에게 여권을 준비하라고 알렸다. 후에 알게 된 정황은 이랬다. 히피 중 한 명이 트럭 안에서 자두 씨를 창문 밖으로 내뱉었는데 그게 옆에서 달리던 차를 맞출 뻔했다. 이에 운전자는 "이상한 사람들을 한가득 태운 수상한 트럭이 도로에 무언가를 뱉으며 무법자처럼 달리고 있다"라고 경찰에 신고한 것이다.

우리를 잡기 위해 출동한 슬로바키아 경찰들은 여권을 일일이 확인했다. 몇몇 히피들은 경찰의 신분 확인이 반갑지 않았다. 어떤 히피는 자신이 이렇게 국경을 넘는 여행을 하게 될지 생각도 못 했기에 집에서 여권을 가지고 오지 않았고, 다른 히피는 여권은 있지만 솅겐 지역 체류에 문제가 있었고, 또 다른 히피는 신분증과 국경을 인정하지 않는 나름의 '경계 없는 세상 운동'을 하고 있기에 여권을 아예 만들지 않았다. 상황이 좀 곤란할 것 같은 몇몇 히피들은 소란스러운 틈을 타 근처 마을로 몰래 대피했다.

결국 경찰은 다섯 명의 히피들을 경찰서로 데리고 가겠다고 했다. 여권이 없던 아라키스와 베로니카, 영국에서 프랑스로 나올 때 스탬프를 받지 못한 앤서니, 크리스토스 그리고 나였다. 베로니카는 여권을 집에 두고 왔고, 아라키스는 여권과 신분증 자체를 거부했다. 어차피 이 둘은 유럽인이기에 큰 문제가 되지 않겠지만 한국인인 나와 호주인 크리스토스, 미국인 앤서니는 상당히 억울한 상황이었다. 우리 셋은 모두 영국에서 프랑스로 넘어올 때 비행기를 이용하지 않았다. 크리스토스와 앤서니는 페리를, 나는 유로터널을 이용했는데 이때 프랑스 국경에서 스탬프를 찍어주지 않은 게 문제의 화근이었다. 경찰은 우리의 솅겐 지역 체류 기간을 확인할 수 없다며 경찰서로 가자고 했다. 불법 체류자가 되어 골치 아픈 일이 생길 수도 있는 심각한 상황이었다. 하지만 나는 이 상황이 재미있었다. 경찰들을 대응하는 히피들의 태도가 정말이지 기가 막혔기 때문이었다.

먼저 아라키스였다.

경찰이 물었다. "여권 확인하겠습니다."

아라키스는 뻔뻔한 얼굴로 답했다. "여권 없는데요."

경찰이 다시 물었다. "그럼 다른 신분증은요?"

아라키스는 답했다. "없어요."

경찰은 어이가 없다는 듯 물었다. "아무것도 없다고요?"

아라키스가 그렇다고 답하자 경찰은 엄숙한 표정으로 말했다. "당신은 항상 신분증을 가지고 다녀야 합니다."

그러자 아라키스는 황당하다는 표정을 지으며 말했다. "왜요? 왜 신분증을 가지고 다녀야 하는데요?"

경찰은 눈을 동그랗게 뜨며 "왜냐고요?"라고 한번 묻더니 막상 할 말이 생각나지 않는 듯 아라키스를 빤히 쳐다보았다. 잠시 정적이 흐르고 경찰이 되물었다.

"신분증이 없으면, 그럼 당신은 누구입니까?"

그러자 아라키스는 마치 그 질문을 기다렸다는 듯 당당히 답했다. "나는 '나'예요. 난 지금 이렇게 당신 앞에 서 있잖아요. 당신은 나를 보고 있고, 나와 대화를 나누고 있죠. 내가 이렇게 당신 바로 앞에 존재해요."

경찰에게 자신의 신분을 현존으로 증명하려던 아라키스는 결국 경찰서로 연행되었다.

다음은 앤서니였다.

앤서니는 여권을 훑어보고 있는 경찰을 빤히 쳐다보다 갑자기 이렇게 물었다. 앤서니 특유의 경건함으로 가득 찬 낮은 음성으로. "경찰 형제여, 그대가 어렸을 때, 그대의 꿈은 무엇이었나요?"

경찰은 갑자기 훅 들어온 동심의 세계를 묻는 말에 자기 귀를 의심하는 듯 보였다. 이에 앤서니는 더 천천히, 따라서 더욱 경건한 음성으로 어린 시절의 꿈을 다시 물었다. 경찰은 앤서니의 엄숙한 눈빛이 부담스럽다는 듯 뒷걸음치며 "몰라요"라고 답했다.

경찰 형제에게 소년의 꿈을 되찾아주려던 앤서니 역시 경찰서로 연행되었다.

오늘 한 살 생일을 맞은 노아의 엄마, 무니 역시 경찰들을 당황하게 하는 데에 큰 힘을 보탰다. 무니는 심각한 표정으로 여권을 확인하는 경찰들을 찾아다니며 그들의 가슴에 사랑의 진동을 전달하고자 부단히 노력했다. 무니 특유의 커다란 함박웃음을 지으며 질문했다.

"우리 카라반에 함께할래요?" "같이 아프리카에 가지 않을래요?"

그래도 경찰들이 미소를 보이지 않자 무니는 마침내 비장의 카드를 던졌다. 한 살배기 노아를 번쩍 들어 올려 경찰 면전에다 대고 왔다 갔다 비행기를 태우며 "오늘 노아의 첫 생일이에요~ 노아를 축하해주세요~ 노아를 안아주세요~~"라고 외쳤다. 그러다 무니는 오늘 제대로 한번 경찰의 심금을 울리기로 작정했다는 듯, 별안간 '가슴의 노래'를 부르기 시작했다. "우리는~~~ 신이 창조한 모습 그대로~~~ 빛과 사랑과 영광 안에 살아요~~~ 우리는~~~" 그러자 경찰과 실랑이를 벌이던 다른 히피들도 세상 성스러운 표정을 지으며 '가슴의 노래'를 따라 불렀다. "우리는~~~ 신이 창조한 모습 그대로~~~"

와중에 데비가 갑자기 쟁반 가득 따뜻한 커피와 우유를 들고 왔다. 이 광경을 지켜보던 근처 이웃이 우리에게 힘내라고 보낸 선물이었다. 히피들은 슬로바키아 이웃 자매의 사랑에 매우 감격하며 이것이 바로 국적과 국경을 초월하는 한 가족, '하나의 사랑'을 보여주는 것이라고 경찰에게 설교했다.

경찰차에 올라타기 직전 크리스토스는 사람들에게 한 가지 부탁했다.

"우리는 이제 경찰서에 갑니다. 남은 사람들은 함께 모여 명상하고,

우리에게 사랑의 진동을 보내주세요. 그게 분명 우리를 도울 거예요."

그렇게 한껏 경찰들의 심금을 울린 후(심금을 울렸는지 더 열받게 했는지는 알 수 없지만) 나와 크리스토스, 아라키스, 앤서니, 베로니카는 경찰서로 이동했다.

우리는 경찰서 숙직실 같은 곳에서 대기했다. 우리 중 누구도 앞으로의 일을 걱정하지 않았다. 시끌벅적 이야기를 나누고, 카드놀이를 하고, 간식까지 먹었다. 2층 침대가 있는 대기실은 우리의 트럭이나 텐트와는 비교할 수 없을 만큼 안락했다. 게다가 화장실과 샤워실까지 있다. 따뜻하게 샤워하고 포근한 침대에서 잠자길 기대하며, 오늘 밤 경찰들이 우리를 풀어주지 않기를 내심 바랐다.

무엇보다 나는 크리스토스, 아라키스, 앤서니, 베로니카와 깊은 대화를 나누게 되어 좋았다. 이들을 궁금해하는 것은 비단 경찰만이 아니었으니, 난 경찰보다 더 심층적으로 이들을 *취조*했다.

우리는 자신의 성과 이름을 정식으로 밝히며 경찰서 토크를 시작했다. 보통 레인보우들은 서로에게 '이름표'를 묻지 않는다. 이름, 국적, 나이, 직업, 연락처 등을 묻지 않으니 상당한 시간을 함께 보내고 마음을 깊이 나눴음에도 끝내 이름 하나 알지 못하고 헤어지는 경우가 허다하다. 물론 누군가가 '이름표'를 물으면 대부분 흔쾌히 대답하지만, 철저한 '이름표 거부자'인 아라키스는 끝까지 그 누구에게도 자신의 실명을 알려주지 않았다. 고집스러운 아라키스도 경찰서에서는 어쩔 수 없었다. 신원 양식을 작성해야 했기에 우리에게 모든 신분을 밝힐 수밖에 없었다. 우리는 본의 아니게 아라키스의 본명과 그가 어디 출신인지, 나이가 몇 살인지도 알게 되었다. 우리가 아라키스의 본명을 놀리듯 계속 불러대자 아라키스는 "아니야! 아니야! 나는 아라키스야! 나는 아라키스야~~~!!" 하고 울부짖었다. 그래도 우리는 아랑곳하지 않았다.

물론 우리는 알고 있다. 이런 신분 정보 따위가 사람 사이의 관계를 깊게 만들지도, 서로를 더욱 알게 하는 것도 아니라는 것을 말이다. 아라키스의 진짜 이름은 그와 우리의 연결에 아무런 영향을 주지 않는다. 그의 이름이나 직업보다 중요한 건 '그가 현재 어떤 상태로 존재하는가'이다. 어떤 이름표로 등록되어 있건 간에 우리에게 그는 늘 유쾌한 에너지를 뿜으며 지구 위를 맨발로 걷고, 언제나 '옴나마시바야[18]'를 읊고, '지금'의 시계를 차고, 사람들에게 감자 칩과 팝콘을 튀겨주는 '원더랜드의 아라키스'이고 우리는 그를 무척이나 아끼고 사랑한다.

우리는 한 명씩 각기 다른 방에서 조사받았다. 나는 경찰관이 묻는 신원 확인 질문에 성심성의껏 응답하려고 했다. 그러나 참 난감하게도 경찰은 나조차도 답을 알 수 없는 곤란한 질문만 던졌다. '주소가 어디냐' '직업이 뭐냐' '충분한 여행 경비가 있느냐' '슬로바키아에는 무슨 목적으로 왔느냐' '다음 목적지가 어디냐' '앞으로 무엇을 할 계획이냐'와 같은 질문들이었다. 어서 그들이 만족할 만한 답을 하고 조사를 끝내고 싶었지만 아무리 생각해도 적절한 답이 떠오르지 않았다. 각 질문에 상당히 진지하게 고민하는 척을 해보았지만 결국 내 입에서 나온 답은 "저도 몰라요"였다. 그래도 나의 "몰라요"는 그나마 나은 대답인 듯하다. 옆 사무실에서 경찰의 윽박지르는 소리가 들리는 것을 보니 아마도 어느 히피 하나가 경찰을 대상으로 자유로운 삶

에 대한 설교를 시도하는 모양이었다. 추측건대 그는 분명,

주소! “우주가 나의 고향이요, 전 세계가 나의 집입니다.”

직업! “우리는 하나의 의식이며 사랑입니다.”

여행 목적! “천국을 이 땅에 가져오는 것입니다.”

경비! “내게 필요한 모든 것은 어머니 자연이 제공하니, 돈은 필요치 않습니다.”

다음 목적지! “흐름이 저를 어딘가로 데려갈 것입니다.”

계획! “내겐 ‘지금, 이 순간’만이 있을 뿐입니다.”

…와 같은 답을 하며 경찰의 정신적 속박을 일깨우고자 했을 것이다.

제복을 입은 경찰관과 맨발의 히피들 사이엔 ‘무엇이 제정신의 삶인가’ 하는 논쟁으로 끝이 없을 것이다. 우리는 그들에게 ‘미친 사람’이었고, 그들은 우리에게 ‘자유롭지 못한 사람’이었다. 그저 서로의 선택을 존중하며 각자가 믿는 현실을 사는 것이 지구 평화에 도움이 될 듯싶었다.

그래도 모든 경찰이 우리를 ‘미친 사람’ 취급한 것은 아니었다. 취조를 주관하던 나이 든 경찰이 잠시 자리를 비운 사이, 통역관과 젊은 경찰이 나에게 후다닥 많은 질문을 쏟아냈다. 도대체 이렇게 사는 것이 어떻게 가능하냐, 그간 겪은 일 중에 가장 신나는 모험이 뭐였냐 물었고 나는 이야기보따리를 신나게 풀었다. 이들은 내 이야기를 진심으로 경청했다. 반짝이는 눈과, 터져 나온 큰 웃음이 그 증거였다. 화기애애한 대화가 오가던 찰나, 나이 든 경찰이 돌아왔다. 우리는 재빨리 윙크를 교환하고 너 나 할 것 없이 입을 쏙 다물었다.

취조가 끝나고 우리는 다시 대기실로 모였다. 먼저 취조를 끝낸 아라키스가 근처 슈퍼에서 간식거리를 사 왔고 우리는 간단한 간식으로 저녁 식사를 때우며 조사 결과를 기다렸다. 경찰이 '당신들의 체류에 아무런 문제가 없습니다. 괜히 죄 없는 당신들을 경찰서로 데려와 노고를 치르게 했으니, 오늘 밤은 이곳에서 편히 묵고 내일 날이 밝으면 다시 여행을 시작하십시오'라고 말해주길 기대하며 말이다.

우리의 기대는 어느 것도 맞아떨어지지 않았다. 경찰이 우리에게 나눠준 결과지에는 이런 내용이 있었다.

'당신들은 현재 불법으로 슬로바키아에 체류하고 있다. 슬로바키아에서 30일 이내로 떠나야 하고, 앞으로 1년간 슬로바키아 입국을 금지한다.'

어처구니가 없었다. 경찰은 나, 크리스토스, 앤서니가 유럽에 불법 체류 중이라며 대사관과의 통화 요청도 거부했다. 아라키스와 베로니카는 유럽인이기에 슬로바키아 체류에 아무런 문제가 없는데도 우리와 똑같은 처벌을 받았다. 아무래도 우리에게 괘씸죄를 씌운 듯했다. 우리는 도저히 인정할 수 없어 서류에 서명하지 않으려 했지만, 하루라도 빨리 세르비아로 넘어가야 하는 존스 베리 가족의 애타는 얼굴이 떠올라 일단은 서명하고 경찰서를 떠났다.

다음 날 나는 주슬로바키아 한국 대사관에 전화를 걸어 상황을 설명하고 내가 솅겐 지역에 불법 체류 중인지 확인했다. 대사관에서는 현재 나의 솅겐 지역 체류에 아무런 문제가 없다며, 억울하면 이의 제기 소송을 걸어 슬로바키아 경찰의 조치를 무효화시킬 수 있다고 말했다. 불법 체류가 아니라는 말에 마음이 크게 놓였다. 우리에게 막무

가내로 처벌을 내린 슬로바키아 경찰들이 괘씸했지만, 번거롭게 소송까지 하고 싶진 않았다. 그저 그들이 원하는 대로 슬로바키아에 다시 돌아오지 않으면 된다. 그렇게 나의 세계 집 지도에서 집 한 구역이 사라졌다. 왠지 조금 서글펐다.

도대체 신분이란 무엇일까? '신원 확인'은 내가 무사히 잘 살고 있는지를 확인하는 것일까, 아니면 나를 내쫓을 수 있는지 없는지를 확인하는 것일까? 나의 주소는 왜 필요한가? '내가 안전하게 지낼 집이 있는지' 걱정되어서일까 아니면 '어디로 가야 나를 체포할 수 있는지' 알아두려는 것일까? 나의 직업과 자산 상태는 또 왜 궁금한가? 직업 없고 돈도 없는 사람이니 도와주려는 것일까, 아니면 세상에 도움은 커녕 위협이 될 수 있는 기생충 같은 인간이니 빨리 내쫓아버리기 위함인가? 국경이란 무엇일까? 모두가 똑같은 인간인데 왜 이 선을 넘어와도 되는 사람과 넘어오면 안 되는 사람을 구분하는 것일까? 모든 지구 생명체가 공유하는 행성 지구에 대체 누가 마음대로 선을 긋고 장벽을 세워 수많은 국가로 나눠놓은 것일까?

아마도 신원은 인간을 걸러내기 위한 체계적인 검열 도구일지 모른다. 범죄자인지 아닌지, 시스템의 통제에 따르는 사람인지 아닌지, 시스템에 도움이 되는 사람인지 아닌지, 그들이 만든 질서를 지키는 사람인지 아니면 깨트릴 사람인지를 말이다. 그들은 사회 질서를 유지하겠다는 명목으로(실은 통제를 목적으로) 인간에게 번호를 매기고, 인간을 선 안에, 숫자 안에, 문서 안에, 컴퓨터 안에 가둬버렸다. 우리가 말을 잘 듣고 있는지 수시로 쉽게 확인하려고 말이다. 그들은 신원을 밝히는 것을 거부하는 자유인을 질서를 위협하는 위험한 존재로 간주한다.

어느샌가 나는 나도 모르는 사이에 자유인이 되어 있었다. 시스템이 묻는 신원 확인 질문에 대답할 수 있는 게 없는 것을 보니 말이다. 내가 지금 어디에 사는지, 어디로 가는지, 앞으로는 어디에서 살 것인지, 무슨 일을 할 것인지. 나조차도 알 수가 없다. 그래도 나는 '신원이 불분명한 삶'에 만족한다. 아라키스가 왜 그토록 신원을 밝히길 거부하는지, 왜 여권도 없이 여행하는지, 이제는 그 마음을 알 것 같다. 그의 '이름표 거부'는 시스템의 통제를 허락하지 않고 자신의 근원적 자유를 지키는 숭고한 투쟁이다.

존스 베리 가족의 트럭 옆면에는 세계지도가 그려져 있다. 이 지도에는 국경도 나라 이름도 없다. 그저 커다란 땅덩어리와 존스 베리 가족의 여행 경로만 있다. 언젠가 데비는 내게 이 지도를 보여주며 말했다.

"도대체 불법 체류자가 무엇인가요? 세상에 그런 존재는 없어요. 우리는 모두 한 지구에 거주하고, 한 공기 안에 속해 있어요. 지구와 공기에는 그 어떤 경계선도 존재하지 않아요. 나는 국경을 인정하지 않아요. 국경은 한 땅의 사람들을 분리해서 누군가를 쫓아내고자 만든 경계선이에요. 나는 국경 없는 세상에서 살고 싶어요. 경계선 없는 대지를 바람처럼 흐르는 자유의 세계 말이에요. 나는 그런 세상이 반드시 올 것이라 믿어요."

'문명' 이전의 유목 원주민들은 이런 세상에 살았다. 아무런 금도 장벽도 없는 둥그런 지구 위에서, 경찰도 범죄자도 없는 신뢰의 공동

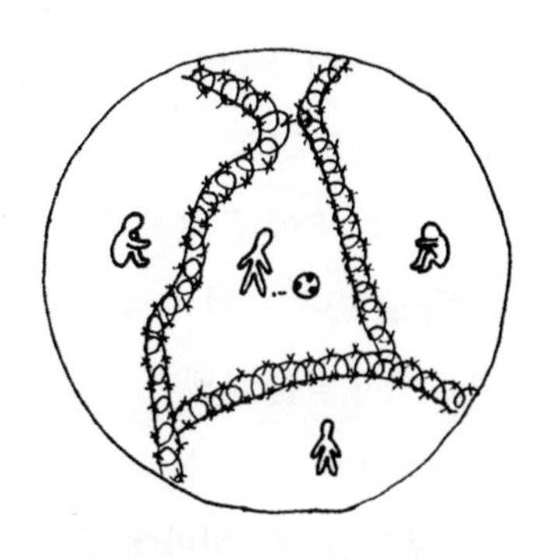

지구는 둥그니까... 자꾸 걸어 나가면...
온세상 어린이들... 다 만나고 온댔는데...

체에서, 모두가 '부'를 공유하는 풍요의 낙원에서, 이 땅의 구석구석을 바람처럼 누비며 살았다. 그들의 존재는 자유였고, 그들의 내일은 가능성이었다. 나의 유전자 속에는 유목이라는 삶의 기억이 강렬히 배인 듯했다. 그토록 먼 과거에나 누린 대자유인데, 상상만으로도 눈물이 나고 전율이 흘렀다.

합법 체류 축하 의식

헝가리에서도 곤란한 상황을 몇 번 더 겪었다. 부다페스트의 한 대형 마트 앞에 앉아서 쉬고 있는데 갑자기 경찰들이 다가와 여권을 보여달라고 요구했다. 몇몇 히피들은 아무 이유 없이 신분을 확인하겠다는 경찰에 반발해 약간의 실랑이를 벌였지만, 다행히 큰 문제는 일어나지 않았다.

대도시에서 베이스캠프를 찾기도 쉽지 않았다. 부다페스트 근처

한 작은 공원에서 하룻밤을 보내려고 했다. 이웃의 눈에 띄지 않기 위해 트럭을 큰 나무 아래 주차하고 한쪽 구석에 세 개의 텐트를 펼쳤다. 그러나 마을 사람들은 '어둠 속에 은밀히 숨은' 히피들을 더욱 두려워한 나머지 결국 경찰을 불렀다. 우리는 밤중에 자다 말고 공원에서 쫓겨나 고속도로 휴게소에서 밤을 보냈다.

이런저런 이유로 카라반 이동이 조금씩 지체되자 데비는 우리에게 간곡히 부탁했다. 내일은 무조건 세르비아에 도착해야 하니 앞으로 가급적 눈에 띄는 행동은 하지 말 것, 화장실 이용 외에는 트럭을 벗어나지 말 것, 최대한 보이지 않는 곳에 텐트를 치고 이웃의 잠을 방해하는 행동을 하지 말 것 등이었다.

모두가 조심한 끝에 다행히 존스 베리 가족의 솅겐 지역 체류 만료를 1일 남겨두고 세르비아에 도착했다. 헝가리-세르비아 국경을 통과하는 순간 우리는 모두 환호를 내질렀다. 날씨도 우리 편이었다. 며칠째 계속 비가 오고 흐리던 유럽 하늘과 달리, 세르비아 하늘은 더없이 맑고 푸르렀다. 마치 이 땅이 우리의 방문을 온 마음 다해 반기는 듯했다.

헝가리-세르비아 국경 근처 휴게소에서 축하 푸드 서클을 열기로 했다. 데비와 몇몇 히피는 아스팔트 주차장 한가운데 사슴 카펫을 펼치고 앉아 채소를 손질했다. 화장실 앞에서 한참 퍼커션을 연주하던 앤서니는 갑자기 차파티를 만들겠단다. 상의까지 벗어 던지고 온몸을 다해 밀가루 반죽을 주차장 바닥에 패대기쳤다. 지나가던 사람들은 휴게소 한복판에서 벌어지는 수타 쇼와 요리 쇼를 넋 놓고 구경했다.

음식이 완성되고 푸드 서클을 시작했다. 사슴 카펫을 중심으로 손을 맞잡고 서서 하나의 원을 만들었다. 폴짝폴짝 뛰며 '가슴의 노래'를 부르고, 키스 파도타기를 했다. 구경하던 몇몇 세르비아인이 원 안으로 들어와 우리와 손잡았다. 한참 신나게 노래 부르다 '옴'으로 조화의 진동을 발산한 후에 각자의 방식으로 기도하며 의식을 마쳤다.

식사가 거의 끝나갈 무렵, 두 달째 묵언수행 중인 로지가 뒷문이 활짝 열린 대형 화물 트럭을 발견했다. 그녀는 트럭 뒷문에서 화물칸 안쪽을 향해 "아~~~" 하며 소리 냈다. 로지의 소리는 화물칸 내부의 벽에 부딪히며 커다란 메아리 진동을 만들었고, 이를 들은 몇몇 히피들도 트럭 뒷문으로 달려와 "아~~~" 하고 소리를 보탰다. 크리스토스와 앤서니는 주먹과 손바닥으로 화물차를 두드리며 비트를 만들었다. 로지와 베로니카는 아무 뜻도 없는 소리를 흥얼거리며 즉흥적으로 노래 불렀다. 흥이 오른 베로니카는 급기야 화물칸 안으로 기어들어가 리듬을 타며 노래를 불렀고, 로지 역시 덩달아 화물칸 안으로 들어가 빙글빙글 돌며 춤을 췄다. 트럭 주인으로 보이는 아저씨는 괴상한 히피들이 자신의 트럭을 마구 두드리고 화물칸 안에 멋대로 들어가 춤추고 있는데도 제지할 생각이 없는 듯 보였다. 그저 넋을 놓고 화물차 공연을 구경했다.

푸드 서클을 끝내고 주차장 한쪽 수돗가에서 설거지하고 있을 때였다. 앤서니가 헐레벌떡 달려오더니 숨 가쁜 목소리로 말했다.

"그리스에 가는 차를 만났어요! 원하면 그리스까지 태워주겠대요. 같이 그리스로 가지 않을래요?"

거절할 이유가 없다. 앤서니와 함께 프로젝트의 최종 목적지, 그리스로 쉽고 빠르게 이동할 절호의 기회였다. 그러나 나는 머뭇거렸다. 잠시 침묵한 후에 앤서니에게 말했다.

"정말 좋은 기회네요. 그런데 지금은 이 트럭을 떠날 때가 아닌 것 같아요…."

나는 아직 이 카라반을 떠나고 싶지 않았다. 앤서니와 헤어지는 것도 원치 않았다. 내심 그가 떠나지 않기를 바라며 물었다.

"정말 지금 꼭 떠나고 싶어요?"

앤서니는 답했다. 언제나 그랬듯 신념에 가득 찬 목소리로.

"네, 우리는 각자의 꿈을 따라야만 해요. 그게 바로 우리가 할 일이에요."

이때 그의 꿈은 가급적 빨리 그리스로 이동해 바다 항해로 아프리카에 가는 것이었다. 참으로 멋진 꿈이다. 하지만 그의 꿈이 나의 꿈이 될 수는 없다. 나는 내 꿈이 무엇인지, 앞으로 어디로 가고 싶은지 알 수 없지만 지금 내 가슴이 무엇을 원하는지는 분명히 알았다. 나는 존스 베리 트럭에서 못 말리는 히피들과 조금 더 흐르고 싶었다. 앤서니와 여정을 함께하고 싶은 마음에 레인보우 카라반에 올라탔지만 어쩌다 보니 이제는 '레인보우 카라반' 자체가 나의 여정이자 지금의 꿈이 되었다.

앤서니는 트럭을 떠났다. 그와 나는 각자의 직관을 믿고 각자의 흐름을 따랐다. 언제 그를 다시 볼 수 있을지 모르지만 조금도 슬프지 않았다. 세상에 헤어짐이란 없음을 그렇게 조금씩 깨달았다.

해 질 무렵 한 호숫가에 도착했다. 노을은 붉고 호수는 잔잔했다.

세르비아의 첫 베이스캠프로 더할 나위 없이 아름다운 장소였다. 히피들은 말없이 하늘과 호수를 바라보았다. 데비를 포함한 몇몇 히피는 붉은 호수 속으로 몸을 첨벙 던져버렸다. 깔깔깔, 마녀 웃음을 내며 양팔을 휘젓는 데비 주변으로 날개 모양의 물결이 일었다.

오늘, 하늘은 구름 한 점 없이 맑고 높았다. 우리의 자유도 이와 같았다.

호숫가 옆 작은 숲이 우리의 집이다. 쏟아지는 아침 햇살에 잠에서 깨어 먼저 모닥불을 지핀다. 따뜻한 차를 마시고 이것저것 남은 음식을 모아 모닥불에 아침 겸 점심을 해 먹는다. 지구가 조금 뜨거워졌다 싶으면 호숫가에 알몸을 던진다. 젖은 몸을 말리며 일광욕하고, 명상하고, 책 읽고, 낮잠 자고, 악기를 연주하고, 장난치다 보면 누군가가 또다시 모닥불에 저녁 식사를 준비한다. 저녁 푸드 서클을 마치면 모닥불 주변에 옹기종기 모여 밤을 보낸다. 세르비아 호숫가 생활은 그야말로 천국이다. 더는 시간에 쫓길 일도, 도시의 소음이나 사람들의 시선에 방해받을 일도, 불법 체류 문제로 걱정할 일도 없다.

세르비아 도착을 기념해 어떤 의식을 치른다고 한다. 의식을 주관하는 크리스토스는 점심 이후로 굉장히 분주하다. 그는 자신의 보따리에서 돌멩이, 나무 조각, 꽃, 종, 향, 깃털, 악기 등 이것저것 꺼내 나무 아래 돌판 위에 소중히 올려놓았다. 그러고는 나무 기둥에 피부가 파랗고 팔이 여러 개 달린 '신'이 그려진 천을 두르더니 그 앞에 가부좌를 틀고 앉아 잠시 명상한다. 사람들이 하나둘 모이고, 크리스토스는 경건한 음성으로 오늘의 의식을 간단히 설명했다.

"이 의식은 '완전한 내맡김'에 대한 것입니다. 의식을 진행하는 동안 모든 것을 현재에 내맡기세요. 당신이 해야 할 유일한 일은 그저 알아차리는 것입니다. 집중하고 깨어있는 것입니다. 당신의 마음과 몸에 무슨 일이 일어나는지, 당신의 생각과 마음이 어디로 흐르는지 온전히 알아차리세요. 마음을 편히 가지고, 집중하며 순간을 즐기십시오. 우리는 다 함께 '현재'를 창조하고자 이곳에 모였습니다."

그러고는 앞에 펼쳐놓은 악기를 가리키며 의식 중에 언제든 악기를 연주해도 좋고, 춤을 춰도 좋고, 소리를 질러도 좋고, 노래를 불러도 좋고, 마구 웃어도 좋고, 울어도 좋다고 했다. 의식 중에 누군가가 마음껏 원하는 행동을 하도록 그대로 내버려두라고 당부했다.

설명을 마친 크리스토스는 엄지손가락만 한 크기의 나무 조각에 불을 붙였다. 그리고 사람들에게 일일이 다가가 나무 조각에서 나오는 연기를 그들의 몸 주변에 흩트렸다. 나무 조각의 연기에서는 그 어디서도 맡아보지 못한 신비로운 향이 났다. 향기는 콧속으로 들어와 온몸을 깨우고 정수리 끝에 빙글빙글 맴돌았다. 그 나무 조각은 남아메리카에서 자라는 '팔로 산토'라는 향나무로, 남아메리카 원주민들이 각종 치유 의식에 사용하는 신성한 나무였다.

크리스토스는 팔로 산토의 기운을 모든 이에게 뿌리고 자리로 돌아왔다. 그리고 기도했다.

"나는 허락을 구합니다. 내가 이 의식을 올바로 수행하도록 허락을 구합니다. 나는 허락을 구합니다. 우리가 절대적인 지혜에 다가가도록 허락을 구합니다. 그리고 나는 요청합니다. 여러분 모두가 이 순간에 '현재'하기를 요청합니다."

크리스토스는 종을 한 번 울리고 기도를 끝냈다. 그러고는 퍼커션

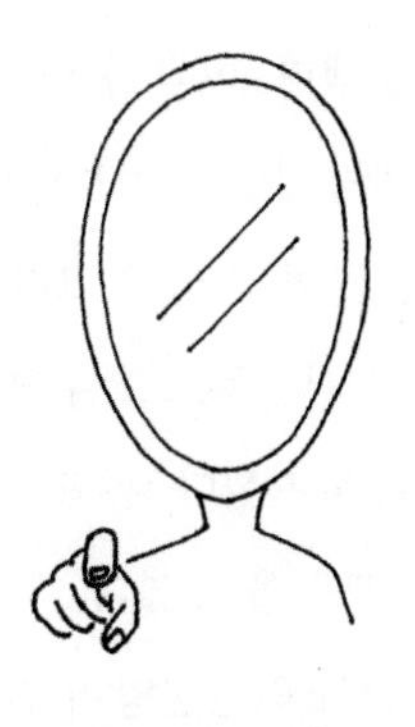

모든 사람이 나의 거울 

을 연주하며 말했다.

"*당신의 몸이 어떻게 움직이고 싶은지를 말하도록 허락하세요.*"

그러자 히피들은 각자의 몸이 원하는 대로 움직이기 시작했다. 춤을 추고, 스트레칭하듯 몸을 풀고, 어떤 히피는 그저 눈을 감고 꼿꼿한 자세로 앉아 있었고, 누군가는 갑작스러운 '춤 의식'이 어색한 듯 가만히 서 있었다.

크리스토스는 퍼커션 연주를 끝내고 모두를 편히 앉게 했다. 그리고 달그닥거리는 작은 악기를 흔들며 의미 없는 말소리를 흥얼거렸다. 마치 주문을 읊는 것 같았다. 히피들은 크리스토스의 주문을 들으며 자리에 편히 눕거나 가부좌를 틀고 앉아 명상했다.

각자의 명상이 끝나고 히피들은 악기를 들고 연주했다. 기타를 치고, 퍼커션을 연주하고, 노래를 흥얼거렸다. 의식은 어느새 편안한 연주로 바뀌었고, 사람들은 자연스럽게 자신이 하고 싶은 일을 했다. 그렇게 의식이 끝났다.

나는 이 모든 것을 관찰했다. 이들과 의식을 함께했다기보다는 한 발짝 거리를 유지한 채 관중처럼 지켜보았다. 이들이 의식을 어떻게 행하는지 궁금하기도 했고, 이 의식이 그다지 편하지만은 않기도 했다. 이상한 그림의 천을 나무에 두르고 누군가에게 기도하는 것이 이상했고, 주문 같은 소리도 불편했다. 종교의식이나 무당 굿판과 비슷한 이들의 의식에 나는 거부감을 느꼈다.

한국 사회에는 무속신앙과 민간신앙이 민속예술과 생활 속에 깊게 뿌리내려 있다. 그래서 한국인인 내게 영적 세계 자체는 전혀 새롭거나 놀라운 개념이 아니다. 그렇다고 해서 무속 의식을 편안하고 자연스럽게 받아들인다는 말은 아니다. 나는 서구 문화의 영향을 많이 받은 현대 한국 사회에서 성장했기 때문이다. 이때 나는 보이지 않는 것과 초자연적인 힘 그리고 무속 의식을 믿지 않았다. 보이지 않는 '힘'과 소통하는 건 내겐 '제정신이 아닌' 일이었다. 나는 '미친 사람'이 되고 싶지 않았다. 그리고 나와 함께 여행하는 사람들이 '미친 사람'이 아니길 바랐다.

호숫가에서 일광욕하던 크리스토스에게 갔다. 그리고 그에게 나의 우려를 털어놓았다.

"사람들이 우리의 의식을 보았다면 아마도 우리를 '미친 사람'이라고 생각할 거예요."

그러자 크리스토스는 웃으며 말했다.

"네. 맞아요. 우리는 미쳤어요. 미치는 것, 그게 의식의 핵심이에요."

나는 의아해져 다시 물었다.

"제정신이 아닌 상태가 되는 게 이 의식의 목적이라고요?"

크리스토스는 답했다.

"제정신이란 과연 무엇일까요? 우리는 세상이 만들어 놓은 '정상'에 대한 개념을 버려야 해요. '정상'과 다른 게 '미침'이라면, 우리는 그 '미침'의 영역으로 들어가야 해요. '미침'이 위험하거나 불안정한 상태를 의미할 때 사람들은 이를 거부하고 무서워해요. 하지만 안정적이고 평온한 상태에서의 '미침'이라면, 우리는 그것을 정말 멋지게 사용할 수 있어요. 이때의 '미침'은 상상력 혹은 창의력과 같은 말이 되거든요. 이 의식은 '놓아버림'에 대한 거예요. 마음의 모든 고집을 내려놓고 현재의 흐름 속에 모든 것을 내맡김으로써 우리는 무한한 창조의 세상으로 갈 수 있어요. 이때 발생하는 창조적인 에너지는 예술성으로 발현돼요. 그리고 이 에너지는 우리가 마주하는 현실 자체를 창조해요. 우리는 언제나 우리의 현실을 창조하고 있어요. 우리가 현실을 만드는 완전한 통제력과 힘을 가졌다는 말이죠."

우리가 '현실을 창조한다'라…. 크리스토스의 설명이 도통 와닿지 않았다. 의식이 진행되는 동안 나는 무언가를 표현하고 싶은 욕구도, 창조적인 에너지도, 그 어떤 것도 느끼지 못했다. 그러면 나는 '의식'에 실패한 것일까?

크리스토스는 의식과 명상에는 실패가 없다고 말했다. 명상 중에 일어나는 모든 일은 그저 일어날 일일 뿐이다. 성공도 실패도, 좋고 나쁨도 없다. 삶에서 일어나는 모든 일도 이와 같다. 명상 중에 이것저것 많은 생각이 찾아올 텐데 이에 절망하지 말고, '아, 이런 생각이 찾아왔구나. 이런 감정이 일어났구나'라고 그저 순수하게 알아차리면 된다. 이 '알아차림'으로 치유의 과정이 시작된다.

크리스토스는 치유 과정에 대해 더 설명했다. 사람들은 감각 기관을 통해 어떤 대상이나 상황을 인지하고 그것에 대해 '좋고 나쁨'의 판단을 내린다. 그리고 그 판단에 따라 집착이나 혐오의 특정 반응을 일으킨다. 이것이 바로 마음의 반응 시스템이다. 좋고 나쁨의 판단은 단순히 감각적인 것뿐만이 아니라 더 중요한 것에까지 영향을 미치는데, 다른 사람의 옳고 그름은 물론 자기 자신이 괜찮은지 부족한지, 지금 일어나는 일이 좋은지 나쁜지 등을 판단함으로써 세상을 바라보는 관점을 결정한다. 이러한 마음의 분별심과 반응은 숱한 번뇌와 고통을 가져오며, 자신의 현실을 절망으로 만든다. 이 모든 고통에서 벗어나려면 마음의 치유 과정을 거쳐야 한다. 마음의 반응, 마음의 습관, 마음의 분별심에 대한 치유다. 이 치유 과정은 생각보다 단순하다. 일어나는 모든 일에 대해 자신이 느끼는 감정, 머릿속에 떠오르는 생각들을 객관적으로 바라보고, 그것에 대해 아무런 '좋고 나쁨'의 반응을 보이지 않는 것이다.

나는 마음에 들지 않는 사람도 있고 원치 않는 일도 많은데, 이것들을 어떻게 '나쁘다'라고 판단하지 않을 수 있냐고 물었다. 그러자 크리스토스는 우리가 감지하는 세상의 그 어떤 것이든, 어떤 사람이든, 그건 사실 우리 자신의 투영일 뿐이라고 했다. 나의 내면에 그런 모습을 가지고 있기 때문에 다른 대상에게서 그런 모습을 발견하고, 내가 스스로 그런 평가를 하고 있기 때문에 다른 대상에게 그런 평가를 하는 것이다. 이런 점에서 볼 때, 나와 관계를 맺는 모든 사람은 나의 거울이자 스승이다. 원치 않는 일과 반갑지 않은 사람을 만났을 때 그 순간 어떤 생각과 감정이 떠오르는지 그저 객관적으로 알아차리면 된다. '아, 저 사람이 이런 행동을 하는구나. 나는 저 사람의 이런 행동을 보고 불쾌하다고 판단하는구나!' 하고 말이다. 이렇게 세상에 일어나는 모든 일과 대상에 대한 생각과 감정을 그 어떤 평가나 반응 없이 그저 객관적으로 관찰한다면, 자연스럽게 '마음의 반응'을 치유하게 되고, 자신도 모르는 사이에 조금씩 변화가 찾아온다는 것이다.

그렇게 치유 과정을 거치면 비로소 '영적인 존재'가 되는 것일까? 아니다. 크리스토스는 이미 세상의 모든 사람과 존재가 영적이라고 말한다. 세상에 영적이지 않은 존재는 없다. 영성은 모든 존재의 본질이고, 모든 존재의 안과 밖으로 흐른다. 다만 그 영성을 얼마나 더 잘 알아차리는가의 차이일 뿐이다. 영성을 알아차리는 것은 '머리'의 기능이나 노력으로 하는 것이 아니다.

크리스토스는 내게 혹시 이런 경험을 한 적 있는지 물었다. 어떤 것을 이해하기도 전에, 머리로 생각하고 판단을 내려서 결정하기도 전에, 갑자기 무언가를 확! 느끼고 깨닫게 됐던 경험. 또는 어떤 행동을 아무 생각 없이 즉흥적으로 저질러 버렸는데 모든 일이 그냥 저절로 잘 진행된 경험 말이다. 크리스토스는 그런 경우가 바로 가슴과 직관이 기능한 경우라고 말했다. 머리가 기능하지 않아도 우리는 직관과 느낌을 통해 깨달음을 얻을 수 있고, 모든 문제와 일들을 해결할 수 있다는 것이다.

크리스토스와의 대화가 끝나고, 나는 머리가 지끈거렸다. 머리를 식히고 싶어 호수로 첨벙 뛰어들었다. 넵튠의 이야기, 앤서니의 이야기, 크리스토스의 이야기가 뒤죽박죽 섞여 머릿속을 짓눌렀다. 아마도 머리에 너무 많은 '이해'를 맡기고 있는 듯했다. 일단 오늘은 모든 분석과 이해하려는 노력을 멈추기로 했다. 그들이 누누이 말했듯, '머리'로는 절대 답을 찾을 수 없을 테니 말이다.

호수에 몸을 내맡긴 채, 그저 한참을 물 위에 둥둥 떠 있었다.

시리아 난민 가족

호숫가를 떠나는 날이다. 낙원 같은 이 호숫가를 떠나 향하는 목적지는 시리아 난민 캠프다.

내가 유럽과 중동 지역을 여행하던 2015년과 2016년은 4~5년째 이어진 시리아 전쟁과 각종 테러, 그리고 난민 문제로 유라시아 대륙 전체에 불안과 긴장이 최고조에 달한 시기였다. 2011년 '아랍의 봄'으로 시작된 시리아 전쟁은 11년이 지난 2022년 현재까지 끝나지 않았다. 이 전쟁으로 38만 7천여 명이 사망했고, 시리아 인구의 70%가 넘는 1천 300만 명 이상의 사람들이 난민이 되어 세계를 떠돌고 있다.

독일과 오스트리아에서 시리아 난민을 제한 없이 전부 수용하겠다는 입장을 밝히자 난민들은 목숨 걸고 유럽으로 건너갔다. 추운 겨울, 걸어서 산을 넘다 얼어 죽기도 하고, 인신매매단에 납치되기도 하고, 고무보트를 타고 바다를 건너다 익사하기도 하고, 냉동 트럭에 갇혀 질식해 죽기도 했다. 시리아 난민의 진입을 막으려는 국가들은 장벽을 높이 세우고, 넘어오는 난민들에게 최루탄과 물대포를 쏘았지만, 난민들은 필사적으로 국경을 넘었다. 총탄과 포탄에서 살아남은 사람들, 이들에게 더 두려운 것은 없었다.

시리아 난민이 처한 상황은 레인보우 가족의 가슴을 뜨겁게 했다. 레인보우 카라반의 핵심 미션은 세상에 '사랑과 평화'의 진동을 퍼트리는 것이다. 레인보우의 도움이 필요한 곳이라면 그게 어디든 찾아가 돕고, 가급적 많은 이에게 레인보우의 정신과 치유 에너지를 전달하고 싶어 했다.

일부 레인보우들은 시리아 난민 가족 문제를 레인보우 카라반의 운명적 임무로 보았다. 시리아 난민들의 피난길이 레인보우 카라반의 여정과 방향만 다를 뿐 경로가 비슷했기 때문이다. 시리아 난민들은 주로 『시리아-튀르키예-그리스-마케도니아-세르비아-헝가리』의 여정을 거쳐 독일, 스웨덴, 오스트리아 등에 정착하려 했다. 레인보우 카라반은 지금까지 『슬로바키아-헝가리-세르비아』 순으로 이동했고, 아직 정확한 루트를 정하진 않았지만 튀르키예로 가서 지중해를 건너 이집트로 가는 그림을 그리고 있었다. 우리가 거쳐온 나라들과 앞으로 지나갈 나라들을 고려할 때 카라반의 길은 시리아 가족의 피난길과 상당히 일치했다. 레인보우 카라반과 시리아 가족은 분명 같은 길을 걸었다. 레인보우의 길엔 즐거움과 자유, 사랑이 넘쳤지만, 시리아 가족의 길에는 시련과 고난, 두려움이 가득했다. 이런 연유로 레인보우 카라반은 시리아 가족들에게 특별한 연민을 느꼈고, 우리가 줄 수 있는 유·무형의 것 모두를 시리아 가족과 나누자는 데 동의했다.

호숫가를 떠나기 전날 밤, 우리는 모닥불 주변에 둥글게 모여 앉아 각자 가슴의 이야기를 하는 '토킹 서클'을 열었다. 레인보우 카라반의 비전과 가치를 공유하고 시리아 가족의 평화를 기도하는 경건한 의식이었다. 나는 시리아 가족에 대한 이들의 연민과 사랑, 진정성에 깊이 감동했다. 그러나 한편으로는 이들이 시리아 난민 캠프에서 정확히 무엇을 하려는 것인지, 난민 가족을 어떻게 도울 것인지에 대해선 약간의 의구심이 들었다. 의도는 아름답지만 실천 방법이 막연하게 느껴졌다. 나는 이들에게 내일 시리아 가족에게 무엇을 전달할 것인지 물었다. 그러자 어둠 속 여기저기에서 답이 들려왔다.

"사랑!" "음식!" "음악!" "진동!" "평화!" "치유!" "가족애!" "줄 수 있는 무엇이든!"

히피들은 자신들의 답이 매우 마음에 든다는 듯 신나는 표정으로 웃었다. 그들의 '추상적인 선물 보따리'가 딱히 마음에 들지 않는 것은 오직 나뿐이었다. 도대체 사랑과 가족애를 어떻게 전달한다는 것일까? 음식을 한 번 같이 먹는다고 해서 그들이 가족애와 사랑을 느낄 수 있을까?

시리아 난민 캠프 앞에 도착했다. 우리는 난민 캠프 건너편 갓길에 트럭을 대놓고 그 앞에 사슴 카펫을 펼치고 앉아 채소를 다듬었다. 난민 캠프 가족들은 길 건너편에 멀찍이 서서 우리를 신기한 듯 쳐다보더니 급기야는 길을 건너와 우리 주변을 둥글게 에워쌌다. 우리는 난민 형제들과 이런저런 대화를 나누며 음식을 준비했고, 몇몇 히피들은 악기를 연주했다. 그러나 사랑과 가족애를 나누겠다는 우리의 의도와 달리 상황은 어색하고 불편한 분위기로 흘러갔다.

이곳 캠프에 머무는 사람들은 시리아 난민보다는 파키스탄, 아프가니스탄, 이란, 이라크 등에서 넘어온 중동 남자들이 대부분이었다.

이들은 독일에서 일자리를 구해 정착하고자 고향 땅을 떠났고, 시리아 난민처럼 굶주리거나 크게 절박한 상황을 겪고 있지 않았다. 이들 중 누구도 우리가 준비한 채소 수프에는 입을 대지 않았다. 오히려 우리를 위해 피자 두 판을 주문해주기까지 했다. 배고픈 난민 가족들과 음식을 나누겠다던 우리는 본분을 잊은 채 이들이 사준 피자를 먹어 치웠다.

성 관념에 대한 문화적 차이로 상당히 불쾌한 상황이 생기기도 했다. 캠프 안에 있던 남자 중 한 명이 로지에게 강제로 키스를 시도한 것이다. 로지는 추행을 피해 트럭으로 도망쳤다. 이 사건이 발생하자 나를 포함한 카라반 자매들은 캠프 남자들을 경계하며 트럭 안이나 트럭 뒤에 숨었다. 난민 가족에게 사랑을 전하자던 의도와 달리 우리는 그들을 두려워하게 되었고, 푸드 서클을 마무리하자마자 서둘러 난민 캠프를 떠났다.

그날 밤, 냇가 옆에 베이스캠프를 마련하고 토킹 써클을 열었다. 레인보우들은 언제나 그랬듯 모든 일에서 좋은 면만을 찾으려 했다. 그러나 나는 그들의 '무조건적 긍정'에 동의할 수 없었다. 이들이 말하는 '사랑'에 의구심이 들었다. 레인보우는 늘 사랑과 가족애를 이야기한다. 우리는 모두 연결되어 있으며, 우리 존재의 본질은 무조건적인 사랑이라고. 이 진리를 세상에 전달하는 게 레인보우 전사의 임무라고 말이다. 내가 레인보우 카라반에 합류한 이유도 바로 이 '사랑' 때문이었다. 그러나 여정을 함께할수록 의문이 커졌다.

대체 사랑은 무엇일까? 말로만 '사랑'을 외친다고 사랑이 전해질까? 사랑을 조건 없이 나눠줄 만큼 나의 가슴에 충분한 사랑이 있나?

배가 고플 때, 날이 추울 때, 몸이 힘들 때, 두려울 때, 나는 과연 나보다 다른 사람의 안위를 먼저 돌볼 수 있을까? 상대방이 누구든 어떻든 간에 아무 판단 없이 사랑할 수 있을까? 세상 모든 이들이 진정 우리와 하나라고 여기려면 어떻게 해야 하는 걸까? 어떻게 해야 나의 생존과 안위를 넘어설 수 있을까? 어떻게 해야 다른 이들을 나 자신만큼 사랑할 수 있을까?

'사랑'을 찾는 여정에서 마치 길을 잃은 기분이었다. 아니, 어쩌면 이제야 사랑의 '길'에 들어선 것인지도 모른다.

저항과 순응

남쪽으로 이동할수록 날이 더워졌다. 무더운 날씨에 좁은 트럭 안에 몸을 구긴 채 몇 시간을 이동하는 것, 야외 캠핑도 쉽지 않았다. 특히나 베이스캠프를 찾는 것이 가장 어려웠다. 야생 은신처의 필수 조건은 깨끗한 물이다. 인구가 밀집한 지역에서 오염되지 않은 강과 하천을 발견하기란 굉장히 어려웠고, 우리는 깨끗한 물을 찾아 계속 이동해야 했다. 나는 점점 여행에 지쳐갔다.

트럭 안에서 우리는 물 대신 땀으로 샤워했다. 누구도 전처럼 서로를 안거나 보듬지 않았고 다리를 포개지도 않았다. 다른 사람의 뜨겁고 끈적하고 냄새나는 몸이 자신의 몸에 닿거나 다리를 짓누르면 예민한 반응을 보이기도 했다.

무더운 날씨만큼이나 나의 신경을 자극하는 상황이 또 하나 있었다. 매일 말을 하지 않는 히피들이 하나씩 늘었다. 히피들에게 '묵언

수행 바이러스'를 전염시킨 사람은 로지였다. 슬로바키아 개더링에서 로지를 처음 만났을 때, 그녀는 이미 두 달째 묵언수행 중이었다. 그녀 혼자 말을 하지 않을 때는 크게 불편하지 않았다. 로지는 조용했고, 그녀가 묵언 중이라는 사실도 잊을 만큼 그녀의 수행과 행동은 자연스러웠다. 그러다 점차 다른 히피들이 묵언수행에 합류했다. 급기야 어떤 히피는 눈을 가렸고, 또 어떤 히피는 눈과 입을 모두 닫아버렸다. 말을 하지 않는 사람들이 늘어나자 여정에 불편함이 생겼다.

몇몇 히피들은 묵언수행을 한다면서 글, 소리, 몸짓으로 계속 자기 생각을 표현했다. 그들은 '말'이라는 언어만 사용하지 않을 뿐, 오히려 더 시끄럽고 성가시게 "음음~! 음음~!" "쉬우우웅~ 푸우우아악~ 취위아아악~~~" 등의 소리를 내며 내가 알아들을 때까지 계속해서 몸짓으로 이야기해댔다. 처음엔 이들과의 몸짓 의사소통이 나름 재미있었다. 말보다 서로의 가슴에 귀 기울이며 더 깊은 소통을 한다고도 느꼈다. 하지만 날이 덥고 캠핑도 상황이 어려워지자 나의 인내심이 바닥을 보이기 시작했다. 매번 '몸으로 말해요' 퀴즈를 알아맞히는 것도 귀찮았고, 그들이 주절주절 글을 다 써 내려갈 때까지 기다리는 것도 짜증 났다. 히피들은 한마디 말없이도 시끄러웠고, 나는 이들의 수다에 지쳐갔다.

그리고 언제부터인가 카라반 가족 사이에 미묘한 분열이 감지됐다. 레인보우 카라반에는 존스 베리 가족과 몇 개월째 함께 여행하는 몇몇 레인보우들과, 슬로바키아 개더링 이후 카라반에 합류한 레인보우들이 있었다(편의상 전자를 펑크 레인보우와 후자를 히피 레인보우라고 부르겠다). 나는 전에 우연히 펑크 레인보우들이 나누는 대화를 들었는데,

이들은 히피 레인보우에게 불만이 꽤 쌓인 듯했다. 카라반 여정에서 자신들만 일을 맡아 한다, 존스 베리 가족이 히피들의 여정 비용을 대부분 지불하는 것은 불합리하다, 히피들은 아무 준비도 하지 않고 세월아 네월아 *제기랄* 흐름만 기다리니 이동이 매번 늦어진다 등등의 불만이었다.

나는 펑크 레인보우의 고충을 어느 정도 이해했다. 히피 레인보우들은 느긋하게 자신의 '지금, 이 순간'을 즐길 뿐 카라반 일에 '물리적인' 기여를 하지는 않았다(데비는 늘 모든 가족이 각자의 존재와 방식으로 카라반 생활에 기여한다고 말했지만 말이다). 존스 베리 가족을 도와 트럭 내·외부를 정비하고, 출동을 준비하는 건 늘 펑크 레인보우의 일이었다. 또 펑크 레인보우들은 레인보우 카라반의 임무에도 다른 의견을 내놓았다. 그냥저냥 흘러 다니며 보이지도 않는 사랑의 진동을 발산하고 있다고 우길 게 아니라 보다 분명한 목적을 갖고 구체적인 행동을 취하길 원했다. 예를 들어 시리아 난민 문제에 초점을 맞추고 난민 캠프를 위해 적극적으로 활동하자는 것이다.

또 다른 문제는 여정 비용이었다. 히피들은 모두 돈이 없었다. 이따금 몇몇 히피들이 매직 햇에 돈을 기부했지만 대부분의 히피는 나처럼 존스 베리 트럭에 얹혀 지내는 꼴이었다. 어쩌다 보니 앤드류와 데비는 열댓 명 히피들을 먹여 살리는 엄마 아빠 노릇을 해야 했고, 이 가족의 재정 상태를 아는 펑크 레인보우들은 히피들의 무임승차가 탐탁지 않았다.

펑크 레인보우들의 불만을 알고 나니 카라반 생활이 편치 않았다. 식사 준비, 장작 준비, 모닥불 지피기, 설거지 등으로 나름 애를 썼지만, 존스 베리 가족의 헌신에 보답하기엔 턱없이 부족했다. 펑크 레인보우들의 불만이 쌓여가는 것도 모르고 눈치 없이 '묵묵부답'과 느긋함으로 일관하는 히피 레인보우들을 볼 때마다 조마조마했다.

이런저런 이유로 나의 인내심은 점점 바닥을 보였다. 하늘은 이런 나를 시험하듯 더 어려운 상황을 보내왔다.

간신히 찾아낸 하천 역시 오염이 심각했다. 우리는 이날도 씻지 못한 채 잠을 잤다. 그다음 날, 세르비아 어딘가에 스쿼트 공동체가 있다는 이야기를 듣고 찾아갔다. 그러나 그곳엔 아무도 살고 있지 않았다. 빈 건물에서라도 하룻밤 지내볼까 했지만 이웃의 신고로 자다 말고 그곳을 떠나야 했다.

날은 이미 캄캄했다. 한참 달리다 드넓은 옥수수밭을 발견했다. 근처에 물도 없고 차가 쌩쌩 달리는 큰 도로 옆이었지만, 두 대의 차를 주차하고 텐트를 치기에 적합했다. 일단 급한 대로 이곳에서 밤을 보내기로 했다. 날은 덥고 몸은 피곤했기에 우리는 그냥 들판에 담요 한 장을 깔고 잠을 잤다.

차 소리와 쾨쾨한 매연에 미간을 한가득 찌푸리며 잠에서 깼다. 얼굴에 내리쬐는 햇볕이 강렬했다. 유일한 그늘이라곤 트럭의 그림자뿐이었다. 트럭 그림자 안쪽으로 히피들이 옹기종기 모였다.

밤새 모기에 물린 빨건 자국들을 보니 부아가 치밀었다. 더럽고 찝찝한 것도 서러운데 가렵기까지 하니 애꿎은 몸에 화가 났다. 모기 물린 데를 피가 날 때까지 벅벅 긁었다. 그러곤 보이는 모기마다 사정없이 때려죽였다. 눈이 회까닥 뒤집혀 무참히 살생을 저지르는 나를 보고 한 히피가 말했다.

"모기 몇 마리 죽인다고 모기에 물리는 걸 막을 수는 없어. 고작 간지러움 때문에 생명을 죽일 필요는 없잖아. 모기에게도 연민을 가져보는 게 어때?"

맞는 말이다. 하지만 이때 나는 '맞는 말만 하는 히피'에게도 짜증이 났다. 괜한 자존심에 보란 듯이 몇 마리 모기를 더 때려잡았다.

식량도 부족했다. 식사 이후 간절히 매직 햇 노래를 불러보지만 가난한 히피들의 주머니에서 돈이 줄줄 나오는 마법은 일어나지 않았다. 오늘도 우리의 매직 햇은 키스 세례만 가득 받았다.

식비를 마련하고자 도시에서 버스킹을 하기로 했다. 무니와 다니엘의 봉고차에 13명의 히피가 몸을 구겨 넣었다. 봉고차 안은 그야말로 찜통이었다. 봉고차에는 카시트 대신 침대용 평상이 있었다. 맨 뒷자리 구석에 처박힌 나는 고개 한번 바로 세우지 못하고 다리 한번을 쭉 펴지 못한 채 한 시간 넘게 이동했다. 우리는 모두 땀을 뻘뻘 흘리고 숨을 헉헉거렸다. 그야말로 생지옥이었다. 불쾌 지수가 하늘까지 치솟는 이 상황에서도 어느 히피 하나 얼굴을 찌푸리지 않았다. 히피들은 아무렇지 않은 듯 농담하고 장난치며 여느 때와 다름없이 '지금'을 즐겼다.

'시끄러운 묵언 수행자' 아라키스는 "음음~! 음음~!"거리며 나에게 계속 말을 걸었다. 그는 종이에 '지금 몇 시인지 알아?'라고 쓰고는 이내 '지금'이라고 적었고, '오늘 무슨 날인지 알아?'라고 쓰고는 '쉬는 날'이라고 적었다. 이에 어떤 히피는 "지금은 30분 전 지금이야" "오늘은 오늘이야"라고 답하며 까르르 웃었다.

이들의 여유 덕에 나도 웃음이 났다. 찌든 냄새 나는 봉고차 안에서 웃는 일 말고는 달리 할 수 있는 게 없기도 했다. 더위, 더러움, 찝찝함, 가려움 등의 불쾌한 감각에 저항해봤자 더 짜증만 날 뿐 상황은 바뀌지 않는다. 나는 '쾌적해지려는 발악'을 멈추고, 불쾌함에 완전히 굴복했다. 이 봉고차를 소금 찜질방이라 여기며, 혈액순환이 원활해져 신진대사가 활발해지고 온갖 노폐물이 배출되는 모습을 상상했다. 그러자 내 얼굴에도 평온이 깃들었는지 클레어가 말했다.

"지금 네 모습 정말 아름다워. 얼굴에서 땀이 아니라 빛이 나는 것 같아."

대부분의 히피는 아무리 힘든 상황이 와도 평정심을 잃지 않았다. 이런 히피들을 보며 나는 깨달았다. 인간의 모든 고통은 저항에서 생긴다는 것을. 지금 일어나는 모든 상황을 온전히 받아들이고 순간의 흐름에 모든 것을 내맡길 때 평온이 찾아온다. 완전한 순응이 바로 평정심의 열쇠다. 평정심은 매 순간을 평온과 아름다움으로 빛내는 힘이다. 절망 속에서도 미소 짓게 하고, 그 어떤 고난에도 여유를 준다. 평정심이 있는 자는 나보다 남을 먼저 생각하는 배려와 섬김, 사랑을 꽃피울 수 있다. 나의 생존과 안위를 넘어 다른 이들을 나 자신만큼 사랑하는 방법, 어쩌면 평정심에 답이 있을지 모른다. 그리고 이것이 히피들의 사랑방식이다.

세르비아 수도 베오그라드에 도착했다. 마땅한 주차 공간이 없어 찜통 봉고차 안에서 몇십 분을 더 헐떡였다. 안 되겠다 싶었는지 클레어가 모두에게 주목하도록 요청했다.

"자, 우리 모두 집중하자! 주차 공간을 찾아야 해!"

그러자 뒷자리에 구겨져 있던 누군가가 말했다.

"여기선 밖이 하나도 보이지 않아!"

클레어가 말했다.

"밖을 볼 필요가 없어. 그저 의도를 '주차 공간'에 집중하면 돼!"

그러고는 갑자기 "옴~~~" 소리를 내기 시작했다. 그러자 봉고차 안의 모든 히피가 그녀를 따라 일제히 "옴~~~" 진동을 발산했다. 누군가는 마치 우주와 교신하듯 관자놀이에 양 검지를 갖다 대었다. 잠시 후, 기적처럼 주차공간이 짠! 하고 나타났다. 우리는 모두 환호를 질렀다. 히피들은 이것이 바로 '옴'의 힘이라고 감탄했다.

우리는 때 묻은 맨발과 구질구질한 옷차림으로 도시 중심가를 누볐다. 세르비아에서 가장 번화한 쇼핑 거리였다. 멋지게 차려입은 젊은이들과 가게 점원은 신기하다는 듯 우리를 쳐다봤다. 우리는 이들의 시선에 아랑곳하지 않고 퍼커션을 두드리고 춤을 추며 행진했다. 이따금 가게 앞에 멈춰서 최신 유행 패션을 입은 마네킹과 우리의 거지 패션을 견줘보기도 했다. 아라키스는 한 신발가게 앞에 서더니, 전시된 신상 구두보다 자신의 '신발'이 훨씬 더 세련됐다는 듯 까매진 맨발을 자랑했다. 광장에서 분수대를 발견했을 때는 누가 먼저라 할 것 없이 일제히 분수로 뛰어들었다. 그러곤 거의 샤워와 다름없는 정도로 몸과 머리를 흠뻑 적셨다.

버스킹을 위해 사람들이 가장 많이 지나다니는 곳에 자리 잡았다. 클레어와 로지는 함께 코드를 맞춘 후에 기타 연주를 시작했다. 나머지 히피들은 그저 셰이커를 흔들며 들러리 역할을 했다. 우리의 연주는 음악적으로 형편없었다. 사람들은 우리의 음악보다는 다채로운 인종 조합과 독특한 행색에 신기해했다. 행인들은 우리를 촬영했고 연주를 응원하며 매직 햇에 돈을 넣었다. 사람들이 매직 햇에 기부하자 우리는 연주에 더욱 탄력을 받아 신나게 공연을 이어갔다.

한창 연주를 하고 있을 때였다. 저 멀리서 초라한 행색의 꼬부랑 할머니가 구걸하며 지나갔다. 갑자기 로지는 매직 햇에서 지폐 여러 장을 움켜 채더니 할머니에게 달려갔다. 그러고는 지폐를 할머니의 손에 꼭 쥐여주었다. 로지는 우리에게 상의하지 않았다. 얼마를 드려야 하나 계산하지도 않았다. 할머니를 보자마자 그저 잡히는 대로 지폐를 집어 달려갔다. 모두가 함께 번 돈인데, 다른 것도 아니고 식량을 사기 위한 돈인데 어떻게 한마디 상의도 없이 마음대로 그런 행동을 하냐고 따지는 사람은 없었다. 로지에게 그 나눔은 누구에게 의견을 물어볼 필요도 없는 당연한 '가슴의 일'이었다. 그리고 카라반 가족 모두는 로지와 같은 가슴을 지녔다.

버스킹을 끝내고 돌아가는 길에 바이올린을 연주하는 소녀를 만났다. 클레어는 그 소녀에게 몇 장의 지폐를 건네주었다. 그때 로지는 크리스토스의 악기 하나를 들고 있었다. 손바닥만 한 악기에 소녀가 관심을 보이자 크리스토스에게 허락도 구하지 않고 소녀에게 그냥 줘버렸다. 나중에 이를 알게 된 크리스토스는 로지에게 정말 잘했다고 말했다.

옥수수밭으로 돌아오는 길, 나는 계속해서 '매직 햇' 노래를 흥얼거렸다.

“내가 줘야 하는 것보다 더 많은 것을 내줘요. 이게 내가 살아가는 방식이고, 나의 삶의 목적이에요.”

관대함. 이것 역시 히피들의 사랑 방식이었다.

걱정하지 않는 사람들

오늘도 옥수수밭이다. 끈적임과 찝찝함과 가려움으로 뒤척이며 일어나 멍하니 옥수수밭을 바라보았다. 대체 우리는 왜 오늘도 이 옥수수들 사이에 있는 것인가…. 물도 없고, 매연도 심하고, 그늘도 없고, 모닥불도 지필 수 없는 이곳에서 우리는 왜 사흘 밤을 보내야만 했는가….

레인보우 카라반의 여정은 늘 이런 식이다. 왜 이곳에 있는지, 여기서 얼마나 머무를 것인지, 언제 떠날 것인지, 누구도 아는 사람이 없다. 앤드류가 핸들을 잡고는 있지만 누구도 여정의 주도권을 잡고 있지 않았다. 모두가 하나같이 그 *제기랄* 흐름만을 기다렸다.

나는 결심했다. 오늘 어떻게든 샤워를 할 것이다. 그리고 오늘 이 옥수수밭을 탈출할 ‘흐름’을 만들 것이다. 일단은 샤워부터 하기로 했다. 큰길을 건너 공장처럼 보이는 건물로 들어가 그곳에 있던 사람들에게 사정을 이야기했다. 언어가 통하지는 않았지만 ‘시끄러운 묵언 수행자’들과 ‘몸으로 말해요’ 훈련을 톡톡히 해둔 덕에 의사를 잘 전달할 수 있었다(설사 이야기가 통하지 않았더라도 내 행색과 구린내로 ‘어떻게든 이 자를 씻겨야겠군’ 하고 직감적으로 알아챘을 것이다). 나는 정말 오랜만에 묵힌

때를 벗겨냈다. 다시 태어난 기분이었다.

'비누 정화 의식'이 힘을 발한 것인가, 물가를 찾아 옥수수밭을 떠날 거란 이야기를 들었다. 나는 한시라도 빨리 떠나고 싶은 마음에 준비를 서둘렀다. 하지만 히피들은 평생을 옥수수밭에 묻혀 살 것처럼 미동도 하지 않았다. 히피들은 트럭이 드리운 그늘에 옹기종기 모여 여느 때처럼 평온했다. 펑크 레인보우들과 존스 베리 가족만이 분주했다. 바닥에 축 늘어져 있는 히피들을 보자 한숨이 나왔다. 앤드류는 이들을 바라보며 한숨 대신 파이프 담배를 피웠다.

순간 나는 히피들이 앉아 있는 그늘을 멍석처럼 돌돌 말아 히피들을 구겨 넣는 상상을 했다. 그늘 멍석으로 히피들을 감싼 다음 트럭 지붕 위에 던져 올려 출발하는 것이다. 그러면 히피들은 여전히 멍석 틈에서 행복한 표정을 지으며 '멍석이 우리를 포근하게 감싸주네~ 멍석 안에서 우리는 하나 되네~~' 따위의 노래를 불러대겠지. 그들이 어떤 노래를 지껄이건 간에 우리는 오늘 희망의 호숫가에 도착할 것이다.

더는 히피들의 '지금 여기' 수행을 보고만 있을 수 없었다. '지금 당장 거기'로 가야만 한다. 히피들에게 즉각 준비를 명하기로 결심했다.

"헤이 친구들, 우리 호숫가에서 연주하는 게 어떨까?"

앤드류는 나의 제안에 아주 반가운 표정을 지으며 "좋은 생각이야!"라고 말했다.

나는 앤드류의 마음까지 담아 최대한 간절한 표정을 지으며 애원했다.

"나는 정말 호숫가에 가고 싶어, 애들아…."

그러자 클레어가 말했다.

“그런데 아비가 아직 돌아오질 않았어.”

오전에 어딘가로 떠난 아비가 몇 시간째 돌아오지 않았고, 누구도 그의 행방을 몰랐다.

“자, 모두들, 아비에게 텔레파시 메시지를 보내자. 준비됐니?”

클레어가 말했다. 그러자 히피들은 일제히 “이요이잉~~~~ 이요오오옹잉잉잉~~~” 소리를 내며 아비에게 어서 돌아오라는 텔레파시를 보냈다. 움직일 생각은 없는 듯 모두 ‘빵상 아줌마’가 되어 교신하려는 히피들을 보자 살짝 짜증이 올라왔다. 욱하는 마음을 억누르며 최대한 좋은 목소리로 다시 말했다.

“아비가 오기 전에 적어도 우리는 떠날 준비를 다 해놓을 수 있잖아. 지금 아비가 없다고 해서 달라지는 건 없어.”

그러자 앤드류는 마치 기다렸다는 듯 외쳤다.

“그래! 준비를 시작하자! 아비는 곧 돌아올 거야!”

그러고는 적극적으로 떠날 채비를 했다. 나는 마지막으로 한번 더 호소했다.

“자!! 이제 준비하자! 응? 제발 애들아!!”

히피들은 그제야 슬슬 엉덩이를 들썩거리며 일어났다. 그렇게 우리는 드디어 물가로 향하는 ‘흐름’을 만들었다! 아비가 돌아오고 모두 떠날 준비를 마쳤지만, 우리 중 누구도 어디로 가야 할지 몰랐다. 지도에서 파란색 선으로 표시된 물줄기를 찾아 무작정 가보기로 했다. 한 시간 정도 달렸을까. 드디어 개울이 보이기 시작했다. 시원한 물에 몸을 내던질 순간을 고대하며 트럭이 멈추기만을 기다렸다. 그러나 우리는 차를 세우지도 못하고 방향을 돌려야 했다. 그 개울가는 유명한 피서지인 모양이었다. 근사한 수영복을 차려입은 사람들이 북적대며 물놀이를 즐기고 있었다. 피서객들은 시커먼 먼지가 잔뜩 낀 알몸의 히피들과 물을 공유하고 싶지 않을 것이다. 우리는 아쉬운 마음을 뒤로하고 다른 물줄기를 찾아 남쪽으로 이동했다.

밤이 깊어서야 물가에 베이스캠프를 마련했다. 짙은 어둠도, 서늘한 밤기운도 나의 입수 의지를 막을 순 없었다. 오늘만큼은 기필코 물에 들어가겠다고 다짐하며 한밤의 수영을 준비했다. 그러나 하늘도 무심하시지, 이곳의 물은 오염이 심해 수영하기에 적절치 않다는 것이었다.

“제기랄! 도대체 누가 이렇게 강물을 더럽혀 놓은 거야! 도시에서 얼마나 벗어나야 깨끗한 물줄기를 찾을 수 있는 거야?” 크리스티나는 욕설을 퍼붓는 나를 안쓰럽게 바라보더니 말없이 꼭 안아주었다.

입수의 꿈이 좌절되어 내일도 끈적임으로 하루를 시작할 것이라는 절망감에 사로잡힌 그때였다. 불행인지 다행인지 이 모든 절망을 단번에 잊게 할 더 큰 문제가 발생했다. 히피 한 명이 사라진 것이다. 클레어가 없어졌다. 그제야 이곳으로 오는 길에 휴게소에 들렀던 게 생각났다. 잠시 휴식을 취하다 다시 출발하려는데, 뒤편에서 누군가가 아직 클레어가 오지 않았다고 외쳤다. 그러자 앞쪽의 누군가가 “클레어는 다니엘의 봉고차에 탄 것 같아요!” 하고 말했다. 클레어는 종종 다니엘의 봉고차를 이용했으니 우리는 그가 또 거기에 탔으려니 했다. 맙소사, 클레어를 휴게소에 홀로 내버려둔 채, 두 시간도 넘는 거리를 이동한 것이다.

이 밤에 홀로 휴게소에 덩그러니 있을 클레어를 생각하니 걱정됐다. 히피들에게 어서 조치해야 하지 않느냐고 물었다. 그러나 그들은 너무도 태연하게 말했다.

"걱정은 클레어에게 아무런 도움도 주지 않아. 클레어는 지금 분명히 괜찮을 거야. 그녀는 강인하잖아."

"맞아, 클레어는 사랑 속에서 안전하게 밤을 보내고 내일 우리와 다시 만나게 될 거야."

그러고는 클레어에게 사랑의 진동을 보내자고 했다. 히피들은 정말 좋은 생각이라고 손뼉까지 치며 반겼다. 클레어가 덩그러니 남겨진 휴게소로 '옴' 진동을 보내기 위해 그들은 손을 맞잡고 기도했다.

한참 그들이 '옴'을 보내는 사이, 알렉스가 다가왔다. 알렉스는 지금 어떤 '연결'을 하는 거냐며 자신도 함께하겠다고 말했다. 나는 휴게소에 혼자 남은 클레어에게 사랑의 진동을 보내는 거라고 말했다. 그러자 알렉스의 표정이 순식간에 싸늘하게 변했다.

"뭐라고? 클레어가 지금 휴게소에 혼자 있는데 지금 이렇게 기도나 하는 거야?"

화가 난 알렉스의 격한 목소리에 나는 잠시 당황했지만 이내 알렉스의 말에 수긍했다. 그럼 어떻게 해야 하냐고 묻자 알렉스가 격양되어 외쳤다.

"어떻게 하긴? 지금 당장 데리러 가야지! 제기랄! 이러고도 우리가 가족이야? 이 밤에 우리의 자매 하나가 거의 헐벗은 모습으로 홀로 있는데, 돈도 없고 어딘지도 모를 곳에 그냥 버려져 있는데, 어떻게 다들 이렇게 아무렇지 않을 수 있는 거야? 이게 레인보우야? 이게 가족이라는 거야?"

알렉스는 당장 다니엘의 봉고차를 몰고 클레어가 있는 휴게소로 향했다. 왕복 네 시간은 족히 걸리는 거리였다.

같은 상황에 대처하는 히피들의 태도는 이렇듯 달랐다. "문제없어, 누구의 실수도 잘못된 일도 아니야. 걱정과 두려움 대신 감사의 기도를 하자"고 말하며 정말 아무런 걱정도 하지 않는 히피들과, "이게 가족이야?"라고 소리치며 망설임 없이 박차고 나선 알렉스. 레인보우들의 상반된 반응에 과연 무엇이 옳은지 잠시 고민했다.

어떻게 보면 '걱정하지 않는 히피'들이 참으로 냉정하고 무관심해 보인다. 이전의 나였다면 분명 이들을 매정하고 의리 없는 친구들이라 여기며 알렉스처럼 분노했을지도 모른다. 하지만 나는 '걱정하지 않는 히피'들도 이해가 됐다. 이들은 클레어가 어떻게 되건 신경 쓰지 않은 것이 아니라 비물리적인 방식으로 클레어를 도왔다. 이들은 클레어가 얼마나 강인하고 지혜로운지 누구보다 잘 알고 있었다.

클레어는 정말로 강인했다. 그녀는 숱한 밤을 홀로 숲속에서 캠핑했고, 조그만 요트로 망망대해를 항해했으며, 말벌 떼가 윙윙거리는 길을 두려움 없이 가로질렀다. "나는 말벌들에게 먼저 양해를 구해. 내가 왜 이곳을 지나가는지 설명하지. 말벌들은 내가 그들을 해치지 않는다는 걸 알기 때문에 결코 나를 해치지 않아"라고 말하며 말이다. 클레어는 실로 강인했기에 걱정할 필요가 없었다. 그녀는 이 밤을 안전하게 보낼 것이고, 날이 밝는 대로 히치하이킹해서 우리에게 합류할 것이 분명했다. 그래서 나는 '걱정하지 않는 히피'들의 마음을 충분히 이해했다. 그래도 솔직히 말하자면, 그때 내게 더 큰 감동을 준

것은 알렉스의 행동이었다. 알렉스는 자신의 가슴을 두 발에 싣고 즉각 행동했다. 그 덕에 클레어가 조금 더 일찍, 조금 더 편하게 우리의 품으로 돌아왔다.

누군가는 비물질적인 진동을 보냈고, 다른 누군가는 물리적인 행동을 취했다. 나는 모두가 클레어를 도왔다고 믿는다. 알렉스 덕에 클레어가 베이스캠프로 편안히 돌아왔지만, 어쩌면 히피들의 기도 덕에 클레어가 휴게소에서 안전히 기다릴 수 있었는지도 모른다.

다음 날 아침, 우리는 간밤에 베이스캠프로 돌아온 클레어를 뜨겁게 환영했다. 그리고 그녀의 이야기를 들으며 역시나 나의 생각이 맞았다는 것을 확인했다.

우리가 휴게소에 머물렀을 때, 클레어는 화장실에 갔다. 그녀가 보기에 화장실이 조금 지저분했던 모양이다. 클레어는 스스로 물었다. '지금 이 화장실이 네가 바라는 모습을 하고 있니?' 하고. 그녀는 가슴의 목소리를 따라 화장실을 청소했다. 한참 청소하는데 왠지 뒷골이 싸했다. 클레어는 만약 트럭이 떠나고 없으면 참 웃기겠다고 생각했단다. 청소를 마치고 밖으로 나온 클레어의 눈앞에 트럭은 없었다! 그때 클레어의 꼴은 딱 거지 같았다. 다 늘어난 하늘색 민소매 티셔츠에 남자 트렁크 속옷처럼 보이는 누리끼리한 흰 반바지를 입었고, 브래지어나 신발은 당연히 착용하지 않았다. 클레어의 짧은 금발은 떡이 진 채 마구 헝클어져 있었고, 그녀의 맨발은 정말로 더러웠다. 설상가상으로 휴게소에는 웬 개 한 마리가 있었는데, 그 개가 자꾸만 클레어 옆에 와서 앉았다. 그야말로 완벽한 유럽형 노숙자의 모습이었다.

클레어는 이때까지만 해도 크게 걱정하지 않았다. 자신이 없다는 걸 이내 깨닫고 트럭이 금방 돌아오리라 믿었다. 그녀는 일단 존스 베리 가족에게 어떻게든 연락해보기로 했다. 앤드류의 블로그에서 그의 전화번호를 본 기억이 난 클레어는 주유소 직원들에게 인터넷을 사용하게 해달라고 부탁했다. 그러나 사람들은 개와 함께 떠도는 '이방인 거지'에게 친절을 베풀지 않았다. 사람들은 저리 가라며 손사래를 쳤다. 몇 시간 동안 아무도 그녀를 도와주지 않았다. 그제야 클레어는 불안해졌다. 그러다 어느 순간, 휴게소의 기운이 바뀌었다. 휴게소 손님이 클레어에게 스마트폰을 빌려주어 그녀가 앤드류에게 메시지를 보낼 수 있었던 것이다. 몇 시간 동안 클레어에게 아무 관심도 보이지 않던 가게 직원은 그녀에게 배가 고프지 않냐고 묻더니 가게에서 원하는 것을 가져다 먹으라고 했다. 그리고 클레어를 벌레 보듯 쫓아냈던 덩치 큰 남자가 다가와 종이가방을 내밀었다. 그 매정했던 남자가 내민 가방 안에는 신발과 양말, 티셔츠 그리고 돈이 들어 있었다. 그러고는 그 덩치 큰 남자가 갑자기 마구 울기 시작했단다. 몇 시간째 개 한 마리와 함께 맨발로 휴게소를 서성이는 클레어의 모습에 가슴이 아팠던 모양이다. 그의 오열에 클레어의 눈시울도 붉어졌다.

사람들의 사랑에 긴장이 풀렸는지, 클레어는 나른해져 잠시 잠을 잘까 하고 주차장 맨바닥에 덜렁 누웠다. 그러자 주유소 직원이 깔고 자라며 두꺼운 잠바를 가져다줬다. 잠바 위에 누워 클레어는 생각했다. '이곳에서 이렇게 하룻밤을 보내는 것도 괜찮을 것 같아' 하고. 밤이 되자 날이 점점 추워졌다. 클레어는 럭키(개)와 온기를 나누며 쪽잠을 잤다. 그리고 기적처럼 알렉스가 짠! 하고 나타났다. 그 순간, 클레어는 온 우주가 보내는 최고의 사랑을 느꼈다. 밤새 곁을 지켜준 럭

키와 포옹을 나누고 클레어는 우리에게 돌아왔다.

클레어는 이야기를 마치고, 간밤에 받은 '사랑 꾸러미'를 자랑했다. 거기엔 '매트릭스: 당신이 될 수 있는 모든 것을 상상하라'라고 적힌 반소매 티셔츠, 신발, 양말, 돈, 비스킷, 사과, 물, 칫솔, 치약, 젤리, 비타민C 사탕이 들어 있었다. 행복한 얼굴로 선물 꾸러미를 자랑하는 상거지 모습의 클레어를 보니, 안아주지 않을 수 없었다. 나는 클레어를 꼬옥 안으며 안전하게 돌아와서 정말로 기쁘다고 말했다. 클레어는 감격의 얼굴로 답했다.

"나 역시 정말 기뻐. 이런 놀라운 사랑을 경험할 수 있어서 말이야."

'걱정하지 않는 히피'들이 맞았다. 클레어는 강인했고, 그는 이 일을 겪어야 했으며, 설사 홀로 그곳에서 밤을 새웠더라도 모든 게 괜찮았을 것이다. 그리고 알렉스 역시 옳았다. 클레어는 알렉스가 되돌아온 것에 정말 크게 감동했고, 우주의 커다란 사랑, 그 정점을 경험했다.

사랑을 담은 기도와 사랑을 행동으로 실천하는 것, 이것 역시 히피들의 사랑 방식이었다.

클레어가 무사히 돌아오고 우리는 깨끗한 물가를 찾아 또다시 이동했다. 그리고 세르비아 남쪽 어딘가에 아름다운 폭포가 있다는 정보를 입수했다. '샤워 구걸'에 성공한 나를 제외하고, 모든 히피는 이 무더운 날씨에 5일째 몸을 씻지 못했다. 그들은 '물… 물… 제발 물……'이라며 애원했고, 오늘은 어떻게 해서든 폭포에 가자고 기도했다.

목적지를 30분 정도 남겨둔 꼬불꼬불한 오르막길이었다. 갑자기 트럭이 덜컹, 하고 멈추더니 시동이 걸리지 않았다. 별일 있겠나 싶었다. 이제 막 정오를 지났고 폭포가 코앞이니 아무리 늦어도 해지기 전에는 폭포에서 목욕할 수 있으리라. 앤드류와 알렉스가 트럭을 고치는 동안, 나와 몇몇 히피들은 느긋하게 주변 숲을 산책하며 야생 사과와 자두를 잔뜩 따 왔다. 폭포수 아래서 과일을 배터지게 먹을 생각에 마음이 한껏 들떴다.

한참 산책하고 돌아왔는데도 여전히 트럭은 꿈쩍도 하지 않았다. 우리는 도로에 주저앉아 서로의 팔다리에 잔뜩 낀 때를 구경했다. 한 히피의 발바닥은 마치 살이 썩어가는 듯 보였고, 다른 히피의 팔뚝은 때로 문신을 새긴 것 같았다. 어차피 오늘이면 이 더러운 때와도 안녕일 테니 우리는 마지막이라 생각하며 마음껏 웃었다.

그러나 대기 시간은 점점 길어졌고 날이 어두워졌다. 결국 캄캄해질 때까지도 트럭은 움직이지 않았다. 더운 날씨에 오후 내내 트럭을 고치느라 애쓴 앤드류는 기운이 다 빠진 듯했다. 폭포에 간다며 잔뜩 들떴던 히피들도 말을 잃었다. 데비는 힘들다 못해 정신 줄을 놓은 모양이다. 트럭의 라이트를 환히 켜놓고 깔깔깔깔 웃으며 춤판을 벌였다. 우는 것보다 미치는 게 낫나? 나는 그냥 울고만 싶었다. 누구에게 화를 낼 수도 없는 상황에 주저앉았다.

그때였다. 로지가 조용히 트럭 안으로 들어갔다. 그러고는 밀가루를 꺼내 반죽을 만들기 시작했다. 가만히 있어도 덥고 누워만 있기에도 지치는 상황에서 로지는 땀 흘리며 피자를 만들었다. 오븐의 열기로 트럭 내부는 숨도 쉬지 못할 만큼 뜨거웠다. 그러나 로지는 지친 내색 하나 보이지 않았다. 히피들은 피자가 구워져 나오는 족족 게걸스레 먹어 치웠다. 로지는 정작 한 점의 피자도 먹지 못한 듯했지만 불평 없이 계속 피자를 구웠다. 땀으로 범벅된 로지의 얼굴에서 마치 빛이 나는 듯했다. 그때 내 눈에 로지는 정말 천사 같았다.

실은 이미 오래전부터, 나는 로지가 진짜 천사인 것은 아닐까 하고 생각해왔다.

물 마시는 로지

처음 로지를 만난 것은 슬로바키아 개더링에서 '레인보우 카라반' 푸드 서클에 참여했을 때였다. 모두가 돌아가며 사랑의 기적을 이야기하던 그때, 로지는 한마디도 하지 않고 앉아만 있었다. 그녀는 사람들의 이야기를 들으며 감격하는 표정을 짓고 감탄의 소리를 냈다. 내가 앤서니에게 다가가 여정을 함께하고 싶다고 했을 때, 로지는 앤서니 바로 옆에 앉아 있었다. 나의 이야기를 들은 로지는 감동이 벅차오른다는 듯 양손을 가슴에 갖다 댔다가, 합장했다가, 손뼉을 쳤다가, 각종 감탄사를 뱉었다. 이때 나는 로지가 어딘가 아프거나 혹은 영어를 전혀 하지 못하는 사람일 거로 생각했다. 카라반 여정을 함께하면서 그녀가 2개월째 묵언수행을 하고 있으며, 영어를 굉장히 잘하는 미국인이라는 것을 알게 되었다.

사람들이 로지에게 질문하면 그녀는 온갖 의성어와 감탄사로 대답하며 팬터마임 수준의 보디랭귀지와 뮤지컬을 하는 듯한 표정 연기를 선보였다. 그때만 해도 로지에게 관심이 없었다. 그저 '참 특이한 자매가 다 있네'라고만 생각했고, 그녀의 '과한 표현력'이 부담스러워 약간의 거리를 두었다. 그러나 시간이 지날수록 말 없는 로지가 자꾸

눈에 들어왔다. 가슴으로 말하는 그녀의 언어가 내게도 점점 와닿았다. 결국 나는 그녀를 진심으로 존경하고 사랑하게 되었다.

로지는 자신의 의견이나 생각을 거의 드러내지 않았다. 필담으로 애써 '말'하려고 하지 않았다. 누군가의 질문에 답하거나 행복한 감정을 표현할 때만 몸짓과 소리를 사용했다. 로지의 유창한 영어를 들을 기회는 그녀가 노래를 부르거나 책 〈하울의 움직이는 성〉을 우리에게 소리 내 읽어줄 때였다. 로지는 자기 생각을 입 밖이 아닌 내면으로 향하게 했고, 그녀 내면의 목소리는 다양한 언어를 타고 나에게 전달되었다. 로지는 비언어적 의사소통 능력이 뛰어났을 뿐만 아니라, 음악, 노래, 춤, 시 등을 창조하는 예술성도 풍부했다. 로지는 무언가를 '이야기'할 때, 다른 사람이 이해하건 말건 개의치 않았다. 그녀에게 표현은 언어적 소통이기보다는 일종의 행위예술에 가까웠다. 로지는 다른 사람에게 자신의 의도를 전달하기보다는 그저 내면의 이야기를 표현하는 것을 즐기는 듯했다. 나는 그녀의 '모노드라마'에 매번 흠뻑 빠져들었다.

로지는 주변 사람들의 시선을 조금도 신경 쓰지 않았고 매 순간 자신의 행위에 완전히 몰입했다. 명상하든 춤을 추든 노래하든 책을 읽든 요리하든, 수영하든 길을 걷든 심지어 잠을 자든, 로지의 모든 움직임은 자연스럽고 예술적이며 '진짜'였다.

슬로바키아 야외 온천에 머물 때였다. 네 명의 관광객이 온천에 왔다. 그들은 수영복을 입고 온천욕을 했다. 나는 그들이 신경 쓰여 얼른 옷을 입었다. 로지는 그래도 혈혈단신 나체주의를 이어갔다. 망설이지 않고 알몸으로 온천에 들어가 세상 편한 자세로 물 위를 떠다녔다. 그때 온천물에는 로지를 지원할 레인보우 동지들이 없었다. 관광객들은 자신들의 앞에 대자로 둥둥 떠다니는 알몸의 여인을 보고 쑥덕거리며 웃었다. 로지는 '문명인'의 시선에 아랑곳하지 않고 온천물과 하나가 되었다.

세르비아의 한 도시에 갔을 때도 마찬가지였다. 그때 로지는 자신이 직접 만든 하얀색 원피스를 입고 머리에는 화관을 쓰고 기타를 둘러맨 채 맨발로 도시를 돌아다녔다. 원피스는 각종 때와 얼룩, 구멍으로 누더기 거적때기나 다름없었고, 머리에 꽃까지 달고 있으니 누가 봐도 정신 나간 사람처럼 보였다. 나라면 혼자 다니기보다는 '레인보우 떼거지'와 꼭 붙어 다닐 텐데, 로지는 무리에서 떨어져 홀로 거리를 누비는 것을 주저하지 않았다. 그러다 하천 위 다리에 걸터앉아 혼자 기타 치며 노래를 불렀다. 마침 해 질 녘이었다. 로지의 모습은 신기하다 못해 신비롭기까지 했다. 하늘에서 이제 막 내려와 미처 인간의 옷을 구하지 못해 누더기를 걸친 천사 같았다. '누더기 천사' 주변으로 사람들이 모여들었다. 로지는 관중의 시선을 신경 쓰지 않고, 그저 흐르는 물을 응시하며 노래했다.

로지는 두려움이 없는 아이처럼 보이기도 했다. 한 번은 이동 중에 발견한 과수원에서 과일을 서리한 적이 있다(과수원 주인에게 진심으로 용서를 구합니다. 우리는 그때 정말 배가 고팠습니다). 대부분의 히피는 울타리 바깥으로 넘어온 과일나무 가지에서 과일을 땄다. 그런데 로지는 높은 철망을 기어오르더니 과수원 안으로 과감히 들어갔다. 그러고는 나무에 기어올라 순식간에 과일을 따서 울타리 바깥으로 던졌다. 누군가가 다가오니 빨리 밖으로 나오라는 이야기를 듣고도 로지는 몇 개의 과일나무에 더 올라갔고, 품에 가득 과일을 안고 울타리를 넘어왔다. 그 자그마한 체구에서 어떻게 저런 대담함이 나오는지, 나는 감탄했다.

세르비아 난민 캠프에서 한 난민 형제가 강제로 로지에게 키스를 시도했을 때였다. 로지는 추행을 피해 트럭 뒤로 대피했다. 그때 로지는 상당히 놀란 모습이었다. 얼굴이 빨갛게 달아올랐고 호흡이 거칠었다. 나를 포함한 히피들도 이 일에 관해 이야기하며 흥분했다. 그런데 로지는 숨을 몇 번 크게 고르더니 어디서 나무 조각 하나를 주워 왔다. 그러고는 칼로 나무를 깎기 시작했다. 로지는 아무 말도 하지 않고, 사람들의 이야기에도 반응하지 않고, 오직 나무 깎기에만 집중했다. 자신의 주의를 '추행을 시도한 형제'가 아닌 '현재'로 다시 돌리기 위해서였다. 로지의 일로 대부분의 카라반 자매들은 난민 형제들과의 접촉을 피해 트럭 안이나 트럭 뒤편으로 이동했다. 그러나 로지는 한동안 나무를 깎은 후에 다시 난민 형제들 속으로 들어갔다. 그리고 마치 아무 일도 없던 것처럼 기타를 치고 노래했다. 로지는 그 짧은 시간 안에 자신의 감정을 진정시키고 생각을 잠재워 기운을 바꿨다.

로지는 무니의 한 살배기 딸, 노아와 단짝이었다. 로지와 노아는 말 한마디 하지 않고도 뭐가 그리 즐거운지 항상 까르르 까르르 웃었다. 로지는 정 많고 관대한 할머니 같기도 했다. 모두가 힘들고 지칠 때, 그녀는 늘 조용히 요리했고 맛있는 음식으로 우리를 북돋웠다. 로지는 잠잘 공간을 찾지 못해 방황하던 내게 자신의 잠자리 공간 한쪽을 내어주기도 했다. 그때 나는 '할머니 로지'의 포근한 품에서 편히 잠들었다.

로지는 내게 진정한 묵언이 무엇인지를 보여주었다. '나'의 모든 잘난 의견을 내려놓고 다른 사람들의 결정과 일어나는 흐름에 온전히 순응하는 것이 묵언의 참된 목적이었다. 그녀는 말소리를 내지 않는 것에서 나아가 '자신' 자체를 드러내지 않았다. 로지는 '나'를 침묵시키고 오직 '하나'의 목소리를 들었으며 그를 위해 봉사했다.

로지는 자신을 '로지 드링크 워터ROSIE DRINK WATER'라고 불렀다. 나는 '로지 드링크 워터'라는 이름을 되뇔 때마다 목마른 자의 입술에 이슬을 떨궈 주는 로지의 모습을 상상한다. 이게 바로 내가 기억하는 로지다.

나는 수행 중의 로지만을 경험했다. 수행 밖의 그녀는 다른 모습일지도 모른다. 어쩌면 로지가 묵언수행을 깨는 순간, 나의 환상도 깨져버릴지 모른다. 하지만 그것 역시 상관없다. 설사 그 모든 게 연기였다고 하더라도, 로지가 연기한 그 역할이 내게 최고의 영감과 감동을 주었음은 분명한 사실이기 때문이다. 나는 그 역할을 완벽히 소화해낸 최고의 연기자 로지를 여전히 사랑하고 존경할 것이다.

그날 로지의 피자는 나를 절망에서 구원했다. 오늘 폭포에 못 가면 어떠한가, 이렇게 맛있는 피자가 있는데! 희망에 가득 차 어서 내 몫의 피자가 맛있게 구워져 나오기를 목 빠지게 기다리던 그때, 데비가 무척 지친 목소리로 우리에게 요청했다.

"혹시 지금 다니엘의 봉고차를 타고 먼저 폭포로 이동하고 싶은 사람이 있을까요? 오늘 밤은 조용하고 편안하게 보내고 싶어요. 트럭에서 자는 히피 수를 최소한으로 줄이고 싶은데…. 로지의 피자를 맛보지 못하고 떠나게 해서 미안하지만, 오늘은 내가 너무 힘이 드네요, 부탁할게요."

데비와 앤드류는 철부지 레인보우들을 챙겨가며 트럭을 고치고 펑크와 히피 사이에 조화를 만들어내느라 에너지를 모두 소모한 듯했다. 데비의 지친 모습을 보니 마음이 아팠다. 지금껏 짜증 한 번 내지 않고 엄마처럼 히피들을 챙겨주던 데비였다. 힘겨운 상황에서도 언제나 마녀 웃음소리를 내며 우리에게 기운을 주던 그녀였다. 나는 과감히 피자를 포기하고, 몇몇 히피들과 함께 폭포로 이동했다. 내일은 데비와 앤드류 그리고 트럭이 기운을 되찾기를 기도하며.

정화 과정

천상의 계곡

아침이 밝았다. 눈을 뜨니 바로 앞에 폭포가 있다. 우리가 그토록 찾아 헤매던 맑은 물이었다. 꿈인가 생시인가! 나는 얼음장같이 차가운 물 속으로 몸을 던졌다.

잠시 후, 트럭이 도착했다. 트럭 문이 열리고 제일 먼저 데비가 내렸다. 데비는 혼이 나간 사람처럼 폭포로 걸어가더니 폭포 물을 어루만지고 머리를 흠뻑 적셨다. 그러곤 좀비처럼 딸들에게 다가갔다. 젖은 몸의 데비가 양팔을 벌리고 다가가자 한나와 타마라는 소리 지르며 도망쳤다. 데비는 마녀처럼 깔깔깔깔 웃으며 그들을 쫓아갔다. 폭포 소리만큼이나 듣기 좋은 데비의 웃음소리다.

폭포는 도로 바로 옆에 있었다. 지나가는 사람들이 차를 세우고 폭포 앞에서 사진을 찍고 갔다. 히피들이 베이스캠프로 삼기에는 너무 노출된 장소였다. 우리는 폭포 뒷산에 숨어 있다는 비밀스러운 폭포를 찾아 조금 더 이동하기로 했다.

떠나기 직전, 몇몇 히피들이 폭포 주변에 널브러진 쓰레기를 줍기 시작했다. 히피들은 어딜 가든 쓰레기를 줍는다. 캠핑하는 장소는 물론이고 잠시 지나가는 휴게소나 길거리에서도 마찬가지다. 알렉스는 쓰레기를 주우며 "여긴 우리의 행성이야! 우리의 집이라고!" 하며 외쳤다. 히피들이 꼴 보기 싫다며 5일간 '어둠과 침묵' 수행했던 펑크 레인보우 마코가 마침내 수행을 마치고 안대를 풀었다. 마코는 눈앞에 널브러진 쓰레기를 보고 비통함을 감추지 못했다. "난 도시는 상관 안 해. 그런데 자연은! 아니야! 제발 나의 자연을 깨끗하게 유지해줘!" 오랜만에 입을 연 마코가 던진 첫 마디였다.

레인보우에게 지구는 집이자 자신의 몸이다. 레인보우가 지나가는 곳엔 쓰레기나 화학물질이 남지 않는다. 모든 지구인이 이들처럼 자연을 아끼고 흔적을 남기지 않는다면, 굳이 자연에 '출입 금지'나 '캠핑 금지' 사인을 걸지 않아도 될 텐데. 인간이 자연에 머무는 것을 금지할 수밖에 없는 현실이 그저 안타까울 뿐이다.

폭포 뒤편으로 난 길을 올라 작은 숲을 지나자 믿을 수 없는 광경이 눈앞에 펼쳐졌다. 산꼭대기에서 내려오는 물은 층층이 바위 계단을 따라 떨어지며 작은 폭포들을 만들었다. 각각의 폭포 아래에는 에메랄드 빛깔의 작은 연못들이 있고, 연못 아래 연못, 또 연못 아래 연못.

연못 계단이 끝없이 이어졌다. 폭포 옆에는 텐트 치기에 알맞은 넓고 평탄한 땅이 있고, 숲 곳곳엔 나뭇가지로 만든 의자와 테이블, 심지어 퇴비 화장실도 있었다. 근처에 버려진 정교회 수도원이 있는데, 이 폭포와 숲은 정교회 수도승들이 수행하던 장소였다고 한다. 이곳은 그야말로 레인보우의 무릉도원이었다. 나는 기쁨을 주체하지 못해 마구 소리를 질렀다.

깨끗한 물가를 찾아 헤매던 지난 며칠의 고생이 떠올랐다. 그리고 이제야 나는 우리가 왜 이런 힘든 여정을 겪어야 했는지 그 이유를 이해했다. 우리는 지구의 오염을 온몸으로 경험했다. 목을 축일 수도, 몸을 씻을 수도 없었고, 더위와 먼지와 갈증과 피로로 고통스러웠다. 자연의 오염은 내 몸과 마음을 오염시켰고, 지구의 고통은 그대로 나의 고통이 되었다. 이 고통을 통해 나는 다시 한번 지구와 하나의 연결을 느꼈다.

그리고 지금, 우리는 치유의 샘에 도착했다. 맑은 물과 숲이 우리를 치유한다. 지구 위에 이토록 깨끗한 물과 숲과 신비의 수행처가 아직 남아 있다는 사실이 눈물 나도록 감사했다. 천국이란 깨끗한 물, 깨끗한 공기, 깨끗한 먹거리, 그리고 사랑이 있는 세상이라던 앤서니의 말이 떠올랐다. 그래, 우리는 바로 그 천국에 있다!

지난밤부터 비가 내렸다. 날도 추워졌다. 우리는 트럭에 모여 함께 영화를 보기로 했다. 로지는 아라키스의 영화 목록을 쭉 내려 보더니 한 영화를 손가락으로 가리켰다. 그러곤 지그시 눈을 감고 가슴에 두 손을 얹는다. 「성 프란체스코」(Brother Sun, Sister Moon)라는 영화였다(아라키스는 영화에 팝콘이 빠질 수 없다며 후다닥 모닥불로 뛰어가 옥수수밭에서 주웠던 옥수수로 순식간에 팝콘을 튀겨왔다).

영화 「성 프란체스코」는 이탈리아 아시시Assisi의 성인 프란체스코를 다룬 영화다. 영화는 프란체스코가 명성을 위해 참전한 전쟁에서 다치고, 비참하게 고향으로 돌아오는 장면으로 시작한다. 프란체스코는 욕심 많은 부유한 옷감 장수의 아들로 태어나 부와 명예, 쾌락을 좇으며 10대를 보낸다. 그리고 전쟁에서 상처를 입은 이후에 환상을 보고 환청을 듣는 '신병'과 비슷한 병을 앓는다. 프란체스코는 창가로 날아온 작은 새와 대화를 나누며 병상에서 일어난다. 하지만 이때의 프란체스코는 이전의 프란체스코가 아니다. 프란체스코는 더는 사람과 대화를 나누지 않는다. 대신 나비와 새를 쫓고 꽃밭과 들판에서 시간을 보낸다. 사람들은 프란체스코가 완전히 미쳐버렸다고 말한다.

어느 날, 꽃밭에 앉아 새와 놀고 있는 프란체스코에게 클라라라는 여자가 나타난다. 클라라는 그에게 이렇게 말한다.

"사람들은 너를 보고 미쳤다고들 말해. 네가 새처럼 노래하고, 나비를 쫓고, 꽃향기를 맡는다고 말이지. 그런데 나는 이전의 네가 오히려 미쳐 있던 것이라고 생각해. 지금이 아니라."

아버지의 값비싼 옷감과 보물들을 모두 창밖으로 내던진 프란체스코는 주교에게 끌려간다. 주교는 그에게 무엇을 원하냐고 묻는다. 프란체스코는 이렇게 답한다.

"나는 들판에서 살고 싶어요. 언덕 위를 성큼성큼 오르고 싶어요. 나무를 오르고, 강물에서 수영하고 싶어요. 두 발 아래 이 대지를 느끼고 싶어요. 신발 없이, 소유 없이 말이에요. 나는 거지가 되고 싶어요. 네, 거지요. 예수님은 거지였어요. 그리고 그의 신성한 사도들도 거지였죠. 나도 그들만큼 자유로워지고 싶어요."

프란체스코는 모든 옷을 벗어 던지고, 알몸으로 걸어 나간다.

프란체스코는 허물어진 성당을 복원해 가난한 자들을 위한 성당을 만든다. 하지만 다른 주교들의 시기 질투로 프란체스코의 성당에 시련이 닥친다. 프란체스코와 사도들은 도움을 요청하기 위해 로마에 있는 교황을 찾아가지만, 그곳에서 각종 금은보화로 치장한 성당과 사제들을 보고 절망에 빠진다. 프란체스코는 성경의 말씀을 빌려 그들을 꾸짖는다.

"하늘의 새들을 보세요. 그들은 씨를 뿌리지도, 수확하지도, 곳간에 저장하지도 않아요. 하지만 하늘에 계신 아버지가 그들을 먹여 살리죠. 당신들의 믿음이 얼마나 하찮은지 보세요! 당신들은 무엇을 먹을지, 무엇을 마실지, 무엇을 입을지 만을 물을 뿐이에요. 당신의 마음을 오직 아버지의 나라, 아버지의 의로움에만 두세요. 그러면 나머지 모든 것들은 당신에게 저절로 오게 될 거예요."

"저는 종달새를 자주 관찰하곤 해요. 종달새는 참으로 겸손하고 소박한 존재예요. 그들에겐 오직 한 모금의 물과 약간의 열매들만 필요해요. 그리고 그들은 하늘을 향해 솟아오르죠. 만약 우리가 종달새처럼 아주 적은 것에도 만족할 수 있다면, 그리고 그 만족으로 주님께 감사하고 그것으로 기쁨의 노래를 할 수 있다면, 우리 인간도 역시 행복할 수 있지 않을까요?"

교황은 프란체스코 앞에 무릎 꿇고 앉아 그의 더러운 발에 키스한다.

영화가 끝났다. 눈물이 쏟아졌다. 몸도 마구 떨렸다. 가슴, 머리, 온몸에 전율이 흘렀다. 나는 무엇에 이토록 감동했는가? 그것은 바로 진리였다. 프란체스코의 눈빛과 노래와 거친 두 손과 더러운 맨발에서 나는 진리를 발견했다. 가난과 겸손, 헌신과 섬김, 믿음과 신념, 그리고 인간이 이룰 수 있는 최고의 인격과 무조건적인 사랑. 이 모든 게 진리였다. 프란체스코는 자연과의 연결과 거룩한 가난을 통해 신의 사랑을 실천했다. 그리고 나의 가슴이 그의 진리에 반응했다.

그날 밤늦게까지도 마음을 진정시킬 수 없었다. 저녁 식사도 하지 않고 어두운 숲속에서 눈을 감고 우두커니 서 있었다. 얼마나 시간이 흘렀을까? 상당히 오랜 시간을 서 있었는데 다리가 하나도 아프지 않았다. 오히려 몸에 아무런 감각이 없었다. 그리고 서서히 땅으로부터 강력한 힘을 느끼기 시작했다. 대지와 내가 자석처럼 서로를 강하게 끌어당겼다. 끌어당기는 힘이 너무 강하다 못해 지구와 함께 빙글빙글 회전하는 듯했다. 어지럽지 않았다. 안정적이고 편안했다. 그렇게 한참 지구와 회전하며 대지와의 일체감을 느꼈다. 그 이후로 며칠을 사람들과 말하지 않았다. 프란체스코로부터의 울림과 대지와의 연결 속에 고요히 머물고 싶었다.

안녕, 우리들의 움직이는 성이여

레인보우 카라반에 큰 변화의 흐름이 찾아왔다. 존스 베리 가족이 이제부터 별도의 여정을 보내기로 했다. 존스 베리 가족과 펑크 레인보우들은 이틀 뒤에 이곳을 떠나 바로 튀르키예로 간다고 했다. 진작

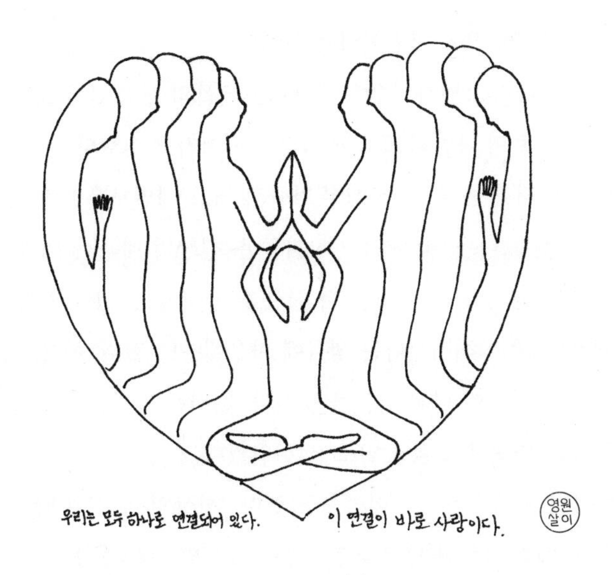

부터 그들의 고충을 알던 나는 '아, 기어코 올 것이 왔구나' 하고 이별을 담담하게 받아들였다. 몇몇 히피들은 그들의 갑작스러운 결별 선언에 다소 충격을 받은 듯했지만, 대부분의 히피는 그들의 선택을 존중했다. 존스 베리 가족은 튀르키예에서 시리아 난민 캠프를 돕는 활동을 하다가 12월 전에 이집트 레인보우 개더링에 갈 계획이었다. 존스 베리 가족의 여정에 함께하고 싶은 히피가 있다면 이틀 뒤 이들과 함께 떠나면 된다고 했다.

고요하던 숲은 히피들의 머리 굴리는 소리로 잠시 요란해졌다. 트럭과 함께 떠날지 말지, 만일 이곳에 남게 된다면 이제부터 누구와 짝을 이뤄 어디로 가야 할지…. 히피들은 고민했다. 하지만 이들은 이내 모든 고민을 접었다. 이들은 언제나 계획이 아닌 가슴의 목소리와 흐름을 따르고자 하기 때문이다. 떠나야 할 '때'는 내가 만드는 게 아니라 저절로 찾아오기 마련이라는 것이다.

나는 그다지 고민하지 않았다. 나는 '천상의 계곡'이 좋았다. 이곳에 좀 더 머무르며 나만의 고요한 시간을 이어가고 싶었다.

트럭이 떠나는 날. 존스 베리 가족과 펑크 레인보우만이 출발 준비를 하는 걸 보니, 결국 나머지 히피들은 '천상의 계곡'에 더 남기로 한 모양이다. 많은 가족과 조금 더 시간을 함께할 수 있어 기뻤지만, 존스 베리 가족과 헤어진다는 생각에 마음이 미어졌다. 아마도 모든 남는 자들의 마음이 나와 같았을 것이다. 우리는 떠나는 자들을 보내고 싶지 않은 마음에 그들을 안고 또 껴안았다.

트럭이 부릉부릉하고 이별을 알렸다. '천상의 계곡'에 남은 히피들이 존스 베리 가족과 펑크 레인보우에게 작별 인사를 보낸다.

"우리는! 너희를! 사랑해!!!"

떠나는 그들 또한 우리에게 외친다.

"우리도! 너희를! 사랑해!!!"

데비의 깔깔깔깔 마녀 웃음소리와 함께 트럭이 떠났다. 로지는 멀어지는 트럭을 따라 한참 달려가더니 엄마를 떠나보낸 아이처럼 자리에 서서 엉엉 울었다. 서러운 로지의 울음에 나 또한 울컥했다.

'잘 가, 우리들의 움직이는 성이여.'

데비의 웃음소리를 더는 들을 수 없다. 그때가 마지막이었다. 그해 2015년 겨울, 데비는 그토록 바랐던 대로 아프리카에 갔다. 이집트 레인보우 개더링에서 레인보우 카라반 가족과 다시 만나 함께 아프리카를 여행했다고 한다. 이듬해 6월, 데비는 에티오피아에서 말라리아와 장티푸스에 걸려 숨을 거두었다.

데비의 죽음은 많은 이들을 슬픔과 충격에 빠트렸다. 그녀는 우리에게 엄마와 다름없는 존재였고, 그녀의 삶은 모든 레인보우 방랑자들에게 큰 영감과 희망을 주었다. 다시는 그녀의 웃음소리를 들을 수 없다는 사실에 우리는 모두 가슴이 찢어질 듯 슬펐다. 하지만 우리 중 누구도 그녀의 죽음을 비극이나 불행으로 보지 않았다. 데비는 참으로 충만한 삶을 살았고, 더할 나위 없는 기쁨과 자유 속에서 마지막 순간을 맞이했기 때문이다.

그녀의 꿈은 '최초의 땅'에서 사랑하는 가족들과 여행하는 것이었다. 그리고 그녀는 그 꿈을 이루었다. 아프리카를 여행하던 6개월 동안 데비는 행복하다는 말을 수도 없이 되뇌었다고 한다. 그녀는 가장 눈부신 삶의 순간에 가장 드높은 자유와 사랑 속에서 '빛'으로의 전환을 맞이했다. 우리는 그녀가 아프리카에서 궁극의 안식을 취하게 된 것이 그 어떤 죽음보다 완벽하고 아름다운 마무리라고 입을 모아 말했다.

데비와 아프리카 여정을 함께한 크리스토스는 이런 말을 남겼다.

"데비가 죽기 일주일 전, 그녀는 제게 자신이 겪고 있는 강렬한 체험을 이야기했어요. 그때 데비는 '신'과 직접적으로 소통하고 있었어요. 나는 데비가 천사였다고 믿어요. 그녀는 이 땅에 빛을 퍼트리기 위해 내려온 천사였고, 그녀는 자신의 임무를 잘 해내주었죠. 데비는 지금 신 그리고 다른 천사들과 함께 평온 속에 존재할 거예요. 그리고 그녀는 우리 모두의 가슴 안에 존재하기도 해요. 우리는 데비의 임무를 계속 이어가야만 해요. 이 세상에 사랑과 평화를 가져오는 임무 말이에요."

세르비아 호숫가에서 보았던 데비의 모습이 떠올랐다. 그때 데비는 노을이 물든 호수에 대자로 누워 양팔을 부드럽게 휘저었다. 데비의 물장구는 그녀의 양어깨 옆으로 커다란 날개 물결을 만들었는데, 그때 데비의 모습은 정말 천사 같았다.

언젠가 데비는 이런 말을 했다.

"우리 집 문을 열고 들어오는 모든 사람이 신이에요. 따라서 우리는 지구를 방랑하는 모든 여행자를 지극히 섬기고 보살펴야 해요 이 지구 전체가 우리 집이라면, 지구를 걷는 모든 사람이 신이니까요."

우리에게 데비는 길이자 집이었고, 엄마이자 스승이었다. 데비는 만족하는 삶, 간소한 삶, 즐거운 삶을 살았고, 그녀의 삶은 수많은 이들의 가슴에 큰 울림과 변화를 일으켰다. 참으로 아름다운 야생의 영혼 데비. 과연 그녀보다 더 자유로운 인간이 있을까? 레인보우 카라반 가족 모두는 알고 있다. 그녀에겐 죽음도 그저 새로운 여행의 시작일 뿐이란 것을 말이다. 그녀는 여전히 깔깔깔깔 웃으며 미지의 영역에서 여정을 이어갈 것이고, 언제나 우리에게 따뜻하고 밝은 빛을 비춰줄 것이다.

묵언 인터뷰

로지와 크리스토스를 인터뷰하고 싶었다. 이때 이들은 둘 다 묵언

수행 중이었다. 이들은 나의 질문에 '말'로 답을 줄 수 없을 것이다. 그래서 오히려 더 중요한 대화를 나눌 수 있을 것 같았다. 정말 중요한 것은 '말'로 전달되는 게 아닐 테니.

묵언 인터뷰 요청에 로지와 크리스토스는 신이 난 표정이다. 로지에게 그녀가 가장 좋아하는 장소로 가자고 말했다. 그러자 로지는 종을 울리는 시늉을 했다. 나는 며칠 전에 수도원의 커다란 종 아래에서 곤히 낮잠을 자는 로지를 본 적이 있다. 아마도 그곳이 그녀의 아지트인 모양이다.

수도원 종 앞에 도착했다. 5m 높이 목재 구조물에 큰 종이 매달려 있고, 종을 울리는 줄이 땅 아래까지 길게 늘어져 있었다. 이제 풀밭 한쪽에 자리를 잡아볼까? 하고 생각하던 찰나였다. 갑자기 로지가 종을 울리는 줄에 기타와 담요를 묶더니, 목재 구조물을 타고 엉금엉금 기어오르기 시작했다. 갑작스러운 로지의 유격훈련에 나는 두 눈이 휘둥그레져 있는데, 크리스토스는 조금도 놀라지 않은 기색이다. 마치 이미 여러 번 올라봤다는 듯 능숙한 몸짓으로 로지를 따라 기둥을 타고 올라갔다. 나는 어이 상실 반, 감탄 반의 웃음을 뱉어낸 후 이들을 따라 기둥을 탔다. 지붕 끝까지 올라간 우리는 커다란 종 아래에 위태롭게 둘러앉았다. 로지는 종에서 바닥으로 길게 늘어진 줄을 마치 우물에서 물을 길어 올리듯 잡아당겼다. 그러자 아까 매어둔 기타와 담요가 줄에 끌려 올라왔다.

말 한마디 하지 않는 이들과 어떻게 인터뷰를 할 것인가? 그리고 어떤 대화를 나눌 것인가? 사실 아무 생각이 없었다. 굳이 먼저 질문하지 않고 그저 자연스럽게 대화가 시작되길 기다렸다. 다행히 크리스토스가 먼저 몸짓으로 이야기를 꺼냈다.

크리스토스는 손가락으로 '천상의 계곡' 방향을 가리켰다. 그리고 손가락 두 개로 다리 모양을 만들고 그 다리가 가슴이 아닌 머리를 따라가는 모습을 취했다. 레인보우 카라반 가족들이 이제 어디로 갈지, 누구와 갈지 고민하며 가슴이 아닌 머리를 따른다는 의미였다.

이에 나는 말했다. 나 역시 앞으로 어디로 가야 할지, 무엇이 최선인지 충분히 고민하고 계획한 후에 선택하는 사람이라고 말이다. 그러자 크리스토스와 로지는 자신들도 역시 그러하다는 듯 격하게 고개를 끄덕였다. 크리스토스는 손가락으로 자신을 가리켰다가, 손가락 두 개를 내보였다. 'me, too(나도 그래)'라는 의미였다.

로지는 손으로 자신의 머리를 가리켰다가, 자기 팔뚝에 힘을 주며 알통을 내보였다. 자신 역시 머리와 생각이 강력하게 작용한다는 뜻이었다. 그리곤 머리 옆에서 시끄럽게 재잘거리는 입 모양의 손 때문에 버거워하는 표정을 짓더니 다른 손의 손가락으로 실제 입을 잠가 버렸다. 그러자 머리 옆에서 재잘거리던 입 모양의 손도 이야기를 멈췄다. 묵언을 시작하자 머릿속 생각도 잠잠해졌다는 뜻이었다. 로지는 가슴 앞에 첫째라는 의미로 손가락 하나를 내보이고, 머리에 둘째라는 의미로 손가락 두 개를 내보였다. 그리고 가슴 앞에 하트를 만들었다가 그 하트를 머리 위로 올렸다. 항상 가슴이 머리보다 우선이라는 것이다.

나는 냉소를 뱉어내며 물었다.

"그런데 가슴은 자신이 무엇을 원하는지 꼭 막판에, 최후의 순간에만 알아차리는 거니?"

희피들이 항상 미리 행동하지 않고 닥쳐서 행동하는 것을 비꼬는 질문이었다.

이에 크리스토스와 로지는 큰 미소와 함께 고개를 끄덕거리며 "아하~" 하고 소리 냈다. 당연하게도 바로 그게 가슴의 일이라는 것이다.

나는 허탈한 웃음을 내뱉으며 물었다.

"하하. 진짜? 그게 가슴이 일하는 방법이란 말이야? 그러면 우리는 항상 지금 당장! 어디로든 떠날 마음의 준비를 하고 있어야겠네?"

크리스토스는 맞장구치더니, 손가락으로 딱! 소리를 낸 후에 갈 길을 결심했다는 듯 손바닥을 칼같이 앞으로 내밀었다. 가슴의 직관으로 딱 판단이 서자마자 바로 떠나야 한다는 것이다.

나는 계획 없는 '막판 결정' 방식이 오히려 스트레스를 줄 것 같다고 말했다. 그러자 크리스토스는 고개를 절레절레 흔들더니 몸짓으로 설명했다(몸짓 설명은 생략한다).

사람들은 머리로 먼저 계산하고 고민하고 계획한 후에 무엇을 할지 어디를 갈지 결정해. 그런데 머리로 먼저 고민하면 머릿속이 오히려 더 복잡해지고 미리감치 스트레스를 받지. 반면 가슴을 따르면 머리의 방해 없이 지금, 이 순간에 온전히 집중하게 되고, 몸과 마음이 편안한 상태에서 옳은 결정을 내릴 수 있어.

크리스토스의 말이 맞다. 나는 계획과 준비에 늘 피곤함을 느꼈다. 앞서 생각하고 고민하는 삶에서 벗어나 이제는 아무런 목적지 없이 그저 흐르듯 살고 싶었다. 조급함 없이 천천히.

크리스토스는 오른손의 두 손가락으로 다리를 만들고, 왼손의 손가락들로 계단을 만들었다. 손가락 다리가 아주 천천히 손가락 계단을 올랐다. 한 걸음을 오를 때마다 천천히 큰 숨을 내쉬었다. 마지막 손가락 계단 끝에 다다랐을 때, 로지가 자신의 손가락을 내밀어 또 다른 계단을 만들었다. 크리스토스의 손가락 다리는 또 천천히, 크게 숨쉬며, 로지의 손 계단을 올랐다.

나는 이들에게 말했다.

"로지와 크리스토스, 너희 둘은 정말 영적인 사람들 같아."

크리스토스는 고개를 절레절레 흔들었고, 로지는 마냥 웃었다. 크리스토스는 손가락으로 주변을 한 바퀴 빙 돌리더니 등표 수식을 그렸다. 모든 사람이 동등하게 영적이라는 뜻이었다. 그 말이 사실이길 바랐다. 하지만 나는 그것에 동의할 수 없었다.

"나는 너희들과 내가 같다는 느낌이 들지 않아. 너희는 내가 영적이라고 생각하니?"

크리스토스와 로지는 당연하다는 듯 고개를 끄덕였다.

나는 다시 물었다.

"너희들과 같은 방식으로?"

크리스토스와 로지는 또 한 번 고개를 끄덕였다.

나는 말도 안 된다는 듯 웃으며 말했다.

"대체 내가 어떻게 영적이라는 건지 제발 설명해줄래?"

크리스토스와 로지는 이 가여운 어린양에게 어떻게 설명해야 할지 모른다는 듯 고민했다. 잠시 후 크리스토스가 손짓으로 '말'했다.

우리의 육체, 마음, 정신은 모두 하나이며, 모든 존재가 이와 같아. 그리고 너와 나를 포함한 모든 존재가 이 하나로 연결돼 있어.

나는 물었다. 어떻게 하면 내가 그 하나의 연결을 느낄 수 있는 거냐고. 앞으로 내가 무엇을 해야 하는지 조언해달라고 했다. 로지는 장난기 가득한 눈빛으로 빙긋 웃더니 이렇게 표현했다. 양손으로 책을 만들어 펼치더니, "위니더 푸~ 위니더 푸~" 하고 노래 불렀다. 그러곤 그 '손의 책'을 나에게 내밀었다.

나는 이해가 가지 않는다는 얼굴로 "곰돌이 푸??"라고 물었다.

로지는 익살스러운 표정을 지으며 그렇다는 듯 미소를 지었다. 나는 크게 웃으며 말했다.

"하하, 좋아. 별로 어려운 게 아니라 다행이네. 곰돌이 푸, 그게 바로 너의 성경이구나!"

로지는 "아호!"라는 탄성과 함께 두 눈을 감고 손으로 성호를 그었다.

우리는 모두 함께 웃었다.

크리스토스는 이렇게 조언했다.

지금 일어나는 모든 것들을 관찰해봐. 세상에 존재하는 모든 것을 있는 그대로 판단 없이 반응 없이 그저 관찰하는 거야. 고요하고 긴밀하게 말이야.

로지가 또 '말'했다.

나의 길, 크리스토스의 길, 그리고 너만의 길이 있어. 진리의 길은 한 가지가 아니야. 우리 앞엔 수없이 많은 수행의 길이 있어.

그리고 로지는 갑자기 무언가가 떠올랐다는 듯, 기타 가방에서 책 한 권을 꺼내 펼쳤다. 그리고 내게 읽어보라는 듯 책을 내밀었다.

'진리를 다 찾았다'라고 하지 말고, '겨우 한 조각의 진리를 찾았다'라고 하십시오.

'영혼의 길을 찾아냈다'라고 하지 말고, '나의 길을 따라 걷고 있는 영혼을 만났다'라고 하십시오.

영혼은 모든 길을 걷습니다. 영혼은 외길을 따라 걷는 것도, 하나의 갈대처럼 자라는 것도 아닙니다. 영혼은 수많은 꽃잎을 가진 연꽃처럼 스스로 활짝 펼쳐 보입니다.

『예언가』, 칼릴 지브란

나는 책 『예언가』에 다정히 키스한 후, 로지에게 책을 다시 건네주었다. '묵언 인터뷰'를 마치며 함께 종을 울리기로 했다. 로지의 기타 가방이 매달린 줄을 잡고 함께 세 번의 종을 울렸다. 그리고 서로에게 존경과 사랑을 담아 지극히 합장했다.

로지와 크리스토스는 유창한 영어를 제쳐두고, 몸과 감정과 느낌으로 '말'했다. 그리고 나는 이들의 이야기를 귀가 아닌 가슴으로 들었다. 사실 내가 이들의 의도를 올바로 이해했는지 아닌지는 그때도 지금도 알 수가 없다. 아마 그들은 지금에서야 이 글을 읽고, "세상에! 난 그런 뜻이 아니었어!!"라며 펄쩍 난색을 보일지도 모른다. 그러나 내가 그들의 의도를 얼마나 정확히 이해했는지는 그다지 중요하지 않다. 설령 그들의 의도를 잘못 알아들었다 하더라도, 어쨌든 나는 그 '잘못된 이해' 덕에 많은 것을 깨닫고 느꼈으니 그것으로 충분하다. 유창한 말 역시 듣는 사람의 마음에 따라 숱한 오해와 왜곡을 남기는 건 마찬가지니 말이다.

치유 의식

'천상의 계곡'에 남은 우리는 자연스럽게 각자의 수행을 시작했다. 마치 약속이나 한 듯 모두가 묵언에 들어갔고, 나를 포함한 몇몇 히피들은 버려진 사원의 넓은 처마 아래 주로 머물며 명상에 집중했다. 정해진 시간표나 규율은 없었다. 그저 각자의 흐름대로 자연과 내면에서 자신만의 고요함을 따르는 수행이었다.

아침이 되면 다니엘은 싱잉볼을 울리며 명상 시작을 알렸다. 단체 명상을 원하는 사람들은 사원의 처마 아래 자리 잡고 앉아 각자 명상을 시작했다. 몇 분을 하든 몇 시간을 하든 자신의 마음을 따랐고, 명상의 방법도 정해져 있지 않았다. 우리는 단체 명상을 하지 않을 때도 침묵과 명상적 기운을 유지했다. 그리고 각자 예술 활동을 하거나 자연에서 휴식과 놀이를 즐겼다. 사원에서 집중해서 수행하는 우리를 위해 다른 히피들이 요리와 뒷정리를 맡아주었고, 로지는 하루에 두 번씩 사원으로 음식을 가져다주기도 했다.

'천상의 계곡'에 오기 전까지 나는 명상을 제대로 해본 적이 없었다. 이리저리 날뛰는 생각과 다리 저림, 지루함으로 명상은 고문으로 변해버리기 일쑤였다. 명상을 제대로 하는 것인지 확신도 없었다. 전에 크리스토스는 명상에 성공과 실패가 없고, 명상 중에 찾아오는 모든 '방해물'조차 명상의 과정이라고 했다. 그에 따르면 일어나는 모든 생각, 감정, 감각, 상황을 '좋고 나쁨'으로 판단하지 않고 있는 그대로 바라보는 것이 바로 명상이다. 따라서 명상은 '잘 되고, 잘 안되고'가 없다. 하지만 나는 그의 말이 이해되지 않았다. 눈을 감고 있는데 대체 뭘 바라보라는 건지, '방해물'은 명상 집중에 방해만 될 뿐인데 이게 어떻게 명상의 과정이 된다는 건지. 그리고 이 모든 지루한 행위를 통해 결국 내가 깨달아야 하는 게 무엇인지, 명상의 방법도 목적도 도통 알 수가 없었다. 따라서 나는 '명상은 나의 길이 아니야!'라고만 생각했다.

그런데 '천상의 계곡'에 온 이후로, 나는 점점 명상의 순간에 머무는 일이 많았다. 지금껏 느껴본 적 없는 강렬한 느낌들에 온전히 집중했고, 조용히 나의 몸과 마음, 자연에 의식을 기울였다. 어쩌면 나는 명상을 한다기보다 그저 고요함 속에 머물고 싶었는지도 모른다. 여전히 나는 눈을 감고 무엇을 해야 하는지, 이것을 해서 무엇을 찾게 되는지 알지 못했다. 그저 '호흡에 집중하라'와 '어떤 생각이 찾아오든 받아들이라'는 말을 기억하며 사원의 처마 아래 앉아 시간을 보냈다.

그렇게 며칠이 지났다. 천상의 계곡에는 완전한 고요가 피어났다. 열댓 명의 히피들이 분명 다 함께 한자리에 있으나 동시에 각자의 물방울 안에 존재하는 느낌이었다. 우리는 서로에게 위안받으면서도 자유로웠다. 한 가지 재미있던 것은 우리 중 누구도 앞날을 미리 계획할 수 없다는 사실이었다. 모든 이가 침묵 속에 있으니 아무런 이야기를 나눌 수 없고, 따라서 그 어떤 계산이나 계획도 불가능했다. 모든 결정은 홀로, 자신의 직관과 자신만의 흐름에 따라 일어날 것이다. 말을 하지 않음은 머릿속 생각을 잠재우고 그저 가슴을 따르도록 한다던 로지의 이야기가 떠올랐다. 나 역시 내일에 대한 모든 걱정을 내려놓고 앞으로 가슴에 어떤 일이 일어날지만을 조용히 지켜보기로 했다.

'집중 수행'의 마지막 날이다. "오늘 *'의식'을 수행하겠습니다!*" 하고 크리스토스가 말했다. 나는 그 말이 참 반가웠다. 다른 여느 때보다도 더 마음을 가다듬고 신성한 기운을 모으며 의식을 준비했다.

사원 앞 잔디밭에 모두가 모였다. 크리스토스는 지난번 의식 때처럼 푸른색 '신'이 그려진 천을 벽에 두르고, 그 앞에 여러 도구와 악기들을 늘어놓았다. 히피들은 각자 담요를 가지고 나와 잔디 위에 깔고 그 위에 편히 누웠다.

나는 가부좌를 틀고 앉았다. 그리고 지금, 이 순간에 온전히 '현재'하고자 정신을 또렷이 깨워 놓았다. 모든 감각을 열어놓고 호흡에 집중하며 크리스토스의 안내를 성실하게 따라갔다. 크리스토스가 만들어 내는 소리, 나의 숨결, 피부에 스치는 바람까지 모든 자극을 섬세하게 느꼈다. 머릿속에 여전히 많은 생각이 찾아왔지만, 그 생각들은 나의 집중을 크게 방해하지 않았다. 생각들은 가벼웠고 나는 그것들을 가뿐히 흘려보냈다.

다리가 저렸다. 하지만 신기하게도 육체적 불편함 역시 큰 방해물이 되지 않았다. 통증을 느끼긴 했지만, 이 감각이 고통으로 느껴지지 않았다. 이때 나는 서서히 깊은 어딘가로 빠져들었는데, 처음 느끼는 강렬한 기운에 사로잡혀 다리 저림 따위의 감각에는 크게 신경 쓸 수가 없었다. 점차 나는 감각을 느끼지 못했다. 아니 더 정확히 말하자면, 다섯 가지 감각기관으로 들어오는 자극을 분명히 인지했으나, 이 자극을 느끼는 나의 몸이 내 것이 아닌 것 같은 느낌이었다. 다리도 더는 불편하지 않았고 내가 지금 손 자세를 어떻게 취하고 있는지도 인지할 수 없었다. 그런데 나는 이 상태가 참으로 편안하고 안락했다.

그리고 눈물. 눈물이 한없이 솟구쳤다. 슬픈 생각을 하지도 않았는데 이유 모를 눈물이 마구 흘러내렸다. 도대체 이 눈물이 어디에서 그리고 왜 흘러나오는 것인가? 도무지 이해할 수 없었다. 호흡에 집중할수록 더 강렬한 기운에 사로잡혔고, 눈물이 더 쏟아져 내렸다.

그때였다. 누군가가 작은 종을 울렸다. 그리고 종의 울림과 함께 머리끝부터 발끝까지 온몸에 강한 전기가 흘렀다. 강렬한 전율이었다. 그리고 그 전율과 함께 걷잡을 수 없을 정도로 더 많은 눈물이 터져 나왔다. 얼굴은 눈물과 콧물로 범벅됐고, 파리들이 얼굴로 모여드는 것이 느껴졌다. 그러나 나는 조금도 개의치 않았다. 파리의 움직임이 얼굴을 매우 간지럽히긴 했지만, 그 자극에 별다른 반응을 주고 싶지 않았다. 그 어떤 외부 자극에도 방해받지 않고 그저 그 상태 그대로 머물고 싶었다.

얼마나 시간이 지났을까…. 의식이 끝난 듯했다. 사람들은 각자 돌아가며 소감을 이야기했다. 하지만 나는 아직 눈을 뜰 수 없었다. 눈물이 계속 쏟아졌고 여전히 강렬한 전율에 사로잡혀 있었다. 내가 나의 몸으로 앉아 있는 것이 아니라 어떤 강력한 힘으로 그곳에 존재하는 기분이었는데, 그 '힘'의 품은 참으로 편안하고 포근했다. 평온. 나는 무엇인가와 온전한 일체감을 느끼며 평온 속에 존재했다. 의식이 끝났다는 걸 알았지만 나는 그 기운을 깨트리고 싶지 않았다.

그렇게 한참을 '힘' 안에 있다가 서서히 돌아왔다. 천천히 눈을 떴다. 눈물이 멈췄고 나의 손과 다리가 느껴졌다. 내가 왜 그렇게 눈물을 흘린 것인지, 이 강렬한 기운은 도대체 어디서 비롯된 것인지, 명상, 의식 이런 것들은 다 무엇을 위한 것인지, 모든 것이 혼란스러웠다. 하지만 동시에 모든 것이 명료했다. 나는 이 모든 '이해할 수 없는 것'들을 더는 이해하려 노력할 필요가 없다는 것을 강하게 느꼈다. 그리고 확신했다. 세상엔 '보이는 것' 너머의 영역이 분명히 존재한다. 우주, 의식, 신, 연결, 사랑, 위대한 정신, 더 높은 자아…. 그게 무엇으로 불리든 이제 나는 그 세계를 믿을 수 있을 것 같다.

몸과 마음을 천천히 추스르며 자리에 잠시 앉아 있었다. 가슴에서 분명한 목소리가 들려왔다.

새로운 여정을 시작할 때가 왔다. 그리고 그 여정은 반드시 홀로 행해져야 한다.

주변을 정리하고 로지에게 갔다.

"나는 오늘 이곳을 떠나려고 해. 이제 홀로 여정을 시작해야 할 때인 것 같아."

그러자 로지는 노트를 꺼내 무언가를 적더니 내게 노트를 건네주었다.

너는 내게 정말 많은 영감을 줬어. 네가 길에서 창조해낼 모든 것이 정말 기대가 돼. 고마워.

로지가 처음으로 글로써 마음을 전했다. 나는 로지를 뜨겁게 껴안았다. 그리고 그에게 말했다.

"나는 아까 정말 완전히…. 아… 뭐라고 설명해야 할지 모르겠어."

로지는 내 앞에 무릎 꿇고 앉아 진지한 얼굴로 이야기를 듣더니, 말하지 않아도 다 안다는 표정을 지었다. 나는 말을 멈추었다. 로지에겐 굳이 말로 설명할 필요가 없다. 말없이 로지의 맑은 눈을 한참 바라보았다. 우리는 무릎을 꿇고 앉아 서로의 이마와 손등에 키스하고, 포옹하고, 다시 키스했다.

'천상의 계곡'으로 돌아와 가족들에게 작별을 고했다. 사랑하는 나의 히피들은 손을 맞잡고 이런 노래를 불렀다.

Dear friend, dear friend, 나의 친구여, 사랑하는 친구여,

Let me tell you how I feel. 내가 느끼는 바를 말해줄게요

You have given me so much pleasure. 그대는 내게 정말 많은 기쁨을 주었어요

I love you. 나는 그대를 사랑해요

사랑의 마음을 어떻게 말로 다 전할 수가 있을까. 나는 이들에게 일일이 사랑한다고 말하는 하는 대신, 이들과 손을 잡고 함께 노래를 불

렀다.

이제 정말 '천상의 계곡'을 떠날 시간이었다. 숲을 나서는데 몇몇 히피들이 캠프 입구까지 쫓아 나왔다. 우리는 한 번 더 깊은 포옹을 했다. 알렉스는 "우리는 레인보우 가족이에요~~ 떠나지 마요~~ 우리와 함께 머물러요~~~"라는 노래를 애타게 불렀다. 슬픔과 아쉬움에 도무지 발이 떨어지지 않았다. 누구에게도 할 수 없는 원망을 울먹임과 함께 뱉어냈다.

"아, 내가 지금 왜 떠나려는 건지 모르겠어. 나 내일 다시 돌아올지도 몰라."

그러자 크리스티나가 말했다.

"오, 그래. 제발 돌아와. 그리고 이왕이면 먹을거리와 함께 돌아와 줘. 지금 식량이 다 떨어져버렸거든. 하하하하."

배웅하는 히피들을 뒤로하고 숲을 나섰다. 그들이 나를 볼 수 없을 정도로 떨어진 곳에 서서 히피들의 모닥불을 바라보았다. 이제 곧 그들이 내게 보낼 사랑의 작별 인사를 가슴에 담고 싶었다.

먼저 나의 히피들이 외친다.

"우리는! 너를! 사랑해!"

나도 그들에게 외친다.

"나도! 너희를! 사랑해!"

생존과 사랑을 초월한 세계

'레인보우 카라반' 여정 이후 나의 여행 방식에 큰 변화가 찾아왔다. 나는 계획을 더는 만들지 않았다. 어디서 잘지, 어떤 루트로 갈지, 어디서 밥을 얻어먹을지 하는 모든 준비에서 과감히 벗어나 그야말로 내키는 대로 흐르는 무계획 여행을 시작했다. 물론 쉽지 않은 여정이었다. 나는 매번 두려움과 마주해야 했다. 오늘 과연 끼니는 때울 수 있을지, 지붕 아래서 잠을 잘 수는 있을지, 조금이라도 이동할 수 있을지, 누군가에게 납치되는 것은 아닌지. 무계획 여정에선 그 어떤 안전도 보장할 수 없다. 모든 생존 문제를 그저 하늘에 맡겨야 한다.

그렇다. 하늘. 사실 이것이 내가 그토록 무모한 여정을 감행하게 된 이유였다. 하늘에 대한, 보이지 않는 존재에 대한, 의식의 가능성에 대한, 사랑의 힘에 대한 레인보우의 진리가 과연 맞는 것인지 직접 경험하고 싶었다. 하늘에 나의 생존을 완전히 맡겨버리고, 순간의 흐름에 나의 길을 모조리 내어주며 그 '진리'를 스스로 증명해보고 싶었다.

레인보우들이 늘 말했던 것처럼 모든 존재가 하나로 연결되어 있다면, '지금, 이 순간'만이 실재이고 나의 현실을 창조해내는 것이 바로 내 생각과 믿음이라면…. 정말 이것이 진리라면, 세상에 내가 두려워할 것은 아무것도 없다. 모든 것은 구하는 대로 주어질 테니 생존이 두렵지 않을 것이고, 나의 존재가 사랑 자체이니 애써 사랑을 갈구할 필요도 없다. 즉, '생존'과 '사랑' 욕구에서 완전히 초월하게 된다.

인간의 기본적 욕구 두 가지를 초월하면 '무조건적 사랑'에 대한 궁극적 답을 찾게 될지 모른다. 내 목숨의 안위와 안락함만을 바라는 마음은 다른 이의 생존과 안녕을 더 중요시하는 마음으로 바뀔 것이고, 모든 이로부터 사랑받기만을 바라던 마음은 모든 사람을 사랑하는 마음으로 바뀔 것이다. 나의 에고에서 생겨난 원초적 욕망을 좇는 게 아니라 '더 높은 자신'의 고차원적 목적, 즉 '우리는 하나'라는 사랑의 진리를 추구하게 된다. 나는 이것을 '진리 욕구'라 부르기로 했다. 생존과 사랑 욕구마저 초월해 참된 자아, 참 존재로 진화하기 위한 욕구. 우리가 누구인지 그 근본의 진리에 다가가려는 욕구.

'0원살이' 여정을 이끄는 핵심 질문이 바뀌었다. '어떻게 해야 먹고살 수 있지?'에서 '어떻게 해야 먹고사는 것마저 두렵지 않을 수 있지?'로. '어떻게 해야 사랑받을 수 있지?'에서 '어떻게 해야 사랑이 될 수 있지?'로.

그렇게 또 새로운 세계가 열렸다. '우주'라는 무한하고도 신비로운 진리의 세계였다.

3
우주는 모든 것을 준비해놓았다

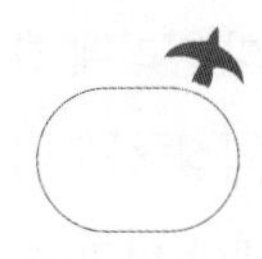

흐름을 믿는 연습: 세르비아

피난민이 아닌 자만 보호받는다

천상의 계곡을 떠나 그리스 에비아Évvoia 섬으로의 표류를 시작했다. 루트를 미리 결정하지 않고 그때그때 만나는 운전자의 목적지와 매 순간 나의 직관이 가리키는 방향에 따라 길을 정하기로 했다. 우주가 길을 안내할 것이라 믿으며 아무런 목적지 사인 없이 도로 위에 섰다. 그리고 마음속으로 넵튠이 한 말을 떠올렸다.

"히치하이크를 시작하기도 전에, 이미 우주는 모든 상황을 완벽하게 준비해놓았습니다. 완벽한 시간에, 완벽한 사람이 우리를 데리러 올 것이며, 우리는 완벽한 장소에 도착할 것입니다."

넵튠은 히치하이크야말로 흐름에 모든 것을 내맡기는 최고의 수행법이라고 했다. 나는 눈을 감고 넵튠의 따뜻한 음성을 떠올리며 마음을 차분히 가라앉혔다. 넵튠의 지혜는 그 어떤 히치 동행자보다 든든했다.

세르비아의 도로는 단순했고 사람들은 친절했다. 차를 10분 이상 기다리는 일도, 길을 복잡하게 고민할 필요도 없었다. 마침 마케도니아 방향으로 가는 운전자를 만났다. 이로써 루트가 정해졌다. 마케도니아를 지나 그리스로 간다.

운전자는 친절했다. 함께 식사하고 차도 마시면서 여행하듯 천천히 이동했다. 그리고 밤 9시가 넘어 세르비아-마케도니아 국경 근처 한 마을에 도착했다. 운전자 아저씨는 나를 마을 입구에 내려주고 자신의 목적지로 떠났다. 그렇게 나는 늦은 밤, 어딘지도 모르는 곳에 홀로 남겨졌다. 밤은 어두웠고 마을은 적막했다. 이제 어디로 가야 하나…. 막상 혼자가 되니 막막했다. 두려움을 떨쳐내려 넵튠의 말을 되뇌었다.

우리에게 벌어지는 모든 일은 이미 완벽합니다.
'더 높은 자신'에게 의존하세요.

그래. '더 높은 자신'을 믿어보자. 분명 안전하고 편안하게 오늘 밤을 보낼 수 있을 거야. 까짓것 어디든 텐트 치고 자면 되지 뭐. 씩씩하게 마을을 걸었다. 주변 야산에 들어가 과감히 캠핑할 용기까지는 없지만 마당이나 공원, 공터에서 하룻밤을 보낼 자신은 있었다. 그러나 아무리 걷고 걸어도 캠핑할 만한 장소는 보이지 않았다. 사람 한 명도 마주치지 못했다.

마침내 마당이 있는 집을 발견했다. 용기 내 문을 두드렸다. 2층 문이 열리고, 두건을 두른 아주머니가 나를 내다보았다. 나는 미소 지으며 "드라보!(Zdravo!)"(안녕하세요)라고 인사했다. 그러자 아주머니는 인상을 잔뜩 찌푸리더니 당장 꺼지라는 듯 손을 휘휘 저으며 뭐라 뭐라 소리치고 문을 휙 닫고 들어가버렸다. 아주머니의 반응에 잠시 당황했지만 이내 그녀 마음을 이해했다. 제아무리 친절한 세르비아인이어도 늦은 시간에 낯선 사람이 갑자기 문을 두드리면 거부감이 들 것이다. 그렇게 또 한참 잠자리를 찾아 마을을 헤맸다.

그러다 마당에 나와 있는 한 아주머니를 발견했다. 나는 더욱 상냥하고 씩씩한 목소리로 아주머니에게 인사를 건넸다. 그러자 이 아주머니 역시 뭐라 뭐라 말을 하며 손사래를 치더니 황급히 집 안으로 들어가버리는 게 아닌가. 두 번이나 냉대받자 의아해졌다. 세르비아인은 친절하고 손님을 지극히 환대하는 걸로 유명한데 이 마을 사람들은 왜 이렇게 경계심과 두려움을 보이는 걸까? 이러다 안전한 캠핑 장소를 못 찾으면 어쩌지? 아니야. 걱정하지 말자. 나는 어떻게든 오늘도 안전할 거야.

여러 차례 큰 숨을 내쉬고 마을 외곽을 따라 걸었다. 불이 켜진 집 한 채를 발견했다. 문을 두드리자 한 소녀가 얼굴을 내밀었다. 나는 소녀에게 얼굴 가득 미소 지으며 인사했다. 그러자 소녀는 깜짝 놀라며 후다닥 집 안으로 들어가 한 아저씨를 데리고 나왔다. 나는 아저씨에게 배낭 위에 달린 텐트를 보여주며 "캠핑! 캠핑!"이라고 말하고, 두 손을 포개 왼쪽 뺨에 갖다 대며 잠자는 시늉을 했다. 그리고 오른손을 눈썹에 대고 고개를 좌우로 살피며 '찾는다'라는 몸짓을 보였다. '캠핑할 장소를 찾고 있어요!'라는 의미였다. 아저씨는 내 말을 정확히 알아들었다는 듯 "캠프!"라고 외쳤다. 나는 매우 기쁜 목소리로 "예스! 예스! 캠핑!!"이라고 외쳤다. 그러자 아저씨는 고개를 끄덕끄덕하더니 자신 있게 따라오라며 길을 나섰다. 히피들과의 '몸짓으로 말해요' 훈련이 이렇게 유용하게 쓰이다니! 이 순간 나의 시끄러운 히피들이 얼마나 보고 싶었는지 모른다.

드디어 잘 곳을 찾았다는 생각에 신나게 아저씨를 따라나섰다. 한 10분 정도 걸었을까. 아저씨는 뒤에서 제 몸보다 더 큰 배낭을 메고 졸졸 따라오는 나를 흘긋 보더니 갑자기 이렇게 물었다.

"시리안?"

나는 속으로 '응? 갑자기 웬 시리안?' 하고 생각했지만, 아저씨의 질문을 대수롭지 않게 여겼다. 나는 "노노, 코리안! 코리안!"이라고 답했다. 아저씨는 아무런 대답도 하지 않았는데, 아무래도 '코리안'이라는 말을 못 알아들은 것 같았다. 아저씨가 나를 시리안으로 보든 코리안으로 보든 나는 그저 캠핑할 장소에만 가면 된다는 생각에 굳이 더 설명하지 않았다.

아저씨의 "시리안?"이라는 질문이 정확히 무엇을 의미하는 것인지 깨닫는 데에는 그리 오래 걸리지 않았다. 아저씨와 마지막 골목길에서 코너를 돌자마자 나는 외마디 탄식과 함께 멍하니 얼어붙었다. 아저씨가 나를 데려간 곳은 바로 시리아 난민 캠프였다.

마을의 중심처럼 보이는 거리는 수많은 난민으로 가득 차 있었다. 군데군데 텐트가 보이긴 했지만 사람들은 대부분 맨바닥에서 담요만 대충 덮고 거리의 쓰레기와 함께 널브러져 있었다. 그중엔 여자와 어린아이들도 수두룩했다. 그제야 나는 아저씨가 왜 “시리안?”이라고 물은 것인지, 아저씨의 “캠프!”가 어떤 캠프를 의미한 것인지, 왜 마을 사람들이 그토록 나를 경계하며 손사래 쳤는지, 모든 상황을 이해할 수 있었다.

세르비아와 마케도니아의 국경 옆에 자리한 이 마을은 시리아 난민들이 피난길에 지나가는 주요 코스였다. 그러니 커다란 배낭에 구질구질한 옷차림, 시커멓게 그을린 얼굴로 ‘캠핑! 캠핑!’을 외치며 밤거리를 헤매던 나는 그 누가 보아도 난민이었다.

그제야 상황이 파악된 나는 황급히 “아니에요!”라고 말하며 몸을 돌렸다. 그러나 아저씨는 이미 어딘가로 사라진 뒤였고, 거리에 모여 있던 시리아 난민 형제들만이 나를 빤히 쳐다봤다. 순간, 난민 캠프에서 여성을 대상으로 한 각종 범죄가 성행한다는 이야기가 생각났다. 난민 형제들로 바글바글한 그 거리에서 대체 어디로 발길을 떼야 할지 몰랐다. 나의 움직임이 더 많은 사람의 눈길을 끌까 봐 숨 쉬는 것마저 조심스러웠다. 그저 천천히 눈알만 움직여 주변을 살폈다.

그때, 거리 중앙에 서 있는 경찰이 눈에 들어왔다. ‘휴, 살았다!’라고 속으로 외치며 경찰에게 갔다. “실례합니다!”라고 말을 건넸다. 그러자 경찰은 다짜고짜 내게 알아들을 수 없는 말로 소리치더니 신경질적으로 손을 뻗으며 어딘가를 가리켰다. 경찰의 손이 가리키는 곳을 보니 사람들이 끝도 보이지 않는 긴 줄을 만들고 서 있었다. 오늘 이곳 난민 캠프에 처음 도착해 등록을 기다리는 난민들이었다. 경찰 역시 나를 난민이라고 생각한 것이다. 나는 경찰에게 '나는 난민이 아니에요!'라고 황급히 말하려 했다. 그 순간, 경찰 앞에 줄 서 있던 한 난민 자매와 눈이 마주쳤다. 생기 없는 눈빛과 기진맥진한 표정. 오늘 그녀가 얼마나 힘든 하루를 보냈을지 감히 짐작도 할 수 없을 만큼 지친 얼굴이었다. 나는 경찰관에게 하려던 말을 멈추고 조용히 긴 줄 끝으로 걸어갔다. 자신이 어쩌다 하루아침에 난민이 되었는지 자신조차도 도무지 이해할 수 없을 사람들 앞에서 "나는 난민이 아니에요!"라는 말은 차마 할 수 없었다. 그녀가 겪는 상황에 비하면 지금 나의 상황은 정말 아무것도 아닌데, 어떻게 감히 나를 도와달라고 할 수 있을까?

죄책감과 두려움이 뒤섞인 복잡한 감정으로 한참 줄을 서서 기다렸다. 오랜 기다림 끝에 내 차례가 되었고 경찰에게 다가갔다. 경찰은 다짜고짜 "페이퍼!(서류!)"라고 소리쳤다. 나는 그에게 조용히 설명했다.

"저는 한국 사람이에요. 여행 중이고 어쩌다 보니 이곳으로 왔어요. 여기서 어디로 가야 할지 몰라 경찰인 당신에게로 왔어요."

경찰관은 영어를 알아듣지 못했고 계속해서 "페이퍼!"라고만 외쳤다. 그와 도무지 말이 통하지 않을 것 같아 그에게 대한민국 여권을 내밀었다. 경찰은 내 여권을 훑어보더니 상사로 보이는 다른 경찰을 데려왔다. 나는 그 경찰에게 내가 지금 이곳에 어떻게 오게 되었는지 자초지종을 설명했다. 하지만 그 경찰 역시 나의 말을 이해하지 못하는 표정이었다. 물론 언어의 한계도 문제였지만 그보다는 나의 상황을 도저히 논리적으로 받아들이지 못한 듯 보였다. 난민도 아닌데 왜 이렇게 거지 같은 모습을 하고 있는지, 한국인 얼굴이 원래 이렇게 새까만 것인지 그리고 이렇게 늦은 밤에 왜 하필 여자 혼자 난민 캠프를 여행하고 있는지 경찰은 나의 처지를 납득하지 못했다. 결국 더욱 자세히 취조하기 위해 나를 근처 카페로 데려갔다.

경찰은 영어를 잘하는 청년 하나를 데려왔다. 밝은 불빛 아래 취조가 시작되었다. 나는 통역 청년과 경찰관을 번갈아 쳐다보며 내가 지금 어떤 식으로 여행하는지, 오늘 이곳에 어떻게 오게 되었는지, 어디로 가고 있는지를 설명했다. 그러나 경찰은 나의 설명을 들으면 들을수록 더 이해하기 어렵다는 표정을 지었다. 그리고 계속해서 비슷한 질문을 했다. 아마도 그는 '혼자서, 돈 한 푼 없이, 세계를 떠도는 여자'의 존재를 받아들이지 못하는 듯했다.

중간에서 통역하는 청년과 카페 주인은 나의 이야기를 상당히 흥미롭게 들었다. 카페 주인은 우리에게 커피와 간식까지 내어주며 대화에 참여했다. 그러나 경찰관은 끝까지 나의 말을 믿지 못했다. 계속 의심의 눈길을 보내며 "놀쓰 꼬레안? 놀쓰 꼬레안 레퓨지?(혹시 북한 사람 아니오? 북한에서 도망쳐 이곳으로 온 것 아니오?)"라고도 물었다. 결국 경찰은 상급 기관을 통해 나의 신원을 최종적으로 확인했고, 그제야 내가 정말 '싸우쓰 꼬레아'에서 온 자발적 여행자라는 사실을 겨우겨우 받아들였다.

마침내 취조를 마친 경찰이 내게 말했다.

"이제 가도 좋소."

나는 어이가 없다는 표정으로 물었다.

"어디를요?"

경찰은 말했다.

"당신의 신원을 확인했으니, 이제 어디로든 가려던 곳으로 가도 된다는 말이오."

나는 기가 막힌다는 듯 웃으며 답했다.

"나는 지금 갈 곳이 없어서 당신에게 온 건데 나더러 대체 어디를 가라는 거예요?"

그러자 경찰 역시 어처구니가 없다는 표정으로 말했다.

"택시를 타고 호텔을 가든 터미널로 가든 어디로든 가면 되잖소."

나는 '지금까지 내가 한 이야기를 대체 뭐로 들은 거야!'라고 생각하며 한숨을 크게 내쉬었다.

"나는 돈이 없다고요. 히치하이크로만 여행하고, 호텔을 이용하지도 않아요. 내일 마케도니아에 갈 거예요. 오늘은 그냥 여기 카페에서 밤을 새우고, 내일 아침 날이 밝는 대로 떠나면 안 될까요?"

그러자 경찰은 단호히 말했다.

"이곳은 위험해서 안 되오. 보지 않았소? 온 거리가 난민으로 가득 차 있는 걸 말이오. 당신은 범죄의 타깃이 될 수도 있소. 우리가 당신만 밤새도록 지켜봐 줄 수도 없으니 당신은 이곳을 떠나야 하오."

나는 막막한 표정으로 말했다.

"이 늦은 밤에 이 카페를 나가서 이보다 더 안전한 곳을 어떻게 찾아요? 도대체 지금까지 제 신분을 왜 확인한 거예요? 나를 보호하려는 게 아니라 내가 위험한 사람인지 아닌지 확인하려고 나를 붙잡아

둔 거예요? 만일 내가 위험한 사람이면 계속 붙잡아 둘 건가요? 그러면 차라리 '위험한 사람' 할게요. 나를 경찰서로라도 끌고 가주세요."

경찰은 아무 말도 하지 못했다.

잠시 정적이 흐르고 통역해준 청년이 조심스레 말을 꺼냈다.

"저는 어머니, 형과 함께 이 마을에 살아요. 저는 오늘 일 때문에 집에 들어가지 못하지만 집에 어머니와 형이 있을 거예요. 혹시 괜찮다면 이분을 우리 집에 머무르게 해도 될까요?"

경찰은 의심의 눈초리로 그 청년을 바라보았다. 썩 내키지 않는다는 표정이었다. 그 청년을 믿을 수 없던 것인지, 아니면 나를 믿을 수 없던 것인지 이유는 알 수 없다.

결국 나는 그 청년의 집으로 호송되었다. 맛있는 음식을 배불리 먹고, 따뜻한 물로 몸을 씻고, 인터넷까지 사용한 후에 넓고 안락한 침대가 있는 방으로 안내받았다.

포근한 침대에 큰대자로 누워 하루를 되돌아보았다. 우여곡절이 많았지만 결국 안전하고 편안하게 이 밤을 보내고 있다. 나의 기도와 믿음대로, 모든 일이 기적처럼 일어났다.

정말 '더 높은 자신'이 나를 지켜주고 있는지도 몰라.

보드라운 침대에 몸을 파묻었다. 금방이라도 잠이 쏟아질 것 같았다. 하지만 잠을 이룰 수 없었다. 눈을 감고 얼마 지나지 않아 오늘 길거리에서 본 난민들의 모습이 떠올랐다. 죽음을 무릅쓴 피난 여정의 노고를 미처 풀지도 못한 채, 길거리에서 춥고 배고픈 밤을 보낼 사람들. 어쩌면 전쟁보다 더 끔찍한 범죄에 노출되어 공포에 떨고 있을 여인과 아이들…. 거리에 움츠리고 있던 여인과 침대에 대자로 누워 있는 나의 모습이 겹쳐 죄책감에 사로잡혔다. 나는 피난민이 아닌 덕에 침대에 누워 있고 그들은 피난민이라는 탓으로 거리에 웅크려 있다. 정작 안정과 보살핌을 받아야 할 사람은 내가 아닌 그들인데. 이토록 모순적인 특별 대우를 받고 누린 자신이 부끄러웠다. 나는 보호받아야 했던 것이 아니라 그들을 보호해주었어야 했고, 그들에게서 도망가야 했던 것이 아니라 그들의 손을 잡아줬어야 했다.

난민들은 지금, 어쩌면 전쟁보다 더 잔인한 폭격을 겪고 있는지도 모른다. 냉대와 멸시, 혐오, 차별의 폭격 말이다. 나는 오늘 잠시 피난민으로 오해받으며 시리아 사람들이 타국에서 겪을 또 다른 수난을 아주 조금이나마 경험했다. 사람들은 나를 거부했고 내게 소리쳤다. 서럽고 비참했지만 나는 괜찮다. 어쨌든 내일이 되면 나는 다시 여행자가 될 것이고, 새로운 땅으로 떠날 수 있으며, 언제든 엄마의 땅으로 돌아갈 수 있으니 말이다. 당장 전쟁 상황에 부닥쳐 있지 않은 나라의 여권을 지닌 나는 어디를 가든 자유를 누리고 보호받는다. 하지만 시리아 가족의 내일은 달랐다. 그들은 내일 아침이 밝아도 여전히 난민이다. 세상에 그들을 환영하는 곳은 많지 않고, 그들은 자유로이 국경을 넘을 수도 없으며, 정겨운 고향으로 다시 돌아갈 수도 없다. 그들은 떠돌이의 삶을 스스로 선택하지 않았다. 어느 날 갑자기 고향은 전쟁터가 되었고 난민이 되었다. 그들은 자신들의 처지를 이해하기보다는 체념한다. 이토록 비참하고 서러운 고아의 삶을 언제까지 겪어내야 하는지 앞날도 알 수 없다.

분리된 세상, 평화의 열쇠를 찾아서

이들은 대체 왜 이런 고통을 겪어야만 하는 것일까? 전쟁 없는 세상은 없을까?

장교는 나의 오랜 꿈이었다. 대학교를 졸업하자마자 여군 사관에 지원했다. 양어깨에 다이아몬드를 달던 날, 한쪽 어깨에 '조국 수호'를, 다른 한쪽엔 '세계 평화 유지'라는 사명을 올렸다. 빛나는 두 다이아몬드가 눈물겹도록 자랑스러웠다.

전방 지역 신병교육대에서 소대장 및 교관 임무를 수행했다. 이제 막 머리를 깎은 스무 살 남짓한 훈련병들에게 전투기술을 가르쳤다. 내가 "돌격 앞으로!"라고 외치면 그들은 함성을 지르며 보이지도 않는 총탄을 피해 달렸다. 참호 안으로 연습용 수류탄을 던지고 허공에 총검을 휘둘렀다. 전쟁 상황이라면 이들은 내 외침에 빗발치는 총탄을 뚫고 내달릴 것이며 총검 끝으로 상대를 죽일 것이다. 훈련이라고 해도 눈에 살기가 가득할수록, 총검을 잔인하게 휘두를수록 나는 높은 점수를 주어 칭찬했다.

그러던 2010년 11월, 임관 후 2년이 훌쩍 지난 어느 날이었다. 연평도 포격전이 일어났다. 북한의 갑작스러운 도발에 한반도 전체가 긴장과 불안에 휩싸였다. 금방이라도 전쟁이 일어날 것 같았다. 전방 지역은 전시 수준에 가까운 준비 태세를 취했다. 간부를 포함한 전 부대원이 완전 군장으로 영내 대기했고 전투복을 입은 채로 취침했다. 신병 교육을 중단하고 전시 임무 훈련을 했다. 최전방 부대원들은 영정사진을 찍고 유서를 썼다. 간부들은 가족에게 전화를 걸어 당분간 집에 들어가지 못한다고 알렸다. 우리 부소대장은 임신 중인 아내와 세

살배기 딸과 영상통화를 했다.

소대원들은 겁에 질린 눈빛으로 내게 물었다.

"소대장님. 우리 이제 어떻게 되는 겁니까? 정말 전쟁이 납니까?"

부모님과 친구들의 전화도 끊이지 않았다.

"상황이 어떠니? 괜찮은 거야? 전쟁 나면 우린 어떻게 해야 하니?"

그들을 안심시키고자 애써 담담한 척했다. 그러나 어른인 척하기엔 그때 내 나이가 고작 스물다섯이었다. 어깨 위 다이아몬드가 두렵도록 무거웠다.

비상 대기 상태로 일주일 정도가 지났다. 다행히 전쟁은 일어나지 않았고 모든 것이 평시 상태로 돌아왔다. 그러나 포격전 중 사망한 4명의 소중한 목숨은 돌아오지 못했다. 이와 함께 '조국 수호'와 '세계 평화 유지'라는 나의 사명도 다시 돌아오지 않았다. 머릿속에 질문이 가득했다.

평화란 무엇일까? 평화를 지키고자 전쟁을 벌이는 게 과연 정당한 걸까? 지금의 평온한 일상이 계속 이어지는 게 평화 아닐까? 일상이 무너지고, 사랑하는 사람들이 죽고, 집이 허물어지는데 어떻게 전쟁으로 평화를 이룬다는 걸까? 조국이란 뭘까? 도대체 무엇을 위해 조국의 수많은 아들딸이 목숨을 내놓아야 하는 걸까? 국가를 지키고자 살아 있는 국민을 사지로 보내는 것이 당연한 의무일까?

'조국 수호'를 위해 조국의 아들딸을 죽이고, '세계 평화 유지'를 위해 현재의 평화를 파괴하는 일이 더는 자랑스럽지 않았다. 결국 나는 3년의 의무 복무를 마치고 군대를 나왔다.

이 책의 원고를 마무리하던 무렵, 러시아가 우크라이나를 침공했다. 며칠 안에 전쟁을 끝내겠다는 러시아의 말과는 달리 장기전으로 돌입한 지 오래다. 수많은 사상자와 피난민이 발생했고 피해자는 우크라이나인만이 아니다. 러시아 군인 역시 전쟁의 피해자다. 그 가족들은 어떠한가. 개인의 신념이나 명분이 아닌 국가적 목적으로 누군가는 전쟁터로 끌려가고, 누군가는 가족을 잃었다.

전쟁터에서는 두 가지 가능성만 있다. 자신의 목숨을 잃거나 다른 이의 목숨을 뺏거나. 어느 쪽이든 무엇이 됐든 군인들은 전쟁에서 지옥을 경험한다. 누구도 원치 않는 전쟁이다. 하루빨리 전쟁을 멈춰야 한다. 전문가들은 전쟁이 좀처럼 끝나지 않으리라 전망한다. 하지만 나는 희망을 잃지 않는다. 나는 전장戰場에서 피어난 한 송이 꽃을 보았기 때문이다. 연민의 꽃이다.

전쟁 초기, 자신의 나라에 침범한 러시아 아들들에게 우크라이나 엄마들은 빵과 차를 내어줬다. 이에 러시아 아들은 눈물을 터뜨렸다. 전쟁을 원치 않는 러시아 군인들의 양심 고백도 이어졌다. 한 러시아 군인의 간절한 호소가 나의 가슴을 울렸다.

길거리에서 울고 있는 여성을 보고 저는 깨달았습니다. 우리가 지금 무슨 짓을 하는 건지……. 러시아에 물어보세요. "우크라이나의 피를 원합니까?"라고요. 한 바보만 "예"라고 말할 겁니다. (군인) 여러분, 용기를 내세요. 당신의 사령관에게 저항하십시오. 이건 집단 학살입니다. 사람들이 죽고 있습니다. 죽음의 씨앗을 뿌리면 안 됩니다. 우리는 생명의 씨앗을 뿌려야 합니다.

내가 그랬듯 이 군인 역시 '사람 죽이는 기술'을 수도 없이 훈련해 왔을 것이다. 조국을 위해 다른 나라를 파괴하는 것도 서슴지 않아야 함을 자신의 사명으로 여겼을 것이다. 그랬던 그가 전장에서 피와 눈물을 마주한 순간, 가슴에서 피어나는 진정한 사명을 깨달았다. 우리가 지켜야 할 것은 조국이 아니라 '생명' 자체이고, 우리가 따라야 할 것은 명령이 아닌 '양심'이며, 우리가 원하는 것은 승리가 아닌 '평화'라는 것을 말이다.

그 어떤 전쟁도 명분이란 있을 수 없다. 평화 자체가 수단이자 목적이 되어야 하며, 전쟁이야말로 인류가 물리쳐야 할 적이다. 지켜야 할 사람과 죽여야 할 사람이 따로 있지 않다. 러시아 군인도 우크라이나 군인도 모두 소중한 생명이다. 모든 군인이 전쟁과 살인을 거부하고, 적과 원수에게 빵을 내어주고, 내 나라 네 나라 구분 없이 모두가 하나의 나라로 사는 세상. 국경도 국가도 존재하지 않는 꿈같은 세상을 우크라이나 전장에서 기도해본다.

경계 없는 세상

국제기구에서 일하던 친구가 언젠가 내게 이런 말을 한 적이 있다.

"너는 국가가 존재하지 않는 세상을 꿈꾼다고 했지? 하지만 너는 국가 없는 자들의 설움을 몰라. 국가는 우리의 자유와 생명을 보호하는 엄마와 집의 역할을 하는 거야. 국가를 잃은 난민들은 엄마도 집도 없는 그야말로 비참하고 서러운 떠돌이 고아의 삶을 살아가야만 해."

맞는 말이기도 하다. 시리아 난민 캠프에 남겨졌던 날, 나는 대한

민국 여권 덕에 안전을 보장받았다. 그 덕에 내일도 자유롭게 세계를 누빌 수 있다. 그러니 국가가 나를 보호한다고 말할 수도 있다. 하지만 나는 다른 식으로도 생각해본다. 지금 나를 보호하는 것은 국가이지만, 지금 시리아 사람을 무참히 죽이는 것 역시 국가다. 지금 대한민국이 나를 보호한다지만 과거에는 대한민국이 무수히 많은 국민을 죽였으며, 앞으로 그런 일이 다시 일어나지 않을 것이라는 보장도 없다. 자국의 이익을 위해 다른 나라의 국민을 무참히 죽일 수 있는 것이 강인한 국가의 실체다.

현명한 선거를 통해 '좋은' 지도자를 뽑고 '강인한' 국가를 만들어야 한다고 말하고 싶은가? 그러니 선거와 민주주의가 가장 중요하다고 말이다. 그래서 결국 '좋은' 지도자가 '강인한' 국가를 만들어 자국민을 보호하고 국민의 이익을 위해 다른 나라의 국민을 무참히 죽인다면, 그것이 과연 '좋은' 지도자와 '강인한' 국가의 옳은 역할이라 할 수 있을까? 좋은 국가든 나쁜 국가든, 애초부터 국가와 경계가 존재하지 않는다면 어떨까? 나의 생존과 자유를 보장하는 것이 반드시 국가, 대한민국이어야 할까? 만일 '지구' 자체가 우리 모두의 국가가 된다면, 이 땅에 어떤 경계선도 존재하지 않고, 사람 사이에 그 어떤 분리도 없이 모두가 하나의 가족으로 이 땅을 평화로이 공유한다면 어떨까? 그러면 우리를 위협할 적도 없고 지켜야 할 나의 조국도 꼭 필요한 존재가 아니지 않을까? 존재하지도 않는 국가와 경계 때문에 고통과 수모를 받아야 하는 사람도 없지 않을까?

지금과 같은 세계 시스템에서는 국가를 잃은 사람이 겪는 수난이 참으로 끔찍하다. 거대한 국가 체계 대신 모든 인류가 아주 작은 단위의 자급자족 영적 공동체 사회로 살아간다면 어떨까? 국가와 경제 시스템이 아닌 자연과 자신의 노동력만으로 자립 생존하고, 자신에게 필요한 만큼의 의식주 이상은 욕심내지 않고, 우리가 모두 하나의 가족이라는 진리를 실현하며 사는 공동체 말이다.

이런 '경계 없는 세상'의 개념을 이야기하는 내게 몽상가 같다고, 헛소리하는 게 아니냐고 할지도 모른다. 하지만 나는 이 소망이 절대로 실현 불가능한 공상이라고 생각하지 않는다. 레인보우의 보호막 아래서 지금껏 어디서도 느껴보지 못한 안전과 자유를 경험하면서 진정으로 나를 지켜주고 보호하는 것은 국가나 혈연 가족이 아니라 사랑과 가족애라는 것을 깨달았다. 안정을 취하고 치유하는 장소 또한 고향이나 모국이 아니라 지구와 자연 그 자체라는 것을 절실히 경험했다.

세계의 평화든 마음의 평화든 모든 평화의 열쇠는 단순한 하나의 진리 속에 있다고 믿는다. '모든 존재는 하나로 연결되어 있다'라는 진리 말이다. 이 '하나의 연결' 속에서는 내가 당신이고 당신이 곧 내가 된다. 누가 누군가를 착취할 필요도, 위협할 이유도, 공격할 동기도 모두 사라지고, 모든 존재를 자신처럼 아끼고 사랑하게 된다. 돈과 권력에 욕심내지도 않고, 다른 사람과 다른 나라의 것을 빼앗으려 하지도 않고, 굳이 세계를 정복하려 하지도 않을 것이며, 자연을 파괴하지도 않을 것이다. 평화에 이르는 길은 어쩌면 참으로 단순하고 간단한 일일지도 모른다. 복잡한 정치나 막대한 예산의 평화 사업, 그리고

'평화 유지군'으로 달성하는 것이 아니라 인간 개개인의 가슴에서 나오는 사랑으로 이룰 수 있다.

우리의 가슴을 사랑으로 가득 채우는 것 그리고 그 사랑을 타인에게 조건 없이 나눠주는 것은 말처럼 쉬운 일은 아니다. 우리가 하나라는 것을 믿겠다는 나조차도 난민 형제들을 '나에게 위협을 가할 사람'으로 분리했고 그들을 피해 도망치려 했다. 그날 밤 나는 이런 나의 위선에 심히 자책했다.

나는 참으로 오랜 시간 '분리'의 세상을 실재라 믿었다. 분리된 세계에서는 두려움과 이기심이 나의 생존을 지켜주는 갑옷과도 같았다. 이 두꺼운 갑옷을 벗기고 나와 남을 진정한 하나로 여기며 사랑하기에는 많은 수행과 깊은 믿음이 필요하다. 마음처럼 되지 않는 나의 모습에 때때로 절망하곤 하지만 나는 믿는다. 나를 포함한 모든 인간이 결국 '하나의 사랑'의 길로 가게 될 것임을 말이다.

사랑의 세상에 다다르는 것, 완벽한 인격에 이르는 것, 완전한 평화를 이뤄내는 것은 지금 당장 눈앞에서 실현할 수 있는 마법이 아니다. 그렇다고 노력으로 성취할 수 있는 어떤 목표도 아니다. 그저 언젠가 나의 때가 되었을 때 그곳에 저절로 이르러 이미 그 상태에 존재하는 자신을 발견하게 될 것이다. 적어도 그곳에 가겠다는 믿음을 잃지 않는다면 말이다.

어쩌면 나는 앞으로도 수백 번 더 '말뿐인 위선자'가 될지도 모른다. 하지만 나는 앞으로도 계속해서 "우리는 하나이며, 나는 사랑의 힘을 믿는다!"라고 당당히 말할 것이다. 나는 말이 가진 창조적 힘을 믿기 때문이다. 나의 말이 결국엔 나의 행동과 삶을 진리와 완벽히 일치하도록 이끌어줄 것을 믿는다.

이제 내 어깨에는 다이아몬드가 없다. 대신 나는 가슴에 더 반짝이고 단단한 보석을 새겨놓았다. 모든 생명을 사랑하고, 마음의 평화를 통해 세상의 평화를 이루자는 사명 말이다.

믿음으로 소망하자. 당신과 나, 우크라이나 러시아, 시리아 가족, 우리 모두의 길에 늘 기적이 가득할 것임을, 언제나 사랑이 지켜줄 것임을, 이 세상 모든 분쟁 지역에 기적이 찾아올 것임을, 사랑과 평화가 환히 비출 것임을.

고생과 기적은 함께 온다: 마케도니아

마케도니아로 넘어온 이후에도 루트나 목적지를 정하지 않았다. 그때그때 만나는 운전사들의 방향과 추천에 따라 여기저기를 누볐다. 물론 하루 만에 곧장 그리스로 달려갈 수도 있었다. 만일 그랬다면 굳이 그 많은 '고생'을 겪지 않았을 것이다. 하지만 또 그 많은 '기적'도 경험하지도 못했을 것이다. 무계획 여정엔 고생과 기적이 늘 함께 온다. 그러니 기적을 경험하려면 앞서 오는 고생 또한 기쁜 마음으로 받아들여야 한다.

한 번은 "마케도니아에 왔으면 오흐리드 호수Ohrid Lake는 꼭 보고 가야지요."라는 운전사의 말에 그날 밤 무작정 오흐리드 호수로 향했다. 호숫가에서 며칠간 캠핑하려고 했다. 안타깝게도 첫날 새벽부터 비바람이 몰아쳤고, 앞으로 며칠간 내리 비가 온다는 소식에 황급히 캠핑을 철수했다. 당장 어디로 가야 할지 몰랐다. 비에 젖어 호수 주변을 방황했다. 전날 저녁부터 아무것도 먹지 못했으니 배도 매우 고팠다. 어디서 구걸이라도 해야 하나, 하면서 주변을 살피던 그때였다. 기적처럼 사과가 주렁주렁 열린 야생 사과나무를 발견했다. 나는 마치 구원의 열매를 발견한 것처럼 사과나무를 부여잡고 감사 기도를 했다. 이날 이후로 사과나무는 내가 가장 좋아하는 과실수가 되었다.

사과로 주린 배를 채우고 다시 호숫가를 배회했다. 비가 더 세차게 내렸다. 호숫가 근처 레스토랑에 들어가 양해를 구하고 테라스에 앉아 비가 멈추길 기다렸다. 마침 한 손님이 테라스로 나와 앉더니 내게 말을 걸었다. 한참 대화하고 나서 그는 나를 자기 집으로 초대했다. 그날 나는 맛있는 생선요리와 시원한 맥주를 즐기며 편안한 밤을 보냈다.

며칠간 마케도니아를 정처 없이 떠다니다 그리스에 도착했다. 당시 그리스가 처한 경제 위기는 매우 심각했다. 경제 상황이 어려우면 사람들의 두려움과 이기심도 커지게 마련이다. 그리스 여정이 쉽지 않을 거라며 스스로 마음의 준비를 단단히 했다. 다행히 나의 예상은 어긋났다. 다른 동유럽 나라보다 히치하이크에 시간이 오래 걸렸지만, 그리스 사람들 역시 참으로 관대하고 친절했다.

한 번은 도로 옆에 쭈그리고 앉아 목적지 사인을 적고 있는데 길 건너편에서 한 아주머니가 달려왔다. 아주머니는 그리스어로 사인을 대신 적어주었다. 이것만 해도 정말 감사한데, 빵과 음료수와 온갖 과

일이 담긴 커다란 봉투를 건넸다. 또 어느 날은 한 카페 앞을 걸어가는데, 갑자기 카페 사장이 뛰어나왔다. 그러고는 나를 가게 안으로 데려가 커피와 간식을 주었다. 또 하루는 카우치 서핑 호스트가 과할 정도로 음식을 잔뜩 챙겨줬다. 사실 그날 나는 그 호의가 그다지 반갑지만은 않았다. 배낭이 무거워 매우 버거운데 양손에 너무 많은 음식을 들고 다녀야 하는 것도 무리였고, 다음 목적지에서 그 음식을 먹을 것 같지 않았다. 막상 목적지에 도착하고 보니, 그곳은 음식을 구할 수 없는 상황이었다. 그 호스트가 챙겨주지 않았다면 나는 꼬박 사흘을 쫄쫄 굶어야 했을 것이다. 마치 이런 일이 일어날 것을 알고, '더 높은 자신'이 '구원 식량'을 챙겨주었던 것은 아닐까 생각할 정도였다.

가장 어려운 도전이라 예상했던 에비아섬으로의 '여객선 히치하이킹'마저 정말 쉽게 해결했다. 무작정 여객선에 올라 선원에게 사정을 이야기했고, 선원은 나의 탑승을 흔쾌히 허락해주었다.

길 위에서 만난 모든 인연의 도움으로 마침내 에비아섬으로 가는 배에 올랐다. 갑판에 서서 에게해Aegean Sea가 보내는 바람의 환영 인사를 만끽했다. 이 모든 것이 실로 기적이었노라 감사하며, 1년의 여정을 마무리할 장소 '프리 앤 리얼'로 간다.

아무것도 하지 않는 하루: 그리스

비건 공동체 프리 앤 리얼

프리 앤 리얼은 친환경 비건 공동체이자 각종 생태 기술과 영적 기술을 공유하는 교육 프로젝트 단체다. 자연 농업, 자연 건축, 퍼머컬처, 과수원 숲, 야생 버섯 채취, 재생 가능 에너지, 요가, 소리 치유, 타이 마사지, 태극권 등 각종 워크숍을 연중 운영한다. 또 일 년에 한 번 '비건 생태 축제'를 개최한다. 세계 각국의 사람들은 이곳에서 특별한 휴가를 보내고 각종 생태 기술을 배우거나 혹은 새로운 삶의 방식을 찾고자 모인다.

프리 앤 리얼에서는 모든 날이 휴가고 모든 노동이 놀이다. 푸른 바다와 고대 플라타너스 숲에 둘러싸여 오직 건강한 음식, 건강한 집, 건강한 몸과 마음을 위한 일을 한다. 지난 1년간 야생의 유목 여정을 보내온 나에게는 그야말로 최고의 안식처였다.

매일 아침 일어나고 싶은 시간에 일어나 10분 거리에 있는 바닷가에 간다. 바다를 바라보며 요가와 명상을 하고 적당히 몸을 데웠다 싶으면 바다에 몸을 던졌다. 해가 머리 꼭대기에 올 즈음 1시간 정도의 거리를 걸어 '워크숍The workshop', 작업장에 간다. 워크숍에서 사과, 토마토, 바나나 등의 과일로 아침 겸 점심을 때운 후 쉬엄쉬엄 일을 시작한다. 집 짓기나 밭일을 반나절 돕다 보면 어느새 해가 저물고 밥 먹으러 오라는 소리가 들린다. 오직 '먹어도 되는 음식'만을 배불리 먹고(이곳에선 사체 덩어리나 화학조미료, 가공식품은 먹거리가 아니다!) 주방 정리를 끝내면, 사람들은 각자 할 일을 한다. 책을 읽고, 글을 쓰고, 노래 부르고, 연주하고, 그림을 그리고, 컴퓨터를 들여다보고, 요가를 하고, 명상하고, 산책한다. 그러다 누군가가 하품하면 천천히 집에 갈 준비를 한다. 두세 대의 차에 모든 사람이 구겨져 타고는, 몽골 텐트가 있는 '테스트 사이트Test site'로 간다. 그러고 각자의 몽골 텐트에서 난롯불을 보며 명상하다 잠자리에 든다.

이런 삶이야말로 많은 사람이 바라는 '꿈같은 삶'아닌가? 걱정과 스트레스 없이 몸과 마음의 건강과 자신의 창조성, 성장을 위해 하루를 온전히 보내는 삶 말이다. 사람들은 젊은 날 등골이 빠지도록 고생하며 돈을 모아서 나중에 언젠가 이런 삶을 누리겠다고 꿈꾼다. 그러나 대부분의 사람에게 이 '꿈같은 삶'은 그저 꿈으로만 끝난다. 삶의 풍요와 여유는 돈으로 얻는 것이 아니다. '나중에, 언젠가 오겠지' 하고 기다리기만 한다고 마음의 여유가 생기는 것도 아니다. 꿈같은 삶은 오직 '지금'에 사는 자, '가난'을 축복으로 삼는 자만이 이룰 수 있다.

완전 채식

프리 앤 리얼은 비건 공동체다. 나는 당시에만 해도 채식을 하지 않았다. 처음 프리 앤 리얼에 도착한 날, 이곳의 리더인 아포스톨로스는 내게 "당연히 비건이겠지?"라고 물었다. 나는 채식을 당연시하는 그의 태도에 발끈하며 "아니?" 하고 당당히 말했다.

그러자 아포스톨로스가 되물었다.

"왜 아닌데?"

나는 더욱 발끈하며 되물었다.

"왜 채식주의자가 아니면 안 되는데?"

아포스톨로스가 말했다.

"채식이 유일한 답이야. 채식하지 않고는 지구와 인류에게 희망은 없어."

나는 그의 단호함에 더더욱 발끈하며 말했다.

"아니! 나는 오직 채식만이 옳은 길이라고 생각하지 않아!"

그러고는 나의 육식을 정당화하는 각종 이유를 늘어놓았다. 공장식 대량 축산업이 문제지 육식 자체가 문제는 아니다. 세상엔 육식을 하면서도 지속 가능한 방법으로 자연과 조화롭게 사는 사람들도 많다. 가축을 직접 기르는 친환경 자급자족 농장과 수렵채집 부족사회와 유목민의 생활방식 역시 존중해야 한다. 인간도 동물이다. 동물이 동물을 먹는 것은 자연스러운 생존 방식이다. 마지막으로, 나는 거지다! 자고로 거지는 주는 대로 먹어야 하는 법이다. 등등 나름의 육식 옹호 논리를 펼치고는 앞으로도 계속 고기를 먹을 거라고 못 박았다.

이후에도 몇몇 비건들과 열띤 토론을 벌였다. 나는 이들에게 나의 육식 의지가 얼마나 단호한지를 과시하고자 또 다른 육식주의자였던 아포스톨로스의 아버지와 동맹을 맺었다. 그리고 보란 듯이 그의 집에서 돼지와 생선을 구워 먹었다. 더 유치한 반항도 했다. '동물을 먹느니 차라리 돌을 씹어 먹겠다'라고 말한 친구를 위해 바닷가에서 삼겹살 색의 돌을 주워 와 상추쌈을 싸주었고, 채식이 얼마나 건강에 해로운지 왜 반드시 고기를 먹어야 하는지를 다룬 인터넷 기사를 찾아 큰소리로 읽기도 했다.

나는 비건 공동체에 머물며 더 적극적인 '육식 옹호자'가 되어갔다. 하지만 이때 나는 이미 알고 있었다. 사실은 내가 틀리고 그들이 맞다는 것을 말이다. 아포스톨로스의 말이 맞다. 지구와 인류가 직면한 위기를 극복하려면 모든 현대인이 육류 소비를 지금 당장 멈춰야 한다. 기후 위기를 해결하는 데에 개개인이 할 수 있는 가장 강력한 실천이 바로 채식이다. '자연 사랑'을 목 놓아 외치면서 자연 파괴의 주범인 육식을 고집했던 나는 그야말로 위선자이며 그 어떤 논리로도 나의 모순을 정당화할 수 없다. 이때 나는 이 모든 '옳음'을 알면서도 바로 행동으로 옮겨 실천할 수 없었다. 정의보다는 고기의 맛과 알량한 자존심을 더욱 지키고 싶었다. 나는 나의 모순을 감추고자, 내가 틀렸다는 것을 사실 나도 알고 있다는 것을 그들에게 들키지 않고자 적극적으로 자신을 방어해야만 했다.

프리 앤 리얼을 떠나 반년도 넘게 지난 후에야 '육식 아집'이 사라졌고 그때부터 육고기를 먹지 않았다. 2018년부터는 그냥 채식도 아니고 '자연식물식'을 하는 아주 강도 높은 비건이 되었다. 현재 나는 모든 동물성 제품은 물론이고, 가공식품과 흰색 음식(흰 쌀, 흰 밀가루, 흰 설탕), GMO 식품 등 생산 과정에 있어 지구, 인간, 다른 생명에게 해를 입히는 음식과 제품을 섭취하지 않는다. 그동안 내게 어떤 일이 일어난 것일까?

사실 나는 '이제 채식해야겠다!'라거나 혹은 '이제부터 고기 안 먹을 거야!' 하고 특별히 결심한 적이 없다. 어떤 하나의 계기로 굳게 결심하고 채식을 시작한 것이 아니다. 채식은 그저 나의 때가 되어 자연히 일어난 변화였다. 나의 마음에 정화가 시작되고, 삶의 목적이 가슴에 단단히 자리잡자 내 몸은 이제 동물성 식품과 술과 담배를 원하지 않았다. 나는 채식주의자가 되기로 한 것이 아니라, 나의 몸과 정신이 원하지 않는 음식과 나의 삶의 가치와 조화를 이루지 않는 음식을 더는 먹지 않게 되었다는 쪽이 더 맞는 표현일 것이다.

사람들에게 알려주고 싶은 '육식을 멈춰야 하는 이유'는 많다. 자연을 위해, 동물을 위해, 다른 인간을 위해, 그리고 내 몸의 건강과 영적 정화를 위해 인간은 초식동물이 되어야 한다. 육식 문제를 다룬 책과 다큐멘터리를 한 번이라도 보면 육식이 그야말로 백해무익하다는 것을 알게 될 것이다. 그러나 사람들은 마음이 불편해질 게 뻔한 책과 다큐멘터리를 굳이 보고 싶어 하지 않는다. 현대인의 삶에는 이미 '불편한 일거리'가 충분하다. 집에서까지 심각한 '마음의 일'을 만들고 싶지 않을 것이다. 재미있는 영상을 보며 웃고, 가벼운 기사만 읽으며 머리에 가득한 고민과 불안을 떨쳐낸다. '불편한 진실'은 그렇지 않아도 힘든 현대인의 마음을 더 불편하게 만든다. 그러니 대부분의 사람은 진실을 마주하기를 거부한다. 하지만 우리는 진실을 알아야 한다. 마음의 불편함을 마주해야 세상의 모든 불편함에서 벗어날 수 있기 때문이다. 그 작은 불편함이 위대한 변화와 성장을 가져오는 열쇠가 되어줄 것이다.

진실을 알았다고 해도 사람들은 단번에 채식주의로 '개종'하지 않는다. 나 역시 아포스톨로스의 말이 옳다는 걸 알면서도 오히려 '강성 육식 옹호자'가 되었었다. 육식이 기후변화와 자연 파괴의 가장 큰 주범이라고 목놓아 외쳐도, 끔찍하게 길러져 고통스럽게 도살되는 동물들의 참혹한 영상을 눈앞에 들이대도, 고기가 우리의 건강을 얼마나 파괴하는지 수많은 의학적 근거를 줄줄이 나열해도, 육식 산업이 얼마나 소비자들을 기만하며 권력과 부를 축적했는지 그 진실을 밝혀도, 사람들은 그렇게 쉽게 채식주의자로 변하지 않는다. 자연에 관심이 없는 사람들에게 '자연보호!'를 아무리 외쳐봐야 소용없고, 동물에 관심이 없는 사람들에게 '동물보호!'를 외쳐 봤자 소용이 없다. 또한 고기를 먹어야 힘이 난다고 믿는 사람들에게 '건강 조심!'을 당부해도 소용없고, 진실을 불편해하는 사람들에게 '이게 진실이야!' 하고 일러봤자 소용이 없다.

채식을 받아들이려면 자신의 기존 식습관과 삶의 방식이 옳지 않음을 인정해야 한다. 하지만 대부분의 사람은 인정이 아닌 방어를 한다. 육식의 당위성을 악착같이 찾아내고 채식주의를 강하게 비판함으로써 맛있는 고기와 자기 삶의 방식을 어떻게든 지키려 한다. 따라서 '육식은 잘못된 거야!'라며 옳고 그름의 잣대만으로 채식을 강요하면 나 같이 고집스러운 사람들에게는 채식에 대한 거부와 반감이 더욱 커질 수 있다.

육식 문제에 대해 올바른 정보를 제공하고 적극적으로 식습관 변화를 촉구하는 활동은 대단히 중요하다. 그리고 이 활동은 온전히 연민과 이해를 바탕으로 이뤄져야 한다. 육식주의에 대한 분노나 저항에서 비롯된 채식 운동은 오히려 사회에 더 큰 분리와 갈등을 일으킬 수 있다. 레인보우 식으로 이야기하자면, 채식 운동은 '가슴의 일'이 되어야 한다. 가슴에서 나온 메시지는 가슴으로 전달될 것이고, 그러면 단순히 식습관뿐만 아니라 삶의 근본적인 변화를 이끌 수 있다.

'사람들은 자연보호와 동물복지에 관심이 없어!'라며 비 채식인을 탓하지 말자. 이보다는 '인간은 어쩌다 자연, 생명과의 연결을 느끼지 못하게 되었을까?' 하고 슬퍼하자. 내가 이 책에서 다룬 모든 문제가 그렇다. 사람들이 농·식품업 문제, 주거 문제, 낭비 문제, 빈곤 문제, 성 문제, 전쟁 문제, 난민 문제, 테러 문제 등에 대해 모르는 것이 문제가 아니다. 그보다는 문제의 진실을 알려고조차 하지 않는 무관심과, 문제를 알면서도 아무런 아픔을 느끼지 못하고 공감하지 못하는 차가운 마음이 문제다.

세상의 모든 문제는 분리와 단절에서 비롯된다. '나'와 '너'와의 단절, '나'와 '자연'과의 단절. '나'와 '동물'과의 단절, '나'와 나의 '참 본성'과의 단절, '나'와 '우주 전체'와의 단절이 인간과 지구가 겪는 모든 고통과 비극의 원인이다. 이 모든 문제를 해결하려면 하나의 단순한 진리로 돌아가야 한다. 우리가 모두 하나라는 연결의 진리로 말이다.

시스템과 사회가 주입한 분리의 환상에서 깨어나자. 대자연 속에서 자신의 참 자연과 교감하고, '나는 누구인가?'를 깊이 명상하며 '지금 여기'에 존재하자. 그러면 우리 가슴 안에 '연결'의 꽃이 다시 피어날 것이다. 인간이 자신을 포함한 모든 생명과 '재연결'을 맺는다면 자연히 지구의 고통과 동물의 고통, 자신 몸의 고통을 느끼게 되고, 그러면 애써 노력하지 않더라도 '다른 존재를 죽여서 먹는 일'을 더는 하지 않게 될 것이다. 따라서 나는 사람들에게 육식 문제를 올바로 알려주려는 노력과 더불어 사람들이 생명과의 연결을 다시 회복할 수 있도록, 참된 자신을 찾아갈 수 있도록 도와주는 노력도 중요하다고 본다.

우리 인간의 가슴 깊은 곳에는 양심과 정의, 연결과 사랑이 이미 존재한다. 모든 인간은 근본의 영역에서 '연결'을 느끼고, 무엇이 '옳은' 삶인지도 분명히 알고 있다. 시스템의 세뇌와 각박한 세상살이로 인해 잠시 그것들을 알아채지 못할 뿐이다. 가슴 속 양심은 우리에게 외친다.

다른 생명을 죽이는 것은 내가 추구하는 존재의 방향과 조화롭지 않은 것 같아.

언젠가 때가 되면 모든 인간이 양심의 목소리를 듣게 될 것이다. 그리고 당신의 양심이 말하는 것과 행동을 일치시키고 싶다는 마음이 강하게 생겨날 것이다. 그때는 고기의 감칠맛도, 동물성 단백질과 오메가3도, 당신의 양심과 정의를 앞서진 못할 것이다.

곰돌이 푸의 일상

곰돌이 푸는 뇌가 없다. 무슨 말이냐고? 푸가 하는 모든 말과 행동은 머리가 아닌 가슴에서 나온다. 푸는 가슴의 소리와 느낌, 직관에 따라 오늘의 할 일(놀 것)을 결정한다. 꿀을 예찬하는 노래를 만든다거나, 풍선을 먹구름으로 변장시켜 꿀벌들이 눈치채지 못하도록 벌집에 접근한다거나, 냇가에 막대기를 던져 어떤 막대기가 먼저 도착하는지를 지켜본다. 푸는 어른들의 일보다 훨씬 더 '중요한 일'을 하며 하루를 보낸다. 푸의 일이 어른의 일보다 중요한 이유는, 푸의 일에는 오직 사랑과 즐거움만이 담겨 있기 때문이다.

푸는 영리한 생각도 계산도 할 줄 모르며, 무언가를 굳이 애써 노력해서 해내려고 하지도 않는다. 어떤 일이 벌어졌을 때 그 일을 해결하려 곰곰이 생각해보지만, 아무리 관자놀이에다 검지를 대고 "생각, 생각, 생각" 하고 중얼거려도 현명한 답을 찾아내지 못한다. 따라서 모든 '영리한 역할'은 토끼나 부엉이에게 맡기고 푸는 그저 즐겁고 단순한 일만을 따른다. 그런데 참 신기하게도 모든 일의 해답은 언제나 즐겁고 단순한 푸가 찾아낸다.

푸는 많은 일을 하지 않고 자신이 무슨 일을 하는지도 모르게 해낸다. 그리고 자신이 이루어낸 모든 일을 그저 '저절로 이루어진 일'이라 여긴다. 푸는 세상에서 가장 노력하지 않는, 애쓰지 않는 곰이지만 무슨 일이든 잘되게 하는 곰이다. 굳이 어른들의 어려운 말로 표현하자면, 곰돌이 푸의 신비한 능력은 노자의 '무위자연'을 연상하게 한다. 우주 만물의 모든 일이 인위적이고 억지스러운 인간의 힘으로 이루어지는 것이 아니라, 그야말로 '자연'스럽게, 즉 '저절로 그러함'에 의해 스스로 이루어진다는 도교의 진리 말이다. 그리고 이 진리는 넵튠을 비롯한 많은 레인보우가 믿는 '레인보우의 절대적 진리'와 상당히 비슷하다.

푸에게는 오늘만이 존재하며 오늘이 가장 좋은 날이다. 그리고 푸는 두려운 생각을 절대로 하지 않는다(하려고 해도 하지 못한다!). 미래와 두려움은 환상이며, 그 환상은 바로 우리의 '머리'가 만든다는 진리를 뇌가 없는 곰돌이는 자신이 아는지도 모르게 알고 있다.

그 어떤 두려움 없이 빈둥빈둥 돌아다니는 이 반나체의 곰돌이는 절대 자유, 즉 '도'의 경지에서 노니는 초고수 도사이며, 누구보다 따뜻한 가슴을 가진 레인보우 전사다. 만일 푸가 이런 나의 찬사를 듣는다면 아마도 세상 가장 우둔한 표정을 지으며, 그저 머리를 긁적이거나 코를 문지르거나 배를 쓰다듬겠지만 말이다.

『곰돌이 푸』를 읽으며 여러 번 눈을 감고, 크게 웃고, 가슴에 손을 없었다. '물을 마시는 로지'가 내게 왜 이 곰돌이를 전도해주었는지, 그녀의 마음을 충분히 느꼈다. 『곰돌이 푸』는 과부하의 뇌를 가진 모든 인간에게 '가슴을 따르는 삶'에 대한 지혜를 전해주는 책으로 그 어떤 경전보다 성스럽고, 그 어떤 고전보다 지혜롭다. 나는 책의 마지막 장을 덮은 후 책에 키스하고 이마에 책을 살며시 댐으로써 깊은 존경을 표했다. 그리고 세상에서 가장 사랑스럽고 다정한 이 곰돌이를 나의 '스승'으로 삼기로 했다. 곰돌이 푸가 '아무것도 하지 않고' 하루를 즐겁게 보내는 것처럼, 나 역시 '아무것도 하지 않고' 하루를 즐겁게 보내기로 했다. 모든 일은 내가 해내는 것이 아니라 저절로 이루어지는 것이라는 믿음으로 말이다.

곰돌이 푸가 그러했듯 나에게도 소중한 친구들이 있었다. 나는 이곳의 모든 친구를 참으로 좋아했는데, 그중에서도 특히 한 친구가 나와 많은 기쁨을 공유했다. 그 친구는 '아무것도 하지 않음'의 즐거움을 알았고, 나와 몇십 분이고 말없이 앉아 눈을 마주쳤으며, 달처럼 늘 내 곁을 돌며 따뜻한 마음을 보냈다. 참으로 해맑고 사랑스러운 나의 친구, 아나스타시아.

아나스타시아와 나는 늘 껌딱지처럼 붙어 다녔다. 남들에겐 정말 중요하지 않지만, 우리에겐 굉장히 중요한 일들 따위로 시간을 보내며 어린아이처럼 놀았다. 차를 타고 10분이면 가는 '출근'길인데도 우리는 길목마다 작은 돌탑을 쌓고 꽃으로 장식하며 걸어가느라 2시간이 넘게 걸렸다. 매일 아침 바다에 뛰어들어 함께 수중 발레를 했고, 우리만의 아지트였던 공동묘지에 올라 석양이 물든 서로의 눈을 바라보며 밤이 될 때까지 앉아 있었다. 서로의 얼굴과 손에 마구 낙서하며 까르르르 웃기도 하고, 올리브 나무로 초대형 드림캐처를 만들기도 했으며, 천 년 된 고대 플라타너스 숲에서 나무를 오르며 빈둥빈둥 놀았다.

그렇다고 우리가 공동체의 일을 소홀히 한 것은 아니다. 우리는 어떤 일을 하든 모든 노동을 놀이로 만들어버렸을 뿐이다. 우리의 일터에는 까르르르 웃음이 끊이지 않았지만 우리 나름대로 열심히 밥값을 했다(적어도 나는 그렇게 믿는다). 언젠가 아포스톨로스가 며칠간 자리를 비웠을 때는 공동체를 지켜야 한다는 나름의 책임감으로 진지하게 책상에 앉아 '오늘의 할 일'을 신중히 계획했다. 그러나 우리는 매번 '아무것도 하지 않고' 하루를 보냈다. 매일 밤 우리는 몽골 텐트 안에 누워 오늘 어떤 보람찬 일을 했는지 기억해보려고 애썼지만, 항상 아무것도 기억해내지 못했다. 그럴 때면 아나스타시아는 "뭐 내일도 있으니까!"라고 했고, 나는 "어쨌든 오늘도 신나고 즐거웠잖아!"라고 말하며 또 한바탕 까르르르르 웃곤 했다.

나는 가끔 아나스타시아를 바라볼 때마다 '이 아이도 푸처럼 혹시 뇌가 없는 건 아닐까?' 하고 생각했다. 21살이던 그녀는 영어로 왼쪽과 오른쪽을 구분하지 못했고(그녀가 영어를 몰랐다기보다는 왼쪽, 오른쪽이라는 구분 자체를 스스로 거부했다는 게 더 맞는 표현이다), 숫자로 된 정보를 외우지 못했다. 가령 몇 살인지, 얼마인지, 몇 명인지, 며칠인지 등과 같은 정보들 말이다.

그녀는 정녕 내일이 없는 것처럼 오늘을 살았다. 또 어른들의 체계 잡힌 세계로는 도무지 감당할 수 없을 정도로 산만했다. 그녀는 절대로 물건을 정리하지 않았다. 밖에 나갔다가 들어오면 모든 물건을 바닥에 좌르르르 늘어트리고 그대로 잠을 잤다. 그리고 다음 날 바닥에 널브러진 물건들 속에서 그날 필요한 물건들을 보물찾기하듯 골라내며, "봐봐! 물건 찾기가 얼마나 쉽고 재미있는지, 난 사람들이 정리라는 걸 왜 하는지 도무지 모르겠어!"라고 말하며 또 까르르르 웃곤 했다. 항상 정신이 없던 그녀는 종종 차 문을 비행기 날개처럼 활짝 열어놓은 채로 운전했고, 앞니에 한가득 시커먼 초콜릿을 묻힌 채 입이 귀에 걸릴 만큼 활짝 웃어 보이기도 했다.

아나스타시아는 지금보다 더 작은 소녀일 때부터 인간이 어떻게 살아야 하는지를 이미 알고 있었다. 왜 자연과 함께 살아야 하는지, 돈을 위해 하기 싫은 일을 하는 게 얼마나 인생을 낭비하는 것인지, 우주의 아름다움과 신비를 어떻게 감상해야 하는지 등 그녀는 다 큰 어른조차 모르는 '정말 중요한 것'들을 이미 오래전부터 알고 있었고, 자신이 옳다고 믿는 삶을 따랐다.

언젠가 아나스타시아에게 그리스가 직면한 경제 위기에 관해 물었는데, 그녀는 이렇게 답했다.

"그게 무슨 위기일까? 사람들은 경제나 돈과 관련된 위기에만 세상이 끝난 것처럼 반응하는데 사실 진짜 위기는 그게 아니잖아. 자연 파괴, 멸종, 전쟁. 이런 게 진짜 위기지. 이런 위기는 아주 오래전부터 있었는데 사람들은 지금 경제 위기에만 난리를 떨고 있어. 그건 정말 아무것도 아닌데…."

동물을 먹느니 돌을 씹어 먹겠다던 아나스타시아는 소가 도살되는 영상을 보고 밤새 오열하기도 했다. 그녀는 돌멩이 속에서 우주의 신비를 발견했고, 바다에 안겨 몇 시간이고 헤엄치는 바다의 여신이었다. 천진난만한 그녀와 보내는 '아무것도 하지 않는' 하루에는 어른들은 절대 이해하지 못할 '매우 중요한 것'이 가득했다.

무전살이 1주년, 그 이후

재탄생 기념일

2015년 10월 31일. 0원살이 여정의 1주년을 맞이했다. 10월의 마지막 날이라는 것은 같으나 작년과 오늘의 상황은 달랐다. 작년 영국에서의 10월 31일은 비가 내렸고, 바람이 세찼고, 어두웠다. 나는 두려움과 후회에 휩싸여 어디로든 도망가고 싶은 심정이었다. 반면 올해 그리스에서의 10월 31일은 맑고, 따뜻하고, 눈이 부시다. 나는 기쁨과 감격에 벅차올라 하늘을 날고 싶었다.

아주 오랜만에 지갑을 열어보았다. 프로젝트를 시작할 당시 내 지갑에는 20파운드 지폐 2장과 10파운드 지폐 2장, 약 10만 원이 들어 있었다. 그리고 지금은 20파운드 지폐 1장과 10파운드 지폐 1장, 약 5만 원이 남아 있는 셈이다. 런던에서 한 번, 세르비아에서 한 번, 두 명의 친구에게 10파운드 지폐와 20파운드 지폐를 준 적이 있다. 나의 생계와 전혀 상관없는 나눔이었다. 지갑에서 지폐를 꺼내던 순간이 기억난다. 그때 내 눈에 지폐는 돈이 아니라 아무 쓸모 없는 '종이 쪼가리'로 보였다. 지폐를 꺼내어 들고 이 종이 쪼가리 따위에 왜 그렇게 목숨을 거는 걸까 하고 한참을 들여다보았다. 돈에 대한 환상을 벗겨내면 화폐는 조개껍데기의 역할로 돌아갈 뿐임을 온전히 깨달았다. 여하튼 이때의 '종이 쪼가리' 나눔을 제외하고, 지난 1년간 나는 그 어떤 소비도 하지 않았다.

1년 전 이날, 던칸이 했던 이야기가 떠올랐다.

"상상해 봐요. 일 년 뒤에 어떤 말을 하게 될지. '와우! 내가 해냈어!!'라고 말할 거예요. 믿어요. 일 년 뒤 그날은 반드시 올 거예요."

던칸의 말대로 일 년 뒤 그날이 왔다. 나는 "와우! 내가 드디어 해냈어!!"라고 큰 소리로 외쳤다.

여정 초기, 나는 줄곧 '그날'을 상상하곤 했다. 그날이 오면 나는 무엇을 하고 싶을까? 당장 가게로 달려가 그렇게 먹고 싶던 초콜릿과 맥주를 사 먹을까? 모든 짐을 싸 들고 당장 한국에 있는 엄마에게 날아가고 싶을까? 소비의 날을 선포하며 외식하고 쇼핑을 즐기고 있을까? 1주년 생존을 기념하는 성대한 파티를 열까?

각종 유난을 떨며 '그날'을 맞이할 것이라던 나의 기대와 달리, 나의 '그날'은 평범했다. 어느새 '무소비'는 절대 어겨선 안 되는 규칙이 아닌 가슴이 따르는 삶의 가치관이 되었다. 떠돌이 생활은 집 없는 자의 방랑이 아닌 세계를 집으로 삼은 자의 일상이 되었다. '0원살이' 속에서 가장 드높은 자유를 발견했으니, '0원살이'가 끝났다고 해방감을 느낄 일도 없었다. '그날'에 내가 느낀 감정은 특별함이 아닌 그저 감사함이었다. 무사하고 건강하게 지금까지 살아 있음이 감사하고, 여정에서 진정한 행복과 평화의 길을 만난 것이 또 감사했다. 감사함으로 마음을 가득 채운 채 긴 일기를 쓰며 이 특별한 하루를 조용히 보냈다.

밤이 되어 몽골 텐트로 돌아왔다. 텐트에 누워 곰곰이 생각했다. '0원살이 프로젝트'의 1년을 완수했으니 내일부터는 다시 소비하게 되는 걸까? 이제 나는 무엇을 해야 할까? 한국으로 돌아가야 할까? 어디로 가야 할까?' 생각이 꼬리에 꼬리를 물었다. 지난 1년간 너무나도 농도 짙은 여정을 해온 탓이다. 프로젝트의 종료와 프리 앤 리얼의 편안한 생활은 내게 약간의 방황을 일으켰다. 여기서 이렇게 안주하듯 지내는 게 과연 맞는 것인지, 다시 또 새로운 모험을 시작해야 하는 것은 아닌지 조급했다. 마치 길을 잃은 듯한 느낌이었다.

이런저런 고민에 잠을 이루지 못하던 그때였다. 갑자기 텐트 밖에서 아나스타시아가 나를 불렀다. 밖으로 나가 보니 아나스타시아는 등을 돌린 채 무언가를 소중히 안고 있었다. 뭘 저렇게 조심히 품고 있는 걸까 궁금해 가까이 다가갔다. 그녀의 품 안에서 무언가가 환히 빛났다. 촛불이 꽂힌 작은 초콜릿 파이였다. 아나스타시아는 다정한 목소리로 노래를 불렀다.

"Happy Rebirthday to you~ Happy Rebirthday to you~(재탄생일 축하합니다~ 재탄생일 축하합니다~ 사랑하는 나의 쩡~미~ 재탄생일 축하합니다~)"

눈물이 차올랐다. 촛불을 끄고 해맑게 웃는 아나스타시아를 꼬옥 껴안았다.

그렇다. 이날은 나의 재탄생 기념일Happy Rebirth day이다. 여정의 끝도 프로젝트의 마지막 날도 아니다. 단지 모험을 시작한 날을 축하하는 날일 뿐이다. 내일이 된다고 해서 삶이 달라질 필요도, 여정을 끝낼 필요도, 굳이 새로운 길을 찾아 떠나야 할 필요도 없다. 내일도 내가 옳다고 믿는 가슴의 가치관을 따르고, 내일도 이 사랑스러운 친구와 함께 즐거움으로 가득 찬 하루를 보내면 된다. 그러다 보면 언젠가 새로운 흐름이 찾아올 테고, 유유히 그 바람을 타고 삶의 여정을 이어가면 될 것이다.

때마침 시원한 바람이 불었다. 10월의 마지막 밤에 부는 청량한 바람이었다. 홀가분해진 마음을 축하하듯 초콜릿 파이를 한입에 먹어치웠다. 그러자 언제 우울했냐는 듯 유쾌한 기분이 하늘을 찔렀다.

다시 텐트로 들어와 누웠다. 캄캄한 텐트 어딘가에서 어린아이처럼 뒹굴뒹굴하고 있을 아나스타시아를 찾아 조용히 이름을 불렀다.

"아나스타시아?"

"응! 응!"

그녀는 마치 나의 부름을 기다렸다는 듯, 무척이나 반가워하는 목소리로 답했다.

나는 그녀의 반가워하는 목소리에 더 반가워하며 다정히 말했다.

"고마워. 그리고 많이 많이 사랑해."

그러자 아나스타시아는 더 큰 사랑을 내게 보내왔다. 늘 그랬듯이.

"오! 쬥~미! 나는 더! 더! 더! 더! 더 많이 사랑해!"

귀향 여정

"엄마, 행복하게 잘 지내고 있지요?"

엄마에게 물었다.

"행복은 모르겠고 억지로 살아가는 것 같아. 갑자기 웬 행복. 내 생에 그런 건 없어. 네가 뭘 알겠니? 혼자 행복해지겠다고 그냥 천지 사방을 돌아다니기만 하는걸. 네가 언제 엄마 행복 신경 쓰기나 했니?"

엄마가 답했다.

"그만큼 돌아다녔으면 충분하지 않니? 너는 아빠가 어디가 아픈지, 무슨 약을 먹는지 알기나 하니? 아빠도 이제 많이 늙고 병들었어. 앞으로 얼마나 더 살 수 있을지도 모르는데 가까이에서 좀 보고 살아야 하는 거 아니니?"

아빠가 말했다.

"할아버지가 위암 수술하셨어. 이제 얼마 못 사실 것 같아. 너를 많이 찾으신다."

오빠가 말했다.

가뿐하던 발걸음이 철컥 하고 움켜잡히는 기분이었다. 내가 여행하는 사이, 아빠는 두 번이나 심근경색을 겪었고 파킨슨병을 진단받았다. 엄마 또한 몸 여기저기가 아팠고, 앞날이 막막한 듯했다. 부모님은 어딘가 기댈 곳이 필요했다. 떠난 지 2년이 지났는데도 돌아올 생각을 하지 않는 딸이 마냥 원망스러웠을 것이다.

죄송했다. 하지만 그렇다고 당장 여행을 끝내고 한국으로 돌아갈 수는 없었다. 나는 아직도 무엇엔가 갈증을 느꼈다. 이대로 여행을 끝내기엔 답을 찾지 못한 질문이 많았다. 어떻게 '사랑'이 될 수 있는지, '절대적 진리' 속에서 살아간다는 건 어떤 것인지 더 알고 싶었다. 물론 여행을 더 해야만 진리를 찾을 수 있다고 생각한 것은 아니었다. 진리는 모든 경험, 모든 장소, 모든 존재, 모든 길 위에 있고, 진리는 애써 찾는다고 찾아지는 게 아니니 말이다.

나는 진리를 찾는다기보다는 진리를 더 경험하고 싶었다. 이토록 기적 같은 여정을 통해 이 진리가 '절대적 진리'가 맞다는 것을 스스로 증명하고 싶었다. '우리는 하나로 연결되어 있다'라는 진리가 온 가슴에 깊이 스며들도록 말이다. 이 여정은 지금 나의 가슴이 간절히 소망하는 일이었다. 하지만 엄마의 메시지는 나를 혼란스럽게 했다. 어쩌면 나는 엄마 말처럼 혼자만 행복하겠다고 부모님의 고통을 못 본 체하는지도 모른다. 혼자만의 행복이 마치 죄처럼 느껴졌다. 이만 한국으로 돌아가야 한다는 생각이 들었다.

고민만 가득한 채 마음이 갈팡질팡하던 어느 날이었다. 윤슬이라는 SNS 친구에게서 메시지가 왔다. 그의 첫 인사말은 참으로 인상적이었다.

거지 여행, 자전거, 레인보우. 세 단어가 겹쳐서 친구 신청을 보냈습니다.

윤슬은 베를린에서 9개월간 스쿼팅하고, 파리에서 3개월간 '거지 살이'를 한 후에, 자전거를 타고 약 8개월에 걸쳐 프랑스에서 한국으로 돌아왔다. 그리고 세 번의 레인보우를 거쳤다.

'거지 여행' '자전거' '레인보우', 이 세 단어는 정말 강력한 진동을 지닌 듯했다. 한 번도 만난 적이 없는데도 우리는 마치 아주 오래전부터 알고 지낸 친구인 듯 친숙하게 대화를 나눴고, 서로의 여정과 인생 이야기를 공유했다.

그리고 어느 날, 윤슬은 뜬금없이 그리스에서 한국으로 가는 루트 하나를 추천했다.

【그리스-튀르키예-이란-파키스탄-인도-네팔-미얀마-태국-캄보디아-라오스-중국-한국】의 길을 추천하고 싶어요. 튀르키예는 루미의 수피즘. 이란은 니체의 책 제목이기도 한 『차라투스트라는 이렇게 말했다』의 조로아스터, 인도는 아쉬람과 불교의 길, 그리고 '마더테레사 하우스'와 에코빌리지 '오르빌'을 추천하고 싶어요. 마음의 지도를 따르세요. 그게 가장 아름다운 길이니까요.

그럼 Bon voyage(좋은 여정 되기를), 다시 톨스토이의 Be(존재하다).

몸이 예사롭지 않게 반응했다. 호흡이 가빠지고 몸이 방방 뛰는 듯해 도무지 자리에 앉아 있을 수 없었다. 자리에서 벌떡 일어나 주변을 빙글빙글 돈 후에 심호흡을 수십 차례 하고 다시 앉았다. 지도를 펼쳐 윤슬이 추천한 나라들을 하나씩 따라가 보았다. 손가락이 지나가는 나라 하나하나가 모두 별처럼 반짝였다.

더는 고민할 필요가 없었다. 엄마에게 메시지를 보냈다. 계속 여정을 이어갈 것이라고. 엄마는 언제나 그랬듯 당신의 아쉬운 마음을 애써 숨기며 나의 결정을 존중했다. 다른 건 다 괜찮으니 제발 건강하고 무사하게만 돌아와달라는 부탁과 함께 말이다. 엄마에게 미안했다. 하지만 나의 행복은 결국 나를 사랑하는 가족들에게도 기쁨이 될 것이다. 나는 나의 가슴을 따라야 한다.

진리를 따라 동쪽으로 흐르는 이 여행을 '귀향길'이라 부르기로 했다. 한국으로 가는 여정이라서가 아니다. 내 집은 가족이 있는 곳도, 내가 태어난 나라도 아니다. 우리의 진정한 집은 진리 자체다. 따라서 진리로 향하는 이 여정이 진정한 귀향길이다.

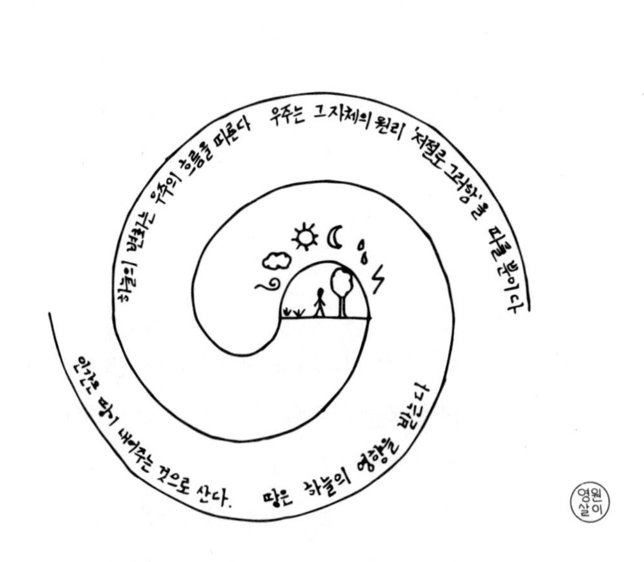

'귀향길'의 첫 번째 여정지는 튀르키예였다. 사실 이때 나는 튀르키예를 여행하고 싶은 마음이 없었다. 튀르키예는 여성 히치하이커들에게 굉장히 위험한 나라로 악명이 높았다. 2008년도에 튀르키예를 여행하던 이탈리아 여성 히치하이커가 운전자에게 강간과 살해를 당한 일이 있었다. 이 사건이 더욱 가슴 아팠던 이유는 살해된 여행자가 '인간 사이의 신뢰와 평화'를 세상에 알리는 행위 예술 여행을 하던 중이었기 때문이다. 이 사건으로 전 세계 많은 사람이 분노했고 튀르키예에 대한 부정적인 인식이 널리 퍼지게 됐다. 내게 처음 히치하이크를 소개해준 홀리 역시 튀르키예에서만큼은 절대 혼자 히치하이크해서는 안 된다며 신신당부했다. 이런저런 좋지 않은 이야기를 듣고 나니 나 역시 튀르키예에 대한 두려움이 생겼고, 굳이 위험을 감수하면서까지 튀르키예에 갈 생각을 하지 않았다.

그러다 윤슬을 통해 루미와 수피즘을 알게 되었다. 그리고 루미에 대해 정보를 찾아보던 중 우연히 수피즘에 대한 한 줄의 설명을 읽었다.

수피즘, 사랑의 길

'사랑의 길'이라니, 과연 이보다 완벽한 '귀향길'의 여정이 있을까? '사랑'이라는 한마디에 모든 두려움이 눈 녹듯 녹아내렸다. 나는 조금의 망설임 없이 튀르키예에 가기로 했다.

그러나 '사랑의 길'을 걷는 것이 마냥 쉽지만은 않았다. 2015년 가을, 온 세계가 테러의 공포에 휩싸였다. 15년 10월 10일, 튀르키예 수도 앙카라에서 발생한 폭탄 테러로 102명이 사망했고, 15년 10월 31일에는 러시아 여객기 폭탄 테러로 224명이 사망했다. 그리고 15년 11월 13일에는 프랑스 파리 시내 총 7곳에서 동시에 테러와 인질극이 발생했는데, 무차별 총격과 자살 폭탄 테러로 127명이 사망했다. 연달아 발생하는 테러로 전 세계에 테러와 이슬람 극단주의에 대한 공포가 마구 확산했다. 특히나 파리 테러는 내가 튀르키예에 가기로 마음을 먹은 직후에 일어났는데, 부모님과 친구들은 온갖 걱정의 메시지를 보내며 나의 튀르키예 여정을 극구 말렸다.

나 역시 이 위험한 상황에 마냥 태연하지는 않았다. 튀르키예에서 혼자 히치하이킹하는 것도 걱정인데 테러에 대한 공포마저 더해지니 과연 이 여정을 감행하는 것이 맞는지 고민됐다. 한국으로 가려면 앞으로 중동 지역을 지나가야 했다. 당시 중동 지역은 시리아 전쟁, IS 테러, 탈레반, 파키스탄-인도 갈등 등으로 분쟁 위험 수위가 최고조에 달했다. 인터넷 뉴스를 찾아볼수록 중동 지역에 대한 두려움이 커졌고 여정을 포기하고 싶은 마음마저 들었다. 마음의 갈피를 못 잡고 방황했다. 각종 끔찍한 장면이 계속 상상됐다. 머리가 지끈했다. 아, 이만 머릿속을 잠재우고 가슴의 목소리를 들어야 할 때였다. 두려움에 대해 깊이 사색했다. 그리고 나의 감정을 바라보았다.

나는 지금 무엇을 두려워하는 걸까? 지금 내 눈앞에 두려움이 실재하는가? 지금, 여기에 아무 일도 일어나지 않는데 이 두려움은 대체 어디서 오는 걸까? 두려움은 환상이다. 현재가 아니다. 과거의 기억에서 오는 반응이며 미래에 대한 상상일 뿐이다. 그럼 나의 마음은 왜 두려움을 만들어낼까? 두려움을 일으켜서 마음이 지키려는 것이 무엇일까? 몸. 목숨이다. '나'는 죽음이 가장 두렵다. 따라서 '나'의 마음은 목숨에 위협이 될 모든 상황을 미리 경고하고, '나'의 몸에 해를 가할 모든 사람을 경계한다. '나'는 '나'의 몸을 지키고자 '나'가 아닌 모든 이를 '남'으로 분리한다. 두려움이 커질수록 '나'는 '하나의 연결'과 단절된다. 두려움은 나의 가슴이 소망하는 모험을 주저하게 하고, 나의 참 존재가 열망하는 진리를 멀어지게 한다. 따라서 내가 진정 두려워해야 할 것은 죽음이 아니라 두려움 자체여야 한다. 두려움이 있는 한 나는 자유를 잃고 진리를 잊을 것이다. 그러면 이는 죽은 것과 다름없는 삶이다.

생계, 병듦과 늙고 죽음, 그리고 외로움. 즉, 살고 싶다는 욕구와 사랑받고 싶다는 욕구가 두려움을 만든다. 이 욕구들을 초월하고 싶다. 나의 본질이 사랑이라는 것, 우리가 모두 연결되어 있다는 것, 내가 나의 현실을 창조한다는 것. 모든 일에는 좋고 나쁨이 없다는 것. 이 진리에 대한 믿음이 바위만큼 단단하다면 내게 두려움은 조금도 자리하지 않을 것이다. '나'가 본래 '하나의 전체'임을 완전히 깨닫는다면, '나'의 죽음이나 소멸도 없고, '나'를 위협할 '너'도 존재하지 않는다는 것을 알게 될 것이다. 세상에는 두려워할 게 아무것도 없다. 오직 사랑의 대상만이 있고 일어나야 할 일만이 일어난다.

자, 이제 길을 나서자. 사랑의 힘을 믿고 진리를 열렬히 경험하자. 걱정을 멈추고 기도하자. 온 우주가 나를 보호하고 나의 길을 안내할 것이다. 믿음으로 걷는 길엔 오직 기적만이 가득할 것이니.

마치며: 내가 사는 세계

무소비 여정은 계속된다

무소비주의자

2015년 12월에 그리스를 떠났다. 그 후 튀르키예에서 석 달, 조지아에서 한 달, 이란에서 석 달을 보냈다. 이때도 히치하이킹과 소비하지 않는 0원살이를 계속했지만, 가끔 사람들로부터 물질적 도움을 받기도 했다. 튀르키예, 조지아, 이란은 환대문화가 강하기로 유명하다. 내 주머니에 어떻게든 돈을 꽂아 넣으려는 사람들과 길거리에서 레슬링을 벌인 것이 한두 번이 아니었다. 그들에게 손님은 알라가 보낸 천사이며 하느님의 선물이었다. 나를 먹이고 재우고 입히고 안전히 태워 보내는 것은 그들의 기쁨이자 사명이었다. 한 무슬림 친구는 쿠란qur'ān의 내용을 언급하며 자기 재산 중에 여행자에게 주어야 할 돈이 이미 할당되어 있다고 말했다. 내가 그의 돈을 거부하거나 버스를 타고 안전히 목적지에 가지 않으면 자신은 무슬림의 의무를 저버리게 되는 거라고 말하는데, 나는 도저히 그의 호의를 거절할 수 없었다. 이토록 관대한 사람들의 도움으로 가끔은 대중교통을 이용했고 이란 비자 비용도 지불했다.

이란과 파키스탄을 거쳐 인도에 가고 싶었다. 그러나 이란에서는 파키스탄 비자를 발급받을 수 없었다. 투크메니스탄-우즈베키스탄-타지키스탄-중국-네팔을 거쳐 인도로 가는 방법도 있었다. 하지만 이때 나는 긴 떠돌이 여정에 다소 지쳐 있었다. 결국 긴 우회 여정을 포기하고 한국에 있는 친구의 도움으로 인도행 비행기를 탔다. 인도에서도 주로 히치하이킹해서 이동하고 사원이나 남의 집에 얻어 잤지만, 가끔 음식과 교통을 위한 최소한의 소비를 했다.

인도에서 3개월을 보내고 2016년 10월, 한국행 비행기에 몸을 실었다. 그리하여 한국을 떠난 지 3년 만에, '0원살이' 여정을 시작한 지 2년 만에, 야생의 유목 생활을 마치고 엄마의 땅으로 돌아왔다. '0원살이 프로젝트'도, 세계를 방랑하는 떠돌이 삶도 끝이 났지만 한국으로 돌아온 이후에도 가난한 구도자로서의 삶은 계속되었다.

한반도 구석진 땅 어딘가에서 나의 소박한 삶에 딱 맞는 누추한 집과 엄마만큼이나 나를 아껴주는 인연들을 만났다. 그 덕에 6년간 별다른 걱정 없이 오직 하고 싶은 일만을 하며 살았다. 도대체 어떻게 먹고사는 거냐고 누군가가 물을 때마다 "나도 그게 궁금해. 도대체 내가 어떻게 굶어 죽지 않고 살 수 있는지"라고 답했다. 하지만 실은, 나는 내 생계의 비밀을 아주 잘 알고 있다.

나는 소비사회 속에 사는 일반 사람들에게 요구되는 소비보다 필요한 소비가 매우 적다. 누추한 빈집을 돌보며 사니 집값을 내지 않고, 음식은 자연에서 난 채식만 하니 텃밭이나 이웃의 작물로 자급자족할 수 있다. 차려입고 나갈 일이 없으니 옷은 대충 얻어 입고, 주변엔 만나서 놀 친구도 없으니 외식할 일도 없고, 결혼식도 가지 않고 부모님 용돈도 드리지 않으니 돈 봉투를 준비할 일도 없다. 내게 필요한 생활비는 한 달에 두세 번 이웃의 대파 심는 일만 도와도 충분히 충족된다.

물론 나는 각종 거지 생존 기술을 보유한 '베테랑 0원살이자'이기에 이만큼의 생활비마저 벌지 않고도 살 수 있다. 하지만 이제 나는 돈이 생기는 것을, 그리고 돈을 '잘' 사용하는 것을 무작정 거부하고 싶지 않다. 가격이 더 나가더라도 친환경 제품을 구매하고 싶고, 내게 찾아오는 벗님들에게 과일을 내어주고 싶고, 우리 멍멍이들의 밥그릇을 가득 채워주고 싶고, 언제든 엄마가 보고플 때 한걸음에 달려가고 싶으니 말이다. 따라서 나는 아주 고마운 마음으로 돈을 환영하고, 즐거운 마음으로 사용한다.

이렇듯 아직은 시스템이 마련한 세상에 두 발을 딛고, 그 안에서 나만의 자유롭고 위엄 있는 생활방식을 구현하며 살고 있다. 하지만 언젠가 때가 되면, 지금보다 더욱더 절제되고 '극단적인' 방식으로 자립자족의 삶을 꾸려나가고 싶다. 시스템에서 멀리 떨어진 조용한 곳에

터를 잡아, 필요한 대부분의 것을 자연에서 얻고, 생활 기술과 에너지의 완전한 자립을 이루며, 반려동물에게 넓은 영역을 내어주고, 황무지에 나무들을 빽빽이 심으며 오직 자연과의 조율에만 마음을 쏟는 삶 말이다.

나의 이 '소망'이 간절히 이루고 싶은 꿈이나 목표인 것은 아니다. 나는 지금의 삶에 더 바랄 것 없이 만족한다. 그리고 설령 바라는 것이 있다고 해도 그걸 이루고자 애써 노력하지 않을 것이다. 내게 필요한 것은 언젠가 때가 되면 저절로 찾아올 테니 말이다. 내가 굳이 애쓰지 않아도 나의 참 존재에게 이로운 모든 것은 때맞춰 흘러온다. 온 세상은 늘 우리의 생존과 행복, 그리고 존재의 진화를 적극적으로 돕기 때문이다. 나는 이것을 온 가슴으로 믿는다.

믿음. 바로 이 믿음이 지금까지 나를 굶어 죽지 않게 한 생계의 비밀이며, 돈 한 푼 없이도 마냥 여유를 부릴 수 있는 풍요의 비법이다. 이 믿음은 단순한 긍정적 사고도 맹신도 아니다. 이 믿음은 내가 수년간 홀몸으로 세계를 떠돌며, 험난한 야생의 여정을 거치며, 수없이 많은 기적과 위기를 경험하며, 수많은 천사를 만나며, 수백 번의 의심과 질문 그리고 체험 끝에 깨달은 '진리'다.

우리는 모두 하나로 연결되어 있다

'0원살이' 여정을 시작한 이후 8년의 세월 동안 나는 모든 여정과 일상에서 이 진리를 경험했다. 내게 공기를 주는 나무, 빛을 비추는 태양, 배를 채워주는 열매, 나를 씻기는 물, 나를 데려다준 운전자, 나를 재워준 호스트, 내게 음식을 주고 나의 보호자가 되어준 수많은 낯선 사람들. 세상의 모든 존재가 나를 보살피고 나의 길을 안내했다. 이 '연결' 속에선 오직 무조건적 사랑만이 흘렀다. 따라서 나는 무엇을 먹을지 어디서 잘지 어떻게 갈지 그 어느 것도 걱정할 필요가 없다.

'연결'의 진리는 무조건적 사랑뿐 아니라 무한한 가능성의 세상으로 나를 안내했다. 세상 모든 것이 진동과 에너지로 연결된 근본의 영역에서는 찰나의 생각, 말 한마디, 무심코 해버린 행동, 가벼운 감정마저 엄청난 창조력을 지닌다. 다시 말해, 우리는 생각과 말과 행동과 감정으로 우리의 현실을 매 순간 창조한다.

나는 이 '연결'의 비밀을 일종의 기도문으로 만들어 두려움이 찾아오는 순간마다 끊임없이 되뇌었다.

내 생각과 기분이 나의 현실을 창조합니다.

오늘 나는 좋은 사람들을 만나, 좋은 곳에서, 좋은 순간을 보낼 것입니다.

고맙습니다.

오늘도 제게 천사들을 보내주셔서 고맙습니다.

오늘도 제게 기적 같은 하루를 주셔서 고맙습니다.

그리스를 떠나 새롭게 시작했던 '귀향길'에서는 그 전 1년의 여정과는 비교도 할 수 없을 만큼 특히나 더 무모하고 위험한 여행을 감행했다. 어디에서 잘지, 무엇을 먹을지, 누구를 만날지 그 어느 것도 예측할 수 없었고, 테러, 범죄, 사고, 자연재해의 위협이 늘 도사렸다. 나는 두려움을 떨치고자 매일 아침 '연결'의 기도로 하루를 시작했다. 그리고 늘 좋은 사람들과 좋은 곳에서 좋은 순간을 보냈다. '도대체 어떻게 이게 가능하지?' 하는 논리로는 도무지 이해할 수 없는 기적이 매일 일어났고, 나는 '연결'의 진리를 온 가슴으로 믿게 되었다.

우리가 모두, 세상의 모든 일이, 하나로 연결되어 있다는 진리는 나를 '무조건적 사랑'과 '무한한 가능성'의 세상으로 안내했고, 나의 삶을 기적으로 바꿔놓았다.

'신'의 증거 자연, '신'의 도구 마음

무조건적 사랑을 주는 '신'이 존재한다는 증거가 바로 자연이다.
'신'의 무한한 가능성을 현실로 가져오는 도구가 바로 마음이다.

나는 '신'을 믿지 않았다. 그러나 지금은 '신'을 믿는다. 다만 나의 '신'은 '전체의식' '위대한 정령' '하나의 마음' '더 높은 자신' '우주' '도' '사랑' '연결' '절대적 진리' 등 수많은 이름이 있다. 또 나의 '신'은 그 어떤 경우에도 두려움을 주거나 심판하지 않으며, 지구에 존재하는 모든 종교와 존재를 똑같이 사랑한다.

내가 '신'을 믿게 된 이유는 '신' 말고는 내게 일어난 기적을 도무지 설명할 방법이 없기 때문이다. 만일 여러분도 '신'의 존재를 격렬히 경험하고 싶다면 '돈을 사용하지 않고 1년 살기'에 도전해볼 것을 적극 권한다. 나는 돈을 사용하지 않음으로써 '신'의 현재함을 깨달았기 때문이다(이제부터 '신'을 다른 이름들로 바꿔 부르도록 하겠다). 물론 굳이 이런 고행을 하지 않고도 '우주'와 소통할 방법은 많다. '전체의식'은 늘 우리 안에, 우리 곁에 함께하므로.

'절대적 진리'로 향하는 많은 길 중에서 나는 두 가지 길을 소개하고 싶다. 바로 자연과 마음이다.

'우주'가 우리에게 무조건적 사랑만을 준다는 증거를 찾고 싶다면 야생의 자연으로 가자. 짙은 숲속에, 드넓은 초원에, 맑은 강물에, 깊은 바다에, 따뜻한 태양에, 은은한 달빛에, 푸르른 나무에, 둥그런 돌멩이 하나에, '우주'는 수도 없이 많은 증거를 남겨놓았다. 자연 속에서 그 증거를 발견할 때 내가 그랬듯 당신은 눈물을 터트리지 않을 수 없을 것이다. 온 '위대한 정령'이 우리의 생명을 양육하고 있음을, 우리의 행복을 기원하고 있음을, 우리의 진화를 지원하고 있음을, 우리의 자아실현을 기다리고 있음을, 우리를 무척이나 사랑하고 있음을 온전히 깨닫게 된다.

자연의 무조건적인 사랑은 자유, 안정, 기쁨, 위안, 평온을 준다. 자연과의 연결이 깊어질수록 무언가를 갈망하는 마음도, 무엇을 필요로 하는 마음도 점점 사라진다. 자연 덕에 나는 만족을 알았고, 풍요를 누렸으며, 매일매일 '행복'에 가까워졌다.

행복. 이것이 바로 내가 여러분에게 자연으로 돌아가라고 목놓아 외치는 가장 큰 이유다. '지구를 지키기 위해서'가 아니라 바로 '당신의 행복을 지키기 위해서'이다. '지구를 살리기 위해서'가 아니라 바로

'당신의 생명을 살리기 위해서'라는 말이다. 자연은 우리와 분리된 외부의 환경이 아니다. 자연은 우리의 생명 자체이고, 우리는 자연을 통해 행복에 이를 수 있으며, 모든 깨달음의 경지, '도'의 세계로 오를 수 있다.

'하나의 마음'의 무한한 가능성을 경험하는 두 번째 길, 자신의 마음이다. 머릿속에 두려운 생각이 찾아올 때마다, 불가능하다는 말이 튀어나올 때마다, 행동이 주저될 때마다, 호흡을 통해 '더 큰 자신'을 불러보자. 모든 괴로움은 내 마음의 번뇌에서 생겨나고, 모든 두려움은 분리된 마음에서 나온다는 것을 알아채며 우리의 마음을 정화하자. 마음이 순수해질 때 우리는 더 고차원적인 의식에 다가가고, 더 높은 자유를 누리며, 더 강인한 존재로 진화한다. 그리고 모든 일을 가능하게 하는 힘을 얻을 수 있다.

삶의 방식이 단순해지고, 생활의 터전이 대지와 가까워지고, 양손의 소유물이 가벼워지고, 마음이 깨끗이 닦이면, 그때 우리는 '내가 왜 이 세상에 왔는지' 존재의 목적을 알게 된다. 그리고 그 목적을 실현하는 자신만의 빛나는 재능을 발견한다. 우리는 모두 각자의 재능으로 사랑이라는 하나의 진리를 밝힐 것이다. 사랑으로 글을 쓰고, 사랑으로 그림을 그리고, 사랑으로 아이들을 가르치고, 사랑으로 치료하고, 사랑으로 노래하고, 사랑으로 연주하고, 사랑으로 요리하고, 사랑으로 집을 짓는다. 이런 활동은 직업도 아니고 돈벌이도 아니다. 가슴에서 솟구치는 사랑을 표현하는 순수한 창조 활동이며, 진리를 구현하는 자아실현 행위다. 각자의 사랑의 활동을 통해 우리는 더 숭고

하고 더 고귀하고 더 평화로운 존재로 진화한다. 이것이 바로 참된 진보이자 성장이며, 우리의 존재 이유다. 이 모든 진화와 성장은 바로 마음에 달려 있다. 마음을 순수한 의도와 사랑으로 채운 자는 '신'에게서 모든 응답을 받는다. 그리고 모든 것이 가능한 기적의 세상을 경험한다.

모든 일은 딱 알맞을 때에 알맞게 일어난다. '더 높은 자신'은 우리 존재의 성장과 행복을 위해 모든 경험과 만남과 사건을 계획하고 준비해놓았다. 런던에서 지옥 같은 직장생활을 할 때, 나는 종종 혼잣말로 '아… 누가 대신 결정 좀 해주면 좋겠다…'라는 바람을 내뱉곤 했다. 그리고 이제 나는 '전체의식'이 나의 바람에 대한 모든 응답을 해왔다는 것을 깨달았다. 내게 일어난 모든 일과 내가 만난 모든 인연을 통해 말이다. '연결'은 나의 애원과 간절한 소망에 답을 주기 위해, 나를 그토록 놀라운 여정과 경험으로 이끌었다. 내가 궁극의 행복에 이르는 길을 찾도록 모든 일과 사건들을 만들어놓았다. 나를 힘들게 한 직장 상사들과 나를 위협한 거리의 남자들 모두가 '위대한 정령'이 보낸 천사였다. 삶의 인과법칙과 인연의 아름다운 상호 관계를 깨닫자 나는 '우주'의 의도를 조금 더 이해하게 됐고, 세상은 기적이 되었다.

여정을 통해 겪은 기적 같은 경험과 깨달음은 혼자서만 누리기엔 참으로 벅차다. 자연을 지극히 섬기는 마음으로, 인간에 대한 애틋한 사랑으로, '길 위의 천사'들에 대한 깊은 고마움으로, 부족하게나마 글을 쓰며 세상에 진 빚을 갚고 싶다. 이것이 홀로 유유자적 숨어 사는 즐거움을 잠시 제쳐두고, 용기를 내어 글을 쓰게 된 이유다.

나의 사랑하는 사람아!

세상은 당신의 목적을 위해 모든 것을 준비해놓았다. 이 진리를 믿고 이제부터 당신의 '참된 목적'을 향해 여정을 시작하라. 어디론가 떠날 필요도 무엇인가를 찾아 헤맬 필요도 없다. '절대적 진리'는 지금 이 순간 당신의 '여기'에, 그리고 모든 곳에 존재한다. '더 높은 자신'은 내게 그랬듯 언제나 그대에게 응답을 보낼 것이다. 자연의 드넓은 품에서, 마음이라는 안락한 쉼터에서 '연결'의 목소리에 귀를 기울이고 그대만의 여정을 시작하자. 그리하여 그대가 삶의 놀라운 기적을 경험하게 되기를! 그대 또한 그대의 길을 찾게 되기를! 소박한 삶 속에서도 완전한 만족을 누리기를! 그대의 마음에, 지구의 푸름에, 세상의 모든 존재에 평화가 가득하기를! 나의 온 심장을 다해 열렬히 소망한다!

한반도 구석의 누추한 집에서, 사랑.

모든 위기는 연결되어 있다

최악의 폭염, 최악의 가뭄, 최악의 화재, 최악의 홍수, 최악의 폭우…. 기록적인 기상이변에 전염병, 전쟁, 식량 위기, 에너지 위기, 물가 상승까지 더해 전례 없는 '최악의 위기'가 한꺼번에 인류를 덮쳤다. 이토록 위험한 재앙들이 어째서 한꺼번에 몰려오는 것인가. 무심한 하늘을 탓해보지만 소용없는 일이다. 이 사건들은 절대 개별적으로 일어날 수 없는, 하나로 연결된 '예고된 재앙'이기 때문이다. 현재 인류가 맞닥뜨린 모든 재앙은 서로 연결되어 있다.

산업혁명 이후 현재까지 지구 평균기온이 1.1도 상승했다. '기후변화에 관한 정부 간 협의체(IPCC)'에 따르면 앞으로 20년 안에 지구 평균기온은 '기후재앙 임계점'인 1.5도에 도달할 것이라고 한다. 1.5도는 데드라인이다. 그 이상 올라가면 상황을 돌이킬 수 없다. 어떻게든 지구의 기온 상승을 1.5도로 제한한다고 해도 지금과는 비교할 수 없을 정도로 더 심각한 기후재앙이 따를 것이라고 경고한다. 기후 위기가 야기하는 피해는 자연 재앙만이 아니다. 기후 위기는 현재 인류가 겪고 있는 모든 '최악의 위기'의 근본 원인이다.

전염병

기후변화는 인류가 직면한 감염병의 58% 이상에 영향을 미친다.[19] 온난화와 강수 패턴의 변화로 모기, 박쥐, 쥐 등 감염병을 매개하는 생물의 서식 영역이 인간 거주 영역으로 이동하고, 덥고 습한 기후는 바이러스와 감염병을 더 쉽게 퍼트릴 수 있는 환경을 조성한다. 폭우나 홍수 등의 재해로 불어난 물이 병원체들의 번식지가 되어 감염병을 증가시키기도 한다. 전혀 예상치 못한 신종 전염병의 가능성도 제기된다. 지구온난화로 북극 빙하가 녹으면 빙하 속에 수백만 년 동안 갇혀 있던 미생물과 박테리아가 공기 중으로 퍼질 수 있다는 것이다. 실제로 2016년에 러시아 시베리아 한 지역의 영구동토층(여름에도 녹지 않는 땅)이 녹으면서 75년 전에 탄저병으로 죽은 순록이 노출됐고 이로 인해 순록 약 2,300마리가 떼죽음을 당하고, 소년 1명이 사망했다.

전 세계는 코로나19를 통해 이미 전염병의 공포를 경험했다. 코로나19는 단순히 건강 차원에서의 문제만 가져온 것이 아니다. 사회 경제적으로도 심각한 문제를 야기했다. 전 세계가 교류의 문을 걸어 잠그거나 봉쇄하는 조치를 실시했고, 이에 따라 세계적 규모의 경제 침체가 발생했다.

사회적 거리두기 조치로 서민의 생계 불안이 심각해졌으며 장기간의 팬데믹으로 전 세계인이 정신적 스트레스와 우울증을 겪었다. 국가는 공공의 안전을 이유로 국민에 대한 통제와 감시를 강화했고 이에 통제 사회에 대한 위험성과 동시에 개인의 자유와 신체권 보장을 외치는 목소리도 더욱 커졌다. 바이러스를 둘러싼 각종 음모와 거짓 정보가 난무하고, 자본과 권력에 휩쓸리는 과학과 의료계도 신뢰를 잃었다. 한마디로 온 세상에 불신과 의심, 단절과 갈등, 절망과 공포가 팽배했다. 코로나 위기는 현대인의 잘못된 생활 방식과 정치 경제 시스템의 오류, 과학과 의료의 한계, 생태적 가치와 영성의 상실로 이 사회의 문제점이 총체적으로 드러난 사태다.

코로나는 우연히 발생한 전염병이 아니다. 기후 위기와 생태계 파괴로 인한 필연적 재해다. 코로나는 앞으로 인류가 겪을 대재앙의 시작에 불과하다. 전 세계 국가들은 앞으로 다가올 새로운 전염병과 지구적 재난에 대비해 이제라도 제대로 된 대책을 마련해야 한다. 모임

인원을 몇 명으로 줄일지 식당을 몇 시까지 운영할지를 고민할 때가 아니다. 국가가 야단법석을 떨어야 할 것은 '확진자 수가 얼마나 증가했는지'가 아니라 '지구의 온도가 얼마나 상승했는지'이며, 국가가 감시해야 할 것은 국민의 사생활과 백신 접종 유무가 아니라 생태계 파괴 실태와 탄소 배출량이다. 국가가 고민해야 할 것은 '어떻게 개인을 통제해 전염병 확산을 방지할 것인가'가 아니라 '어떻게 전염병이 창궐하지 않을 인간 거주지와 생태 환경을 조성하느냐'이다.

코로나19 바이러스가 발생한 근본 원인에 집중해야 한다. 바이러스와 전염병이 확산할 수밖에 없는 인간 거주 환경의 문제점을 파악하고 기후 위기를 해결해야 한다. 바이러스 하나에 왜 생계와 세계 경제가 이토록 뒤흔들리는지, 현대인의 생계 방식과 현 경제 시스템의 불완전함을 깨달아야 한다. 바이러스 사태를 이용해 인간의 자유와 기본권을 탄압하고 세상을 통제와 감시, 분리와 갈등 사회로 만드는 정치권력의 위험성을 직시해야 한다.

전쟁

기후 위기로 인해 발생하는 전쟁을 일컬어 '기후전쟁'이라 부른다. 기후 전문가들은 앞으로 더욱 심각한 가뭄과 기근 등의 기후재해가 발생해 전 세계가 식량과 식수 등 필수 자원 공급에 치명적인 문제를 겪을 것이며 세계적으로 걷잡을 수 없는 형국의 갈등과 폭력, 전쟁이 일어날 것이라고 경고한다.

기후전쟁은 이미 일어났고, 지금도 일어나고 있다. 약 45만 명의 목숨을 앗아간 수단 다르푸르 유혈 분쟁은 21세기 최초의 비극적 기후 전쟁으로 꼽힌다. 수단 다르푸르에는 목축을 기반으로 유목 생활을 하는 북부 아랍계 부족과 농사를 짓는 남부 아프리카계 부족이 살고 있었다. 1980년대에 수단에 심각한 가뭄과 토양 사막화가 발생했고 북부 유목민들은 목초지와 물을 찾아 남부로 대거 이동했다. 남부 농민들은 북부 유목민이 자신들의 식수와 곡식을 훔쳐 간다며 그들의 접근을 막았다. 대립은 여기서부터 시작됐다. 양측의 갈등과 폭력은 점차 거세졌고 2003년에 내전이 발발했다. 이 참혹한 전쟁은 막대한 사상자를 내며 7년 동안이나 이어졌다.

2011년 봄 시작되어 2022년 현재까지도 끝나지 않은 시리아 전쟁 역시 기후 위기가 내전 발발의 도화선이었다는 분석이 있다. 내전이 발생하기 직전인 2006년에서 2010년, 시리아에는 기록적인 가뭄이 발생했다. 최악의 가뭄과 시리아 정부의 정책 실패로 극심한 흉작 사태가 벌어졌고 농촌에 살던 수백만 명의 주민들이 도시로 일제히 밀려들며 사회적 긴장이 고조됐다. 이런 사회적 갈등이 시리아 정권의 폭압과 '아랍의 봄' 시위 등 다른 요인과 결합해 2011년 3월 대규모 반정부 봉기가 일어났고, 이게 38만 명의 사망자를 발생시킨 전쟁으로 이어진 것이다.

2022년 2월에 발생한 러시아-우크라이나 전쟁의 원인으로도 기후 위기와 천연자원을 둘러싼 갈등이 지적됐다. 미국과 러시아의 패권 다툼과 러시아와 우크라이나의 역사적 갈등이 전쟁의 주된 원인으로 보이지만, 사실은 우크라이나가 보유한 방대한 천연자원과 곡창지대가 러시아의 우크라이나 침략의 배경이라는 것이다. 우크라이나에는 유럽에서 러시아 다음으로 많은 양의 천연가스와 각종 전자제품의 필수 원료인 희토류가 매장되어 있다. 또한 우크라이나는 러시아와 더불어 전 세계 밀수출의 20~30%를 차지하는 세계적인 곡창지대다. 우크라이나를 손에 넣을 경우 러시아는 유럽 최대의 식량, 에너지, 자원 강대국이 되어 서방 국가들에 대한 영향력을 증대하게 된다. 기후 위기로 인해 식량과 자원을 둘러싼 전쟁의 위험이 고조되는 시대다. 식량안보와 에너지 안보를 무기로 세계 패권을 뒤흔들겠다는 푸틴의 야심이 이번 우크라이나 침공의 숨은 요인이라는 분석이다.

기후 위기로 인한 우크라이나의 사회 경제적 혼란 역시 러시아가 비집고 들어올 틈을 내줬다는 의견이 있다. 2020년, 우크라이나 수도 키이우는 사상 최고 기온과 최악의 가뭄을 기록했다. 농작물 수확량이 급격히 감소하며 곡물 가격이 불안정해졌고 이에 따른 물가 상승으로 사회적 불안감이 팽배했다. 이러한 우크라이나의 사회 정치적 혼란을 틈타 러시아가 침공을 감행한 것이다.

또 전문가들은 러시아-우크라이나 전쟁이 서방 국가들의 과도한 화석연료 의존에서 비롯된 에너지 및 기후전쟁이라고 말한다. 푸틴 대통령이 기후 위기로 인한 탄소 감축 정책과 유럽 국가들의 대러시아 에너지 의존을 무기 삼아 전쟁을 일으켰다는 것이다. 이 부분에 대해서는 다음 에너지 위기에서 더 자세히 이야기하자.

해수면 상승으로 인한 기후난민 발생과 영토 분쟁도 앞으로 일어날 전쟁의 주요 요인이다. 전문가들은 현 추세대로 온난화가 진행된다면 2100년 무렵에는 지구 온도가 3도 올라 해수면이 1.1m 상승하고 뉴욕, 상하이, 뭄바이, 베니스, 시드니 등 전 세계적인 대도시들과

몰디브, 투발루 등의 남태평양 섬나라들, 방글라데시, 인도네시아, 네덜란드 등의 국가가 물에 잠길 것이라고 경고한다. 또 2050년까지 최소 12억 명의 기후난민이 발생할 것이라고 한다. 더 심각한 결과를 예측한 연구 결과도 있다.[20] 한 연구진은 2100년까지 지구 온도가 5도 상승하고, 그린란드와 남극 대륙빙하가 녹으면서 온난화에 가속도가 붙어 해수면이 최고 2.38m 상승할 것이라고 분석했다.[21]

현재 파키스탄은 사상 최악의 홍수 피해를 겪고 있다. 지난 6월부터 퍼부은 폭우가 두 달 넘게 지속되면서 파키스탄의 1/3이 물에 잠겼다. 홍수로 1,300여 명이 목숨을 잃었고, 인구의 15%인 3,300만 명이 피해를 보았다. 백만 채 이상의 가옥이 파괴됐고 모든 농작물이 물에 휩쓸렸다. 현재 이재민들은 극심한 식량 문제와 주거 문제, 그리고 전염병으로 고통받고 있다.

기후 위기로 인한 재난은 늘 지구 온난화에 상대적으로 책임이 적은 가난한 나라를 강타한다. 전 세계 탄소 배출량의 0.4%를 차지하는 파키스탄과 0.03%를 차지하는 태평양 섬나라들이 감당하기에 지구 온난화의 대가는 너무도 혹독하다. 탄소 중립을 실현하기 위해 전 세계의 적극적 노력이 그 어느 때보다 필요하다.

수억 명의 사람들이 주거할 수 있는 토지와 식수를 찾고자 다른 나라로 국경을 넘는 비극적 상황을 상상해보자. 온 세계는 지금과는 비교도 할 수 없을 정도의 차별과 혐오, 긴장과 갈등, 폭력과 전쟁으로 가득한 아수라장이 되어 있을 것이다. 산업화는 인간의 문명을 발전시켰지만, 산업화로 인해 인간은 도리어 물과 음식을 얻고자 서로를 죽이는 '문명화된 야만인'으로 전락할 위기에 놓여 있다.

식량 위기

우크라이나 국기는 하늘을 상징하는 청색과 밀을 상징하는 황색으로 구성된다. 파란 하늘 아래 넓게 펼쳐진 황금빛 들판은 우크라이나의 자랑이자 정체성이다. 우크라이나는 옥수수 수출 세계 3위, 밀 수출 세계 4위 국가로 '유럽의 빵 공장' '세계의 곡창지대'라고 불린다. 러시아는 세계 1위 밀 수출국이다. 러시아와 우크라이나 두 나라는 세계 총 밀 수출의 30%와 세계 총 옥수수 수출의 20%를 차지하는 나라다. 이것이 바로 현재 전 세계가 심각한 식량 위기를 맞이한 이유다. 러시아-우크라이나 전쟁으로 인해 두 나라의 식량 생산과 수송, 수출에 막대한 차질이 생겼다. 세계 식량 가격이 무섭도록 치솟았고 우크라이나산 밀에 의존하고 있던 아프리카의 빈곤 국가들이 심각한 식량난에 처했다. 다행히 지난 7월에 두 나라의 곡물 수출을 위한 합의가 극적으로 이뤄져 긴급한 식량난에 숨통이 트이긴 했지만 언제 다시 식량 길이 막힐지 모르는 바람 앞의 등불과 같은 상황이다.

전쟁의 영향으로 식량 가격이 급등하면서 사람들은 이제야 식량문제에 관심을 보인다. 그러나 식량 위기는 최근 갑자기 새롭게 등장한 이슈가 아니다. 이미 수십 년 전부터 수많은 과학자가 앞으로 다가올 전 인류의 기근과 식량 전쟁을 경고해왔다. 특히나 2010년 말 아랍권 국가들 사이에서 일어난 대규모 개혁 움직임인 '아랍의 봄'은 식량안보의 중요성을 경각시킨 대표적 사건이다.

북아프리카 국가들은 자신들의 주식인 밀조차 절반 이상을 수입에 의존해야 할 정도로 식량자급률이 현저히 낮다. 2007년에서 2008년 사이 기상이변과 곡물 투기 등의 이유로 세계 식량 가격이 급등했다.

설상가상으로 2010년에 러시아에 흉작이 들어 러시아산 밀 수출이 중단되었고, 전 세계 밀 가격이 60~70%나 치솟았다. 중동 및 북아프리카 국가들은 심각한 식량난을 겪었다. 먹고살기 힘들어진 국민들은 굶주림을 견디다 못해 거리로 뛰쳐나왔다. 이때 이들이 외친 구호는 '우리에게 먹을 것을 달라!'였다. 북아프리카와 중동 국가들의 부패한 독재 정부, 인권 유린 등의 이유와 식량난이 합세해 일어난 거센 민주화 시위였다.

북아프리카 국가들이 원래부터 농사를 짓지 않은 것은 아니다. 지리적 요건과 기후 위기로 경작지와 수자원이 매우 부족함에도 이집트에는 인류 최초의 곡창지대라 할 수 있는 나일강 삼각지대가 있다. 이집트는 1970년대 초반까지만 해도 밀 자급자족이 가능했다. 그러다 1980년대 급격한 인구 증가와 1996년 세계무역기구WTO 체제에 따라 이집트의 농산물 시장이 개방됐고, 그 이후로 밀 자급률이 40% 이하로 떨어졌다. 이렇듯 세계무역과 기후 위기는 전 세계 여러 국가의 식량주권을 빼앗았고 이 나라들은 세계 곡물 가격이 요동칠 때마다 심각한 식량난을 겪게 됐다.

'아랍의 봄'과 시리아 전쟁을 발발시킨 결정적 계기가 식량 위기였음에도 2007년 이후 지난 15년 동안 세계는 식량안보에 대해 아무런 대비를 하지 않았다. 현재 세계는 그때보다 더 심각한 위기를 맞이하고 있다.

올해 전 세계는 최악의 기상이변을 경험했고 이에 따라 곡물 생산에 큰 차질을 빚었다. 세계 최대 밀 생산국인 중국은 올여름 기록적인 가뭄과 폭우 피해를 동시에 입으며 밀 생산량이 20% 감소했고, 세계

2위 밀 생산국 인도 역시 최근 120년 만의 폭염 피해를 보았다. 세계 2위 밀 수출국 미국과 서유럽 최대의 농업국가 프랑스 역시 폭염과 가뭄으로 최악의 작황을 겪었다. 아프리카는 기후재앙으로 식량 가격이 상승할 때마다 식량 대란의 직격탄을 맞는다. 2020년 10월부터 시작된 가뭄의 영향으로 에티오피아와 케냐, 소말리아에서 최소 2천만 명이 극심한 식량 불안에 시달리고 있다.

기후 변화에 관한 정부 간 협의체인 IPCC는 기후 위기로 작물 수확량이 10년마다 2%씩 감소하는 반면, 인구 증가로 인한 식량 수요는 10년마다 14%씩 늘어나리라 전망했다. 또 기온이 1.5도 상승하면 식량 위기로 고통을 받게 될 사람이 전 세계적으로 3,500만 명 증가할 것이라고 한다.[22] 앞으로 전쟁이나 전염병 등의 문제가 생기지 않는다고 하더라도 기후 위기만으로 전 세계가 식량 파국을 겪을 것이라는 이야기다.

실제로 굶어죽는 생명보다 당장 피부에 와 닿는 밥값을 더 '살인적인' 현실로 받아들이는 현 사회의 모습이 씁쓸하기도 하다. 지금이라도 사람들이 식량 위기의 심각성을 인지하게 된 것을 그나마 다행이라고 해야 할까? 이 위기를 일시적인 문제로 여기지 않았으면 하는 바람이다. 기후 위기의 근본 원인은 대량 생산과 대량 소비, 대량 낭비를 주축으로 하는 현대 농업, 축산업, 어업, 산업, 그리고 자본주의 시스템에 있다. 인간의 돈에 대한 탐욕이 결국 돈으로도 먹을 것을 사먹지 못하는 비극의 세상을 만들고 있다. 지금처럼 식량이 남아도는 풍요의 세상에서도 세계 절반의 인구가 굶주리고, 자신들의 배만 채우기 바쁜 인간들이 가득한데, 정말 먹을 것이 하나도 없는 기근의 시대가 왔을 때, 인간과 이 세상은 과연 어떤 모습으로 타락할지 상상하기 힘들다.

에너지 위기

현대 문명은 석탄, 석유, 천연가스의 화석연료를 기반으로 세워졌다. 언제 고갈될지 모르는 한정적인 자원에 인류의 미래와 생계, 삶의 편리를 전적으로 의존하고 있는 모습이 마치 언제 무너질지 모르는 모래 위 성에 서 있는 것 같다. 현대 인류가 250년 넘게 쌓아 올린 이 '모래 위의 성'은 이미 조금씩 무너져 내리고 있다. 현재 세계는 과도한 에너지 남용과 화석연료 의존으로 절체절명의 위기에 봉착했다. 앞서 말한 전염병, 전쟁, 식량 위기, 물가상승의 근본 원인은 기후 위기다. 그리고 지구 대기권으로 막대한 탄소를 뿜어내는 화석연료 사용이 기후 위기를 야기했으니 결국 지금 인류가 겪는 모든 '최악의 상황'의 원인이 바로 에너지에 있다고 봐도 과언이 아니다.

에너지 문제는 인간의 탐욕과 어리석음을 고스란히 보여준다. 에너지의 과도한 사용이 이 모든 파국을 가져왔다. 어차피 화석연료의 양도 한정적이니 다 함께 에너지 사용을 멈추면 이 모든 문제가 해결될 것 같은데, 현실은 그렇게 간단하지 않다. 편리함과 '성장'에 대한 인간의 눈먼 욕망은 절체절명의 생존 위기 앞에서도 끝을 모르기 때문이다. 인간은 에너지를 얻고자 자신의 생명을 포함한 온 인류의 미래를 포기한다. 현대에 일어난 대부분의 전쟁은 에너지 자원을 차지하기 위해 혹은 에너지를 무기 삼아 세계 패권을 장악하기 위해 벌어졌다. 에너지 위기는 식량 위기만큼이나 인류를 전쟁과 파멸로 몰고 갈 수 있는 폭발적인 사안이다.

1970년대, 중동 전쟁을 시작으로 석유는 무기화되었다. 당시 이스라엘에 밀리고 있었던 아랍 국가들은 서방 국가들과 이스라엘을 압박하고자 석유 가격을 올리고 석유 생산을 감산했다. 이 사건이 바로 제1차 오일쇼크다. 그 영향으로 주요 선진국들은 물가상승과 경기침체가 동시에 나타나는 스태그플레이션을 겪었다. 이후 얼마 지나지 않아 또 한 차례의 오일쇼크가 전 세계를 뒤흔들었다. 1979년 이슬람 원리주의자 호메이니가 이란혁명을 일으켜 당시 친미 정권이던 팔레비왕조를 전복하고 이란 공화국을 설립했다. 그 후 이란은 미국과 단교하며 원유 수출을 전면 중단했고 또 한 번 오일쇼크가 발생했다. 2차 오일쇼크의 충격은 세계 경제를 마구 뒤흔들었다. 이때 우리나라는 최악의 스태그플레이션을 겪었다. 8%대 중반을 보였던 경제성장률이 -1.4%를 기록했고, 1980년에 소비자 물가가 무려 30% 가까이 올랐다. 그리고 지금, 전 세계에 또 한 번의 오일쇼크와 경제위기의 먹구름이 드리웠다. 상황은 1차, 2차 오일쇼크 때보다 더욱 심각하다.

러시아는 세계 1위의 천연가스 수출국이자 세계 2위의 원유 수출국이며 세계 3위의 석탄 수출국이다. 러시아가 보유한 막대한 자원 중에서 최근 가장 중요하게 대두되는 것이 바로 천연가스다. 2050년까지 탄소 배출량을 '0'으로 낮추자는 '파리기후변화협약'에 따라 유럽을 비롯한 세계 각국은 석탄과 석유보다 비교적 탄소를 덜 배출하는 천연가스에 의존해왔다. 화석연료별 이산화탄소 총배출량은 석유 36.8%, 석탄 42.6%, 천연가스 20.7%이다. 천연가스는 재생에너지 전환에 다리 역할을 하는 'BRIDGE ENERGY'다. 그런데 문제는 유럽연합의 국가들이 전체 천연가스 수입량의 48% 이상을 러시아에 의존해왔다는 사실이다.

전문가들은 러시아가 천연가스를 무기로 우크라이나 전쟁을 일으켰으며, 따라서 이 전쟁은 사실상 에너지 패권 전쟁, 혹은 기후 전쟁이라고 분석했다. 러시아는 최근 유럽연합의 대러 제재에 대한 보복으로 유럽 국가들에 대한 천연가스 공급을 중단했다. 이에 유럽 국가들은 경제 위기뿐만 아니라 올겨울 닥쳐올 심각한 에너지난을 두려워하며 전전긍긍하고 있다. 러시아의 천연가스 공급 중단으로 세계가 겪을 문제는 생각보다 심각하다. 천연가스 가격 폭등으로 전 세계가 물가 상승과 경기 침체를 동시에 겪고, 천연가스 에너지를 주원료로 지탱해온 주요 산업들이 휘청대며 세계 경제가 뒤흔들리고 있다. 전력 수급과 올겨울 난방 대비에도 비상이 걸렸다. 무엇보다 가장 심각한 문제는 연료 확보에 혈안이 된 유럽 국가들이 탄소 배출량이 가장 높은 석탄 화력발전소와 치명적 위험성을 내재한 원자력 발전소를 재가동하기 시작한 것이다.

최근 연구에 따르면 온난화를 1.5도 상승에서 멈추게 하려면 2050년까지 전 세계 석탄의 90%, 석유·가스의 60%를 땅속에 그대로 둬야 한다.[23] 또한 현재 이미 개발된 화석연료의 40%를 땅속에 둔다고 해도 지구 온도 상승이 1.5도에서 멈출 확률은 50%밖에 되지 않는다고 한다. 즉, 기후 재앙의 데드라인을 넘기지 않으려면 지금 당장 화석연료 추출을 멈춰야 한다는 이야기다. 이렇게 기후 위기 상황이 절박한데도 현재 유럽 국가들은 가장 탄소 배출량이 큰 석탄 발전 가동을 다시 시작하겠다고 나선다.

최악의 기후재앙, 전염병, 전쟁, 식량 위기, 에너지 위기, 경제 위기 등 현재 세계에 불어닥친 모든 위기의 근본 원인은 기후 변화, 즉 지구 온난화에 있다. '인류에 대한 모든 위협의 뿌리가 결국엔 화석연료'라는 우크라이나 기후학자의 외침을 왜 세상은 아직도 듣지 못하고 있는 것일까? 화석 에너지는 인류를 파멸로 이끈다. 인류는 에너지가 없어도 생존할 수 있다. 우리는 지금 아주 중요한 선택을 해야 한다. 에너지인가 생존인가?

최악의 위기는 최고의 기회

현재 인류는 '최악의 위기'를 겪고 있다. TV와 인터넷에서 '여기도 최악, 저기도 최악'하는 뉴스가 매일같이 터져 나온다. 이에 사람들의 기분 또한 '최악'이 된다. 도대체 어디서부터 문제를 풀어야 할지, 과연 이 문제들에 답은 있는 것인지 막막하기만 하다. '최악, 최악'하는 뉴스에 확 짜증이 난 사람들은 재미있는 예능으로 채널을 돌려버린다. '최악의 위기'는 홱 돌아간 채널처럼 사람들의 기억 속에서 사라진다. 사람들은 현실을 직시하기보다는 회피하고, 해결을 위해 노력하기보다는 무관심을 선택한다. 그리고 이것이 바로 현재 인류가 극복해야 할 가장 큰 위기다. 우리는 지금의 상황을 회피해서도, 세상의 위기에 무관심해서도 안 된다. 아직 우리에게는 희망이 있기 때문이다. 나는 도무지 해결할 수 없을 것 같은 이 '최악의 위기'에서 '최고의 기회'를 발견한다. 이 모든 위기는 이미 손쓸 수 없는 재앙의 시작을 알리는 것이 아니다. 지금이라도 재앙을 막을 수 있다는 아주 고마운 경고 신호다. 지구 생명력이 한계에 다다랐으니 어서 빨리 지구를 돌보라고. 지금의 시스템에 치명적인 문제가 있으니 생활 방식과 경제 시스템을 과감히 바꾸라고. 현재 인간이 돈이라는 그릇된 '신'을 좇고 있으니 삶의 가치관과 신념 체계에 전환을 이루라고. '그렇지 않으면' 지구의 모든 존재가 머지않아 고통 속에 멸종하게 될 거라고 말이다. 중요한 건 '그렇지 않으면'이다. 우리에게는 아직 '이렇게만 하면'이라는 기회가 있다.

소비를 멈추자

요즈음 일정 기간 한 푼도 쓰지 않는 '무지출 챌린지'가 사람들 사이에서 퍼지고 있다는 뉴스를 보았다. 순간 내 귀를 의심했다. 인생은 한 번뿐이라는 '욜로(YOLO)'와 자기 능력과 힘을 과시적 소비로 자랑하는 '플렉스(FLEX)'라는 신조어에 혼자 가슴이 무너져내린 것이 엊그제였기 때문이다.

무섭게 치솟는 물가와 경기 불안에 젊은 세대는 그야말로 '생존의 위협'을 느꼈다. 그리고 이 위험한 세상에 맞설 새로운 생존 방법으로 '무소비'를 택했다. 지갑을 닫아버린 젊은 세대를 두고 "경기침체를 악화시켜 나라가 망할 것이다"라며 혀를 차는 사람이 있고, 가난에 질린 젊은이들이 어쩔 수 없이 벌이는 '비자발적 소비 절제'라며 씁쓸해하는 사람도 있다. 여기서 나는 이런 반응을 보이는 '어른'들에게 이렇게 묻고 싶다.

당신들의 소비는 세상을 구하고 있습니까? 당신들의 노동과 소비는 정말 자발적입니까?

'무소비 챌린저'들은 나라를 망하게 하는 반역자도 아니고 선택의 여지가 없어 궁상떠는 패배자도 아니다. 내게 이들은 '무소비 혁명'을 함께 일으킬 혁명가 동지이자 세상에 새로운 시스템을 구축할 선구자이며, 인류를 위기에서 구할 영웅이다. 다만 이 '혁명 동지'들은 자신들의 무지출 행위가 어떤 중요한 의미와 영향력을 지니는지 아직 인식하지 못했을 뿐이다. 내가 처음 '0원살이 프로젝트'를 시작할 때처럼 말이다.

현 경제 시스템을 움직이는 두 수레바퀴는 대량생산과 대량소비다. 소비가 멈추면 경제가 무너진다. 현대인에게 소비가 멈춘 세상은 마치 삶이 멈춘 세상처럼 들릴 것이다. 그러나 진실은 그 반대다. 소비가 멈추면 이 세상의 수많은 문제와 비극이 사라지고 모든 것이 제자리, 평화의 상태로 돌아간다. 소비가 멈추면 공장이 멈추고, 자원 착취가 멈추고, 기후변화가 멈춘다. 과도한 노동과 인간 착취와 생존 경쟁이 멈춘다. 물질 숭배와 이윤 추구, 부정부패가 멈춘다. 식민주의와 패권주의, 전쟁이 멈춘다. 모든 거래가 소비 대신 교환으로 이루어지는 세상. 재산 축적이 아닌 자원 공유와 나눔만이 있는 세상. 돈이 없어도 생계에 전혀 문제가 없는 세상. 소비가 멈출 때 세상은 진정한 '유토피아'가 된다.

물론 '유토피아'는 단번에 오지 않는다. 우리는 현 시스템 내에서 과도기를 거쳐야 한다. 지금 당장 모든 사람이 일제히 소비를 멈추거나 돈을 사용하지 않고 살기는 현실적으로 불가능하다. 또한 준비되지 않은 상태에서 갑자기 소비 시스템이 붕괴된다면 세상엔 엄청난 혼란과 갈등이 일어날 것이다. 기후 재앙, 전쟁, 식량 대란, 전염병, 에너지 고갈, 물 부족 등의 불가항력적 위기가 닥치면 그때 우리는 '비자발적'으로 소비를 멈출 수밖에 없다. 그때의 무소비는 그야말로 재앙이다. 따라서 우리는 지금부터 준비해야 한다. 자발적 무소비와 윤리적 소비라는 새로운 형태의 소비문화로 신속한 전환을 이끌어야 한다.

불필요한 물건과 식품 구매를 줄여 대량 생산, 대량 소비, 대량 낭비의 폭주 기관차를 멈춰 세우자. 생산 및 유통 과정에서 다른 인간의 노동력과 생명을 착취하는 비윤리적인 제품의 소비를 거부하자. 지역에서 생산되는 친환경 식품만을 소비해 나라의 식량안보와 땅의 생명력을 지켜내자. 동물과 바다 생명체를 음식이 아닌 '반려 생명'으로 인식하고 평화로운 초식동물로 진화하자. 세상을 망하게 하는 것은 '무소비'가 아니라 '무분별한 소비'다. 우리가 모두 생태 윤리적 책임 의식을 지닌 소비자가 될 때, 생산자와 도소매인과 산업과 시스템도 자멸이 아닌 공생의 방향으로 향하게 될 것이다. 한 '무지출 챌린저'가 '안 사도 안 죽는다'라고 외치며 '무소비' 도전을 시작했다. 이제 우리는 구호를 바꿀 때가 됐다. '안 사야 안 죽는다!'

자급자족 생계

소비주의를 대체할 시스템은 자급자족이다. 은신처, 먹거리, 옷, 에너지 등 생존에 필요한 것들을 스스로 만들어내자. 착취를 기반으로 하는 '부'를 창출하는 노동이 아닌 생명을 기반으로 하는 '삶'을 창조하는 노동을 하자. 생산자가 소비자가 되고 소비자가 생산자가 될 때, 불필요한 낭비나 무의미한 노동은 발생하지 않는다. 딱 필요한 만큼만 생산하고 남는 건 이웃과 나눈다. 그러고도 남는 건 쓰레기통이 아닌 '흙'으로 되돌리자. 어디서 자고 무엇을 먹을지 인간의 기본 생존 욕구를 스스로 해결한다면 세상의 모든 불안과 경쟁은 사라질 것이다.

개인뿐만 아니라 국가와 세계 경제 역시 경제 시스템을 '자립 경제'로 전환해야 한다. 세계화된 경제구조가 얼마나 불안하고 취약한지 지금 우리는 각종 '최악의 위기'를 통해 절실히 깨닫고 있다. 전염병이 한 번 지나갈 때마다, 지구 반대편에서 전쟁이 일어날 때마다 우리의 생계 자체가 송두리째 뒤흔들린다. 현 세계 경제 체제는 결단코 완벽하지 않다. 문제는 지나친 의존도다. 그리고 가장 위험한 것은 식량 의존이다.

'네가 농업에 매진하면 나는 산업에 매진할게. 각자 생산성이 높은 상품을 집중적으로 생산해 사이좋게 교류하면 우리 둘 다 행복할 거야' 하고 자유무역의 개념을 말할 수 있다. 하지만 이는 어디까지나 '상황이 좋을 때'만 가능한 거래다. 기후 재앙과 전쟁 등의 이유로 식량 상황이 나빠지면 이 거래도 깨진다. 곡물 생산 국가는 자국 식량

확보가 가장 중요하기 때문에 식량 수출을 중단한다. 이때는 고급 자동차도 반도체도 필요 없다. 더럽고 치사해도 어쩔 수 없다. 인간은 반도체를 먹을 수 없기 때문이다. 그렇다. 우리는 반도체도 자동차도 그리고 돈도 먹을 수 없다. 인간이 먹을 수 있는 건 오직 식량뿐이다. 세 살 아이도 알고 우리 집 멍멍이도 다 아는 지극히 기본적인 '자연의 법칙'을 정녕 다 큰 어른과 정치인은 모르는 것일까? 한국의 곡물 자급률은 2020년 기준으로 20.2%에 불과하다. OECD 국가 중 최하위 수준이다. 인간은 '돈'을 먹고 살 수 없다는 것을 시급히 깨닫고 국가 차원의 식량 자립을 이루어야 한다. 이것이 바로 식량안보다.

나는 자본주의와 세계화된 경제구조가 지금 당장 붕괴되길 바라는 것이 아니다. 인류의 생존과 지속가능성을 위해 더 나은 체제로 진화하길 바란다. 개인의 생계를 소비 기반의 시스템에 전적으로 의존하고, 식량과 같은 생존 필수품을 세계 무역에 의존하는 것은 참으로 위험하다. 이런 시스템에서는 지금보다 더 치명적인 지구적 위기가 발생할 때 수많은 사람의 생존이 위협 아래 놓이게 될 것이다. 따라서 적어도 식량과 에너지만큼은 모든 개인과 각 국가가 자급적으로 생산하는 시스템을 만들어야 한다. 자립하는 자는 노예가 되지 않으며 그 누구에게도 권력을 주지 않는다. 그 어떤 위기와 위협에도 자유와 인간적 위엄을 지킬 수 있다.

거대한 국가 체계와 의존적 경제 시스템이 사라지고, 작은 규모의 자급자족 공동체로 사는 세상. 생계의 안정 속에서 모든 인류가 존재의 진화를 이루는 세상. 자급자족 경제는 소박하지만 완벽한 인류의 대안 시스템이다.

깨어남

사람들은 말한다. 인간은 본래 이기적이고 탐욕스러운 존재라고. 내가 꿈꾸는 세상은 지나치게 이상적이고 실현 불가능하다고. 그럴지도 모른다. 어떻게든 시스템의 전환을 맞이한다고 해도 또다시 욕심 많고 힘센 누군가가 나타나고, 또다시 착취와 폭력과 전쟁이 생겨날지 모른다. 인간이 비극의 역사를 되풀이하지 않으려면 의식적인 차원에서의 진화가 필요하다. 이 진화는 지능의 발달이나 신체의 변화가 아니다. 우리 존재의 근본인 '더 높은 자신' '우주' '전체의식' '사랑'과 통합을 이루는 의식적 도약을 말한다. 순수한 마음과 열린 가슴, 절대적 평온과 드높은 자유로의 정화를 의미한다. 세상 모든 존재를 사랑하는 '하나'로 연결된 상태를 뜻한다. 인류가 진정한 진화를 이룬다면 우리는 정말 꿈같은 세상에서 살아갈 수 있다.

사실 나는 우리 인류가 이미 새로운 차원으로의 진화, 집단으로 깨어나는 과정에 있다고 믿는다. 물론 현재 일어나는 '최악의 위기'와 줄어들 줄 모르는 인간의 탐욕만 보면 인류가 '순수한 상태'로 진화하고 있다는 증거를 찾기가 어렵다. 오직 파멸을 향한 퇴보를 하는 듯 보인다. 그러나 역사학자들은 말한다. 믿기 어렵겠지만 지금이 인류 역사상 가장 평화로운 시기라고. 대량 학살과 대규모 전쟁으로 얼룩진 20세기는 인류에게 가장 폭력적이고 잔인한 시기인 것처럼 여겨지지만 사실 그건 각종 미디어를 통해 폭력과 전쟁의 소식을 생생히 접했기 때문이라는 것이다. 인구당 살해된 인구 비율과 전쟁이나 내전의 수를 고려했을 때 실제로 인류의 폭력은 '먼 과거'에 비해 현저히 줄었다. 중세와 비교하면 인구 10만 명당 살해된 인구는 16세기에 100명 수준이었지만, 현대는 0.5명 수준이니 200분의 1로 줄어든 셈이다.[24] 전쟁 사망자 수를 비교해봐도 마찬가지다. 1600년대 전쟁 사망자 수가 20세기 중반에 일어난 전쟁 사망자 수보다 4.5배나 많다.[25] 현대전은 대량 살상 무기를 사용하는데도 말이다(참고로 나는 초기 인류의 원시 공동체는 고차원적 의식과 연결성, 고도의 직관력과 영적 능력을 지닌 '진화'된 사회였으며, 인류 역사상 폭력과 잔인함이 가장 드문 시기였을 것이라고 믿는다. 물론 원시사회의 폭력성에 관해서는 학자들의 다양한 의견이 존재한다. 어쨌든 여기서 내가 말하는 '먼 과거'에 초기 인류 사회는 해당하지 않는다는 것을 분명히 밝힌다). 물론 사회의 폭력을 처벌하는 국가라는 존재와 서로의 생존이 이해관계로 얽히게 되는 상업의 발달로 폭력의 동기가 줄어든 점도 있다. 하지만 다른 존재에 대한 연민, 정의감, 도덕성, 인권, 연대감, 공감 능력, 생태 감수성, 폭력 민감성 등 보편적 가치에 대한 인류의 의식적 전환이 '먼 과거'보다 강력하게 일어난 것은 분명한 사실이다.

인간의 삶의 방식과 가치관에서도 지난 몇십 년 사이에 큰 변화가 일어났다. 소비 지향적 삶에서 가치 중심적 삶으로, 성공과 부를 추구하는 물질 만능주의에서 행복과 마음의 평화를 추구하는 '마음 만족주의'로 가치관이 바뀌고, 개인의 욕망을 채우려 지구를 착취하기보다 모두의 공존을 위해 지구를 보호하려는 사람들이 상당히 늘어나고 있다. 그리고 무엇보다 흥미로운 것은 영성과 수행에 대한 관심이 전 세계적으로 급격히 증가하고 있다는 사실이다. 동양의 요가원과 명상센터에는 진리와 깨달음을 찾아 몰려든 서양인이 가득하고, 마음 수행과 관련된 서적들은 세계적인 베스트셀러가 된다. 진리 탐구가 하나의 비즈니스가 되고, 사이비 구루Guru(영적 스승)들이 늘어나는 게 다소 안타깝기는 하지만 어쨌든 현재 많은 사람이 물질보다 더 중요하고 근본적인 무엇인가를 찾아 '영적 여정'을 시작했다는 것은 참으로 기쁘고 반가운 일이다. 이런 현상을 보며 세계의 많은 영적 스승들은 현재 인류에게 새로운 도약과 진화의 시기가 도래했다고 말한다. '집단적 깨어남'의 결정적인 징후라는 것이다. 이들에 의하면 이 '의식의 진화'는 지금 갑자기 일어난 것이 아니라 인류의 역사와 함께 이미 수백만 년 동안 진행돼 왔다. 인류가 여전히 탐욕과 파멸의 차원으로 타락하고 있는 듯 보이지만 이 역시 궁극적으로는 순수와 평화의 영역으로 진화하는 과정 중에 나타나는 불가피한 '저항'일 뿐이라는 것이다. 나 역시 현시점에서 보이는 극단의 세계는 인류의 '깨어남'이 임박했음을 알리는 극적인 신호라고 믿는다. 하지만 그렇다고 지금 인류에게 불어닥친 모든 위기가 '더 높은 자신'에 의해 저절로 해결되거나 갑자기 메시아가 나타나 모든 인류를 '불구덩이'에서 구원하리라고 생각해서는 안 된다. 안타깝게도 그런 일은 일어나지 않는다. 지금처럼 인간의 무지와 탐욕이 증가하고 지구 온난화가 계속된다면 지구상의 현 인류는 반드시 멸종한다. 중요한 것은 인류가 멸종한다고 하더라도 지구와 우주에는 아무런 영향을 미치지 않는다는 사실이다. 지구와 우주는 멸망하지 않는다. 지구에는 새로운 생명체가 다시 자라날 것이고, 우주의 관점에서 인류의 멸종은 그저 티끌보다도 *작~~~은 미~~~세한* 변화, 혹은 '일어날 일'에 불과할 뿐이다. 멸종을 코앞에 두고 처참한 몸부림을 치는 것은 인간뿐일 것이다. 따라서 지금의 위기를 해결해야 할 당사자 역시 인간이어야 한다.

지금 마주한 '최악의 위기'는 '최고의 기회'다. 전체 인류가 '집단적 깨어남'을 일제히 맞이하기에 지금보다 좋은 기회는 없다. 죽음과 파멸 앞에서 인류는 힘을 합칠 것이며 생존을 향한 절박함이 강력한 변화를 일으킬 것이고 서로를 살려야 한다는 강한 연민이 우리 모두를 '하나'로 단단히 통합할 것이기 때문이다. 우리 존재의 근본은 '하나의 연결'이며 '사랑'이다. 이기심과 탐욕과 두려움이 아니다. 모든 인간이 수행을 통해 마음을 정화하며 '사랑'의 진리에 다가가야 한다. 나와 네가 하나임을 깨달으면 미움과 이기심이 사라진다. 필요한 모든 것이 이미 '연결' 속에 주어져 있음을 알면 갈망과 탐욕 또한 사라진다. 우주 전체가 나를 보살피고 사랑하고 있음을 온전히 믿으면 두려움과 불안도 사라진다. 인간의 참 존재가 간절히 바라는 것은 부도 권력도 명예도 아니다. 행복과 자유와 평온이다. 마음이 순수를 회복하면 인간은 모든 괴로움과 번뇌에서 벗어난다. 그리고 세상엔 사랑과 평화만이 남는다. 이것이 바로 인간 의식의 참된 진화이며 인간이 이뤄야 할 참된 문명이다. 자아실현과 유토피아는 인간의 마음 수행, 그리고 '깨어남'을 통해 이룰 수 있다.

파멸하든 하지 않든 우리는 진화해야 한다. 제시간에 인류 전체의 진화가 전적으로 이뤄진다면 지구는 인류에게 낙원이 될 것이다. 제때 집단적 진화를 이루지 못해 인류가 멸망하게 되더라도, 진화를 이룬 존재는 우주 어딘가에서 더 고차원적인 존재로 다시 태어날 것이다. '깨어난 자'에게 지금의 몸과 한 생은 큰 의미가 없다. 진리의 세계에는 죽음도 소멸도 없기 때문이다. 죽음과 재앙이 눈앞에 찾아와도 '깨어난 자'들은 절규하지 않는다. 다만, 다른 존재들의 절규와 고통에 눈물을 흘릴 뿐이다. 이제 당신의 선택만이 남았다. 늦지 않게 함께 깨어나 지구를 '낙원'으로 만들 것인가, 굶주림과 불구덩이 속에서 발악하며 깨어나지 못한 자들과 함께 파멸을 맞을 것인가.

나는 믿는다. 우리는 모두 진화를 이룰 것이다. 다 함께 깨어나 한 명도 빠짐없이 완전한 세상을 맞이할 것이다. 나와 당신이 '하나'인 세상, 모든 이에게 열매와 곡식이 주어지는 세상, 햇빛은 늘 온화하고 바다는 늘 관대한 세상, 동물이 평화롭게 뛰놀고 물살이가 자유롭게 헤엄치는 세상, 사람도 평화롭게 뛰놀고 자유롭게 헤엄치는 세상, 놀고 쉬고 기뻐하고 감사하는 것만이 어른의 할 일인 세상, 가슴에 오직 '*사랑*'밖에 느낄 게 없는 세상, 이 세상에 이렇게 살아 있는 것이 진정한 축복이라 여겨지는 세상. 우리가 모두 다 함께 손을 잡고 이런 기적의 세상을 맞이할 것임을 나는 온 가슴을 다해 믿는다.

책을 만들며 도움 받은 것들

다큐멘터리: 채식, 음식산업, 기후 위기 관련

로버트 케너, 「푸드 주식회사」(Food, Inc.), 2008
숀 몬슨, 「지구생명체」(Earthlings), 2005
리 풀커슨, 「칼보다 포크」(Forks Over Knives), 2011
킵 앤더슨·키건 쿤, 「소에 관한 음모」(Cowspiracy: The Sustainability Secret), 2014
킵 앤더슨·키건 쿤, 「몸을 죽이는 자본주의 밥상」(What The Health?), 2019
알리 타브리지·킵 앤더슨, 「씨스피라시」(Seaspiracy), 2021
제프 올로우스키, 「산호초를 따라서」(Chasing Coral), 2017
로버트 닉슨·피셔 스티븐스, 「미션 블루」(Mission Blue), 2014
피셔 스티븐스, 「비포 더 플러드」(Before The Flood), 2016
안토이네트 윌슨·조단 오스몬드, 「리빙 더 체인지」(Living The Change), 2018

책

조너선 사프란 포어, 송은주 옮김, 『동물을 먹는다는 것에 대하여』(Eating Animals), 민음사, 2011

마이클 폴란, 『잡식동물의 딜레마』(The Omnivore's Dilemma : The Natural History of Four Meals), 다른세상, 2008

피터 싱어, 김성한 옮김, 『동물 해방』(Animal Liberation), 연암서가, 2012

제레미 리프킨, 신현승 옮김, 『육식의 종말』(Beyond Beef), 시공사, 2002

멜라니 조이, 노순옥 옮김, 『우리는 왜 개는 사랑하고 돼지는 먹고 소는 신을까』(Why We Love Dogs, Eat Pigs, and Wear Cows - An Introduction to Carnism), 모멘토, 2011

존 로빈스, 안의정 옮김, 『존 로빈스의 음식혁명: 육식과 채식에 대한 1000가지 오해』(The Food Revolution: How Your Diet Can Help Save Your Life and Our World), 시공사, 2011

짐 메이슨·피터 싱어, 함규진 옮김, 『죽음의 밥상: 농장에서 식탁까지, 그 길고 잔인한 여정에 대한 논쟁적 탐험』(The Ethics of What We Eat), 산책자, 2008

김동현, 『풀 파워: 고기와 우유보다 당신을 건강하게 해줄 자연식물식』, 들녘, 2021

김한민, 『아무튼, 비건: 당신도 연결되었나요?』, 위고, 2018

황성수, 『현미밥 채식: 병 안 걸리는 식사법』, 페가수스, 2013

장 지글러, 유영미 옮김, 『왜 세계의 절반은 굶주리는가?: 유엔 식량특별조사관이 아들에게 들려주는 기아의 진실』(La faim dans le monde expliquée à mon fils), 갈라파고스, 2016

이 외에 영감을 준 영화와 책

프란코 체피렐리, 「성 프란체스코」(Brother Son, Sister Moon), 1972
콜린 세로, 「뷰티풀 그린」(La Belle Verte), 1996
* 레인보우 카라반 여행할 때에 히피들과 함께 두 편의 영화를 보았어요. 책에는 언급하지 않았지만 여러분이 꼭 보았으면 하는 영화입니다.
토비 헤멘웨이, 이해성·이은주 옮김, 『가이아의 정원』(Gaia's Garden), 들녘, 2014
A. A. Milne, *Winnie-The-Pooh*, EGMONT, 2004
칼릴 지브란, 류시화 옮김, 『예언자』(The Prophet), 무소의 뿔, 2018
말로 모건, 류시화 옮김, 『무탄트 메시지: 그 곳에선 나 혼자만 이상한 사람이었다』(Mutant Message Down Under), 정신세계사, 2003
Shaun Chamberlin, *Low Impact Living Communities in Britain*, A Diggers & Dreamers, 2014

무전여행에 유용한 사이트 및 단체

우프(영국) https://wwoof.org.uk/

헬프엑스 https://www.helpx.net/

워크어웨이 https://www.workaway.info/

카우치 서핑 https://www.couchsurfing.com/

웜 샤워즈 https://www.warmshowers.org/

트러스트 루트 https://www.trustroots.org/

서바스 https://servas.org/

히치 위키 https://hitchwiki.org/en/Main_Page/

고마움

우주에 존재하는 모든 '우리'에 고맙습니다.
'우리'가 있어 이 여정이 있었고, 지금의 나의 삶이 있습니다.
수많은 '우리' 중 이 책이 세상에 나오는 데까지 큰 정성과 진심을 쏟아준 김혜민 편집자에게 특별히 더 고마운 마음을 전합니다.
인터넷 우주를 떠돌던 나의 원고가 당신의 컴퓨터에 히치하이킹하던 순간! '우리'의 기적이 시작되었습니다. 당신이 있어 이 책이 있습니다. 고맙습니다.

주

1 우프WOOF 영국 공식 홈페이지

2 다큐멘터리 「씨스피라시」(Seaspiracy), 2021

3 그린피스 서울사무소, "참다랑어를 돌아오게 하는 방법: 강력한 어업 규제가 필요한 이유", 2021-12-15

4 남두백, 영남일보 기획 특집, "연근해 어획량 43%나 급감… 수산자원 관리 묘책을 찾아라", 2019-03-19

5 다큐멘터리 「씨스피라시」(Seaspiracy), 2021

6 KBS, 박재우 "해초가 탄소 흡수!…바다숲으로 온실가스 감축", 2021-10-04

7 중앙일보, 천권필 "숲보다 탄소 많이 흡수하는 바다…심해가 '지구 탄소저장고'인 이유", 2021-06-08

8 환경부, 환경통계포털, 2022

9 농민신문, 홍경진 "식량 위기 아우성인데…농식품 폐기량, 쌀 소비량 웃돈다", 2022-6-29

중앙일보, 손해용 "뉴스원샷: '식량 안보' 절실한데, 버려지는 식품은 눈덩이", 2022-04-30

10 유엔환경계획UNEP, 식품 폐기물 지수 보고서: 전 세계 온실가스 배출량에서 음식물 쓰레기가 차지하는 비중, 2021

11 유럽연합 공동연구센터EU JRC, 유럽연합 위원회European Union's Joint Research Centre, "Top 10 CO2-emitting countries in the world(Total CO2 in Mt)", 2020/ 세계인구리뷰(World Populatiion Review), 2022

12 유엔UN, 세계식량계획WFP, 유엔식량농업기구FAO 보고서, 2021년 세계 식량안보 및 영양 상태SOFI 총회(2020 발표), 2021

13 옥스팜OXFAM;Oxford Committee for Famine Relief 공식 홈페이지 리포트, 2021

MBC, 다큐멘터리 「농업이 미래다」, 2020

14 옥스팜OXFAM 보도자료, "기근 바이러스 대확산(The Hunger Virus Multiplies)" 보고서, 2021

장 지글러, 『왜 세계의 절반은 굶주리는가?』, 갈라파고스, 2016

15 환경부 공식 블로그, 2020

이미디어, 김명화, "아보카도에 숨겨진 불편한 진실", 2020-03-31

16 제레미 리프킨, 『육식의 종말』(Beyond Beef), 시공사, 2008

황성수, 『HEALING SCHOOL』, 황성수 힐링스쿨 캠프 교재
미국농무부USDA, Journal Animals, Water Footprint network, 2018
헤럴드경제, 푸드매거진 "리얼푸드, 고 그린: 당신이 햄버거 1개에 지불하는 진짜 가격", 2018-02-20

17 인도와 네팔 지역에서 카레와 함께 즐겨 먹는 납작한 비건 통밀빵, 전병의 일종으로 대개 밀가루를 반죽해 얇고 둥글게 밀어 굽는다.

18 '옴나마시바야(Om Namah Shivaya)'는 힌두교에서 중요시하는 만트라(진언, mantra) 중 하나다. '옴'은 우주의 진동, '나마'는 귀의, '시바'는 힌두교 대표 신 중 중 하나인 '시바신' 혹은 '내면의 신'을 의미한다. 이 만트라는 내면의 신과 우주의식과의 합일을 기원하는 의미로, '신의 뜻대로 되게 하라'는 의미를 내포한다.

19 Nature Climate Change, Over half of known human pathogenic diseases can be aggravated by climate change, 2022
The Daily Post, 김정은 "기후변화로 날로 확산되는 감염병 피해…그 배경은?", 2022-08-10

20 기후변화에 관한 정부 간 협의체(IPCC), 6차 보고서, 2021

21 기후변화에 관한 정부 간 협의체(IPCC), 해양 및 빙권 특별보고서, 2019
중앙일보, 김정연 "IPCC, 2100년 해수면 1.1m 상승…부산 해운대도 잠긴다", 2019-09-25

22 경향신문, 주영재 "기후 위기가 국제분쟁 키운다", 2021-11-28

23 영국 국제 학술지 환경연구회보(Environmental Research Letters) 논문, 기존 화석연료 추출하면 지구 온도 1.5도 이상 상승(Existing fossil fuel extraction would warm the world beyond 1.5℃), 2022
한겨레, 이근영 "온난화 멈추려면 석탄 90%, 석유·가스 60% 땅에 묻어둬야 한다", 2021-09-09
네이처Nature, Unextractable fossil fuels in a 1.5°C world, 2021

24 과학동아 12월호, 이상희 UC리버사이드 인류학과 교수 "폭력과 테러, 인류의 숙명일까", 2015-12

25 스티븐 핑커, 『우리 본성의 선한 천사: 인간은 폭력성과 어떻게 싸워 왔는가』, 사이언스북스, 2014

LET THERE BE LIGHT